HEYNE <

Das Buch

Die Erde in der Zukunft: Afrika ist zur Supermacht Nummer eins geworden – ein geradezu paradiesischer Ort, an dem Krieg, Kriminalität und Hungersnöte der Vergangenheit angehören. Es ist die Welt von Geoffrey Akinya, dem Spross eines gewaltigen Familienimperiums, der eigentlich nichts lieber möchte, als in Ruhe im Amboseli-Becken Elefanten zu beobachten. Doch als Geoffreys Großmutter Eunice, eine legendäre Astronautin und Weltraumforscherin, stirbt, hinterlässt sie ihrer Familie ein geheimnisvolles Artefakt auf dem Mond. Ein Artefakt, das den guten Namen der Familie Akinya auf ewig zerstören könnte. Noch während Eunice' Asche am Fuße des Kilimandscharo verstreut wird, macht sich Geoffrey auf den Weg zum Mond, um das mysteriöse Erbe seiner Großmutter zu bergen. Dort angekommen begreift er, dass seine Großmutter Geheimnisse mit ins Grab genommen hat, die nicht nur die Zukunft Afrikas, sondern die der ganzen Menschheit für immer verändern könnten.

Okular ist der atemberaubende Auftakt einer neuen Trilogie, in der Alastair Reynolds die Geschichte der Familie Akinya erzählt – eine Geschichte, die Hunderttausende von Jahren in die Zukunft und in die Weiten unserer Galaxis hineinreicht.

Der Autor

Alastair Reynolds wurde 1966 im walisischen Barry geboren. Er studierte Astronomie in Newcastle und St. Andrews und arbeitete viele Jahre als Astrophysiker für die Europäische Raumfahrt Agentur ESA, bevor er sich ganz dem Schreiben widmete. Er lebt in der Nähe von Leiden in den Niederlanden. Von Alastair Reynolds sind unter anderem im Heyne Verlag erschienen: *Unendlichkeit*, *Himmelssturz* und *Aurora*. Gemeinsam mit Stephen Baxter schreibt Alastair Reynolds gerade an den *Medusa-Chroniken*.

Alastair Reynolds

Okular

Roman

WILHELM HEYNE VERLAG
MÜNCHEN

Titel der englischen Originalausgabe
BLUE REMEMBERED EARTH
Deutsche Übersetzung von Irene Holicki

Der Verlag weist ausdrücklich darauf hin, dass im Text enthaltene externe Links vom Verlag nur bis zum Zeitpunkt der Buchveröffentlichung eingesehen werden konnten. Auf spätere Veränderungen hat der Verlag keinerlei Einfluss. Eine Haftung des Verlags ist daher ausgeschlossen.

Dieses Buch ist auch als E-Book erhältlich.

Übersetzung Zitat: Leonhard Olschner in Moderne englische Lyrik, Englisch/Deutsch, ed. Willi Erzgräber and Ute Knoedgen (Stuttgart: Reclam 1976) S. 325

MIX
Papier aus verantwortungsvollen Quellen
FSC® C014496
FSC
www.fsc.org

Verlagsgruppe Random House FSC® N001967

Deutsche Erstausgabe 10/2016
Redaktion: Ralf Dürr

Printed in Germany
Umschlaggestaltung: Nele Schütz Design, München
Umschlagillustration: Carr Design Studio
Satz: KompetenzCenter, Mönchengladbach
Druck und Bindung: GGP Media GmbH, Pößneck
ISBN 978-3-453-31754-3

www.diezukunft.de

Für Stephen Baxter und Paul McAuley:
Freunde, Kollegen und Hüter der Flamme

»Und ich vermag nicht, einem Wetterwind zu sagen,
wie die Zeit einen Himmel tickte um die Sterne.«

– Dylan Thomas

Es ist unerlässlich, von den Anfängen zu sprechen. Zuvor sei jedoch eines klargestellt. Was immer uns hierhergebracht und zu dieser Schilderung veranlasst hat, ließe sich niemals auf eine einzige Ursache zurückführen. Wenn wir etwas daraus gelernt haben, dann dies, dass das Leben niemals so einfach, niemals so schematisch abläuft.

Man könnte sagen, alles habe in dem Augenblick begonnen, als unsere Großmutter den Entschluss zu ihrer letzten großen Tat fasste. Oder als »Ocular« *etwas entdeckte, was Arethusas Aufmerksamkeit erregte, einen rätselhaften Fleck auf einem Planeten, der um einen anderen Stern kreiste. Oder als sich Arethusa ihrerseits moralisch verpflichtet fühlte, unserer Großmutter diese Entdeckung mitzuteilen.*

Vielleicht gab auch den Ausschlag, dass Hector und Lucas in der Buchführung der Familie keinen einzigen offenen Posten dulden wollten, auch wenn es sich damals nur um ein belangloses Detail zu handeln schien. Oder dass Geoffrey mit der Nachricht vom Tod unserer Großmutter vom Himmel geholt wurde und sich gezwungen sah, seine Arbeit mit den Elefanten zu unterbrechen und zum Stammsitz der Familie zurückzukehren. Oder sein Entschluss, Sunday alles zu gestehen, und ihre Ent-

scheidung, ihren Bruder nicht mit Verachtung zu strafen, sondern lieber den Weg der Vergebung zu gehen.

Man könnte sogar sagen, alles hätte in dem Moment vor anderthalb Jahrhunderten begonnen, als ein Baby namens Eunice Akinya im ehemaligen Tansania seinen ersten mühsamen Atemzug tat. Oder als sie einen Herzschlag danach mit ihrem ersten lauten Schrei ein Leben voller Ungeduld ankündigte. Für unsere Großmutter drehte sich die Welt niemals schnell genug. Sie schaute so lange über die Schulter und forderte sie auf, sich zu beeilen, bis die Welt sie eines Tages beim Wort nahm.

Doch auch Eunice wurde geprägt. Mag sein, dass sie mit ihrem Zorn geboren wurde, doch erst als ihre Mutter sie in der Stille einer Serengeti-Nacht unter dem wolkenlosen Himmel im Schein der Milchstraße in den Armen hielt, fing sie an, nach etwas zu greifen, was für immer unerreichbar war.

Alle diese Sterne, Eunice. Diese winzigen Diamantenlichter. Du kannst sie haben, du musst es bloß stark genug wollen. Doch anfangs musst du geduldig und später musst du weise sein.

Und das war sie. Unendlich geduldig und unendlich weise. Doch wenn die Mutter Eunice prägte, wer prägte die Mutter? Soya kam vor zweihundert Jahren in einem Flüchtlingslager zur Welt, zu einer Zeit, als es noch Hungersnöte und Kriege gab, Dürren und Völkermorde. Woher nahm sie die Kraft, der Welt diese Naturgewalt zu schenken, dieses Kind, das unsere Großmutter werden sollte?

Damals wussten wir davon natürlich nichts. Eunice war, wenn wir überhaupt an sie dachten, eine kalte, unnahbare Gestalt. Keiner von uns hatte sie je berührt oder persönlich mit ihr gesprochen. Sie lebte ganz allein in ihrem selbst errichteten Metallgefängnis voller Dschungelpflanzen, das in eisiger Kälte den Mond umkreiste. Wenn sie von dort auf uns herabschaute, schien sie in ein anderes Jahrhundert zu gehören. Sie hatte Großartiges geleistet – hatte ihre eigene Welt verändert und auf ande-

ren Welten unauslöschliche menschliche Spuren hinterlassen –, doch all das waren die Taten einer viel jüngeren Frau gewesen, die nur entfernt mit unserer fernen, immer gereizten und gleichgültigen Großmutter verwandt war. Als wir geboren wurden, hatte sie ihre glänzendsten und besten Zeiten längst hinter sich.

Jedenfalls dachten wir das.

Prolog

Es war Ende Mai, die lange Regenzeit ging zu Ende. Die Erde hatte sich Wasser von den Wolken geliehen, nun trieb der Himmel mit endlosen Tagen voller Hitze und Trockenheit die Schulden ein. Für die Kinder war es eine Erlösung. Nachdem sie sich wochenlang im Haus gelangweilt hatten, durften sie endlich wieder ins Freie und konnten außerhalb der Gärten und jenseits der Mauern durch die Wildnis streifen.

Dort stießen sie auf die Todesmaschine.

»Ich höre immer noch nichts«, sagte Geoffrey.

Sunday seufzte und legte ihrem Bruder eine Hand auf die Schulter. Sie war zwei Jahre älter als Geoffrey und ziemlich groß für ihr Alter. Die beiden standen auf einem rechteckigen Felsen, mehrere Schritte vom Fluss entfernt, der immer noch viel schlammiges Wasser führte.

»Da«, rief sie. »Jetzt musst du ihn doch hören!«

Geoffrey umklammerte das hölzerne Flugzeug, das er mitgebracht hatte.

»Nein«, sagte er. Er hörte nur den Fluss und das leise, schläfrige Rauschen der Akazien, die unter der Ofenhitze schmachteten.

»Er steckt in Schwierigkeiten«, sagte Sunday entschlossen.

»Wir müssen ihn suchen, dann sagen wir Memphis Bescheid.«

»Vielleicht sollten wir zuerst Memphis Bescheid geben und erst dann nach ihm suchen.«

»Und wenn er inzwischen ertrinkt?«

Das hielt Geoffrey für unwahrscheinlich. Das Wasser stand nicht mehr so hoch wie noch vor einer Woche, die Regenzeit näherte sich dem Ende. Noch drängten sich dunkle Wolken am Horizont, manchmal rollte der Donner über die Ebenen, doch über ihnen war der Himmel klar.

Außerdem waren sie diesen Weg schon oft gegangen. Hier gab es keine Häuser und erst recht keine Dörfer oder Städte. Die Pfade, denen sie folgten, waren eher von Elefanten als von Menschen ausgetreten worden. Und sollten zufällig doch Massai in der Nähe sein, dann wäre bestimmt keiner von deren Jungen in Bedrängnis geraten.

»Könnten es die Dinger in deinem Kopf sein?«, fragte Geoffrey.

»An die habe ich mich inzwischen gewöhnt.« Sunday hüpfte von dem Stein und deutete auf die Bäume. »Ich glaube, es kommt von dort.« Sie marschierte los, dann drehte sie sich zu Geoffrey um. »Du brauchst nicht mitzukommen, wenn du Angst hast.«

»Ich habe keine Angst.«

Vorsichtig überquerten sie das Gelände. Der Boden trocknete bereits, aber es gab noch sumpfige Stellen. Zum Schutz vor Schlangen trugen sie hohe Stiefel und dicke lange Hosen, dazu Hemden mit kurzen Ärmeln und Hüte mit breiter Krempe. Obwohl sie durch den Schlamm stapften und sich durchs Unterholz kämpften, blieben ihre Kleider so leuchtend bunt, wie sie sie am Morgen angezogen hatten. Von Geoffreys Armen konnte man das nicht behaupten. Sie waren voller Schlammflecken, und die Büsche mit den spitzen Dornen hatten feine, schmerzhafte Kratzer hinterlassen. Er hatte nicht vergessen, wie Memphis ihn einmal gelobt hatte, als er nach einem Sturz auf den harten Marmorboden des Familiensitzes nicht geweint hatte, und deshalb bewusst darauf verzichtet, mit einem Befehl an sein Armband den Schmerz zu unterdrücken.

Sunday verschwand zielstrebig zwischen den Akazien, und Geoffrey eilte hastig hinterher. Sie kamen am schmutzig weißen Sockel einer alten Windmühle vorbei.

»Gleich sind wir da«, rief Sunday und sah sich nach ihm um. Ihr Hut hüpfte, von der Kinnschnur gehalten, auf ihrem Rücken munter auf und ab. Geoffrey drückte sich seinen eigenen Hut fester auf die krausen Locken.

»Uns kann nichts passieren«, sagte er, mehr zu sich selbst. »Der *Mechanismus* passt auf uns auf.«

Was sich hinter den Bäumen befand, wusste er nicht. Sie waren zwar schon oft in dieser Gegend gewesen, aber deshalb kannten sie noch lange nicht jeden Busch, jeden Hügel und jede Senke.

»Hier ist etwas!«, rief Sunday. Geoffrey konnte sie nicht mehr sehen. »Der Regen hat den ganzen Hang weggespült, eine richtige Schlammlawine! Jetzt ragt etwas aus der Erde!«

»Sei vorsichtig!«, rief Geoffrey.

»Es ist eine Maschine«, rief sie zurück. »Ich glaube, der Junge ist darin eingeklemmt.«

Geoffrey nahm seinen ganzen Mut zusammen und stapfte weiter. Die träge schwankenden Äste bildeten ein Gitter vor dem Himmel, der mit eisvogelblauen Splittern die Lücken füllte. Einen oder zwei Meter links von ihm raschelte etwas im trockenen Laub. Das dichter werdende Gestrüpp krallte sich in seine Hosenbeine. Ein Riss entstand, und Geoffrey beobachtete mit mattem Staunen, wie sich die Stoffränder wieder zusammenfügten.

»Hier«, rief Sunday. »Komm schnell, Bruder!«

Nun konnte er sie sehen. Sie waren am Rand einer schüsselförmigen Senke herausgekommen, die von dichten Bäumen umstanden war. Ein Stück der Schüsselwand war weggebrochen und hatte eine steile Rinne hinterlassen.

Dort ragte etwas aus der gelblich-braunen Erde, ein Kasten aus Metall, etwa so groß wie ein Airpod.

Geoffrey warf abermals einen Blick zum Himmel.

»Was ist das?«, fragte er, obwohl er bereits eine schreckliche Vorahnung hatte. Er hatte solch ein Ding in einem seiner Bücher gesehen. Er erkannte es an den vielen kleinen Rädern an der frei liegenden Seite, viel zu viele für einen Personen- oder Lastwagen. Und die Räder liefen in Raupenketten aus Metallplatten, die durch Gelenke miteinander verbunden waren wie die Segmente eines Wurms.

»Willst du behaupten, du weißt das nicht?«, fragte Sunday.

»Es ist ein Panzer«, antwortete er. Das Wort war ihm plötzlich wieder eingefallen. Trotz seiner Angst und obwohl er lieber irgendwo anders gewesen wäre, fand er es faszinierend, was die Erde da ausgespuckt hatte.

»Was sollte es wohl sonst sein? Der kleine Junge ist wohl irgendwie hineingeklettert, und nun kommt er nicht mehr heraus.«

»Es gibt keine Tür.«

»Der Panzer muss sich bewegt haben«, überlegte Sunday. »Deshalb kann er nicht heraus – die Tür ist wieder im Schlamm versunken.« Sie ging jetzt dicht an der Kante entlang, aber noch auf dem Gras auf die Stelle zu, wo der Hang nachgegeben hatte. Dort kauerte sie sich nieder und stützte sich mit den Fingerspitzen auf den Boden. Ihr Hut hüpfte zwischen ihren Schultern hin und her.

»Wie kannst du ihn hören, wenn er drinnen ist?«, fragte Geoffrey. »Wir sind jetzt ganz nahe, und ich höre immer noch nichts! Die Stimme muss in deinem Kopf sein, und sie muss mit den Maschinen zu tun haben.«

»So ist das nicht, Bruder. Man *hört* nicht einfach Stimmen.« Sunday hatte sich umgedreht, sodass sie mit dem Gesicht zum Hang schaute, setzte die Füße in den Schlamm und hielt sich mit den Händen fest. Dann machte sie sich an den Abstieg.

Geoffrey wusste nicht, was er tun sollte, und schickte sich an, ihr zu folgen.

»Wir müssen jemanden zu Hilfe rufen. Es heißt doch immer, wir sollen keine alten Sachen anfassen.«

»Wir sollen so vieles nicht tun«, gab Sunday zurück.

Sie setzte den Abstieg fort. Einmal rutschte sie aus, fing sich aber wieder. Ihre Stiefel gruben tiefe Furchen in das freiliegende Erdreich. Ihre Hände waren voller Lehm. Sie drehte den Kopf, um über die linke Schulter zu schauen. Ihr Gesichtsausdruck verriet äußerste Konzentration.

»Das geht nicht gut«, klagte Geoffrey. Er ließ sich an der gleichen Stelle hinunter und versuchte, möglichst ihren Hand- und Fußspuren zu folgen.

»Wir sind hier!«, rief Sunday mit einem Mal und setzte einen Fuß auf die schräge Seitenwand des Panzers. »Wir wollen dich retten!«

»Was sagt er?«

Zum ersten Mal nahm sie ihn ernst. »Du kannst ihn immer noch nicht hören?«

»Ich mache dir nichts vor, Schwester.«

»Er sagt: ›Bitte beeilt euch. Ich brauche eure Hilfe.‹«

»Auf Suaheli?« Eine durchaus vernünftige Frage.

»Ja«, antwortete Sunday prompt. Dann überlegte sie. »Ich denke schon. Warum sollte er nicht Suaheli sprechen?«

Sie stand nun mit beiden Füßen auf dem Panzer und machte, achtsam wie ein Seiltänzer, einen Schritt nach rechts. Geoffrey hielt inne. Er wagte kaum zu atmen, um keine Erschütterung auszulösen. Wenn der Panzer im Schlamm weiterrutschte, würden sie beide mit auf den Grund des Lochs gerissen werden.

»Sagt er es immer noch?«

»Ja«, antwortete Sunday.

»Du bist ihm so nahe, eigentlich müsste er dich inzwischen gehört haben.«

Sunday breitete beide Arme aus und ging in die Knie. Dann klopfte sie einmal, zweimal an die Wand des Panzers. Geoffrey holte tief Luft und setzte den Abstieg zaghaft fort. Das Holzflugzeug hielt er auch weiterhin mit einer Hand hoch über dem Kopf.

»Er antwortet nicht. Wiederholt nur immer das Gleiche.« Sunday griff mit einer Hand über die Schulter und setzte sich den Hut wieder auf. »Ich habe Kopfschmerzen. Es ist zu heiß.« Sie schlug ein weiteres Mal gegen die Panzerwand, diesmal stärker. »Hallo!«

»Sieh nur«, sagte Geoffrey.

Etwas Merkwürdiges war geschehen. Rings um die Stelle, wo Sunday auf den Panzer geschlagen hatte, rasten farbige Wellen nach außen: rosa und grün, blau und golden. Die Wellen verschwanden im Erdreich und kehrten als feste Farbblöcke zurück, die sich wie Tintenkleckse ausbreiteten, ohne sich zu vermischen. Die Farben flackerten und pulsierten und passten sich schließlich der Farbe des rötlichen Schlamms an.

»Wir sollten jetzt gehen«, mahnte Geoffrey.

»Wir können ihn nicht im Stich lassen.« Dennoch stand Sunday auf. Geoffrey kletterte nicht mehr weiter. Ein Glück, dass seine Schwester endlich Vernunft annahm. Er unternahm den wackeren Versuch, sich vorzubeugen, um ihr die Hand zu reichen, wenn sie nahe genug heran war.

Doch Sunday benahm sich auf einmal sehr merkwürdig. »Tut weh«, nuschelte sie und fasste sich an die Stirn.

»Komm hier rauf«, drängte Geoffrey. »Lass uns nach Hause gehen.«

Sunday balancierte immer noch auf der schrägen Seitenwand des Panzers und sah ihn an. Kleine, aber rasend schnelle Bewegungen schüttelten ihren Körper. Sie versuchte vergeblich, etwas zu sagen.

»Sunday!«

Sie kippte nach hinten, fiel hangabwärts auf die Erde und rollte mit Armen und Beinen strampelnd nach unten. Ihr Hut hüpfte wild auf und ab. Auf dem Grund des Loches, wo das Wasser stand, kam sie, Arme und Beine weit von sich gestreckt, mit dem Gesicht im Schlamm zu liegen.

Zunächst war Geoffrey starr vor Schreck. Dann überlegte er, ob sie sich wohl etwas gebrochen hätte. Und schließlich kam ihm die vage Erkenntnis, dass seine Schwester womöglich nicht atmen konnte.

Er kroch zur Seite über den Rand des Erdrutsches und tastete sich bis dahin, wo der Boden noch fest und mit Gras und Büschen bewachsen war. Dort brachte er so viel Geistesgegenwart auf, dass er sich sein Armband an den Mund hielt und auf den dicken Knopf drückte, um mit dem Familiensitz zu sprechen.

»Bitte!«

Memphis meldete sich rasch. Der Junge hörte seine tiefe, klangvolle, bedächtige Stimme. »Was gibt es, Geoffrey?«

Die Worte sprudelten nur so aus ihm heraus. »Bitte, Memphis. Sunday und ich waren draußen unterwegs und haben dieses Loch im Boden gefunden. Der Regen hat die Erde abrutschen lassen. Da ragt ein Panzer heraus.« Er hielt inne, um Atem zu holen. »Sunday wollte dem Jungen helfen, der in dem Panzer war. Aber dann hat sie Kopfschmerzen bekommen und ist hinuntergefallen. Jetzt liegt sie auf dem Boden, und ich kann ihr Gesicht nicht sehen.«

»Einen Moment, Geoffrey.« Memphis hörte sich unglaublich ruhig an. Er schien so wenig überrascht, als hätte er etwas Derartiges am heutigen Tag mehr oder weniger erwartet. »Ja, ich sehe, wo ihr seid. Geh zu deiner Schwester und drehe sie so, dass sie nicht mehr auf dem Gesicht, sondern auf der Seite liegt. Aber pass beim Hinunterklettern sehr gut auf. Ich bin gleich bei euch.«

Memphis' nüchterne Anweisungen nahmen Geoffrey viel von seiner Angst. Zwar kam es ihm vor wie eine Ewigkeit, doch schließlich berührten seine Stiefel den nassen Grund des Loches, und er konnte mit schmatzenden Schritten auf seine Schwester zugehen.

Ihr Gesicht lag nicht im Wasser, sondern hatte sich in einen etwas erhöhten Flecken trockener Erde eingedrückt. Mund und Nase waren frei, doch sie zitterte immer noch, und zwischen ihren Lippen quoll blasiger Schaum hervor.

Über Geoffrey schwirrte etwas durch die Luft. Er klappte die Krempe seines Huts hoch. Das Summen kam von einer Maschine nicht größer als die Spitze seines Daumens.

»Ich habe euch gefunden«, ließ sich Memphis aus Geoffreys Armband vernehmen. »Du tust jetzt genau, was ich dir sage. Drehe deine Schwester auf den Rücken. Du musst sehr stark sein.«

Geoffrey kniete nieder. Solange Sunday zitterte und Schaum vor dem Mund hatte, wollte er sie lieber nicht allzu genau ansehen.

»Sei ein tapferer Junge, Geoffrey. Deine Schwester hat einen Krampfanfall. Du musst ihr helfen.«

Er stellte das rote Holzflugzeug auf den Boden, ohne Rücksicht darauf, dass es Schlammflecken bekam. Dann schob er die Hände unter Sundays Körper und versuchte sie anzuheben. Ihre heftigen Zuckungen machten ihm Angst.

»Nimm deine ganze Kraft zusammen, Geoffrey. Ich kann dir erst helfen, wenn ich bei euch bin.«

Geoffrey ächzte vor Anstrengung. Vielleicht kamen ihm Sundays Krämpfe zu Hilfe, jedenfalls löste sie sich endlich mit einem Ruck aus dem Schlamm und lag nicht mehr mit dem Gesicht nach unten.

»Geoffrey, hör mir genau zu. Ich weiß nicht, warum, aber mit Sundays Kopf stimmt irgendetwas nicht, und ihr Armband funktioniert nicht richtig. Du musst ihm sagen, was es tun soll. Hörst du mich?«

»Ja.«

»Siehst du die zwei roten Knöpfe, einer auf jeder Seite? Du musst sie beide gleichzeitig drücken.«

Sein Armband sah genauso aus wie das ihre, nur die roten Knöpfe fehlten. Sunday hatte diese Knöpfe erst nach ihrem zehnten Geburtstag bekommen, sie hatten also wohl etwas mit den Maschinen zu tun, die ihr die Neuropraktiker in den Kopf eingesetzt hatten. Er hatte solche Maschinen noch nicht.

Er hob ihren Arm an, konnte ihn aber nur mit Mühe ruhig halten. Nun versuchte er, mit Daumen und Zeigefinger das Armband zu umfassen. Es fiel ihm schwer. Seine Hand war nicht groß genug.

»Was passiert jetzt, Memphis?«

»Nichts Schlimmes.«

Die blauen Knöpfe an seinem Armband waren viel leichter zu drücken als diese roten. Er geriet in Panik, bis er erkannte, dass er beide Hände einsetzen musste. Auch dann gelang es nicht gleich. Er hatte wohl nicht fest genug gedrückt, denn es geschah nichts. Er versuchte es noch einmal mit aller Kraft, und plötzlich, es war wie ein Wunder, hörte Sunday zu zucken auf.

Nun lag sie regungslos da.

Geoffrey setzte sich neben sie und wartete. Er konnte sehen, dass sie atmete. Ihre Augen waren jetzt geschlossen. Sie wirkte nicht so lebendig wie vorhin, als sie auf dem Panzer gestanden und ihn angesehen hatte, dennoch hatte er das unweigerliche Gefühl, seine Schwester sei zurückgekehrt.

Er legte ihr die Hand auf die Stirn. Sie war glühend heiß. Er richtete den Blick zum Himmel.

Wenig später war Memphis zur Stelle. Er schwebte mit dem Airpod über der Senke und schaute herab, dann flog er eine Kurve und verschwand hinter den Bäumen, die die Senke umstanden. Das Airpod war so leise, dass Geoffrey die Ohren spitzen musste, um sein schwächer werdendes Motorengeräusch zu hören, als es nach unten sank.

Etwa eine Minute später erschien Memphis leibhaftig am oberen Rand der Mulde. Nach kurzem Zögern kam er, halb rutschend, halb laufend und mit weit ausgebreiteten Armen, um das Gleichgewicht zu halten, den Hang herab. Als er Sunday erreichte, legte er ihr die Hand auf die Stirn und nahm sich dann ihr Armband vor.

Geoffrey beobachtete ihn ängstlich. »Wird sie wieder gesund?«

»Ich denke schon, Geoffrey. Das hast du sehr gut gemacht.« Memphis schaute zum Panzer zurück, als sähe er ihn zum ersten Mal. »Wie nahe ist sie ihm gekommen?«

»Sie hat darauf gestanden.«

»Es ist eine böse Maschine«, erklärte Memphis. »Hier hat einmal ein Krieg stattgefunden, einer der letzten in Afrika.«

»Sunday hat gesagt, in dem Panzer wäre ein kleiner Junge.«

Memphis hob das Mädchen vom Boden auf und wiegte es in seinen Armen. »Schaffst du es, allein hinaufzuklettern, Geoffrey?«

»Ich glaube schon.«

»Wir müssen Sunday zum Familiensitz zurückbringen. Es wird alles gut, aber je schneller sie zu einem Neuropraktiker kommt, desto besser.«

Geoffrey eilte voraus, fest entschlossen, Memphis zu beweisen, dass er selbst auf sich aufpassen konnte. »Und was ist mit dem kleinen Jungen?«

»Den gibt es nicht. In dem Panzer sind nur Maschinen, und einige davon sind sehr klug.«

»Das ist nicht der erste Panzer, den du siehst?«

»Nein«, sagte Memphis zurückhaltend. »Der erste ist es nicht. Aber als ich das letzte Mal einen fahren sah, war ich noch sehr klein.« Geoffrey schaute zurück und sah Memphis' Lächeln aufblitzen. Offensichtlich wollte er verhindern, dass Geoffrey Albträume von Tötungsmaschinen bekam, die die Erde unsicher machten. »Inzwischen gibt es nur noch ganz wenige, und die sind wie der hier in der Erde vergraben.«

Jetzt waren sie beide auf dem Weg nach oben. »Wie konnte er entkommen?«

Memphis blieb stehen, um Atem zu holen. Es war sicher nicht leicht, mit Sunday auf den Armen das Gleichgewicht nicht zu verlieren. »Das Artilekt hat die Maschinen in Sundays Kopf entdeckt. Dann hat es herausgefunden, wie es mit ihnen sprechen und wie es Sunday vorgaukeln konnte, dass jemand nach ihr rief.«

Die Vorstellung, dass eine Maschine seine Schwester getäuscht hatte – und zwar so geschickt, dass sie beinahe auch ihn selbst überzeugt hätte –, jagte Geoffrey kalte Schauer über den Rücken, obwohl er sich schwitzend bergan kämpfte.

»Was wäre passiert, wenn sie nicht gestürzt wäre?«

»Vielleicht hätte sich der Panzer bemüht, sie zu überreden, dass sie ihm half. Oder er hätte versucht, eine verborgene Schwäche auszunützen. Wie auch immer, er war schuld daran, dass deine Schwester in Krämpfe fiel.«

»Aber der Panzer ist sehr alt, und Sundays Maschinen sind noch ganz neu. Wie konnte er sie täuschen?«

»Sehr alte Dinge sind manchmal klüger als sehr neue Dinge. Oder zumindest gerissener.« Während sie miteinander sprachen, waren sie unentwegt weiter hinaufgestiegen und hatten die Oberkante des Hangs beinahe erreicht. »Deshalb sind sie verboten oder werden zumindest sehr sorgfältig kontrolliert.«

Geoffrey schaute sich nach dem halb vergrabenen Koloss um. Der Anblick erfüllte ihn mit einer seltsamen Mischung aus Angst und Mitleid. »Was wird nun aus dem Panzer?«

»Jemand wird sich darum kümmern«, sagte Memphis freundlich. »Für uns hat deine Schwester jetzt Vorrang vor allem anderen.«

Sie waren auf festem Boden angelangt. Ein schmaler Pfad schlängelte sich durch die Bäume. Geoffrey hatte ihn auf dem Weg hierher nicht bemerkt, aber aus der Luft war er wohl deutlich zu erkennen gewesen. An seinem Ende wartete, noch außer Sicht, das Airpod.

»Wird sie wieder gesund?«

»Ich glaube nicht, dass ein größerer Schaden entstanden ist. Es war gut, dass du da warst und die Maschinen abschalten konntest. Ach je.« Memphis war unvermittelt stehen geblieben.

Geoffrey trat neben ihn. »Ist etwas mit Sunday?«

»Nein«, sagte der dünne Mann, immer noch ohne die Stimme zu erheben. »Es ist Mephisto. Er ist vor uns auf dem Pfad. Kannst du ihn sehen?«

Im Halbdunkel unter den Baumkronen versperrte ihnen eine riesige, mit Sonnenflecken gesprenkelte Gestalt den Weg. Der Elefant wühlte mit seinem Rüssel im Staub. Er hatte nur einen Stoßzahn, der andere war abgebrochen. Seine Streitlust war an seiner Haltung deutlich abzulesen. Die Stirn war zum Rammbock gesenkt.

»Mephisto ist ein alter Bulle«, sagte Memphis. »Er ist sehr aggressiv und hütet eifersüchtig sein Revier. Ich hatte ihn schon aus der Luft bemerkt, aber es sah so aus, als wäre er in die andere Richtung unterwegs, und deshalb hoffte ich, heute nicht mit ihm zusammenzutreffen.«

Geoffrey war verwirrt und erschrocken. Er war schon oft Elefanten begegnet, aber diese Unsicherheit bei seinem Mentor war ihm neu.

»Wir könnten um ihn herumgehen«, schlug er vor.

»Das wird Mephisto nicht zulassen. Er kennt die Gegend viel besser als wir, und er ist schneller, vor allem, wenn ich Sunday tragen muss.«

»Warum will er uns nicht vorbeilassen?«

»Er ist nicht ganz richtig im Kopf.« Memphis hielt inne. »Geoffrey, bitte sieh jetzt nicht hin. Ich muss etwas tun, was ich gern vermieden hätte.«

»Was hast du vor?«

»Schau weg und schließ die Augen.«

Das war ein strenger Befehl, und Geoffrey gehorchte. Nur das Rascheln des Laubs unterbrach die Stille. Dann gab es einen dumpfen Schlag, Staub wirbelte auf, und brechende Äste und umknickende Baumstämme erzeugten eine Salve von trockenen Knacklauten.

»Halte dich an meiner Jacke fest und folge mir«, wies ihn Memphis an. »Du darfst die Augen erst wieder aufmachen, wenn ich es dir sage. Versprichst du mir das?«

»Ja«, sagte Geoffrey.

Doch er hielt sein Wort nicht. Als sie in den kühlen Schatten der Bäume traten, schlug Memphis einen Bogen um ein Hindernis und zog Geoffrey mit sich. Der Junge öffnete die Augen und spähte durch den Staub, der noch in der Luft hing. Mephisto lag auf der Seite, ein Auge war zu sehen. Es stand offen, aber es war kein Leben darin. Die riesige graue Gestalt mit der runzligen Haut war vollkommen reglos. Der Bulle war tot.

»Hast du Mephisto getötet?«, fragte Geoffrey, als sie das Airpod erreicht hatten.

Memphis öffnete schweigend die hintere Tür und legte Sunday vorsichtig auf den gepolsterten Sitz. Er schwieg auch weiter, als sie aufstiegen und zum Familiensitz zurückflogen. *Memphis weiß Bescheid,* dachte Geoffrey. Memphis wusste, dass Geoffrey hingesehen hatte und dass zwischen ihnen nichts mehr so sein würde wie früher.

Erst später fiel ihm ein, dass er das rote Holzflugzeug unten im Loch gelassen hatte.

ERSTER TEIL

1

Als der Anruf einging, war er auf dem Weg vom Rand des Beobachtungsgebiets zurück zur Forschungsstation. Er flog allein in der Cessna durch den weiten Himmel über dem Amboseli-Becken und war in so gelöster Stimmung wie seit Wochen nicht mehr.

»Geoffrey«, sagte eine Stimme in seinem Kopf. »Du musst sofort zum Familiensitz kommen.«

Geoffrey seufzte. Er hätte wissen müssen, dass diese Unbeschwertheit nicht von Dauer sein konnte.

Zehn Minuten später war er über dem Anwesen und suchte die Gebäude mit den weißen Mauern und den blauen Fliesen nach verdächtigen Spuren ab. Ihm fiel nichts Ungewöhnliches auf. Die A-förmige Anlage präsentierte sich von den lauschigen Innenhöfen und Gärten bis hin zu den Schwimmbecken, den Tennisplätzen und dem Polofeld so sauber und ordentlich wie ein Architektenmodell.

Geoffrey schwenkte auf die Piste ein, die ihm als Start- und Landebahn diente, und setzte die Cessna auf. Es holperte ein paarmal, die dicken Reifen wirbelten Staub und Erde auf. Er bremste hart und rollte zu einem freien Platz am Ende der Reihe von Airpods, die zum Familiensitz und seinen Gästen gehörten.

Nachdem er den Motor abgeschaltet hatte, blieb er ein paar Minuten im Cockpit sitzen, um seine Gedanken zu sammeln.

Tief im Inneren wusste er bereits, was geschehen war. Dieser Tag stand schon so lange bevor, dass er zu einem festen Bestandteil seiner Zukunftslandschaft geworden war. Was ihn überraschte, war nur, dass er nun endlich da war.

Beim Aussteigen schlug ihm die morgendliche Hitze entgegen. Das Flugzeug summte beim Abkühlen leise vor sich hin. Geoffrey nahm die verblichene alte Basecap mit der Aufschrift *Cessna* ab und fächelte sich damit das Gesicht.

Eine Gestalt trat aus dem Pförtnerhaus hinter dem Torbogen in der Mauer und kam mit hängenden Schultern und ernster Miene gemessenen Schrittes auf Geoffrey zu.

»Es tut mir sehr leid.« Der Mann hatte erst gesprochen, als sie einander so nahe waren, dass er die Stimme kaum noch zu erheben brauchte.

»Es ist Eunice, nicht wahr?«

»Sie ist leider von uns gegangen.«

Geoffrey suchte krampfhaft nach Worten. »Wann ist es geschehen?«

»Dem medizinischen Bericht zufolge vor sechs Stunden. Aber die Meldung kam erst vor einer Stunde. Seither bin ich damit beschäftigt, mir Gewissheit zu verschaffen und die nächsten Angehörigen zu benachrichtigen.«

»Und wie ist es passiert?«

»Sie ist friedlich eingeschlafen.«

»Ich finde, hundertdreißig ist ein ehrwürdiges Alter.«

»Hunderteinunddreißig seit dem letzten Geburtstag«, verbesserte Memphis ohne Vorwurf in der Stimme. »Du hast recht, es ist ein ehrwürdiges Alter. Vielleicht hätte sie sogar noch länger gelebt, wenn sie zur Erde zurückgekehrt wäre. Sie hatte jedoch andere Vorstellungen. Ganz alleine da oben, nur mit ihren Maschinen zur Gesellschaft … ein Wunder, dass sie so lange durchgehalten hat. Aber ihr Akinyas seid wie die Löwen, wie sie zu sagen pflegte.«

Oder wie die Geier, dachte Geoffrey. Laut fragte er: »Was geschieht jetzt?«

Memphis legte ihm einen Arm um die Schultern und schob ihn auf das Pförtnerhaus zu. »Du bist der Erste, der auf dem Familiensitz eintrifft. Ein paar von den anderen werden in Kürze chingen. Im Laufe des Tages werden einige leibhaftig anreisen. Bei denen, die sich im Weltraum aufhalten … wird es viel länger dauern, falls sie überhaupt kommen können. Das wird nicht bei allen möglich sein.«

Sie traten in den Schutz des Torbogens. Die weiß getünchten Wände des Pförtnerhauses warfen kühle indigoblaue Schatten.

»Ich finde es merkwürdig, dass wir hier zusammenkommen, obwohl das nicht der Ort ist, an dem sie gestorben ist.«

»Eunice hat entsprechende Anweisungen hinterlassen.«

»Davon hat mir niemand etwas erzählt.«

»Ich habe selbst eben erst davon erfahren, Geoffrey. Hätte ich es früher gewusst, hätte ich es dir mitgeteilt.«

Hinter dem Pförtnerhaus plätscherten die Fontänen in den Zierteichen. Geoffrey scheuchte einen Gartenroboter von der Größe eines Gürteltiers beiseite. »Ich weiß, dass dieser Todesfall für dich nicht weniger schmerzlich ist wie für die Angehörigen, Memphis.«

»Der Übergang könnte schwierig werden. Die Familie … das Unternehmen … man wird sich daran gewöhnen müssen, dass die Leitfigur nicht mehr da ist.«

»Mich betrifft das zum Glück nicht weiter.«

»Das glaubst du vielleicht. Doch du bist und bleibst ein Akinya, auch wenn du etwas abseits stehst. Das gilt übrigens auch für deine Schwester.«

Geoffrey sagte nichts mehr, bis sie in der großzügigen Empfangshalle im linken Flügel des Familiensitzes standen. Hier war es so still wie in einer Krypta und so ungemütlich wie in einem Museum. Im schräg einfallenden Sonnenlicht hüteten Glasvitrinen die Vergangenheit seiner berühmten Großmutter wie kleine Altäre zu ihren Ehren. Teile von Raumanzügen, Gesteins- und Eisproben aus dem ganzen Sonnensystem, sogar ein antiquierter Computer, ein ehemals aufklappbarer grauer Kasten, der jetzt mit schwarz-gelbem Klebeband zusammengehalten wurde. Gedruckte Bücher mit verstaubten, verblichenen Einbänden. Ein trauriges Sortiment von lieblos entsorgtem Kinderspielzeug.

»Dir ist wahrscheinlich nicht klar, wie wenig sich für Sunday und mich dadurch ändern wird«, nahm Geoffrey den Faden wieder auf. »Nachdem wir einmal vom rechten Weg abgewichen waren, hatte Eunice kein größeres Interesse mehr an uns beiden.«

»Was Sunday betrifft, irrst du dich sehr. Eunice hat ihr viel bedeutet.«

Geoffrey verzichtete darauf, Memphis mit weiteren Fragen dazu zu bedrängen. »Wissen meine Mutter und mein Vater Bescheid?«

»Sie sind noch auf Titan, zu Besuch bei deinem Onkel Edison.«

Geoffreys Miene hellte sich auf. »Wie könnte ich das vergessen?«

»Wir können erst in zwei Stunden damit rechnen, von ihnen zu hören. Wahrscheinlich noch später, wenn sie beschäftigt sind.«

Sie hatten das Büro im Erdgeschoss erreicht, wo Memphis sich fast immer aufhielt. Von diesem Raum aus, der nicht viel größer war als eine halbwegs geräumige Besenkammer, verwaltete er das Anwesen der Familie – und damit auch ein Firmenimperium mit Niederlassungen im gesamten Sonnensystem.

»Kann ich irgendetwas tun?«, fragte Geoffrey. Er hatte das unbehagliche Gefühl, irgendeine Rolle übernehmen zu müssen, von der ihm niemand etwas gesagt hatte.

»Im Augenblick nicht. Zu gegebener Zeit werde ich zum *Winterpalast* hinauffliegen, aber darum werde ich mich alleine kümmern.«

»Um ihren Leichnam zu holen?«

Memphis nickte kurz. »Sie wollte, dass ihre sterblichen Überreste in Afrika verstreut werden.«

»Ich könnte dich begleiten.«

»Das ist gut gemeint, Geoffrey, aber noch bin ich nicht zu alt für einen Weltraumflug. Und du hast mit deinen Elefanten sicher viel zu tun.« Er blieb vor der Tür zu seinem Büro stehen, und Geoffrey merkte ihm an, dass er es kaum erwarten konnte, an seine Arbeit zurückzukehren. »Es ist schön, dass du gekommen bist. Wenn du einen Tag bleiben könntest, wäre das noch besser.«

»Ich fühle mich wie das fünfte Rad am Wagen.«

»Sei einfach für den Rest der Familie da. Jeder sollte sich bemühen, den anderen Kraft zu geben.«

Geoffrey lächelte skeptisch. »Gilt das auch für Hector und Lucas?«

»O ja«, bestätigte Memphis. »Ich weiß, ihr versteht euch nicht besonders, aber vielleicht entdeckt ihr jetzt ein paar Gemeinsamkeiten. Die beiden sind keine schlechten Menschen, Geoffrey. Für dich mag es lange zurückliegen, ich kann mich jedoch erinnern, dass ihr als Kinder recht gut miteinander ausgekommen seid.«

»Die Zeiten ändern sich«, sagte Geoffrey. »Aber ich werde mir Mühe geben.«

In seinem Zimmer, das er in den letzten Jahren kaum noch benutzt hatte, setzte er sich auf die Kante des frisch bezogenen

Bettes. In den Händen hielt er den größten der sechs Holzelefanten, die Eunice ihm zum Geburtstag geschenkt hatte. Es war der Bulle, die fünf anderen wurden bis hinunter zum Kalb zusehends kleiner. Sie standen noch genauso auf dem Regal, wie er sie hingestellt hatte, nachdem er sie zum letzten Mal in Händen gehalten hatte. Alle hatten schwarze Sockel aus einem harten Material, das an Kohle erinnerte.

Er wusste nicht mehr, wie alt er gewesen war, als die Elefanten in einer stabilen Holzkiste, in Seidenpapier verpackt, bei ihm eintrafen. Fünf oder sechs Jahre wahrscheinlich. Er hatte sich noch in der Obhut des Kindermädchens aus Dschibuti befunden. Vielleicht war es das Jahr gewesen, in dem er auf den Skorpion getreten war?

Es hatte eine Weile gedauert, bis er begriffen hatte, dass seine Großmutter in einer Umlaufbahn um den Mond lebte, weder auf noch in dem Trabanten, und noch später war ihm klar geworden, dass ihre seltenen Geschenke nicht wirklich aus dem Weltall kamen, sondern irgendwo auf der Erde hergestellt wurden; sie veranlasste lediglich, dass sie zu ihm geschickt wurden. Später war ihm sogar der Verdacht gekommen, dass jemand anderer in der Familie – das Kindermädchen oder vielleicht Memphis – sie in ihrem Auftrag aussuchte.

Er war enttäuscht gewesen, als er die Kiste öffnete, und noch zu klein, um diese Enttäuschung zu verbergen. Die Elefanten waren Holzfiguren, mit denen man nichts anfangen konnte. Er hatte sich ein Flugzeug gewünscht. Erst auf sanften Druck hin hatte er sich bewegen lassen, sich bei Eunice' Projektion zu bedanken. Sie hatte aus dem grünen Dschungel im Inneren des *Winterpalast*s mit ihm gesprochen.

Bis heute wusste er nicht, wie aufrichtig er sich angehört hatte.

Gerade als er den Bullen auf das Regal zurückstellen wollte, begann die Anfrage mit sanfter Beharrlichkeit in seinem Gesichtsfeld zu pulsieren.

>Öffne: quantenverschlüsselte Adresse
>via: Maiduguri-Nyala-Linie
>Träger: Lufthansa Telepresence
>Beginn: 23/12/2161 13:44:11 UTC
>Ausgangsort: Lagos, Nigeria WAF
>Anrufer: Jumai Lule
>Ching annehmen/ablehnen?

Er stellte den Bullen wieder an die Spitze seiner Familie, kehrte zum Bett zurück und nahm mit einem einzigen Subvokalbefehl Jumais Anruf an. Die Verbindung baute sich auf. Geoffrey zog es vor, in seinem lokalen Sensorium angechingt zu werden, und das hatte Jumai sicher gewusst. Er beorderte die Projektion neben die Tür und ließ ihr einen Augenblick Zeit, sich in der neuen Umgebung zurechtzufinden.

»Hallo, Jumai«, sagte er dann leise. »Ich glaube, ich weiß, warum du anrufst.«

»Ich habe es eben erst erfahren. Es tut mir aufrichtig leid, Geoffrey. Das muss ein schwerer Schlag für die Familie sein.«

»Wir werden ihn überstehen«, sagte er. »Es kommt nicht völlig unerwartet.«

Jumai Lule trug einen braunen Overall, das wirre Haar hatte sie zum Schutz vor Staub unter eine Netzkappe geschoben, die Schutzbrille und die Atemmaske, die ihr nun um den Hals hingen, hatten Spuren in ihrem Gesicht hinterlassen. Sie arbeitete in Lagos in der hochriskanten Datenarchäologie und durchwühlte die unterirdischen, jahrhundertealten Katakomben der Stadt nach Goldkörnern wirtschaftlich nutzbarer Information. Es war eine gefährliche und anspruchsvolle Tätigkeit – genau das, wobei sie aufblühte und was er ihr nicht hatte bieten können.

»Ich weiß, dass sie dir nicht sehr nahegestanden hat …«, begann Jumai.

»Immerhin war sie meine Großmutter«, wehrte Geoffrey so heftig ab, als hätte sie ihm vorgehalten, Eunice' Tod sei ihm gleichgültig.

»So war es nicht gemeint, und das weißt du genau.«

»Was macht die Arbeit?« Geoffrey bemühte sich, aufrichtiges Interesse vorzutäuschen.

»Die Arbeit ist … in Ordnung. Immer mehr, als wir bewältigen können. Meistens neue Herausforderungen. Wahrscheinlich werde ich nicht ewig dabei bleiben, aber …« Jumai ließ den Satz unvollendet.

»Sag bloß nicht, dass es dir schon wieder langweilig wird.«

»Lagos ist nahezu ausgeschöpft. Ich dachte an Brasilia oder noch weiter weg. Vielleicht sogar ins All. Im System fliegt immer noch jede Menge Militärschrott herum, übles Zeug, das Leute wie ich aufbrechen und entschärfen könnten. Und nach allem, was man hört, zahlen die KI-Jäger recht gut.«

»Weil es gefährlich ist.«

Jumai richtete die Handfläche zur Decke. »Und was ich jetzt mache, ist nicht gefährlich? Letzte Woche sind wir auf Sarin gestoßen, das Nervengas. Plombierte Auslöser, gekoppelt an ein System, das wir für die kryogene Kühlung eines Großrechners hielten.« Sie lächelte verschmitzt. »Solche Fehler macht man besser nicht zweimal.«

»Wurde jemand verletzt?«

»Nichts, was man nicht beheben könnte, und im Anschluss hat man uns den Risikozuschlag erhöht.« Wieder sah sie sich so prüfend im Zimmer um, als würde sie unter den straffen Laken oder auf den ordentlichen weißen Regalen Sprengfallen vermuten. »Aber genug von mir – wie geht es *dir*?«

»Das wird schon wieder. Entschuldige – ich hätte dich nicht anschnauzen sollen. Du hast recht – Eunice und ich standen uns nie allzu nahe. Trotzdem mag ich es nicht, wenn man mir das unter die Nase reibt.«

»Was ist mit deiner Schwester?«

»Sie denkt da sicher genauso.«

»Du hast mich nie zu Sunday mit hinauf genommen. Dabei wollte ich sie immer schon kennenlernen. Ich meine, richtig, von Angesicht zu Angesicht.«

Er rutschte unruhig hin und her. »Ich bin der Mann der nicht gehaltenen Versprechen.«

»Du kannst eben nicht aus deiner Haut.«

»Mag sein. Aber das hält die Leute nicht davon ab, mir immer wieder zu erklären, ich müsse meinen Horizont erweitern.«

»Das ist ganz allein deine Sache. Hör zu, wir sind doch immer noch Freunde. Sonst würden wir den Kontakt nicht aufrechterhalten.«

Wobei seit dem letzten Anruf Monate vergangen waren, dachte er. Aber er wollte nicht den Eindruck vermitteln, verbittert zu sein. »Alles ist gut«, bestätigte er. »Und es war sehr aufmerksam von dir, mich anzurufen.«

»Ich konnte gar nicht anders. Alle Welt weiß davon – die Nachricht war nicht so leicht zu übersehen.« Jumai griff nach ihrer Schutzbrille. »Hör zu, ich bin in der Pause – ich muss zurück an die Front, sonst brüllt sich meine Extraktionsleiterin die Seele aus dem Leib – ich wollte dir nur noch sagen, wenn du jemanden zum Reden brauchst, ich bin hier.«

»Danke.«

»Weißt du, wir könnten immer noch irgendwann zum Mond fliegen. Einfach als Freunde. Ich würde mich freuen.«

»Irgendwann«, betonte er. Er wusste, dass auch sie es nicht wirklich ernst meinte, und das gab ihm Sicherheit.

»Lass es mich wissen, wenn ein Termin für die Trauerfeier gefunden ist. Falls ich es einrichten kann und nicht bloß die nächsten Angehörigen teilnehmen …« Sie verstummte.

»Ich melde mich«, versprach Geoffrey.

Jumai zog sich die Schutzbrille über die Augen und rückte die Atemmaske zurecht. Über die Pläne zur Trauerfeier würde er sie wohl informieren – aber er bezweifelte, dass sie kommen würde, selbst wenn zu der Feier auch Freunde der Akinyas eingeladen werden sollten und nicht nur die unmittelbare Verwandtschaft. Dieser Anruf war schon peinlich genug gewesen. Er würde einen Grund finden, eine plausible Ausrede, um sie fernzuhalten. Das wäre sicher das Beste für beide Seiten.

Jumai winkte ihm noch einmal zu und chingte aus seinem Leben. Geoffrey hielt es für sehr wahrscheinlich, dass er sie nie mehr wiedersehen würde.

Obwohl Eunice' Tod die Familie schwer getroffen hatte, dauerte es nicht lange, bis er durch andere Ereignisse aus den Schlagzeilen verdrängt wurde. Ein schwelender Sexskandal verbunden mit Wahlfälschungen im Panafrikanischen Parlament, ein Streit zwischen der Ostafrikanischen Föderation und der Afrikanischen Union wegen Kostenüberschreitungen bei einem Programm zur biologischen Sanierung des Grundwassers im ehemaligen Uganda, ein festgefahrener Konflikt zwischen chinesischen Tekto-Ingenieuren und türkischen Regierungsfunktionären bezüglich des genauen Termins für ein Erdbeben zur Druckentlastung entlang der Nordanatolischen Verwerfung. Auf globaler Ebene anhaltende Spannungen zwischen den Vereinigten Land-Nationen und den Vereinigten Wasser-Nationen die Auslieferungsregelungen, den Umfang der ER-Zugangsberechtigungen und der interregionalen Zuständigkeit des *Mechanismus* betreffend. Eine mögliche Ausweitung des Umfangs der *Obligatorisch*en *Implantate*. Ein Mordversuch in Finnland. Streikdrohungen am Weltraumaufzug von Pontianak in West-Borneo. Jemand, der in Tasmanien an einer äußerst seltenen Krebsart starb, was heutzutage einer Heldentat gleichkam.

Nur auf dem Familiensitz, nur in diesem Teil der Ostafrikanischen Föderation standen die Uhren still. Ein Monat war vergangen, seit man Geoffrey mit der Nachricht vom Tod seiner Großmutter vom Himmel geholt hatte. Eunice' Asche sollte erst am 29. Januar verstreut werden, das verschaffte den meisten Angehörigen genügend Zeit, ihre Reise zurück zur Erde zu organisieren. Wie durch ein Wunder waren alle Beteiligten mit der Verlegung einverstanden gewesen.

»Mach kein so finsteres Gesicht, Bruder«, mahnte Sunday leise, während sie neben ihm herging. »Wenn man dich nicht kennt, könnte man meinen, du wärst lieber anderswo.«

»Und damit hätte man vollkommen recht.«

»Wir tun das immerhin zu ihren Ehren«, gab Sunday mit der üblichen Zeitverzögerung zwischen Erde und Mond zu bedenken.

»Wozu der Aufwand? Sie hat sich zu ihren Lebzeiten doch auch nie bemüht, andere in irgendeiner Form zu ehren.«

»Diese Feier können wir ihr schon zugestehen.« Sunday trug einen langen Rock und eine Bluse mit langen Ärmeln, beides aus schwarzem Samt mit eingewirkten Leuchtfäden. »Mag sein, dass sie uns nie viel Liebe und Zuneigung gezeigt hat, aber ohne sie wären wir nicht so stinkreich, wie wir es sind.«

»Stinkreich ist der richtige Ausdruck. Sieh doch nur, sie umkreisen uns alle wie die Fliegen.«

»Du meinst vermutlich Hector und Lucas.« Sunday hielt die Stimme auch weiterhin gesenkt. Die beiden Cousins gingen nicht weit von ihnen entfernt im Trauerzug.

»Seit ihrem Tod verfolgen sie uns wie die Vampire.«

»Man könnte auch sagen, sie wollen die Last auf sich nehmen, damit wir anderen sie nicht tragen müssen.«

»Dann wünschte ich nur, sie würden sich damit beeilen.«

Die beiden Cousins waren auf Titan zur Welt gekommen. Ihr Vater war Edison Akinya, eines der drei Kinder von Eunice und Jonathan Beza. Bis vor einigen Jahren hatten die beiden nicht viel Zeit auf der Erde verbracht, doch als Edison keine Anstalten machte, seine spezielle Nische des Firmenimperiums zu verlassen, hatten Hector und Lucas sich sonnenwärts orientiert. Geoffrey blieb es nicht erspart, sich bei ihren häufigen Besuchen auf dem Familiensitz mit ihnen auseinanderzusetzen. Die Cousins hatten großen Einfluss darauf, wie die verfügbaren Gelder der Familie verteilt wurden.

»Harter Tag im Büro?«

»Meine Arbeit leidet. Sie haben die Mittelzuweisungen gesperrt, bis sie sich in Eunice' Finanzen zurechtgefunden haben. Das erschwert meine Planungen, was mich wiederum nicht gerade mit Begeisterung erfüllt.« Er ging ein paar Schritte weiter. »Ich weiß, für dich ist das schwer zu verstehen.«

Sunday sah ihn scharf an. »Soll das heißen, Planung und Verantwortung sind Fremdwörter für mich, weil ich nicht in der *Überwachten Welt* lebe? Bruder, du hast wirklich keine Ahnung. Ich bin doch nicht in die *Zone* gezogen, um mich vor der Verantwortung zu *drücken*. Ich wollte vielmehr herausfinden, wie es sich anfühlt, eine gewisse Verantwortung zu *haben*.«

»Schön. Du glaubst also, der *Mech* behandelt uns alle wie hilflose Säuglinge.« Er schloss gelangweilt die Augen – sie drehten sich im Kreis, dieses Gespräch hatten sie schon hundertmal geführt, ohne je zu einem Ergebnis zu kommen. »Aber das ist so nicht richtig.«

»Wenn du meinst.« Sie stieß einen langen Seufzer aus. Offenbar hatte sie solche Streitgespräche ebenso satt wie er. »Vielleicht werden deine Mittel ja bald wieder freigegeben. Ich weiß von Memphis, dass es nicht mehr viel zu tun gibt. Wie er von den Cousins gehört hat, sind lediglich noch ein paar offene Posten abzuklären.«

Hoffentlich hatte sie recht, dachte Geoffrey. Dieses Verstreuen der Asche mochte nur ein symbolischer Akt sein – Eunice war zwar als Kind christlicher Eltern geboren worden, jedoch ihr Leben lang Atheistin gewesen –, aber es müsste dem Stillstand der letzten Wochen ein Ende machen. Die riesige Akinya-Maschinerie würde anlaufen, und von der Erde bis zum Mond und bis hinaus in die automatischen Bergbauanlagen in den Asteroiden und im Kuiper-Gürtel würden sich die Räder wieder drehen. (Natürlich waren die Arbeiten nie eingestellt worden, aber die Vorstellung, dass die Roboter Habachtstellung eingenommen und respektvoll die Köpfe gesenkt hatten, war verlockend.)

Alle konnten ihr unerhört glanzvolles Leben wieder aufnehmen, und Geoffrey konnte zu seinen langweiligen grauen Elefanten zurückkehren.

»Ich hatte überlegt, persönlich zu kommen«, sagte Sunday.

»Ich dachte, du wärst es wirklich, zumindest im ersten Moment.«

»Die Zeitverzögerung kann selbst dir nicht entgangen sein, Bruder.« Sie fuhr sich mit der Hand über die Brust. »Dies ist ein Prototyp, eine Knetanimation, so etwas wie ein Claybot – ich teste ihn im Einsatz.«

»Für … wie heißt dein Freund noch gleich?«

»Oh, für Jitendra ist das eine Nummer zu groß. Ein Freund von ihm befasst sich damit, jemand, der von Berufs wegen mit Robotertechnik zu tun hat. Leider habe ich strikte Anweisung, die betreffende Firma nicht zu nennen, aber wenn ich sage, sie reimt sich auf Sexus …«

»Aha.«

Sunday griff nach seiner Hand, bevor er sie zurückziehen konnte. »Sag mir, wie sich das anfühlt.«

Sie umschloss seine Hand mit den Fingern.

»Gruselig.«

Ihre Hand war unnatürlich kalt, doch davon abgesehen war die Wirkung überzeugend. Ihr Gesicht war kaum weniger realistisch. Erst als sie sich die Sonnenbrille ins Haar schob, war der Bann gebrochen. Die Augen waren von einer Leblosigkeit, die an den Unterschied zwischen Modeschmuck und echten Steinen erinnerte.

»Sieht ziemlich gut aus.«

»Besser als gut. Dabei hast du noch nicht einmal die Hälfte gesehen. Pass auf.«

Von einem Atemzug zum anderen war Sunday nicht mehr da. Vor ihm stand eine alte Frau, das graue Haar zu einem straffen Knoten zusammengenommen, die Haut gezeichnet von den Spuren ihres hundertdreißigjährigen Lebens.

Bevor Geoffrey reagieren konnte, war Eunice verschwunden und Sunday zurückgekehrt.

»Unter den gegebenen Umständen«, sagte er, »war das eine grobe Respektlosigkeit.«

»Sie hätte mir verziehen. Das ist die eigentlich bahnbrechende Erfindung, deshalb wurde der Prototyp entwickelt. Das schnell verformende Material kommt vom Evolvarium auf dem Mars – ursprünglich wurde es zur adaptiven Tarnung verwendet. Plexus … ist mir das jetzt rausgerutscht? Plexus hat die Exklusivrechte daran. Sie nennen es ›Mercurial‹, abgeleitet vom englischen Wort für Quecksilber. Schneller und realistischer als alles andere, was da draußen unterwegs ist.«

»Du glaubst also, dass es dafür einen großen Markt gibt?«

»Wer weiß? Ich habe mich nur als Probandin zur Verfügung gestellt. Die Testdaten gehen an jemand anderen.« Sunday ließ Geoffreys Hand los und klopfte sich mit dem Finger auf den Wangenknochen. »Wir zeichnen ständig auf. Jedes Mal, wenn mich jemand sieht, werden die Reaktionen registriert – Mikromimik, Augenbewegungen und so weiter – und später ins System eingespeist, um damit die Konfigurationsalgorithmen zu optimieren.«

»Und wo bleibt der Anstand? Es gehört sich nicht, die Menschen glauben zu machen, sie würden mit einer echten Person sprechen.«

»Selbst schuld, wenn sie sich nicht die richtigen Overlays aktivieren lassen«, gab Sunday zurück. »Außerdem bin ich nicht allein. Im Moment laufen zwanzig von uns herum, alle von der *Zone* eingechingt. Wir testen nicht allein, wie realistisch die Konfigurationen sind. Wir wollen auch sehen, wie gut sich dieser Realismus aufrechterhalten lässt, wenn die Zeitverzögerung zwischen Erde und Mond dazukommt.«

»Du konntest also einen Körper herunterschicken, aber persönlich zu kommen war dir zu mühsam?«

Sie warf ihm einen spöttischen Blick zu. »Immerhin bin ich aufgekreuzt, nicht wahr? Eunice wäre es schließlich nicht darauf angekommen, ob jemand von uns körperlich anwesend ist oder nicht.«

»Ich weiß nicht, ob ich sie gut genug kannte, um das mit Sicherheit sagen zu können.«

»Ich glaube, ihr wäre es piepegal gewesen, wer leibhaftig hier ist und wer nicht. Und sie hätte das ganze Theater verabscheut. Aber Memphis hatte sich in den Kopf gesetzt, dass wir alle miteinander vom Familiensitz aufbrechen.«

»Das ist mir nicht entgangen. Ich nehme an, Eunice hat gewisse Anweisungen hinterlassen, und er hält sich lediglich an das Drehbuch.«

Sunday schwieg einen Moment, dann sagte sie leise: »Er ist sehr gealtert.«

»Sag so etwas nicht.«

»Warum nicht?«

»Weil ich eben genau das Gleiche gedacht habe.«

Memphis führte den Trauerzug an. Er ging mit einem Tongefäß in den Händen vor der Hauptgruppe her. Seit sie das Haus verlassen hatten, gingen sie nach Westen auf ein Akazienwäldchen an der verfallenen Grenzmauer zu.

»Aber den alten Anzug trägt er immer noch«, sagte Geoffrey.

»Ich glaube, er hatte immer nur den einen.«

»Oder er hat Hunderte, die alle genau gleich aussehen.«

Memphis' heiß geliebter schwarzer Businessanzug war immer noch untadelig, aber er schlotterte um seinen mageren Körper, als wäre er für einen anderen, kräftigeren Mann geschneidert worden. Dieselben Hände, die Sunday vor all den Jahren aus dem Loch getragen hatten, hielten jetzt das Tongefäß, obwohl man das kaum glauben wollte. Hatte Memphis einst mit jedem Schritt Selbstbewusstsein und Autorität ausgestrahlt, so ging er nun so langsam und gemessen, als fürchte er jedes Mal eine Blamage, wenn er den Fuß aufsetzte.

»Immerhin ist er dem Anlass entsprechend gekleidet«, bemerkte Sunday.

»Unter meinen Kleidern schlägt immerhin ein Herz.«

»Auch wenn sie leicht nach Elefantendung riechen.«

»Ich dachte, ich könnte noch zur Forschungsstation zurückfliegen und mich umziehen, aber dann habe ich die Zeit vergessen …«

»Du bist hier, Bruder. Niemand hat mehr von dir erwartet.«

Zusammen mit ihnen waren etwa dreißig Personen anwesend. Geoffrey hatte sich alle Mühe gegeben, die Verwandten aus verschiedenen Zweigen der Familie und die dazugehörigen Partner zu identifizieren, aber es war noch nie seine Stärke gewesen, den Überblick über die feineren Verästelungen des Akinya-Stammbaums zu behalten. Elefanten hatten immerhin so viel Anstand, nach fünfzig oder sechzig Jahren tot umzufallen, anstatt bis ins zweite Jahrhundert herumzuhängen und sich fortzupflanzen. Im Amboseli-Becken lebten knapp tausend Einzeltiere. Mindestens hundert davon konnte Geoffrey mit einem Blick unterscheiden. Er registrierte ohne bewusste Anstrengung Gestalt, Größe und Haltung und vermochte das Tier sofort nach Alter, Abstammung, Verwandtschaftsbeziehungen, Stellung innerhalb der Familie, der Gruppe und des Clans einzuordnen. Im Vergleich dazu hätte es kinderleicht sein müssen, sich die Familienstruktur der Akinyas einzuprägen. Es gab sogar eine Matriarchin, Bullen und eine Wasserstelle.

Sowie Raubtiere und Aasfresser.

Was wollten sie bloß alle hier?, fragte sich Geoffrey. Was erwarteten sie sich davon? Wichtiger noch: Was erwartete *er* sich von dieser Zeremonie?

Ein anerkennendes Schulterklopfen für den gehorsamen Enkel? Gewiss nicht von seinen Eltern, die – wie Onkel Edison – immer auf Titan geblieben waren. Kenneth Cho und Miriam Beza-Akinya hatten Golems von sich geschickt, aber die Zeitverzögerung war so gravierend, dass die Maschinen mit voller Autonomie laufen mussten und sich zumeist auf die Zuschauerrolle beschränkten.

Hatte er von ihnen mehr erwartet?

Vielleicht.

»Ich freue mich, dass ihr beiden euch trotz eurer vielen persönlichen Verpflichtungen freimachen konntet.« Hector hatte sich an Geoffrey und Sunday herangepirscht.

»Wir wären auf jeden Fall gekommen, Cousin«, sagte Sunday. »Uns hat sie ebenso viel bedeutet wie dir.«

»Natürlich.« Wie sein Bruder Lucas, der nun ebenfalls zu ihnen getreten war, trug Hector einen dunklen Anzug von konservativem Schnitt mit bunten Aufnähern in den Stammesfarben. Die hochgewachsenen, muskulösen Zwillinge fühlten sich in der formellen Tracht sichtlich unwohl. Die Cousins hatten so lange im All gelebt, dass sie die Hitze Afrikas nicht mehr vertrugen. »Wenn wir nun alle wieder beisammen sind«, fuhr Hector fort, »sollten wir vielleicht die Gelegenheit nutzen, unsere Stellung innerhalb der Herde zu überdenken.«

Lucas erklärte, als zitiere er ein unbekanntes biblisches Sprichwort: »Ein Haus braucht viele Pfeiler.«

»Ich glaube, der Familiensitz kommt ohne uns ganz gut zurecht«, sagte Geoffrey. »Außerdem – sind wir beide in euren Augen nicht ohnehin hoffnungslose Fälle?«

»Du hast einen analytischen Verstand«, antwortete Hector in gönnerhaftem Ton. Er war nur zehn Jahre älter als Geoffrey, schaffte es aber, diesen Unterschied wie ein Jahrhundert erscheinen zu lassen. »Und Sunday ist … sehr flexibel.«

»Du machst mich ganz verlegen.«

Geoffrey suchte noch nach einer sarkastischen Erwiderung, als er bemerkte, dass Memphis langsamer wurde und schließlich stehen blieb.

Auch die anderen hielten an, und die Gespräche verstummten. Geoffrey stand nach dem Schlagabtausch mit den beiden Cousins noch unter Strom, doch nun kehrte das flaue Gefühl im Magen verstärkt zurück. Jedes Zeremoniell war ihm ein Gräuel, erst recht, wenn er nicht wusste, was geplant war. Memphis drehte sich langsam um und hob das Tongefäß, als präsentiere er dem Himmel ein neugeborenes Kind. Er war im Schatten des Akazienhains stehen geblieben und schaute nun zurück zum Haus, hinter dem, knapp fünfzig Kilometer entfernt, der mächtige Berg aufragte.

Geoffrey warf einen raschen Blick über die Schulter. Die Sonne war untergegangen, und über dem Kilimandscharo leuchtete der wolkenlose Himmel in einem durchsichtigen Flamingorosa. Bald würde der erste und hellste Abendstern erscheinen, doch vom Gipfel aus konnte man sicher noch die Sonne sehen. Die grell glitzernden Schneefelder präsentierten sich der Trauergesellschaft wie mit dem Laser gezeichnet.

Eunice hatte diese Schneefelder nie mit eigenen Augen gesehen. Als sie geboren wurde, waren sie nahezu restlos weggeschmolzen gewesen, und erst lange nachdem sie ins Exil gegangen war, waren sie allmählich zurückgekehrt.

Geoffrey unterdrückte solche Gedanken. Es war völlig still geworden. Memphis hatte das Wort ergriffen.

»Sie kam gerne hierher«, begann er, hielt inne, bis er sicher war, die ungeteilte Aufmerksamkeit zu haben, und wiederholte dann den Einleitungssatz, bevor er fortfuhr. »Diese Bäume standen schon hier, als sie noch ein kleines Mädchen war, und obwohl ich sie erst viel später kennenlernte, weiß ich, dass sie immer wieder, sogar in der Regenzeit, zum Lesen an diesen Ort kam.«

Memphis sprach stets sehr langsam, und seine Stimme war mindestens eine Oktave tiefer als die aller anderen Anwesenden.

»Auch in ihren letzten Monaten auf der Erde, nachdem sie zurückgekehrt war, um sich auf ihre letzte Expedition vorzubereiten, pflegte sie hier zu sitzen, im Schatten dieser Bäume, mit dem Rücken an diesen Stamm gelehnt.« Memphis wies mit dem Kopf auf einen Baum mit einer leichten Vertiefung im Stamm, die für einen menschlichen Rücken wie geschaffen schien. »Sie hatte die Beine angezogen, hielt ein uraltes, ramponiertes Lesegerät – bisweilen sogar ein gedrucktes Buch – auf den Knien und las mit zusammengekniffenen Augen. *Gullivers Reisen* war eines ihrer Lieblingswerke – das alte Exemplar liegt noch im Museum und ist ziemlich abgegriffen. Manchmal konnte ich rufen, sooft ich wollte, und sie hörte mich nicht – oder wollte mich nicht hören –, bis ich mich schließlich selbst hierher aufmachte. Ich konnte ihr nicht böse sein, auch wenn ich es wollte. Sie lächelte mich immer an und vermittelte mir das Gefühl, sie freue sich, mich zu sehen. Ich glaube, meistens war es auch so.« Memphis hielt inne, um seinen Blick über einen Gast nach dem anderen schweifen zu lassen – jedenfalls war das Geoffreys Eindruck.

»Ich danke Ihnen, dass Sie meiner Einladung gefolgt sind, obwohl sie so kurzfristig war. Allen Angehörigen und Freunden, die nicht oder nicht persönlich anwesend sein können, möchte ich versichern, dass Eunice das verstanden hätte. Es genügt, dass sich die Familie im Geiste versammelt hat, um ihr die letzte Ehre zu erweisen und Zeuge zu sein, wie ihre Asche verstreut wird.«

Memphis kippte die Urne um und schüttete die Asche heraus. Der Wind trug sie als feinen grauen Nebel davon.

»Es war ihr Wunsch, nicht bloß auf die Erde, sondern nach Afrika, nicht bloß nach Afrika, sondern ins ehemalige Tansania und nicht bloß hierher, sondern auf ihren Familiensitz und zu diesem Wäldchen zurückzukehren, wo sie sich immer am meisten zu Hause gefühlt hatte.«

Memphis hielt inne und schien auf etwas zu lauschen, was niemand außer ihm hören konnte; eine ferne Alarmsirene, ein unpassendes Lachen, das Nahen eines Fahrzeugs, das nicht erwartet wurde.

Geoffrey warf einen Blick auf Sunday, die beiden hatten den gleichen Gedanken: Spielte ihm etwa das Alter einen Streich?

Dann spürte Geoffrey etwas, das zugleich vertraut und doch vollkommen fehl am Platz war.

Der Boden vibrierte.

Es klang, als käme eine unsichtbare Herde von Tieren in wilder Flucht allmählich näher. Doch das war es nicht. Geoffrey wusste sofort, was den Boden auf diese Weise erzittern ließ, obwohl er es zunächst nicht glauben wollte.

Die Rohrpost funktionierte nicht – *konnte* nicht funktionieren. Die Abschussanlage war seit mindestens fünf oder sechs Jahren stillgelegt. Zwar wurde andauernd davon geredet, sie wieder in Betrieb zu nehmen, aber das war angeblich Zukunftsmusik.

Dass sie ausgerechnet heute reaktiviert werden sollte …

»An diesem Ort«, fuhr Memphis mit seiner Ansprache fort, die Bewegungen waren nun nicht mehr zu ignorieren, »träumte Eunice erstmals von ihrer leuchtenden Straße zu den Sternen. Die Idee war natürlich nicht neu, aber es musste erst jemand mit Eunice' Vorstellungskraft kommen, um uns begreiflich zu machen, dass es möglich war, dass diese Straße hier und jetzt, zu ihren Lebzeiten gebaut werden konnte. Und sie setzte diesen Bau mit schierer Willenskraft auch durch.«

Aufgescheucht vom Grollen der Erde, erhoben sich Schwärme von Finken, Kranichen und Störchen aus den Bäumen und ergriffen wild flatternd und mit lautem Geschrei die Flucht.

Es war also die Rohrpost. Als ob es daran noch Zweifel gegeben hätte. Was hätte sonst die Kraft gehabt, solche Erschütterungen hervorzurufen? Mehr als hundert Kilometer weiter westlich raste genau in diesem Augenblick ein Frachtstück durch die Eingeweide der Erde, fegte durch einen Vakuumtunnel so gerade wie ein Gewehrlauf und würde irgendwann genau unter dem Trauerzug eintreffen. Die Gesetze der Physik schrieben vor, dass die Magnetbeschleuniger einen Rückstoß erzeugten, der nur durch das mächtige Gegengewicht der ganzen Erde abgefangen werden konnte. Wenn man eine größere Masse nach Osten schoss, verzögerte man das Untergehen der Sonne im Westen. Der Tag verlängerte sich um eine Winzigkeit. Die Sonne hatte an dem Tag, an dem man die Asche ihrer Tochter verstreute, ihre Bewegung verlangsamt.

Nicht alle Anwesenden wussten, was vorging, doch von denen, die etwas ahnten, wandte sich einer nach dem anderen dem Kilimandscharo zu. Sie wussten, was nun kam, und bald griff die Vorfreude auch auf die anderen Trauergäste über. Alle blickten zu der feurig roten Schneehaube empor.

Das Frachtstück erschien als Lichtpunkt und stieg rasch himmelwärts.

In weniger als einer Sekunde waren die Laser-Pusher aktiviert und ausgerichtet. Insgesamt waren es fünf, und sie waren nur wenige Hundert Meter unter dem Gipfel in einem großen Kreis um die irisförmige Austrittsöffnung aufgebaut. Es waren hochleistungsfähige Freie-Elektronen-Laser, die ihre Energie größtenteils geradewegs an die Unterseite des aufschießenden Frachtstücks emittierten und ein Wärme absorbierendes Polster aus superheißem Plasma erzeugten. Ihre Kühlsysteme befanden sich so tief im Inneren des Berges, dass sie der Schneedecke nichts anhaben konnten. Es gab genügend Streulicht, dass Geoffrey die Laserstrahlen erkennen konnte. Fünf konvergierende Platinfäden, deren Abstände zueinander immer geringer wurden, je weiter das Frachtstück himmelwärts stieg, und sich scheinbar wieder vergrößerten, als es sich nach Osten entfernte. Die Gäste schauten an der Flugbahn entlang und konnten daher nicht ohne Weiteres feststellen, dass es nicht senkrecht aufstieg, sondern in einem Winkel von fünfundvierzig Grad. Inzwischen war es höchstwahrscheinlich längst über dem Indischen Ozean, über den Herrschaftsgewässern der Vereinigten Wasser-Nationen.

Jemand begann zu applaudieren. Das war vielleicht keine angemessene Reaktion. Doch dann schlossen sich ein Zweiter und ein Dritter an, und alsbald ertappte sich auch Geoffrey beim Klatschen. Sogar Sunday ließ sich anstecken. Memphis hatte inzwischen die Urne vollends entleert und schien, wenn nicht unbedingt stolz auf sich, so doch nicht ganz unzufrieden mit dem Ablauf der Ereignisse zu sein.

»Ich hoffe, Sie verzeihen mir das kleine Spektakel«, sagte er gerade so laut, dass das Klatschen verstummte. Bevor er fortfuhr, schaute er fast verschämt zu Boden. »Vor einigen Tagen, ich war bereits mit der Asche zurückgekehrt, erfuhr ich, dass für heute Nachmittag eine Art Generalprobe geplant war. Man wollte jedes Aufsehen vermeiden, die Techniker legten besonderen Wert darauf, dass im Vorfeld nichts bekannt gegeben würde. Diese Gelegenheit konnte ich nicht vorübergehen lassen.«

»Ich dachte, von einer Wiederaufnahme des Betriebs sei man noch Jahre entfernt.« Das war Nathan Beza, der Enkel von Jonathan Beza, Eunice' verstorbenem Ehemann. Jonathan hatte auf dem Mars noch einmal geheiratet. Nathan – er war zur Trauerfeier von Ceres angereist – war mit Eunice nicht blutsverwandt.

»Das dachten wir auch«, murrte Geoffrey.

»Der Schaden war nicht so groß, wie wir damals annahmen.« Hector schob den Finger unter den engen Kragen und rieb sich die verschwitzte Haut. »Die Vorsicht der Techniker war berechtigt, auch wenn das zum Zeitpunkt der Panne den Kurs unserer Aktien drückte. Aber es wiegte unsere Konkurrenten in Sicherheit, sie sonnten sich in dem Wissen, dass wir für lange, lange Zeit aus dem Rennen wären.«

Geoffrey brach sein Schweigegelübde. »Was haben wir da eben hochgeschossen?«, fragte er.

»Eine Testmasse«, antwortete Lucas. »Bei einem kommerziellen Transport hätte man die Kosten für Reparatur und Neugestaltung absetzen können, aber das Risiko, dass etwas durchsickerte, wurde als zu hoch eingeschätzt«, fügte er mit der lässigen Autorität eines Nachrichtensprechers hinzu. »Den innersten Kreis des technischen Personals mit wasserdichten Vorschriften zu absoluter Geheimhaltung zu verpflichten war anspruchsvoll genug.«

»Wer außer euch beiden und Memphis war denn eingeweiht?«, fragte Sunday.

»Wir gingen nach dem Need-to-know-Prinzip vor«, antwortete Lucas. »Es bestand keine Notwendigkeit, über den Familienkreis hinauszugehen.«

»Auch meine Schwester und ich gehören immer noch zur Familie«, stellte Geoffrey fest. »Jedenfalls ist mir nichts anderes bekannt.«

»Gewiss«, versicherte ihm Hector mit übertriebener Freundlichkeit. »Das versteht sich doch von selbst.«

»Es gibt noch eine Reihe von technischen und juristischen Hürden zu überwinden, bevor der Übergang zu einer vollen kommerziellen Nutzung in zufriedenstellender Weise vollzogen werden kann.« Lucas redete so glatt und überzeugend wie der Vertriebsroboter einer großen Firma. »Als Nächstes folgt ein rigides Testprogramm über voraussichtlich drei bis sechs Monate.«

»Die Hauptsache ist«, erklärte Hector, »dass wir Großmutter damit einen würdigen Abschied bereiten konnten. Meinst du nicht auch, Geoffrey?«

Geoffrey suchte noch nach einer ätzenden Erwiderung – nach allem, was er von Eunice wusste, hätte sie alles getan, um genau diese Art von Selbstbeweihräucherung zu vermeiden –, als ihm aufging, dass er damit nicht bloß seinen Cousin, sondern auch Memphis treffen würde. Also hielt er den Mund, lächelte nur und empfahl Sunday mit einem warnenden Blick, seinem Beispiel zu folgen.

Sunday schob trotzig das Kinn vor, aber sie schwieg.

Sie warteten, bis die Laser so unvermittelt, wie sie aufgeleuchtet hatten, auch wieder erloschen. Falls der Abschuss ohne Zwischenfälle verlaufen war, hatten sie das Frachtstück inzwischen bis zur Orbitalgeschwindigkeit beschleunigt und damit seine Geschwindigkeit seit dem Austritt aus dem Berg verdoppelt.

Ohne irgendwelche Korrekturen würde die Testmasse in neunzig Minuten abermals Äquatorialafrika überfliegen. Bis dahin wären alle Sterne aufgegangen.

Die Trauergäste schlenderten gemächlich zum Haus zurück. Geoffrey zögerte noch. Er hätte gerne gewartet, bis das Frachtstück wiederkam. Dabei bemerkte er das Kind. Das kleine Mädchen war die ganze Zeit da gewesen und hatte sich unter die Gäste gemischt, ohne sich an jemanden anzuschließen. Sie war vom Aussehen her Chinesin und trug ein rotes Kleid, weiße Strümpfe und schwarze Schuhe. Sunday und Geoffrey hatten chinesische Gene, aber dieses Mädchen hatte keinerlei afrikanische Züge. Stil und Schnitt ihres Kleides schienen aus einem anderen Jahrhundert zu stammen.

Geoffrey war die Kleine völlig unbekannt, aber sie sah ihn so offen an, dass er sich umblickte, ob jemand hinter ihm stünde. Doch er war allein.

»Hallo?«, sagte er und lächelte. »Kann ich …?«

Dann rief er subvokal ein ER-Overlay auf. Das Mädchen war gar kein Mädchen, sondern ein Roboter, ein sogenannter Stellvertreter. Vielleicht eine von Sundays Testfiguren. Er sah sich nach seiner Schwester um, aber die war schon zwanzig Schritte entfernt und sprach mit Montgomery, Kenneth Chos Bruder. Er hatte den steifen Gang eines Menschen, der unter der Kleidung ein Exoskelett trug.

Geoffrey präzisierte seine ER-Anfrage. Er wollte wissen, wer in diesen Vertreterkörper chingte. Aber die ER konnte die Ching-Adresse nicht auflösen.

Und das war womöglich noch merkwürdiger als das Auftauchen eines unbekannten Kindes bei der Trauerfeier für seine Großmutter.

2

»Keine gute Idee, Bruder. Hier geht es weit nach unten.«

Geoffrey fand sein Gleichgewicht wieder und trat vom Rand des Daches zurück. Er hatte den Kopf in den Nacken gelegt, um einen hellen Lichtpunkt zu verfolgen, der über den Himmel zog. Laut ER eine balinesische Orbitalfabrik. Für einen Moment hatte sie seinen Blick wie magisch angezogen, und er hatte zu schwanken begonnen.

Sunday hatte recht. Das alte Gebäude war nicht so gut gesichert, wie man es heutzutage für selbstverständlich hielt. Keine Barriere um das Dach und keine versteckten Apparaturen, die jederzeit bereit waren, ihn bei einem Sturz aufzufangen.

Er rang nach Luft. »Ich habe dich nicht kommen hören.«

»Ganz in deine eigene kleine Welt versunken.« Sie nahm ihm das Weinglas aus der Hand. »Ich dachte, dir sei schlecht geworden.«

»Ich habe es eher satt, meine Rolle zu spielen. Hast du gehört, was Lucas zu mir sagte?«

»Ich bitte dich! Ich war mit meiner eigenen Unterhaltung beschäftigt.«

»Die war sicher nicht interessanter als meine.«

»Ach, ich weiß nicht. Wenn es darum geht, seine Mitmenschen zu Tode zu langweilen, ist Hector ein ernst zu nehmender Konkurrent für Lucas.«

Die Sterne waren aufgegangen, im Westen schillerte der Horizont immer noch im satten Pink einer Plasmaröhre. Nach dem Abendessen hatte sich Geoffrey aufs Dach geschlichen und war über die gläsernen Oberlichter hinweg an den ungeschützten Rand getreten. Dort hatte er nach oben geblickt, wo sich die erdnahen Ansiedlungen wie eine Schleimspur über den Himmel zogen. Die ER lieferte ihm Namen und Zugehörigkeit jeder Station und Plattform und warf die jeweiligen Flaggen und Firmensymbole an den Himmel. Es sah wunderschön aus, wenn man sich überlegte, wofür das alles tatsächlich stand und wie viel Blut und Schweiß ganze Generationen für diese radikalen Errungenschaften der Menschheit vergossen hatten. Friedliche Gemeinden im Orbit, Städte auf dem Mond, dem Mars und noch weiter draußen, und theoretisch alles in seiner Reichweite, er brauchte bloß die Hand danach auszustrecken.

Als Eunice 2030 geboren wurde, war alles noch ganz anders gewesen. Raketen konnten nur mit chemischem Antrieb ins All gelangen. Es gab ganze zwei halb verfallene, aus Blechbüchsen zusammengeschraubte Raumstationen. Auf dem Mars stolperten Roboter so unbeholfen herum wie junge Hunde, einige wagten sich auch noch weiter hinaus. Raumsonden so groß wie Mülltonnendeckel stürzten sich sogar in die Finsternis außerhalb des Sonnensystems.

Der Nachthimmel war ein schwarzer, alles verschlingender Ozean.

»Lucas hat mich gefragt, was ich mit meinem Leben anfangen will«, sagte Geoffrey. »Meine Antwort war, ich käme gut zurecht, vielen Dank. Dann wollte er wissen, warum ich mir keinen Namen mache. Und ich erwiderte, einen Namen hätte ich doch schon bei meiner Geburt erhalten.«

»Das kam sicher gut an.«

»Er erklärte mir, es sei ja gut und schön, die Schlüssel zum Himmelreich zu haben, aber man sollte doch trotzdem wissen, welche Türen man öffnen müsse.«

»Lucas ist ein Idiot. Auch wenn wir verwandt sind.« Sunday kniete nieder und schob Geoffreys Glas zur Seite. Dann ließ sie die Beine über die Dachkante hängen, was Geoffrey für kaum weniger gefährlich hielt, als sich an den Rand zu stellen. »Er hat sich einen Empathie-Shunt einsetzen lassen. Erstaunlicherweise ist das legal. Wenn er sich jetzt wie ein eiskalter Geschäftsmann verhalten will, kann er bestimmte neuronale Verbindungen abschalten, die mit Empathie zu tun haben, und vorübergehend zum Soziopathen werden.«

»So weit ist nicht einmal Hector gegangen.«

»Lass ihm Zeit – sobald ihm sein Gewissen bei der Gewinnmaximierung in die Quere kommt, wird er schnurstracks zum nächsten Neuropraktiker marschieren und sich ebenfalls einen Shunt einsetzen lassen.«

»Ich bin froh, dass ich nicht bin wie die beiden.«

»Das ändert nichts daran, dass du und ich für den Rest der Familie immer eine abgrundtiefe Enttäuschung bleiben werden.«

»Wenn Vater hier wäre, würde er mir den Rücken stärken.«

»Da wäre ich mir nicht so sicher. Mag sein, dass er etwas mehr von uns hält als unsere Cousins, aber auch er ist der Meinung, dass du *nur so tust*, als hättest du einen Beruf.«

Über dem Familiensitz stand der Vollmond und schaute missmutig auf Afrika herab. Man konnte durchaus den Eindruck gewinnen, ein vorwitziges Kind hätte sich mit einem großen Wasserfarbenkasten darüber hergemacht. Die chinesischen, indischen und afrikanischen Sektoren waren rot, grün und gelb gefärbt. Zwischen die großen geopolitischen Teilbereiche zwängten sich blaue Abschnitte, dort hatten kleinere

Nationalstaaten und transnationale Körperschaften ihre Claims abgesteckt. Die großen Siedlungen sowie in der Umlaufbahn befindliche Körper und Fahrzeuge im cislunaren Raum zwischen Mond und Erde waren mit Pfeilen und Beschriftungen gekennzeichnet.

Geoffrey löschte das Overlay mit einem subvokalen Befehl. Der nackte Mond war lediglich eine flache, silbrig-gelbe Scheibe. Zu jeder anderen Zeit im Monat hätten in den verschatteten Regionen Städte und Fabrikanlagen geleuchtet, Glitzerketten und Lichterbögen hätten sich an Verkehrslinien, politischen Grenzen und den uralten natürlichen Landschaftselementen der Mondoberfläche entlanggezogen, und man hätte feurige Lavaströme durch die schwarze Kruste sickern sehen. Doch wenn die Scheibe voll angestrahlt war, verschwanden alle Spuren der Besiedlung, und Geoffreys mondsüchtige hominide Vorfahren hätten sie nicht viel anders erlebt als heute.

Geoffrey konnte immer noch nicht so recht begreifen, dass Sunday neben ihm saß und zugleich *da oben* am Himmel war, auf dieser blanken Goldmünze.

»Hast du das merkwürdige kleine Mädchen bei der Trauerfeier bemerkt?«, erkundigte er sich.

»Ja.«

»Und?«

»Ich wollte gerade dich fragen, ob du weißt, wer sie war. Ich habe versucht, die Adresse aufzulösen, aber …«

»Die Verbindung ging ins Leere«, antwortete Geoffrey. »Sonderbar, nicht wahr? Eigentlich sollte so etwas nicht möglich sein.«

»Was allerdings nicht heißt, dass es nicht Leute gibt, die es doch können.«

»Wie deine Freunde?«

»Aha, ich sehe, worauf du hinauswillst. Du meinst, sie hätte etwas mit der *Überwachungsfreien Zone* zu tun. So leid es mir tut, das glaube ich nicht. Plexus überwacht den Datenverkehr zwischen Erde und Mond, und man hat nichts aufgefangen, was wie eine Ching-Verbindung ohne Namensauflösung aussah. Fehler sind natürlich immer möglich, aber ich vermute, dass sie nicht aus dem lunaren Raum eingechingt hat. Vielleicht irgendwo aus der näheren Umgebung.«

»Das verrät uns immer noch nicht, wer sie ist.«

»Nein, aber wenn ich mich von jedem kleinen Rätsel um diese Familie einfangen ließe …« Sunday ließ die Bemerkung unvollendet stehen. »Jemand muss sie wohl kennen, und mehr brauche ich nicht zu wissen. Was gibt es denn sonst für Möglichkeiten? Wer sollte schon ohne Einladung bei unserer Trauerfeier auftauchen?«

»Vielleicht gehen nur alle davon aus, dass sie eingeladen war.«

»In diesem Fall wünsche ich ihr viel Glück. Es wurden keine Geheimnisse preisgegeben, und wenn uns jemand aushorchen wollte, hätte er das über eine Million Kameraaugen tun können. Sei mir nicht böse, aber ich habe im Moment andere Dinge im Kopf. Termine. Rechnungen. Die Miete. Und so weiter.«

Sunday hatte natürlich recht – und nachdem Geoffrey über die politischen Verhältnisse innerhalb seiner eigenen Familie kaum auf dem Laufenden war, konnte das Mädchen durchaus eine entfernte Verwandte sein, die er vergessen hatte.

»Ich kann nicht einmal mit dem Finger auf die *ÜZ* zeigen«, sagte er und erkannte im gleichen Augenblick zerknirscht, wie wenig er über ihr Leben wusste.

»Das wäre auch ziemlich sonderbar, Bruder – sie liegt auf der anderen Seite des Mondes und ist deshalb von hier nie wirklich zu sehen.« Sie hielt inne. »Du weißt, dass das Angebot immer noch steht. Ein Touristenvisum ist schnell zu bekommen, und dann besuchst du uns für ein paar Tage. Jitendra und ich würden dir gerne alles zeigen. Und es gibt noch etwas, das ich dir unbedingt vorführen möchte. Was ich vorhin mit Eunice' Gesicht gemacht habe …« Sunday zögerte. »Dahinter steckt noch einiges mehr, es ist eine Art Langzeitprojekt von mir. Aber das müsstest du dir selbst ansehen.«

Geoffrey kramte in seinem Sortiment an Ausreden. »Ich muss noch zwei wissenschaftliche Aufsätze fertigstellen, bevor ich Urlaub nehmen kann. Und dann muss ich für *Mind* ein Gutachten zu einem Artikel abgeben.«

»Das sagst du immer, Bruder. Aber das soll kein Vorwurf sein. Ich sehe ja, wie sehr du deine Arbeit liebst.«

»Ich fliege morgen wieder hinaus. Möchtest du mitkommen und dir die Herde ansehen?«

»Ich … muss meinen Bericht über diesen Körper abliefern«, wich Sunday aus. »Schade. Wie sagst du immer? Vielleicht ein andermal.«

Geoffrey lächelte in die Dunkelheit hinein. »Wir haben uns gegenseitig nichts vorzuwerfen, nicht wahr?«

»Wahrscheinlich nicht«, antwortete seine Schwester von dem Ort auf der anderen Seite des Mondes, an dem sich ihr Körper aus Fleisch und Blut befand. »Ich möchte es auch gar nicht anders haben.«

Geoffrey hatte gehofft, dass Sunday sich noch umstimmen ließe – es gab so vieles, was er ihr gerne gezeigt hätte –, doch als er am nächsten Morgen zur Forschungsstation hinausflog, war er allein. Er stellte fest, dass die Wasserstelle kleiner geworden war, seit zum Jahreswechsel die Trockenzeit begonnen hatte. Ehemals sumpfige Stellen waren jetzt hart und kahl, dadurch waren die Tiere gezwungen, bei der Futtersuche enger zusammenzurücken. Das Gras leuchtete nicht mehr sattgrün wie in der Regenzeit, und die spärlichen, sonnenverbrannten

Halme waren nicht sehr nahrhaft. An den Bäumen war alles abgefressen, was die Elefanten mit ihren Rüsseln erreichen konnten. Seit der letzten anhaltenden Trockenperiode in diesem Teil Afrikas waren viele Jahrzehnte vergangen, und zu einer richtigen Dürre würde man es heute nicht mehr kommen lassen. Dennoch war es eine schwere Zeit für die Tiere.

Alsbald entdeckte er einen kleinen Trupp neben einem Wäldchen aus Kandelaberbäumen, ein zweiter etwa einen Kilometer weiter hatte eine Mutter mit Kalb im Schlepptau. Er kniff die Augen zusammen, als die kleine Wasserstelle im Sonnenlicht aufblitzte, und entdeckte einen einsamen Bullen, der durch eine Gruppe von Akazien und Kohlpalmen trottete. Die Elefanten waren grau wie Schlachtschiffe, nur ein paar olivgrüne Flecken zeugten davon, dass sie trotz der Trockenheit irgendwo eine Schlammkuhle gefunden hatten.

Der Form des Körpers, den relativ langen und stark gewölbten Stoßzähnen und dem schlendernden Gang nach zu urteilen, war der Einzelgänger höchstwahrscheinlich Odin, ein meist schlecht gelaunter Bulle, dessen Aktionsradius fast das gesamte Becken umfasste. Odin hatte den Rüssel lässig über den linken Stoßzahn gelegt und strebte der Gruppe zu, die ihm am nächsten war, der O-Familie, in der er vor etwa dreißig Jahren das Licht der Welt erblickt hatte.

Geoffrey subvokalisierte den Befehl für ein ER-Overlay. Die ER markierte den Bullen mit einem Pfeil und lieferte eine Datenbox, die bestätigte, dass es sich tatsächlich um Odin handelte.

Die Cessna setzte ihren Weg fort. Geoffrey entdeckte eine weitere Elefantengruppe, die noch weiter von der Wasserstelle entfernt war als die vorherige. Es war die M-Familie, seine wichtigste Studienherde. Sie hatte seit gestern einen weiten Weg zurückgelegt. »Biege nach Nordwesten ab«, befahl er der Cessna, »und geh auf etwa zweihundert Meter herunter.«

Das Flugzeug gehorchte. Geoffrey zählte die Elefanten, so gut es mit bloßem Auge möglich war, aber das war schon von einem festen Standort aus schwierig. Er überflog die Gruppe einmal, ließ die Cessna eine Schleife fliegen, und als er zurückkehrte, kam er auf eine andere Zahl: elf beim ersten, zehn beim zweiten Mal. Er gab auf und erlaubte der ER, die Truppe zu kennzeichnen und zu identifizieren. Mit der M-Familie hatte er recht gehabt, und die ER fand wie erwartet nur zehn Elefanten. Wahrscheinlich hatte er eins der übermütigen Kälber doppelt gezählt.

Er befahl der Cessna, die M-Familie noch einmal in geringerer Höhe zu überfliegen. Die Elefanten hoben die Köpfe, um ihn zu verfolgen, und eine der älteren Kühe grüßte ihn sogar mit erhobenem Rüssel. »Umstellen auf manuelle Steuerung«, befahl er der Maschine.

Er wählte einen Geländestreifen und landete dreihundert Meter von der M-Familie entfernt. Die ER entdeckte keinen anderen Elefanten – und schon gar keinen Bullen – im Umkreis von drei Kilometern. Das genügte als Sicherheitsabstand, und wenn sich die Situation änderte, würde er gewarnt werden.

Geoffrey teilte der Cessna mit, dass er in zwei Stunden zurück sein würde, holte seine Schultertasche hinter dem Pilotensitz hervor und machte sich auf den Weg in Richtung Herde. Um nichts dem Zufall zu überlassen, hob er einen toten Ast vom Boden auf und schlug damit bei jedem Schritt auf die Erde. Gelegentlich erhob er auch die Stimme, um seine Ankunft anzukündigen. Er wollte auf keinen Fall einen dösenden Elefanten aufschrecken, der es irgendwie geschafft hatte, ihn nicht zu bemerken.

»Ich bin es, Geoffrey.«

Er kämpfte sich durch die Bäume, bis endlich die Elefanten in Sicht kamen. Es waren zehn, wie die ER festgestellt hatte –

sie grasten friedlich und durchstöberten leise schnüffelnd das trockene Gras. Matilda, die Matriarchin, hatte ihn bereits entdeckt. Sie war ein großer Elefant mit breitem Gesicht. Der rechte Stoßzahn fehlte, und am linken Ohr hatte sie eine charakteristische Kerbe in Form des afrikanischen Kontinents.

Geoffrey warf den Stock von sich. »Hallo, mein Mädchen.«

Matilda schnaubte, hob kurz den Kopf und widmete sich weiter der Futtersuche. Geoffrey warf einen prüfenden Blick auf den Rest der Gruppe und suchte nach Anzeichen von Krankheiten, Verletzungen oder Aggressivität. Morgan – eines der jüngeren Kälber – hinkte noch ebenso wie am Vortag, deshalb rief Geoffrey subvokal eine Übersicht seiner biometrischen Daten auf. Das Blutbild zeigte normale Werte bei den weißen Blutkörperchen und beim Stresshormon, was den Schluss zuließ, dass weder eine Infektion noch eine Knochenverletzung vorlag, sondern lediglich eine Muskelzerrung, die das Tier wenig behinderte und mit der Zeit von selbst vergehen würde. Babys waren widerstandsfähig.

Der Rest der Familie zeigte sich entspannt und friedfertig, sogar Marsha, die Tochter, die erst vor Kurzem einen Scheinangriff auf Geoffrey geführt hatte. Nun vertiefte sie sich so angelegentlich in die Futtersuche, als wollte sie den Zwischenfall möglichst schnell vergessen machen.

Geoffrey blieb stehen, umrahmte die Szene mit den Fingern wie ein Amateurfilmer und zwinkerte eine Serie von Einzelaufnahmen. Manchmal holte er sogar einen kleinen Klappstuhl aus der Cessna, setzte sich mit einem Skizzenbuch und einem angespitzten Bleistift Härte 2B vor die Herde und versuchte, die weisen, würdevollen Geschöpfe in ihrer ganzen majestätischen Behäbigkeit einzufangen.

»Und wie geht es uns heute, altes Haus?«, fragte er leise und näherte sich der Matriarchin.

Matilda beäugte ihn mit mäßigem Interesse, als wäre sie

gnadenhalber bereit, sich mit ihm abzugeben, solange sich nichts Besseres fände. Dann scharrte sie weiter mit dem Rüssel auf dem Boden herum, während eines der Kälber – Mitchel, Merediths Sohn – an ihrem Hinterteil schnupperte und mit seinem Schwanz die Fliegen verscheuchte.

Geoffrey aktivierte mit einem subvokalen Befehl die Verbindung zu Matilda. In der linken oberen Ecke seines Blickfeldes erschien eine grafische Darstellung ihres Gehirns in verschiedenen farbcodierten Schnittebenen. Wabernde blaue und pinkfarbene mit ausführlichen Kommentaren versehene Flächen zeigten die elektrische und die chemische Aktivität an.

Geoffrey stellte seine Tasche auf den Boden und trat an Matilda heran. Er achtete auf eine Körperhaltung, die nicht bedrohlich wirkte, und zeigte ihr, dass seine Hände leer waren. Sie gestattete ihm, sie zu berühren. Er fuhr mit der flachen Hand über die runzlige Lederhaut an ihrem Vorderbein und spürte das langsame Ein und Aus ihres Atems. Es klang wie ein Blasebalg von der Größe eines Hauses.

»Ist heute der Tag?«, fragte er.

Nach sechs Monate langen, intensiven Verhandlungen war er in eine Klinik in Luanda an der angolanischen Küste geflogen und hatte die nötigen Formalitäten erledigt. Die Veränderungen an seinen eigenen ER-Protokollen waren durchweg legal und durch Geheimhaltungsklauseln wasserdicht abgesichert. Die neuen Anschlüsse waren mit Injektionen schmerzlos eingeführt worden und ohne Komplikationen selbsttätig in die gewünschten Hirnregionen gewandert. Der Aufbau von neuronalen Verbindungen zu seinem eigenen Hirngewebe dauerte mehrere Wochen. In dieser Zeit hatten sich die Anschlüsse nicht nur mit seinem Bewusstsein verbunden, sondern auch eigenständig diagnostische Selbsttests durchgeführt.

Im Spätsommer des Vorjahres hatte er seltsame Maschinenträume gehabt, in denen sich sein Kopf mit leuchtenden Gittermustern und aberwitzig komplexen Strukturen aus pulsierendem Neonlicht füllte. Davor hatte man ihn gewarnt. Dann waren die Anschlüsse eingewachsen, seine Träume hatten sich normalisiert, und seither fühlte er sich nicht anders als zuvor.

Allerdings hatte er jetzt eine Brücke im Kopf, an deren anderem Ende ihn ein noch kaum erforschtes fremdes Märchenreich erwartete.

Er brauchte nur noch den Mut aufzubringen, diese Brücke zu überqueren.

Geoffrey ging einmal um Matilda herum, ohne die Hand von ihrem Körper zu lösen, sodass sie immer wusste, wo er war. Er spürte, wie ihn die anderen Elefanten musterten. Die meisten waren alt genug, um zu wissen, dass sie ihn nicht als Bedrohung zu sehen brauchten, wenn es Matilda nicht tat.

Geoffrey rief subvokal ein Echtzeitbild seines eigenen Gehirns auf und legte es neben das Bild von Matilda. Ihre visuellen und auditorischen Zentren zeigten eine kontinuierliche schwache Aktivität. Sie beobachtete ihn und bewachte zugleich den Rest ihrer Familie. Bei ihm wiederum waren die klassischen neurologischen Indikatoren für Stress und Angst zu erkennen.

Wobei er dafür den Scan nicht gebraucht hätte. Seine Kehle, seine Brust und sein Bauch verrieten ihm das Gleiche.

»Etwas mehr Rückgrat!«, flüsterte Geoffrey sich zu.

Er gab der ER den subvokalen Befehl, den Übergang einzuleiten. Auf einer Schiebeskala war der Grad der Verbindung abzulesen. Sie begann bei null Prozent und stieg stetig an. Bei zehn Prozent konnte er noch keine Veränderung seines Geisteszustands feststellen. Beim allerersten Versuch vor inzwischen sechs Monaten war er bis fünfzehn Prozent gekommen, dann hatte er in Panik die Verbindung unterbrochen, weil er fest überzeugt war, unerklärliche Ängste drängen langsam wie mit Fingern in sein Bewusstsein ein. Beim zweiten Mal hatte er sich zunächst einreden können, er bildete sich die Ängste nur ein und sie hätten nichts mit der Überlagerung durch Matildas Geist zu tun. Doch bei zwanzig Prozent hatte er sie wieder gespürt, sie hatten sich ausgebreitet wie ein Tintenfleck aus schwarzem Entsetzen, und er hatte die Verbindung abermals beendet. Bei den fünf folgenden Versuchen war er nie über fünfunddreißig Prozent hinausgekommen.

Diesmal traute er sich mehr zu. Er hatte reichlich Gelegenheit gehabt, sich wegen seines Versagens Vorwürfe zu machen und darüber nachzudenken, wie sehr seine Familie insgeheim von seinen Unternehmungen enttäuscht war.

Als der Regler die Zwanzig-Prozent-Marke überschritt, fühlte er sich in einer schier übermenschlichen Weise eins mit seiner Umgebung und glaubte, seine visuellen und auditorischen Zentren näherten sich allmählich Matildas normalem Aktivitätszustand an. Jeder Grashalm, jeder Mittagsschatten schien ein ungeheures Potenzial zu enthalten. Wie konnte ein Lebewesen so hellwach und dennoch fähig sein, sich mit Nebensächlichkeiten zu befassen?

Vielleicht musste die relative Verstärkung optimiert werden. Was ihm wie übermäßige Wachheit vorkam, war für Matilda womöglich nur ganz unbekümmerte Normalität.

Er überschritt die fünfundzwanzig Prozent. Sein Selbstbild begann zu verschwimmen. Es war, als bohrten sich seine Nervenenden durch die Haut und überschritten die Grenzen seines Körpers. Er sah Matilda immer noch vor sich, doch nun begann der Elefant zu schrumpfen. Die visuellen Informationen waren unverändert – er sah die Welt noch immer durch seine eigenen Augen –, doch der Teil seines Gehirns, der für räumliches Denken zuständig war, wurde mit Daten von Matilda überschwemmt.

So also sah sie ihn: eine Puppe, die leicht zu zerbrechen war.

Dreißig Prozent. Die Veränderung des Raumgefühls war

verwirrend, aber noch kam er mit den ungewohnten Empfindungen zurecht, so sonderbar sie auch waren. Sicher würde er künftig den Eindruck haben, sein ganzes Selbstbild sei ein primitives, schwerfälliges Uhrwerk, das jederzeit sabotiert und manipuliert werden konnte, doch Emotionen waren dabei nicht im Spiel.

Fünfunddreißig Prozent, und noch spürte er kein Entsetzen. Er hatte fast vier Zehntel des Weges zum Denken eines Elefanten zurückgelegt und glaubte noch immer, seine eigenen Denkvorgänge vollkommen unter Kontrolle zu haben. Die Emotionen waren die gleichen wie zu Anfang, als er die Verbindung aktiviert hatte. Wenn Matilda etwas sendete, so war es nicht stark genug, um seine eigene Hirntätigkeit zu unterdrücken.

Er zitterte vor Aufregung, als er die Vierzig-Prozent-Marke überschritt. Vielleicht würde er diesmal bis zum Ende durchhalten. Selbst die Hälfte wäre schon ein Meilenstein. Wäre er erst einmal so weit gekommen, dann könnte er bestimmt auch den Rest des Weges zurücklegen. Aber nicht heute. Heute würde er sich gern mit fünfundfünfzig oder sechzig Prozent zufriedengeben.

Dann veränderte sich etwas. Sein Herz schlug schneller, Adrenalin überflutete seinen Körper. Geoffrey spürte, wie ihn Panik erfasste, aber diese Panik war schärfer, konzentrierter als das schleichende Entsetzen bei früheren Versuchen.

Die Matriarchin hatte etwas entdeckt. Die ER hatte keine größeren Raubtiere im Umkreis gefunden, und Odin war noch viel zu weit weg, um Ärger machen zu können. Massai vielleicht … aber davor hätte ihn die ER warnen müssen. Matilda ließ ein drohendes Grollen hören, und nun wurden auch einige von den anderen Elefanten in der Familie unruhig und drehten sich um. Die Älteren brachten die jüngeren Tiere in Sicherheit.

Geoffreys Gefühl für Größenverhältnisse war immer noch

gestört. Er suchte die Büsche nach Gefahren ab. Matilda grollte wieder, schlug mit den Ohren und scharrte mit dem Vorderfuß auf dem Boden.

Einer der Jungen trompetete laut.

Geoffrey unterbrach die Verbindung. Matilda blieb noch kurz in seinem Kopf, seine räumliche Wahrnehmung blieb verzerrt. Keine Frage, er war in Gefahr. Die Elefanten wollten ihm vielleicht nichts Böses, aber ihr Überlebensinstinkt wäre jederzeit stärker als ein vager Wunsch, ihn zu beschützen. Langsam wich er zurück. Dabei fragte er sich, was da eigentlich auf ihn zukam. Er bückte sich nach seiner Tasche.

Ein hagerer Mann in dunkler Kleidung trat aus dem Gebüsch und klopfte sich Staub und kleine Zweige von den Hosenbeinen ab. Er schien gar nicht bemerkt zu haben, dass er kurz davorgestanden hatte, eine Elefantenfamilie in die Flucht zu jagen.

Memphis.

Geoffrey blinzelte und runzelte die Stirn. Sein Herz raste noch immer. Die Elefanten beruhigten sich allmählich – sie hatten Memphis, der sie gelegentlich besuchte, wiedererkannt und begriffen, dass von ihm keine Gefahr ausging.

»Ich dachte, wir hätten eine Vereinbarung«, begann Geoffrey.

»Außer«, gab Memphis sachlich zurück, »wenn außergewöhnliche Umstände vorliegen. Auch darauf hatten wir uns verständigt.«

»Trotzdem musstest du nicht persönlich hier erscheinen.«

»Ganz im Gegenteil. Ich hatte gar keine andere Wahl. Deine ER-Einstellungen sorgen dafür, dass du anders nicht zu erreichen bist.«

»Du hättest einen Vertreter schicken können«, nörgelte Geoffrey.

»Wenn ich mich recht erinnere, sind Elefanten von Robotern nicht sehr angetan. Kein Geruch ist schlimmer als ein falscher Geruch. Du hast mir einmal erklärt, sie können allein auf der Basis der Körperausdünstungen Massai von Nichtmassai unterscheiden. Oder stimmt das etwa nicht?«

Geoffrey lächelte. Er konnte Memphis nicht lange böse sein. »Du hast mir ja doch zugehört.«

»Ich wäre nicht gekommen, wenn es eine andere Möglichkeit gegeben hätte. Lucas und Hector wollen dich unbedingt sprechen.«

»Worum geht es denn?«

»Das sollen sie dir am besten selbst erzählen. Sie warten auf dich.«

»Auf dem Familiensitz?«

»Beim Airpod. Sie wollten den Rest des Weges zu Fuß zurücklegen, aber ich habe ihnen zu verstehen gegeben, dass es besser wäre, sich fernzuhalten.«

»Das war ganz richtig.« Geoffrey war empört. »Wenn sie mir etwas zu sagen hatten, gab es gestern Abend, als wir alle glückliche Familie spielten, genügend Gelegenheit.«

»Vielleicht haben sie beschlossen, dir mehr Mittel zur Verfügung zu stellen.«

»Natürlich!« Geoffrey hob endlich seine Tasche auf. »*Das* kann ich mir lebhaft vorstellen.«

Lucas und Hector standen neben dem metallicgrünen Airpod. Sie trugen leichte pastellfarbene Businessanzüge und breitkrempige Hüte.

»Wir kommen doch hoffentlich nicht ungelegen«, sagte Lucas.

»Natürlich kommen wir ungelegen«, lächelte Hector. »Für Geoffrey sind wir doch nichts anderes als lästige Störenfriede. Er hat schließlich zu *arbeiten*.«

»Ich habe die Dringlichkeit eures Anliegens deutlich gemacht«, sagte Memphis.

»Wir danken dir für deine Hilfe«, erklärte Lucas, »aber deine Anwesenheit ist nicht weiter erforderlich. Du kannst mit dem Airpod zum Familiensitz fliegen und es per Autopilot hierher zurückschicken.«

Geoffrey verschränkte die Arme. »Memphis kann ruhig hören, was ihr mir zu sagen habt.«

Hector bedeutete dem Verwalter, in das Airpod zu steigen. »Bitte, Memphis.«

Der alte Mann sah Geoffrey fest an und nickte kurz. »Ich habe einiges zu erledigen. Das Airpod schicke ich umgehend zurück.«

»Wenn du fertig bist«, sagte Hector, »kannst du dir für den Rest des Tages freinehmen. Du hast gestern schwer genug gearbeitet.«

»Vielen Dank, Hector«, sagte Memphis. »Das ist sehr großzügig.«

Memphis hievte seinen knochigen Körper in die Kabine und schnallte sich an. Die Elektrorotoren begannen sich zu drehen und winselten sich rasch bis in den Ultraschallbereich hoch. Das Airpod schwang sich wie an unsichtbaren Drähten gezogen in die Lüfte. Über den Baumwipfeln drehte es seine stumpfe Nase in Richtung Familiensitz und schoss davon.

»Das war peinlich«, sagte Hector.

Lucas schnippte ein Insekt von seinem lindgrünen Anzugärmel. »So wie die Dinge lagen, gab es keine Alternative.«

Geoffrey stemmte die Hände in die Hüften. »Diesen Eindruck hat man sicher oft, wenn man sich einen Empathie-Shunt hat einsetzen lassen. Hast du ihn im Moment eingeschaltet oder nicht?«

»Memphis hat das verstanden«, sagte Hector, während Lucas schmollte. »Er leistet der Familie gute Dienste, aber er weiß auch, wo seine Grenzen liegen.«

»Es war nicht nötig, euch von ihm herfliegen zu lassen.«

Lucas schüttelte seinen breiten Kopf. »Ihn kennen die Elefanten immerhin ein wenig. Uns kennen sie gar nicht.«

»Eure Schuld, wenn ihr nie mit herauskommt.«

»Wir sollten uns um eine freundschaftliche Atmosphäre bemühen, Geoffrey.« Hectors Anzug hatte den gleichen Schnitt wie der seines Bruders, war aber flamingorosa. Die beiden sahen sich zum Verwechseln ähnlich, obwohl sie weder Zwillinge noch Klone waren. »Schließlich kommen wir nicht mit schlechten Nachrichten«, fuhr Hector fort. »Wir wollen dir einen Vorschlag machen, von dem wir glauben, dass er nicht uninteressant für dich ist.«

»Wenn es darum geht, dass ich meinen Teil der familiären Verpflichtungen auf mich nehmen soll, dann weißt du ja, wo du dir solche Vorschläge hinstecken kannst.«

»Eine stärkere Einbindung in die innere Strategie der Akinya-Geschäfte würde positiv vermerkt werden«, stellte Lucas fest.

»Das hört sich so an, als wollte ich mich vor schwerer Arbeit drücken.«

»Wir wissen natürlich, dass dir diese Tiere ungeheuer viel bedeuten«, säuselte Hector. »Kein Grund, sich dafür zu schämen.«

»Das tue ich auch nicht.«

»Wie auch immer«, schaltete sich Lucas wieder ein. »Es hat sich die Chance für ein Geschäft eröffnet, von dem beide Seiten profitieren können. Falls du dich bereitfändest, eine vergleichsweise einfache Aufgabe zu übernehmen, mit der keine Gefahr für Leib und Leben verbunden ist und für die du nicht mehr als ein paar Tage deiner kostbaren Zeit zu opfern bräuchtest, wären wir bereit, zusätzliche Mittel aus dem Treuhandvermögen lockerzumachen …«

»*Beträchtliche* Mittel«, ergänzte Hector, bevor Geoffrey zu Wort kommen konnte. »Für das nächste Jahr in der gleichen Höhe, wie du sie in den vergangenen drei Jahren von der Familie erhalten hast. Das könnte dich doch in deiner Arbeit voranbringen, nicht wahr?« Er schaute unter seiner Hutkrempe hervor zur Cessna hinüber. »Ich verstehe nicht viel von der wirtschaftlichen Seite einer solchen Tätigkeit, aber ich könnte mir denken, dass es damit durchaus möglich wäre, einen oder zwei Assistenten einzustellen und noch genügend Geld für neue Geräte und den laufenden Bedarf übrig zu behalten. Wir reden auch nicht von einer einmaligen Erhöhung. Die üblichen Kontrollen vorausgesetzt, sehe ich keinen Grund, warum eine solche Summe nicht Jahr für Jahr wieder ausgeschüttet werden könnte.«

»Man könnte sie sogar erhöhen«, ergänzte Lucas, »wenn einleuchtende Argumente vorgebracht würden.«

Ein solches Angebot konnte Geoffrey ungeachtet der Bedingungen, die daran geknüpft wurden, nicht so ohne Weiteres ablehnen. Demütigung hin oder her, er war es der Herde schuldig.

»Was verlangt ihr?«

»Es ist ein Problem aufgetaucht, das nur die Familie betrifft und ein taktvolles Vorgehen erfordert«, sagte Lucas. »Du müsstest in den Weltraum reisen.«

Geoffrey hatte bereits erraten, dass es mit Eunice zu tun haben musste. »Zum *Winterpalast*?«

»Eigentlich«, verbesserte Lucas, »auf den Mond.«

»Warum fliegt ihr nicht selbst?«

Hector und sein Bruder lächelten sich zu. »In dieser Phase des Übergangs ist es wichtig, den Anschein von Normalität zu vermitteln. Weder Lucas noch ich haben einen plausiblen Grund, zum Mond zu fliegen.«

»Dann sucht euch jemanden außerhalb der Familie.«

»Mit der Einschaltung einer dritten Partei wären Risiken verbunden, die nicht akzeptabel sind.« Lucas zupfte an seinem Hemdkragen, der ihm an der Haut klebte. Wie Hector war er athletisch gebaut und überragte Geoffrey um ein gutes Stück. »Ich brauche wohl nicht eigens darauf hinzuweisen, dass du ein Akinya bist.«

»Mein Bruder will damit sagen«, fuhr Hector fort, »dass du zur Familie gehörst und Verwandte auf dem Mond hast, insbesondere in dem Sektor, der unter afrikanischer Verwaltung steht. Wem sollte man vertrauen, wenn nicht dir?«

Geoffrey nahm sich ein paar Sekunden Bedenkzeit und bemühte sich dabei um eine möglichst undurchdringliche Miene. Sollten die beiden Strippenzieher doch ein wenig schmoren, bis sie erfuhren, ob er den Köder schluckte.

»Diese Sache auf dem Mond – worum geht es dabei überhaupt?«

»Um einen offenen Posten.«

»Von welcher Art? Ich lasse mich auf nichts ein, bevor ich nicht genau weiß, was Sache ist.«

»Obwohl Eunice' Vermögensverhältnisse äußerst komplex sind«, begann Lucas, »konnten wir unsere Überprüfung mit der gebührenden Sorgfalt und ohne Komplikationen durchführen. Bei den Kontrollen kam nichts ans Licht, was Anlass zur Besorgnis gäbe, und erst recht nichts, was außerhalb des engsten Familienkreises erörtert werden müsste.«

»Allerdings gibt es da ein Fach«, schaltete sich Hector ein.

Geoffrey hob die Hand, um seine Augen zu beschatten. »Was für ein Fach?«

»Ein Schließfach«, präzisierte Lucas. »Ist dir der Begriff geläufig?«

»Du wirst ihn mir schon erklären müssen. Ich bin nur ein einfacher Wissenschaftler, und alles, was mit Geld oder Bankgeschäften zu tun hat, geht über meinen Horizont. *Natürlich* weiß ich, was ein Schließfach ist. Wo ist es denn?«

»In einer Bank auf dem Mond«, antwortete Hector. »Name und Standort werden wir dir nach deiner Abreise mitteilen.«

»Ihr habt Angst vor Leichen im Keller.«

Lucas' Mundwinkel zuckte. Geoffrey überlegte, ob er infolge des Empathie-Shunts noch stärker als sonst dazu neigte, alles wörtlich zu nehmen, und nicht mehr fähig war, eine Metapher zu verstehen.

»Wir müssen wissen, was in diesem Schließfach ist«, sagte er.

»Die Sache ist ganz einfach«, beteuerte Hector. »Du fliegst auf unsere Kosten zum Mond. Du öffnest das Schließfach und stellst fest, worin der Inhalt besteht. Dann erstattest du dem Familiensitz Bericht. Du kannst morgen aufbrechen – im Libreville-Aufzug ist ein Platz frei. In drei Tagen bist du auf dem Mond, in vier Tagen hast du deinen Auftrag erledigt. Danach kannst du tun, was immer du willst. Den Touristen spielen. Sunday besuchen. Deinen Horizont ...«

»... erweitern. Natürlich.«

Bei Geoffreys sarkastischem Tonfall verdüsterte sich Hectors Miene. »Habe ich etwas Falsches gesagt?«

»Schon gut.« Geoffrey hielt inne. »Weißt du, ich muss euch beide bewundern. Jahr für Jahr komme ich auf allen vieren angekrochen und bettle um weitere Mittel. Ich habe gefleht und gewinselt, aber alle meine Argumente prallten an einer Mauer der Gleichgültigkeit ab, nicht nur bei meinen Eltern, sondern auch bei euch beiden. Allenfalls gestand man mir eine symbolische Erhöhung zu, gerade so viel, dass ich bis zum nächsten Mal den Mund hielt. Gleichzeitig verschleudert die Familie ein Vermögen für die Reparatur der Rohrpost, ohne dass ich auch nur ein Wort davon erfahre. Doch wenn ihr etwas von mir wollt, könnt ihr mir auf einmal einen solchen Haufen Geld vor die Füße werfen. Habt ihr eigentlich eine Ahnung, wie unbedeutend ich mir dabei vorkomme?«

»Wenn dir ein niedrigeres Angebot lieber ist«, sagte Lucas, »lässt sich das einrichten.«

»Ich feilsche um jeden einzelnen Yuan. Wenn euch die Sache so sehr am Herzen liegt, werdet ihr wohl kaum mit dem höchsten Angebot eröffnen.«

»Treib es nicht zu weit«, mahnte Hector. »Wir könnten uns mit unserem Anliegen auch an Sunday wenden.«

»Aber das werdet ihr nicht tun, weil Sunday für euch fast schon eine Anarchistin ist, die heimlich am wirtschaftlichen Zusammenbruch des gesamten Systems arbeitet. Nein, ich bin eure letzte Hoffnung, sonst wärt ihr nicht zu mir gekommen.« Geoffrey gab sich einen Ruck. »Reden wir also über die Bedingungen. Ich verlange das Fünffache an Forschungsgeldern, mit Inflationsausgleich und garantiert für die nächsten zehn Jahre. Und das ist nicht verhandelbar. Entweder steigt ihr hier und jetzt darauf ein, oder ich gehe.«

»Wenn du unser Angebot ablehnst«, warnte Lucas, »könnte sich das bei der nächsten Förderrunde nachteilig auswirken.«

»Nein«, griff Hector sanft ein. »Er hat seinen Standpunkt klargemacht, und es ist sein gutes Recht, feste Zusagen zu erwarten. Würden wir uns an seiner Stelle anders verhalten?«

Lucas machte ein Gesicht, als würde ihm bei der Vorstellung, an Geoffreys Stelle zu stehen, leicht übel. Es war die erste menschliche Regung, die sich an seinem Empathie-Shunt vorbeigezwängt hatte, dachte Geoffrey.

»Wahrscheinlich hast du recht«, gab Lucas zu.

»Er ist ein Akinya – der Geschäftssinn ist auch bei ihm noch vorhanden. Bist du damit einverstanden, dass wir auf Geoffreys Bedingungen eingehen?«

Lucas nickte denkbar widerstrebend.

»Haben wir alle dieses Gespräch aufgezeichnet?«, fragte Hector weiter.

»Jede Sekunde«, versicherte ihm Geoffrey.

»Das heißt, wir sind uns einig.« Hector streckte die Hand aus. Geoffrey zögerte kurz, dann schlug er ein und schüttelte auch Lucas' Hand. Den Handschlag hielt er mit einem Augenzwinkern im Bild fest.

»Betrachte es nicht als lästige Pflicht«, riet ihm Hector, »sondern als Abwechslung vom Alltag. Es wird dir sicher gefallen. Und es wird dir guttun, deine Schwester zu besuchen.«

»Wir bitten dich aber, Sunday gegenüber diese Angelegenheit mit keinem Wort zu erwähnen«, fügte Lucas hinzu.

Geoffrey antwortete nicht und gab auch keine entsprechende Zusage, sondern drehte sich um und ließ die Cousins einfach stehen.

Matilda wachte noch immer über ihre Schützlinge. Sie sah ihn an und gab einen leisen Laut von sich, nicht unbedingt ein drohendes Grollen, aber doch ein Ausdruck gelinden Elefantenunmuts. Dann senkte sie wieder den Kopf und schob mit dem Rüssel auf einem kleinen Fleck so lustlos und halbherzig Erde und Steine beiseite, als hätte sie vergessen, warum sie diese im Grunde sinnlose Tätigkeit überhaupt angefangen hatte.

»Tut mir leid, Matilda. Ich habe sie nicht eingeladen.«

Natürlich verstand sie ihn nicht. Aber sie war sicher verärgert über das Kommen und Gehen der Fremden mit dem seltsamen Geruch und ihrer lästigen winselnden Maschine.

Er blieb vor ihr stehen und überlegte, ob er die Verbindung noch einmal aktivieren und weiter verstärken sollte, um zu erfahren, was wirklich in ihrem Kopf vorging. Doch dafür war er jetzt zu wenig konzentriert und seiner eigenen Gefühle nicht sicher genug.

»Vielleicht habe ich einen Fehler gemacht«, sagte er. »Aber wenn, dann habe ich aus den richtigen Motiven gehandelt. Für dich und die anderen Elefanten.«

Matilda grummelte leise und schwenkte den Rüssel nach hinten, um sich unter dem linken Ohr zu kratzen.

»Ich werde euch eine kleine Weile nicht besuchen können«,

fuhr Geoffrey fort. »Alles in allem wahrscheinlich nicht länger als eine Woche. Höchstens zehn Tage. Ich muss zum Mond, und … nun, ich kehre so schnell wie möglich zurück. Du kommst doch ohne mich zurecht, nicht wahr?«

Matilda nahm die Futtersuche wieder auf. Sie würde nicht nur ohne ihn zurechtkommen, dachte Geoffrey. Sie würde seine Abwesenheit kaum bemerken.

»Wenn irgendetwas zu tun ist, schicke ich Memphis.«

Sie suchte weiter, ohne seine Beteuerungen zu beachten.

3

Die Bankangestellte entschuldigte sich, dass sie ihn hatte warten lassen, dabei waren es nur ein paar Minuten gewesen. Sie hieß Marjorie Hu, und sie zeigte sich so aufrichtig hilfsbereit, als hätte er einen ruhigen Tag erwischt, an dem jede Abwechslung willkommen war.

»Mein Name ist Geoffrey Akinya«, erklärte er stockend. »Ich bin ein Verwandter der verstorbenen Eunice Akinya, genauer gesagt ihr Enkel.«

»In diesem Fall möchte ich Ihnen mein Beileid aussprechen.«

»Danke«, sagte er feierlich und legte eine genau bemessene Pause ein, bevor er auf sein Anliegen zurückkam. »Eunice hatte bei Ihrer Filiale ein Schließfach gemietet. Wenn ich recht informiert bin, habe ich als Mitglied der Familie das Recht, den Inhalt zu sichten.«

»Dazu muss ich erst nachsehen. Hier wurde vor einer Weile einiges umgebaut, daher könnte es sein, dass wir das Schließfach in eine andere Filiale verlegt haben. Wissen Sie, wann es angemietet wurde?«

»Das ist lange her.« Er hatte keine Ahnung. Die Cousins hatten ihm nichts davon gesagt, immer vorausgesetzt, dass sie Bescheid wussten. »Es wäre aber schon noch auf dem Mond?«

»Genau über Afrika.«

Er war einen Tag nach dem Treffen mit seinen Cousins aufgebrochen und hatte sich wie ein gewöhnlicher Tourist verhalten. Nach Erledigung der Ausreiseformalitäten in Libreville hatte man ihn schlafen gelegt und in eine Passagierkapsel von der Größe eines Sarges verfrachtet. Anschließend war die Kapsel wie eine Maschinengewehrpatrone in eine freie Kammer der gedrungenen pechschwarzen Seilbahngondel geschoben worden, wo sie automatisch einrastete und sich an die interne Energieversorgung und die Biomonitoren ankoppelte. Vollgepackt mit sechshundert solcher Kapseln, war die Seilbahn ein hocheffizientes Transportmittel.

Drei Tage später war er auf dem Mond wieder aufgewacht.

Zunächst hatte er das Gefühl gehabt, nicht weiter als etwa bis China gereist zu sein – doch sobald er den ersten unsicheren Schritt machte, hatte er in allen Knochen gespürt, dass er nicht mehr auf der Erde war. Nach dem Frühstück hatte er die Einreiseformalitäten für den Sektor unter afrikanischer Verwaltung hinter sich gebracht. Wie versprochen, lag eine Nachricht von den Cousins vor; sie enthielt genaue Angaben zu der Einrichtung, die er aufsuchen sollte.

Die Copernicus-Filiale der ZAB hatte ihn lediglich dadurch überrascht, dass sie genauso aussah wie jede andere Bank von Mogadischu bis Brazzaville, die er jemals besucht hatte. Der gleiche Geruch nach frisch verlegtem Teppichboden, das gleiche Mobiliar in Holzoptik, die gleiche übertriebene Freundlichkeit des Personals. Jedermann hatte infolge der Mondschwerkraft einen hüpfenden Gang, und man hörte fremdartige Akzente, doch das war auch schon das Einzige, woran er merkte, dass er nicht zu Hause war. Sogar die wechselnden Bilder an den Wänden zeigten meistens terrestrische

Landschaften. In den Spots wurde für Reiseversicherungen, Fonds zur Altersvorsorge und Geldanlagen geworben.

Marjorie Hu hatte ihn in einen kleinen Raum geführt, in dem eine Topfpflanze stand und eine rauschende Meeresbrandung an die Wand projiziert wurde, und ihn gebeten, dort Platz zu nehmen, während sie nachsah, wo sich das Schließfach befand. Er war mit leichtem Gepäck gereist, alles, was er brauchte, befand sich in einer großen Sporttasche mit einem verblichenen Logo an der Seite. Diese Tasche klemmte er sich zwischen die Füße, dann säuberte er seine Fingernägel von irdischem Schmutz, bis die Tür wieder aufging und Marjorie Hu eintrat.

»Alles in Ordnung«, sagte sie. »Das Fach ist nach wie vor in unserem Tresorraum. Seit fünfunddreißig Jahren, ungefähr genauso lange, wie diese Filiale im Copernicus besteht. Würden Sie mir bitte folgen?«

»Ich hätte erwartet, dass Sie meine Identität überprüfen würden.«

»Das ist bereits geschehen.«

Sie stiegen eine Treppe hinunter. Schwere druckfeste Sicherheitstüren öffneten sich zischend, sobald sie darauf zuging. Sie sah sich nach ihm um, ohne stehen zu bleiben, und erklärte: »Wir verlassen jetzt den ER-Bereich, und ich spreche kein Suaheli.« Dann zog sie ein Päckchen in einer Plastikhülle aus ihrer Rocktasche. »Aber wir halten Kopfhörer mit Übersetzungsprogrammen bereit.«

»Welche Sprachen sprechen Sie denn?«

»Hm, mal sehen. Chinesisch, Englisch, etwas Russisch, und im Moment lerne ich Somali und Xhosa, aber die beiden sitzen noch nicht richtig. Wir können Ihnen einen Begleiter besorgen, der Suaheli spricht, das würde allerdings eine Weile dauern.«

»Ich komme auch mit Chinesisch zurecht, aber Englisch

fällt uns vermutlich beiden leichter. Ich kann sogar ein paar Worte Somali, aber nur, weil ich ein somalisches Kindermädchen hatte, eine sehr nette Frau aus Dschibuti.«

»Dann lassen Sie uns ins Englische wechseln.« Marjorie Hu steckte die Kopfhörer wieder ein. »Der Empfang wird gleich weg sein.«

Geoffrey spürte den Übergang kaum. Es war keine jähe Unterbrechung offener Datenleitungen, sondern eher, als würden ihm viele vage, noch unausgeformte Möglichkeiten entzogen.

»Hatten Sie schon einmal einen Kunden, für den Sie nicht übersetzen konnten?«, erkundigte sich Geoffrey.

»Nicht, seit ich hier bin. Wer eine so obskure Sprache spricht, sollte eine Ersatzsprache beherrschen.« Marjorie Hus Stimmlage hatte sich kaum merklich verändert, seit sie die Laute, die ihr eigener Kehlkopf erzeugte, auch tatsächlich hören konnte.

Durch eine letzte druckfeste Tür gelangten sie in den Tresorraum. Er glich einem Leichenschauhaus. An den Wänden standen, sechsfach übereinandergestapelt, kleine Kästen mit Fronten in Orange und Silber, schätzungsweise zweihundert insgesamt. Da Diebstähle in der *Überwachten Welt* praktisch unmöglich geworden waren, bestand für diese Art von Sicherheitsmaßnahme nicht mehr allzu viel Bedarf. Die Bank betrachtete die Aufbewahrung der Kästen sicher als lästige Pflicht gegenüber ihren älteren Kunden.

»Hier ist Ihr Fach.« Marjorie Hu zeigte auf einen Stapel. Der dritte Kasten von unten war der einzige im Raum, bei dem über dem Griff ein grünes Licht leuchtete. »Sie können es jederzeit öffnen. Ich warte draußen, bis Sie fertig sind. Danach schieben Sie den Kasten einfach in die Wand zurück; er rastet von selbst ein.«

»Danke.«

Marjorie Hu hüstelte nervös. »Ich muss Ihnen mitteilen,

dass Sie auch weiterhin unter Überwachung stehen. Es sind keine Kameraaugen, aber für eventuelle Ermittlungen müssten wir alles aufgezeichnete Material offenlegen.«

»Das ist in Ordnung. Ich hätte nichts anderes erwartet.«

Sie bedachte ihn mit einem routinierten Lächeln. »Dann lasse ich Sie jetzt allein.«

Geoffrey stellte seine Tasche ab. Sie ging hinaus, die Tür schloss sich zischend hinter ihr. Er verlor keine Zeit. Das Fach glitt auf glatten Metallschienen bis zum Ende aus der Wand, sobald er es berührte. Es war oben offen und enthielt eine kleinere cremefarbene Kassette. Er nahm sie heraus und stellte sie auf den Boden. Selbst bei Mondschwerkraft kam sie ihm unerwartet leicht vor. Also keine Goldbarren. Der Deckel, auf dem das Logo der Bank eingeprägt war, hatte nur zwei Angeln und weder Schloss noch Riegel. Er klappte ihn auf und schaute hinein.

Die Kassette enthielt einen Handschuh.

Ein Handschuh von einem Raumanzug. Er bestand aus mehreren Stoffschichten, Einsätze aus Plastik oder Verbundmaterial sorgten für Flexibilität und Festigkeit. Der Stoff war silbrig oder schmutzig-weiß – bei der schwachen Beleuchtung im Tresorraum war das schwer zu unterscheiden –, und die Einsätze waren beige, vielleicht auch hellgelb. Am Rand der Manschette befand sich ein Verbindungsring aus einem bläulichen Metall mit komplizierten vergoldeten Kontaktanschlüssen, die wahrscheinlich einrasten würden, wenn der Handschuh am Anzugärmel befestigt wurde. Das Teil war offenbar gereinigt worden, denn obwohl es insgesamt schmuddelig wirkte, waren die Handflächen sauber.

Das war auch schon alles. Nichts zwischen den Fingern, keine Markierung an der Außenseite. Auch innen schien der Handschuh leer zu sein. Er versuchte hineinzufassen, blieb aber mit dem Daumengelenk in der Manschette stecken.

Geoffrey wusste nicht, ob er Enttäuschung oder Erleichterung verspürte. Vielleicht etwas von beidem. Erleichtert war er, weil er nichts gefunden hatte, was Eunice' Andenken beschmutzt hätte – kein belastendes Dokument, das sie mit einem längst verstorbenen Tyrannen oder Kriegsverbrecher in Verbindung brachte –, aber er war auch ein wenig enttäuscht, weil er nichts Spannenderes entdeckt hatte, eine große Geste von jenseits des Grabes, den passenden Schlussstein für ihr Leben. Sich in die Mondumlaufbahn zurückzuziehen, ihre restlichen Tage im *Winterpalast* zu verbringen und dann zu sterben, das war nicht genug.

Er wollte den Handschuh in die Kassette zurücklegen und diese wieder im Schließfach verstauen.

Doch dann hielt er inne. Er wusste nicht, warum, aber der Handschuh schien ihm mehr Aufmerksamkeit zu verdienen, als er ihm gewidmet hatte. Die einzige Konstante in Eunice' Leben war gewesen, dass sie ausnehmend praktisch dachte und Sentimentalitäten und leere Gesten verachtete. Sie hätte diesen Handschuh hier nur deponiert, wenn er – für sie selbst oder für denjenigen, der ihn nach ihrem Tod finden sollte – *irgendeine Bedeutung* hatte.

Geoffrey schob den Handschuh in seine Sporttasche, legte ein T-Shirt des FC Ashanti darüber und stopfte seine Basecap obendrauf. Dann zog er den Reißverschluss wieder zu und stellte die jetzt leere Kassette in den Kasten zurück. Den Kasten schob er in die Wand, wo er klickend einrastete. Das grüne Licht schalte um auf Rot.

Er öffnete die Tür nach draußen und verließ den Tresorraum.

»Alles erledigt«, erklärte er der Bankangestellten. »Jedenfalls für den Moment. Ich nehme an, es wäre weiter kein Problem, das Schließfach noch einmal zu öffnen?«

»Ganz und gar nicht«, versicherte ihm Marjorie Hu. Falls

sie neugierig war, was er in der Kassette gefunden hatte, so verbarg sie es gut. *Für mich ist das ein Abenteuer*, dachte Geoffrey. *Familiengeheimnisse, heimliche Reisen zum Mond, Schließfächer mit rätselhaftem Inhalt. Aber sie führt sicher jede Woche ein Dutzend Leute hier herunter.*

Mit dem Handschuh im Gepäck ging er zur Untergrundbahn. Transparente Vakuumröhren durchstießen in verschiedenen Höhen die Wände der Station und schlängelten sich zwischen Plattformen dahin, die mit Wendelgängen und vielfach gewundenen Rolltreppen verbunden waren. Alles war aus einem glasähnlichen, halb durchsichtigen Material. Es gab Einkaufszentren und Speiselokale, Skulpturen, die über mehrere Stockwerke aufragten, riesige Transparente, Wasserfälle und Springbrunnen. An- und abschwellendes Klaviergeklimper verfolgte ihn auf Schritt und Tritt wie ein herrenloser Hund.

Er schlenderte zu einer stillen Ecke und initiierte subvokal einen Anruf an Lucas. Als der nach einer Minute noch nicht geantwortet hatte, leitete er die Anfrage an Hector weiter. Drei Sekunden später stand Hectors Projektion – in Reithosen, Stiefeln und Polohemd – vor ihm.

»Wie schön, dass du dich meldest, Geoffrey. Wie war bisher die Reise?«

»Ohne besondere Vorkommnisse. Wie geht es zu Hause?«

»Du hast nichts Aufregendes verpasst.« Durch die Zeitverzögerung entstand der Eindruck, als hätte Hector über die Antwort angestrengt nachgedacht. »Nun – wir hatten ein kleines Anliegen an dich. Konntest du zufällig schon …?«

»Die Sache ist erledigt, Hector. Das kannst du auch an Lucas weitergeben – ich habe versucht, ihn zu erreichen, aber er hat sich nicht gemeldet. Vielleicht hatte sein Empathie-Shunt einen Kurzschluss.«

»Lucas hat sich heute Morgen ein Bein gebrochen – er ist

während der Partie schwer gestürzt. Was soll ich ihm denn sagen?«

»Dass nichts drin war.«

Hector legte den Kopf schief. »Gar nichts?«

»Nichts, worüber man sich Sorgen machen müsste. Nur ein alter Handschuh.«

»Ein alter Handschuh.« Hector lachte bellend. »Könntest du dich etwas genauer ausdrücken, Cousin?«

»Ich denke, er gehört zu einem Raumanzug – einer Antiquität. Kann nicht viel wert sein – wahrscheinlich sind noch Millionen von den Dingern irgendwo im Umlauf.«

»Sie hatte ihn aber sicher nicht ohne Grund dort hinterlegt.«

»Das nehme ich an.« Geoffrey zuckte so lässig mit den Schultern, als ginge ihn die ganze Sache nichts mehr an. »Wenn du ihn sehen möchtest, kann ich ihn ja mit nach Hause nehmen.«

»Du bist gerade vor Ort, nicht wahr?«

»Nein, ich bin im U-Bahnhof Copetown, auf dem Weg zu Sunday. Vor Ort … konnte ich dich nicht anrufen – kein ER-Empfang.«

»Aber du hast den Gegenstand wieder zurückgelegt?«

»Ja«, antwortete Geoffrey. Die Lüge ging ihm so leicht und überzeugend über die Lippen, dass er selbst glaubte, die Wahrheit gesprochen zu haben. Doch dann wurde ihm plötzlich die Kehle trocken, und er musste krampfhaft schlucken. »Ich kann ihn holen, bevor ich wieder hinunterfahre.«

»Das wäre wahrscheinlich keine schlechte Idee.« Hectors Projektion warf ihm einen Blick zu, aus dem … *etwas* sprach. Nackte eiskalte Verachtung, weil Geoffrey sich so leicht hatte bewegen lassen, den Cousins ihren Willen zu tun? Hätte er mehr Rückgrat zeigen und bei den Verhandlungen höher pokern sollen? Vielleicht hätte er sie am besten zum Teufel geschickt. Damit hätte er sich ihren Respekt verdient.

»Ich bringe ihn mit. Aber ganz ehrlich – es ist wirklich nur ein alter Handschuh.«

»Wie auch immer, er gehört jetzt in die Obhut der Familie und nicht auf den Mond. Wann fährt dein Zug?«

Geoffrey tat so, als schaute er auf die Informationstafel. »In ein paar Minuten.«

»Schade, dass du mich nicht von dort aus angerufen hast.« Hector winkte energisch ab, wie um zu zeigen, dass er Besseres zu tun hatte, als sich über Geoffrey zu ärgern. »Egal. Hol ihn, bevor du zurückfährst, und genieße den Rest deines Aufenthalts. Und grüße natürlich deine Schwester ganz herzlich von mir.«

»Wird gemacht.«

»Aber vergiss nicht, was wir vereinbart hatten. Die Sache bleibt unter uns dreien.«

»Meine Lippen sind versiegelt.«

»Sehr gut. Wir sehen uns dann auf dem Familiensitz. Chinge dorthin, wenn es etwas gibt, was ausführlicher erörtert werden sollte, und genieße ansonsten deinen wohlverdienten Urlaub. Memphis wird sich sicherlich melden, falls etwas geschieht, was sofort entschieden werden muss.«

Geoffrey lächelte angespannt. »Ich wünsche Lucas gute Besserung mit seinem Bein.«

»Ich werde es ausrichten.«

Die Projektion erlosch. Geoffrey fand den nächsten Zug nach Verne – die Züge gingen alle dreißig Minuten – und kaufte sich einen Fahrschein für die Businessklasse. Er dachte nicht daran zu knausern, wenn die Cousins die Rechnung bezahlten.

Bald saß er allein in einem fast leeren Wagen und aß ein in Folie verpacktes Hühnercurry. Die Landschaft, die mit hypnotischer Einförmigkeit vorbeiraste, machte ihn schläfrig. Doch das Ding in seiner Tasche, die jetzt über ihm auf der Gepäckablage stand, ging ihm nicht aus dem Kopf. Er hatte den sperrigen Handschuh auf dem Weg zum Bahnhof in seiner Reisetasche deutlich gespürt und konnte sich deshalb nicht so leicht einreden, ihn doch nicht mitgenommen zu haben.

Bei seiner Ankunft hatte der Copernicus-Krater in der Sonne gelegen, doch seitdem war Geoffrey immer nach Osten gefahren und musste früher oder später auf den Terminator stoßen, die wandernde Grenzlinie zwischen der beleuchteten und der Schattenseite des Mondes. Gleich westlich des Mare Tranquillitatis, als der Zug in vielen Windungen vom Hochland zwischen der Aridaeus- und der Hyginus-Rille herunterfuhr, war es so weit. Geoffrey schaute zufällig nach oben und hatte für einen schrecklichen, schwindelerregenden Augenblick das Gefühl, der Zug würde gleich von einer schroffen Klippe in ein riesiges, alles verschlingendes schwarzes Meer hinabstürzen. Gleich darauf rasten sie *auf* diesem Meer dahin. Der zittrige, schwankende Lichtschein, den der Zug über den sanft gewellten Untergrund warf, verstärkte die Finsternis jenseits davon noch mehr. Vor dieser unermesslichen lichtlosen Fläche schien der Zug wie über einen schmalen Damm in die unendliche Nacht hinein zu rasen und von ihr verschlungen zu werden.

Wenige Minuten später wurden die Lichter im Abteil gedämpft, damit jeder, der müde war, schlafen konnte. Geoffrey verstärkte seine Sehkraft. Nun konnte er in einiger Entfernung gelegentlich vorbeiziehende Formen erkennen, einen Felsblock, eine Steilstufe oder sonst ein Geländemerkmal. Und natürlich gab es hier draußen immer noch Siedlungen, einige gehörten zu den ältesten in der kurzen Geschichte menschlicher Niederlassungen auf dem Mond. Im Süden lag der erste Apollo-Landeplatz, ein Wahrzeichen menschlichen Erfindergeistes und Wagemuts, das seit fast zweihundert Jahren unangetastet geblieben war. Allerdings hatte man es mit einer schützenden Glaskuppel umgeben. Früher, als ein Besuch auf dem

Mond für ihn in einer ungewissen Zukunft gelegen hatte, war Geoffrey immer davon ausgegangen, dass er wie jeder brave Tourist die Zeit finden würde, die Stätte zu besuchen. Nun musste diese Wallfahrt bis zu seinem nächsten Besuch hier warten, auch wenn bis dahin vielleicht viele Jahre vergehen würden.

Er chingte Sunday an. Ihre Projektion erschien vor ihm. »Geoffrey«, sagte sie. »Mit der ER kann etwas nicht stimmen, denn sie behauptet, dass dein Anruf vom Mond kommt.«

»Ich bin hier«, bestätigte Geoffrey. »Im Zug von Copernicus. Es war … ein spontaner Entschluss.«

»Das kann man wohl sagen.«

»Wir haben so oft davon gesprochen, und nach der Trauerfeier dachte ich mir, zum Teufel damit, jetzt ist es so weit. Ich bin mit der Schläfergondel von Libreville heraufgefahren.« Er machte ein reumütiges Gesicht. »Äh, ich komme doch hoffentlich nicht ungelegen?«

»Nein«, sagte sie, ohne ihr Misstrauen ganz verbergen zu können. »Ich freue mich aufrichtig, dass du dich endlich zu einem Besuch bei uns aufgerafft hast. Ich bin nur … überrascht, das ist alles. Und es hätte dich nicht umgebracht, vorher anzurufen.«

»Tue ich das nicht gerade?«

»Ich könnte unter Zeitdruck stehen und bis über beide Ohren in der Arbeit stecken, ohne Zeit zum Essen, Schlafen oder für die elementare Körperpflege zu finden.«

»Wenn es Schwierigkeiten macht …«

»Ganz ehrlich, das ist nicht der Fall. Wir freuen uns auf dich.« Er glaubte ihr. Sein Besuch war ihr sichtlich willkommen. Dass dieser plötzliche Überfall Zweifel weckte, konnte er ihr nicht verdenken. »Hör zu, nach meiner Schätzung wird es Abend werden, bis du die *Zone* erreichst, schließlich musst du als Tourist jeder Menge Formalitäten hinter dich bringen.

Jitendra und ich wollten zum Essen ausgehen – hättest du Lust mitzukommen? Es gibt da ein Lokal, das uns sehr gefällt – ostafrikanische Küche, falls die dir nicht zum Hals heraushängt.«

»Hört sich gut an.«

»Ruf mich an, wenn du in die Nähe der *Zone* kommst, dann hole ich dich an der Tramhaltestelle ab, und wenn du nicht zu müde bist, gehen wir direkt in das Restaurant.«

»Ich melde mich.«

»Ich kann es kaum erwarten, Bruder.«

Er lächelte, nickte ihr zu und beendete die Ching-Verbindung.

Der Zug raste weiter über das dunkle Meer der Ruhe, und er öffnete seine Tasche und tastete unter der Basecap mit dem Cessna-Logo und dem T-Shirt des FC Ashanti nach dem Handschuh.

Dann stellte er die Leselampe schräg, um durch den Einschlupf ins Innere sehen zu können. Wie erwartet waren die Manschette und der Raum für den Handteller leer, soweit das Licht reichte, aber die Finger lagen immer noch im Schatten. Sein Bleistift und der Skizzenblock fielen ihm ein, die er für den Fall der Fälle ganz unten in die Tasche gesteckt hatte.

Er zog den angespitzten 2B heraus, vergewisserte sich mit einem Blick nach oben, dass ihn auch weiterhin niemand beobachtete, steckte den Stift in den Handschuh und stocherte mit der Spitze darin herum. Als er die Öffnung des Zeigefingers gefunden hatte, schob er den Bleistift weiter, bis er Widerstand spürte. Es war schwer festzustellen, aber er hatte den Eindruck, nicht weiter als bis zum ersten Gelenk nach dem Knöchel gekommen zu sein.

Irgendetwas steckte da unten zwischen dem zweiten Fingergelenk und der Spitze. Geoffrey zog den Stift heraus und probierte es mit dem nächsten Finger. Auch da kam er nicht bis ganz nach vorne. Beim dritten Finger war es ebenso, Daumen und kleiner Finger schienen dagegen frei zu sein.

Er kehrte zum Zeigefinger zurück und stocherte abermals darin herum. Was immer da eingeklemmt war, gab ein wenig nach, doch dann ging es nicht mehr weiter. Nun wollte er den Stift an dem Hindernis vorbeizwängen, um es irgendwie herauszupulen, aber das klappte nicht. Nach ein paar vergeblichen Versuchen zog er den Bleistift heraus und legte ihn in die Tasche zurück.

Als Nächstes stellte er den Handschuh senkrecht und schlug ihn mit der Manschette gegen den Tisch, um zu lockern, was da in den Fingern steckte. Das machte zu viel Lärm, und überdies merkte er schon nach den ersten Schlägen, dass es nicht funktionieren würde. Es fiel nichts heraus, und durch das Herumstochern hatte er das, was darin steckte, noch fester hineingedrückt. Er würde warten müssen, bis er nach Hause kam.

Oder zumindest, bis er bei Sunday war.

Weitere Geheimnisse gab es sicher nicht mehr zu entdecken, und so legte Geoffrey den Handschuh in die Tasche zurück, holte die Basecap heraus, setzte sie sich mit dem Schirm nach vorne auf den Kopf und träumte von Elefanten.

»Das ist Ihre letzte Chance«, mahnte die Sprecherin der *Zone*, eine überschlanke Nordafrikanerin in Lederkluft und hochhackigen Schuhen und mit pinkfarbenem Glitzerstaub auf den Wangenknochen. Das leuchtend violette Haar war kunstvoll geflochten und mit kleinen Flimmerlämpchen besetzt. »Von hier an wird die ER immer schwächer und bleibt schließlich ganz aus. Wenn Sie das stört, wenn es für Sie unerträglich ist, sollten Sie jetzt umkehren.«

Stoische Gesichter, aufgesetztes Lächeln. Niemand gab seine Pläne auf, niemand wollte die Reise abbrechen, nachdem er so weit gekommen war, auch Geoffrey nicht.

»Dann sind wir wohl alle bereit«, stellte die Frau mit dem violetten Haar fest. Es klang, als hätte sie nicht ernsthaft damit gerechnet, dass jemand abspringen würde. »Ihre Visa haben Sie alle, also rein mit Ihnen.«

Das Visum war ein hellgrünes Rechteck mit einer rückwärts laufenden Zeitanzeige, die in der rechten oberen Ecke von Geoffreys Sichtfeld schwebte. Heute war der vierte Februar, und das Visum genehmigte ihm den Aufenthalt bis zum neunten des Monats. Hielt er sich nicht an die Bedingungen, wäre die Zwangsausweisung aus der *Zone* die Folge – ob das bedeutete, dass man ihn mit oder ohne Raumanzug an der Oberfläche aussetzen würde, oder ob er eine etwas humanere Behandlung erwarten konnte, wurde bewusst im Unklaren gelassen.

Die Tram war voll besetzt, Geoffrey musste stehen. Die Bahn ratterte durch einen schäbigen Betontunnel. Als er spürte, wie sich die Stimmung der Mitreisenden veränderte, formulierte er eine einfache ER-Abfrage nach seinem Standort. Die Antwort kam mit deutlicher Verzögerung. Er wartete einen Moment und unternahm einen neuen Versuch. Diesmal kam keine Antwort mehr, und gleich darauf schwappte eine Kaskade von Fehlermeldungen über sein Sichtfeld. Zugleich nahm das Stimmengewirr im Wagen babylonische Züge an.

Einige Passagiere griffen gelangweilt in die Tasche und holten Übersetzungskopfhörer heraus, als sie den Übergang spürten, andere schalteten edelsteinbesetzte Ohrstecker ein. Das Stimmengewirr wurde leiser, legte sich kurz und schwoll wieder an.

Geoffrey zwinkerte die letzten Fehlermeldungen weg. Nun sah er nur noch das Symbol für das Visum und das Bild eines zerbrochenen Globus, ein Zeichen, dass der ER-Empfang derzeit beeinträchtigt war. Die Maschinen in seinem Kopf funktionierten noch; es gab nur außerhalb seines Schädels nicht mehr viel, womit sie kommunizieren konnten. Er spürte ihre dumpfe Rastlosigkeit.

Die Tram raste durch den vielfach gewundenen Schacht, vorbei an eingemotteten Tunnelbohrmaschinen, die an verpuppte Schmetterlingslarven erinnerten. Alsbald erschien vor ihnen ein schnell wachsender Lichtfleck, der Schacht erweiterte sich. Die Tram ratterte zwischen zwei Reihen von aufeinandergestapelten Frachtbehältern hindurch und kam neben einer Plattform mit wartenden Menschen und Robotern sanft zum Stehen. Geoffrey entdeckte seine Schwester sofort. Sie war ihm so vertraut, als wären sie erst vor wenigen Tagen zum letzten Mal beisammen gewesen, dabei hatten sie sich seit Jahren nicht mehr leibhaftig gegenübergestanden.

Sie winkte ihm zu. Ein großer Mann neben ihr winkte ebenfalls, aber er wirkte unsicher, und seine Augen huschten hin und her, als wüsste er nicht so genau, welchen Fahrgast er begrüßen sollte. Geoffrey winkte zurück. Die Türen der Tram öffneten sich keuchend, er stieg aus, ging auf seine Schwester zu und schloss sie in die Arme.

»Ich freue mich, Bruder«, sagte Sunday auf Suaheli. »Jitendra – das ist Geoffrey. Geoffrey – das ist Jitendra Gupta.«

Jitendra war etwa im gleichen Alter wie Sunday, aber mindestens einen Kopf größer und unverkennbar ein Bewohner des Mondes: überschlank, kahlköpfig und jungenhaft hübsch. Sobald ihm klar war, wen er vor sich hatte, erwärmte sich sein Lächeln, und er schüttelte Geoffrey betont freundschaftlich die Hand.

»Wie schön, dass du es endlich geschafft hast!«, erklärte er. »Wie war die Fahrt?«

Ringsum umschwärmten Roboter die Reisenden, die ohne selbstfahrende Koffer gekommen waren, um ihnen mit ihrem Gepäck behilflich zu sein.

»Eher langweilig«, antwortete Geoffrey. »Kann nicht behaupten, dass ich vom Zug aus viel gesehen hätte.«

»Du musst während des Mondtages wiederkommen. In der

näheren Umgebung gibt es ein paar fantastische Sehenswürdigkeiten, die auf den üblichen Touristenkarten nicht verzeichnet sind.«

Jitendras Suaheli war hervorragend, dachte Geoffrey. Ob er die Sprache wohl nur gelernt hatte, um Sunday zu beeindrucken?

»Wie kommst du mit einem Leben ohne ER zurecht?«, erkundigte sich Sunday.

Geoffrey nahm seine Basecap ab und stopfte sie in die Tasche seines Sweatshirts.

»Ich schaffe es mit Mühe, bei Verstand zu bleiben.«

Seine Schwester nickte anerkennend. »Ein Tag hier bei uns, und du hast vergessen, dass du sie jemals gebraucht hast.«

Er umarmte sie noch einmal, und diesmal versuchte er, den warmen, atmenden Körper unter der Kleidung wahrzunehmen. »Du bist es doch selbst? Nicht wieder ein Claybot? Ohne die ID-Tags weiß ich nicht, worauf ich mich verlassen kann.«

»Ich bin es selbst«, versicherte ihm Sunday. »Der Claybot ist noch auf der Erde und wird von jemand anderem gesteuert.« Sie trat ungeduldig von einem Fuß auf den anderen. »Hör mal, wir brauchen nicht den ganzen Tag hier herumzustehen. Wo ist dein übriges Gepäck?«

»Das ist alles.« Geoffrey nahm die Reisetasche von der Schulter. »›Unbeschwert reisen‹, lautet mein Motto.«

»Meines lautet: ›gar nicht reisen‹«, gab Sunday zurück. »Ich sagte dir doch, dass wir essen gehen wollten – hast du immer noch Lust dazu?«

»Natürlich hat er Lust dazu«, rief Jitendra vergnügt. »Wieso sollte er denn nicht?«

Geoffrey war tatsächlich hungrig geworden – die kleine Mahlzeit im Express war nicht mehr als ein Appetithappen gewesen. Aber es befremdete ihn, dass Jitendra sein Einverständnis ohne Weiteres voraussetzte, und so musterte er den anderen mit einem gewissen Misstrauen. Er wollte nicht unfreundlich erscheinen, behielt sich aber ein Urteil zunächst noch vor.

Ein paar Schritte weiter gab es einen kleineren Aufruhr. Geoffrey erkannte einen seiner Mitreisenden – einen großen weißen Mann mit chromglänzendem Haar und einem Anzug mit ausgepolsterten Schultern, der ihn wie ein Muskelpaket aussehen ließ. Er wurde gerade von Beamten aus der Menge geholt. Es gab ein großes Geschrei. Der Mann versuchte sich zu befreien, sein Gesicht wurde zusehends röter.

»Was ist da los?«

»Keine Ahnung«, sagte Sunday in gleichgültigem Ton.

Aber Geoffrey konnte sich nicht losreißen. Einen Fall von Widerstand gegen die Staatsgewalt hatte er eigentlich noch nie erlebt. In der *Überwachten Welt* war es so gut wie unmöglich, dass jemand sich der Obrigkeit widersetzte. Dort wäre der Mann inzwischen durch einen direkten Eingriff des *Mech* in sein Nervensystem gefügig gemacht worden und hätte als zuckendes Bündel mit hängender Kinnlade auf dem Boden gelegen.

Nun hielt einer der Beamten mit beiden Händen seinen Kopf fest, während ihm ein anderer mit einer bleistiftdünnen Lampe ins rechte Auge leuchtete. Es gab einen Wortwechsel. Dann gab der Mann offenbar den Kampf auf und wurde wenig später in die Tram zurückverfrachtet.

»Normalerweise hätten seine Augen nicht mehr aufzeichnen dürfen, sobald er die Grenze überquert hatte«, erklärte Jitendra. »Bei dir war das so, es sei denn, du hättest die Blockade mit großem Aufwand außer Kraft gesetzt.«

»Das habe ich nicht«, versicherte ihm Geoffrey.

»Er hatte sich wohl zusätzliche Aufzeichnungsgeräte einsetzen lassen, in der Hoffnung, sie würden bei unseren Standard-Scans unbemerkt durchgehen«, überlegte Jitendra. »Sehr ungehörig. Er hat Glück, wenn er mit einer Deportation davonkommt. Die Männer hätten durchaus das Recht gehabt, ihm an Ort und Stelle die Augen herauszunehmen.«

»Wir sind hier sehr empfindlich, wenn jemand unsere Privatsphäre verletzt«, ergänzte Sunday.

»Ich verstehe.«

Die gewalttätige Szene hatte Geoffrey erschüttert. Er selbst hätte niemals gezielt versucht, gegen die Regeln der *Überwachungsfreien Zone* zu verstoßen, aber angenommen, jenem Mann wäre nur ein harmloser Fehler unterlaufen, angenommen, er hätte vergessen, dass er sich vor Jahren irgendeine Zusatzfunktion in seine Augen hatte einbauen lassen? Die zusätzlichen ER-Optionen, die bei ihm selbst in der Klinik in Luanda eingerichtet worden waren … konnte man ihm deshalb vorwerfen, die in der *Zone* geltenden Vorschriften verletzt zu haben? Doch dann schlug er sich solche Bedenken entschlossen aus dem Sinn. Er war in der *Zone,* und daraus folgte, dass er von jetzt an nur noch mit einem Minimum an Kontrollen zu rechnen hatte.

Sie verließen die Tramstation in einem lockeren Zug von Reisenden, Abholenden und Robotern. Sunday hatte wohl bemerkt, wie er sich reckte und streckte, um zu sehen, was sich jenseits der mit Beton und Sprühversiegelung abgedichteten Gänge befand. »Hier auf dem Mond hält man nicht viel von Fenstern«, erklärte sie. »Auch über dem Regolith nicht. Zu deprimierend bei Nacht – wenn wochenlang nur völlige Dunkelheit herrscht – und zu grell bei Tag. Wenn du die Erde oder die Sterne sehen willst, nimmst du dir einen Rover oder einen Raumanzug oder chingst dich auf die andere Seite. Wir sind aus praktischen Erwägungen hier, nicht wegen der Landschaft. Wenn du Landschaft genießen willst, bleibst du besser im Orbit oder fliegst zum Mars. Dazu ist der Mond nicht da.«

»Ich wusste nicht, dass der Mond *zu etwas* da ist«, bemerkte Geoffrey.

»Er ist eine Plattform, nichts sonst. Ein Ereignisraum. Ein Ort für interessante Experimente. Glaubst du, man würde die *Zone* irgendwo sonst dulden?« Sunday war so richtig in Fahrt gekommen. »Natürlich gibt es auch anderswo im System blinde Stellen, aber meistens nur, weil der Empfang schlecht ist, nicht weil die Leute es so haben wollten. Auf der Erde hätte man längst irgendein uraltes Gesetz aus der Tasche gezogen und die Panzer in Marsch gesetzt.«

»Ich denke, man hätte zuvor eine vernünftige Auseinandersetzung geführt«, widersprach Geoffrey. »Da unten haben Panzer und Kanonen nicht allein das Sagen – die meiste Zeit leben wir in einer friedlichen globalen Zivilisation.« Typisch: Kaum war er zehn Minuten mit Sunday zusammen, schon warf er sich zum Verteidiger für den ganzen Planeten auf. Zeit für einen Themenwechsel. »Bist du hier geboren, Jitendra?«, fragte er lebhaft.

»Auf der anderen Seite, im Copernicus. Da bist du doch gelandet, nicht wahr?«

»Schon, aber allzu viel habe ich nicht davon gesehen.« Sie gingen jetzt durch einen ebenen Tunnel, der mit Beton ausgekleidet war. Die Oberfläche war im Impasto-Verfahren mit feucht glänzenden, flimmernden, psychoreaktiven Graffiti dekoriert. »Sunday hat erzählt, du arbeitest in der Robotertechnik.«

»Mehr oder weniger«, schränkte Jitendra ein. »Allerdings im experimentellen Bereich, in der neuesten Forschung. Interessierst du dich dafür?«

»Könnte schon sein. Ich beschäftige mich mit Kognitionsforschung bei Elefanten.«

Jitendra schlug sich gegen die Stirn. »Ach, jetzt kapiere ich erst. Du bist der Elefantenmann!«

Geoffrey verzog das Gesicht. »Das hört sich an wie ein abstruses medizinisches Präparat in irgendeiner Flasche.«

»Ich weiß nicht, wie oft ich Jitendra schon erklärt habe, was du machst«, seufzte Sunday. »Schließlich bist du nicht irgendein unbekannter entfernter Verwandter.«

Die Graffiti waren in unaufhörlicher Bewegung und konfigurierten sich ständig neu. Nur an einigen mausgrauen Stellen hatte die Farbe nicht gehalten oder war abgeblättert. Geoffrey hielt Graffiti für eine ziemlich altmodische Kunstform.

»Wie auch immer: Kognitionsforschung bei Elefanten.« Jitendra nahm mit Entschiedenheit den Faden wieder auf. »Klingt interessant. Wie stehst du zu den bayesschen Verfahren und zum Prinzip der Freien Energie?«

»Wenn sie wirklich frei ist, bin ich unbedingt dafür.«

»Unser Geoffrey ist kein Theoretiker«, sagte Sunday. »Theoretiker legen gewöhnlich keinen Wert darauf, nach Elefantendung zu riechen und in zweihundert Jahre alten Seelenverkäufern herumzufliegen.«

»Vielen Dank.«

Sie legte ihm einen Arm um die Taille. »Natürlich möchte ich ihn gar nicht anders haben. Wenn mein Bruder nicht wäre, hätte ich das Gefühl, das einzige Familienmitglied zu sein, das aus der Reihe tanzt.«

Sie blieb vor einem Wandabschnitt stehen, wo der schmutzig-braune Hintergrund früherer Graffiti-Schichten mit einer silbrigen Fläche übermalt worden war, in der sich eine komplizierte Metallkonstruktion oder eine fremdartige Hieroglyphe wie in Wasser zu spiegeln schien. Andere Formen in verschiedenen Primärfarben drängten sich ungeduldig an den Rändern und versuchten, in das Silber vorzustoßen.

Sunday setzte den Finger auf und fing an, das Werk gegen die angrenzenden Gebilde nach außen zu schieben, um die ursprüngliche Form wiederherzustellen. Wo sie es berührte, wurde das Silber hell und begann zu strahlen. »Das ist eine von meinen Produktionen«, erklärte sie. »Ich habe es vor fünf Monaten gemacht, und es ist immer noch da. Nicht schlecht für ein Konsenskunstwerk. Die Farbe registriert, wie viel Aufmerksamkeit das Werk bekommt. Wenn es nicht oft genug angesehen wird, kann es sich nicht dagegen wehren, überdeckt oder übermalt zu werden.«

Sie zog den Finger zurück. Er war immer noch sauber. »Ich kann mein eigenes Werk neu bearbeiten, vorausgesetzt, die Farbe findet, es sei genügend *gewürdigt* worden. Und ich kann ein fremdes Werk übermalen, wenn es nicht oft und lange genug angesehen wurde. Aber das würde ich nicht tun – es ist eigentlich nicht fair.«

»Das heißt also, Sunday Akinya hinterlässt im wahrsten Sinne des Wortes ihre Spuren«, lachte Geoffrey.

»Solche Sachen signiere ich nicht«, widersprach Sunday. »Und da ich derzeit vor allem bildhauerisch und mit Animationen arbeite, ist die Chance, dass jemand ein abstraktes 2-D-Gemälde mit mir in Verbindung bringt, nicht allzu groß.«

Geoffrey trat zurück, um einen mit Gepäck beladenen Roboter vorbeizulassen.

»Aber jeder hätte dich bei der Arbeit sehen können.«

»Die meisten hätten keine Ahnung gehabt, wer ich bin. Selbst hier oben bin ich nur ein kleiner Fisch.«

»Sie ist immer noch eine notleidende Künstlerin«, sagte Jitendra.

»Und die Hälfte der Leute, die hier leben, sind sowieso Künstler oder halten sich dafür«, ergänzte Sunday und drängte weiter. »Hier bin ich keine Akinya, sondern lediglich eine von vielen Frauen, die um ihren Lebensunterhalt ringen.«

Sie näherten sich dem Ende des Graffiti-Korridors, und Geoffrey spürte, dass der sich gleich zu einem sehr viel größeren Raum weiten würde. Die Akustik veränderte sich, und das

Gefühl der Enge ließ nach. Sogar ein leichter Luftzug war zu spüren.

Sie kamen hoch oben an der Seitenwand einer riesigen Höhle heraus, die nach Geoffreys Schätzung einen Durchmesser von mindestens zwei Kilometern hatte. Ein Gitter aus hellen Lichtern überzog die leicht gewölbte Decke und tauchte den ganzen Raum in einen Schein, der wohl hellem Tageslicht auf einem Planeten entsprechen sollte.

Die Höhle war bis in den letzten Winkel mit Gebäuden zugepflastert. Viele ragten bis zur Decke empor, einige durchstießen sie sogar. Türme, Kuppeln und Fialen, spiralförmige Kanneluren und schwankende, kopflastige Schraubengebilde, barocke Kristalleruptionen und verwirrend hirnähnliche Massen, alles in schreienden Farben und verwirrenden Mustern, die unaufhörlich flackerten und flimmerten, als wäre die ganze Stadt ein antikes Computersystem, das in einem wahnsinnigen Kreislauf von Absturz und Neustart gefangen war. Weiter unten, wo die Gebäude von der Straße oder von höheren Brücken aus zu betreten waren, waren die Wände mit psychoreaktiven Graffiti geschmückt. Weiter oben hingen aktive Transparente und Fahnen, und neben bunt angestrahlten Fesselballonen wanderten Neonreklamen träge über die Flächen.

»Hast du daran gedacht, einen Tisch zu reservieren?«, fragte Jitendra.

»Heute ist Donnerstag«, sagte Sunday. »Da ist sicher nicht allzu viel los.«

Unten auf den Straßen herrschte reger Betrieb. Elektrofahrzeuge glitten wie elegante kleine Spielfiguren aus Spritzguss noch durch den dichtesten Stau. Daneben waren nicht nur Rad- und Rikschafahrer, sondern auch Roboter unterwegs, die Passagiere auf dem Rücken trugen. Ein heilloses Gewimmel aus Menschen und Maschinen.

Sunday führte sie über eine schwarze Eisenbrücke mit

einem Belag aus Holzplatten. Die Seitengeländer waren gefährlich niedrig und wurden hier und dort von Buden und Ständen mit Dächern und Wänden aus gestreiftem Segeltuch unterbrochen.

»Das ist der *Turm.*« Sie deutete auf ein Gebäude am anderen Ende. »Von dort hat man den besten Blick auf die Höhle. Hoffentlich hast du genügend Appetit mitgebracht.«

Im Inneren des *Turms* herrschten Pastellfarben und organische Formen vor, Mosaiken aus Glas und Porzellan auf umbrabraunem Stuck sorgten für die nötige Abwechslung. Sunday hatte zielstrebig eine Fensternische angesteuert, die einer natürlichen, vom Wasser ausgewaschenen Höhle glich. Erst nachdem Geoffrey die Aussicht mehrere Minuten lang betrachtet hatte, konnte er tatsächlich bestätigen, dass sie langsam vorbeizog. Sunday erklärte ihm, man habe eine ausgediente Zentrifuge dazu umfunktioniert, das Restaurant in Rotation zu versetzen. Der *Turm* lief auf so eisglatten Kugellagern, dass es sich anfühlte, als würde sich der Rest des Universums drehen.

Er hatte eine Seite des Tisches für sich, Sunday und Jitendra saßen ihm gegenüber. Sunday hatte eine große Flasche Island-Merlot bringen lassen, bevor Geoffrey auch nur seine Tasche abgestellt hatte, und füllte auch sofort die Gläser. Bei der Vorspeise wurde zwanglos geplaudert. Sunday bemühte sich, ihm Geständnisse zu seinem nicht vorhandenen Liebesleben zu entlocken, und erkundigte sich, ob er in letzter Zeit von Jumai gehört hätte. Er erzählte von Jumais Ching-Anruf an Eunice' Todestag.

»Das scheint ja eine aufregende Tätigkeit zu sein. Und ziemlich gefährlich«, lautete Sundays Kommentar.

»Aber sie wird gut bezahlt«, sagte Geoffrey.

Unter normalen Umständen wäre es ihm peinlich gewesen, über seine Verflossene zu sprechen, doch nun konnte er damit das eine Thema vermeiden, das er auf keinen Fall berühren wollte.

»Noch etwas Wein?«, fragte Sunday, als der Kellner kam, um die Vorspeisenteller abzuräumen.

Jitendra hielt eine Hand über sein Glas. »Ich brauche morgen einen klaren Kopf. *Roboterkampf.*«

Geoffrey sah ihn verständnislos an.

»Jitendra ist einer der Teilnehmer«, erklärte Sunday. »Das ist sein Hobby. Wir fahren morgen alle drei hinaus und schauen zu.«

»Hat das etwas mit Freier Energie zu tun?«, fragte Geoffrey eifrig. Jeder Gesprächsstoff, der vom wahren Grund seines Besuches ablenkte, war ihm willkommen.

»Keinerlei Verbindung.« Jitendra senkte die Stimme, als fürchte er, von den anderen Gästen belauscht zu werden. »Allerdings gehe ich davon aus, dass June Wing kommen wird.«

»Du arbeitest bei Plexus?«, fragte Geoffrey. Er hatte den Namen erkannt.

»Ich arbeite *für* die Firma«, verbesserte Jitendra mit deutlichem Nachdruck. »Man bezahlt mich dafür, dass ich interessante Ideen liefere, während man gleichzeitig einsieht, dass ich in einem orthodoxen Unternehmensumfeld vollkommen fehl am Platz wäre. Außerdem lässt man mir viel mehr gestalterischen Freiraum, als ich bei einer Vollzeitstelle in einem ihrer Labors jemals erwarten könnte. Der Vorteil dabei ist, dass ich so gut wie keinen Termindruck habe und keine Ergebnisse vorzuweisen brauche. Der Nachteil ist, dass die Bezahlung ziemlich dürftig ist. Immerhin können wir uns unsere Wohnung leisten, und ich habe rund um die Uhr einen direkten Draht zu June Wing. Dafür würden manche Leute einen Mord begehen.«

»Diese … Freie Energie – ist das ein Forschungsprogramm von Plexus?«

»Nicht offiziell, denn bei der Freien Energie geht es – jedenfalls insoweit, als ich daran interessiert bin – um die Entwicklung von Artilekten mit einer Intelligenz auf menschlichem Niveau. Und das ist natürlich auch heute noch ein ziemlich großes Tabu.« Jitendra kratzte sich die schwarzen Stoppeln. »Aber inoffiziell? Das ist eine andere Sache.«

»Wir haben einmal ein Artilekt gefunden«, sagte Geoffrey. »In der Nähe unseres Hauses. Es hat versucht, Sundays Bewusstsein zu übernehmen.«

»Sie hat mir davon erzählt. Ihr seid damals auf ein Monstrum gestoßen, eine militärische Intelligenz. Sie war darauf programmiert, hinterhältig, gehässig und lebensfeindlich zu sein, und sie war nicht klug genug, um ein Gewissen zu haben. Aber wenn wir die Artilekte noch ein Stück klüger machen, könnten sie für uns arbeiten.«

Als der Kellner den Hauptgang brachte, gab es die übliche kleine Verwechslung bei einer Bestellung. Geoffrey hatte den Verdacht, diese menschliche Note sei zur Beruhigung der Gäste inzwischen fest im Service integriert.

»Vielleicht ist das nicht so einfach, wie es sich anhört«, sagte er. »Ich meine, Maschinen klüger zu machen.«

»Das hängt davon ab, wo man anfängt.« Jitendra hatte bereits mit dem Essen begonnen. »Für mich versteht es sich von selbst, dass der menschliche Geist der beste Ausgangspunkt wäre. Was ist er denn anderes als eine denkende, sich ihrer selbst bewusste Maschine, die uns das Universum bereits auf dem Silbertablett serviert hat?«

Geoffrey hatte plötzlich das Bild eines hübsch garnierten und mit Salat servierten Gehirns vor Augen. Er schob es angewidert beiseite wie ein halbrohes Stück Fleisch.

»Auf dem Gebiet der tierischen Kognition gibt es noch einiges zu entdecken. Aber das menschliche Gehirn? Ist das aus Sicht der Forschung nicht längst ausgereizt?«

Jitendra war sosehr in seinem Element, dass er das Essen nur noch auf dem Teller herumschob. »Wir wissen, was in einem Bewusstsein vorgeht. Wir können Denkprozesse verfolgen und sie auf jeder beliebigen Entscheidungsebene korrelieren. Aber das heißt noch lange nicht, dass wir sie verstehen.«

»Das können wir erst«, schaltete sich Sunday ein, »wenn uns Jitendra mit einer seiner welterschütternden neuen Ideen beglückt.«

»Ich wäre sehr stolz darauf, wenn es meine wären.« Hastig schob sich Jitendra ein paar Bissen in den Mund, hielt aber dabei zum Zeichen, dass er mit seinen Ausführungen noch nicht fertig war, das Messer in die Höhe.

Geoffrey kam zu dem Schluss, dass ihm Jitendra sympathisch war. Und solange Sundays Lebensgefährte redete, brauchte er es nicht zu tun.

»Der springende Punkt ist«, fuhr Jitendra fort, obwohl er noch nicht hinuntergeschluckt hatte, »dass ich mich nicht der Illusion hingebe, die Welt würde sich auch nur einen Deut für eine Theorie des Bewusstseins interessieren. Der Welt geht es einzig und allein um die praktischen Anwendungen.«

»Und hier kommt Plexus ins Spiel«, stellte Geoffrey fest.

»Du hast den Claybot gesehen. Das ist die physische Seite. Außerdem wäre das Konstrukt zu nennen, mit dem Sunday sich mindestens ebenso eingehend beschäftigt wie ich.«

»Das Konstrukt?«

»Später«, lächelte Sunday.

»Und worauf läuft das alles letztlich hinaus«, fragte Geoffrey.

»Wir brauchen bessere Maschinen. Maschinen, die so intelligent und anpassungsfähig sind wie wir, damit sie wir *sein* oder an Orte gehen können, die uns verschlossen sind«, erklärte Jitendra.

Geoffreys Miene verriet Skepsis.

»Pass auf, früher oder später wirst du die Pans kennenlernen«, fuhr Jitendra fort. »Es sind Freunde von uns, und sie vertreten den Standpunkt, dass es ausschließlich Menschen gestattet sein sollte, ins All zu fliegen. Die Sterne gehören den Wesen aus Fleisch und Blut; alles andere ist Verrat an der Spezies. Das andere Extrem sind knallharte Pragmatiker wie *Akinya Space*, die immer dann einer Maschine die Arbeit eines Menschen übertragen, wenn das billiger ist. Deshalb kriechen unzählige Milliarden von Robotern im Asteroidengürtel herum.«

»Wir sitzen gerade in einem Restaurant auf dem Mond«, wandte Geoffrey ein. »Ist es da nicht etwas zu spät, sich darüber Gedanken zu machen, wer ins All fliegen darf?«

»Die Entscheidungsschlacht wurde nicht abgesagt, sondern nur aufgeschoben«, entgegnete Jitendra. »Die Pans nehmen an Stärke und Einfluss zu, und die Unternehmer haben ihre dolleräugige Überzeugung, dass einzig der Einsatz von Robotern zweckmäßig ist, nicht plötzlich aufgegeben. Früher oder später werden die beiden Seiten aneinandergeraten. Vielleicht nicht wegen Erde und Mond, aber wir dringen inzwischen weiter in den Weltraum vor – schon jetzt schicken wir unsere Maschinen zu den Transneptunen, zum inneren Rand des Kuiper-Gürtels und sogar in die Oort'sche Wolke. Und da wird die Sache heikel. Wenn wir da draußen irgendetwas Sinnvolles erreichen wollen, brauchen wir intelligente Maschinen in großer Zahl. Maschinen, die die bestehenden Kognitionsschwellen durchbrechen und zu postartilektischen Rechenverfahren vordringen. Intellekte auf dem Niveau menschlicher Denkprozesse, die als Gleichgestellte mit uns zusammenleben und zugleich für uns arbeiten können.«

»Das hört sich nicht weniger erschreckend an als vor fünf Minuten«, stöhnte Geoffrey.

»Pass auf, in tausend Jahren wird der Unterschied zwischen Menschen und Maschinen … etwa die gleiche Bedeutung haben wie heute der Unterschied zwischen Protestanten und Katholiken: ein groteskes Relikt aus dem Finsteren Mittelalter.« Jitendra zuckte unsicher mit den Achseln. »Ich stehe weder auf der Seite der Maschinen noch auf der Seite der Menschen. Ich stehe auf der Seite der konvergenten Intelligenzen, die beide ablösen werden.«

Geoffrey lehnte sich zurück. Jitendras Überzeugungen hatten die Wucht einer Naturgewalt. »Und diese … Freie Energie? Ist das ein Verfahren, um bessere Maschinen zu konstruieren?«

»Das könnte sein«, nickte Jitendra. »Ich weiß es noch nicht. Zu viele Variablen, zu wenige Daten. Das Konstrukt sieht vielversprechend aus … aber wir stehen noch am Anfang, und wir werden sicher noch oft eine falsche Abzweigung nehmen. Ich kann nicht mehr sagen, als dass wir gerade dabei sind, zweihundert Jahre orthodoxer Entwicklung in der Robotertechnik zu verlassen und in eine ganz neue Richtung zu marschieren.«

»Genau das, was man auf den Aktionärsversammlungen hören will«, spöttelte Sunday.

Jitendra stocherte zwischen seinen Zähnen herum. »Eine bittere Medizin. Aber June Wing, gepriesen sei sie, ist immerhin in Maßen aufgeschlossen für neue Möglichkeiten.«

»Besonders wenn sie die Aussicht auf einen grandiosen kommerziellen Erfolg bieten«, ergänzte Sunday.

»Sie ist in erster Linie Geschäftsfrau, und dann erst Wissenschaftlerin«, sagte Jitendra. »Das kann man ihr nicht vorwerfen – sonst hätte sie nicht die Macht über den Geldbeutel des Unternehmens.«

»Da wir gerade vom Geldbeutel sprechen.« Sunday streifte sich die Krümel von der Serviette, die sie sich in den Kragen gesteckt hatte. »Ich wollte meinen Bruder schon die ganze Zeit fragen, ob die Cousins inzwischen mehr Geld ausgespuckt haben.«

Geoffrey blinzelte. Ihm schwirrte der Kopf, der Wein tat seine Wirkung, und er hatte Mühe, seine Gedanken zu sammeln. Die Frage hatte ihn kalt erwischt.

»Die Cousins?«, fragte er.

»Ich meine Lucas und Hector. Die beiden Männer, die es in der Hand haben, dich für alle Zeit von deinen Geldsorgen zu befreien.«

Geoffrey schenkte sich Wein nach und trank einen Schluck, um Zeit zu gewinnen. »Warum sollten sie mir mehr Fördermittel geben?«, fragte er endlich.

»Weil du bei der Trauerfeier aufgetaucht bist, weil du dich wie ein braver kleiner Junge benommen und keinen lästigen Streit vom Zaun gebrochen hast.«

Er lächelte sie an. »Du warst auch da. Haben sie dich etwa mit Wohltaten überschüttet?«

»Ich bin ein hoffnungsloser Fall; bei dir ist vielleicht noch Rettung möglich.«

»Aus ihrer Sicht.«

Sunday nickte. »Natürlich.«

»Es könnte sein, dass sie mir die Fördergelder erhöhen«, sagte er gleichmütig. »Ich habe mich offenbar überzeugend für meine Elefanten eingesetzt. Hin und wieder nehmen sich auch die knallharten Akinyas eine Auszeit vom Raubtierkapitalismus und entwickeln Schuldgefühle, weil sie ihr afrikanisches Erbe vernachlässigen.«

»Das hält etwa dreißig Sekunden an.«

Er zuckte die Achseln. »Lange genug, um eine Überweisung zu veranlassen.«

»Warum ich überhaupt darauf komme …« Sunday streckte sich. »… ich habe mich gefragt, ob du hier oben womöglich eine Spendenaktion starten willst? Du besuchst mich ja nicht gerade oft, und wenn ich mich recht erinnere, hattest du jedenfalls beim letzten Mal den Hut in der Hand.«

»Ich fand eben, es wäre Zeit für ein Wiedersehen. Willst du jedes Mal zu zetern anfangen, wenn ich dir wirklich einmal *zuhöre?*«

»Schon gut.« Sunday hob beschwichtigend beide Hände. »Ich meine ja bloß.«

Der Kaffee lenkte die Unterhaltung in weniger tückische Gewässer. Sunday und Geoffrey erzählten Anekdoten aus ihrer Kindheit auf dem Familiensitz, Erlebnisse mit Tieren, Begegnungen mit den Massai, komische Situationen zwischen ihnen und Memphis, und Jitendra machte gute Miene, hörte interessiert zu und stellte die richtigen Fragen.

Als Sunday die Rechnung bezahlt hatte und sie auf das kreisrunde Dach des Restaurants hinaustraten, war es kühler geworden, und mit der Dämpfung der Deckenbeleuchtung wurde tatsächlich so etwas wie eine nächtliche Atmosphäre erzeugt. Was nicht bedeutete, dass die Stadt im Begriff gewesen wäre, sich zur Ruhe zu begeben. Von unten drangen auch weiterhin Verkehrslärm, Musik, Stimmengewirr und Gelächter herauf.

Sunday wies auf einige Sehenswürdigkeiten hin. Ältere und neuere Gebäude, Orte, die ihr besonders gefielen oder auch nicht, Lieblingsrestaurants und solche, die in Ungnade gefallen waren, Klubs und andere Einrichtungen, die weder sie noch Jitendra sich leisten konnten. Oder die sie sich nicht leisten wollte, dachte Geoffrey, was bei Weitem nicht das Gleiche war. Sunday hatte das Geld von Akinya verschmäht, aber damit war nicht gesagt, dass die Schleusen nicht jederzeit wieder geöffnet werden konnten, wenn sie es sich anders überlegte. Sie brauchte nur ihr dekadentes Künstlerdasein aufzugeben und als Partner mit Gewinnbeteiligung in das Gemeinschaftsunternehmen einzutreten.

Was im Übrigen auch für ihn galt.

»Da müssen wir hin.« Sunday zeigte auf ein großes halbkreisförmiges Loch in der gegenüberliegenden Höhlenwand. Geoffrey merkte, dass sie viel nüchterner war als ihre beiden Begleiter, und fragte sich leicht beklommen, ob sie ihn womöglich für ein Verhör weichgekocht hatte.

Sie stiegen auf die Straße hinunter und standen in einem Nachtbasar mit vielen gewundenen Gängen und einem Dach aus zerschlissenem Segeltuch und Bambusgittern. An den Verkaufsständen wurden im Schein von Laternen Lebensmittel, Tiere, Kleidung, Konsumgüter, Kosmetikartikel, chirurgische Behandlungen und Roboterbauteile feilgeboten. Muskulöse Riesenschlangen aus grell grünem und gelbem Plastikmaterial, die an aufgerollte Industriekabel erinnerten. Seepferdchen mit Juwelenaugen und funkelnden Farbzellen am ganzen Körper. Winzige Ponys von Puppengröße, rosarot und blau und anatomisch vollkommen korrekt. Schwarze, braune und pinkfarbene Stoffbahnen, die Geoffrey zunächst für Textilien hielt – Kleider- oder Gardinenstoffe –, bis er begriff, dass es sich um Kunstfleisch handelte, in Bottichen gezüchtet und meterweise zu verkaufen. Neue Haut, neue Augen, neue Organe, neue Knochen. Die meisten dieser Artikel wären anderswo illegal gewesen und wurden wohl in der *Zone* oder in der näheren Umgebung hergestellt. Hier herrschten nicht nur künstlerische Freiheit und Anarchie, es gab auch eine eigene Industrie. Wie in Dakar oder Mogadischu vor mehr als hundert Jahren: genau die staubige, von Zank und Streit geprägte Vergangenheit, die jede saubere, geordnete, blitzblanke afrikanische Stadt so angestrengt hinter sich zu lassen suchte.

Sie drängten sich durch die Menge. Jitendra kramte mehrere Minuten lang voller Begeisterung in Plastikkisten mit Roboterbauteilen vom Schrottplatz, wählte ein Stück, verwarf es wieder, wühlte ein anderes heraus und hielt es mit zusammengekniffenen Augen prüfend in den Schein der Laterne.

»Gib auf deine Tasche acht«, warnte Sunday, während sie

darauf warteten, dass Jitendra mit dem Verkäufer handelseins wurde. »Hier wimmelt es von Räubern und Taschendieben.«

Geoffrey zog seine Sporttasche vor die Brust und drückte sie an sich wie eine Kuscheldecke. »Wirklich? Ich dachte, die meisten deiner Mitbürger wären bei ihrer Geburt genau wie du und ich mit *Obligatorischen Implantaten* ausgestattet worden.«

»Das ist zwar richtig« räumte Sunday ein, während Jitendra weiter feilschte, »aber es gibt leider kein farbcodiertes Hirnmodul mit der Aufschrift ›Impuls zum Begehen von Verbrechen‹. Was ist überhaupt ein Verbrechen? Wir können uns vielleicht darauf einigen, dass Vergewaltigung und Mord objektiv zu verurteilen sind, aber was ist, wenn jemand mit Waffengewalt gegen eine despotische Regierung vorgeht oder die Reichen bestiehlt, um den Armen zu helfen?«

»Ich kann mich nicht erinnern, in letzter Zeit auf allzu viele despotische Regierungen oder arme Menschen gestoßen zu sein.«

»Verbrechen stehen in einem sozialen Kontext. In der *Überwachten Welt* habt ihr mit umfassender Beobachtung, lückenlosem Tagging und gezielten Eingriffen in das Nervensystem die Kriminalität in der Gesellschaft ausgemerzt. Viel Vergnügen mit den langfristigen Folgen.«

Geoffrey zuckte die Achseln. »Die Schlosser finden sicher auch anderswo Arbeit.«

»Ich rede von gesellschaftlich relevanten Zeiträumen. Jahrhunderten und Jahrtausenden. Damit haben wir es hier zu tun; es geht nicht bloß um Krypto-Anarchismus und um wilde Partys.«

»Du hältst Kriminalität also für gut?«

»Wer weiß? Vielleicht lauern die gleichen Gengruppen, die für das Phänomen zuständig sind, das wir so leichtfertig als ›Kriminalität‹ bezeichnen, auch hinter der Kreativität, dem Impuls zu experimentieren, dem Drang, gesellschaftliche

Grenzen auszuloten. Wir halten das durchaus für möglich, sogar für ziemlich wahrscheinlich, und deshalb sind wir dabei, den öffentlichen Raum mit großem Aufwand so umzugestalten, dass Verbrechen wieder möglich werden.«

»Viel Spaß dabei.«

Sunday tippte sich mit dem Finger an die Stirn. »Hier gibt es Rekriminalisierungskliniken, wo man zumindest teilweise rückgängig macht, was die *Obligatorischen Implantate* angerichtet haben. Rekriminalisierte Personen können die *Zone* nicht so leicht wieder verlassen, und wenn sie es tun, behandelt man sie wie Zeitbomben, die jederzeit losgehen können. Dennoch gibt es einige, die bereit sind, diesen Preis zu bezahlen. Es war mein voller Ernst, als ich von Taschendieben sprach. Hier gibt es Menschen, die nicht bloß fähig sind, Verbrechen zu begehen, sondern das sogar als wesentliche moralische Aufgabe betrachten, ähnlich wichtig wie Abfälle einzusammeln oder Menschen aufzufangen, wenn sie stolpern. Niemand redet davon, dass Nervengas freigesetzt werden oder ein Verrückter Amok laufen soll. Aber ein konstantes niedriges Verbrechensniveau könnte einer Gesellschaft helfen, robuster und widerstandsfähiger zu werden.«

»Und ich dachte, sie hätten dich noch nicht wirklich umgedreht.«

»Wir sind in der *Zone*, Geoffrey. Wenn es hier genauso zuginge wie überall sonst, bräuchte man sie nicht.«

Es waren die gleichen Argumente wie immer, und auch diesmal brachte er nicht genügend Energie auf, um für seinen Standpunkt zu kämpfen. »Wenn du es so darstellst, klingt es gar nicht einmal so lächerlich.«

»Du willst mich bloß bei Laune halten.«

»Woran hast du das gemerkt?«

Sunday schwieg einen Moment, dann sagte sie: »Ich wollte dich vorhin im Restaurant nicht in Verlegenheit bringen.«

»Du hattest ja recht. Aber diesmal bin ich nicht mit dem Klingelbeutel unterwegs.«

»Na schön. Wobei ich übrigens nichts dagegen hätte, wenn du mehr Geld bekämst. Und dein Besuch hat wirklich nichts mit Eunice zu tun?«

»Warum sollte er?«

»Immerhin ist sie vor Kurzem gestorben. Ganz in der Nähe des Mondes. Und mit einem Mal tauchst du bei deiner Schwester auf, die dich seit einer Ewigkeit einlädt, ohne dass du jemals gekommen wärst. Bis heute. Verzeih mir, wenn ich mir da meine Gedanken mache, ob dich nicht jemand in der Familie dazu angestiftet hat.«

Geoffrey kniff die Augen zusammen, als hätte sie einen hoffnungslos veralteten Ausdruck verwendet. »Angestiftet …«

»Tu mir einen Gefallen, Bruder. Sag mir, dass nichts läuft, wovon ich wissen müsste.«

In diesem kritischen Moment wandte sich Jitendra von dem Stand ab und schwenkte seine schwer errungenen Trophäen.

»Noch mehr Schrott«, seufzte Sunday. »Als hätten wir noch nicht genug von dem Zeug herumliegen.«

Geoffrey griff in die Tasche seines Sweatshirts und wollte die Basecap mit dem Cessna-Logo herausholen. Doch er fasste ins Leere. Allmählich dämmerte ihm, dass man ihm die Mütze gestohlen hatte. Es war ein neues, aufregendes Gefühl, Opfer eines Verbrechens geworden zu sein, nicht weniger neu und aufregend, als wäre er von einer schönen Fremden auf der Straße angehalten und geküsst worden.

Solche Dinge passierten zu Hause einfach nicht.

4

Sie lebten in einer Modularwohnung. Ursprünglich hatte Sunday allein hier gewohnt, dann war Jitendra bei ihr eingezogen. Das Apartment befand sich ganz oben in einem Turm aus umfunktionierten Frachtcontainern, die man in ein Metallgehäuse eingesetzt und mit Fenstern und Türen versehen hatte. Selbst bei Nacht konnte Geoffrey mühelos die verblichenen Farben und Firmensymbole der früheren Besitzer unterscheiden, verschiedene chinesische und indische Transport- und Logistikunternehmen. Außen klebten Klimageräte an den Wänden, und das Ganze war von einem Spinnennetz aus Rohren, Leitern und Fluchttreppen überzogen. Efeuranken bemühten sich, den Containerstapel in einen olivgrünen Monolithen zu verwandeln.

Einen Fahrstuhl gab es nicht, obwohl Sunday und Jitendra immerhin im zehnten Stock wohnten. Als Geoffrey in langen Sätzen die Gittertreppe hinaufsprang, die seitlich an den Turm geschraubt war, erkannte er rasch, warum das so war. Es kostete ihn nicht mehr Mühe, den zehnten Stock zu erreichen, als wenn er auf der Erde in die zweite Etage hätte steigen müssen. Er schwitzte nicht einmal, als sie Sundays Küche betraten.

»Das ist unglaublich«, rief er. Er war so glücklich, dass er den Diebstahl der Basecap fast verwunden hatte. »Man fühlt sich, als wäre man wieder fünf Jahre alt!«

Sunday nahm ihm den Wind aus den Segeln. »Nach einer Weile gewöhnt man sich daran und spürt allmählich doch, dass es zehn Stockwerke sind.« Sie öffnete einen Schrank und holte eine Flasche heraus, diesmal einen trockenen Weißwein aus der Mongolei. »Ich nehme an, ihr habt beide nichts dagegen, noch ein Glas zu trinken? Nimm ihn mit ins Wohnzimmer, Jitendra. Aber pass auf, dass Geoffrey nicht über deine Spielsachen fällt und sich den Hals bricht.«

Geoffrey hatte die Wohnung nie gesehen, er hatte sich noch nicht einmal mit einem Vertreterkörper hineingechingt, dennoch hatte er das Gefühl, schon einmal hier gewesen zu sein. Es lag nicht daran, wie der Container durch Trennwände aus Verbundmaterial in einzelne Räume unterteilt war, nicht einmal an den Möbeln und Textilien, mit denen die ursprünglich kahlen Flächen kaschiert waren, sondern an dem Krimskrams, all den kleinen Ziergegenständen, die nur seiner Schwester gehören konnten.

So sehr er sich freute, von Dingen umgeben zu sein, die eine Verbindung zu seiner Vergangenheit herstellten, sie stammten doch aus einer Zeit und von einem Ort, zu denen keiner von ihnen zurückkehren konnte. Sie waren inzwischen erwachsen, Memphis war alt, und der Familiensitz erschien ihm viel zu klein, als dass er jemals die endlosen Räume und Gänge von Geoffreys Kindheit enthalten haben könnte.

Geoffrey riss sich aus seiner trüben Stimmung und nahm das Glas entgegen, das Sunday ihm reichte.

»Du musst die Unordnung entschuldigen«, sagte sie.

Geoffrey hatte schon Schlimmeres erlebt. Auf den Regalen standen zwischen Sundays zahlreichen Andenken und Kunstgegenständen viele spielzeuggroße Roboter oder auch zweckentfremdete Bauteile von Robotern. Jitendra hatte irgendwelche

Maschinen zerlegt und neu zusammengesetzt und monströse Mischwesen geschaffen. Beim Anblick dieser vielbeinigen Ungeheuer mit den Insektenkörpern und den Glotzaugen fühlte sich Geoffrey an die Fossilien im Burgess-Schiefer der Rocky Mountains erinnert.

Er ließ sich in einen Sessel sinken, und dabei wurde ihm bewusst, dass er unter Beobachtung stand. Viele Augen – manche an einzelnen Stielen, andere gebündelt wie Raketenwerfer – schwenkten herum und stellten sich scharf. Gliedmaßen und Körpersegmente zuckten und streckten sich.

»Setzt du einen von denen im *Roboterkampf* ein?«, fragte Geoffrey.

Die Frage schien Jitendra zu verwirren. »Im *Roboterkampf?*«

»Morgen. Du sagtest doch, du nimmst am *Roboterkampf* teil.«

»«Ach so.« Jetzt hatte Jitendra verstanden. »Das ist richtig, aber nicht mit diesen Robotern. Sie sind auf Klugheit optimiert, nicht auf Kampfkraft. Es sind Versuchsobjekte, an ihnen probiere ich verschiedene kognitive Ansätze aus. Die Maschinen für den *Kampf* – nun, die sind größer.« Er goss sich ein halbes Glas Wein ein. »Um einiges größer.«

»Du hast keine Ahnung, nicht wahr?« Sunday lümmelte auf dem Sofa, sie hatte ihre Schuhe abgestreift und die Füße auf den glänzenden Couchtisch gelegt.

Geoffrey war einigermaßen ratlos. »Offensichtlich nicht.«

Sie sah ihn verblüfft an. »Manchmal habe ich das Gefühl, du lebst in einem früheren Jahrhundert als alle anderen.«

»Elefanten kümmert es nicht, in welchem Jahrhundert sie leben. Für sie ist die *Jahreszeit* wichtig.«

»Ich werde June anchingen.« Jitendra sprang auf und schlenderte in einen anderen Bereich des Apartments. »Wir müssen die letzten Einzelheiten für morgen besprechen. Bin gleich wieder da.«

Geoffrey spürte plötzlich eine lähmende Müdigkeit, die von einer schäumenden Woge aufgewühlter Emotionen begleitet wurde. Von einer Sekunde zur anderen wurde ihm klar, dass er das Versteckspiel nicht weiterführen konnte.

»Du wirst mich jetzt hassen«, begann er, ohne seiner Schwester in die Augen sehen zu können, »aber ich bin nicht nur deinetwegen hier.«

»Das habe ich sowieso nie geglaubt.«

Geoffrey schaute auf – er hatte eine ganz andere Reaktion erwartet. »Nicht?«

»Mit lebenslangen Gewohnheiten bricht man nicht so ohne Weiteres.«

»Bist du sauer?«

Sunday wiegte den Kopf hin und her. »Kommt darauf an, was der ›andere Grund‹ war.«

Geoffrey seufzte. »Ich wollte dich nicht belügen, aber ich wurde in eine Position gedrängt, in der ich wirklich keine andere Wahl hatte.«

»Jemand hat dich unter Druck gesetzt.«

Geoffrey atmete sich mit einem tiefen Seufzer seinen Weltschmerz von der Seele. Er hatte gar nicht bemerkt, welche Last er mit sich herumschleppte, bevor er sich schließlich entschlossen hatte, Sunday ins Vertrauen zu ziehen.

»Rate mal wer.«

»Mutter und Vater sind zu weit weg, um dich so gründlich in die Mangel zu nehmen. Damit bleiben nur … Hector und Lucas?«

Er nickte langsam. »Sie kamen am Tag nach der Trauerfeier zu mir, um mir einen Vorschlag zu unterbreiten. Über den ich übrigens mit keiner lebenden Seele sprechen soll.«

Er erzählte ihr von dem Schließfach und den genauen Anweisungen, die er erhalten und gegen die er bereits einmal verstoßen hatte.

»Diese intriganten, berechnenden Giftschlangen«, zischte Sunday und kniff die Augen zusammen, als hätte sie in eine Zitrone gebissen.

»Es war keine Erpressung im eigentlichen Sinn.«

»Du brauchst diese zwei breitgetretenen Kackwürste nicht auch noch zu verteidigen, Bruder.« Sie verschränkte die Arme vor der Brust. »Hör zu, ich kann verstehen, dass Eunice' Namen nicht durch den Schmutz gezogen werden soll, aber warum gehen sie so mit Menschen um? Warum haben sie nicht einfach an dein gutes Herz appelliert?«

»Ich weiß nicht, ob ich so etwas habe.«

»Du hättest es auch getan, wenn sie dir eine überzeugende Begründung geliefert hätten. Aber sie sind der Meinung, dass alle Welt so skrupellos ist wie sie selbst.«

Geoffrey verspürte das unerklärliche Bedürfnis, Hector und Lucas in ihrer Abwesenheit zu verteidigen. »Was geschehen ist, ist geschehen. Es tut mir leid, dass ich dir nicht schon früher reinen Wein eingeschenkt habe, aber jetzt liegt immerhin alles auf dem Tisch.«

»Ja. Bis auf eine Kleinigkeit.« Sie sah ihn fest an. »Du hast mir noch nicht gesagt, was in dem Schließfach war.«

Sunday Akinya wusste nicht, ob sie beeindruckt oder enttäuscht sein sollte, als sie den Handschuh sah. Viel machte er jedenfalls nicht her: ein schmuddeliges, altmodisches Ding, wie es auf einem Dutzend Flohmärkten in der *Zone* zu finden gewesen wäre. Wahrscheinlich hätte sie sich dort mit der Zeit einen kompletten Raumanzug zusammensuchen können.

»Und das war alles?«, sagte sie.

»Das war alles«, bestätigte ihr Bruder. »Sonst war nichts in der Kassette.«

»Entweder hatte Eunice den Verstand verloren, oder dieser Handschuh hat etwas zu bedeuten.«

»Das denke ich auch – und Hector ebenfalls. Kennst du dich mit Raumanzügen aus?«

»Der Handschuh sieht alt aus. Und der Schmutz stammt vom Mond, denn selbst wenn der Handschuh anderswo hergestellt wurde, war er längere Zeit hier.«

»Du kannst so auf die Schnelle feststellen, dass das Mondstaub ist?«

»Am Geruch. Er riecht wie Schießpulver. Oder wie Schießpulver angeblich riechen soll. So etwas lernt man, wenn man lange genug hier oben ist. Der Handschuh wurde gereinigt, doch Spuren bleiben immer zurück.« Sunday war nicht ganz wohl in ihrer Haut, dennoch setzte sie die Untersuchung fort. »Ich habe das doch richtig verstanden? Hector hat gesagt, du sollst ihn in der Bank lassen, wenn du mich besuchst, und ihn erst vor deiner Rückreise abholen?«

»Ja.«

»Dann hast du bislang nur *theoretisch* gegen ihre Anweisungen verstoßen.«

»Das werden sie bestimmt genauso sehen.«

Der Handschuh lag schwerer in der Hand, als sie erwartet hatte. Die Gelenke waren steif wie bei einem rostigen Panzerhandschuh. »Ich will damit nur sagen«, fuhr sie fort, »dass uns das einen gewissen Spielraum verschafft.« Sie schob die Hand in die Öffnung, so weit es ging.

»In drei Fingern steckt etwas«, sagte Geoffrey. »Mit meiner Hand kam ich nicht einmal durch den Verbindungsring.«

Sunday probierte noch ein paarmal, dann zog sie ganz langsam die Hand zurück. »Wir können wohl nicht ausschließen, dass es sich um eine Art von … nun ja, Sprengfalle handelt.«

»Von Eunice?«

»Wenn sie wahnsinnig genug war, einen Handschuh in einem Bankschließfach zu deponieren, könnte sie auch wahnsinnig genug gewesen sein, eine Bombe daraus zu machen.«

»An eine Bombe habe ich noch gar nicht gedacht«, sagte Geoffrey.

»Du hast zu lange in der *Überwachten Welt* gelebt. Nur weil man da draußen keine Todesmaschinen bauen kann, heißt das noch lange ist, dass es *hier* nicht möglich ist – oder dass es vor hundert Jahren nicht möglich gewesen wäre.« Sunday sah den skeptischen Blick ihres Bruders und fügte hinzu: »Es *ist* wahrscheinlich keine Bombe, aber das ist noch lange kein Grund, nicht auf Nummer sicher zu gehen, richtig?«

Selbst nachdem Geoffrey den Handschuh in seine Tasche gesteckt hatte, war er allein auf dem Weg zwischen der Bank und dem U-Bahnhof wohl ein Dutzend Mal gescannt und abgetastet worden. Jede Tür, durch die er gegangen war, hätte wohl auf gefährliche Stoffe oder Geräte angesprochen, und er war kein einziges Mal angehalten oder befragt worden. Wenn sich in dem Handschuh etwas befand, was gefährlich oder auch bloß verdächtig war, musste es so gut getarnt sein, dass es bei Routinekontrollen nicht auffiel.

Jitendra hatte bis dahin schweigend zugesehen. Nun sagte er: »Wir haben doch einen eigenen Scanner. Vielleicht wäre es ratsam, das Ding damit zu untersuchen, um Gewissheit zu haben.«

Sunday reichte ihm den Handschuh nur zögernd. Sie wusste, wie gerne Jitendra alles auseinandernahm, oft ohne genau zu wissen, wie es sich wieder zusammensetzen ließ. »Bevor wir nicht wissen, ob er wichtig ist, möchte ich nicht, dass er einen Kratzer abbekommt.«

Aktive Türrahmen waren in der *Überwachungsfreien Zone* verpönt – die Leute mochten sich nicht wie lebende Ausstellungsstücke aus unterschiedlich dichtem Buntglas fühlen. Abgelehnt wurden auch Smart-Textilien für Kleidung oder Bettwäsche, in die unsichtbare supraleitende Sensoren eingewebt waren. Sunday hatte eine medizinische Kontrollmanschette, die imstande war, schwerwiegende Probleme zu erkennen, aber was tagtäglich oder auch von Monat zu Monat in ihrem Körper vorging, war allein ihre Sache. In der *Überwachungsfreien Zone* konnte man sogar schwanger werden, ohne dass alle Welt an dem Geheimnis teilhatte.

»In der Stadt gibt es einen medizinischen Scanner für alle«, erklärte Jitendra. »Er ist sehr alt – eigentlich ein Museumsstück. Jeder kann ihn benützen. Wenn wenig Betrieb herrscht, wird dort alles untersucht, aber wenn wir den Handschuh durchlaufen lassen, werden alle wissen wollen, warum, und dann ist unser kleines Rätsel kein Geheimnis mehr. Zum Glück haben wir hier an Ort und Stelle eine bessere Möglichkeit.«

»Tatsächlich?«, fragte Geoffrey mit Unschuldsmiene.

»Komm mit.«

Jitendras Klause befand sich, schamhaft versteckt hinter Perlenvorhängen, in der ehemaligen Speise- und Abstellkammer. Hier fühlte man sich noch mehr wie in einem Leichenhaus für mechanische Bauteile als im Rest der Wohnung. Sunday betrat diesen Raum im Allgemeinen nur, wenn es nicht anders ging.

An der Werkbank waren verstellbare Teleskoparme, Vergrößerungslinsen, Präzisionsmanipulatoren und Bohrer angebracht. Zu beiden Seiten standen Plastikwannen randvoll mit Drähten und Steckern, selbst gebastelten Schaltkreisen und in Gel gezüchteten Nervensystemen. In der Mitte der Arbeitsfläche erhob sich ein älterer Hitachi-Scanner von der Größe einer kleinen Nähmaschine: ein schwerer Unterbau mit zwei senkrechten Ringtunneln, die auf Schienen liefen. In der *Überwachten Welt* hätte man darüber gelacht – dieses Gerät hatte etwa die gleiche Auflösung und Penetrationskraft wie ein Kopfkissenbezug oder ein T-Shirt – aber in der *Zone* nahm man, was man kriegen konnte. Sunday wusste seit Langem, dass es Jitendra eine geradezu diebische Freude bereitete, sich über willkürliche Zwänge und Hürden hinwegzusetzen.

Im Augenblick befanden sich Rumpf und Kopf einer Puppe im Scanner, und rings um die Werkbank hingen zwei- und dreidimensionale Vergrößerungen davon an den Wänden. Der Plastikkopf der Puppe war wie ein Nadelkissen gespickt mit einer Art von Akupunkturnadeln. Jitendras Klause bekam dadurch frappante Ähnlichkeit mit dem Treffpunkt einer obskuren Voodoo-Sekte.

Jitendra nahm die nadelgespickte Puppe aus dem Scanner, fixierte stattdessen den Handschuh und schaltete das Gerät ein. Die Ringe begannen zu schwirren und glitten auf ihren Schienen hin und her, zugleich erschienen an der Wand verschiedene Ansichten des Handschuhs, farbcodiert in Pink- und Blautönen.

Jitendra klopfte sich mit dem Zeigefinger gegen die Zähne. »Du hattest recht.«

»Womit?«, fragte Sunday.

»In diesen drei Fingern steckt etwas. Weiche Verpackung mit hartem Inhalt. Sieht wie Steinchen aus.«

»Bomben können es aber nicht sein«, vergewisserte sich Geoffrey.

»Nein. Keine Maschinerie und kein Zündmechanismus.«

»Glaubst du, du kannst es herausholen?«, fragte Sunday. »Ich meine, ohne etwas zu zerstören.« Sie sah Geoffrey an. »Warum in aller Welt sollte sie Steine in einen Handschuh stecken?«

Darauf wusste ihr Bruder keine Antwort.

»Ich glaube, ich kann die Steinchen entfernen.« Jitendra kramte in den Gerätschaften auf seiner Werkbank. »Gebt mir ein paar Minuten Zeit. Wenn ihr einen lauten Knall hört, müsst ihr die Bombentheorie revidieren.«

Sunday hatte unter Vorbehalt beschlossen, ihrem Bruder zu verzeihen. Sie hatte sich die Entscheidung nicht leicht gemacht, da in ihren Augen Vergebung ebenso wenig ein nachwachsender Rohstoff war wie Erdöl oder Uran. Die Welt sollte sich nicht darauf verlassen, jederzeit darüber verfügen zu können, und niemand sollte für selbstverständlich halten, dass sie ihm alles verzieh.

Doch da Geoffrey ihr Bruder und außerdem kein waschechter blutsaugender Akinya war, neigte sie zur Großmut. So sehr sie Lüge und Betrug hasste, sie konnte akzeptieren, dass Geoffrey sich aus Liebe zu seinen Elefanten auf die Bedingungen der Cousins eingelassen hatte. Ihr Bruder hatte ebenso wie sie seine Schwächen, aber Habgier gehörte nicht dazu. Außerdem sah sie, wie sehr ihn die Täuschung belastet hatte und wie erleichtert er gewesen war, als er endlich über das Schließfach und den Handschuh mit ihr sprechen konnte. Also nahm sie sich vor, die Sache auf sich beruhen zu lassen, obwohl es sie kränkte, dass er sich ihr nicht sofort anvertraut hatte, als die Cousins mit ihrem Angebot an ihn herangetreten waren. Aber die Wunde würde heilen, und sie war bereit, den Ausrutscher zu vergessen, immer vorausgesetzt, Geoffrey belog sie nicht noch einmal.

Sie führte ihn ins Wohnzimmer zurück und zog ihn neben sich auf die Couch.

»Ich glaube, es ist an der Zeit, dich mit dem Konstrukt bekannt zu machen. Wer A sagt und so weiter. Erinnerst du dich noch an das Gesicht, das ich dir bei der Trauerfeier gezeigt habe?«

»Ja«, sagte er vorsichtig.

»Das ist nur ein Teil davon. Ein winziger Bruchteil.« Letzte Zweifel ließen sie innehalten, doch sie kämpfte sie nieder. »Seit einigen Jahren arbeite ich ausschließlich in meiner Freizeit an einem großen Projekt. Ich baue Eunice.«

»Aha …«, sagte Geoffrey gedehnt.

»Ein vollständig interaktives Konstrukt, ausgestattet mit sämtlichen Informationen, die über sie aufzutreiben waren. Bis dahin nicht weiter spektakulär.«

»Ich verlasse mich ganz auf dich.«

»Ich bitte darum. Es mag eine Amateurarbeit sein, aber es steht immer noch eine Stufe über jedem anderen derzeit existierenden Konstrukt … jedenfalls, soweit mir bekannt ist. Die Programme, auf denen meine Eunice läuft, sind nicht geschützt. Es sind hochexperimentelle bayessche Algorithmen, die auf dem Prinzip der Minimierung Freier Energie beruhen. Jitendra spricht von einem Fembot. Damit kommt sie der Turing-Konformität so nahe wie nichts sonst hier draußen, und wenn die KI-Jäger davon wüssten, hätten sie wahrscheinlich schon Löcher in die Höhle geschlagen. Aber das ist nicht das Wichtigste, was du beachten solltest. Es handelt sich nämlich um eine *Person*, Bruder. Nicht um eine künstlich geschaffene Persönlichkeit, sondern um die Simulation eines real existierenden, aber inzwischen verstorbenen Individuums. Und das kann einen manchmal verwirren – besonders, wenn man dieses Individuum persönlich kannte. Dann vergisst man, wenn auch vielleicht nur für eine Sekunde, dass sie es nicht wirklich ist.«

»Wie kommst du darauf, dass sie irgendetwas weiß?«

»Ich bin mir nicht sicher, aber es gibt eine gewisse Chance. Ich habe mich intensiv mit ihrem Leben beschäftigt …« Sie hielt die Hände in die Höhe, als wolle sie ein langes Holzstück biegen. »Es ist, als wollte man eine Küste vermessen. Von ferne sieht alles ganz einfach aus. Aber wenn ich ihr ganzes Leben gründlich bis in die letzten Feinheiten studieren wollte, würde *mein* Leben dafür nicht ausreichen. Das kommt also nicht infrage. Ich – und das gilt auch für jeden anderen Menschen – kann bestenfalls die wichtigsten Punkte abstecken und das

Gelände dazwischen so weit wie möglich erfassen. Ihre Geburt in Afrika. Die Heirat mit Jonathan Beza. Die Zeit auf dem Mars und anderswo im Weltraum. An sich weiß das Konstrukt mehr, als ich jemals in Erfahrung bringen kann, aber wenn ich nicht die richtigen Fragen stelle, verrät es mir nichts. Und dabei reden wir noch nicht einmal von den Leerstellen in ihrem Leben, die ich nicht erforschen kann.« Sie zuckte bedauernd mit den Schultern. »Aber einen Versuch ist es wert. Einen Versuch ist es immer wert.«

»Wie kann ich sie sehen?«

»Als Projektion. Die Zugangsdaten sind verschlüsselt, so kann man sie nur mit meiner Erlaubnis sehen. Du brauchst dazu Zugriff auf unsere hiesige ER-Version. Die ist bewusst rudimentär, erlaubt aber das Chingen und die Interaktion mit Projektionen. Bist du einverstanden, wenn ich das autorisiere?«

»Nur zu.«

Sunday subvokalisierte die entsprechenden Befehle und gewährte ihrem Bruder uneingeschränkten Zugang zu dem Eunice-Konstrukt. Eingriffe in die tieferen Schichten der Datenarchitektur waren jedoch auch Geoffrey verboten; er konnte dem Konstrukt Dinge mitteilen, Fakten, die es in seine Wissensdatenbank aufnehmen würde, aber er konnte ihm nicht befehlen, etwas zu vergessen oder zu verheimlichen oder einen bestimmten Verhaltensparameter zu verändern.

Sunday allein konnte auf Eunice' Seele zugreifen und sie überarbeiten.

»Ich rufe Eunice Akinya«, flüsterte sie.

Ihre Großmutter erschien. Sie wirkte vollkommen greifbar und warf sogar einen von der ER erzeugten Schatten.

Sunday hatte sich entschieden, Eunice so abzubilden, wie sie 2101 bei ihrer letzten Rückkehr aus dem Weltraum ausgesehen hatte, unmittelbar bevor sie sich in die Mondumlaufbahn zurückzog. Der kleinen, mageren Frau mit den feinen

Zügen hätte man nicht die Hälfte der Abenteuer zugetraut, für die sie bekannt war. Ihre genetische Stabilität zeigte sich allerdings darin, dass sie zu jugendlich aussah, um am Ende ihres siebten Jahrzehnts zu stehen. Das kurze Haar war strahlend weiß. Aus den großen dunklen Augen sprach eine wache Intelligenz, die nicht bloß durchdringend, sondern auch grausam sein konnte. Sie sah so aus, als wollte sie gleich loslachen, aber tatsächlich lachte sie immer nur über ihre eigenen Scherze. Ihre Kleidung war – zumindest damals – zeitgemäß, aber dabei so unauffällig gewesen, dass sie auch heute noch nicht altmodisch wirkte: eine schwarze Hose aus leichtem Material, Zehenschuhe mit weichen Sohlen und Gecko-pad-Haftpolstern für die Schwerelosigkeit sowie eine kurzärmlige Bluse in herbstlichen Rot- und Goldtönen. Keinerlei Schmuck oder sonstiger Zierrat, nicht einmal eine Armbanduhr.

Sie war sitzend erschienen; Sunday hatte einen virtuellen Stuhl von quäkerhafter Schlichtheit entworfen. Eunice Akinya saß leicht nach vorne gebeugt, hatte die Hände im Schoß gefaltet und den Kopf fragend zur Seite geneigt. Ihre Haltung drückte Aufmerksamkeit aus, ließ aber auch durchblicken, dass sie noch hundert andere Dinge zu tun hatte.

»Guten Abend, Sunday«, sagte Eunice.

»Guten Abend, Eunice«, antwortete Sunday. »Ich bin mit Geoffrey hier. Wie geht es dir?«

»Sehr gut, vielen Dank, und ich hoffe, das gilt auch für Geoffrey. Kann ich euch irgendwie behilflich sein?« Das war Eunice, wie sie leibte und lebte: Höflichkeitsfloskeln waren etwas für Leute, die mit ihrer Zeit nichts Besseres anzufangen wussten.

»Es geht um einen Handschuh«, sagte Sunday. »Den Rest kannst du ihr erzählen, Geoffrey.«

Er sah sie an. »Alles?«

»Unbedingt – je mehr sie weiß, desto vollkommener wird sie werden.«

»Bitte sprich nicht über mich, als ob ich nicht im Zimmer wäre.«

»Ich bitte um Vergebung, Eunice«, antwortete Sunday. Natürlich verwendete sie niemals die Anrede ›Großmutter‹. Selbst wenn Eunice das gewünscht hätte, Sunday wäre es unpassend vorgekommen. Eunice war ein Etikett, ein Name auf einem Bündel von Software-Reflexen, die nur zufällig wie ein lebendiger Mensch aussahen.

»Ich habe einen Handschuh gefunden«, begann Geoffrey. »Er lag in einem Schließfach der Zentralafrikanischen Bank in Copernicus City. Das Schließfach war auf deinen Namen registriert.«

»Was für eine Art von Handschuh?«, fragte Eunice so scharf wie in einem strengen Kreuzverhör.

»Von einem alten Raumanzug. Wir glauben, er könnte Teil eines Mondanzugs gewesen sein.«

»Und wir dachten, du wolltest uns damit vielleicht etwas mitteilen«, fuhr Sunday fort. »Gab es eventuell einen Handschuh, der eine besondere Bedeutung für dich hatte oder mit einer deiner Expeditionen in Zusammenhang stand?«

»Nein.«

»Hast du irgendwann einmal einen Handschuh verloren oder gab es irgendein Unternehmen, bei dem ein Handschuh eine entscheidende Rolle spielte?«

»Ich hatte diese Frage bereits beantwortet, Sunday.«

»Entschuldige bitte.«

»Der Handschuh ist nicht leer«, ergänzte Geoffrey. »Es wurde etwas in die Finger gestopft. Weckt das eventuell eine Erinnerung?«

»Wenn ich keine Erinnerung an den Handschuh selbst habe, werde ich wohl kaum etwas zu seinem Inhalt sagen können.«

Sunday spürte, dass sie gegen eine Mauer anrannten. »Na

schön«, sagte sie. »Lass uns etwas weiter ausholen. Du hast in deinem Leben einige Raumanzüge getragen. Gab es einen, der sich in irgendeiner Weise von den anderen abhebt? Der dir womöglich das Leben gerettet hat?«

»Du musst schon etwas gezielter fragen, meine Liebe. Schließlich haben Raumanzüge in erster Linie den Zweck, Leben zu retten. Dazu sind sie da.«

»Ich meine«, erklärte Sunday geduldig, »in einem ganz besonderen Fall. Gab es einen Unfall – eine dramatische Situation –, in der ein Raumanzug eine zentrale, entscheidende Rolle spielte?« Obwohl sie an den Umgang mit dem Konstrukt gewöhnt war – sie hatte Hunderte von Gesprächsstunden aufgezeichnet –, hatte sie immer wieder mit Gereiztheit und Frustration zu kämpfen.

»Es gab viele ›dramatische Situationen‹«, sagte Eunice. »Man könnte sogar sagen, dass meine ganze berufliche Laufbahn aus ›dramatischen Situationen‹ bestand. Das kommt davon, wenn man sich ohne Netz und doppelten Boden in gefährliche Regionen weit abseits jeder Zivilisation wagt.«

»Es war nur eine Frage«, mahnte Geoffrey.

»Wir sind auf dem Mond«, sagte Sunday mit bewundernswerter Geduld. »Ist hier jemals etwas geschehen?«

»Auf dem Mond gab es viele Erlebnisse, mein liebes Kind. Die Umgebung dort war nicht mehr und nicht weniger lebensfeindlich als jede andere im Sonnensystem. Nur weil die Erde wie eine große blaue Murmel über einem hängt, wird sie einen nicht retten, wenn man dumme Fehler begeht. Ich habe *keine* dummen Fehler begangen und bin trotzdem in Schwierigkeiten geraten.«

»Alte Kratzbürste«, murmelte Geoffrey.

Eunice wandte sich ihm zu. »Was hast du eben gesagt?«

»Du darfst in ihrer Gegenwart nicht flüstern«, erklärte Sunday. »Sie hört alles, sogar wenn du subvokalisierst. Das hätte ich wohl gleich erwähnen sollen.« Sie seufzte und glitt für einen Moment in eine ER-Trance.

Eunice und ihr Stuhl verschwanden.

»Was war das jetzt?«

»Ich habe sie subvokal abgeschaltet und die letzten zehn Sekunden aus ihrem Arbeitsspeicher gelöscht. Nun wird sie sich nicht mehr daran erinnern, dass du sie eine alte Kratzbürste genannt hast, und kann dir die Bemerkung auch nicht für den Rest deiner Tage verübeln.«

»Ist sie mit Erwachsenen immer so umgesprungen?«

»Ich glaube nicht, dass sie für Kritik besonders empfänglich war. Und dumme Menschen hat sie wohl nur schwer ertragen.«

»Dann hat sie mich vermutlich eben in diese Kategorie eingeordnet.«

»Nur so lange, bis ich ihren Arbeitsspeicher gelöscht habe. Zerbrich dir darüber nicht den Kopf. In der ersten Zeit habe ich sicher eine Million Löschungen vorgenommen. Es wäre maßlos untertrieben zu sagen, wir hätten immer wieder einen schlechten Start gehabt. Aber noch einmal, die Schuld liegt nicht bei ihr, sondern bei mir. Sie ist im Moment nicht mehr als eine primitive holzschnittartige Karikatur des Originals. Ich versuche, die Kanten zu glätten und die Übertreibungen abzumildern. Erst wenn das geschehen ist, können wir uns ein fundiertes Urteil über die echte Eunice Akinya bilden.«

»Dann wollen wir das Beste hoffen. Eine große Hilfe war sie uns allerdings nicht.«

»Wenn sie uns etwas Brauchbares zu sagen hat, müssen wir ihr genauere Informationen geben, um ihr die Informationen aus der Nase zu ziehen. Oder so lange dasitzen, bis sie uns jeden einzelnen ungewöhnlichen Zwischenfall in ihrem Leben erzählt hat – und glaube mir, das dauert sehr viel länger, als dein Touristenvisum gültig ist.«

Das Klappern des Perlenvorhangs kündigte Jitendras Rückkehr an.

»Vielleicht kann ich euch jetzt weiterhelfen.« Er streckte die Hand aus – die drei kleinen Päckchen auf seiner Handfläche sahen aus wie in Papier gewickelte Bonbons.

Jitendra legte sie auf den Couchtisch. Jeder nahm ein Päckchen und machte es auf. Bunte Steine fielen klappernd auf die Glasplatte. Sie sahen tatsächlich aus wie Lutschbonbons.

»Sind die echt?«, fragte Sunday.

»Leider nicht«, bedauerte Jitendra. »Billige Plastikimitate.«

Alle drei starrten so niedergeschlagen auf die falschen Edelsteine, als wollten sie sie zwingen, sich in seltene Kostbarkeiten zu verwandeln. Sundays Steine waren von einem unechten, leuchtenden Grün, die von Geoffrey waren blutrot und die von Jitendra von einem eisigen Hellblau.

Es waren acht grüne Steine, aber etwa die doppelte Menge an roten und blauen. Jitendra war bereits dabei, sie genau zu zählen, als könnte das von Bedeutung sein.

»Hast du den Handschuh beschädigt, als du sie herausgeholt hast?«, fragte Sunday.

»Überhaupt nicht«, beteuerte Jitendra. »Und ich habe auch notiert, in welchem Finger jede Steinsorte steckte.«

»Wir könnten Eunice noch einmal hochfahren und danach fragen«, überlegte Geoffrey.

»Ich glaube nicht, dass uns das weiterbringen würde«, zweifelte Sunday.

»Und vermutlich wäre es klüger, sie nicht zu verärgern, indem wir uns wiederholen. Ist sie imstande, uns etwas zu verschweigen?«, fragte Geoffrey.

Jitendra war immer noch damit beschäftigt, die Steine wie ein Kind, das mit seinem Essen spielte, auf dem Tisch hin und her zu schieben und zu Mustern zu ordnen. »Deine Schwester und ich«, sagte er, »haben lange und heiße Diskussionen über den genauen erkenntnistheoretischen Status des Eunice-Konstrukts geführt. Sunday ist überzeugt, dass das Konstrukt nicht fähig ist, böswillig Dinge zu verheimlichen. Ich bin mir da nicht ganz so sicher.«

»*Sie* wird nicht lügen«, sagte Sunday, um eine weitere langatmige Debatte zu einer Frage zu vermeiden, die sie niemals würden beantworten können. »Aber die echte Eunice hätte das durchaus fertiggebracht. Das dürfen wir nicht vergessen.«

»Acht, fünfzehn, siebzehn«, zählte Jitendra. »Grün, Rot und Blau in dieser Reihenfolge. So viele Steine sind es jeweils.«

»Glaubst du, das hat etwas zu bedeuten?«, fragte Geoffrey.

»Die grünen sind größer«, überlegte Sunday. »Von denen passten nicht so viele in den Handschuhfinger.«

»Könnte sein«, sagte Jitendra.

»Vielleicht sind eher die Farben wichtig als die Zahlen«, vermutete Geoffrey.

»Es sind die Zahlen, nicht die Farben«, widersprach Jitendra.

»Bist du dir sicher?«, fragte Sunday.

»Absolut. Die Steine haben nur deshalb verschiedene Farben, damit wir sie nicht durcheinanderbringen. Orange, Pink und Gelb hätten den gleichen Zweck erfüllt.«

»Wichtiger ist mir«, seufzte Geoffrey, »wann ich die Cousins davon in Kenntnis setzen sollte. Als ich den Handschuh aus dem Tresorraum geschmuggelt habe, ahnte ich noch nicht, dass etwas drin sein könnte.«

»Wer hindert dich daran, die Steine wieder zurückzustopfen und zu behaupten, du hättest nichts davon gewusst?«, fragte Sunday.

»Jemand wird sich den Handschuh gründlich ansehen, wenn ich bei der Ausreise durch den Zoll gehe. Dann sollte ich eine gute Erklärung dafür haben.«

Sunday zuckte die Achseln. »Billige Plastiksteine zu schmuggeln ist nicht gerade ein Kapitalverbrechen.«

»Aber ich bin ein Forscher, der auf dem Bauch kriecht und um Geld bettelt. Der kleinste Fleck auf meiner weißen Weste, der leiseste Verdacht, ich könnte mich unkorrekt verhalten haben, und ich bin geliefert.«

Geoffrey war aufgestanden und hatte die Arme verschränkt, seine Haltung verriet unerschütterliche Entschlossenheit. Sunday kannte ihren Bruder gut genug, um zu wissen, dass er in diesem Punkt nicht nachgeben würde.

Deshalb würde sie ihn im Moment noch nicht bedrängen.

»Acht, fünfzehn, siebzehn«, wiederholte Jitendra. »Diese Zahlen sind mir irgendwie bekannt. Ich bin sicher, dass sie etwas zu bedeuten haben.« Er presste die Hände an die Schläfen, als hätte er quälende Kopfschmerzen.

5

Am nächsten Morgen fuhren sie mit dem Taxi zu einem der Türme, die durch die Decke ragten. Die Fassade war geschuppt wie eine Ananas, an den Flanken krochen Neonschlangen empor. In der rauchgrauen Eingangshalle wartete bereits eine lange Schlange vor den Fahrstühlen. Überall tummelten sich junge Leute mit wichtiger Miene, einige von ihnen waren offenbar gute Bekannte von Sunday und Jitendra. Man schüttelte sich die Hände, deutete Boxhiebe an, klatschte sich ab und flüsterte sich Vertraulichkeiten zu. Es wurde Suaheli, Russisch, Arabisch, Chinesisch, Pandschabi und Englisch gesprochen. Einige beherrschten mehrere Sprachen, andere behalfen sich mit blinkenden, üppig verzierten Übersetzungskopfhörern oder verständigten sich mit ausdrucksvollen Gesten. Knisternde Rivalität lag in der Luft, als müsste man jederzeit darauf gefasst sein, ein Messer in den Rücken zu bekommen.

Eine solche Atmosphäre hatte Geoffrey seit seiner letzten wissenschaftlichen Konferenz nicht mehr erlebt.

»Für Jitendra steht eine Menge auf dem Spiel«, erklärte Sunday. »In einem Jahr finden nur zwei oder drei Turniere statt, die so wichtig sind wie dieses hier. Deshalb sind alle aus ihren Löchern gekrochen.« Sie versetzte ihrem Partner einen scherzhaften Boxhieb. »Liegen die Nerven schon blank, Mister Gupta?«

»Wenn nicht, müsste ich mir ernsthaft Sorgen um mich machen.« Jitendra bewegte seine Finger auf und ab, seine Unterarmmuskeln spannten und entspannten sich in gleichmäßigem Rhythmus. Dann trabte er hektisch auf der Stelle, bis der Fahrstuhl kam. »Immerhin habe ich keine Angst.«

Die Kabine schoss durch das Gebäude nach oben, durchstieß die Decke, raste durch viele Meter verdichteten Mondbodens und erreichte schließlich die nachtschwarze Oberfläche. Sie stiegen aus und standen in einem kleinen Tunnel mit Glaswänden; er führte zu den Rovern mit den ballonförmigen Kabinenhauben, die rings um das Gebäude angedockt waren wie säugende Ferkel. Ringsum ragten in Abständen von etwa hundert Metern die oberen Stockwerke weiterer Gebäude auf. Ihre Lichter und Leuchtreklamen warfen rote, blaue und grüne Flecken auf den von Räderspuren durchzogenen Boden. Zwei Gestalten in Raumanzügen stapften mit großen Werkzeugkoffern zwischen parkenden Fahrzeugen umher. Davon abgesehen waren auffallend wenige Menschen unterwegs.

»Findet hier das große Ereignis statt?«, fragte Geoffrey.

»Bis dahin ist es noch weit, Bruder«, antwortete Sunday.

Wenig später saßen sie in einem der Rover und lösten sich von der Anlegestelle. Das Fahrzeug hatte sechs Speichenräder, die das staubtrockene Erdreich in grauen Fontänen aufspritzen ließen. Wenn der Rover über einen Felsblock fuhr, verformten sich die Räder, um die Stöße so weit wie möglich abzufangen. Der Fahrerin – es war tatsächlich ein Mensch, nicht bloß eine Maschine – machte es ganz offensichtlich einen Heidenspaß, genau auf die größten Hindernisse zuzuhalten. Sie saß ganz vorne und hielt mit beiden Händen den Steuerknüppel umfasst. Ihre Rastalocken schwankten im Takt zu unhörbarer Musik.

Bald gerannen die Gebäude hinter ihnen zu einer Masse aus bunten Lichtern, und nicht lange danach verschwanden sie hinter dem Horizont. Nun waren die Haube des Rovers und ab und zu ein entgegenkommendes Fahrzeug die einzigen Beleuchtungsquellen.

»Ich dachte, ich hätte jetzt vollen ER-Empfang«, sagte Geoffrey. Das Cockpit war bis auf den letzten Platz besetzt, sie mussten alle drei stehen. Sein ER-Icon zeigte immer noch einen zerbrochenen Globus.

»Du befindest dich nach wie vor in der *Zone*«, erklärte Sunday. »Stell dir eine herausgestreckte Zunge mit einer kleinen Mikro-*Zone* an der Spitze vor. Hier gibt es keinen *Mech*, nur unsere abgespeckte Privat-ER. Selbst wenn uns die *Überwachte Welt* erreichen könnte, bräuchten wir nur unsere Störsysteme anzuschalten.«

Da es keinen Widerschein gab, war es eine Überraschung, als sie eine leichte Anhöhe hinauffuhren und plötzlich unter sich ein strahlend hell erleuchtetes Amphitheater liegen sahen; ein Krater von einem Kilometer Durchmesser war zu einer Arena umfunktioniert worden. An der Innenwand hatte man belüftete Galerien angelegt. Tunnelgänge führten wie fette Sehnerven zu verglasten Aussichtskanzeln, die an Glotzaugen erinnerten. Der Rover durchquerte eine künstliche Spalte in der Kraterwand und fuhr an der Innenseite entlang.

Geoffrey drängte sich ans Fenster durch. Unten auf dem Boden standen riesige Maschinen herum, als wären sie von einer gewaltigen lunaren Flutwelle in den Krater geschleudert worden. Würmer, Maden, Tausendfüßler: segmentiert, mit ineinandergreifenden Platten gepanzert und mit mächtigen Auslegerarmen über die ganze Länge ihrer Körper, die so groß waren wie Unterseeboote. Sie hatten Kauwerkzeuge, Bohrrüssel und gefährlich aussehende Greif- und Reißhaken. Hier und dort waren noch Reste aufgesprühter Firmenembleme auszumachen, soweit sie nicht abgerieben worden waren, wenn die Maschinen auf die Seite kippten oder sich gegenseitig streiften. Silbrig glänzende Narben, noch nicht matt geworden von den chemischen Veränderungen durch kosmischen Strahlenbeschuss, zeugten von frischen Schäden.

Ringsum wurden Maschinen kampfbereit gemacht. Kranportale und hydraulische Arbeitsbühnen waren herangefahren worden, und Gestalten in Raumanzügen reparierten Schäden oder nahmen mit Vakuumschweißgeräten raffinierte Verschönerungen vor. Es mussten mindestens zwanzig dieser Kolosse sein, und dabei waren die noch nicht mitgerechnet, die, zumeist paarweise, weiter im Inneren der Arena nebeneinanderlagen oder sich ineinander verkrallt hatten. Geoffrey vermutete, dass sie sich in einer Kampfpause befanden, denn es tat sich offenbar nicht viel.

»Ich schätze mal, dass diese Maschinen ursprünglich nicht für Spaß und Spiel gebaut worden waren«, wandte er sich an Jitendra.

»Es sind schwere Bergbaumaschinen und Tunnelbohrer«, lautete die Antwort. »Wenn die großen Unternehmen sie ausrangieren, weil sie zu ramponiert oder zu langsam sind, werden sie für kaum mehr als den Schrottpreis an uns verkauft.«

Geoffrey lachte. »Und das ist die produktivste Verwendung, die ihr euch dafür vorstellen könnt?«

»Immer noch sehr viel besser, als einen *echten* Krieg anzuzetteln«, mischte sich Sunday ein.

»Da ist meiner«, sagte Jitendra, als sie an einem der wartenden Kombattanten vorbeifuhren. »Genauer gesagt bin ich zu einem Viertel daran beteiligt und darf ihn steuern, wenn ich an der Reihe bin.«

Die Maschine sah womöglich noch mitgenommener aus als die anderen daneben. Aus der Verkleidung waren große Stücke herausgerissen und gaben den Blick frei auf ein hässliches Gewirr aus Hydrauliksystemen, Steuerleitungen und Stromkabeln. An der Seite war ganz schwach der Nervenknoten des Plexus-Emblems zu erkennen.

»Sie hat ein paar Treffer abbekommen«, erklärte Jitendra überflüssigerweise.

»Musst du … hineinsteigen?«

»Nein, verdammt.« Jitendra starrte Geoffrey an, als hätte der den Verstand verloren. »Erstens sind die Dinger *schmutzig* – sie laufen mit Atomreaktoren aus der Steinzeit. Zweitens ist da drin kein Platz. Und drittens wäre es lebensgefährlich, sich im Inneren eines Roboters aufzuhalten, während ein anderer Roboter versucht, den eigenen in Stücke zu schlagen.«

»Das kann ich mir denken«, sagte Geoffrey. »Also – wann fängt es denn nun an?«

Jitendra sah ihn von der Seite an. »Wie bitte?«

»Ich meine, wann beginnt der Kampf?«

»Er hat bereits begonnen«, sagte Sunday. »Er ist in vollem Gange. Da draußen. Genau in diesem Moment.«

Als der Rover andockte, nahmen Jitendra und Sunday Geoffrey mit hinauf in eine der privaten Aussichtskanzeln. Dort gab es eine Bar und mehrere Sessel, die im Halbkreis um acht Cockpits herumgestellt waren: Sessel mit hohen Seiten und Rückenlehnen, so groß und unförmig wie Schleudersitze. Die blassgrünen Sitzschalen waren mit Werbeaufklebern und Warnschildern bepflastert, die sich bereits ablösten. Fünf Leute waren angeschnallt und hatten sich Helme zur transkraniellen Stimulation über den Kopf gezogen.

»Geoffrey«, sagte Sunday. »Ich möchte dir June Wing vorstellen. June – das ist mein Bruder, er ist von Afrika gekommen.«

»Freut mich, Geoffrey.«

June Wing, eine höflich-zurückhaltende Chinesin, trug ein

braunes Jackett zu einem bodenlangen schwarzen Rock und einer perlweißen Bluse mit Silberschnalle am Kragen. Ihr grauweißes Haar war ordentlich gekämmt und aufgesteckt, und ihr Gesicht war ernst. Ihr ganzes Erscheinungsbild war von einer Strenge, die Geoffrey für durchaus beabsichtigt hielt. Sie wollte Autorität und Führungsstärke ausstrahlen.

Sie schüttelten sich die Hände. Junes Haut fühlte sich kalt und gummiartig an. Also ein Golem, wobei Geoffrey nicht feststellen konnte, ob es sich um einen echten Körper oder um einen Claybot handelte.

»Wir fördern Jitendras Team«, erklärte June. »Normalerweise habe ich nicht die Zeit, mir die Turniere anzusehen, aber heute mache ich eine Ausnahme. Wie ich sehe, sind Sie leibhaftig hier – wie gefällt es Ihnen bisher?«

»Sehr gut«, antwortete Geoffrey, und das war nicht einmal gelogen.

»Sunday sagte mir, Sie beschäftigen sich mit Kognitionsforschung bei Elefanten. Was haben Sie für Ziele?«

Auf so direkte Fragen war Geoffrey nicht gefasst. »Nun, da gibt es eine ganze Reihe von Schwerpunkten.«

»Streben Sie nach Erkenntnis um der Erkenntnis willen oder nach einer praktischen Anwendung?«

»Beides, hoffe ich.«

»Ich habe eben Ihre Publikationsliste abgerufen. Wenn man bedenkt, dass Sie alleine auf einem nicht unbedingt angesagten Gebiet arbeiten, ist Ihr Impact-Faktor ganz anständig.«

Ganz anständig. Das war in Geoffreys Augen stark untertrieben.

»Vielleicht sollten Sie für Plexus arbeiten«, sagte June Wing.

»Nun, ich …«

»Sie haben Verpflichtungen zu Hause.«

»So ist es.«

»Wir interessieren uns sehr für alles, was mit dem Bewusstsein zu tun hat, Geoffrey. Nicht nur für die Erforschung von mentalen Prozessen, sondern für die tieferen Geheimnisse. Was denkt ein anderes Bewusstsein? Was empfindet es? Stimmen Ihre und meine Wahrnehmung überein, wenn ich mir die Farbe Rot vorstelle? Erleben wir wirklich die gleichen Gefühle, wenn wir behaupten, glücklich oder traurig zu sein?«

»Das Qualia-Problem.«

»Wir halten es für lösbar. Direkte nonverbale Korrelation von Denkprozessen. Eine kognitive Tür aufstoßen. Wäre das nicht etwas?«

»Durchaus«, gab er zu. June Wing hatte eindeutig mehr als nur einen oberflächlichen Einblick in seine Arbeit, oder sie hatte deren Stoßrichtung aus einem flüchtigen Blick auf seine Publikationsliste abgeleitet. Er tendierte eher zu Letzterem, doch daraus ergab sich eine beunruhigende Schlussfolgerung.

Er unterhielt sich gerade mit einem der klügsten Menschen, die er jemals kennengelernt hatte.

Wie wäre es wohl, im selben Raum mit ihr selbst zu sein anstatt nur mit einer Roboterkopie?

»Sie wissen, wie Sie mich erreichen können, wenn Sie sich jemals entschließen sollten, Ihren Horizont zu erweitern. Zum ersten Mal beim *Roboterkampf?*«

»Ja. Aber da scheint gerade nicht viel zu passieren. Ist das immer so?« Jetzt hatte er erst recht diesen Eindruck. Draußen in der Arena hatten sich die Maschinenpaare nicht merklich bewegt, seit er sie vom Rover aus gesehen hatte.

»Im Moment steuert nur einer der Maschinisten tatsächlich einen Roboter«, sagte June Wing. »Die vier anderen schauen zu oder helfen bei den Einschalttests der Ersatzmaschinen. Die Konkurrenten – unsere Teilnehmer – sind in den anderen Aussichtskanzeln.«

»Aber es tut sich doch nichts.«

»Es sind Tunnelbohrmaschinen«, erklärte Jitendra. »Sie

wurden dafür gebaut, sich durch die Mondkruste zu fressen, nicht um Geschwindigkeitsrekorde aufzustellen.«

Während Jitendra noch sprach, ließ er sich in einem der freien Cockpits nieder. Dann griff er nach oben, zog den transkraniellen Stimulator herunter und setzte ihn sich auf den Kopf.

»Die Roboter können wir nicht schneller machen«, fuhr er fort, »aber wir können uns selbst verlangsamen. Selbst unsere besten zivilen Implantate greifen nicht so tief in das Gehirn ein, dass sie die Zeitwahrnehmung beeinflussen würden, deshalb brauchen wir zusätzliche Unterstützung. Daher greifen wir zur direkten Stimulation des basalen Kortex. Dazu ein paar nicht ganz harmlose neurochemische Eingriffe auf tieferen Ebenen …«

»Ich werde wie immer so tun, als hätte ich das nicht gehört«, sagte June Wing.

Jitendra schob seine Hände in schwere medizinische Manschetten, die an der Sitzschale befestigt waren. »In der *Überwachten Welt* würde man einen Tobsuchtsanfall bekommen. Aber wir sind hier natürlich nicht in der *Überwachten Welt* … was allerdings nicht ausschließt, dass wir Sponsoren oder Zuschauer von außen haben könnten. Hier gibt es Geld zu verdienen, und hier kann man sich einen Ruf erwerben oder ihn wieder verlieren.«

»Die Förderung durch Plexus ist sicher eine Hilfe«, sagte Geoffrey.

»Es geht uns nicht nur um die Werbung«, erklärte June Wing. »Hier wird auch ernsthaft Forschung und Entwicklung betrieben. Die Roboter werden von Menschen gesteuert, aber sie haben zudem ein eigenes Kampfhirn, das unentwegt nach einer Erfolgsstrategie sucht, einer zielführenden Lösung, die es dem Piloten anbieten kann.«

»Okay, es geht los.« Jitendra schloss die Augen. »Die Verlangsamung setzt allmählich ein. Wünscht mir ...« Er machte eine lange Pause. »... Glück.«

Dann lehnte er ebenso reglos wie die anderen in seinem Cockpit. Er war nicht ohnmächtig, nur heruntergebremst auf das unerhört langsame Sensorium des Roboters draußen in der Arena.

»Jetzt hat er die Maschine übernommen«, sagte Sunday und zeigte auf den Roboter, den Jitendra steuerte. »Wenn du den Schatten am Boden mit dem Schatten des Kranportals vergleichst, siehst du, wie sie sich bewegt.«

»Was macht ihr, wenn es richtig aufregend werden soll – ein Schneckenrennen?«

»Für eine Schnecke bewegt sich das Leben ziemlich schnell«, mahnte June Wing. »Alles nur eine Frage des perzeptiven Bezugsrahmens.« Sie deutete auf eines der freien Cockpits. »Geoffrey kann zusehen, wenn er will. Ich habe mir einen Platz reserviert, aber heute verzichte ich.«

»Ich habe ziemlich spezielle ER-Implantate«, sagte Geoffrey. Er meinte die Ausrüstung, die er brauchte, um die Verbindung zu Matilda herzustellen.

»Ich kann dir versprechen, dass nichts beschädigt wird, Bruder«, sagte Sunday.

»Und falls doch, können meine Techniker den Schaden schnell wieder beheben«, erklärte June Wing forsch. Sie nahm seine Bedenken offenbar nicht ernst. »Also rein mit Ihnen.«

Geoffrey war nicht ganz überzeugt, andererseits wollte er aus diesem Mondaufenthalt so viel wie möglich herausholen.

»Musst du vorher noch pinkeln?«, fragte Sunday. »Du wirst mindestens sechs Stunden in diesem Ding sitzen.«

Geoffrey konzentrierte sich auf seine Blase. »Ich halte schon durch. Heute Morgen habe ich nicht allzu viel Kaffee getrunken.«

Sunday half ihm in das freie Cockpit. »Die Manschetten

analysieren dein Blut – beim ersten Anzeichen von Stress, der über die normalen Werte bei einem Wettbewerb hinausgeht, holt dich das System heraus. Das Gleiche gilt für die transkranielle Stimulation. Sie hat vollen Zugriff. Es kann nicht viel schiefgehen.«

»Nicht viel.«

Sunday legte den Kopf schräg und tat so, als denke sie nach. »Nun ja, da war der eine Typ …« Sie zog den transkraniellen Helm herunter und brachte ihn sorgfältig in Position. »Wenn du teilnehmen wolltest, müssten wir dir die Locken abrasieren, um die Sonde möglichst dichter an die Haut heranzubringen, aber für einen Zuschauer wird es reichen.«

In seinem Sichtfeld leuchteten Anzeigen zum ER-Status auf und meldeten äußere Einwirkungen auf seine neuronalen Funktionen. Die Implantate erboten sich, den Eingriff abzuwehren. Mit einem subvokalen Befehl stellte er sie stumm.

»Was ist denn nun mit diesem Typen passiert?«

»Nicht viel«, sagte Sunday leichthin. »Der Aufenthalt im Cockpit hat seine innere Uhr nur auf Dauer zurückgesetzt. Selbst nachdem man die Stimulation und die Drogen weggenommen hatte, steckte er in der Arenazeit fest.«

»Und wie geht es ihm jetzt?«

»Ehrlich gesagt wissen wir das noch nicht.«

Die Manschetten schlugen schmerzlos ihre Zähne in seine Haut. Zwei kalte Berührungen, dann wurden die Neurochemikalien eingeschleust, und er hatte das Gefühl, einen immer steiler werdenden Hang hinunter zu schlittern. Als er Halt suchend nach den Seiten des Cockpits greifen wollte, waren seine Arme, ja sogar seine Finger wie mit Granit umkleidet.

Dann verlangsamte sich die rasende Fahrt, und er schwebte in einer Atmosphäre vollkommener Ruhe und Reglosigkeit. Etwas musste versagt haben.

»Pass auf«, sagte Sunday. »Meine Stimme ist jetzt so verlangsamt, wie es deinem Wahrnehmungsrahmen entspricht. Du bist bereits seit zwanzig Minuten im Cockpit.«

»Ich glaube dir kein Wort«, sagte Geoffrey.

»Jetzt sind es einundzwanzig. June und ich wollen an die Bar; in ein bis zwei Sekunden sind wir zurück. Dann fangen wir an, die Bilder direkt in deinen Kopf zu leiten. Genieße die Show.«

Er wollte ihr immer noch nicht glauben, doch die Ziffern in seinem Touristenvisum schwirrten superschnell vorbei.

Dann ging ein heftiger Ruck durch seine Wahrnehmungen, und plötzlich war er körperlos draußen in der Arena und konnte nach Belieben den Ching-Raum durchstreifen. Jitendras Roboter kroch nicht mehr dahin; er warf sich mit konvulsivischen Zuckungen herum, die Greifklauen fuhren wild umher, die Körperabschnitte rasten vor und zurück, als hätte sich eine schwere Industriemaschine aus ihren Fesseln befreit. Der Mondboden, den der Roboter aufgewühlt hatte, fiel so schwer zurück, als wäre er unter der gewaltigen Schwerkraft des Jupiters zu flüssigem Blei zusammengepresst worden.

Um die Maschinen, die am Rand der Arena warteten, herrschte ein so hektisches Treiben, dass die Bewegungen verschwammen. An einer anderen Stelle warfen sich zwei Gegner in einem titanischen Ringkampf auf Leben und Tod hin und her und schlugen um sich.

Jitendras Gegner kroch wie eine wahnsinnige Eisenmade über den platt gewalzten Boden. Es gab kleinere Unterschiede zu Jitendras Roboter, aber der andere war von vergleichbarer Größe und mit einem ähnlichen Sortiment von Angriffswaffen ausgestattet. An den Flanken prangte in roter Leuchtfarbe das Escher-Dreieck, das Firmensymbol von Meta Presence, dem größten Konkurrenten von Plexus bei der Weiterentwicklung der Ching-Technologie und der Stellvertreter-Robotik. Auch das Nervenknotensymbol an Jitendras Maschine wurde nun von der ER in frischen Farben über das eigentliche Bild gelegt. Begleitet wurden die Overlays von einer ganzen Schar von statistischen und technischen Angaben über die zu erwartende Leistungsfähigkeit der Panzerung und der Waffen und den Erfolg der Kampftaktik.

Die beiden Roboter hielten vor dem Laserkreis an, der den Kampfplatz markierte. Beide hatten im hinteren Drittel ein Gelenk, um sie für den Einsatz bei Tunnelbohrungen beweglicher zu machen. Nun stellten sie den vorderen Teil senkrecht und verneigten sich voreinander. In Echtzeit mussten sie für dieses martialische Ritual mehrere endlose Minuten gebraucht haben.

Der Angriff erfolgte so jäh und brutal, als wären zwei Sumoringer aufeinander losgegangen. Zunächst schien Jitendras Maschine die Oberhand zu haben. Sie bog sich um den Feind herum, packte ihn mit ihren Greifarmen und bohrte deren scharfe Spitzen in die Panzerplatten. Dann senkte sie das obere Ende und setzte die albtraumhaft rotierenden Zähne ein. Beim ersten Kontakt mit dem Metallkopf des Gegners sprühte glühendes Metall in neonhellen Parabeln auf. Die Statistik registrierte Jitendras Anfangserfolg – und die angepasste Verteilung der Wetten – und veränderte sich deutlich zu seinen Gunsten.

Jitendra konnte den Vorsprung nicht halten. Noch während sein Roboter kaute, holte der Gegner zum Gegenschlag aus. Etwa in der Mitte seines Körpers klappten Panzerplatten auf wie Schmetterlingsflügel, und komplexe Schneidwerkzeuge schoben sich heraus. Vakuummesser mit Servoantrieb brannten sich, von Greifklauen gehalten, in den Bauch von Jitendras Koloss. Eine peristaltische Welle ging durch den Leib der Maschine, als würde sie tatsächlich Schmerzen verspüren. Sie lockerte ihren Griff und richtete den vorderen Teil ihres Körpers auf. Die mit rasender Geschwindigkeit rotierenden

Zähne gaben ihr Opfer frei. Die Statistik wurde aktualisiert. Pinkfarbener Dampf schoss mit arterieller Geschwindigkeit aus der Wunde in der Seite von Jitendras Roboter: Nukleares Kühlmittel oder Hydraulikflüssigkeit verteilte sich im leeren Raum.

Beide Maschinen rollten zurück. Der Gegner zog seine Messer wieder ein, die Panzerplatten klappten zu. Jitendras Maschine brachte die Blutung zum Stehen. Über mehrere Sekunden objektiver Zeit herrschte Stillstand, dann wurde der Kampf fortgesetzt. Der Gegner drehte sein Kopfteil und schlug seine Mundpartien mit den grausigen stahlträgerdicken Stacheln in Jitendras Roboter. Er kaute – bohrte, tunnelte – sich durch das Metall. Maschinenteile spritzten nach allen Seiten davon. Aus dem Hinterteil der feindlichen Maschine, dem eisernen Anus, schoss ein grauer Strahl von verdautem Material. Die Maschine fraß, kaute, verdaute und entleerte sich binnen weniger Sekunden. Jitendras Werte waren abgestürzt und fielen noch weiter.

Doch am Ende war er noch nicht. Der Feind hatte in etwas hineingebissen, was er nicht so leicht verdauen konnte wie Mondgestein: eine Drosselvene, die unter hohem Druck stand. Schlecht für Jitendra, noch schlechter für die Maschine, die ihn zum Abendbrot verspeisen wollte. Der Angreifer machte einen Satz und spie eine große Menge zerkauter Maschinenteile wieder aus. Der Mundmechanismus zuckte wie in Krämpfen, eine Schadenswelle raste durch sein Gedärm. Jitendras Maschine brachte sich mit einer scharfen Drehung außer Reichweite. Der Gegner hatte sie in den Hals gebissen, aber ihre Bohrzähne rotierten immer noch rasend schnell. Sie bäumte sich auf wie eine Kobra und stieß auf den Feind herab. Maschinenteile flogen nach allen Seiten davon und schlugen Krater in die Arena. Nun war es für Jitendras Koloss an der Zeit, zusätzliche Greif- und Schneidwerkzeuge auszufahren. Rumpfplatten sprangen auf wie die Geschützpforten an einer Fregatte. Jitendras Werte erholten sich wieder.

Keine der beiden Maschinen sollte Sieger bleiben. Der Feind war verwundet, möglicherweise tödlich, aber Jitendras Schützling ebenfalls. Seine Bohrzähne drehten sich nicht mehr so rasant wie gerade eben noch. Und sein Körper kippte nach vorne und konnte sich selbst in der niedrigen Schwerkraft des Mondes nicht mehr aufrichten. Das Ende kam überraschend schnell. Jitendras Maschine fiel einfach tot um, als wäre sie mit unsichtbaren Drähten zu Boden gezogen worden. Die feindliche Maschine unternahm noch einen wackeren Versuch, ihren Vorsprung zurückzugewinnen, doch es war vergeblich. Auch sie hatte katastrophale Systemschäden erlitten. Wie ein angestochener Ballon sank sie zu Boden und blieb in dramatischer Reglosigkeit liegen.

Sofort waren Bergungsteams zur Stelle. Schlepper schossen aus Bunkern. Winzige Gestalten – hektische Liliputaner in Raumanzügen – schwärmten aus den Schleppern, um die gestürzten Ungetüme so hastig von oben bis unten in ein Netz von Zuggurten einzuspannen, dass es fast komisch wirkte. Dann wuselten sie zu den Schleppern zurück und verschwanden darin, als wären sie eingesaugt worden. Die Schlepper zogen die toten Maschinen an den Rand der Arena und hinterließen Furchen von Startbahngröße im Erdreich.

Die Partie war zu Ende. Geoffrey erkannte es daran, dass man ihn in die Echtzeit zurückholte. Die Chemikalien wurden aus seinem Kreislauf ausgeschieden. Die Ziffern des Visums zogen langsamer vorbei. Die transkranielle Stimulation wurde beendet, der Helm hob sich von seinem Kopf.

»Und?« Sunday beugte sich über ihn. »Wie hat es dir gefallen?«

Sein Mund wollte ihm nicht gleich gehorchen.

»Wie lange war ich weg?«, brachte er schließlich heraus.

»Viereinhalb Stunden. June ist an ihre Arbeit zurückgekehrt.«

Wenn sie ihn belog, dann log auch das Visum.

»Es hat sich nicht so angefühlt. Schätze, das haben alle anderen auch gesagt.«

»Das war ein vergleichsweise kurzer Kampf. Sieben bis acht Stunden sind nicht ungewöhnlich.« Sunday drückte ihm ein Glas in die Hand. »Auch zwölf oder dreizehn kommen durchaus vor.«

Seine Nackenmuskulatur war verkrampft. Jitendra wurde eben aus seinem Cockpit geholt, er sah so ausgelaugt und dehydriert aus wie ein Rennfahrer am Ende eines Autorennens. Freunde und Kollegen umdrängten ihn bereits und klopften ihm auf den Rücken. Ihre mitfühlenden Gesichter sagten: *Dumm gelaufen.*

Geoffrey ging mit schwankenden Schritten zu ihm hinüber. »Es tut mir leid«, sagte er. »Eine Weile dachte ich, es läuft gut für dich. Natürlich bin ich kein Experte.«

»Ich habe die Konzentration verloren.« Jitendra schüttelte den Kopf. »Hätte auf einen anderen Angriffsplan umschalten sollen, als sich das Fenster dafür öffnete. Aber es war keine katastrophale Niederlage. Das Unentschieden liefert mir so viele Punkte, dass ich meinen Rang halten kann. Der andere hätte einen Sieg gebraucht, um nicht den Bach runterzugehen.« Er bewegte die Schultern, als wären ihm beide Arme aus den Gelenken gesprungen und müssten eingerenkt werden. »Wahrscheinlich ist auch der Schaden nicht so groß, wie es da draußen den Anschein hatte.«

»Das lässt sich alles wieder zusammenschweißen«, tröstete Sunday.

»Ein Gutes hatte die Sache immerhin«, sagte Jitendra noch, bevor er sein Gesicht in einem heißen, feuchten Handtuch vergrub.

»Nämlich?«, fragte Sunday.

»Acht, fünfzehn, siebzehn.« Er grinste die beiden an. »Die Nuss habe ich jedenfalls geknackt. Und ich hatte recht. Die Zahlen sagen mir tatsächlich etwas.«

Sie kehrten in das Apartment zurück. Sunday und ihr Bruder richteten eine einfache Mahlzeit her, und alle drei leerten gemeinsam eine weitere Flasche Wein, die diesmal Geoffrey zur Feier des Tages spendiert hatte. Beim Essen hörten sie Kora-Musik von Toumani Diabaté. Die Aufzeichnung war hundert Jahre alt, und der verehrte Künstler war schon damals ein Greis gewesen, aber die Musik war immer noch so hell und beschwingt wie flirrendes Sonnenlicht auf dem Wasser.

Als Sunday das Geschirr abgeräumt und die Weingläser neu gefüllt hatte, war es an der Zeit, das Konstrukt aufzurufen. Sie war überzeugt, dass von dieser Sitzung alles abhing. Wenn ihnen Eunice auch diesmal nicht weiterhelfen konnte, hätten sie lediglich einen schmutzigen alten Handschuh und ein paar billige Edelsteine aus Plastik. Damit wäre die Aussicht auf ein Geheimnis ein für alle Mal dahin, und sie könnten alle ihr gewohntes Leben wieder aufnehmen.

»Guten Abend, Sunday«, sagte Eunice auf Suaheli. »Guten Abend, Jitendra. Guten Abend, Geoffrey.«

»Guten Abend, Eunice«, riefen die drei im Chor.

»Wie gefällt dir dein Aufenthalt?«, fragte Eunice. Die Frage war direkt an Geoffrey gerichtet.

»Sehr gut, vielen Dank«, antwortete er mit leichter Nervosität in der Stimme. Vielleicht glaubte er nicht ganz daran, dass ihr letztes Gespräch aus Eunice' Arbeitsspeicher gelöscht worden war. »Sunday und Jitendra sind hervorragende Gastgeber.«

»Ausgezeichnet. Ich wünsche dir bis zu deiner Abreise noch viel Vergnügen.« Sie richtete ihren Blick gebieterisch auf Sunday. »Wie kann ich behilflich sein?«

»Wir haben eine Frage«, sagte Sunday.

»Wenn es um den Handschuh geht, habe ich euch wirklich alles gesagt, was ich weiß.«

»Es geht nicht direkt um den Handschuh. Nun ja, irgendwie doch, aber jetzt wollten wir auf etwas anderes hinaus.« Sunday sah Jitendra auffordernd an.

»Ich habe ein Muster entdeckt«, sagte Jitendra. »Drei Zahlen. Sie haben einen Bezug zu Pythagoras.«

»Woher kommt dieses Muster?«, erkundigte sich Eunice in so scharfem Ton, als rufe sie einen kleinen Jungen zur Ordnung, der im Unterricht geschwätzt hatte.

»In dem Handschuh steckten Steine«, antwortete Jitendra. »Rote, grüne und blaue. Die Zahlen ergeben ein pythagoreisches Tripel: Acht, fünfzehn, siebzehn.«

»Ich verstehe.«

»Ich habe eine Weile gebraucht, um die Verbindung herzustellen«, fuhr Jitendra fort. »Die Lösung war zum Greifen nahe, aber ich bekam sie nicht zu fassen. Doch als ich das Logo von Meta Presence – das Dreieck – an der Seite des anderen Roboters sah, da war es, als rastete in meinem Kopf etwas ein. Natürlich war es kein pythagoreisches Dreieck, aber es brachte mich auf die richtige Spur.«

»Die Frage ist nun, warum Pythagoras?«, fuhr Sunday fort. »Es könnte verschiedene Bedeutungen haben. Aber da wir uns auf dem Mond befinden und die Wahrscheinlichkeit groß ist, dass der Handschuh zu einem Mondanzug gehörte … kam mir die Idee, dass er vielleicht mit Pythagoras selbst zu tun haben könnte.« Sie schluckte und fügte hinzu: »Ich meine den Krater auf der erdzugewandten Seite.«

Eunice überlegte viele qualvolle Sekunden lang, ohne auch nur ein einziges Mal eine Miene zu verziehen. Sunday hatte sich große Mühe gegeben, das Konstrukt mit Eunice' Sprachgewohnheiten und anderen Eigenheiten auszustatten, und solche Auszeiten gehörten dazu.

Endlich brach sie ihr Schweigen. »Ich hatte dort tatsächlich ein Erlebnis«, begann sie. »Systemausfall beim Landeanflug auf die chinesische Station im Anaximenes. Ich konnte den Schub nicht mehr steuern und musste im Pythagoras-Krater notlanden.« Sie schlug sich mit der Faust gegen die flache Hand, dass es klatschte. »Das Schiff war Schrott, aber ich konnte den Raumanzug anlegen und aussteigen, bevor die Luft aus dem Rumpf entwich. Die Chinesen wussten, wo ich runtergekommen war. Aber leider war ihr einziger Rover auf einer Exkursion unterwegs, und wenn ich mich hingesetzt und gewartet hätte, bis sie mir einen Rettungstrupp schickten, wäre das auch mein Ende gewesen. Mir blieb nur eine Möglichkeit. Ich musste ihnen zu Fuß entgegengehen und hoffen, nach einem Drittel des Weges auf der anderen Seite der Kraterwand mit ihnen zusammenzutreffen. Also marschierte – oder besser hüpfte – und kletterte ich den Krater hinauf, und als ich gerade noch für drei Stunden Energie und Sauerstoff hatte, sah ich ihren Rover am Horizont auftauchen.« Sie zuckte völlig unbeeindruckt von ihrer eigenen Geschichte die Achseln. »Ich hatte Glück gehabt, aber das brauchte man zu dieser Zeit andauernd.«

»Das war alles?«, fragte Sunday skeptisch. »Mehr ist im Pythagoras nicht geschehen?«

»Mein liebes Kind, wenn es dir lieber wäre, ich hätte es nicht geschafft, dann kann ich mich nur entschuldigen.«

»Ich wollte dein Erlebnis nicht herunterspielen«, beschwichtigte Sunday. »Aber es ist eben bloß, nun ja, eine von vielen Eunice-Geschichten. In jedem anderen Leben wäre sie eine Sensation gewesen, aber bei dir … ist es nicht einmal ein Kapitel. Lediglich eine Anekdote.«

»Ich habe tatsächlich viele Abenteuer erlebt«, räumte Eunice ein.

»Wann ist das passiert?«, fragte Jitendra.

»Das müsste im Jahr …« Eunice tat so, als müsste sie ihr Gedächtnis durchforsten. »Neunundfünfzig, glaube ich. Jonathan und ich waren damals noch verheiratet. Der Mond sah natürlich noch ganz anders aus. Er war in vieler Hinsicht eine unberührte Wildnis. In den darauffolgenden zwei oder drei Jahrzehnten veränderte sich vieles. Das war der Grund, warum wir weiterzogen.«

»Zum Mars. Mit den Indern«, sagte Sunday. »Aber auch der Mars war dir für deinen Geschmack nicht wild genug.«

»Jonathan war zufrieden damit, dort den Rest seines Lebens zu verbringen. Mir passte das nicht. Ich kehrte später wieder auf den Mond zurück, aber erst, als es im übrigen System nichts mehr gab, was mich überraschen konnte.«

»Es wundert mich, dass du nicht gleich nach Afrika zurückgekommen bist«, sagte Geoffrey.

»Um mich bei einer Ge wieder zum Schwerkraftkrüppel machen zu lassen? Vierzig Jahre lang hatte ich so gut wie keinen Fuß auf die Erde gesetzt, mein Junge. Ich vermisste den Familiensitz; ich vermisste die Akazien und die Sonnenuntergänge. Was ich nicht vermisste, war all die geistlose Materie unter meinen Füßen, die mich festhielt. Ich wollte nicht unter einem Himmel leben, der sich in warmen Nächten wie eine erstickende Decke auf mich legte.« Sie tippte sich mit dem Finger an die Schläfe. »Der Weltraum hatte mich verändert; ich konnte nicht mehr nach Hause zurück. So ist das mit dem Weltraum. Wenn du das nicht akzeptieren kannst, bleibst du am besten zu Hause.«

»Entschuldige, dass ich eine eigene Meinung habe«, sagte Geoffrey.

Sie warf ihm einen Blick zu, dann nickte sie knapp. Eunice hatte immer sehr viel mehr von Menschen gehalten, die es wagten, sich ihrer überwältigenden Persönlichkeit entgegenzustellen, als von jenen, die kampflos kapitulierten.

»Ich darf euch nicht übel nehmen, dass ihr nach mir geboren seid«, fuhr Eunice in einem für ihre Verhältnisse fast schon versöhnlichen Ton fort. »Ihr konntet euch euer Geburtsdatum ebenso wenig aussuchen wie ich mir das meine.«

»Und das liegt sehr lange zurück«, bemerkte Jitendra.

»Findest du?«, gab das Konstrukt zurück. »Da draußen liegen immer noch Felsen auf der Mondoberfläche herum, die sich seit dem Großen Bombardement nicht von der Stelle bewegt haben.«

»Damit könnte sie recht haben«, überlegte Sunday. »Wenn Eunice an einem abgelegenen Ort wie dem Pythagoras-Krater abgestürzt ist, bestehen gute Chancen, dass ihre Spuren vom Landeplatz hinaus aus dem Krater bis zu der Stelle, wo die Chinesen sie gerettet haben, noch vorhanden sind.«

»Allerdings nur, wenn man den Pythagoras nicht inzwischen durchwühlt hat, um Wasser oder Helium zu gewinnen«, wandte Jitendra ein. »Oder um ihn mit Spielkasinos vollzupflastern.«

»Die chinesische Station im Anaximenes war ein Versorgungsstützpunkt für die Anlagen zur Hydroxylgewinnung und -veredelung im Umkreis des Nordpols«, sagte Eunice. Sie hatte auf ihre Datenbank zugegriffen. »Nachdem die Pipelines an Ort und Stelle waren und die Extraktion automatisch erfolgte, war es nicht mehr erforderlich, all die bemannten Stationen weiterzubetreiben. Im Anaximenes halten sich keine Menschen mehr auf, und der letzte Mensch, der einen Fuß in den Pythagoras gesetzt hat, war ich.« Sie hielt inne, sprach aber weiter, bevor jemand von den anderen das Wort ergreifen konnte. »Das stimmt nicht ganz. Ein Bergungsteam ist hineingeflogen, um alles aus dem Schiff zu holen, was an Elektronik, Treibstoff und Abschirmungsmaterial noch zu gebrauchen war. Es waren Inder, und nach dem Weltraumrecht war es ihnen gestattet, das Wrack auszuschlachten. Doch das geschah nur wenige Wochen später, und sie hätten die Spuren wohl weitgehend unberührt gelassen.«

»Spuren«, wiederholte Geoffrey. »Wir reden schon wie über den Schauplatz eines Verbrechens.«

»Vielleicht lesen wir in die ganze Sache etwas zu viel hinein«, sagte Sunday. »Wenn uns der Handschuh zum Krater führen sollte, warum steckte dann nicht gleich eine kleine Karte darin?«

»Könnte es nicht sein, dass man euch auf die Probe stellen wollte, um zu sehen, ob ihr imstande seid, aus den Hinweisen die richtigen Schlüsse zu ziehen?«, überlegte Eunice.

»Dann viel Glück«, sagte Geoffrey. »Ich werde mir mit großem Interesse anhören, was ihr da draußen gefunden habt – falls etwas zu finden ist.«

»Wir sitzen alle in einem Boot, Bruder«, mahnte Sunday.

»Schließ nicht von dir auf andere. Ich habe auf Bitten der Familie nichts anderes getan, als mir einen Handschuh anzusehen.«

Sunday wandte sich wieder dem Konstrukt zu. »Ich danke dir für deine Aufmerksamkeit, Eunice – du hast uns sehr geholfen.«

»Damit sind wir am Ende«, stellte Geoffrey fest, als die Projektion verschwunden war. »Es gibt kein Geheimnis. Keinen Grund, nicht offen über den Handschuh und die Steine zu sprechen.«

Sunday zuckte die Achseln und beschloss, möglicherweise unter dem Einfluss eines kleinen Schwipses, ihn beim Wort zu nehmen. »Schön. Dann rufst du jetzt die Cousins an und erzählst ihnen, was du gefunden hast.«

»Sie glauben doch, der Handschuh liegt noch in Copetown.«

»Dann sagst du eben, du bist zurückgefahren und hast ihn geholt. Das ist nur eine kleine Notlüge.«

Jitendra saugte geräuschvoll die Luft durch seine Zähne. »Allmählich wünsche ich mir, nicht ganz so schlau gewesen zu sein.«

»Schon gut«, sagte Sunday. »Das ist nur das übliche Hickhack zwischen Bruder und Schwester.«

»Sunday will nicht begreifen«, klagte Geoffrey, »dass für mich persönlich mehr auf dem Spiel steht als der Ruf von Eunice oder das Familienunternehmen.«

»Du glaubst, du bist der Einzige, der Verpflichtungen hat?«

»Die Elefanten stehen für mich an oberster Stelle, und das heißt, ich darf die Cousins nicht verärgern. Deshalb werde ich den Handschuh zur Erde zurückbringen und den Inhalt beim Zoll deklarieren.«

Darauf erwiderte Sunday nichts mehr. Sie spürte, dass ihr Bruder noch mehr auf dem Herzen hatte.

»Aber ich werde den Cousins nichts von dem mathematischen Muster verraten. Das können sie selbst herausfinden, wenn sie clever genug sind. Und ich werde ihnen auch nicht sagen, was uns Eunice erzählt hat.«

»Sie sind nicht dumm«, warnte Sunday.

»Es ist ein Kompromiss. Du kannst dich zusammen mit Jitendra gern weiter mit dieser kleinen Schatzsuche beschäftigen, wenn es euch Spaß macht. Die Cousins brauchen davon nichts zu erfahren. Sie werden erst einmal erleichtert sein, dass dieses Schließfach nichts offensichtlich Belastendes enthalten hat. Nun können sie sich mit gutem Gewissen wieder ihrem Polospiel widmen.«

»In einem sind wir uns immerhin einig«, stellte Sunday abschließend fest. »Die Cousins können wir beide nicht besonders gut leiden.«

»Sie sind Akinyas«, sagte Geoffrey. »Ich denke, damit ist alles gesagt.«

6

Am nächsten Morgen fand Geoffrey seine Schwester in ihrem Studio bereits eifrig bei der Arbeit – sie war von jeher eine Frühaufsteherin gewesen. Zum Frühstück hatte sie frisches Brot und Milch bereitgestellt, und der Duft nach starkem Kaffee durchzog die ganze Wohnung.

Er bewunderte die Skulptur, mit der sie sich beschäftigte. »Das ist sehr hübsch«, sagte er. Es war eine halb lebensgroße Figur, dem Aussehen nach ein spindeldürrer Massai mit einem Speer. Sunday war dabei, mit einem Elektromeißel die Kontur eines Wangenknochens herauszuarbeiten, und nagte hoch konzentriert an ihrer Unterlippe.

»Eigentlich ist es scheiße. Eine Auftragsarbeit. Ich soll zwei davon anfertigen, als Türsteher für ein ethnisches Restaurant in der dritten Höhle.« Sie trug einen langen Rock, ein schwarzes T-Shirt und ein rotes Kopftuch. An einem Gürtel, der ihr weit unten um die Hüften hing, baumelten verschiedene Elektrowerkzeuge mit angetrockneten Farbflecken. »Die Miete für diese Wohnung kann ich nur mit solchen Sachen bezahlen, nicht damit, dass ich in der Vergangenheit einer toten Vorfahrin herumwühle.«

»Es ist immerhin Kunst.«

»Wie man es nimmt.«

»Du bist anderer Meinung?«

»Sie wollten etwas Afrikanisches. Ich sagte, das müssen Sie schon etwas eingrenzen. Reden wir von Westküste oder Ostküste, sind wir überhaupt in Schwarzafrika? Aber nein, war die Antwort, so *spezifisch* braucht es nun wirklich nicht zu sein.«

»Wie du sagst, es reicht für die Miete.«

»Ich darf mich eigentlich nicht beklagen. Picasso hat auf Servietten gezeichnet, um seine Bistrorechnungen zu begleichen. Und wenn das hier rechtzeitig fertig wird, könnte es weitere Aufträge geben. Die Inhaber wollen am anderen Ende der Stadt ein weiteres Restaurant eröffnen.« Sie hängte den Elektromeißel an ihren Gürtel zurück, nahm dann den Gürtel ab und legte ihn auf einen der mit Farbe und Gips bekleckerten Arbeitstische. »Jedenfalls bist du jetzt auf. Möchtest du frühstücken? Ich dachte, wir nehmen uns heute den Zoo vor.«

»Ich habe mir eben ein Stück Brot genommen«, sagte Geoffrey. »Wo ist Jitendra?«

»Er schläft noch. Dabei produziert sein Unterbewusstsein die besten Ideen.« Sie trat zu einer Schüssel, tauchte ihre Hände ins Wasser und trocknete sie an ihrem Rock ab. »Ich hoffe, das war gestern Abend nicht allzu heftig.«

»Innerhalb der Familie wird es gern heftig.« Geoffrey schaute zu Boden, weil er in etwas Nasses, Klebriges getreten war. »Was ich sagen wollte – es war ein schwerer Fehler, dir nicht sofort zu erzählen, was ich hier oben vorhatte, aber ich stand unter Druck. Wenn du mir vergeben kannst …«

»Das habe ich schon. Ausnahmsweise.« Ihre Finger hatten dunkle Ovale auf dem Rock hinterlassen. »Trotzdem, hör zu – du und ich, wir müssen ehrlich zueinander sein. Früher waren wir das doch immer, nicht wahr? Wir beide gegen den Rest der Familie, sobald wir herausgefunden hatten, wie wir die anderen ärgern konnten. Ich werde nie begreifen, warum uns der gute Memphis nicht erwürgt hat.«

»Damals war es anders. Wir riskierten nichts, wenn wir rebellierten, allenfalls wurden wir vor dem Abendessen auf unsere Zimmer geschickt. Inzwischen gibt es Menschen und Dinge, die auf uns angewiesen sind.«

»Trotzdem können wir doch noch aufrichtig zueinander sein, oder?«

»Die Cousins wollten nicht, dass du von der Sache erfährst. Sie werden Gift und Galle spucken, wenn sie herausfinden, dass ich dir alles erzählt habe.«

Sunday rückte die Skulptur mit dem Sockel unter eine Gruppe von bläulichen Lampen. »Dann sollten wir verdammt aufpassen, dass das nicht geschieht.«

Im Park ließen Kinder Papierdrachen und Luftballons steigen. Andere waren mit riesigen Fluggeräten in Drachenform zugange, die nicht viel kleiner waren als die Cessna und offenbar den Zweck hatten, Luftschlachten mit anderen drachenähnlichen Fluggeräten auszutragen. Die Drachen hatten Schuppen aus Glitzerfolie, fähnchengeschmückte Schwänze und wunderbare, anatomisch genaue Flügel, die mit der Ehrfurcht gebietenden Langsamkeit eines Walherzens die Luft bewegten. Liebespärchen lustwandelten auf den Wegen, es gab spontane Theateraufführungen, flammende Reden wurden gehalten, man konnte Eiscreme kaufen, Puppenspielern zusehen und eine Unzahl von fantasievoll kostümierten Stelzengängern bewundern. Geoffrey bestaunte ein verwirrend schönes Mädchen auf Stelzen, das mit Blättern bedeckt war und sich das Gesicht grün geschminkt hatte. Sie sah aus wie ein fleischgewordener Baumgeist.

»Meinst du«, fragte Sunday, »die Cousins hatten eine Ahnung, was du in der Bank finden könntest?«

»Wenn ja, haben sie es gut verborgen.«

»Immerhin riskant, dich hierherzuschicken, um in das Schließfach zu schauen.«

»Nicht so riskant, wie einen Außenstehenden ins Vertrauen zu ziehen.« Er leckte an dem Eis, das ihm Sunday von einem der Stände mitgebracht hatte. »Sicherer wäre es zwar gewesen, wenn Hector und Lucas selbst heraufgekommen wären, aber dann hätten sich die Leute wohl gefragt, was sie auf dem Mond zu suchen hatten. Und ehe man sich versieht, hätte das ganze System seine Nase in die Angelegenheiten der Akinya gesteckt.«

»Glaubst du, Memphis weiß von dem Schließfach?«

»Mir hat er jedenfalls nichts davon gesagt.« Etwas von dem Eis tropfte auf Geoffreys Ärmel. Er hob den Arm und leckte es ab. »Immerhin weiß er, dass *etwas* im Gange ist. Ich kann dir nicht sagen, wie sich der Rest der Familie meine Abwesenheit erklärt, aber Memphis weiß, dass ich zum Mond gereist bin.«

»Memphis hatte kurz vor dem Ende mehr Kontakt zu Eunice als wir alle.«

»Das heißt, sie könnte ihm manches anvertraut haben«, überlegte Geoffrey. »Auch schon zu einem anderen Zeitpunkt während ihres langen Exils. Immerhin hat sie mehr als sechzig Jahre hier oben verbracht.«

»Dann wäre es vielleicht das Einfachste, ihn direkt zu fragen, ob er etwas über den Handschuh, die Steine und eine mögliche Verbindung zum Pythagoras-Krater weiß.«

»Wenn du meinst.«

Sie gingen an einem kleinen See entlang, wo Kinder im seichten Wasser spielten und weiter draußen kleine Boote mit pastellfarbenen Segeln auf und ab hüpften und sich Kämpfe lieferten. Am anderen Ufer sah Geoffrey ein kleines Tier mit nass glänzendem Fell aus dem Wasser huschen und sofort im Gras verschwinden. Ein Säugetier, ein Otter oder vielleicht eine Ratte.

»Willst du eigentlich gar nicht wissen, was es mit alledem

auf sich hat?«, fragte Sunday, ohne ihr Missfallen zu verbergen. »Fährst du einfach nach Afrika zurück und nimmst sofort dein altes Leben wieder auf?«

»Du tust ja gerade so, als wäre das ein Verbrechen.«

»Tu mir wenigstens einen Gefallen – finde heraus, was Memphis weiß.«

»Sunday, bevor du noch tiefer einsteigst – bist du völlig sicher, dass du wirklich an dieses Geheimnis rühren willst? Aus deinem eigenen Arbeitsspeicher kannst du nicht so ohne Weiteres fünf Minuten löschen.«

»Ich kenne einen guten Neuropraktiker.«

»Darum geht es mir nicht.«

»Sie war kein Monster, Geoffrey. Sie war ein Mensch, wenn auch vielleicht ein Mensch mit Fehlern und Schwächen. Und da ist noch etwas: *Eunice selbst* hat diesen Handschuh dort deponiert, niemand sonst. Ist es da nicht ein merkwürdiger Zufall, dass dieses Schließfach ausgerechnet in den Wochen nach ihrem Tod plötzlich auftaucht? Das trägt doch unverkennbar ihre Handschrift.«

»Hoffentlich hast du recht.«

Sie verließen den Park, betraten die nächste Höhle und standen schließlich vor dem Restaurant, wo Sundays Skulpturen aufgestellt werden sollten. Es war geschlossen, die Renovierung war noch im Gange und alles mit Staub bedeckt. Sunday ging hinein und sprach mit dem Innenarchitekten, um vor dem Abschluss ihres Projekts einige Fragen zu klären. Kopfschüttelnd kam sie wieder heraus. Sie verstand die Welt nicht mehr. »Jetzt sollen die Skulpturen schwarz sein«, sagte sie. »Erst weiß, dann auf einmal schwarz. Ich muss noch einmal ganz von vorne anfangen.«

»Was machst du mit den weißen?«

»Wahrscheinlich zerschlage ich sie. Solchen Kitsch will ich nicht verkaufen.«

»Bitte zerstöre sie nicht«, drängte Geoffrey.

»Ich kann nichts damit anfangen. In meinem Arbeitsraum nehmen sie nur Platz weg.«

»Dann kaufe ich sie dir eben ab und lasse sie nach Hause bringen. Aber zerstöre sie nicht.«

Sie war überrascht und gerührt. »Das würdest du für mich tun, Bruder?«

Er nickte feierlich. »Es sei denn, du verlangst mehr, als ich mir leisten kann.«

Sie gingen noch ein paar Straßen weiter und erreichten schließlich ein Wohn- oder Geschäftshaus, das äußerlich – jedenfalls für die Verhältnisse der *Zone* – vollkommen unscheinbar wirkte. Die gewölbten Seiten waren mit spiegelblanken Schuppen besetzt, die an den Panzer eines Reptils erinnerten. Sie traten ein und ließen sich von einem Fahrstuhl ins Untergeschoss bringen.

Sunday reichte Geoffrey einen Übersetzungskopfhörer. »Setz ihn auf«, sagte sie. »Chama spricht kein Suaheli.«

Sie hatte einen subvokalen Befehl vorausgeschickt, und als die Türen aufgingen, wurden sie von einem hochgewachsenen Mann empfangen, der von leidenschaftlichem Ernst erfüllt schien. Nach Geoffreys Schätzung war er etwa im gleichen Alter wie er selbst, zehn Jahre hin oder her. Langes schwarzes Haar hing ihm in wirren Strähnen über die Wangen, die Haut war braun, der schwarze Bart so sauber gestutzt wie mit einem Laser.

»Chama!« Sunday schob sich selbst einen edelsteinbesetzten Übersetzer ins Ohr. »Das ist mein Bruder Geoffrey. Geoffrey, das ist Chama Akbulut.«

Chama ergriff Geoffreys Hand und sagte etwas in einer Sprache, die Geoffrey unbekannt war. Die Übersetzung war deutlich und fast zeitgleich zu hören. »Von dir habe ich schon viel gehört.«

»Hoffentlich nur Gutes.«

»Durchaus. Allerdings hat Sunday behauptet, du würdest den Weg hierher auch in einer Million Jahre nicht finden. Was hat dich nun doch zu uns geführt?«

»Familienangelegenheiten«, griff Sunday ein.

»Ich hoffe, wir stören nicht«, sagte Geoffrey.

»Wir freuen uns immer, wenn Besuch kommt.« Chama trug einen weiten Arbeitskittel, der mit einer Zugschnur am Hals geschlossen wurde, und darüber eine lange Lederweste mit unzähligen Taschen und Fächern. »Bist du über unsere Menagerie informiert, Geoffrey?«

»Eigentlich nicht.«

»Sehr gut. Das ist immer am besten.«

Chama ging voran bis zu einem Korridor, der aus gewachsenem Mondgestein geschlagen und mit einer Isolierschicht aus rauchgrauem Plastik besprüht worden war. An der Decke zogen sich stümperhaft befestigte Rohre und Stromkabel entlang.

»Transport und Verwendung von Genmaterial innerhalb des Systems sind streng geregelt«, sagte Chama mit einem Blick über die Schulter. »Und ich kann voller Stolz behaupten, dass Gleb und ich die meisten dieser Regeln gebrochen haben.«

»Aber für die Einschränkungen gibt es doch gute Gründe, oder?«, fragte Geoffrey. »Wer will schon, dass Menschen sterben, weil irgendein uraltes Virus freigesetzt wird?«

»Gefährliche Lebensformen interessieren uns nicht«, sagte Chama. »Gleb und ich sind nur deshalb zu Verbrechern geworden, weil wir nicht anders konnten, als gegen einige schlecht gemachte Gesetze zu verstoßen. Gesetze, die von dummen, kurzsichtigen Regierungen erlassen wurden.«

Geoffrey hielt den Atem an. Nach seiner Erfahrung hatten Regierungen durchaus ihren Sinn; er konnte sich kaum vorstellen, wie die Welt ohne sie durch die Versorgungs- und

Migrationskrise gekommen sein sollte. Andererseits war antizentralistische Rhetorik ein integraler Bestandteil der *Überwachungsfreien Zone.*

»Kommt wohl darauf an, welche Absichten ihr verfolgt«, räumte er ein.

»Ich habe mich viel mit eurer Großmutter beschäftigt«, sagte Chama. »Was glaubst du? Hat die gute Eunice jede einzelne ihrer Entscheidungen aus jedem nur denkbaren moralischen Blickwinkel betrachtet und sie schließlich zu Tode analysiert? Oder ist sie einfach, nun ja, losmarschiert?«

Sie waren vor einer schweren Tür angelangt, wie sie hinaus auf die Oberfläche oder in ein nicht belüftetes Tunnelsystem führen konnte. Chama trat beiseite und wartete, bis sich der Basketballreifen eines eidetischen Scanners über seinen Kopf senkte. Dann visualisierte er mit geschlossenen Augen die Bilderfolge für die Sphinxware, die die Verriegelung sicherte.

Es rasselte, als würde die Zugbrücke einer Burg an schweren Ketten heruntergelassen, und die Tür schwang langsam auf.

»Willkommen in unserer Menagerie«, sagte Chama.

Der Raum war größer als erwartet – viel größer als der Tresorraum in der Zentralafrikanischen Bank –, aber dennoch bei Weitem nicht ausreichend für einen Zoo. Geoffrey musste einen Moment warten, bis sich seine Augen umgestellt hatten. Die Beleuchtung war nur sehr schwach, ein weicher rötlicher Schein, der von den Rändern des Fußbodens ausstrahlte. Dann konnte er an den Wänden rechteckige Platten unterscheiden, jeweils zwei Reihen übereinander. Einzelheiten waren kaum zu erkennen. Eine Tür am anderen Ende war von blassrosa Leuchtstreifen eingerahmt.

»Wieso habe ich das Gefühl, etwas zu übersehen?«, fragte Geoffrey.

Sunday lächelte. »Ich glaube, du solltest es ihm zeigen, Chama.«

»Verzeih mir die Frage, aber bist du absolut sicher, dass er vertrauenswürdig ist?«, fragte Chama.

»Er ist mein Bruder.«

Chama subvokalisierte einen Befehl. Die polarisierenden Rechtecke wurden durchsichtig. Es waren eigentlich Glasfenster. Dahinter erschienen Tiergehege mit üppiger Vegetation.

Geoffrey war wie vor den Kopf gestoßen. Er sah schon auf den ersten Blick, dass sich die Habitate mehr oder weniger drastisch unterschieden. Einige lagen wie eine Savanne am Mittag im heißen, grellen Schein einer Tropensonne. In anderen herrschte das ewige Halbdunkel eines Waldbodens unter einer dichten Laubdecke, die alles Sonnenlicht schluckte. Wieder andere waren feucht oder so trocken wie eine Wüste.

Er trat an die beiden Fenster heran, die ihm am nächsten waren. Sie waren übereinander angebracht, wobei nichts darauf hinwies, dass zwischen den Habitaten irgendeine Verbindung bestand.

»Ich verstehe zu wenig von Botanik«, gestand Geoffrey, während er die erstaunliche Fülle von Pflanzen im oberen Fenster musterte. Auf den olivgrünen Blättern glitzerten Wassertropfen – Tau oder die Reste eines Regenschauers. Bei Mondschwerkraft formten sich Flüssigkeiten durch die Oberflächenspannung zu nahezu vollkommenen Halbkugeln. »Aber wenn die Artenvielfalt hier so groß ist, wie ich vermute, dann ist das unglaublich.«

»Wir züchten Pflanzen im Weltraum, seit es die ersten Raumstationen gab«, erklärte Chama. »Seit den Tagen von Saljut, Mir und der ISS. Einige der hier vertretenen Pflanzenlinien reichen bis in diese Zeit zurück: bis zu den ersten tausend Menschen, die sich ins All wagten. *Deren Hände haben die Vorfahren dieser Exemplare berührt.*« Es hörte sich an, als spräche er von Heiligen und ihren Reliquien. »Aber man verfolgte von Anfang an wissenschaftliche und wirtschaftliche Ziele – zuerst wollte man die Wirkung der Schwerelosigkeit auf Wachstumsmechanismen erforschen, dann wollte man weitere Erkenntnisse auf den Gebieten der Hydro- und Aeroponik gewinnen. Als diese Anbauverfahren genügend ausgereift waren, brachte man keine neuen Arten mehr ins All. Die meisten unserer Pflanzen findet man hier zum ersten Mal außerhalb der Erde. Der Unterschied ist, dass es uns weder um Wissenschaft noch um Kommerz geht. Wir lassen uns von den panspermischen Forderungen leiten.«

»Aha«, sagte Geoffrey. Mit einem Mal wurde ihm sehr flau im Magen. »Schön. Damit hätte ich wahrscheinlich rechnen müssen.«

»Du hältst nichts davon?«, fragte Chama.

»Sagen wir, ich bin ziemlich skeptisch.«

»Mit anderen Worten, mein Bruder hält euch alle für gemeingefährliche Irre«, übersetzte Sunday.

Geoffrey warf ihr einen wütenden Blick zu. »Vielen Dank.«

»Es ist immer besser, wenn man Klartext redet«, sagte Sunday.

»Richtig«, nickte Chama. Es klang nicht unfreundlich. »Also, jawohl – ich bin Panspermier. Und Gleb ebenfalls. Und, jawohl, wir glauben an die Bewegung. Aber mehr als das ist es auch nicht – eine Idee, eine starke Motivation. Wir sind keine durchgeknallte Sekte.«

Die Tür am anderen Ende ging auf, und ein Mann trat ein. Er war kleiner und untersetzter als Chama und schob einen Rollwagen vor sich her, der mit Plastikflaschen und -schalen in allen Farben beladen war.

»Das ist Gleb, mein Mann«, stellte Chama vor. »Gleb, wir haben Besuch! Sunday hat ihren Bruder mitgebracht.«

Gleb stellte den Rollwagen an der Wand ab und kam auf sie zu. Dabei zog er sich die Handschuhe von den Händen und verstaute sie in den Taschen seines langen weißen Laborkittels. »Der Elefantenmann?«

»Der Elefantenmann«, bestätigte Chama.

»Das freut mich sehr«, sagte Gleb und streckte Geoffrey die Hand entgegen. »Gleb Ozerov. Hast du schon die …«

»Noch nicht«, unterbrach ihn Chama. »Ich war gerade dabei, ihm die schlechte Nachricht beizubringen.«

»Was für eine schlechte Nachricht?«

»Dass wir gemeingefährliche Irre sind.«

»Ach so. Und wie nimmt er es auf?«

»Etwa so wie alle anderen auch.«

Geoffrey schüttelte Gleb die Hand. Der Mann hätte sich seinen Lebensunterhalt mit der Zerkleinerung von Diamanten verdienen können.

»Mit der Zeit kommt er darüber hinweg.« Gleb sah Geoffrey forschend an. »Du siehst enttäuscht aus. Was hattest du denn erwartet?«

»Ich sehe einen Raum voller Pflanzen«, antwortete Geoffrey. »Aber man hatte mir einen Zoo versprochen.«

Gleb war etwas älter als Chama – jedenfalls sah er so aus – und hatte die Züge eines Zentralasiaten, eines Russen oder vielleicht auch eines Mongolen. Sein schwarzes Haar war sehr kurz geschnitten, und er war glatt rasiert. Unter dem weißen Laborkittel war der kompakte, muskulöse Körper eines Ringers zu erahnen.

»Hör zu«, sagte Gleb. »Du bist ein Bürger der Afrikanischen Union, und die AU ist ein transnationales Mitglied der Vereinigten Land-Nationen. Das heißt, du siehst die Dinge durch einen … sagen wir, eine bestimmte ideologische Brille.«

»Ich traue mir durchaus zu, die Propaganda der VLN zu durchschauen«, verteidigte sich Geoffrey.

»Wir sind Pans. Wie du sicherlich weißt, werden die Pans von den Vereinigten Wasser-Nationen finanziert, und die

VWN liegen im Dauerclinch mit den VLN. So ist die Welt. Aber wir führen keinen Krieg, und wir Pans haben auch nicht vor, nach der Weltherrschaft zu greifen, weder auf der Erde noch hier auf dem Mond. Wir haben nur einige … unorthodoxe Überzeugungen.« Glebs Stimme war neben der Übersetzung zu hören, seine Sprache war eine andere als bei Chama, sie klang knapp und rau, während Chama mit hoher Stimme und in einem singenden Tonfall sprach. Sein Plädoyer hielt er mit verschränkten Armen. Geoffrey sah die schwellenden Muskeln unter dem weißen Stoff. »Wir Pans glauben, dass die Menschheit moralisch verpflichtet ist, die Verbreitung von lebenden Organismen im Weltall zu fördern. *Aller* lebenden Organismen, nicht bloß einer Handvoll, die wir zufällig mitnehmen *wollen*, weil sie unseren unmittelbaren Bedürfnissen dienen.«

»Wir tun, was wir können«, beteuerte Geoffrey. »Aber wir stehen noch am Anfang.«

»Das ist *ein* Standpunkt«, lachte Gleb. »Besonders, wenn man sich aus der Verantwortung für die eigene Spezies herauswinden will.«

»Das läuft ja wie geschmiert«, stellte Sunday fest.

»Genau«, stimmte Geoffrey zu. »Ich bin erst seit fünf Minuten hier und habe bereits das Gefühl, dass ich wegen meiner Verbrechen gegen die Biosphäre gehängt, ausgeweidet und gevierteilt werden soll.«

»Chama und Gleb meinen das nicht persönlich. Oder etwa doch?««, fragte Sunday.

»An sich schon, aber bei deinem Bruder machen wir gerne eine Ausnahme«, lächelte Gleb.

»Wie großmütig«, antwortete Geoffrey.

»Wir leben in einem Zeitfenster«, erklärte Chama. »Die Menschheit steht an der Schwelle eines fundamentalen Umbruchs. Er könnte großartig werden: eine wahre Explosion des

Lebens und der Vitalität. Wir stehen an der Schwelle eines *Grünen Frühlings*, der über das Sonnensystem hinausgreift und den interstellaren Raum erfasst. Doch zugleich könnten wir auch im Begriff sein, uns in unserem System zu verschanzen, auf Konsolidierung zu setzen, ja sogar den Rückzug anzutreten.«

Geoffrey schüttelte den Kopf. »Warum in aller Welt sollten wir den Rückzug antreten, wenn wir so weit gekommen sind?«

»Weil wir hier bald nicht mehr gebraucht werden«, antwortete Gleb.

»Sehr bald schon«, fuhr Chama fort, »werden die Maschinen so intelligent sein, dass sie überall im System die Menschen ersetzen können. Welchen Grund hätten die Menschen dann noch, weit draußen in Kälte und Einsamkeit zu leben, wenn sie stattdessen dorthin chingen können?«

»Die denkenden Maschinen werden sich nicht erheben, um uns zu vernichten«, sagte Gleb. »Aber sie werden uns übermäßig abhängig machen und uns die Unternehmungslust nehmen. Wir werden nicht mehr bereit sein, den eigenen Körper in Gefahr zu bringen, wenn Maschinen als Vertreter bereitstehen.«

Geoffrey wünschte sich allmählich, sie wären im Park bei den Eisständen und den kämpfenden Drachen geblieben.

»Ich weiß nicht, was Maschinen *damit* zu tun haben«, sagte er mit einer Handbewegung zu den verglasten Gehegen.

»Alles«, antwortete Gleb. »Denn damit fängt alles an.«

Geoffrey spähte durch das untere Fenster des Glasgeheges. Dahinter befand sich ein Felsenbecken mit niedrigem Pflanzenbewuchs und plätscherndem Wasser. »Wie viele Pflanzenarten habt ihr hierhergebracht?«, fragte er.

»Etwa achthundert sind zurzeit am Leben und vermehren sich«, antwortete Chama. »In kryogener Stasis oder als genetische Vorlage liegen weitere sechzehntausend vor. Wir haben noch einen weiten Weg vor uns.«

»Mein Gott, da drin lebt ja etwas.« Er tippte aufgeregt mit dem Finger an das Glas. »Ich meine, etwas bewegt sich. Im Wasser.«

»Eine Sumpfschildkröte«, sagte Gleb gelangweilt. »Schildkröten sind einfach. Wenn wir keine Schildkröten mehr hinbekämen, würde ich aufgeben.«

»Zeig ihm, was ihr sonst noch habt«, drängte Sunday.

Gleb ging ein paar Platten weiter zu einem anderen Fenster. »Kommt her«, sagte er und klopfte mit seinem dicken Finger gegen das Glas.

Der sichtbare Teil des Habitats – es reichte wohl noch sehr viel weiter nach hinten – war ein Kreis aus nackter, staubiger Erde mit einem Saum aus hohen, weizengelben Gräsern. Darüber spannte sich ein nahtloser, emailleblauer Hintergrund, eine Projektion, die so überzeugend und weit entfernt wirkte wie ein echter Himmel. Geoffrey trat an Glebs Seite. Der klopfte weiterhin mit dem Fingernagel gegen das Glas. Seine Nägel waren von einem dunklen Grün, das fast schwarz wirkte. Geoffrey kam genau in dem Moment, als sich die Gräser bewegten und ein hasengroßes Tier auf die Lichtung gesprungen kam.

Es war ein Rhinozeros, grau wie ein Schlachtschiff und so groß wie eine Hauskatze. Kein Jungtier. Soweit Geoffrey sehen konnte, entsprachen seine Proportionen und sein Gang – die springende Fortbewegung war eine unvermeidliche Folge der Mondschwerkraft – einem ausgewachsenen Exemplar.

Doch es war so klein, dass es in eine Aktenmappe gepasst hätte.

Bevor er sich noch vergewissern konnte, ob er richtig gesehen hatte, kamen zwei echte Jungtiere dahergesprungen. Das erste Tier war also die Mutter gewesen. Die Jungen waren so groß wie Ratten, hatten aber unverhältnismäßig dicke, muskulöse und runzlige Beine. Die winzigen Tiere waren so klein und so präzise ausgeformt wie Badewannenspielzeug aus grauem Plastik.

Es war ein so unglaubliches Bild, dass Geoffrey laut auflachte.

»Das Problem sind die Ressourcen.« Chama war zu ihnen getreten. »Wir haben nicht die Möglichkeit, voll ausgewachsene Exemplare am Leben zu erhalten – zumindest nicht in einem Habitat, in dem sie sich nicht hoffnungslos beengt fühlen würden.« Er strich sich eine Haarsträhne aus dem Gesicht. »Zum Glück brauchen wir das auch nicht – jedenfalls vorläufig nicht. Die Natur hat uns ein einsatzbereites Miniaturisierungsverfahren bereitgestellt.«

»Phyletischer Zwergwuchs«, sagte Geoffrey.

»Ja. Bei Säugetieren und Reptilien fast ein Kinderspiel.«

Chama hatte recht. Insel-Zwergwuchs war eine häufig anzutreffende Erscheinung, wenn sich eine Vorfahrenspezies in Unterpopulationen aufgespalten und diese sich auf abgeschiedenen Inseln angesiedelt hatten. Im Laufe der Evolution war es immer wieder zu allopatrischer Artbildung und in der Folge zu Zwergwuchs gekommen, vom Zwerg-Allosaurus bis zu den *Homo Floresiensis*-Hominiden in Indonesien. Sogar bei Bäumen trat das Phänomen auf. Es war eine gencodierte Reaktion auf Umweltstress, die es einer Population ermöglichte, auch schwere Zeiten zu überstehen.

»Die gleichen Mechanismen werden dem tierischen Leben beim Übergang durch die Schwierigkeiten in den Frühphasen des *Grünen Frühlings* behilflich sein«, erklärte Gleb. »Wir haben nichts weiter getan, als dem schon vorhandenen Mechanismus einen kleinen Schubs in Richtung extremer Zwergwuchs zu geben. Es ist fast so, als hätte die Natur vorhergesehen, dass eine solche Anpassung in der Zukunft einmal überlebensnotwendig werden könnte.«

Der »kleine Schubs« erschien Geoffrey angesichts der Spielzeugmaße der Rhinozerosse schamlos untertrieben. Er konnte sich allerdings vorstellen, dass Chama und Gleb dazu keine sehr tiefgreifenden Genmanipulationen hatten vornehmen müssen. Und ganz sicher wies nichts darauf hin, dass die Zwergtiere ihren Zustand in irgendeiner Weise als traumatisch empfanden. Sie schnüffelten und schlurften zufrieden umher, und die Jungen balgten übermütig miteinander.

Gleb hatte den Rollwagen geholt und einem der Behälter irgendein körniges Futter entnommen. Das streute er nun durch einen Trichter, der über dem Fenster angebracht war, in das Gehege. Die Zwergrhinozerosse hatten das Klopfen mit dem Fingernagel wohl so verstanden, dass die nächste Mahlzeit fällig war.

»Es ist eine … raffinierte Lösung des Problems«, sagte Geoffrey.

»Aber du findest sie beunruhigend«, vermutete Chama.

»Ich frage mich, ob man diese Organismen nicht besser so lange auf Eis gelegt hätte, bis man die Möglichkeit hatte, sie in voller Größe zu halten.«

»Auch wenn man dazu Jahrzehnte hätte warten müssen?«

»Der *Grüne Frühling* klingt mir nicht nach einem Plan, der sich von heute auf morgen umsetzen lässt.« Es kam ihm seltsam vor, selbst von diesem *Frühling* zu sprechen, so als würde er dem Unternehmen damit eine gewisse Berechtigung verleihen, ja sogar sein stillschweigendes Einverständnis kundtun. Tatsächlich wusste er immer noch nicht, ob es sich dabei nicht um eine Form von verabscheuungswürdigem, menschenverachtendem Ökofaschismus handelte. Bevor er sich dazu eine Meinung bildete, musste er sehr viel mehr in Erfahrung bringen.

»Die Tiere wissen nicht, dass sie Zwerge sind«, erklärte Gleb mit Engelsgeduld. »Wir haben weder Defizite in der neurologischen Entwicklung noch Verhaltensauffälligkeiten festgestellt. Die Redundanz im Gehirn ist gewaltig – deshalb sind Vögel trotz des massiven Unterschieds im Schädelvolumen ebenso gut im Lösen von Problemen wie Primaten. Wir sehen also keinerlei moralische oder ethische Bedenken. Chama und ich würden niemals um eines fernen utopischen Zieles willen Qualzüchtungen tolerieren.«

»Sie sehen ganz zufrieden aus«, räumte Geoffrey ein.

»Wir bestreiten nicht, dass bei einigen anderen Spezies noch Schwierigkeiten zu überwinden sind.«

Geoffrey kam ein erschreckender Gedanke. »Wenn ihr Rhinozerosse züchten könnt, dann könnt ihr auch Mammuts und Elefanten erschaffen. Ich erinnere mich, dass vor längerer Zeit bei diesen Arten von Zwergpopulationen die Rede war: die kretischen Elefanten und die Mammuts auf den Inseln in der Beringsee.«

»Wir können *Proboscidea* züchten«, bestätigte Chama. »Und wir haben es auch schon getan. Aber dabei gibt es Schwierigkeiten.«

Er führte Geoffrey und Sunday zu einem der hinteren Fenster. Geoffrey spürte, wie ihm die Angst auf den Magen schlug.

»Ich weiß nicht, ob das richtig ist.«

Gleb hatte den Rollwagen weitergeschoben. »Spielraum für Verbesserungen gibt es immer. Aber das heißt nicht, dass man die Elefanten auf Eis legen oder gar einschläfern müsste.«

Verglichen mit dem Habitat der Rhinos war das Gras hier kürzer und derber – und so ausgedörrt wie die Serengeti vor der kurzen Regenzeit. Etwa in der Mitte befand sich ein Wasserloch, das jetzt nur noch eine Schlammkuhle war. Jenseits davon standen, zu einem kubistischen Gebilde mit vielen Beinen und Köpfen zusammengedrängt, drei Zwergelefanten. Sie hatten die Größe von Ziegenkitzen, die grauen Leiber waren mit grünbraunem Schlamm befleckt, als hätte man ihnen einen Tarnanstrich verpasst.

»Wie sind diese Elefanten entstanden?«, wollte Geoffrey wissen.

»In einem künstlichen Uterus hier in der *Überwachungsfreien Zone*«, antwortete Gleb. »Die befruchteten Eier wurden *in vivo* in menschlichen Maultieren hierhergebracht. Chama und ich hatten Eier in uns, und wir sind deshalb beide verschiedentlich mit den indischen und den chinesischen Mondbehörden in Konflikt geraten.«

»Man bräuchte jedoch Hunderte – Tausende – von Eiern für eine lebensfähige Population.«

Chama nickte. »Wir haben mehrere Hundert Eier. Aber bisher durften nur diese Elefanten geboren werden.«

»Nur diese drei?«

»Genauso viele, wie in diesem Habitat unter annehmbaren Bedingungen leben können«, sagte Chama.

Die Rhinozerosse hatten Geoffrey noch kaltgelassen, doch nun steigerte sich sein vages Missfallen zu gezielter, geharnischter Empörung. »Das kann nicht richtig sein. Was immer ihr für Ziele verfolgt, das könnt ihr diesen Tieren nicht antun.«

»Geoffrey …«, begann Sunday.

Er beachtete sie nicht. »Elefanten werden nicht in ein Vakuum hineingeboren, sondern in eine komplexe Gesellschaft mit einer strengen Mütterhierarchie, die ihnen Geborgenheit gibt. Ein Elefantenclan kann zwischen dreißig und hundert Einzeltiere umfassen, und es bestehen auch starke Bindungen zu anderen Clans. Das hier ist nichts anderes, als würdet ihr menschliche Säuglinge in Isolationswürfel sperren.«

Sunday hatte ihm die Hand auf den Arm gelegt und drückte nun fester zu. »Die Probleme sind ihnen nicht fremd, Geoffrey.«

Chama schien von Geoffreys Ausbruch in keiner Weise gekränkt zu sein. »Wir wussten von dem Moment an, in dem wir die Habitate planten, dass die Elefanten für ihre Entwicklung

Ersatzfamilien brauchen würden. Deshalb überlegten wir uns eine Strategie, um ihnen einen entsprechenden Ersatz zu verschaffen. Diese Tiere haben Neuromaschinen in ihren Köpfen, seit sie Embryos waren. Das sollte dich nicht allzu sehr erschüttern, nicht wahr?«

»Nicht unbedingt – allerdings kommt es darauf an, wozu ihr die Maschinen einsetzt«, sagte Geoffrey.

»Diese Elefanten brauchen ein sozialisierendes Umfeld«, erklärte Gleb. »Und das geben wir ihnen. Die Neuromaschinen erzeugen über direkte Aktivierung der visuellen, auditorischen und olfaktorischen Module Halluzinationen in ihren Köpfen. Wir schaffen Projektionen – mit anderen Worten, eine Geisterherde –, die ihnen Impulse und Orientierung liefern. Die Elefanten bewegen sich in einer erweiterten Realität, genau wie wir, wenn wir chingen.«

»Der Unterschied ist, dass wir die Projektionen als solche erkennen. Elefanten verfügen nicht über das kognitive Instrumentarium, um diese Unterscheidung zu treffen.«

»Sonst könnte man sich die Mühe ja auch sparen«, bemerkte Chama.

»Die Projektionen werden von Computern generiert, basieren aber auf Beobachtungen der sozialen Dynamik in echten Herden über Millionen von Stunden«, fuhr Gleb fort. »Durch Abgleich mit ebendieser Datenbank können wir feststellen, dass die Reaktionen der Zwerge vollständig dem entsprechen, was man erwarten könnte, wenn die Projektionen echt wären. Diese Kreaturen sind in keiner Weise sozial depriviert.«

»Nun, wenn ihr keinerlei Bedenken habt …«

»Ich habe nicht behauptet, dass alles eitel Sonnenschein wäre«, schoss Gleb zurück.

»Computergenerierte Projektionen können ein stabilisierendes Bezugssystem liefern«, räumte Geoffrey ein. Er wählte seine Worte mit der Präzision eines Seiltänzers. »Aber Elefanten sind Individuen. Sie haben Erinnerungen und Emotionen. Man kann sie nicht mit stupider Software modellieren. Vielleicht werden diese Zwerge nicht zu Ungeheuern heranwachsen. Allerdings werden sie auch nicht zu vollständig sozialisierten Elefanten werden.«

»Nein«, stimmte Chama zu. »Doch dazu könntest du einen Beitrag leisten.«

»Ich soll euch helfen? Ich überlege gerade, ob ich nicht wegen Bioverbrechen der Ersten Kategorie eure Auslieferung beantragen soll!«

»Wir haben deine Arbeit verfolgt«, erklärte Gleb. »Wir haben deine Aufsätze gelesen. Einige sind gar nicht schlecht.« Er ließ die wohlberechnete Kränkung für einen Moment wirken, bevor er fortfuhr. »Wir wissen auch, was du mit den Herden im Amboseli-Becken machst.«

»Wenn ihr meine Arbeit kennt«, gab Geoffrey zurück, »dann hättet ihr euch denken können, dass ich von eurem Projekt nicht begeistert sein würde.«

»Wir haben auch gesehen, dass du vielleicht eine Lösung für unser Problem liefern könntest«, sagte Chama.

Geoffrey hakte den Daumen in seinen Gürtel. »Das würde mich brennend interessieren.«

»Wir wissen von Matilda, deiner Matriarchin – wir haben sie mit passivem Ching verfolgt. Sie ist großartig. Und sie hat wie die meisten anderen deiner Elefanten Neuromaschinen im Kopf.«

»Nur zur Überwachung, nichts sonst.«

»Aber mit ein paar Veränderungen in der Konfiguration könnten dieselben Maschinen ein ER-Overlay erzeugen.«

»Ich sehe nicht ganz, worauf du hinauswillst.« Tatsächlich wusste er es genauer, als er sich selbst eingestehen wollte.

»Die Zwergelefanten interagieren bereits jetzt mit Halluzinationen«, sagte Gleb. »Warum sollte man die computergenerierten Fiktionen nicht durch Ching-Projektionen von Matilda und ihrem Clan ersetzen? Nichts spricht dagegen, dass Matilda und ihre Elefanten die lunaren Zwerge so wahrnehmen, als wären sie im Becken physisch anwesend, das heißt, als eine neue Familie oder als Gruppe von Waisen, die man adoptieren sollte. Umgekehrt könnten die lunaren Zwerge in Echtzeit mit wirklichen Amboseli-Elefanten so interagieren, als wären diese hier auf dem Mond.«

Geoffrey brauchte die technischen Anforderungen gar nicht erst zu durchdenken. Chama und Gleb hatten sie sicherlich bis in den letzten Winkel ausgelotet. Er schüttelte traurig den Kopf.

»Selbst wenn es machbar wäre ... es würde nicht funktionieren. Meine Elefanten sind noch nie mit Zwergen in Berührung gekommen, und eure Elefanten kennen keine voll ausgewachsenen Tiere. Sie würden nicht wissen, was sie voneinander zu halten hätten.«

»Der Größenunterschied spielt keine Rolle«, widersprach Chama. »Er kann über das Ching zusammen mit den morphologischen Unterschieden zwischen den beiden Populationen ausgeblendet werden. Jede Gruppe würde die andere als vollkommen normal wahrnehmen. Es *ist* machbar, Geoffrey. Es ist sogar *mehr als trivial.*«

»Es tut mir leid«, bedauerte Geoffrey. »Ich habe Jahre gebraucht, um ein Vertrauensverhältnis zu Matilda und ihrer Familie aufzubauen. Ich kann dieses Vertrauen nicht verraten, indem ich ihre elementare Wahrnehmung der Realität manipuliere.«

Chama gab noch nicht auf. »Aus Matildas Sicht – und aus der Sicht ihrer gesamten Familie – würde es sich lediglich um eine kleine Veränderung in ihrem Weltgefüge handeln. Drei neue Elefanten, mehr nicht. Dass Waisen von Familien adoptiert werden, ist doch Routine, nicht wahr?«

»Manchmal überlässt man sie auch ihrem Schicksal«, sagte Geoffrey.

»Aber Adoptionen kommen vor – sie sind für Elefantenverhältnisse weder ungewohnt noch fremdartig«, hielt Gleb dagegen. »All die anderen komplexen Interaktionen innerhalb der Herde würden vollkommen normal weiterlaufen. Aber die Waisen würden ungeheuer profitieren. Wenn sie selbst in einem stabilisierenden Umfeld aufwachsen dürften, könnten sie später die nächste Generation von lunaren Zwergen bis zum Erwachsenenalter begleiten. Und schon bald hätten wir hier auf dem Mond die Grundlage für eine vollkommen unabhängige und autonome Elefantengesellschaft gelegt.«

»Wenn du uns unterstützt«, fügte Chama hinzu, »kannst du an einer heroischen Entwicklung teilhaben.«

»Meinst du euren *Grünen Frühling?*«

»Lass das doch vorerst beiseite«, bat Gleb. »Denk nur an diese Elefanten und was aus ihnen werden könnte. Erstaunliche Geschöpfe. Gute Kameraden.«

»Kameraden?« Geoffrey beherrschte sich, um nicht höhnisch zu grinsen. »Du meinst im Sinne von Haustieren?«

Chama schüttelte den Kopf. »Als kognitiv gleichgestellte Lebewesen. Denk an all die Verbrechen, die wir über so viele blutige Jahrhunderte hinweg an ihresgleichen verübt haben. Wir haben bedenkenlos ihre Rechte verletzt. Wir haben sie brutal abgeschlachtet. Und nun stell dir vor, dass wir ihnen dafür die Sterne schenken.«

»Du meinst, als Wiedergutmachung?«

»Natürlich wären unsere Verbrechen damit bei Weitem nicht aufzuwiegen«, räumte Chama ein. Dann wurde seine Stimme weich. »Aber es wäre doch ein Anfang.«

Sunday sah erleichtert, dass der alte Kasten nicht so voll war, wie sie befürchtet hatte. »Gibt es vielleicht noch einen Tisch im japanischen Modul?«, fragte sie, als sie sich bückten, um das schäbige, eckige, schmutzig-weiße Innere der Internationalen Raumstation zu betreten.

»Bitte folgen Sie mir«, sagte ein Kellner in einem Blaumann mit den Abzeichen verschiedener, fast vergessener Raumfahrtorganisationen auf den Schultern.

Es war Sundays Idee gewesen, sich zum Feierabend auch mit Chama und Gleb noch einmal zusammenzusetzen. Die beiden Zoowärter konnten einen mit ihrer Ausstrahlung überwältigen, bis man eine gewisse Toleranz aufgebaut hatte. Sunday war das schon vor Jahren gelungen; seither gingen die wilderen Auswüchse ihres idealistischen Weltverbesserertums wie ein Neutrinoschwarm durch sie hindurch.

Außerdem war es an der Zeit, Geoffrey noch etwas zu gestehen.

Die Akinyas waren bereits in das Projekt eingebunden.

»Also«, sagte sie, als die ersten Drinks gebracht worden waren. »Was hältst du von Chama und Gleb?«

»Sie haben viel geleistet«, räumte Geoffrey ein. »Ich bin nicht unbedingt mit allem einverstanden, aber ich muss ihnen zugestehen, dass sie keine Mühen gescheut haben und große Risiken eingegangen sind.«

»Die Verbindung zu den Pans ist dir allerdings noch immer nicht geheuer«, sagte Jitendra, der einen riesigen Bierkrug in der Hand hielt.

»Sekten und ihre Anhänger sind nicht mein Fall, fürchte ich.«

»Hör zu«, sagte Sunday, »es gibt da noch etwas, das die Dinge vielleicht in einem anderen Licht erscheinen lässt. Ob es dir gefällt oder nicht, wir stecken bereits mit drin.«

»Wer ist ›wir‹?«

»Wir. Die Familie. Ich rede jetzt von alten Geschichten, aber sie sind wahr. Hast du einmal von einer Frau namens Lin Wei gehört?«

Geoffrey bemühte sich gar nicht erst, sein Gedächtnis zu durchforsten. »Nicht dass ich wüsste.«

»Sie ist der Oberste Pan, die Frau, die in grauer Vorzeit die ganze Bewegung ins Leben gerufen hat. Damals gab es jede Menge radikale Denker. Extropier. Transhumanisten. Lebensverlängerer. Die Uhr des Langen Jetzt. Die Mars Society. Und ein Dutzend weiterer Gruppierungen, die sich für die Entwicklung der Raumfahrt einsetzten, aber – auf den ersten Blick – nicht viel gemeinsam hatten. Lin Wei brachte sie alle dazu, sich an einen Tisch zu setzen und nach Übereinstimmungen zu suchen. Manche sagten, nein, danke, und gingen ihrer Wege. Aber mit anderen fand Lin Gemeinsamkeiten und Ziele, auf die man sich einigen konnte. Sie hatte sehr viel Charisma. Aus diesen Verhandlungen entstand die *Panspermische Initiative*, und die bildete wiederum die Basis für die VWN.«

Geoffrey setzte ein liebenswürdiges Lächeln auf. »Und worauf willst du hinaus?«

»Lin Wei und Eunice waren dicke Freunde. Darauf will ich hinaus.«

»Oh«, sagte er.

»Eunice war nie ein Pan, jedenfalls nicht offiziell, aber die Verbindung riss während ihrer ganzen Laufbahn nicht ab. Die Pans haben ein Projekt namens *Ocular* großzügig unterstützt.« Sie nahm einen Schluck Wein. »Hast du mal davon gehört?«

»Hilf mir auf die Sprünge.«

»*Ocular* war der erste Schritt in Richtung auf die Kolonisierung von Exoplaneten, ein Teleskop, das groß genug war, um Oberflächenmerkmale eines erdähnlichen Planeten außerhalb unseres Sonnensystems abbilden zu können. Nun, es wurde – beinahe – gebaut. Das Projekt scheiterte auf halbem Wege, und Lin und Eunice entzweiten sich.«

Jetzt hatte sie Geoffreys Interesse geweckt. »Was ist passiert?«

»Schwer zu sagen, außer, dass es etwas mit dem Merkur zu tun hatte. Dort wurden die Teile für das Teleskop zusammengebaut und ins All geschossen. Wir waren beim Transport des Materials behilflich und steuerten unser Fachwissen bei. Das gab es allerdings nicht umsonst. Eunice und Lin mochten Freundinnen gewesen sein, hier ging es ums Geschäft. Aber die Pans bezahlten nicht direkt. Als Gegenleistung für unsere Dienste konnten sich die Akinyas mit einem eigenen Start-up-Unternehmen auf dem Merkur dranhängen.«

»Was war das für ein Unternehmen?«

»Hier wird es unübersichtlich. Ich gehöre zwar zur Familie, trotzdem kann ich nicht bis ins Letzte erfahren, was damals schiefging.« Sunday senkte unwillkürlich die Stimme, auch wenn das keinerlei Effekt hatte. »Wir haben dort eine Anlage gebaut und dabei dasselbe Solarstromnetz angezapft, das die Pans für die Montageanlage und die Abschussbasis ihres *Ocular*-Teleskops verwendeten. Was wir in dieser Anlage taten … das ist nicht so leicht zu sagen. Angeblich ging es um physikalische Forschungen, und das leuchtet irgendwo ein. Wir waren an der Entwicklung von Antriebssystemen beteiligt, und um in diesem Bereich etwas Vernünftiges anzufangen, braucht man eine Menge Energie. Doch wie es aussieht, war das nur eine Nebelkerze.«

»Ich wünschte, meine Familie wäre nur halb so interessant«, sagte Jitendra. Er hatte die Plastiksteine mitgebracht und schob sie rings um den feuchten Kreis, den sein Bierkrug hinterlassen hatte, zu rätselhaften Figuren zusammen.

»Glaube mir«, sagte Sunday, »eine so interessante Familie wie die unsere braucht man nicht wirklich.«

»Eine Nebelkerze? Um was zu verschleiern?«, fragte Geoffrey.

»Böse Maschinen«, antwortete Sunday. »Artilekte. Wie jene, die damals, als ich in das Loch fiel, in meinen Kopf eingedrungen ist. Zwar wurde nie etwas bewiesen, aber es sieht ganz danach aus, als hätten wir unsere Mittel und Ressourcen dazu benutzt, unter der Nase der Behörden illegale Artilekte auf den Merkur zu schmuggeln, um sie dort zu zerlegen und zu kopieren. Wir wollten an der Spitze stehen, falls und wenn die KI-Jäger jemals das Verbot der Forschung auf dem Gebiet der Künstlichen Intelligenz lockern sollten.«

Ihr Bruder tippte sich mit dem Finger gegen das Kinn. »Wie viel davon ist Spekulation?«

»Lin Wei hatte einen Verdacht und ließ uns ausspähen«, antwortete Sunday. »Sie schickte Industriespione in unsere Organisation und kam so hinter die Artilekt-Forschung. Damit fing das Zerwürfnis an. Wir hatten nicht bloß über unsere Absichten gelogen, sondern wollten auch noch denkende Maschinen entwickeln. Lin Wei empfand das als schwere persönliche Beleidigung, und nicht zu Unrecht. Es war ein Verrat an einer lebenslangen Freundschaft und ein Vertrauensbruch. Die KI-Jäger hatten inzwischen ihre eigenen Ermittlungen durchgeführt. Sie landeten auf dem Merkur und wollten eine Inspektion erzwingen.«

»Wie ging es weiter?«

»Als sie in die Anlage eindringen konnten, lag alles in Trümmern. Gezielte Sabotage, um alle Spuren des Verbrechens zu verwischen. Damals gab es ziemlichen Ärger; wir wie auch die Pans waren angeschlagen, haben uns aber beide wieder erholt. Das einzige wirkliche Opfer war *Ocular*. Nach dem Abbruch der Beziehungen zwischen den Akinyas und den Pans blieb das Projekt halb vollendet liegen.« Sunday nickte in Richtung Decke, hin zur Mondkruste und dem Vakuum über ihren Köpfen. »Das Teleskop ist immer noch da draußen und sammelt auch immer noch Daten, aber nicht in dem Ausmaß wie geplant.«

»Und die Moral dieser Geschichte?«

»Lautet, dass wir bereits mit den Pans im Bett liegen, Bruder. Man redet heute vielleicht nicht mehr so gern über diese Ehe, aber man kann das Rad nicht zurückdrehen.«

»Was immer Eunice im Schilde führte, mit mir und meinen Elefanten hatte es nichts zu tun.«

»Nein, aber vielleicht mit *mir*«, sagte Sunday. »Möglicherweise wissen die Pans etwas über Eunice, was ich sonst von niemandem erfahren kann.«

Geoffrey ging ein Licht auf. »Deshalb treffen wir uns also mit Chama und Gleb zum Essen.«

Sunday unterdrückte ihren Ärger. Sie verlangte wahrhaftig nicht viel von Geoffrey. Warum konnte er nicht wenigstens einmal in seinem Leben das große Ganze sehen? »Die beiden sind nur Statisten, Bruder. Sie halten nicht die Schlüssel zu allen Pan-Geheimnissen in Händen. Aber wenn wir ihnen helfen, können sie vielleicht jemand anderen dazu bringen, dass er uns hilft. Das nennt man Geben und Nehmen.«

»Der Besuch in ihrem Zoo war also keine spontane Idee?«

Sunday bemerkte, dass Chama und Gleb zu ihrem Tisch geführt wurden. Sie mussten sich ducken, um unter den tief hängenden Handläufen und den Geräteschränken durchzukommen, die dort angeschraubt waren, wo sich jetzt die Decke befand. Damals war diese Decke nur eine von mehreren nutzbaren Flächen auf der ISS gewesen. Sunday und Jitendra rückten zusammen, um den beiden Zoowärtern Platz zu machen.

Chama beugte sich vor und griff nach Geoffreys Hand. »Ich freue mich, dich wiederzusehen«, sagte er und grinste breit.

Geoffrey erwiderte den Händedruck, aber sein Gesicht blieb mürrisch. »Ebenfalls.«

Gleb hatte seinen Laborkittel ausgezogen, und Chama hatte die klobigeren Gegenstände aus seinen Westentaschen entfernt. Davon abgesehen hatten sie sich seit der Begegnung im Zoo nicht allzu sehr verändert.

»Nun, Jitendra«, sagte Sunday munter, während Chama und Gleb die Getränkekarte studierten. »Gibt es Neuigkeiten zu Eunice?«

»Sunday …«, mahnte Geoffrey.

Sie sah ihn fragend an. »Was?«

»Ich bin nicht sicher, dass wir darüber in der Öffentlichkeit sprechen sollten.«

»Chama und Gleb haben sich uns rückhaltlos anvertraut«, erklärte Sunday. »Ist es da nicht das Mindeste, dass wir ihre Offenheit erwidern?«

»Schön«, sagte Geoffrey und warf ihr einen Blick zu, der sehr deutlich machte, was er davon hielt.

Chama schaute auf. »Wir wollen niemanden in Verlegenheit bringen.«

»Mein Bruder bezieht sich auf eine Familienangelegenheit, nicht auf ein Staatsgeheimnis«, sagte Sunday. »Und ich kann mir nicht vorstellen, was so schlimm daran sein soll, wenn ihr darüber Bescheid wisst.«

Jitendra lächelte schüchtern. »Vielleicht habe ich tatsächlich etwas entdeckt. Könnte sein. Während ihr unterwegs wart, habe ich mir den Pythagoras-Krater ein wenig genauer angesehen. Die Ching-Auflösung ist nicht ideal – in diesem Teil des Mondes gibt es nicht genügend Kameraaugen für eine lückenlose Abdeckung. Dadurch ist es nicht ganz einfach, den Amateurdetektiv zu spielen …«

»Was wir ja auch nicht wollen«, erklärte Geoffrey entschieden.

»In anderer Hinsicht ist es jedoch ermutigend«, fuhr Jitendra fort. »Es bestätigt nämlich, was wir bereits vermutet hatten. Was Eunice im Jahr 2059 an Spuren hinterlassen hat, dürfte seither nicht verändert worden sein.« Er strahlte vor Stolz über seinen eigenen Scharfsinn. »Nun ja, es gab Veränderungen und doch auch wieder nicht.«

Er schob den Gewürzständer beiseite, fegte die bunten Steine zusammen und zeichnete mit einem subvokalen Befehl ein Rechteck auf den Tisch. Darin erschien ein silbergraues, körniges, von tiefen Schatten gezeichnetes Gelände im Norden des Mondes. Über dem Bild lag ein Raster mit Koordinaten; es musste wohl von einem hoch fliegenden Satelliten aus aufgenommen worden sein.

»Eine Nahaufnahme vom Inneren des Pythagoras-Kraters, dem Zeitstempel nach etwa acht Wochen alt«, sagte Jitendra. »Frisch genug für unsere Zwecke.«

»Hast du die Absturzstelle gefunden?«, fragte Sunday.

»Nicht nur die.« Er verschränkte die Finger und ließ die Knöchel knacken. »Ich zoome näher heran.«

»Was für eine Absturzstelle?«, fragte Gleb.

»Eunice ist vor einhundert Jahren in diesem Krater gelandet – oder abgestürzt«, erklärte Sunday. »Es sieht so aus, als hätte sie uns einen Gegenstand hinterlassen, der mit diesem Vorfall in Zusammenhang steht.«

Das Rechteck veränderte seine Größe nicht, aber jetzt war das Bild so stark vergrößert, dass ein weißlicher, vielarmiger Stern zu erkennen war – nicht unbedingt ein Krater, eher wie ein eingetrockneter Farbspritzer. Dort war etwas auf der Mondoberfläche aufgeschlagen. Der Stern war asymmetrisch und in die Länge gezogen, als ob das betreffende Objekt schräg aufgesetzt hätte. An einer Seite war sogar ein kleinerer Abdruck zu sehen, als wäre es noch einmal abgeprallt, bevor es endgültig zur Ruhe gekommen war.

»Es sieht schlimm aus, aber wir wissen, dass der Absturz zu überleben war«, sagte Jitendra.

»Keine Spur von einem Schiff«, stellte Geoffrey fest. Jetzt war er doch neugierig geworden. »Bist du sicher, dass es die richtige Stelle ist?«

»Sie ist die einzige, die zu Eunice' Schilderung passt. Das

Schiff ist nicht mehr da, weil es von dieser indischen Bergungsmannschaft abtransportiert wurde.« Jitendra vergrößerte das Bild noch weiter und deutete mit dem Finger auf die Tischplatte. »Die Mannschaft hatte ein eigenes Schiff – hier haben sie bei der Landung den Erdboden aufgewühlt, und hier seht ihr die Fußabdrücke und die Spuren ihres Rovers. Beide führen kreuz und quer über Eunice' Krater und sind heute noch so frisch wie bei der Entstehung. Aber das ist auch schon alles. In den letzten hundert Jahren ist niemand mehr an diesen Landeplatz zurückgekehrt.«

»Was ist mit Eunice' langem Marsch?«, fragte Sunday.

»Wir können ihren Weg durch den Krater verfolgen. Ihre Fußabdrücke sind die einzigen im ganzen Pythagoras.«

Das Bild machte einen Satz nach rechts zur Ostseite des Kraters. Sunday konnte die Spuren erkennen, sie folgten einer schnurgeraden Linie, von der sie nur gelegentlich abwichen, um ein Hindernis zu umgehen. Es war wie eine lange, monotone Morse-Botschaft: viele Bindestriche, wo sie lange Sprünge gemacht hatte, dazwischen Reihen von Punkten, wo sie langsamer gegangen war. Als Jitendra das Bild wieder verkleinerte und die Abdrücke auf schwache Kratzer reduzierte, verstand sie, wie weit Eunice damals hatte laufen müssen.

Ein winziger Mensch war in einem Sack voller Luft und Wärme durch die öden Weiten der Mondlandschaft geirrt wie ein Insekt, das eine Startbahn überqueren wollte.

»Man kann diese Spuren über die ganze Kraterwand nach oben verfolgen, bis dahin, wo sie den Rand überquerte und schließlich mit dem Rettungstrupp der Chinesen zusammentraf«, sagte Jitendra. »Man sieht auch noch die Kurve, wo sie den Rover wendeten und mit Eunice an Bord nach Hause zurückfuhren. Es passt alles zusammen.«

Sunday stieß die Luft aus. »Okay. Ihre Geschichte ist also wahr. Ist das alles, oder hast du noch mehr?«

»Es gibt eine *kleine* Unstimmigkeit.« Jitendra scrollte das Bild zurück und zoomte noch einmal die Linie der Fußabdrücke heran. »Hier sind wir etwas mehr als dreißig Kilometer vom Landeplatz entfernt«, sagte er. »Und plötzlich findet man *das.*«

»O ja«, sagte Chama.

Nördlich der Abdrücke – vielleicht hundert Meter entfernt – war der Boden an einer Stelle verstrahlt. Hier hatte ein Schiff aufgesetzt. Sunday sah deutlich das kreuzförmige Muster, wo sich die Landestützen in den Boden eingedrückt hatten.

Auch hier gab es Spuren – zwei Reihen, die vom Schiff weg bis zu den ursprünglichen Fußstapfen und wieder zurückführten. Man brauchte kein Kriminaltechniker zu sein, um festzustellen, dass die Abstände dieser Abdrücke ähnlich, wenn nicht sogar identisch waren mit Eunice' Schrittlänge.

Wo sie die ursprüngliche Linie kreuzten, war die Erde aufgewühlt. Eunice' ursprüngliche Spuren waren über eine Strecke von etwa fünf Metern verwischt worden.

»Sie ist zurückgekommen«, sagte Sunday. »Du meine Güte. Sie ist tatsächlich noch einmal zurückgekehrt.«

Jitendra nickte. »Genau so sieht es aus. *Nachdem* die Chinesen sie gerettet hatten – und wir reden vielleicht von Wochen, Monaten oder Jahren, wer weiß das schon –, ist sie genau an diese Stelle zurückgekehrt und hat dort irgendetwas gemacht.«

»Sieht so aus, als hätte sie ein Loch gegraben«, überlegte Gleb. »Entweder, um etwas herauszuholen, was sie beim letzten Mal dort versteckt hatte, oder um etwas Neues zu verscharren. Kannst du noch ältere Bilder finden?«

»Gleb hat recht«, schloss sich Sunday an. »Wenn wir eine Aufnahme hätten, die nach der Rettung aber vor den frischen Spuren gemacht wurde, ließe sich der Zeitraum eingrenzen.«

»Ich werde mich bemühen«, versprach Jitendra. »Aber ich werde sehr vorsichtig sein. Ich möchte bei der Bildersuche nicht überall meine schmutzigen Fingerabdrücke hinterlassen.«

»Sonst ist doch niemand auf dieser Spur«, wandte Geoffrey ein. »Zumindest war das so, bis meine Schwester anfing, jedem, der es hören wollte, davon zu erzählen.«

»Eigentlich sollten wir hinfliegen und nachsehen, was da unter der Erde liegt«, sagte Sunday.

»Das könnte etwas problematisch werden«, warnte Jitendra. »Der Pythagoras steht jetzt unter lunar-chinesischer Verwaltung. Und von der *Geistermauer* hält man sich besser fern.«

»Dann ist es ja gut, dass wir die Finger davon lassen«, sagte Geoffrey.

»Bist du denn kein bisschen neugierig?«, fragte Sunday.

»Das sind doch alles bloß Vermutungen auf der Basis von ein paar verwaschenen Flecken.«

»Wenn wir selbst hinfliegen würden, hätten wir Gewissheit«, schlug sie vor. »Wir nehmen ein paar Schaufeln mit, vielleicht mieten wir auch einen Bagger – was schätzt du, wie lange würden wir brauchen?«

»Während uns die Chinesen über die Schulter schauen und sich fragen, was wir da eigentlich suchen? Was schätzt *du*, wie lange es dauern würde, bis die Cousins davon erfahren?«

»So etwas macht man nicht auf dem offiziellen Dienstweg«, erklärte Jitendra.

»Ich habe einen Vorschlag«, schaltete sich Chama ein. Er sah seinen Mann an, Gleb nickte ihm kaum merklich zu. Die Getränke wurden gebracht. Chama nahm erst einen tiefen Schluck, bevor er weitersprach. »Bei diesem Szenarium muss man auf jeden Fall mit Festnahme und Inhaftierung durch unsere chinesischen Freunde rechnen. Nun würde sich zwar keiner von uns beiden Hals über Kopf in ein solches Abenteuer stürzen, aber es ist nicht so, als hätten wir in dieser Hinsicht keine Erfahrungen gesammelt.«

»Daraus folgt noch lange nicht, dass sie dich beim nächsten Mal wieder laufen lassen würden«, gab Geoffrey zu bedenken.

»Diesmal wollen wir ja nichts schmuggeln. Wir buddeln nur ein wenig auf chinesischem Boden. Das ist nicht gerade das Verbrechen des Jahrhunderts, nicht wahr?« Gleb kam allmählich in Fahrt. »Die *Initiative* ist in chinesischen Kreisen nicht ohne Einfluss, und ihr habt June Wing auf eurer Seite. Ein richtiges Wort, das richtige Druckmittel, und schon sind wir wieder auf freiem Fuß.«

»Oder auch nicht«, unkte Geoffrey.

»Das Risiko gehen wir ein.« Chama beugte sich vor und stützte die Ellbogen auf den Tisch. »Ihr erfahrt, was dort im Boden liegt. Dafür bekommen wir etwas von euch. Was hältst du davon, Elefantenmann?«

Geoffrey schüttelte den Kopf. »Das Thema hatten wir bereits durch. Ich spiele nicht mit.«

»Wir verlangen nicht viel«, sagte Gleb, »wir wollen dir nur die Chance geben, uns bei unseren Zwergen zu helfen.«

»Ich werde schon von meiner Familie emotional unter Druck gesetzt, vielen Dank – davon brauche ich nicht noch eine Dosis.«

»Was wir wollen, ist eigentlich nicht der Rede wert.« Chama versuchte es mit Vernunft. Er nahm noch einen Schluck von seinem Bier und wischte sich mit dem Handrücken den Schaum ab. »Wir übernehmen das gesamte Risiko. Außer uns braucht niemand zu erfahren, dass du beteiligt bist.«

»Und was ist mit der Ethikaufsicht?«, erkundigte sich Geoffrey.

»Die werden den Teufel tun«, behauptete Gleb. »Sie müssten doch erst einmal von der Existenz der Zwerge erfahren – und wir sind noch nicht so weit, um damit an die Öffentlichkeit zu gehen.«

Geoffrey sah so erleichtert aus, als hätte er endlich einen

Einwand gefunden, der nicht zu widerlegen war. »Dann ist es nicht zu machen. Selbst wenn wir die Neuromaschinen dazu bringen könnten, miteinander zu kommunizieren, würde irgendjemand irgendwo aufmerksam werden, wenn es zwischen meinen Elefanten und der *Überwachungsfreien Zone* so viel Ching-Verkehr gäbe.«

»Das können wir verhindern«, sagte Chama. »Die *Initiative* verfügt über mehr als genug quantenverschlüsselte Kanäle zwischen der Erde und dem Mond. Sie sind natürlich nicht völlig abhörsicher, aber immerhin so gut wie.«

»Du musst dir schon ziemlich viel Mühe geben, um etwas zu finden, worauf sie noch keine Antwort haben«, lachte Sunday.

»Bleibt noch, dass ich selbst zum Verbrecher werde, wenn ich mitmache.«

»Niemand braucht es zu erfahren«, konterte Gleb. »Außerdem könntest du immer noch die moralische Überlegenheit beanspruchen, nicht wahr? Man hat dich mit der Situation konfrontiert, dich vor vollendete Tatsachen gestellt, und du hast dich nur bereit erklärt, um die Lage der Elefanten zu verbessern.« Er sah seinen Mann an und sagte etwas, das die Ohrknöpfe nicht aufnahmen – die Sprache oder der Dialekt war zu unbekannt für eine Übersetzung.

»Sicherlich ließe sich auch über finanzielle Anreize reden«, fuhr Chama fort, nachdem er eine Weile überlegt hatte. »Ich will nichts versprechen … aber es wäre nicht ausgeschlossen. Im Moment bist du doch auf Almosen von deiner Familie angewiesen, nicht wahr?«

»Meine Mittel stammen aus verschiedenen Quellen«, sagte Geoffrey mit einem entrüsteten Blick zu Sunday.

Chama zuckte die Achseln. »Aber mehr Autonomie wäre doch sicherlich willkommen.«

Sunday witterte ihre Chance. »Wenn wir schon über Konditionen reden, dann hätte ich gern Zugriff auf eure Archive.«

»Was genau möchtest du denn wissen?«, erkundigte sich Chama.

Sunday zögerte einen Moment. »Meine Großmutter kannte eure Gründerin, Lin Wei. Sie gingen noch vor der Föderation im ehemals unabhängigen Tansania zusammen zur Schule. Hier.« Sie räumte eine Fläche auf dem Tisch frei, um ihrerseits subvokal ein Bild aufzurufen. Es zeigte zwei Mädchen im gleichen Alter. Das eine war ihre Großmutter. Das andere war Lin Wei.

Lin Wei trug ein rotes Kleid, weiße Strümpfe und schwarze Schuhe.

Sunday warf ihrem Bruder einen Blick zu und nickte. Er sah ihr an den Augen an, dass auch sie die Verbindung zu dem rätselhaften Mädchen bei der Trauerfeier hergestellt hatte, jener Fremden, deren Ching-Verbindung sie nicht hatten auflösen können.

»Eunice kannte den obersten Pan?«, fragte Gleb erstaunt. »Wie konnte das bis jetzt verborgen bleiben?«

»Ich habe es selbst erst vor Kurzem herausgefunden.« Sunday rutschte auf ihrem Stuhl hin und her. Das war eine Lüge, aber wenn man den großen Zusammenhang betrachtete, nur eine belanglose kleine Notlüge.

»Dieser Teil unserer Familiengeschichte wurde bisher unter den Teppich gekehrt«, fuhr sie fort. »Auf eurer Seite scheint es übrigens genauso zu sein. Sie waren gute Freundinnen und arbeiteten schließlich beim Merkur-Projekt zusammen. Dann hat Eunice irgendwie Lin Weis Vertrauen missbraucht. Ich weiß nicht, wie viel Kontakt sie danach noch hatten.«

»Eunice ist erst vor Kurzem gestorben«, bemerkte Geoffrey.

»Ganz recht«, sagte Sunday. »Das ist mir nicht entgangen.«

»Ich meine, sie war nicht *so* alt. Jedenfalls nicht aus heutiger Sicht. Wenn sie also mit dieser Lin Wei zur Schule gegangen ist, spricht doch nichts dagegen, dass auch Lin Wei noch am

Leben ist. Vergiss das Archiv, vergiss die Pans – frag sie doch einfach selbst.«

»Das wird leider nicht möglich sein«, sagte Chama traurig. »Lin Wei *war* die Oberste Pan. Sie starb schon vor Jahrzehnten.«

Sunday nickte. »Das habe ich auch gehört. Ich glaube, sie ist ertrunken oder auf eine ähnlich grausige Art ums Leben gekommen.«

7

Als am folgenden Morgen Chamas Ching-Anfrage einging und Sunday ihre Kaffeetasse abstellte, beschlich sie eine intensive und sehr vertraute Vorahnung. Dieser Anruf hatte nichts Gutes zu bedeuten. Sie nahm das Gespräch an.

»Es gibt Neuigkeiten«, sagte Chama. »Wahrscheinlich sind sie von der Sorte, dass ich sie dir als Erster mitteilen sollte. Dann kannst du dich auf meine Seite schlagen und den anderen erklären, worum es geht.«

»Das hat hoffentlich nichts mit unserem Gespräch von gestern Abend zu tun, oder?«

Draußen trampelten schwere Stiefel über den Metallboden. Jemand klopfte energisch an die Tür.

»Bruder!«, rief Sunday. »Könntest du bitte aufmachen?«

Geoffrey ging an die Tür und kam mit Gleb in die Küche zurück. Der Zoowärter war in heller Aufregung.

»Das kann nicht gut gehen«, klagte er.

»Chama«, fragte Sunday die Projektion, »warum chingst du von außerhalb der *Zone* herein?«

»Weil ein Ching von anderswoher unter den derzeitigen Umständen sehr schwierig wäre.«

Chama saß angeschnallt auf einem massiven schwarzen

Sessel und wurde tief in die Polster gedrückt. Er trug die goldglänzende Körpermontur eines modernen ultraleichten Raumanzugs, den Helm hatte er anderswo verstaut.

»Du bist in einem Raumschiff«, stellte Sunday fest. Die Ortskoordinaten wurden ständig aktualisiert, und die letzten Ziffern rasten so schnell vorbei, dass sie verschwammen. »Chama, was machst du auf einem Raumschiff?«

»Schon mal von dem Sprichwort gehört, dass man das Eisen schmieden soll, solange es heiß ist?«

Gleb drückte sich die Hörkapsel ins Ohr. »Das ist eine Katastrophe«, stöhnte er. »Sunday, subvokalisiere mir Projektionsprivilegien. Ich möchte ihn ebenfalls sehen und mit ihm sprechen können.«

Sunday kannte die Antwort auf ihre nächste Frage bereits, stellte sie aber trotzdem. »Chama, hast du irgendetwas vor, was die Chinesen verärgern könnte?«

»Tendenziell geht es in diese Richtung«, antwortete Chama. Währenddessen veränderte Sunday subvokal die Ching-Einstellungen dahingehend, dass alle anderen an dem Gespräch teilnehmen konnten.

»Dein Mann ist hier«, sagte sie dann. »Und er ist nicht begeistert.«

»Gleb, es tut mir leid, aber wir konnten nicht einfach nur herumsitzen und endlose Diskussionen führen. Du warst immer schon der Vorsichtigere von uns beiden. Du hättest mir zugeredet, alles auf später zu verschieben und zu warten, bis es sich gesetzt hat.«

»Aus gutem Grund!«, rief Gleb.

»Es hieß jetzt oder nie. Hör zu, ich habe alles mit den Pans in Tiamaat besprochen. Ich habe … ihr stillschweigendes Einverständnis. Sie werden mich rauspauken, was immer auch geschieht.«

»Genauer gesagt, sie werden ihr Bestes tun!«

»Sie sind in solchen Dingen sehr, sehr fähig, Gleb. Alles wird gut.«

»Wem gehört dieses Schiff?«, fragte Sunday. »Und wie sicher ist die Ching-Verbindung?«

»Das Schiff ist auf die Pans registriert«, antwortete Chama. »Es ist ein Hopper, eine Maschine für kurze Distanzen, sie hat kaum genügend Delta v, um die Mondschwerkraft zu überwinden, ist aber bestens geeignet für ballistische Flüge und hin und wieder für eine Landung auf verbotenem Gebiet. Wir haben es schon oft verwendet.«

»Und die Verbindung?«, beharrte Sunday.

»Quantenverschlüsselt. Es ist also höchst unwahrscheinlich, dass wir abgehört werden, das gilt auch für die Chinesen. Natürlich werden sie es versuchen ... aber es wird eine ganze Weile dauern, die Verschlüsselung aufzulösen, und wir haben Reservekanäle bereitgestellt.« Er grinste. »Trotzdem solltet ihr wissen, womit ihr es zu tun habt. In einfachen Worten, ich bin im Begriff, mir eine ziemliche Frechheit zu erlauben.«

»Nein«, rief Sunday. »Wir hätten das niemals erörtern sollen, nicht einmal als vage Möglichkeit. Es war lediglich eine *Idee*, Chama, keine feste Verpflichtung.«

»Möchtest du mitkommen? Auf diesem Kanal haben wir genügend Kapazität für ein paar Trittbrettfahrer.«

»Das geht nur uns Akinyas etwas an«, sagte Geoffrey. »Du hast nichts damit zu tun.«

»Damit war es vorbei, sobald ihr beiden angefangen habt zu plaudern, Elefantenjunge. Wie auch immer, ich tue euch elenden, ausschließlich mit euch selbst beschäftigten Akinyas einen Gefallen, indem ich hier Kopf und Kragen riskiere.« Chamas Projektion schaute zur Seite, als sich eine Sprachaufzeichnung mit fester, aber nicht unfreundlicher Stimme vernehmen ließ. »Aha, es geht los. Die erste Warnung. Eine höfliche Aufforderung, meinen Kurs zu ändern. Noch nicht allzu bedrohlich; ich habe schließlich noch nicht einmal die *Geistermauer* überflogen.«

»Kehr sofort um«, drängte Sunday.

»Dafür ist es leider etwas zu spät. Ich habe mich aus der Bordelektronik ausgesperrt – ich könnte den Kurs gar nicht mehr ändern, selbst wenn ich wollte.«

»Du bist wahnsinnig!«, rief sie.

»Nein, nur sehr entschlossen. Aha, Moment mal. Die zweite Warnung. Diesmal schon energischer. Ankündigung von Gegenmaßnahmen und Repressalien. Mann, ist das nicht aufregend?« Die Projektion griff nach oben und holte den Helm herunter, der bis dahin außer Sicht gewesen war. »Ich rechne nicht damit, dass sie mich vom Himmel schießen. Aber es wäre sträflicher Leichtsinn, keine Vorsichtsmaßnahmen zu ergreifen.«

Er zog den Helm so weit herab, bis er nur noch wenige Zentimeter vom Halsring entfernt war, dann überließ er es den Andockmagneten, ihn zu schließen. Helm und Ring verbanden sich mit einer Reihe von rasch aufeinanderfolgenden klirrenden und schwirrenden Geräuschen. Der Helm war durchsichtig bis auf eine Art Schwanenhalsstütze, die sich vom Nacken zum Scheitel hinaufwölbte.

»Du kannst mitkommen, Sunday. Ihr alle könnt mitkommen.« Chama tippte Befehle in die klobige, gummibeschichtete Tastfläche an der Manschette seines Handschuhs. »Aber ihr müsst euch beeilen. Ich habe hier nicht alle Zeit der Welt, selbst wenn man mich bis zur Grabung kommen lässt. Ach, da ist ja die *Geistermauer*. Ich bin beeindruckt. Sehr chinesisch. Unterhält irgendjemand sonst eine konsensuelle Grenzhalluzination, die auch nur halb so imposant wäre?«

Sunday unterbrach Chamas Monolog. »Du sagtest vorhin, die Verbindung wäre nicht zu verfolgen. Bist du dir da hundertprozentig sicher?«

»Nein.« Chama zuckte in seinem eng anliegenden Anzug die Schultern. »Wie könnte ich denn? Aber du bist in der *Zone*, Sunday. Blockmächte wie die Chinesen hassen die *Zone* doch gerade, weil sie Signale nicht bis zu ihrem Ausgangspunkt zurückverfolgen können. Und die Tatsache, dass sie uns dafür so tief verabscheuen, ist die denkbar beste Garantie, die ich dir geben kann, dass sie nicht mit an Bord sind. Also trau dich zu leben. Chinge mit mir hinaus.«

»Hast du Stellvertreter mitgenommen?«, fragte Gleb.

»Zwei. Mehr konnte ich nicht unterbringen. Die anderen können passiv mitkommen.«

An Stellvertreter hatte Sunday noch gar nicht gedacht. »Wenn du zurückkommst, wirst du dir einiges anhören müssen«, drohte sie.

»So spricht eine wahre Freundin. Oh – die dritte Warnung.« Chamas Projektion wurde heftig durchgeschüttelt, als hätte der Hopper übersehen, dass es keine Atmosphäre gab, und wäre in Turbulenzen geraten. »Interessant«, sagte Chama. Seine Stimme war auch durch den Helm noch deutlich zu hören. »Sie versuchen, meiner eigenen Bordelektronik die Kontrolle zu entreißen. Interessant, aber bei Weitem nicht gut genug. Wenn sie etwas erreichen wollen, müssen sie schon etwas härter rangehen.«

Das Bild stabilisierte sich. Sunday holte tief Luft. »Lass mir einen Augenblick Zeit.«

»Ich habe nichts weiter vor«, gab Chama zurück.

»Hättest du ihn nicht aufhalten können?«, wandte sie sich an Gleb.

»Er war aufgestanden und hatte die Wohnung verlassen, bevor ich wusste, was er vorhatte. Glaubst du etwa, ich finde das gut?«

Sie nahm sich zusammen. Ihren Zorn an dem zweiten Zoowärter auszulassen war zwecklos. Mit einem Mal begriff sie, wie schwer es für Gleb sein musste, dass sein Mann da draußen war und die mächtigste nationale Einrichtung auf dem Mond zum Narren hielt.

»Wir sind zu viert, und es gibt zwei Stellvertreter«, sagte Jitendra. »Ich komme passiv mit. Gleb kann eine von den Maschinen nehmen.«

»Ich komme auch ohne Vertreterkörper zurecht«, sagte Gleb. »Wenn ich Arme und Beine hätte, käme ich womöglich in Versuchung, eine gewisse Person zu erwürgen.«

»Falls in diesem Boden ein Schatz liegt …« Geoffrey sah seine Schwester an. »… gehört er uns. Ich schätze, wir beide sollten die Körper nehmen.«

Es gab vier offene Ching-Verbindungen: zwei für Vertreterkörper, zwei für passives Chingen. Sunday wies sich selbst eine der Vertreterverbindungen zu und überließ Geoffrey die zweite. Jitendra und Gleb konnten den Anschluss selbst herstellen.

»Ich gehe jetzt rein«, sagte sie. »Wenn ich ankomme, sind hoffentlich alle da.«

Sie öffnete die Ching-Verbindung mit einem subvokalen Befehl. Was nun kam, war ihr so vertraut, dass es sie nicht weiter belastete. Sie spürte, wie ihre Seele aus ihrem Körper glitt, aber nicht in eine bestimmte Richtung, sondern in alle Richtungen gleichzeitig, so als würde ihr Selbstbild mit einem Schlag unscharf und zerflösse zu einem Quantennebel. Das war die Wirkung der Neuromaschinen, die alle sensorischen und propriozeptiven Wahrnehmungen auf den Roboter umleiteten, der sich auf der anderen Seite des Mondes befand.

Als wieder alles scharf wurde, befand sie sich in einem anderen Körper, in einem dahinrasenden Raumschiff, das soeben in den souveränen Luftraum der Autonomen Mondregion der Volksrepublik China eingedrungen war.

Sie war gegenüber von Chama an der Wand festgeschnallt.

»Hier bin ich«, sagte Sunday. »Was muss ich tun, damit du dieses Schiff wendest?«

»Ich habe es dir bereits gesagt.« Chama drehte sein Glasvisier so, dass er den Stellvertreter ansehen konnte. »Dir bleibt nichts anderes übrig, als die Reise zu genießen.«

Sunday hatte das Gefühl, in eine starre Rüstung mit angerosteten Scharnieren eingezwängt zu sein, die nicht ganz zu ihrer Körperform passte. Dann *gab etwas nach* – ein Teil ihres Gehirns entspannte sich –, und der Übergang in den Körper war endgültig vollzogen.

Sie betrachtete ihre neue anatomische Form. Billigste Massenware, eine Aeroflot-Einheit, kaum mehr als ein androformes Gehäuse aus metallicblauen Röhren und klobigen Universalgelenken. Ein mechanisches Strichmännchen, ein hydraulischer Wagenheber, der sich ausgeklappt hatte, um aufrecht stehen zu können.

Rechts von ihr begann sich ein zweiter Vertreter zu bewegen. Er sah genauso aus, nur war er metallicrot.

Der andere Vertreter sah erst Chama, dann Sunday an. Sein Kopf glich einer viereckigen Ananas mit vielen Facetten, er war ringsum mit Sensoren gespickt und mit Schutzbügeln aus Metall versehen.

»Da bin ich«, sagte auch Geoffrey. Er hob einen Arm und betrachtete das Handgelenk und die elegante, gelenkige Hand, die wie bei einem Menschen mit vier Fingern und einem Daumen ausgestattet war. Seine Bewegungen wirkten hölzern, doch das würde sich bald legen. Schließlich steuerte ihr Bruder nicht zum ersten Mal einen Stellvertreter; er war lediglich ein wenig aus der Übung.

Sunday wandte sich an Chama. »Wo sind wir genau?«, fragte sie.

»Gute Frage«, sagte Geoffrey. »An die sich sofort weitere Fragen anschließen, nämlich: Was zum Teufel tun wir hier, und warum bin ich mit dabei?«

»Wir sind tief im souveränen Luftraum der Chinesen«, antwortete Chama. »Im Anflug auf Pythagoras, fünfundfünfzig Kilometer von der Grabung entfernt. In etwa sechs Minuten müssten wir dort sein.«

Sunday sah sich um. Sie kannte Duschkabinen, die größer waren. Der Hopper hatte die kleinstmögliche Größe für ein Raumschiff, alles, was noch kleiner war, galt als Rettungskapsel oder als sehr geräumiger Raumanzug.

»Was immer sich unter der Erde befindet«, warnte Geoffrey, »geht dich nichts an, Chama.«

Wieder bockte und schwankte das Schiff, und die Golems klapperten in ihren Wandgurten. Chama stieß einen Fluch aus und bewegte den manuellen Steuerknüppel in der Armlehne seines Sessels heftig hin und her, bis die Stöße aufhörten. »Raffiniert sind sie«, sagte er anerkennend. »Das muss man ihnen lassen. Sie haben eine Hintertür in die Befehlssoftware gefunden, die nicht einmal ich kannte.«

»Sagtest du nicht, du könntest nicht manuell steuern?«, fragte Sunday.

»Darüber reden wir später«, wehrt Chama ab. »Wo sind eigentlich Gleb und Jitendra?«

Jitendra erschien mit Kopf und Oberkörper in der Kabine. »Hier.«

»Und ich bin hier«, meldete sich Gleb.

»Ihr habt euch ganz schön Zeit gelassen«, schmollte Sunday.

»Die Bandbreite war geringer, als du versprochen hattest«, verteidigte sich Jitendra. »Ich wurde immer wieder in die Warteschlange gestellt.«

»Das sind die Chinesen«, sagte Chama. »Sie wollen entweder in die quantenverschlüsselten Kanäle einbrechen oder die Bandbreite reduzieren.«

»Können sie das überhaupt?«, fragte Sunday.

»Für eine Regierung ist das weiter kein Problem. Übertragungen mit diplomatischer Priorität und so. Sie fluten die

Bandbreite auf Regierungsebene mit einem Schwall von Signalen, die noch vor dem Routineverkehr geroutet werden *müssen.* Sehr raffiniert.« Sunday sah das Lächeln hinter Chamas Helm. »Zum Glück haben wir einige Leute auf unserer Seite, die noch raffinierter sind. Hoppla!«

»Was bedeutet ›hoppla‹ in dieser Situation?«, fragte Geoffrey.

»Es heißt, dass ich soeben die letzte Warnung bekommen habe«, antwortete Chama vergnügt. »Die Abfangjäger vom Grenzschutz sind aufgestiegen.«

»Könnte ein Bluff sein«, sagte Sunday.

»Allerdings zeigen sich auch auf dem Radar Objekte, die in unsere Richtung unterwegs sind. Für bemannte Maschinen sind sie zu schnell. Wahrscheinlich sind es nur bewaffnete Drohnen.«

»Bewaffnete Drohnen«, wiederholte Geoffrey. »Das finde ich ungemein beruhigend.«

»Abschreckungsmanöver«, gab Chama so verächtlich zurück, als wäre Geoffreys Bemerkung sehr naiv gewesen. »Weiter werden sie nicht gehen. Hier wird niemand mehr vom Himmel geschossen. Wir sind schließlich nicht auf der Erde.«

Eine Aufprallwarnung ertönte. Die Teile der Wand, die nicht von Fenstern, Instrumenten und Ausrüstungsmodulen belegt waren, begannen scharlachrot zu blinken. Sunday sah Jitendra und Gleb flackern und verschwinden und spürte unmittelbar danach, wie sie wie eine Marionette an Schnüren in ihren eigenen Körper in der *Überwachungsfreien Zone* zurückgezerrt werden sollte.

Einen Herzschlag stand sie wieder in der häuslichen Unordnung ihres Wohnzimmers. Gleich darauf war sie wieder im Hopper, und ihre Freunde waren ebenfalls zurückgekehrt.

»Okay«, sagte Chama. »Kleine Planänderung. Der Anflug wird steiler und die Landung härter, als ich vorgesehen hatte. Ist das nicht ein Riesenspaß?«

»Ich bin mitten in einen schweren diplomatischen Zwischenfall geraten«, staunte Jitendra. »Das stand noch nicht auf der Tagesordnung, als ich heute Morgen aufwachte.«

»Du bist nirgendwo hineingeraten«, verbesserte ihn Chama. »Du bist bloß Zuschauer. Dafür kann man dir gar nichts anhängen. Halte doch *bitte* den Mund.«

Er hatte mit dem Schiff gesprochen. Der Alarm verstummte, und die Warnlichter hörten auf zu blinken.

Der Mondboden raste immer schneller unter ihnen vorbei, je mehr der Hopper an Höhe verlor. Obwohl es über dem Pythagoras Tag war, lag der Krater so hoch im Norden, dass die Wände lange, tintenschwarze Schatten warfen. Nur wenig wies darauf hin, dass jemals Menschen in diese graue Bimssteinwüste gekommen waren; nirgendwo blinkte Metall oder Plastik auf zum Zeichen, dass hier jemand wohnte oder dass loyale Maschinen ihr mühsames Werk verrichteten.

Einige Spuren gab es dennoch. Auf der uralten Puderschicht der Mondoberfläche waren Fußabdrücke und Fahrzeugspuren unschwer zu erkennen. Auf der Erde hätte man vielleicht an Lavaströme oder ausgetrocknete Flussbetten gedacht. Auf dem Mond konnten solche Zeichen nur bedeuten, dass jemand dort gefahren oder gegangen war.

Erst als Sunday erkannte, dass die seltsam abgehackten Fahrzeugspuren, mit denen sie nichts anzufangen wusste, in Wirklichkeit Fußabdrücke waren, wurde ihr klar, dass sich das Schiff nicht mehrere Kilometer, sondern nur noch wenige Hundert Meter über der Mondoberfläche befand. Sie waren viel schneller heruntergegangen, als sie gedacht hatte.

»Da ist es!« Chama deutete nach vorn. »Die Stelle, an die eure Oma zurückgekommen ist – seht ihr den aufgewühlten Boden?«

»Ich sehe gar nichts«, sagte Sunday.

»Du musst den Hopper subvokal ausblenden. Die Autorisierung hast du.«

Sunday erteilte den Befehl – sie war bisher nicht darauf gekommen –, und die Maschine verschwand. Nur eine Neonskizze ihrer Umrisse blieb erhalten, ein dreidimensionales, keilförmiges Prisma. Chama schwebte in der Mitte, und die beiden Golems und Glebs und Jitendras körperlose Köpfe und Hände flogen ebenfalls mit.

Jetzt konnte auch sie die Stelle sehen, die Eunice – wie lange auch immer – nach ihrem langen Marsch von der Absturzstelle im Jahr 2059 nochmals aufgesucht hatte. Alles war noch genauso wie auf der Luftaufnahme, die ihnen Jitendra auf der ISS gezeigt hatte: die Landespuren von einem anderen Schiff, die haarnadelförmige Fährte, wo jemand zu Eunice' erster Spur gegangen und dann zum Schiff zurückgekehrt war. Der Fleck mit dem aufgegrabenen Regolith, der aussah, als hätte sich ein Pferd auf dem Rücken im Staub gewälzt.

Das war alles. Nichts deutete darauf hin, dass ihnen jemand zuvorgekommen war.

»Jetzt wird es spannend«, sagte Chama. »Da kommen die Abfangjäger.«

Sunday hielt den Atem an. Sie war zwar in keiner Weise in Gefahr, dennoch konnte Chamas Optimismus durchaus verfehlt sein. Zwar hatte es seit Jahrzehnten keine ernsthaften Kampfhandlungen zwischen den zwei raumfahrenden Mächten mehr gegeben, aber das hieß nicht, dass es bei einer schweren Provokation nicht doch wieder dazu kommen konnte.

»Wie viele?«, fragte Gleb.

»Drei«, antwortete Chama. »Wie ich erwartet hatte. Kleine autonome Drohnen. Als Dämonen getarnt. Wollt ihr sie sehen? Sonst kann ich die chinesische ER auch außer Kraft setzen, aber sie haben sich solche Mühe gegeben, dass es fast schade wäre …«

Die Drohnen kamen schnell heran und drehten im letzten Moment ab, um das Schiff nicht zu rammen. Ungetarnt waren sie so flott unterwegs, dass man sie lediglich als leuchtende Funken erkennen konnte. Man sah nicht, ob sie bewaffnet waren, vielleicht verließen sie sich auch bloß darauf, dass sie schnell und wendig genug waren, um jedes Flugobjekt rammen zu können. Jedenfalls konnte kein Zweifel bestehen, dass sie sich streng im Rahmen der Legalität bewegten. Auch innerhalb des chinesischen Luftraums mussten sie sich an die umfassenden Sperrverträge halten, die für alle raumfahrenden Institutionen Gültigkeit hatten.

Aber nichts konnte sie daran hindern, sich mit abschreckenden ER-Overlays zu umgeben. Die Dämonentarnung ließ sie viel größer erscheinen als das Schiff. Jede Drohne präsentierte sich als teuflisch grinsender Kopf im chinesischen Stil, der Bänder aus Leuchtfeuer hinter sich herzog. Während die Flugkörper um den im Sinkflug befindlichen Hopper herumsausten und ihn bedrängten, ohne ihn jemals wirklich zu berühren, verflochten sich ihre feurigen Schwänze zu einer bunten Korkenzieherspirale. Ein Dämon war von einem kränklichen Blassgrün, ein zweiter von einem eisigen Blau. Der dritte war so giftig rot wie eine sabbernde Zunge. Die weißen Augen glühten wild unter buschigen Brauen hervor. Die Drohnen sahen aus wie Pekinesen, die sich in tollwütige Gespenster verwandelt hatten.

»Sinkflug abbrechen«, schallte eine Stimme durch die Kabine. »Versuchen Sie nicht zu landen. Sie werden in den neutralen lunaren Luftraum zurückgeleitet. Sollten sie dieser Anweisung nicht unverzüglich folgen, wird das als feindlicher Akt gewertet. Gegen feindliche Akte wird mit sanktionierter Militärgewalt vorgegangen.«

Die Dämonen kamen jetzt näher und drehten immer engere Spiralen um den Hopper.

»Tu, was sie sagen«, flehte Gleb.

»Das ist doch nur Gerede«, gab Chama zurück. »Nichts,

womit ich nicht gerechnet hätte.« Doch zugleich griff er nach seinem Halsring, als wollte er sich vergewissern, dass der Helm wirklich fest saß und dicht war.

»Sinkflug abbrechen«, wiederholte die Stimme. »Das ist die letzte Warnung.«

»Ich glaube, sie meinen es ernst«, sagte Sunday.

»Sie bluffen. Einen Schwachkopf von Touristen abzuschießen, der lediglich die falschen Koordinaten in seinen Autopiloten eingegeben hat, ist das Letzte, was sie wollen.«

»Inzwischen haben sie wahrscheinlich gemerkt, dass sie es nicht mit einem Schwachkopf von Touristen zu tun haben«, gab Geoffrey zu bedenken.

»Das könnte sein«, räumte Chama ein.

Der blaue Dämon rammte den Hopper und drehte anscheinend unbeschädigt wieder ab, doch die Maschine geriet langsam ins Trudeln. Chama nahm die Hand vom Steuerknüppel und überließ es der Bordelektronik, das Schiff zu stabilisieren. Allzu viel nützte das nicht. Jedes Mal, wenn sich der Hopper wieder ausgerichtet hatte und unter Kontrolle war, flog der nächste Dämon eine Attacke, die ihn erneut ins Trudeln brachte. Die Kollisionen wurden heftiger, und die Oberfläche raste ihnen entgegen wie der Boden eines Fahrstuhlschachts. Nun kamen die Dämonen zu zweit oder zu dritt gleichzeitig und bearbeiteten den Rumpf wie mit Presslufthämmern. Das Schiff raste völlig steuerlos dahin, der Boden verschwand mehrmals in jeder Sekunde aus dem Blickfeld.

Chama setzte zum Sprechen an. Vielleicht hatte er »Festhalten!« rufen wollen, aber Sunday war sich nicht sicher. Im nächsten Augenblick war Chama verschwunden. Wo sein Sitz gewesen war, blähte sich ein Aufprallkokon, eine weiße gepolsterte Hülle, die sich binnen eines Lidschlags um den Sitz und seinen Insassen gelegt hatte.

Alles erlosch. Für einen Moment schwebte Sunday im

Nichts, dann war sie zurück in ihrer Wohnung. Doch auch das nur für einen Augenblick. Die Ching-Verbindung war unterbrochen, aber nicht durchtrennt. Sie stürzte in den Golem zurück, und der hatte sich von seinen Gurten losgerissen und lag mit verrenkten Gliedern vor einem der Ausrüstungsmodule an der gegenüberliegenden Wand. Der Hopper war keine Neonskizze mehr, sondern wieder voll sichtbar. Jitendras Kopf und Oberkörper verschwanden mehrfach und tauchten – dank der Bandbreitenkompression mit Statikstreifen schraffiert – von Neuem auf. Gleb flackerte. Geoffreys Golem hing kraftlos in seinen Gurten.

»Das ist noch mal gut gegangen«, sagte Chama.

Der Aufprallkokon war aufgeklappt, und Chama war dabei, sich abzuschnallen. Er hing mit dem Kopf nach unten und fiel mit Mondbeschleunigung auf die ehemalige Decke zu. Jitendras Projektion stabilisierte sich. Geoffrey befreite seinen Golem aus dem Gurtwerk. Sunday bewegte probeweise ihren eigenen Vertreterkörper und stellte fest, dass ihr die blauen Metallglieder wie gewohnt gehorchten.

»Sie haben uns tatsächlich runtergeholt«, staunte sie.

»Taktisch kampfunfähig gemacht.« Auch Chama war völlig verblüfft. »Und das sehr gekonnt. Die Luft wird immer noch gehalten, und der Aufprall blieb innerhalb der Parameter der Überlebenswahrscheinlichkeit.« Er griff nach einem gelben Handgriff und zog sich daran zur Tür des Hoppers hinüber. »Festhalten – ich lasse die Luft ab. Jetzt noch zu sparen wäre sinnlos.«

Die Luft entwich mit einem rasch verklingenden Zischen aus dem Hopper und zog eine Wolke aus silbrigem Staub und menschlichem Glitzerabfall hinter sich her. Im Vakuum konnte Chama nun den klobigen Öffnungsmechanismus bedienen. Die Tür ging auf, und vor ihnen lag ein Bild, das ein später Mark Rothko hätte sein können: unten ein rechteckiger schwarzer Himmel, darüber die strahlend hell erleuchtete rechteckige Mondoberfläche.

Das optische System des Golems legte Software-Filter über die Szene und dämpfte den Boden auf ein erträgliches Grau herunter.

Chama war als Erster draußen. Er sprang durch die Tür und landete wie eine Katze auf der Oberfläche. Sunday folgte als Nächste. Als ihr Golem den Staub berührte, war Chama bereits mit langen Sprüngen unterwegs zur Seite des Hoppers.

Sunday schaute zurück. Geoffreys Maschine krabbelte aus dem kopfstehenden Raumschiff, hinter ihm hüpften Kopf und Schultern von Jitendras Projektion wie ein Ballon auf und ab. Gleb kam als Letzter. Jitendra und er waren bewegliche Punkte, ganz und gar darauf angewiesen, dass Chama und die Golems ständig aktualisierte Umgebungsdaten in ihre Ching-Verbindung einspeisten. Über ihnen umkreisten die Drohnen in ihrer Dämonentarnung immer noch in Spiralen Chamas Absturzstelle.

»Hier entlang.« Der Zoowärter hüpfte mit wedelnden Armen los, als trüge er Siebenmeilenstiefel. »Kann nicht allzu weit nördlich von unserem Aufsetzpunkt sein.«

Die Golems waren eher auf Haltbarkeit denn auf Schnelligkeit ausgelegt und hatten Mühe, der davonspringenden Gestalt zu folgen. Chama hatte sich einen gewöhnlichen Gartenspaten auf den Rücken seines Anzugs geschnallt. Er hatte ihn wohl in einem der äußeren Staufächer des Hoppers deponiert, um ihn griffbereit zu haben, sobald sie unten waren. Unter dem Lebenserhaltungsrucksack war außerdem ein grauer Metallzylinder befestigt.

Die Dämonen mussten neue Befehle erhalten haben, denn sie brachen ihren Spiralflug ab und schossen in drei Richtungen auf die Kraterwand zu, die den effektiven Horizont bildete. Aber sie entfernten sich nicht allzu weit. Nach etwa einem

Kilometer machten sie kehrt und kamen in Mannshöhe, die Dämonengesichter nach vorne gesenkt, mit glühenden Augen und geifernden Zungen über den Kraterboden zurückgerast.

Ihr wildes Geheul gellte durch die ER.

»Weitergehen«, rief Chama. »Das ist nur ein Einschüchterungsversuch. Sie werden uns kein Haar krümmen.«

»Ich fühle mich ausreichend eingeschüchtert«, gestand Jitendra.

Sunday zuckte zurück, als ihr der rote Dämon den Weg versperrte. Sein Hundegesicht war so groß wie ein Haus. Die Tarnung war dünn; durch die züngelnden Flammen konnte sie die Drohne auf spitzen Strahlen aus ihren Mikrodüsen über dem Boden schweben sehen.

»Keine Bewegung!«, befahl die gleiche Stimme, die sie im Hopper gehört hatten. »Sie stehen unter Arrest. Sie werden bis zum Eintreffen der Grenzschutzbeamten an Ort und Stelle bleiben.«

»Weitergehen«, wiederholte Chama.

Vor ihm schwebte der blaue Dämon und wollte ihn zum Anhalten zwingen. Aber Chama blieb nicht stehen, und der Dämon wich tatsächlich zurück, um der Gestalt, die er ohne Zweifel als warmen, atmenden, leicht verwundbaren Menschen registrierte, nicht zu nahe zu kommen. Der grüne Dämon hatte Geoffrey ins Visier genommen. Jitendra und Gleb blieben unbehelligt, als Projektionen waren sie kaum zu detektieren.

Der blaue Dämon mochte sich scheuen, Chama gewaltsam aufzuhalten, die beiden anderen hatten jedoch keine Skrupel, sich den Golems zu nähern. Irgendeine übergeordnete Intelligenz hatte bereits entschieden, dass es sich dabei um Maschinen handelte, die ersetzbar waren. Das monströse Gesicht nahm mit höhnischem Grinsen und drohenden Blicken jede Bewegung von Sunday vorweg und duckte sich oder warf sich wie ein eifriger Torwart zur Seite.

Mit einem Schlag war die Dämonentarnung verschwunden.

Vor ihr stand ein Mann. Er hatte die Hände auf dem Rücken verschränkt, die Drohne schwebte hinter ihm. Er trug einen adretten platingrauen Businessanzug von modernem Schnitt, darunter ein weißes Hemd und eine perlweiße Krawatte. Seine Schuhe berührten den Boden nicht, die Sohlen schwebten etwa einen Zentimeter über dem Staub. Er war jung, gut aussehend und sehr überzeugend.

»Guten Morgen«, sagte er. Es klang nicht unfreundlich. »Ich bin Mister Pei von der Grenzschutzbehörde. Wären Sie so freundlich zu bleiben, wo Sie sind, bis eine Regelung gefunden ist? Die Beamten werden in Kürze bei Ihnen sein.«

Eine weitere Kopie von Mister Pei war vor Geoffrey erschienen und sagte vermutlich den gleichen Spruch auf. Hinter diesen Projektionen konnte ein echter Mensch stehen, es konnte sich aber auch um eine automatisch ablaufende Aufzeichnung handeln.

»Ich glaube nicht, Mister Pei«, erklärte Sunday. Sie mochte zwar in Schwierigkeiten stecken, aber viel konnte sie nicht mehr verderben, wenn sie sich bemühte, Chama auf den Fersen zu bleiben.

Sie unternahm einen weiteren Versuch, sich an der Drohne vorbeizudrängen.

»Ich muss darauf bestehen«, sagte Mister Pei. Seine Stimme klang fest, aber immer noch höflich, und ein bedauerndes Lächeln milderte die Worte ab.

»Lassen Sie mich bitte vorbei.«

Mister Pei hatte die Hände immer noch auf dem Rücken. »Ich muss Sie bitten, die Situation nicht noch dadurch zu verschärfen, dass Sie sich weigern, einer durchaus zumutbaren Aufforderung nachzukommen. Wie gesagt, die Grenzbeamten werden in Kürze hier sein, dann kann mit der Bearbeitung und Abwicklung dieses Zwischenfalls begonnen werden. Wären Sie so freundlich, mir Ihren Namen und Ihren Standort mitzuteilen? Im Moment können wir lediglich feststellen, dass Sie sich in der *Überwachungsfreien Zone* befinden.«

»Dann werde ich wohl darauf verzichten, vielen Dank.«

»Es wäre letztlich in Ihrem eigenen Interesse. Ihr Komplize wird in Kürze wegen Landfriedensbruchs festgenommen werden. Wenn Sie uns jetzt unterstützen, wird das bei der Festsetzung des Strafmaßes Berücksichtigung finden.« Er lächelte wieder und hob auffordernd die Hände. »Wer sind Sie also, und von wo chingen Sie? Wir werden das mit der Zeit ohnehin herausfinden, Sie können es uns also auch gleich mitteilen.«

»Ich muss es Ihnen leider selbst überlassen, sich diese Informationen zu beschaffen, Mister Pei.«

»Ist das eine eindeutige Weigerung, mit uns zu kooperieren?«

»Hörte sich ganz danach an, nicht wahr?«

»Nun gut.« Mister Pei schaute über die Schulter und nickte. Die Drohne schoss durch ihn hindurch, stürzte sich auf den Golem, riss ihm einen Arm ab und warf den Körper zu Boden, wo er zuckend liegen blieb. Zu gebrauchen war er nicht mehr. Sunday spürte keine Schmerzen, aber das sensorische Feedback brach unvermittelt ab. Ganz kurz sah sie den Himmel über sich, dann kam Mister Pei wieder in Sicht und beugte sich über sie.

»Ich bedaure, dass wir zu solchen Maßnahmen greifen mussten, aber Sie haben uns keine Wahl gelassen.«

Die Drohne drängte sich durch ihn hindurch und drehte sich, bis der Lauf ihrer Waffe auf den nutzlos gewordenen Körper gerichtet war. Ein Blitz flammte auf, dann wurde alles schwarz.

Sunday hatte damit gerechnet, sich in ihrer Modularwohnung wiederzufinden. Stattdessen sah sie nun durch Chamas Augen auf zwei Hände in dicken Handschuhen hinab, die mit dem Gartenspaten Regolith beiseite schaufelten. Chama kniete schwer atmend auf dem Boden. Er hatte mitten in dem aufgewühlten Bereich mit dem Graben begonnen und bereits eine mannstiefe Grube ausgehoben. Der Anzug unterstützte ihn zwar, dennoch war die Arbeit anstrengend.

Neben der Grube stand eine Kopie von Mister Pei und redete beschwörend auf Chama ein. Eine weitere Drohne wartete in der Nähe. »Ich muss Sie auffordern, Ihr Tun einzustellen. Sie werden bereits Ärger bekommen, weil Sie unbefugt in unser Gebiet eingedrungen sind und sich einer Festnahme verweigern. Bitte erschweren Sie die Situation mit dieser unerlaubten Grabung auf chinesischem Boden nicht noch weiter.«

Chama warf eine Schaufel voll Regolith auf eine Seite der Grube. »Was passiert sonst, Mister Pei? Wollen Sie mich erschießen wie die beiden Golems? Das glaube ich nicht. Ich werde nämlich beobachtet. Es gibt Zeugen.«

»Wir sind uns sehr wohl bewusst, dass weitere Personen an diesem gravierenden Verstoß gegen das interplanetare Gesetz beteiligt sind«, erklärte Mister Pei. »Sie können versichert sein, dass gegen alle Straftäter in vollem Umfang gerichtlich vorgegangen wird. Und nun stellen Sie diese Tätigkeit bitte ein.«

»Ich bin noch da«, meldete sich Gleb.

»Ich auch«, fügte Sunday hinzu.

»Ich ebenfalls«, kam es von Geoffrey.

»Anwesend«, rief Jitendra begeistert. »Ist es in Chamas Helm nicht gemütlich?«

Mister Pei drehte sich zur Seite, als die beiden anderen Drohnen dazukamen und sich im Dreieck um den grabenden Mann positionierten. Nur ein Mister Pei war noch geblieben – die anderen Projektionen hatte man offenbar als überflüssig erachtet. »Aha«, sagte er. »Die Grenzbeamten.«

Ein Drache schlängelte sich durch das Vakuum, als folgte er unsichtbaren topografischen Linien. Er hatte den Körper einer purpurroten Schlange mit reichlich vielen Flügeln und Klauen und ein schnurrbärtiges Fuchsgesicht. Und er spuckte Feuer. In seinem Inneren befand sich ein rechteckiges Suborbitalflugzeug mit sechs Landebeinen und nach unten gerichteten Schubdüsen an der Unterseite.

»Sehr melodramatisch, Mister Pei«, spottete Sunday.

»Nicht der Rede wert. Das ist das Mindeste, was wir zu Ehren unserer ausländischen Gäste tun können.«

»Vielleicht wäre es ratsam, ein wenig schneller zu graben«, empfahl Sunday.

Gleich darauf war sie zurück in ihrer Wohnung und starrte auf einen Streifen Sonnenlicht, der über den Couchtisch fiel. Geoffrey, Gleb und Jitendra standen da wie Schlafwandler, im Geist waren sie noch woanders. Das Intermezzo dauerte eine Sekunde, dann war sie wieder bei Chama.

»Ich war einen Moment weg«, sagte sie. »Ich glaube, die Bandbreite wird gerade noch einmal reduziert. Hat es sonst jemand gespürt?«

»Eine Sekunde lang«, sagte Geoffrey. »Ich schätze, wir sollten uns nicht …«

Dann war er fort.

»Gleb und Jitendra haben sich ebenfalls verabschiedet, damit bleiben nur wir beide«, stellte Chama fest. »Solange die Verbindung noch hält.«

»Sie nehmen die Sache ernster, als ich gedacht hätte. Hast du schon etwas gefunden?«

Chama war vollauf mit Graben beschäftigt und antwortete nicht. Mister Pei sah ihm zu und schüttelte so enttäuscht den Kopf, als hätte sich das Geschehen in seinen Augen unendlich viel günstiger entwickeln können, wenn nur alle Beteiligten vernünftig gewesen wären und sich dem eisernen Willen der staatlichen Autorität gebeugt hätten.

Über ihnen peitschte der Drache in Zeitlupe mit dem

Schwanz. Auch seine ledrigen Fledermausschwingen bewegten sich lächerlich langsam für ein Ungeheuer von so gewaltiger Größe. Nun wölbte er den Hals und spie Flammen wie eine Comicfigur. Dann fuhr er seine vielen Klauen aus, landete und rollte sich rasch zusammen wie ein Python. Die Drachentarnung blieb noch ein paar Sekunden erhalten, um sich dann aufzulösen. Aus der schrägen Vorderseite des Grenzschutzflugzeugs wurde eine Rampe ausgefahren. In der Öffnung erschienen Gestalten in Raumanzügen, die mit beiden Händen eine Art von Gewehren dicht vor der Brust hielten, und marschierten in perfektem Gleichschritt wie eine gut gedrillte Balletttruppe die Rampe herunter.

»Ich denke, wir haben unseren Standpunkt deutlich gemacht«, sagte Sunday. »Vielleicht wäre es jetzt an der Zeit, an Kapitulation zu denken.«

Chamas Spaten traf auf ein Hindernis. Sunday spürte den Ruck, der durch den Anzug ging, über das Gewirr von Ching-Fäden, die das Sensorium mit ihrem Körper in der *Zone* verbanden.

»Mein Gott«, sagte sie.

»Warum bist du überrascht?«

»Ich bin es eben.«

»Was auf oder unter chinesischem Boden entdeckt wird, bleibt Eigentum des chinesischen Staates«, erklärte Mister Pei hilfsbereit.

Chama schaufelte fieberhaft weiter und legte allmählich frei, was der Spaten getroffen hatte. Die Grenzschutzbeamten kamen in langen Sätzen vom Transporter herübergesprungen. Sie waren nicht getarnt. In ihren gepanzerten Anzügen und mit den Waffen waren sie einschüchternd genug.

»Ich muss Sie noch einmal bitten, Ihre Tätigkeit einzustellen«, sagte Mister Pei.

Chama arbeitete unverdrossen weiter. Das Objekt kam in

Sicht. Es war ein rechteckiger Kasten, der in Längsrichtung lag. Die Drohnen hatten sich vor Mister Pei postiert, um besser hinunterschauen zu können. Chama holte das Objekt aus der Grube und stellte es zwischen zwei Regolithhaufen auf den Boden. Es war etwa so groß wie ein Schuhkarton und bestand aus glattem Metall. Chama fand den Öffnungsmechanismus trotz der plumpen Handschuhe erstaunlich mühelos. Der Deckel sprang auf. In der Box lagen viele lose Teile.

Mechanischer Schrott, Drähte und Kabel.

»Ich muss Sie bitten, sofort aufzustehen«, sagte Mister Pei. Seine Beamten nahmen Chama in die Mitte. Chama hob den Kopf, Sundays Blickfeld machte die Bewegung mit. »Schon gut«, sagte er. »Jetzt können Sie mich festnehmen.«

»Bitte lassen Sie den Gegenstand, wo er ist«, fuhr Mister Pei fort. Chama stemmte sich gehorsam zum Stehen hoch. Der Kasten samt Inhalt blieb zu seinen Füßen liegen.

»Was nun?«, fragte er.

»Kappen Sie bitte die Verbindung, bis die Auswertung abgeschlossen ist.«

»Kappen Sie sie doch selbst«, sagte Chama.

Mister Pei gab einem der Grenzschützer ein Zeichen. Der gesichtslose Bewacher drehte sein Gewehr, sodass der Schaft von ihm weg zeigte, und trat hinter Chama. Sunday sah ihn auf der hinteren Helmanzeige aufragen und sah auch, wie er den Schaft wie einen Hammer herabsausen ließ. Der Schlag warf Chama so heftig zu Boden, dass ihm die Luft aus den Lungen gepresst wurde.

»Es wird sich leider nicht vermeiden lassen, Sie behördlicherseits in Ihrer Bewegungsfreiheit einzuschränken«, erklärte Mister Pei.

Chama kämpfte sich auf die Knie hoch. Ein weiterer Bewacher trat vor und löste ein Gerät von seinem Gürtel, das wie ein kleiner Feuerlöscher aussah. Er richtete es auf Chama, senkte den Lauf so weit, dass keine empfindlichen Teile des Raumanzugs beschädigt werden konnten, und drückte ab. Ein silberweißer Strahl traf Chamas Brust und bildete sich dort zu einem platt gedrückten Seestern um. Aus dem Zentrum dieses obszönen Gebildes wuchsen Fühler nach allen Seiten und suchten nach Wegen ins Innere des Anzugs.

Chama versuchte, das Zeug wegzukratzen, aber es verklebte ihm die Finger und kroch rasch und mit der abstoßenden Schnelligkeit einer Amöbe über sein Handgelenk nach oben.

»Schätze, gleich gehen bei mir die Lichter aus«, seufzte er. »Seid alle schön artig, bis ich wiederkomme.«

Einer von Mister Peis Handlangern bückte sich und hob den Kasten aus der Grube. Dann nahm er den Inhalt heraus und hielt ihn mit zwei behandschuhten Fingern zur Begutachtung hoch. Auch Sunday konnte sich noch einmal ansehen, was in dem Kasten gewesen war. Sie hatte sich schon gefragt, ob ihre Augen ihr beim ersten Mal einen Streich gespielt hatten.

Es sah immer noch wie Schrott aus.

Dann riss die Ching-Verbindung ab, und sie fand sich in der *Zone* wieder.

Sunday sah ihre Freunde an. Sie zitterten alle. Konnten sie sich nicht zusammennehmen?, dachte sie. Mussten sie in Glebs Gegenwart ihre Nervosität so deutlich zeigen? Dann bemerkte sie, wie auch ihre Hände vor Aufregung bebten. Sie war keinen Deut besser.

»Sie werden schnell herausfinden, wer er ist«, sagte Gleb. »Chama hält nicht viel von Vorschriften, aber bevor er diesen Hopper starten konnte, musste er irgendeinen Flugplan einreichen.«

Sunday atmete hörbar aus. »Mir tut das alles entsetzlich leid. Wir hätten euch nie in diese Sache hineinziehen dürfen.«

»Chama hat die Initiative von sich aus ergriffen; du hast ihm keine Pistole an den Kopf gehalten. Und schließlich ist auch ein gewisses Eigeninteresse mit im Spiel.«

»Wobei wir uns zu nichts verpflichtet haben«, warnte Geoffrey.

»Halt den Mund, Bruder. Das ist ganz eindeutig *nicht* der richtige Moment.«

»Entschuldigung«, sagte er, und für einen Augenblick sah es fast so aus, als wollte er sich zurückhalten. »Aber es ist doch wahr«, fuhr er dann hartnäckig fort. »Wir haben Chama nicht gebeten, Kopf und Kragen zu riskieren, und jetzt sind wir schlechter dran als zuvor. Wir wissen immer noch nicht, was Eunice vergraben hat, und nun werden wir es wohl nie erfahren. Außerdem kann ich euch eines versichern: Über diesen Zwischenfall wird im ganzen System berichtet werden. Was glaubst du, wie lange die Cousins brauchen, um zwei und zwei zusammenzuzählen?«

Jitendras Blick war glasig geworden. »Ich gehe gerade die Newsfeeds durch. Noch ist nichts bekannt.«

»Es ist ja erst vor fünf verdammten Minuten passiert«, sagte Geoffrey.

»Vielleicht hält man es ja auch unter der Decke«, gab Sunday zu bedenken. »Die Chinesen machen nicht jeden Übergriff publik, um nicht den Eindruck zu vermitteln, sie könnten ihre *Geistermauer* nicht überwachen.«

»Für mich sah die Überwachung ziemlich effektiv aus«, schoss Geoffrey zurück. »Und seit wann bist du zum Experten für internationale Beziehungen geworden?«

»Kein Grund zur Häme, Bruder. Ich will nur sagen, dass du vielleicht schwärzer siehst als nötig.«

»Hoffentlich«, seufzte Gleb.

»Konntet ihr euch den Inhalt des Kastens genauer ansehen?«, fragte Jitendra so vergnügt, als hätten sie eben ein neues, erfreulicheres Kapitel aufgeschlagen.

Sunday schüttelte den Kopf. »Eigentlich nicht. Nur ganz kurz. Ehrlich gesagt sah es wie Schrott aus. Etwas Mechanisches, wie ein Teil einer größeren Maschine. Wenn du mich fragst, hätte es einer deiner zerlegten Roboter sein können.«

»Das bringt uns nicht viel weiter«, sagte Geoffrey.

»Chama hat mehr gesehen als ich. Vielleicht hat es gereicht.«

Geoffrey legte die Hände auf den Tisch und spreizte die Finger, als wollte er Klavier spielen. »Also gut. Lasst uns Bilanz ziehen. Wir haben soeben an einem *Verbrechen* teilgenommen.«

Sunday musste zugeben, dass schon das Wort einen verführerischen Klang hatte. Ein Verbrechen begangen zu haben war sogar in der *Überwachungsfreien Zone* – oder zumindest aus ihr heraus – eine große Seltenheit.

»Ja«, sagte sie. »Das haben wir. Ein Verbrechen. Wir sind zu *Kriminellen* geworden.« Das Wort fühlte sich seltsam an, wie ein unbekannter Fluch. »Global betrachtet war es aber lediglich ein kleines Verbrechen. Niemand wurde verletzt. Nichts wurde beschädigt. Wir haben nicht in böswilliger Absicht gehandelt. Wir wollten nur … etwas holen, was uns gehörte.«

»Sind wir hier definitiv in Sicherheit, oder werden die Chinesen die Ching-Pakete zurückverfolgen können?«, fragte Geoffrey.

»Sie sind gut«, sagte Sunday, »aber unsere blinden Gateways müssten für Anonymität sorgen. Auf internationaler Ebene könnten sie rückwirkend eine Verfügung auf Herausgabe der Daten erwirken, ich glaube jedoch nicht, dass es dazu kommen wird – wir haben unbefugt die Grenze überschritten, das ist alles; wir haben nicht etwa einen Staatsstreich geplant.« Sie hielt inne und schluckte. »Natürlich könnten sie Chama einfach *befragen* …«

»Wie lange wird er bei einem Verhör wohl standhalten?«, überlegte Geoffrey.

Gleb warf ihm einen Blick zu. »Ich bitte dich.«

»Entschuldige. Aber ich glaube, wir müssen diese Frage stellen.«

»Mein Bruder hat leider recht«, sagte Sunday. »Chama hat vielleicht keine körperlichen Unannehmlichkeiten zu befürchten, aber bei einer umfassenden neuronalen Intervention wird er nicht viel zurückhalten können. Aber dazu muss es nicht kommen. Die Chinesen sind keine Dummköpfe. Sie wollen die Sache sicherlich nicht unnötig hochspielen.«

»Hoffentlich«, sagte Geoffrey.

Ein Ching-Symbol erschien in ihrem Sichtfeld. Anrufer: Hector Akinya. Ausgangsort: Familiensitz Akinya, Ostafrikanische Föderation, Erde.

Sie stöhnte. »Viel schlimmer kann es nun wirklich nicht mehr werden. Nun will auch noch Hector mit mir sprechen.«

»Gibt es einen Grund, warum du diesen Anruf normalerweise nicht annehmen würdest?«, fragte Geoffrey.

»Wenn Hector und ich miteinander reden müssen, was selten genug vorkommt, chingen wir gewöhnlich auf neutrales Gebiet. Aber wenn ich ablehne, sieht es komisch aus. Jitendra – geh in die Küche und mach uns Kaffee. Gleb, könntest du ihm vielleicht helfen? Ich glaube, wir könnten alle eine Tasse vertragen.«

Die beiden verschwanden, und sie gab den subvokalen Befehl, der die Projektion so entstehen ließ, dass auch Geoffrey sie sehen konnte. Hector lächelte ihnen zu und musterte die Umgebung mit einer Mischung aus Entsetzen und der unbeteiligten Faszination eines Anthropologen. »Welch seltene Ehre«, sagte er. »Ich hatte bisher kaum je das Vergnügen, die *Überwachungsfreie Zone* zu besuchen, geschweige denn dein Quartier.«

»Mein Zuhause«, verbesserte Sunday. »Und du bist hier nur bis auf Widerruf geduldet.«

»Nun, die Rolle des notleidenden Künstlers wirkt vermutlich nur überzeugend, wenn man sie bis zum härenen Hemd durchhält. Wie geht es dir überhaupt? Und wie steht es mit dir, Geoffrey? Wir machen uns allmählich Sorgen. Von euch beiden hat man schon ziemlich lange nichts mehr gehört.«

»Lass dir unseretwegen keine grauen Haare wachsen«, beschwichtigte ihn Geoffrey.

»Oh, das ganz sicher nicht. Und das gilt auch für Lucas. Ihm geht es übrigens blendend, das Bein heilt gut, und dein Wohlergehen liegt ihm nicht weniger am Herzen als mir. Wolltest du dich nicht bei uns melden?«

»Ich sagte doch, ich wollte mir noch einiges ansehen, bevor ich zur Erde zurückkehre«, rechtfertigte sich Geoffrey.

»Das musst du unbedingt.« Es klang so, als wäre ein solches Ansinnen an Erbärmlichkeit nicht zu überbieten. »Aber du wirst sicher auch verstehen, dass wir … ich will nicht sagen, dass wir ungeduldig sind, wir halten es jedoch für zwingend notwendig, diese Angelegenheit möglichst schnell und sauber abzuschließen.«

»Um was für eine Angelegenheit geht es denn, Cousin?«, fragte Sunday.

»Ein gewisses Maß an Intelligenz kannst du mir schon zutrauen, Cousine. Dein Bruder ist bei dir, und wir fangen Berichte über einen diplomatischen Zwischenfall auf, der sowohl mit einem deiner Bekannten wie mit einem Teil des Mondes in Zusammenhang steht, zu dem unsere Großmutter eine unmittelbare Beziehung hatte – glaubst du wirklich, dass ich solche Verbindungen nicht registriere?«

»Du bist sehr scharfsinnig, Hector«, lobte Sunday.

»Man tut, was man kann.«

»Leider gibt es keine solche Verbindung.« Sie nahm all ihren Mut zusammen. »Ja, Geoffrey hat mir von dem Handschuh erzählt, der euch alle in solche Aufregung versetzt. Ich habe ihm das Geheimnis entlockt. Aber damit hat sich die Sache. Dieser … wie hast du dich ausgedrückt? Ein diplomatischer Zwischenfall? Damit haben wir nichts zu tun.«

»Unsere Quellen berichten, dass ein enger Freund von dir verhaftet wurde.«

»Ich habe Hunderte von engen Freunden. Aber was sie anstellen, ist ihre Sache.«

»Und der seltsame Zufall, dass dieser Freund – er heißt übrigens Chama Akbulut – ganz in der Nähe der Stelle festgenommen wurde, wo unsere Großmutter einst abgestürzt ist?«

»Zufall, Hector – genau wie du sagst. Über was für einen Absturz reden wir eigentlich?«

Hector setzte zum Sprechen an, presste jedoch die Lippen zusammen und schüttelte tief enttäuscht ganz langsam sein mächtiges Haupt. Dann richtete die Projektion ihren Blick drohend auf Sundays Bruder. »Das ist alles sehr bedauerlich, Geoffrey. Du hättest deiner Schwester nichts davon erzählen dürfen. Das allein war schon ein klarer Verstoß gegen unsere Abmachung.«

»Mein Bruder ist ein lausiger Lügner«, sagte Sunday. »Im Übrigen seid ihr selbst schuld, warum habt ihr ihn überhaupt unter einem falschem Vorwand zu mir geschickt? Ich rate euch gut, auch einzuhalten, was ihr ihm versprochen habt.«

»Das wird davon abhängen, ob du uns den Handschuh unversehrt zurückbringst und ob du in Zukunft rückhaltlos und aufrichtig mit uns kooperierst«, gab Hector zurück.

»Ihr kriegt euren verdammten Handschuh«, knirschte Geoffrey.

Hector nickte. »Nichts anderes habe ich erwartet. Aber was ich eben sagte, war ernst gemeint, und es gilt genauso für dich, Sunday. Lucas und ich verlangen vollständige Transparenz.«

Damit verschwand die Projektion. Sunday starrte auf die

Stelle, wo Hector eben noch gestanden hatte. Sie hatte das Gefühl, immer noch von seinem bösen Geist beobachtet zu werden.

»Du hättest den Ching ablehnen können«, sagte Gleb, der sich wieder aus der Küche wagte.

»Damit es aussieht, als hätten wir etwas zu verbergen?« Jitendra brachte den Kaffee herein. Sunday nahm gerne eine der dampfenden Tassen entgegen, obwohl ihre Nerven es ihr nicht danken würden. »Nein. Ich musste die Verbindung entgegennehmen.«

Ihr Bruder kratzte sich den Krauskopf. »Wie hat Hector das nur so schnell herausgefunden?«

»Er sagte doch, er hat seine Quellen. Wir machen Geschäfte mit den Chinesen, wieso sollte Hector da nicht den einen oder anderen Freund auf der anderen Seite der *Geistermauer* sitzen haben? Wer weiß, womöglich reichen die Beziehungen bis zu Mister Pei hinauf.«

»Sollten wir nicht vielleicht jemanden anrufen?«, fragte Gleb. »Ich meine, mein Mann wurde eben verhaftet.«

Sunday spürte, wie sich ihr Magen verkrampfte. Chama war ihr Freund, aber Gleb hatte soeben erleben müssen, wie der Mensch, den er im Universum am meisten liebte, festgenommen und inhaftiert wurde. Die beiden Zoowärter waren schon sehr lange ein Paar, sie kannte keine Ehe, die stabiler gewesen wäre. Selbst wenn sie sich vorstellte, dass Jitendra in der gleichen Lage wäre wie Chama, wäre das wohl nicht mit dem zu vergleichen, was Gleb gerade durchmachte. Das war die Wahrheit, auch wenn es ihr dabei kalt den Rücken hinunterlief.

Andererseits erlebte Chama so etwas nicht zum ersten Mal. Was übrigens auch auf Gleb zutraf.

Draußen klirrte die Außentreppe, Schritte kamen herauf. »Die Behörden können es nicht sein«, sagte sie ruhig. »Es gibt nichts, was uns mit dem Grenzzwischenfall in Verbindung bringen könnte.«

»Es sei denn«, überlegte Jitendra, »dein Cousin hätte die Information weitergegeben.«

Geoffrey schlug die Hände vor das Gesicht. »Das Ganze war von Anfang an ein schrecklicher Fehler.«

»Etwas mehr Rückgrat, Bruder. Man kann uns nicht ohne Verfahren verhaften oder ausliefern, und nicht wir sind diejenigen, die auf der anderen Seite der *Geistermauer* bis zum Hals in der Scheiße sitzen.«

Jemand klopfte an die Tür. Sunday glaubte, den Rhythmus zu erkennen. »Machen Sie bitte auf«, verlangte eine Frauenstimme, die ihr ebenfalls bekannt vorkam.

Sie stellte die Kaffeetasse ab und zwang sich zur Ruhe. Sie hatte zwar den anderen leichthin versichert, eine Verhaftung sei ausgeschlossen, tatsächlich war sie sich dessen längst nicht so sicher. Die territoriale Souveränität der Chinesen zu verletzen war keine Kleinigkeit. Es war durchaus möglich, dass die »übliche« Vorgehensweise diesmal nicht eingehalten würde.

Sie öffnete die Tür. Draußen stand eine Frau in einer Bluse mit Stehkragen, einem schlichten langen Rock und mit einem Gesicht, das Sunday nicht kannte.

»Ich bin June«, verkündete dieses Gesicht.

»Wer sagt mir, dass das auch stimmt?«

»Niemand. Lassen Sie mich trotzdem eintreten.«

Sunday gab dem Stellvertreter den Weg frei und schloss die Tür. Das Gesicht zerfloss wie eine Dali-Uhr und konfigurierte sich neu. Jetzt stand June Wing vor Sunday. Der Ching war ein Plexus-Claybot ähnlich dem Prototyp, den Sunday auf der Erde gesteuert hatte.

»Das soll vermutlich kein Höflichkeitsbesuch sein?«, fragte Sunday.

Der Claybot zog den Rock zurecht und setzte sich. »Nehmen Sie es mir nicht übel, aber da haben Sie ein schönes Durcheinander angerichtet. Was hatte Chama Akbulut denn nun genau hinter der *Geistermauer* zu suchen?«

»Je weniger Sie darüber wissen, desto besser«, sagte Jitendra.

»Dann frage ich eben noch einmal.«

Sunday sah zuerst Jitendra, danach Gleb und ihren Bruder und schließlich wieder den Golem an. Ihr Magen hatte sich inzwischen so heillos verknotet, dass er einem Topologen Stoff für eine ganze Doktorarbeit hätte liefern können. Sie war erstaunt, dass sich die Nachricht so schnell herumgesprochen hatte, aber eigentlich hätte sie damit rechnen müssen. Es gab nicht nur zwischen *Akinya Space* und China kommerzielle Verbindungen, auch Plexus hatte seine Beziehungen und seine Insiderkontakte.

»Er wollte etwas ausgraben, was uns gehört«, sagte sie. »Meiner Familie. Es geht niemanden sonst etwas an.«

»Das war also eine ganz spontane Aktion? Und warum hat Chama gegraben und nicht Sie?«

»Chama hat einseitig …«, begann Gleb.

»Er möchte, dass Sie in seiner Schuld stehen?«, zischte June Wing. »Ja, ich kenne Chamas Methoden. Dreist und … was ist das Gegenteil von risikoscheu? Tollkühn bis zur Selbstaufgabe?«

»Die Chinesen wollen deshalb doch sicher kein diplomatisches Unwetter riskieren«, schaltete sich Jitendra ein.

»Nein«, stimmte June Wing zu. »Aber das ist im Moment auch das Einzige, was zu Ihren Gunsten spricht.«

»Meine Familie wird intervenieren«, behauptete Sunday.

»Nur, wenn Ihre Freiheit unmittelbar bedroht wäre und vielleicht nicht einmal dann«, schränkte June Wing mit eisiger Logik ein. »Mit Chama haben Ihre Leute nichts zu tun, warum sollten sie für ihn auch nur einen Finger rühren?«

»Sie könnten tatsächlich eingreifen, um zu verhindern, dass

ein Familiengeheimnis an die Öffentlichkeit gezerrt wird«, sagte Gleb.

Der Golem nickte lebhaft. »Ja, Optimismus ist eine wunderbare Sache und sollte bei jungen Menschen unbedingt gefördert werden. Aber nach allem, was ich höre, hat Chamas Aktion nichts Brauchbares ergeben.«

»Sie wissen eine ganze Menge«, staunte Geoffrey.

»Ich bin June Wing.« Das klang, als müsste diese Erklärung jedem vernünftigen Menschen genügen.

»Dann müssen die Chinesen Chama laufen lassen«, sagte Gleb. »Sie können ihn nicht einsperren, bloß weil er in der Erde gebuddelt hat.«

»In dem Kasten lag etwas«, erklärte Sunday. »Ich habe es mit eigenen Augen gesehen. Wahrscheinlich war es nichts als Schrott, aber es war nicht ›nichts‹. Und wer weiß, was das Zeug für Eunice bedeutet hat oder welche Bedeutung die Chinesen dahinter vermuten?«

»Wir gehen folgendermaßen vor«, entschied June Wing in einem Ton, der keinen Widerspruch duldete. »Wir lassen den Chinesen Zeit zu reagieren. Mindestens einen Tag. Vielleicht auch zwei oder drei. Wenn bis dahin keine Annäherungsversuche von der *Geistermauer* zu verzeichnen sind, die uns Hoffnung machen, werden wir sehen, ob wir Mittel und Wege finden, um sanften wirtschaftlichen Druck auszuüben.«

»Und das funktioniert?«, fragte Geoffrey.

»Sie dürfen bloß nicht den Eindruck haben, sie würden in die Enge getrieben. Sie verwenden Milliarden von Plexus-Maschinen, und wir liefern und warten diese Anlagen zu sehr günstigen Konditionen. Sie werden sich gut überlegen, ob sie dieses Arrangement aufs Spiel setzen wollen.«

»Ich habe meinerseits große Zweifel, dass Plexus einen lukrativen Kontrakt platzen lassen würde, um den Freund eines Freundes zu retten«, konterte Geoffrey. Das trug ihm einen strafenden Blick von Sunday ein. Solche Bemerkungen fand sie nicht sehr hilfreich.

»So weit würde es nicht kommen«, antwortete June Wing ungerührt. »Beide Seiten haben ein ausgeprägtes Interesse an der Aufrechterhaltung guter Beziehungen.«

»Mir macht viel mehr Sorgen«, sagte Sunday, »wie hoch wir in Ihrer Schuld stehen, wenn sie Chama aus dem Schlamassel herausholen.«

»Sie brauchen lediglich Ihre Familie im Zaum zu halten, Sunday. Alles andere können Sie mir überlassen, dann werden am Ende alle zufrieden sein. Aber erwarten Sie nicht, dass Plexus Sie aus dem Dreck zieht, wenn *Akinya Space* mit Drohungen und Sanktionen dazwischenfunkt.«

Sunday schüttelte den Kopf. »Ich habe leider keinen Einfluss auf die Cousins. Wir können nur hoffen, dass Hector mir meine Geschichte abgekauft hat und nicht mehr an irgendeinen Zusammenhang zwischen Chama und dem Handschuh glaubt.«

»Wobei Sie mir von Letzterem kein Wort erzählt haben.«

»Eins nach dem anderen, June«, gab Sunday zurück.

June Wing wollte antworten oder schien zumindest im Begriff dazu. Doch plötzlich erstarrte ihr Gesicht zu Eis, und der Golem saß vor ihnen wie eine Wachsfigur. Aus dem Claybot war alles Leben gewichen.

»June?«, fragte Jitendra.

»Die Ching-Verbindung muss abgerissen sein«, vermutete Sunday. »June befindet sich außerhalb der *Zone*. Könnten die Chinesen den Kanal blockieren?«

»Das wäre zu plump, aber du hast ja gesehen, wozu sie in der Lage sind.«

Das Gesicht geriet in Bewegung und füllte sich wieder mit Leben. Form und Farbe der Kleidung des Claybot veränderten sich. Nun saß in einem meergrünen Seidenanzug ein Mann unbestimmten Alters und unbestimmbarer ethnischer Herkunft vor ihnen. Er hatte ein auffallend nichtssagendes Gesicht, so ohne jede Individualität, als hätte man den mathematischen Durchschnitt aller Männergesichter gebildet. Die Haut war von einem unnatürlichen Perlgrau, wie es außerhalb einer Leichenhalle an keinem Menschen zu finden war. Die großen dunklen Augen hatten keine Pupillen, sondern waren wie Löcher in eine Maske gestanzt.

»Sie kennen mich nicht«, sagte er mit einem wohlwollenden Lächeln, »aber wir werden uns schon bald näher kennenlernen.«

»Wer sind Sie?«, fragte Sunday. »Und wie zum Teufel kommen Sie dazu, sich in ein Gespräch zu drängen?«

»Ich habe eine günstige Gelegenheit genützt.« Der Mann streckte ihr Verzeihung heischend die flachen Hände entgegen. »Eine Ching-Verbindung war offen, ein quantenverschlüsselter Kanal zugewiesen. Anstatt mich mit den lästigen Formalitäten zur Eröffnung einer neuen Verbindung herumzuschlagen, habe ich die übernommen, die bereits vorhanden war.«

»Ich dachte, unser Datenverkehr wäre sicher«, sagte Jitendra.

»Mehr oder weniger«, antwortete der Mann nach kurzer Verzögerung. Beim Lächeln zeigte sich, dass er anstelle eines Mundes eine leere Höhle ohne Zähne und Zunge hatte.

»Es sind die Pans.« Geoffrey hatte sich an Gleb gewandt. »Nicht wahr? Du hast mir doch erzählt, dass die Pans imstande sind, vor aller Augen quantenverschlüsselte Kanäle und Verbindungen zu manipulieren.«

»Möglich wäre es«, bestätigte Gleb. Es klang, als hätte er lieber eine andere Antwort gegeben.

»Sie können mich Truro nennen«, sagte der Mann. »Und Sie haben recht, ich spreche tatsächlich für die *Panspermische Initiative*. In welcher Eigenschaft ich hier bin, wäre im Moment nicht so einfach zu erklären.«

»Er ist verzögert«, flüsterte Sunday. »Ich beobachte die ganze Zeit seine Reaktionen. Er bemüht sich im Voraus zu erraten, was wir sagen werden, aber er kann es nicht ganz verbergen. Wahrscheinlich chingt er von der Erde oder aus einer erdnahen Umlaufbahn.«

»Mit meinem derzeitigen Aufenthaltsort brauchen wir uns nicht zu befassen«, sagte Truro. »Aber ich beglückwünsche Sie zu Ihrem Scharfblick.«

»Was wollen Sie von uns?«, fragte Sunday. Gleb hatte offensichtlich nicht vor zu verraten, ob er den Mann kannte.

»Nichts. Und das meine ich wörtlich. Es bedeutet, ich möchte, dass Sie nichts tun und nichts sagen. Ich kann nicht genug betonen, wie wichtig das ist. Ich begreife sehr wohl, in welcher Lage Sie sich befinden – wie denn auch nicht, schließlich ist Chama Akbulut einer von uns –, aber es werden bereits Schritte unternommen, um das Problem zu lösen.«

»Ich glaube, wir haben alles im Griff, vielen Dank«, sagte Geoffrey.

»Und ich glaube, Sie begreifen nicht ganz, wie weit Sie bereits in die Sache verwickelt sind. Chama ist mit dieser Aktion ein beträchtliches persönliches Risiko eingegangen. Ihm drohen nicht nur körperliche Schäden, sondern auch eine Gefängnisstrafe. Ihnen musste doch klar gewesen sein, dass er Sie mit seinem selbstlosen Einsatz zu seinen Schuldnern gemacht hat?«

»Chama hat uns nicht gefragt, ob wir das wollen«, stellte Geoffrey fest.

»Das ist richtig«, bestätigte Gleb. »Chama hat auf eigene Faust gehandelt. Keiner von uns hätte zugestimmt. Mich eingeschlossen.«

»Trotz alledem …« Truro war von diesem Einwand sichtlich unbeeindruckt. »… mussten Sie doch damit rechnen, dass Chama sich so verhalten würde, nachdem man ihm die Situation geschildert hatte.«

»Sie meinen, wir haben ihn dadurch, dass wir ihm unser Geheimnis mitteilten, zu dieser Aktion angestiftet?«, fragte Sunday.

»Sie kennen seinen Charakter und müssen gewusst haben, wie groß die Wahrscheinlichkeit war. Und als sich die Gelegenheit dann tatsächlich bot, haben Sie alle ihn noch bestärkt, indem sie ihn zur *Geistermauer* begleitet haben.«

»Wir wollten ihn nicht bestärken!«, verteidigte sich Jitendra empört. »Wir wollten ihm die Sache ausreden!«

»Bis ganz zum Schluss?«

»Wir waren um sein Wohlergehen besorgt«, beteuerte Sunday. »Wir wollten ihn so lange wie möglich im Auge behalten.«

»Dennoch stehen Sie in seiner Schuld. Chama und Gleb vertreten nicht die gesamte *Initiative*, aber sie haben ganz richtig erkannt, dass Geoffreys Arbeit für ihr eigenes Projekt von großer Bedeutung ist.« Truro warf einen Blick durch den Raum. Das Lächeln teilte sein Gesicht immer noch wie ein schwarzer Schlitz. »Wir verfügen über gewisse ... Druckmittel. Die Chinesen spüren seit Jahrzehnten den kalten Hauch der Geschichte im Nacken. Sie hatten eine eineinhalb Jahrhunderte währende Glanzzeit, der krönende Abschluss nach dreitausend Jahren ununterbrochener Souveränität. Sie haben Großartiges geleistet. Doch was nun? Indien hat seinen Aufstieg bereits hinter sich, jetzt ist Afrika an der Reihe. Das Rad dreht sich weiter. Das Problem ist, dass ein Staat wie dieser nicht auf der Stelle treten kann. Die Chinesen brauchen neue Ziele. Was tun sie also? Sie greifen zurück auf das, was sie immer am besten konnten. Sie denken in großen Zeiträumen und entwickeln hochfliegende imperiale Ambitionen. Dass die *Panspermische Initiative* ihrer Aufmerksamkeit nicht entgangen ist, versteht sich von selbst. Der *Grüne Frühling* ist ein generationenübergreifendes Unternehmen, in das sie sich wirklich verbeißen können. Von allen Mitgliedstaaten der Land- wie der Himmelsgruppierungen hat China von jeher die besten Beziehungen zu den Vereinigten Wasser-Nationen.«

»Und inwiefern hilft uns das weiter?«, fragte Geoffrey.

»Einfach ausgedrückt: Uns ist sehr daran gelegen, die Chinesen nicht vor den Kopf zu stoßen, und sie sind sehr darauf bedacht, uns nicht zu kränken. Man weiß ja nie, vielleicht müssen wir für eine *schrecklich* lange Zeit zusammenarbeiten. Wie auch immer, beide Seiten sind gerade äußerst vorsichtig, was den nächsten Schritt angeht, sie wollen nicht den kleinsten Fehler machen, der künftige Manöver gefährden könnte. Deshalb macht uns Chamas kleiner Ausflug so große Schwierigkeiten. Die aber, wie ich hoffe, nicht unüberwindlich sind.«

»Sie sagten, wir sollten nichts tun«, erinnerte ihn Sunday.

»Schon bald, Sie können die Uhr danach stellen, werden die zuständigen Grenzbehörden die Anweisung erhalten, bei Chama außergewöhnliche Milde walten zu lassen. Man wird ihn auf freien Fuß setzen, und dann können wir diesen unseligen Zwischenfall abschließen.« Er beugte sich vor und fuhr eindringlich fort. »Aber die Verhandlungen sind heikel. Eine falsche Intervention von *Akinya Space* oder Plexus könnte den ganzen Prozess entgleisen lassen. Mit womöglich katastrophalen Folgen. Sie möchten Ihren Freund doch wiedersehen, nicht wahr? Mit halbwegs intakten Erinnerungen? Dann tun Sie nichts.«

»Wir wollen hoffen, dass Sie recht behalten«, sagte Geoffrey.

»Ich irre mich nie«, behauptete Truro. Und nun sah er Geoffrey und nur Geoffrey an. »Ich werde wieder auf Sie zukommen, Mister Akinya. Wegen der Elefanten. Ich bin sicher, vor uns liegt eine lange und fruchtbare Zusammenarbeit.«

Der Golem erschlaffte und sank kurz in sich zusammen, dann wurde er wie mit unsichtbaren Fäden wieder ins Leben zurückgeholt. Das Gesicht durchlief die vorab geladenen Permutationen, Kleidung und Haare flimmerten und zitterten, ein schlürfendes Rascheln begleitete die Verwandlung. Dann war June Wing wieder da.

»Soeben ist etwas Ungeheuerliches passiert«, sagte sie empört.

June Wing war ganz offensichtlich nicht gewohnt, entführt zu werden.

Die Robot-Proktoren der lunar-afrikanischen Regierung hatten den grauen Stahlglanz von teurem schwedischem Besteck. Ihre Helme waren verchromt, die Gesichter leere schwarze Fechtmasken. Sie töteten zwar nicht, verfügten aber über unzählige nicht tödliche Methoden, um sich Respekt zu verschaffen. Viele davon waren außerordentlich unangenehm und durchaus imstande, das Zentralnervensystem dauerhaft zu schädigen.

Aus dem Gesichtsgitter des ersten Roboters dröhnte eine synthetische Stimme. »Wer von Ihnen ist Gleb Ozerov?«, fragte er.

»Das bin ich«, antwortete Gleb zaghaft.

»Gleb Ozerov, die lunare Justiz überträgt Ihnen hiermit das Sorgerecht für dieses Individuum. Erklären Sie Ihr Einverständnis.«

»Ich bin einverstanden«, beteuerte Gleb. »Ich bin ganz ausdrücklich einverstanden. Vielen Dank. Das geht in Ordnung.«

Das war natürlich nicht alles, aber die weiteren Bedingungen für Chamas Freilassung waren in einem langen, mit unzähligen Klauseln gespickten ER-Dokument zusammengefasst, das sein Mann vor der Übergabe bereits gelesen und akzeptiert hatte.

In Anbetracht der denkbaren Konsequenzen war nicht zu bestreiten, dass sie glimpflich davongekommen waren. Nachdem man Chama acht Stunden festgehalten und verhört hatte, war er mit einem Suborbitalflugzeug nach Copetown zurückbefördert und in die Obhut der Proktoren überstellt worden. Die Roboter hatten ihn zum Bahnhof gebracht und in den nächsten Zug gesetzt. Chama stand immer noch lammfromm zwischen seinen Wärtern, als Sunday, Geoffrey, Jitendra und Gleb ihn an der Trambahnhaltestelle abholten.

»Wow«, hatte Sunday geflüstert. »Die meinen es ja wirklich ernst. Das ist das erste Mal, dass ich einen solchen Proktor überhaupt zu Gesicht bekomme. Ich glaube, die Dreckskerle werden erst zusammengebaut, wenn sie irgendwo gebraucht werden.«

»Sie konnten einem Angst machen«, bestätigte Geoffrey.

»Das sollten sie auch«, gab Sunday zurück.

Wenn man die Standardformulierungen wegließ, waren die Bedingungen großzügig. Man hatte Chama nicht vor Gericht gestellt, ihm aber eine offizielle Verwarnung erteilt, die bis weit ins nächste Jahrhundert in seiner Akte bleiben würde. Für die kommenden zehn Jahre wurde ihm untersagt, sowohl auf dem Mond wie überall sonst im System chinesisches Territorium zu betreten. Außerdem wurde er verpflichtet, für die nächsten hundert Jahre die *Überwachungsfreie Zone* nicht zu verlassen, eine milde Form einer Gefängnisstrafe, bei der auch der Einsatz von passivem Ching oder Vertreterkörpern verboten war. Jegliche Kommunikation mit Individuen außerhalb der *Zone* würde routinemäßig von Maschinen und Menschen überwacht und analysiert werden.

Davon abgesehen war Chama theoretisch »frei«.

Sunday hatte Bedenken geäußert, ob sie ihn abholen sollten, sie fürchtete, dadurch mit dem Grenzzwischenfall in Verbindung gebracht zu werden. Doch Jitendra versicherte ihr, sie hätte nichts zu befürchten. »Auch wenn Chama ohne unser Zutun in die Sache hineingeschlittert wäre«, argumentierte er, »hätte man uns inzwischen mit hineingezogen. Schließlich sind wir seine Freunde.«

»Hoffentlich hast du recht.«

»Natürlich hat er recht«, sagte Gleb. »Trotzdem vielen Dank, dass ihr mitgekommen seid. Diese Proktoren waren mir nicht geheuer.«

»Das ging uns allen so«, sagte Sunday.

In den ersten Minuten nach der Übergabe war Chama auffallend schweigsam. Vielleicht konnte er noch nicht ganz fassen, dass er nicht mehr in Haft war. Die *Überwachte Welt* hatte seine Freilassung und die Deportation in die *Zone* in vollem Umfang miterlebt. Chama mochte nur einen kleinen Freundeskreis haben, aber für Hunderte seiner Mitbürger war er eine bekannte Persönlichkeit, und alle wollten wissen, warum ihn die bedrohlich aussehenden Roboter an der Tramhaltestelle abgesetzt hatten. Auf dem Weg zum Taxistand wurden die fünf von allen Seiten mit Fragen bestürmt. Außerdem chingten Gratulanten herein, und die geisterhafte Schar umdrängte Chama und seine Freunde wie ein dichter Nebel aus kalter, dunkler Materie.

»Dadurch wird es uns nicht leichter fallen, Hector und Lucas etwas vorzumachen«, klagte Geoffrey, während sich das Taxi durch den Stadtverkehr kämpfte.

»Die beiden können mir gestohlen bleiben«, wetterte Sunday. »Hector hat nur aus Schadenfreude angerufen. Er würde niemals einen Finger rühren, um uns zu helfen.«

»Sie werden mich trotzdem in die Mangel nehmen, wenn ich zurückkomme.«

»Dann präge dir deine Geschichte gut ein. Du hast einen Handschuh gefunden, das ist alles. Wenn Hector und Lucas an einen Zusammenhang mit den Geschehnissen im Pythagoras glauben wollen, ist das ihre Sache. Wir brauchen ihnen nicht auf die Sprünge zu helfen.«

»Was ist damit?«, fragte Jitendra und öffnete die Faust. Er hatte die bunten Steine mitgebracht. »Reisen sie mit Geoffrey zurück oder nicht?«

Sunday griff ihm über die Schulter und streifte sie in ihre Hand. »Sie bleiben bei mir. Du solltest sie eigentlich nicht einmal aus der Wohnung mitnehmen.«

»Wir sind doch alle weggegangen«, rechtfertigte sich Jitendra. »Ich hatte Bedenken, dass jemand in unserer Abwesenheit dort alles auf den Kopf stellen könnte.«

»Ach so.« Sundays unglücklicher Tonfall verriet, dass sie diese Möglichkeit noch gar nicht in Betracht gezogen hatte.

Geoffrey und Jitendra saßen vorne, Chama und Gleb im Fond. Chama trug immer noch den harten Raumanzug. Den Helm hielt er auf dem Schoß, er umschlang ihn mit den Armen und stützte das Kinn auf die Ausbuchtung im Scheitelbereich. Die Chinesen hatten den Anzug sorgfältig gereinigt. Er glänzte wie neu.

»Sie waren offenbar sehr gründlich«, bemerkte Geoffrey.

Chamas Kopf bewegte sich über dem Halsring auf und ab. »Gründlich genug.«

»Und sie sind wohl dabei geblieben, dich nichts von dem behalten zu lassen, was du da draußen ausgegraben hattest«, vermutete Sunday.

Chama sah sie mit tiefem Bedauern an. »Ich wollte mein Glück nicht strapazieren. Schließlich musste ich froh sein, dass sie mich laufen ließen.«

»Es wäre niemals gut gegangen«, sagte Geoffrey. »Was haben wir denn tatsächlich gewonnen? Wir sind mit dem Grenzschutz aneinandergeraten, stehen in Truros Schuld und haben ein paar neue graue Haare bekommen.«

»Was ihr gewonnen habt, müsst ihr selbst herausfinden.« Chama drehte den Helm um und wühlte in der offenen Halspartie. »Hier. Macht damit, was ihr wollt.«

Er reichte Sunday einen steifen weißen Zylinder, der aussah wie das Segment eines Bambusrohrs.

Sie begriff erst mit Verzögerung, dass es Papier war, fest zusammengerollt und mit einem Gummiband fixiert. Sunday zog das Gummiband ab und zog die Rolle vorsichtig auseinander. Es waren etwa ein Dutzend Blätter, nur lose übereinandergelegt. Das Papier fühlte sich so spröde an, als wollte es bei der kleinsten Berührung zerfallen. Der Text war auf Englisch, das sah sie an den Worten, obwohl es ihr schwerfiel, die Sätze zu zergliedern. Auch als ihre Augen einen Suaheli-Filter über die Seite legten, wurde sie nicht schlau daraus.

Sie blätterte die Seiten durch. »Hat das Ganze irgendeine Bedeutung?«, fragte sie.

»Sag du es mir«, erwiderte Chama. »Es war das Einzige, was in dem Kasten lag.«

Geoffrey sah sich im Taxi um. »Wir wissen, was in dem Kasten lag, Chama. Wir haben es gesehen. Es war Schrott, keine Rolle Papier. Wenn wir eine Rolle Papier gesehen hätten, wüssten wir das.«

Chama seufzte. »Der Schrott war für die Chinesen bestimmt. Ich dachte mir, sie würden alles beschlagnahmen, was ich beim Graben fände, deshalb habe ich vorsorglich etwas mitgenommen. Als ihr euch in meinen Sinnesraum eingechingt habt, hatte ich den Kasten bereits einmal geöffnet und das Papier durch den Schrott ersetzt. Ist euch nicht aufgefallen, wie leicht es mir gefallen ist, den Deckel zu öffnen, so als wüsste ich genau, wo ich hinzugreifen hatte?«

»Du konntest nicht wissen, dass du damit durchkommen würdest«, sagte Geoffrey.

»Wer nicht bereit ist, das eine oder andere Risiko einzugehen, kommt nicht weit im Leben. Daher musste ich den Kasten öffnen und den Inhalt austauschen, ohne dass die Drohnen mich dabei allzu genau beobachten konnten. Das war gar nicht so schwierig, die Drohnen wollten mir nicht zu nahe kommen, schließlich sind sie im Grunde nichts anderes als Flugkörper mit Atomantrieb, und ich war ein zerbrechlicher Mensch, der in einem Raumanzug auf der Mondoberfläche herumspazierte.«

»Schön.« Sunday gab sich vorerst mit dieser Erklärung zufrieden. »Ich kann mir schon denken, wie du den Austausch vorgenommen hast, und ich kann mir auch vorstellen, dass die Chinesen den Schrott konfisziert haben, als wäre er von vornherein in dem Kasten gewesen. Aber wieso sie das Papier nicht hinterher bei der Durchsuchung entdeckt haben, ist mir ein Rätsel.«

»Oh, sie haben es schon gefunden. Aber ich habe behauptet, ich hätte es die ganze Zeit bei mir gehabt. Es sei ein Andenken, ein Glücksbringer. Schließlich war es nur eine Rolle Papier. Warum sollten sie mir nicht glauben? Wieso sollten sie damit rechnen, dass jemand auf dem Mond alte Papiere ausgräbt?«

»Du hattest verdammt viel Glück«, sagte Geoffrey. »Du konntest ja nicht wissen, dass in diesem Kasten Papiere waren.«

»Verdammtes Glück, keine Frage. Aber mit dem Austausch hatte ich in jedem Fall ein wenig Zeit gewonnen, um den Fund zu untersuchen. Den Kasten haben die Chinesen sofort beschlagnahmt. Meinen Anzug haben sie erst zwei Stunden später durchsucht, als ich in ihrem Arresttank saß. Selbst wenn sie mir dann den Inhalt abgenommen hätten, wäre mir genügend Zeit geblieben, ihn mir genauer anzusehen.«

Der Schrift in der Kopfzeile der ungeraden Seiten nach stammten die Blätter aus einem Exemplar von *Gullivers Reisen*. Nachdem Sunday ein paar Minuten scharf nachgedacht hatte, fiel ihr wieder ein, dass Memphis bei der Trauerfeier erwähnt hatte, dies sei eines von Eunice' Lieblingsbüchern gewesen, in dem sie gerne unter den Akazienbäumen unweit des Familiensitzes gelesen habe.

»Natürlich hätte uns auch das nicht unbedingt weitergeholfen«, sagte Chama, als hätte er eine Hotline zu Sundays Gedanken. »Ich gehe einmal davon aus, dass diese Seiten für euch

Akinyas eine besondere Bedeutung haben, von der ich nichts wissen konnte.«

»Eunice liebte dieses Buch«, sagte Geoffrey. »Das ist alles. Es bringt die Papiere mit ihr in Verbindung, aber darüber hinaus …«

»Sie hat sie aus einem bestimmten Grund vergraben«, versicherte Sunday. »Das hast du gut gemacht, Chama. Sie unter der Nase der Chinesen herauszuschmuggeln … das war keine Kleinigkeit.«

»Ich fand das auch«, sagte Chama.

»Aber es bringt uns wirklich nicht weiter«, klagte Geoffrey wieder.

»Noch nicht«, verbesserte Sunday. »Wir zeigen die Seiten erst einmal dem Konstrukt, mal sehen, was es damit anfängt. Wir können auch Tests durchführen, vielleicht ist auf dem Papier etwas, was wir im Moment noch nicht sehen können – unsichtbare Tinte, Mikropunkte, im Text versteckte Geheimbotschaften und so weiter. Möglicherweise sagen uns auch die Worte selbst etwas.«

»Viel Spaß damit. Ich reise morgen nach Afrika zurück. Mein Visum läuft am Nachmittag ab, und wegen ein paar Stunden gehe ich kein Risiko ein.«

»Das heißt, du überlässt das einfach mir?«

Die Frage schien Geoffrey zu überraschen. »Mach damit, was du willst. Du hast meine volle Unterstützung.«

»Im Geiste, aber mehr auch nicht.«

»Ich kann nicht an zwei Orten gleichzeitig sein. Und wenn ich bei jeder Gelegenheit hier heraufchinge, werden sich die Cousins ernsthaft fragen, was da vorgeht. Und das wollen wir doch nicht, oder?«

»Nein«, stimmte Sunday zögernd zu. »Das wollen wir nicht.«

»Ihr solltet euch darauf gefasst machen, dass Eunice euch

noch mehr Bälle zuwirft«, sagte Chama. »Sie hat euch von der Erde zum Mond geführt. Glaubt ihr wirklich, sie wollte, dass ihr jetzt aufgebt?«

»Auch meine Schwester muss ihre Miete bezahlen«, gab Geoffrey zu bedenken. »Sie kann Eunices Spielchen bis zu einem gewissen Punkt mitmachen, aber irgendwann verlangt die Realität wieder ihr Recht. Wir haben beide einen Beruf. Und für den Fall, dass du den falschen Eindruck gewonnen haben solltest, keiner von uns kann mit Geld um sich werfen.«

»Dann geht das Essen heute auf mich«, erklärte Chama mit großer Geste. »Das ist nur recht und billig. Mir ist nach Feiern zumute. Schließlich wird man nicht jeden Tag zum Spielball in den internationalen Beziehungen.«

Am Abend gingen die fünf Freunde aus. Sie wählten ein gutes Restaurant mit ostafrikanischer und indischer Küche. Nach zwei Gängen hatten sie endlich auch die letzten wissbegierigen Gratulanten abgewehrt, die Chama unbedingt zu seiner Rückkehr beglückwünschen wollten. Nun nahm Sunday die Papierrolle heraus, streifte das Gummiband ab und breitete die Blätter vorsichtig auf einem Teil des Tischs aus, der noch nicht mit Essensresten und verschüttetem Wein verschmutzt war. Zwei volle Weinflaschen hielten die Ecken fest und verhinderten, dass sich die Seiten wieder zusammenrollten.

»Ich glaube, ich hab's«, sagte sie. Sie wagte kaum, ihre Vermutung laut zu äußern, aus Angst, die anderen würden sie auslachen. »Dass es sich hier um *Gullivers Reisen* handelt, ist nicht das Einzige, was dieses Buch mit Eunice verbindet.«

»Weiter«, drängte Geoffrey. Bei aller Skepsis war er doch neugierig.

»Wenn du nach Hause kommst, solltest du dich vergewissern, dass diese Seiten wirklich aus dem Exemplar herausgerissen wurden, das im Archiv des Familiensitzes liegt. Aber ich gehe jede Wette darauf ein. Ich wette auch, dass Eunice ganz bewusst diesen Teil des Texts gewählt hat. Es ist ein Hinweis, wo wir als Nächstes suchen sollen.«

»Und wo wäre das?«, fragte Jitendra.

Sunday zog hörbar den Atem ein. »Ich muss zum Mars. Oder vielmehr zu den Marsmonden. Darum geht es nämlich hier.«

Chama schaute auf. Er hatte schon den dritten Gang bestellt, während die anderen noch beim zweiten waren. »Gulliver war auf dem Mars? Daran kann ich mich gar nicht erinnern.«

»Das war Robinson Crusoe«, behauptete Gleb. »Jedenfalls glaube ich, dass er auf dem Mars war. Warum hätte man dort sonst eine Stadt nach ihm benennen sollen?«

»Es geht nämlich darum«, wiederholte Sunday, bevor das Gespräch vollends vom Thema abkam, »dass Gulliver auf Laputa die Astronomen kennenlernt. Auf ihrer fliegenden Insel. Die Astronomen zeigen Gulliver ihre Instrumente und erklären ihm, dass der Mars von zwei Monden umkreist wird.«

»Was nicht gerade … eine Sensation ist, schließlich wird der Mars tatsächlich von zwei Monden umkreist«, sagte Jitendra so langsam und undeutlich, als hätte er zu viel getrunken. Er ergriff eine der Weinflaschen, was zur Folge hatte, dass sich die Seiten wieder zu einer festen weißen Röhre zusammenrollten.

Sunday knirschte mit den Zähnen. »Das war, bevor jemand wusste, dass es diese Monde gab«, sagte sie. »Swift hat nur geraten. Er hat sogar die Umlaufbahnen und die Umlaufzeiten beschrieben. Natürlich waren sie nicht richtig, aber schon der Versuch ist verdienstvoll.«

»Und darin siehst du einen Hinweis?«, fragte Geoffrey.

»Ich habe dem Konstrukt den Text vorgelegt. Eunice stimmt mir zu.«

»Du hast sie erschaffen«, sagte Geoffrey. »Deshalb ist das vielleicht kein Wunder.«

Sunday runzelte grimmig die Stirn. »Sie ist durchaus imstande, meine Theorien in Flammen aufgehen zu lassen, Bruder. Diesmal ist sie jedoch der Meinung, ich wäre auf dem richtigen Weg.«

»Der Mars ist groß«, überlegte Gleb. »Wo willst du anfangen?«

»Der Hinweis betrifft die Monde, deshalb werde ich dort nachsehen. Und Deimos können wir von vornherein ausschließen – Eunice war niemals dort. Damit bleibt …«

»Phobos«, sagte Chama. »Die Furcht, gegen Deimos, den Schrecken. Hmm. Bist du wirklich sicher, dass du auf einen Felsbrocken reisen willst, der Furcht heißt?«

Jitendra füllte die Gläser nach. »Auch wenn er Happy Smiley hieße, wäre es nicht einfacher, dort hinzukommen. Sunday, es mag verlockend sein, auf Abenteuerreise zu gehen, aber wir müssen realistisch bleiben. Den Mars können wir uns nicht leisten.«

»Ich könnte alleine fliegen«, sagte Sunday.

»Und dann ist es plötzlich finanzierbar?« Jitendra schüttelte den Kopf und lächelte so herablassend, als wäre er der einzige Erwachsene im Raum. »Ich fürchte, das geht über unsere Verhältnisse. Du hast Aufträge fertigzustellen, ich muss Forschungsarbeiten für June Wing abschließen. Wir können es uns nicht erlauben, die Leute hängen zu lassen, schließlich müssen wir unsere Rechnungen bezahlen.«

Sunday schämte sich ein wenig, trotzdem schmollte sie. »Die Rechnungen können mir gestohlen bleiben.«

»Genauso wie Eunice«, gab Geoffrey zurück. »Auch wenn sie überall im System Hinweise versteckt hat, ist das offensichtlich Jahrzehnte her. Was macht es für einen Unterschied, ob wir ihnen gleich folgen oder ein paar Jahre warten?«

»Ach, Bruder, ich glaube, du kapierst wirklich gar nichts.« Sie schüttelte den Kopf und tippte mit dem Finger auf den

Tisch. »Das ist keine Kostümprobe, sondern das wahre Leben. Wenn wir es jetzt nicht tun, können wir genauso gut schon unser eigenes Begräbnis planen. Ich will nicht vernünftig und vorsichtig sein. Vernunft und Vorsicht sind etwas für Idioten wie Hector und Lucas. Weißt du nicht mehr, dass wir das alles hinter uns gelassen hatten? Wir wollten Leben, Überraschungen, Risiko … keine Wertpapiere und beschissen langweilige Vorstandssitzungen zu den Importkosten für Eis vom verdammten … Neptun.« Sie merkte selbst, dass sie laut wurde und andere Gäste im Restaurant sich nach ihr umdrehten, und senkte die Stimme. »So will ich nicht leben, klar? Du magst deine Meinung geändert haben, ich aber nicht. Und wenn ich zum Mars fliegen muss, dann werde ich auch einen Weg dazu finden.«

Geoffrey beschwichtigte sie mit einem Nicken, das sie erst recht rasend machte. »Schon gut. Ich habe verstanden. Wirklich. Und ich stimme dir zu, auch wenn du es nicht glaubst. Aber wenn wir uns darauf einlassen, dann gemeinsam. Wir teilen das Risiko. Und wir dürfen nichts überstürzen.«

»Du hast in deinem ganzen Leben noch nichts überstürzt.«

Er tat die Stichelei mit einem Achselzucken ab. »Mag sein, Sunday, aber ich meine es ernst. Wenn du darauf bestehst, zum Mars zu fliegen, möchte ich eingebunden sein. Eunice ist auch meine Großmutter. Ich verlange nur, dass wir aus eigener Tasche dafür aufkommen, ohne irgendjemanden um Gefälligkeiten zu bitten. Die Cousins haben versprochen, mich für die Reise zum Mond anständig zu bezahlen, und weitere Mittel sollen folgen. Wenn ich eine Möglichkeit finde, etwas davon für ein Ticket zum Mars abzuzweigen … oder auch zwei Tickets … dann bin ich dazu bereit. Aber ich brauche Zeit, und ich will auf jeden Fall vermeiden, ihnen noch mehr Anlass zum Misstrauen zu geben.« Er hielt inne und zupfte zerstreut am Etikett einer Weinflasche. »Das heißt, wenn wir ein paar

Monate oder sogar ein Jahr warten müssen, dann ist das eben so.«

»Im Moment ist die Konjunktion günstig«, hielt Sunday dagegen. »Näher als jetzt kommt uns der Mars nicht, so leicht werden wir ihn nicht mehr erreichen.«

»Was sich auf einer Kreisbahn bewegt, kommt auch wieder zurück«, entgegnete Geoffrey.

»Vielen Dank. Ich brauche keine Nachhilfe in Orbitalmechanik.«

Jitendra nahm ihre Hand. »Vielleicht hat Geoffrey ja recht? Niemand will, dass wir die ganze Geschichte vergessen. Aber ein Jahr, zwei Jahre … was macht das für einen Unterschied, wenn man bedenkt, wie lange diese Hinweise schon herumgelegen haben müssen.«

Geoffrey nickte eifrig. »Wir sollten auf keinen Fall sofort handeln. Das wäre grundfalsch, wenn wir uns Hector und Lucas vom Hals halten wollen. Sobald ich zu Hause bin, gebe ich ihnen den Handschuh, und in ein paar Wochen haben sie ihn vergessen. Vertraut mir – sie haben nicht genügend Fantasie, um weiter in die Zukunft zu denken. Es sei denn, es wäre Geld im Spiel.«

»Du willst die Fährte kalt werden lassen … und dann zuschlagen?«, fragte Sunday.

»Genau.« Sie spürte, wie froh und erleichtert er war, sie von seiner Strategie überzeugt zu haben. »Inzwischen haben wir Gelegenheit genug … uns über all das Gedanken zu machen. Wir wissen wirklich nicht, worauf wir uns einlassen. Heute sind wir noch mal davongekommen, aber nur mit viel Glück, und beim nächsten Mal kann das ganz anders sein. Wir glauben, Eunice zu kennen, ich traue ihr aber durchaus zu, dass sie uns an der Nase herumführen wollte, um uns von jenseits des Grabes – wo immer das auch sein mag – herzhaft auszulachen.«

»Sie hat ziemlich viel Aufwand betrieben, um diesen Kasten im Pythagoras zu vergraben«, hielt Sunday dagegen. »Was immer sie damals dazu bewogen haben mag, Boshaftigkeit war es nicht. Und sie wird uns auch nicht bloß aus Boshaftigkeit zum Mars schicken. Sie musste wissen, dass nur Familienangehörige an das Schließfach herankommen konnten. Vielleicht wollte sie uns auf die Probe stellen, aber schaden wollte sie uns sicherlich nicht.«

»Das hoffst du«, sagte Geoffrey.

»Ich kenne diese Frau, Bruder. Besser als jeder andere, der noch unter uns weilt.«

In diesem Moment war sie vollkommen davon überzeugt.

Sie erwachte mitten in der Nacht. Jitendra lag im kühlen blauen Licht neben ihr. Sie hatten sich geliebt, nachdem ihr Bruder im Nebenraum eingeschlafen war, und danach war sie in ein tiefes, traumloses Vergessen gefallen, bis etwas sie geweckt hatte. Außerhalb ihrer Wohnung herrschte nahezu vollkommene Stille. Durch die Wand hörte sie Geoffreys leises Schnarchen. Irgendwo von unten, zwei oder drei Module tiefer, drangen Gesprächsfetzen an ihr Ohr. Im Luftumwälzer klickte etwas; in den Rohren gluckerte es leise. Eine Straße weiter schrie eine Katze. Ein fernes urbanes Rauschen lag über allem, ein Geräusch wie von Maschinen im Keller der Realität.

Sunday glitt vorsichtig aus dem Bett, um Jitendra nicht zu wecken. Mit Rücksicht darauf, dass ihr Bruder jederzeit aufwachen konnte, wickelte sie sich in ein gemustertes Tuch, bevor sie das Wohnzimmer durchquerte. Überall standen rotfleckige Gläser und Wein- und Bierflaschen herum. Sie hatten nach ihrer Rückkehr aus dem Restaurant nicht mehr aufgeräumt. Chama und Gleb waren noch mitgekommen, bevor sie zu sich nach Hause gingen. Das Gespräch war ein paarmal in gefährliches Fahrwasser geraten, aber der Abend war in trauter Eintracht zu Ende gegangen. Immerhin waren sie Freunde. Zum Zeitvertreib hatten sie auf verschiedenen Musikinstrumenten gespielt. Geoffrey hatte sich auf ihrer alten zerkratzten Kora als unerwartet fingerfertig erwiesen, und Chama hatte sie alle in Erstaunen versetzt, als er auf einer staubigen alten Akustikgitarre, die ein früherer Mieter in einer Ecke von Sundays Studio zurückgelassen hatte, einige Wüstenbluesnummern zum Besten gab. Danach hatten sie noch eine Weile beim Kricket zugesehen und Wein getrunken, schließlich waren die Zoowärter gegangen, und nicht lange danach hatte sich auch Geoffrey schlafen gelegt. Er war müde gewesen, und die Rückreise zur Erde bereitete ihm Kopfzerbrechen.

Sie ging weiter in ihr Studio, schloss die Tür hinter sich und trat zu den Auftragsarbeiten, den schlanken weißen Gestalten, die sie nun noch einmal in Schwarz machen sollte. Sie strich über die Konturen, die ihr so viel Mühe bereitet hatten, und spürte die vielen Stunden, die in dieser Arbeit steckten, wie ein elektrisches Kribbeln auf der Haut. Die Grenze zwischen Kunst und Kitsch war fließend, ja sogar durchlässig. In der richtigen Umgebung, im passenden Kontext könnten die Skulpturen durchaus eine zweifelhafte Integrität bekommen. Aber sie wusste ja, wo sie, ob schwarz oder weiß, enden würden: zu beiden Seiten des Eingangs zu einem ethnischen Restaurant, das sich nicht einmal die Mühe machte zu entscheiden, welchen Teil von Afrika es eigentlich parodieren wollte.

So viel Gleichgültigkeit erzeugte Hass. Sie hasste die Stunden ihres Lebens, die ihr dieser Auftrag geraubt hatte. Sie verabscheute den Auftrag, weil er sie daran gehindert hatte, wahre Kunst zu schaffen. Sie verachtete alle diese Aufträge, weil sie ihr einen bestimmten Weg in die Zukunft vorzeichneten. Dabei glaubte sie immer noch, gewisse Ansprüche an sich zu haben. Die nicht zu erfüllen waren, wenn sie Schund als Aushängeschild für hirnlose Kunden produzierte. Es war so einfach, immer wieder irgendwelche Bestellungen anzunehmen, um die Miete bezahlen zu können. Aber wenn es zu viele wurden, konnte sie aufhören, sich als Künstlerin zu bezeichnen.

Der Hass richtete sich gegen sie selbst, und sie hob spontan die Hand, um die Skulpturen zu zerschmettern. Doch dann hielt sie sich zurück. Sie wollte Jitendra und Geoffrey nicht wecken.

Das bist du, auf den Punkt gebracht, dachte sie. *Du kannst nicht ertragen, was du tun musst, um nicht unterzugehen, aber du hast nicht den Mut, wirklich etwas daran zu ändern. Du nimmst Scheißjobs an, um die Miete zu bezahlen, und in ein gutes Restaurant kommst du nur, wenn Chama und Gleb die Rechnung übernehmen. Du bist so sehr ein Gefangener des Geldes, als wenn du gleich ins Familienunternehmen eingetreten wärst. Du machst dir nur vor, dass du entkommen bist. Du amüsierst dich über deinen Bruder und hältst ihm seine mangelnde Unternehmungslust vor. Aber er hat immerhin seine Elefanten.*

Am nächsten Morgen mussten sie früh aufstehen, um Geoffrey Lebewohl zu sagen. Alle hatten müde Augen und einen schweren Kopf. Geoffrey war nervös, weil er noch einmal nach Copetown und in die Zentralafrikanische Bank musste. Aber ihm blieb nichts anderes übrig. Schließlich hatte er den Cousins erzählt, der Handschuh läge nach wie vor im Schließfach. Wenn er nicht nachweisen konnte, dass er noch einmal in der Filiale gewesen war, flöge ihm die Geschichte bei den ersten peinlichen Fragen um die Ohren.

»Alles wird gut«, versicherte ihm Sunday.

Er war davon nicht ganz so überzeugt, aber er nickte. »Ich brauche bloß in den Tresorraum zu gehen und wieder herauszukommen. Aber wird das den Leuten in der Bank nicht komisch vorkommen?«

»Es geht sie nichts an, Bruder. Warum sollten sie sich darum kümmern?«

Sie begleiteten Geoffrey zum Bahnhof, und Sunday verabschiedete ihn mit einem Kuss. Sie sah ihm nach. Er reiste zurück in die *Überwachte Welt*, und sie schlug sich damit herum, dass sie ihn zu guter Letzt noch belogen hatte.

Denn ganz zum Schluss hatte er ihr das Versprechen abgenommen, sich nicht in ein Abenteuer zu stürzen.

8

Die Aufzuggondel fraß mühelos tausend Kilometer pro Stunde. Man hatte Geoffrey an der Endstation Copetown in Tiefschlaf versetzt, er hatte indes von seinem Recht – und dem Spesenkonto der Cousins – Gebrauch gemacht und verlangt, bereits drei Stunden vor Erreichen von Libreville geweckt zu werden. Eine Wiederbelebung vor der Landung war teurer, als wenn man bis zum Ende durchschlief – sie erforderte ärztliche Betreuung an Bord und einen Erholungsraum mit genügend Platz, um sich die Beine zu vertreten –, aber Hector und Lucas würden ihm die einmalige Chance, die Aussicht zu genießen, doch sicher nicht missgönnen. Schließlich hatte er keine Ahnung, ob er die Erde noch einmal verlassen würde.

Es war der Nachmittag des zwölften Februar. Er hatte nicht mehr als sechs volle Tage auf dem Mond verbracht, doch das war mehr als genug, um den Übergang in die normale Schwerkraft sehr unangenehm zu machen. Einige seiner Mitreisenden staksten in Ganzkörperskeletten umher, die sie entweder unter ihrer Kleidung trugen – obwohl sie unweigerlich zu sehen waren – oder als externe Modelle, die farblich auf die Garderobe darunter abgestimmt waren. Geoffrey behalf sich mit Arzneipflastern, die auf die Gliedmaßen geklebt wurden und langsam ihre Wirkstoffe abgaben. Sie schickten chemische Befehle an seine Knochen und Muskeln, um die Rekonditionierung zu beschleunigen, während sie gleichzeitig die schlimmsten Missempfindungen blockierten. Er fühlte sich so steif, als hätte er einen oder zwei Tage zuvor zu hart trainiert, und musste bei jedem Schritt aufpassen, um nicht zu stolpern. An sich waren dies, wie er zugeben musste, nur kleinere Anpassungsschwierigkeiten. Viel größer war seine Erleichterung, dass alles überstanden war. In der Zentralafrikanischen Bank hatte es keinerlei Probleme gegeben. Er war in den Tresorraum gegangen, hatte das Schließfach geöffnet und wieder geschlossen, ohne dass der Handschuh seine Reisetasche verlassen hätte. Die Steine und die Seiten aus Eunice' Buch hatte Sunday behalten.

Das war also erledigt. Er konnte sich entspannen und die Aussicht genießen.

Das Regenerations- und Aussichtsdeck befand sich ganz unten in dem pechschwarzen Zylinder. Das ringsum verlaufende, gewölbte Fenster war schräg eingebaut, um einen möglichst umfassenden Blick auf die Erde zu gewährleisten. Die anderen Fahrgäste befanden sich weiter oben im Restaurant und in den Aufenthaltsräumen. Bis auf eine Frau, die im nächsten Drittel des Zylinders das Panorama betrachtete, hatte Geoffrey den ganzen Bereich für sich.

Vor ihm breitete sich Afrika in seiner ganzen unglaublichen Vielfalt und Größe aus. Der Ankerpunkt von Libreville befand sich tatsächlich hundert Kilometer südlich und ebenso weit westlich der Stadt gleichen Namens weit draußen im Atlantik. Wenn Geoffrey senkrecht nach unten schaute, konnte er die wellenumtoste künstliche Insel, die von der Küste von Gabun ins Meer hinausragte, als grauen Strich erkennen. Der Ankerpunkt war eine kreisförmige Erweiterung am westlichen Ende.

Im Norden verschwanden hinter der Erdwölbung gerade

die riesigen, nahezu unbewohnten Weiten Nordafrikas von Mauretanien bis zum Sudan. Bis vor etwas mehr als hundert Jahren hatten hier – in der am dichtesten bevölkerten Metropolregion auf dem ganzen Planeten – mehrere zehn Millionen Menschen gelebt. Sie hatten sich um die winzigen, Leben spendenden Oasen und Flüsse gedrängt und die leere Wüste praktisch unberührt gelassen. Um in diesen Wüstenregionen zu überleben, wo immer eine Hungersnot oder eine Dürre mit grausamen Entbehrungen drohte, bedurfte es einer geradezu beängstigenden Zähigkeit. Dennoch hatten sich die Menschen über Jahrtausende dort gehalten. Erst mit dem Anbruch des Anthropozäns hatte der in den letzten Jahrhunderten von den Menschen verursachte Klimawandel die Sahara schließlich vollends entvölkert. Über wenige Generationen war die gesamte Region Opfer einer massiven geplanten Migrationsbewegung geworden. Mali, Tschad, Niger … sie existierten noch als politische Gebilde, wenn auch nur in einem sehr abstrakten und theoretischen Sinn. Ihre Grenzen waren noch verzeichnet, und ihr BIP wurde noch registriert. Doch tatsächlich lebte dort so gut wie niemand mehr außer einer Notbesatzung aus Verwaltern und Industriellen der AU.

Der Anstieg der Meere im einundzwanzigsten Jahrhundert hatte Afrikas Küstenlinie kaum verändert, und vieles, was sonst in den Fluten verschwunden wäre, hatte man mit hastig hochgezogenen und später befestigten und gegen weitere Überflutung gesicherten, Tausende von Kilometern langen Schutzmauern retten können. Dennoch hatte man nicht das Gefühl, als wäre Afrika verschont worden. Die Verlagerung des Monsuns hatte einem Teil des Kontinents den Regen genommen und ihn anderswo abgegeben – so war der Kongo verdorrt, und die ehemals trockene Sahelzone im Süden der Sahara war von Guinea bis Nigeria mit Niederschlägen verwöhnt worden.

Veränderungen dieser Größenordnung, bei denen die Landkarte im wahrsten Sinne des Wortes neu gezeichnet wurde, konnten niemals schmerzlos verlaufen. Die Jahre der Versorgungs- und Migrationskrise waren für die Menschen fast unerträglich hart gewesen. Doch Afrikaner waren an dergleichen gewöhnt. Sie hatten den lichtlosen Tunnel des neunzehnten und zwanzigsten Jahrhunderts durchquert und waren auf der anderen Seite herausgekommen. Und der Klimawandel kam wenigstens nicht mit Panzern, Gewehren und Macheten in die Städte gefahren.

Jedenfalls im Allgemeinen nicht. Es war nicht zu leugnen, dass es lokale Ausbrüche von Dummheit gegeben hatte, Gräueltaten auf engem Raum. Ethnische Spannungen, die seit Jahrhunderten im Untergrund geschwelt hatten, waren beim geringsten Anlass aufgeflammt. Aber das war überall auf der Welt so gewesen; es war kein spezifisch afrikanisches Problem.

Der Energiegürtel in der zentralen Sahara begrüßte Geoffrey mit Millionen von Sonnenfünkchen. Nach dem Abzug der Menschen waren die Maschinen gekommen. In ihrem Kielwasser hatten sie präzise ausgerichtete Sonnenkollektoren, endlose Reihen von Fotovoltaikmodulen und lange, majestätische Ketten von Solartürmen zurückgelassen, die von Sonnenspiegeln von der Größe von Radioteleskopen gespeist wurden. Der Energiegürtel erstreckte sich über Tausende von Kilometern vom Mittleren Osten hinaus auf den Atlantik und über den Ozean bis zu den Südlichen Vereinigten Staaten und umfing mit summenden supraleitenden Fühlern den Rest des Planeten, um die neuen bevölkerungsreichen Ballungsräume in Skandinavien, Grönland, Patagonien und der Westantarktis mit Energie zu versorgen. Wo noch vor hundertfünfzig Jahren eine einzige Eisfläche den Boden bedeckt hatte, sah man nun viele Grünflächen oder das warme, rötliche Grau der dichten urbanen Infrastruktur. Mit dem Sonnenlicht der Sahara hatte die Hälfte des gesamten weltweiten Energiebedarfs immerhin so lange gedeckt werden können, bis die ersten Fusionskraftwerke diese Aufgabe übernahmen. In gewissem Maße war der Energiegürtel ein Indiz für eine globale Katastrophe, das sichtbare Zeichen einer verheerenden planetaren Krise. Dennoch war nicht zu bestreiten, dass er einen wunderbaren Anblick bot.

»Siehst du den Fleck dort?« Die Frau hatte sich näher an Geoffrey herangeschoben und deutete auf die Küste des Sudans und Eritreas am Ostrand des Saharateils des Energiegürtels. »Da, etwas nördlich von Dschibuti. Das war die erste Anlage, die damals neunundfünfzig ans Netz ging. Dort haben wir auch die ersten Tiefenbohrungen für die Erdwärmesonden angesetzt.«

Geoffrey wollte nicht unhöflich sein, aber er war nicht in Stimmung für ein Gespräch. »Wie bitte?«, fragte er freundlich.

»Unsere Spiegel und Sonden, Geoffrey. Die Solar- und Geothermie-Projekte der Akinya-Gruppe.«

Er sah sie erstaunt an und betrachtete zum ersten Mal ihr Gesicht.

»Was soll das?«, zischte er. »Wie kommst du hierher?«

»Nun reg dich nicht auf. Ich bin doch gar nicht wirklich *hier.*« Sie wirkte verstimmt. »Ich bin verpflichtet, dir das zu sagen, auch wenn ich es in meinem wirklichen Leben niemals zugegeben hätte. Können wir jetzt fortfahren?«

Seit er genauer auf sie achtete, sah er auch, dass sie keinen Schatten warf. Und wo ihre Hand das Geländer vor dem Fenster berührte, verschwammen die Finger.

»Das ist nicht die Antwort, die ich mir erhofft hatte.«

»Du kannst subvokalisieren – ich höre dich gut.« Sie wandte sich ab und schaute mehrere Sekunden aus dem Fenster. »Pass auf, es ist ganz einfach. Sunday hat dich autorisiert, auf eine Kopie von mir zuzugreifen. Sie dachte, du hättest vielleicht gern Gesellschaft.« Mit einer weit ausholenden Geste zeichnete sie die indigoblauen Konturen der Atmosphäre nach, als würde sie über die schweißnasse Flanke eines Rennpferdes streichen. »Sieh dir diesen Planeten an. Er ist immer noch schön. Und er gehört immer noch uns, er ist unsere Heimat. Die Meere sind angestiegen, die Atmosphäre hat sich erwärmt, das Wetter hat verrückt gespielt, und wir haben dumme, sinnlose Kriege geführt. Doch wir haben alles überstanden und sind am Leben geblieben. Und damit nicht genug, haben wir nach all den Katastrophen immer noch das Gefühl, eine Heimat zu haben.«

»Wie kannst du einfach in meinem Kopf erscheinen? Ich habe deine Projektion nicht autorisiert.«

»Sunday ist befugt, deine Willensentscheidungen zu übersteuern, weil ihr Geschwister seid und euch als Kinder gelobt habt, einander rückhaltlos zu vertrauen. Oder hast du das vergessen?« Sie wartete keine Antwort ab. »So wie ich es sehe, ist das alles zyklisch. Hast du jemals von der Klimakrise vor 5900 Jahren gehört?«

Sie ließ ihm keine Zeit, darauf zu antworten.

»Das dachte ich mir. Es war ein Prozess der Desertifikation, eine große Dürre. Möglicherweise hat er in den Meeren begonnen. Er hat die Sahara ausgetrocknet und das Neolithische Subpluvial eingeläutet. Eine weltweite Völkerwanderung schloss sich an, von Zentral- und Nordafrika bis zum Niltal waren die Menschen gezwungen, sich um die Flusstäler zu drängen und etwas ganz Neues und bis dahin Unbekanntes aufzubauen, eine Zivilisation. Damit hat alles angefangen. Im vierten Jahrtausend vor der Zeitrechnung gab es zum ersten Mal eine staatlich gelenkte Gesellschaft. Städte. Landwirtschaft. Bürokratie. Wenn man in geologischen Zeiträumen denkt, war das *gestern.* Alles was danach kam, die ganze Menschheitsgeschichte, jeder einzelne Moment von Hannibal bis zu den Apollo-Missionen, ist eine zwangsläufige Folge dieses einen Ereignisses. Wir wurden an die Flussufer getrieben. Wir errichteten Städte, erfanden das Papier, die Straße und das Rad. Und schließlich bauten wir Spielkasinos auf dem Mond.«

»Sunday hätte mich fragen sollen.«

»Beschwere dich bei Sunday. Ich hatte dabei nichts mitzureden.« Eunice ging um ihn herum auf die andere Seite und legte wieder die Hand auf das Geländer. »Auch diesen globalen Klimawandel, die anthropogene Erwärmung – auch das halte ich für ein Ereignis mit zwangsläufigen Folgen. Für einen neuen Auslöser. Wir stehen lediglich noch so weit am Anfang, dass wir nicht wirklich erkennen können, wohin das alles führt.«

»Du hast nirgendwo etwas mitzureden, Eunice.«

»Die Klimaerwärmung war ein globales Phänomen, aber Afrika bekam als eine der ersten Regionen die Auswirkung der Wetterveränderungen hautnah zu spüren. Die Entvölkerungsprogramme, die erzwungenen Wanderbewegungen … wir waren bei alledem ganz vorne dabei. In mancher Hinsicht war das der Augenblick, in dem die *Überwachte Welt* ihren ersten zaghaften Atemzug tat. Wir sahen, wozu wir fähig waren, im Guten wie im Bösen, Geoffrey. Die Teufel in uns und die Engel. Vor allem die Teufel. Aus dieser Krisensituation erwuchs das globale Überwachungsnetz, dieser unsichtbare, allwissende Gott, der nie müde wird, über uns zu wachen und uns davon abzuhalten, einander Schaden zuzufügen. Oh, in Teilen gab es das schon vorher, doch damals übertrugen wir dem *Mechanismus* zum ersten Mal die uneingeschränkte Autorität. Und weißt du was? Es war nicht das Schlimmste, was uns passieren konnte. Wir leben zwar alle in einem totalitären Staat, aber es ist fast immer eine freundliche, wohlwollende Diktatur. Sie erlaubt uns nahezu alles, ausgenommen, Opfer von Unfällen zu werden und Verbrechen zu begehen. Inzwischen endet die *Überwachte Welt* nicht einmal mehr am Rand des Weltalls. Sie ist ein Begriff geworden, eine Existenzform, die sich mit der gleichen Geschwindigkeit wie die Menschheit durch das Sonnensystem ausbreitet. Aber noch stehen wir am Anfang. Was ist schon ein Jahrhundert? Glaubst du, die Auswirkungen der Klimakrise vor 5900 Jahren wären bereits nach hundert Jahren zu spüren gewesen? Diese Dinge entwickeln sich über sehr viel längere Zeiträume. Seit fast sechstausend Jahren leben wir mit einer bestimmten Form einer komplexen, hoch organisierten menschlichen Gesellschaft. Nun erfolgt ein Umbruch. Komplexität im Quadrat oder im Kubik. Wo werden wir wohl in tausend Jahren oder in sechstausend stehen?«

»Kann ich dich abschalten, oder ist auch das Sundays alleiniges Privileg?«

»Ich dachte, man hätte dir bessere Manieren beigebracht.«

»Eine einfache Frage: Bist du in meinem Kopf, ob ich dich dort haben will oder nicht?«

»Natürlich nicht. Ich bin auch nicht in deinem Kopf – ich bin ausgelagert und laufe in der ER. Du kannst die Einstellungen jederzeit überschreiben und mich ausblenden. Aber warum solltest du Sundays Geschenk zurückweisen?«

»Weil ich gern für mich bin.«

Die Projektion seufzte, als sei es unter ihrer Würde, derart banale Dinge zu erklären. »Wenn du mich haben willst, bin ich hier. Du brauchst bloß meinen Namen zu sagen. Wenn du mich nicht haben willst, ziehe ich mich zurück. So einfach ist das.«

»Und du wirst auch die Welt nicht durch meine Augen betrachten, wenn ich glaube, du wärst anderswo?«

»Das wäre doch eine krasse Unverschämtheit. Ich sehe und höre nicht mehr, als die jeweilige Umgebung hergibt. Das bisschen Privatsphäre, das dir noch geblieben ist, werde ich nicht verletzen.«

»Aber du wirst auch mit Sunday sprechen?«

»Ich bin eine Kopie, Sunday hat eine zweite. Bis zur Duplizierung waren wir identisch, doch seither habe ich andere Dinge gesehen und erlebt als mein zweites Ich … und das gilt natürlich auch umgekehrt. Dadurch werden wir zu zwei verschiedenen Personen, bis man uns wieder konsolidiert.« Sie schaute mit einem Auge zur Decke, zum Himmel. »In regelmäßigen Abständen findet ein Austausch von Erinnerungen und erworbenen Eigenschaften statt. Dann verschmelzen wir wieder. Wir werden nie mehr ganz gleich sein, aber wir werden uns auch nicht allzu weit voneinander entfernen.« Sie schob ihre Hand näher an die seine heran, vermied es jedoch, ihn zu berühren. »Du solltest das nicht falsch auffassen, Geoffrey. Sunday hat mich nicht geschickt, um dich zu schikanieren oder dir das Leben schwer zu machen. Sie hatte die besten Absichten.«

»Das habe ich schon einmal gehört.«

»Ihr beiden seid euch so ähnlich.« Sie richtete den Blick wieder auf das Fenster, und auf ihrem Gesicht erschien ein Lächeln. Seit Geoffrey auf dem Aussichtsdeck stand, hatte die Gondel ihren Weg unerbittlich fortgesetzt und ihn der Erde näher gebracht. Die Wölbung des Horizonts war zwar immer noch ausgeprägt, aber nicht mehr so stark wie zu dem Zeitpunkt, als er an das Panoramafenster getreten war. Nun konnte er auf der Oberfläche Dinge unterscheiden, die vorher nicht sichtbar gewesen waren. Nicht allzu weit vom Ankerpunkt entfernt zeichnete sich das scharfe weiße V eines Kielwassers ab – wo sich die weißen Linien trafen, konnte er sogar das Schiff selbst erkennen. Wahrscheinlich war es so groß wie ein Ozeanriese, aber von hier aus erschien es wie ein Glitzerstäubchen. Er konnte auch kleinere Siedlungen ausmachen – nicht nur Großstädte, sondern auch Dörfer.

»Großartig, nicht wahr?«, sagte Eunice. »Nicht bloß die Welt an sich, sondern dass wir hier sind, dass wir am Leben sind, dass wir sie sehen können.«

»Das alles gilt für einen von uns.«

»Ich hätte nicht gedacht, dass ich noch erleben würde, wie der Schnee auf den Kilimandscharo zurückkehrt. Allmählich wird alles besser, findest du nicht? Die Wüsten werden wieder grün. Die Menschen kehren in Städte zurück, die wir für immer verlassen glaubten. Es wird nicht mehr die Welt sein, in die ich hineingeboren wurde. Aber es ist auch nicht die Hölle.«

»Wir sollten nicht undankbar sein«, pflichtete Geoffrey ihr bei. »Wenn sich die Welt nicht aufgeheizt hätte, hätten wir kein Vermögen gemacht.«

»Ganz so einfach ist das nicht. Ja, wir waren zur rechten Zeit mit den richtigen Ideen zur Stelle. Aber wir hatten nicht nur Glück. Wir waren auch klug und anpassungsfähig. Wir verdanken unseren Erfolg nicht allein der Tatsache, dass wir am Tropf des menschlichen Elends hingen.«

Damit hatte sie vermutlich recht – zumindest war er bereit, sie in dem Glauben zu lassen. Gewissheit würde es ohnehin niemals geben. Schließlich konnte man die Uhr nicht um hundertfünfzig Jahre zurückdrehen und die Erde unter anderen Startbedingungen weiterlaufen lassen. Die Familie Cho hatte ihr Vermögen mit den selbstmontierenden, selbsterneuernden Küstenschutzmauern gemacht – riesigen Dammbauten, die wie lebende Riffe direkt aus dem Ozean herauswuchsen. Als die Meere nicht mehr weiter anstiegen, hatte die gleiche Technik es den Cho-Unternehmen ermöglicht, auf Unterwasserbauten und schwimmende Stadtstaaten in der Mitte der Ozeane umzusatteln. Sie züchteten märchenhafte Wasserschlösser, prächtige Gebäude im byzantinischen Zuckerbäckerstil, und bevölkerten sie mit schönen Meerjungfrauen und stattlichen Wassermännern. Die Chos waren die Baumeister und Künstler, denen die Aqualogien der Vereinigten Wassernationen ihre Entstehung verdankten.

Auch die Akinyas hatten an der Katastrophe gut verdient.

Mit ihren Geothermiesonden, ihren Solarspiegeln und ihren verlustfreien Stromleitungen hatten sie der leidenden Welt wie eine Medizin die Gigawatt an Energie gebracht, die ihr halfen, durch die schlimmsten Fieberkrämpfe des einundzwanzigsten Jahrhunderts zu kommen. Technische Verfahren, wie sie bei Arbeiten in den Tiefen des Erdmantels, bei der Präzisionsausrichtung von Spiegeln und bei der Entwicklung von Supraleitern zur Anwendung kamen, hatten die Grundlagen für den Bau der Kilimandscharo-Rohrpost geliefert.

Geografische Zufälle und glückliche Umstände, dachte Geoffrey. Die Akinyas wie die Chos hatten Intelligenz und Ehrgeiz besessen, aber Intelligenz und Ehrgeiz waren nicht immer genug. Eunice mochte darüber denken, wie sie wollte, blindes Glück und Skrupellosigkeit hatten ebenfalls eine Rolle gespielt.

»Ich weiß nicht, ob wir Blut an den Händen haben«, sagte er. »Aber ich weiß auch nicht, ob wir gänzlich ohne Schuld sind.«

»Niemand ist ohne Schuld, nicht wahr?«

»Mit Ausnahme von dir natürlich. Du sitzt in deiner Burg, die den Mond umkreist, und hältst Gericht über den Rest der Menschheit. Und lachst uns noch aus dem Grab heraus aus.«

Ihre Stimme wurde streng. »Tot zu sein ist für niemanden zum Lachen, Geoffrey. Schon gar nicht für mich.«

»Warum hast du es denn getan?«

»Warum habe ich *was* getan, Kind?«

»Diese Sachen im Pythagoras vergraben?« Er schüttelte den Kopf, es ärgerte ihn, dass er die Projektion so bereitwillig als lebendes, denkendes Wesen akzeptierte. »Ach, was soll's? Ich könnte ebenso gut eine Fotografie befragen. Ein brennendes Streichholz daran halten und verlangen, dass sie mir die Wahrheit sagt.«

»Ich denke, Sunday hat ausreichend deutlich gemacht, dass

ich nicht lügen und auch keine Informationen zurückhalten kann. Andererseits kann ich dir auch nichts sagen, was ich nicht weiß.«

»Mit anderen Worten, du bist verdammt nutzlos.«

»Ich weiß eine Menge, Geoffrey. Sunday hat mir mehr Material aus öffentlicher Berichterstattung einprogrammiert, als in ein ganzes Menschenleben passt. Und wenn ich könnte, würde ich dir alles erzählen, aber das würde ein ganzes Leben dauern, und *so* viel Zeit hat nun wieder keiner von uns. Wir müssen eben lernen, miteinander zu leben. Wenn du eine bestimmte Frage hast, werde ich dir nach bestem Wissen antworten. Und wenn ich eine Beobachtung mache, von der ich glaube, sie könnte dir nützlich sein, werde ich sie dir zu einem möglichst passenden Zeitpunkt mitteilen.«

»Das hört sich so an, als wäre hinter diesen Augen ein Verstand am Werk.«

»Genau wie bei dir.«

Es war natürlich bloß ein Taschenspielertrick. Das Eunice-Konstrukt hatte keinen eigenen Willen und kein Bewusstsein, es war nur eine raffinierte Maschine. In den Unmengen von erfassten Reaktionen, all den Daten, die von Nachweltsuchprogrammen gesammelt worden waren, fänden sich reichlich dokumentierte Gesprächssituationen wie diese, aus denen Eunice ihre Antworten extrahieren und der jeweiligen Situation anpassen konnte. Ein Trick, nichts weiter.

Aber ein umwerfend überzeugender Trick, das musste er zugeben.

»Ich wollte mich nur zu erkennen geben«, sagte Eunice. »Und nun lasse ich dich allein. Dir geht sicher vieles im Kopf herum.«

»Das eine oder andere.«

»Ich würde den Familiensitz gern wiedersehen. Diese kleine Freude kannst du mir doch machen, nicht wahr?«

Er wurde von Algorithmen angefleht. »Unter der Bedingung, dass du dich ordentlich benimmst.«

»Ich danke dir, Geoffrey. Du bist sehr tolerant. Aber das hatte mir Sunday schon prophezeit. Ihr beiden wart mir von meinen Kindern und Enkeln immer die liebsten, musst du wissen. Ihr hattet als Einzige diesen rebellischen Funken.«

Geoffrey erinnerte sich noch gut, wie es gewesen war, wenn Eunice sich zu einer Unterhaltung mit ihm herabgelassen hatte. Falls das Konstrukt die Gefühle der lebenden Eunice richtig wiedergab, dann hatte diese es ausgezeichnet verstanden, solche Regungen vor dem Rest der Familie zu verbergen. Sie hatte etwa so viel Wärme ausgestrahlt wie der Pluto, wenn sie aus ihrem Exil in der Mondumlaufbahn auf ihn herabgeschaut hatte.

»Du hast uns wirklich das Gefühl gegeben, etwas ganz Besonderes zu sein«, sagte er.

Es war ein Schock, wieder draußen im Sonnenschein in Gabun zu stehen. Er war als freier Mann zur Erde zurückgekehrt.

Bei der lunaren Einwanderungsbehörde war er bereits durch eine Zollkontrolle gegangen; nun erwartete ihn eine zweite in Libreville. Geoffrey wusste, dass alle seine Dokumente in Ordnung waren und dass er zumindest nicht wissentlich gegen irgendwelche Vorschriften verstieß. Aber er hatte den Zwischenfall an der chinesischen Grenze noch nicht überwunden und war überzeugt, dass sein Name früher oder später in dem Verfahren auftauchen würde. Eine Hand auf der Schulter, ein leises Wort in sein Ohr. Höfliche Beamte, die ihn mit einem Haftbefehl in einen fensterlosen Raum führten.

Doch auch in Libreville passierte nichts. Man interessierte sich nicht einmal für den Handschuh, obwohl er ihn ausdrücklich deklarierte, bevor er durch die Sicherheitskontrolle ging. Man wunderte sich vielleicht, dass jemand sich die Mühe machte, ein so ganz und gar unscheinbares Objekt zu importieren, aber die Verwunderung war nicht so groß, dass man weitere Maßnahmen ergriffen hätte.

Er schlenderte eine Weile durch den Park am Ankerpunkt und setzte sich immer wieder auf eine Bank, um seinen Muskeln eine Pause zu gönnen. Ringsum zischten und flimmerten die Springbrunnen. Es war heller Nachmittag, der Himmel war wolkenlos, von einem geradezu grotesken Blau und so unendlich weit, als würde er bis zur Andromeda reichen, anstatt in der indigofarbenen Hülle gefangen zu sein, die er aus dem All gesehen hatte. Nach den von Scheinwerfern beleuchteten Höhlen der *Überwachungsfreien Zone* kam es ihm vor, als hätte man der Realität eine weitere Dimension aufgesetzt. Er war vollkommen damit zufrieden, sich auf dieser Parkbank zurückzulehnen und mit den Augen den sechs Gitarrensaiten des Weltraumaufzugs zu folgen, die sich himmelwärts schwangen und wie zur präzisen Demonstration einer Fluchtpunktperspektive im Nichts zusammenliefen. Gondeln glitten wie meniskusförmige schwarze Öltropfen an den Drähten auf und ab. Brandungswellen brachen sich mit niemals endendem monotonem Schlagzeuggeschmetter an der Seemauer der Halbinsel. Möwen schossen durch sein Blickfeld, blendend weiße vogelförmige Fenster in eine andere, reinere Schöpfung.

Schwerfällig kam er auf die Beine und hob die Sporttasche auf. Sie fühlte sich jetzt an, als hätte er ein Dutzend Metallbarren hineingestopft. Mit schmerzverzerrtem Gesicht schleppte er sich durch die prächtigen Anlagen zurück zur Bahnstation, um dort den Äquatorexpress nach Nairobi zu nehmen. Im Nachtzug fände er Zeit und Muße, seine Gedanken zu sammeln, außerdem könnte er die Rückkehr um einige Stunden hinausschieben. Doch als er die Bahnhofshalle erreichte, teilte ihm die ER mit, dass ein privates Airpod in der reservierten Landezone auf ihn wartete.

»Zur Hölle mit euch«, murmelte er.

Zwei Stunden später war er wieder im Luftraum der Ostafrikanischen Föderation und landete noch vor Sonnenuntergang vor dem Familiensitz. Ein Exoskelett stand bereit, ein kopfloses Totengerippe, das nur darauf wartete, ihn in seine gepolsterten Arme zu schließen. Er stieß es mit dem Fuß beiseite und ging so breitbeinig ins Haus, als wäre er im Begriff, sich wutschnaubend in eine Wirtshausschlägerei zu stürzen.

Hector und Lucas erwarteten ihn bereits. Sie lümmelten mit einem Drink in der Hand in Liegestühlen auf der Westterrasse. Vor ihnen schwebte wie ein Spielbrett die Projektion eines Fußballspiels der ersten Liga.

»Geoffrey!« Hector tat so, als wolle er sich erheben, ohne diese Absicht tatsächlich auszuführen. »Wie schön, dich endlich wieder auf festem Boden begrüßen zu dürfen! Wie ich sehe, hast du das Airpod gefunden.«

»Es war kaum zu verfehlen.« Geoffrey ließ die Sporttasche fallen. »Die Mühe hättet ihr euch sparen können.«

»Wir hielten es für angebracht, für eine zügige Rückkehr zu sorgen.« Lucas beugte sich vor und kratzte sich unter dem Tausendfüßler aus glänzendem Plastik, der sein Bein umklammert hielt. Er trug Shorts, Tennisschuhe und ein Hemd mit einem Muster aus orangeroten und gelben Farbspritzern. »Das Exo wolltest du nicht verwenden?«

»Ich bin kein Krüppel, Cousin.«

»Natürlich nicht.« Lucas blendete das Fußballspiel mit einem subvokalen Befehl aus. »Wir haben es nur gut gemeint. Meinem Bruder und mir fällt es inzwischen nicht mehr schwer, uns an die Erdschwerkraft anzupassen, aber das kommt daher, dass wir schon sehr viele Stunden im All verbracht haben. Mit wachsender Erfahrung stellt man sich immer leichter um.«

»Ich werde es mir merken.« Er durfte nicht zu freundlich

sein, sonst würden sie misstrauisch werden. Schließlich hatte er etwas zu verbergen. »Allerdings habe ich nicht vor, noch einmal ins All zu reisen.«

»Der Mond zählt sowieso fast nicht«, sagte Hector. »Aber wir sollten Geoffrey die Freude nicht verderben – für ihn war es sicher ein großes Abenteuer. Den peinlichen Zwischenfall mit deinem Freund, der verhaftet wurde, vergessen wir ganz schnell. Wir sind dir wirklich aufrichtig dankbar.« Er warf einen vielsagenden Blick auf die Tasche. »Das … hm … Ding – ist es da drin?«

Geoffrey bückte sich und zog den Reißverschluss auf. Der Handschuh lag auf seinen Kleidern; nach der Zollkontrolle hatte er ihn als Letztes eingepackt. Nun nahm er ihn heraus und warf ihn Hector kurzerhand zu. Der musste hastig sein Glas abstellen, um ihn aufzufangen.

Hector untersuchte den Handschuh mit dem prüfenden Blick eines Briefmarkensammlers.

»Gib ihn mir auch mal«, verlangte Lucas.

»Wir können in den Aufzeichnungen der Familie nachsehen«, sagte Hector und reichte das Ding seinem Bruder weiter, »ob er zu einem der Anzüge passt, von denen man weiß, dass Eunice sie getragen hat.«

Lucas rümpfte die Nase und betastete den Handschuh mit deutlichem Widerwillen. »Wenn wir eine strenge Kosten-Nutzen-Analyse zugrunde legen, war es vielleicht nicht unsere klügste Finanzentscheidung in jüngerer Zeit, Geoffrey deswegen bis zum Mond zu schicken.«

»Er sieht wirklich ziemlich schäbig aus«, räumte Hector ein und griff wieder nach seinem Glas. »Und in dem Schließfach war sonst wirklich nichts, Geoffrey?«

»Das sagte ich schon.«

»Gar nichts?«, drängte Lucas. »Keine Begleitdokumente?«

»Nur der Handschuh«, wiederholte Geoffrey ungeduldig.

»Sie war senil.« Hector nahm seinem Bruder den Handschuh wieder ab. »Das ist die einzig mögliche Erklärung. Wobei es eigentlich keine Rolle spielt, warum sie ihn dort hinterlegt hat. Wir hatten befürchtet, das Schließfach könnte etwas enthalten, was dem Ruf der Familie abträglich wäre. In diesem Punkt können wir immerhin beruhigt sein, nicht wahr?« Er hielt den Handschuh immer noch in der Hand und betrachtete ihn mit neuer Aufmerksamkeit.

»Ich denke schon«, bestätigte Lucas. »Zumindest wurde unsere größte Sorge entkräftet.«

»Nämlich?«, fragte Geoffrey.

»Dass wir Papiere finden würden, Unterlagen«, sagte Hector. »Dinge, denen man nachgehen müsste. Stattdessen war es nur ein Relikt aus früheren Zeiten. Das Ding können wir unbesorgt im Familienmuseum einmotten. Kein Mensch wird ihm einen zweiten Blick schenken.«

»Wenn ihr mich dann nicht mehr braucht…« Geoffrey wollte die Sporttasche wieder schließen.

»Gewiss doch!« Hector strahlte ihn an. »Das hast du großartig gemacht! Die Diskretion in Person. War er nicht fantastisch, Lucas?«

»Er hat unsere Anforderungen zufriedenstellend erfüllt«, bestätigte sein Zwillingsbruder.

»Eines muss ich zugeben, Geoffrey«, fuhr Hector fort. »Was dein Engagement für die Familie betrifft, so waren die Meinungen bisher durchaus geteilt, aber in dieser Angelegenheit hast du dich glänzend geschlagen. Von nun an kannst du dich zusammen mit uns anderen hocherhobenen Hauptes als wahren Akinya bezeichnen.«

»Das ist sehr freundlich«, knirschte Geoffrey.

»Natürlich werden wir unseren Teil der Abmachung einhalten«, fuhr Hector fort. »Sobald mein Glas leer ist, gebe ich die erste Rate deines neuen Forschungsetats frei.«

Geoffrey warf sich die Tasche über die Schulter. »Ist Memphis in der Nähe?«

»Er war aus geschäftlichen Gründen gezwungen, persönlich nach Mombasa zu reisen …« Lucas sah Geoffrey mit neu erwachtem Interesse an. »Aber er müsste inzwischen wieder zurück sein. Hattest du etwas Bestimmtes mit ihm zu besprechen?«

»Er ist mein Freund«, sagte Geoffrey. »Ich will lediglich hören, was es Neues gibt.«

Lucas' Lächeln wirkte gezwungen. »Wir alle tun gut daran, so oft wie möglich aus dieser wertvollen Quelle der Erfahrung zu schöpfen.«

Mit einem subvokalen Befehl rief er das Fußballspiel wieder auf und klatschte bei einem atemberaubenden Pass von Kameruns derzeit bestem Mittelfeldspieler begeistert in die Hände. »Seehund-Gene«, vertraute er seinem Bruder voller Bewunderung an. »Die erhöhte Myoglobindichte erlaubt es, mehr Sauerstoff aufzunehmen und zu speichern. Habe selbst schon daran gedacht, mir welche einpflanzen zu lassen.«

Geoffrey war froh, die Cousins bei ihrem Fußballspiel zurücklassen und sich ins kühle Haus flüchten zu können. Sein spartanisch ausgestattetes Zimmer war sauber, das Bett frisch bezogen, die Regale bis auf ein paar Bücher und Kunstgegenstände leer. Das Fenster war angelehnt, die Gardinen bewegten sich leicht in der Nachmittagsbrise. Er strich dem Holzelefanten an der Spitze des Zuges über den glatt polierten Rücken. Dann stellte er seine Tasche auf das Bett, öffnete einen der Schränke und vergewisserte sich, dass Kleidung zum Wechseln vorhanden war.

Endlich setzte er sich an den Schreibtisch und rief subvokal das Konto mit den Forschungsgeldern auf. Hector hatte sein Versprechen gehalten. Die erste Rate war bereits eingegangen.

Es war eine atemberaubend hohe Summe, mehr, als Geoffrey je auf einmal auf einem seiner Konten gesehen hatte. Das Geld war für seine Elefantenstudien bestimmt, aber er bezweifelte, ob sich die Cousins überhaupt dafür interessierten, wo es schließlich landete. Geld war, zumindest in dieser Größenordnung, wie Wasser für sie. Es hatte seine Funktion, ähnlich wie Hydraulikflüssigkeit, doch in solch geringen Mengen lohnte es kaum den Buchungsaufwand.

Er verschob die Dusche auf später, verließ das Zimmer und wanderte durch das Haus, bis er Memphis fand. Der Verwalter saß mit dem Rücken zur Tür in seinem Büro im Erdgeschoss, so kerzengerade, als hätte er einen Stock verschluckt. Der alte, aber immer noch tadellose Anzug hing ihm lose von den knochigen Schultern. Vor ihm schwebte, von der ER erzeugt, ein Halbkreis von vielfarbigen Konto- und Datenblättern. Er verschob Zahlen von einem Ausschnitt zum anderen. Die leuchtenden Symbole tanzten durch die Luft wie gut dressierte Kobolde.

Geoffrey klopfte leicht an den Türrahmen. »Memphis«, sagte er. »Ich bin wieder da.«

Memphis schloss eine Transaktion ab, dann ließ er die Kontobücher und Tabellen verschwinden. Sein altmodischer Drehstuhl mit Pneumatikfederung quietschte, als er sich umwandte und Geoffrey anstrahlte. »Wie war die Rückreise?«

»Schnell. Ich hatte mich darauf gefreut, den Nachtzug zu nehmen, die Cousins hatten allerdings andere Vorstellungen. Sie haben ein Airpod geschickt.«

»Ich kann verstehen, dass du dir Zeit lassen wolltest. Aber ich nehme an, du konntest es auch kaum erwarten, nach Hause zu kommen.«

»Ich hatte keinerlei Zweifel, dass du in meiner Abwesenheit alles im Griff behalten würdest.«

»Bei meinen Fähigkeiten eigne ich mich wahrscheinlich

besser für die Verwaltung des Familiensitzes als für die Tierforschung. Hast du die Herde schon besucht?«

»Nein, noch nicht. Ich werde demnächst kurz hinausfliegen, nur um sie wissen zu lassen, dass ich zurück bin. Und morgen früh … ich dachte, du hättest vielleicht Lust, mich zu begleiten?«

»Leider habe ich noch einiges in Mombasa zu erledigen, und du kennst meine Abneigung gegen das Chingen. Ich könnte meine Pläne ändern, aber …«

»Nicht nötig«, beruhigte ihn Geoffrey. »Wie sieht es übermorgen aus?«

»Ich wüsste nichts, was dagegen spräche. Wolltest du mir etwas Bestimmtes zeigen?«

»Nur das Übliche. Es ist gut, wenn dich die Elefanten in regelmäßigen Abständen zu sehen bekommen und dich mit mir in Zusammenhang bringen.«

»Ich bin dir immer gern behilflich. Ich vermute, du hast jetzt alles erledigt und kannst dein normales Leben wiederaufnehmen?«

»Das hoffe ich.«

Memphis nickte. »Ich auch.«

Geoffrey verabschiedete sich und wanderte weiter durch das Haus. Schließlich fand er sich im kühlen Museumsflügel wieder. Hier hielt sich niemand auf, keine Familienmitglieder, keine Besucher und niemand vom Personal, und so gestattete er sich herumzutrödeln, was er sonst nie tat, und die Glaskästen, denen er bisher kaum einen Blick gegönnt hatte, genauer zu untersuchen.

Nach einer Weile fand er das Exemplar von *Gullivers Reisen*, das Memphis bei der Trauerfeier erwähnt hatte. Es stand in einem der Kästen nahezu aufrecht auf einem Ständer.

Geoffrey öffnete den Deckel des Kastens. Die alten Metallscharniere quietschten. Er hielt ihn mit einer Hand fest, griff mit der anderen hinein und holte das Buch heraus. Der blaugraue Einband war verblichen, die Seiten hatten Eselsohren. Das Buch sah staubiger aus, als es tatsächlich war. Vorsichtig schlug er es auf.

Die Vorsatzpapiere waren marmoriert. Geoffrey entdeckte krakelige graue Striche und eine unbekannte, durchaus geübte Handschrift. Die Widmung war auf Englisch, aber so schwach und verschnörkelt, dass die ER sie nur auf sanften Druck detektierte und übersetzte. »Für Eunice zu ihrem zwanzigsten Geburtstag, 20. Januar 2050«, las er sich schließlich laut vor. »In Liebe, Mutter und Vater.«

Das Buch war offensichtlich sehr viel älter; es musste schon eine Antiquität gewesen sein, als Eunice es geschenkt bekommen hatte. Er blätterte weiter, bis er zur eigentlichen Geschichte kam.

Endlich entdeckte er etwa in der Mitte die Stelle, wo die Seiten fehlten. Sie war schwer zu finden, man musste schon gezielt danach suchen. Es gab nur eine kleine Lücke, wo die Blätter am Buchrücken befestigt waren. Vielleicht hatte man den Schaden sogar bemerkt, als das Buch in die Bibliothek gestellt wurde, aber dann nicht mehr daran gedacht – Bücher, die man schätzte, wurden oft einfach dadurch beschädigt, dass sie immer wieder gelesen und herumgetragen wurden. Es konnte allerdings ebenso gut sein, dass es niemals jemandem aufgefallen war.

Er prägte sich die Seitenzahlen der fehlenden Blätter ein, dann stellte er das Buch an seinen Platz zurück. Gerade als er den Deckel schließen und wieder gehen wollte, bemerkte er den Text, der in feinen weißen Lettern in den Sockel des Bücherständers eingraviert war.

Von Eunice Akinya im Jahre 2100 unmittelbar vor ihrer letzten Weltraummission für die Privatsammlung gespendet.

Ein Jahr und sieben Monate später war sie vom Rand des

Sonnensystems zurückgekehrt. Bis heute hatte sich kaum jemand sonst so weit nach draußen gewagt. Aber nach ihrer Rückkehr in die Mondumlaufbahn hätte Eunice keine Möglichkeit mehr gehabt, auf den Mond zu fliegen und etwas zu vergraben. Sobald sie den *Winterpalast* verlassen hätte, wäre jede ihrer Bewegungen verfolgt und für die Nachwelt aufgezeichnet worden. Die folgenden sechzig Jahre hatte sie ausschließlich auf der Station verbracht.

Alle Hinweise, vom Handschuh im Schließfach bis zu den Papieren im Boden des Pythagoras, musste sie platziert haben, bevor sie in den Weltraum aufbrach. Immer vorausgesetzt natürlich, dass sie keine Helfer gehabt hatte.

Daraus folgte: Eunice hatte die ganze Sache geplant.

9

Der Kilimandscharo war ein geschliffener Diamant, der vom Himmel herabgefallen war. Ein dünner Nebelstreifen zog sich quer über seinen Fuß, sodass der obere Teil wie durch ein Wunder der Levitation über dem Boden zu schweben schien.

Geoffrey fand den Clan nach nur knapp dreißig Minuten in der Luft ohne Mühe. Er flog tief an und vollführte eine scharfe Wendung, bei der er mit der rechten Flügelspitze beinahe die Wipfel der Elefantenbäume und Kohlpalmen an einem der Wasserlöcher abrasiert hätte. Die Elefanten drehten sich um und beobachteten ihn mit erhobenem Rüssel und wackelnden Ohren. Matilda war leicht zu erkennen – sie war die Einzige, die unbeeindruckt weiter mit ihrem Rüssel den Boden aufwühlte und nach Futter suchte, um ja nicht den Eindruck zu erwecken, seine Rückkehr sei eine große Sache.

Er suchte sich einen Geländestreifen mit trockenen Furchen im Gras, auf dem er schon zu zahlreichen Gelegenheiten gelandet war, und steuerte die Cessna nur einen Hauch über der Abrissgeschwindigkeit darauf zu. Sofort nachdem die Reifen aufgesetzt hatten, schaltete er den Motor aus und ließ die Maschine, lediglich begleitet vom Knacken und Scharren der Flügel und des Fahrgestells im trockenen Unterholz, fast lautlos bis zum Stillstand ausrollen. Dann nahm er seinen Seesack und kletterte, immer noch in denselben Kleidern, die er in Sundays Wohnung angezogen hatte, aus dem Cockpit.

Langsam ging er durch das Gras auf die Elefanten zu. Der Wind war schwach und kam von hinten, sodass ihm sein Geruch vorangetragen wurde. Das war der Grund, warum er sich weder umgezogen noch geduscht hatte. Nach so langer Abwesenheit wollte er kein Risiko eingehen. Außerdem klatschte er immer wieder in die Hände und stieß einen Schrei aus, um sich noch besser zu erkennen zu geben.

Es war spät am Tag. Schwarze, graue und violette Schatten huschten über den Boden und verschmolzen miteinander, wenn der Wind die Fächer und Netze der Pflanzen bewegte. Geoffreys Gehirn begann, die Lücken mit kauernden Muskelbergen und glänzenden Augenpaaren zu füllen, die ihn mit gezielter Wachsamkeit verfolgten. Das raue Rascheln der Gräser in der Dämmerung verwandelte sich in die flachen Atemzüge hungriger Wesen, die mit viel Geduld ein letztes Mal Luft holten, bevor sie sich zum Todesbiss auf ihre Beute stürzten. Jede Unebenheit wurde zu einer lauernden Schlange und ließ ihn alle drei oder vier Schritte innehalten. Dieser uralte, dumpfe Bereich seines Gehirns war nicht völlig auszuschalten. Aber er hatte gelernt, sein hektisches Affengeschnatter weitgehend auszublenden.

Da vorne war Matilda, ihr dunkles Profil wurde von zwei Kandelaberbäumen unterbrochen. Inzwischen waren seine Achselhöhlen schweißnass. Einmal mehr machte er sich mit Schreien und Klatschen bemerkbar, dann rief er: »Hallo, Matilda. Ich bin es, Geoffrey, ich bin wieder zu Hause.«

Dabei wusste sie genau, dass niemand anderer als er vom Himmel herunterfiel. Die Cessna war so ungewöhnlich und einzigartig wie ein Einhorn.

Sie gestattete ihm, sich zu nähern, aber ihre Haltung drückte eine vorsichtige Zurückhaltung aus, die sich die anderen Elefanten zum Vorbild nahmen. Geoffrey blieb stehen, als er von den übrigen hochrangigen Weibchen ein drohendes Grollen hörte und spürte. Matilda antwortete mit einem eigenen Laut, vielleicht um die anderen zu beruhigen, vielleicht auch nur das Gegenstück von: *Haltet die Klappe und überlasst das mir*.

Geoffrey wartete eine Weile, dann rückte er weiter vor.

»Ich habe euch doch erklärt, dass ich fort muss«, sagte er. »Ihr könnt froh sein, dass ich nicht länger weggeblieben bin.«

Er betrachtete die Familie. Schon aus der Luft hatte ein ER-Overlay ergeben, dass alle vollzählig anwesend waren, aber nach Anzeichen von Verletzungen und Krankheiten konnte er erst auf dem Boden Ausschau halten. Er achtete besonders auf die Jungen, fand jedoch keinen Grund zur Besorgnis.

»Also alles wie gewohnt«, sagte er leise, mehr zu sich selbst als zu Matilda.

Er fand einen Baumstumpf, kauerte sich darauf und zog sein Skizzenbuch und den 2B-Bleistift heraus. Da das Licht immer schwächer wurde, arbeitete er mit wütendem Eifer, um gleich einem Mathematiker, der nach dem kürzesten Weg zu einem Theorem suchte, das Wesentliche dieses Augenblicks mit möglichst wenigen Strichen einzufangen. Für Nuancen, Details oder Schattierungen war keine Zeit; jeder Strich wurde möglichst sparsam und auf geradezu hingebungsvoll martialische Weise gesetzt. Er zeichnete, bis er die Elefanten im Halbdunkel nur noch als gerundete Hügel erkennen konnte und das Grau sich violett verfärbte. Seine Augen hatten ihre Leistung hochgefahren, und die ER bot ihm an, ein sichtverbesserndes Overlay über sein Blickfeld zu legen, doch das lehnte er ab.

Als er drei Seiten gefüllt hatte, packte er das Skizzenbuch weg, warf sich die Tasche über die Schulter und erhob sich mit schmerzenden Gliedern. Die Elefanten waren inzwischen ruhiger geworden und duldeten seine Gegenwart mit wohlwollender Gleichgültigkeit. Er trat auf die Matriarchin zu, blieb vor ihr stehen und erlaubte ihr, ihn mit ihrem Rüssel abzutasten.

»Du wirst nicht glauben, wo ich war«, sagte er. »Vielleicht würdest du es auch glauben, wenn du es begreifen könntest. Womöglich käme es dir nicht weiter vor als Namibia. Ich war auf dem Mond, Matilda. Ist das nicht unglaublich? Ich war da oben.«

Der Mond war heute Abend nicht zu sehen, sonst hätte er ihn ihr gezeigt.

Geoffrey gab den subvokalen Befehl, die Verbindung zu aktivieren. Matildas Gehirnscan erschien in Echtzeit in der oberen linken Ecke seines Sichtfelds. In den üblichen Funktionsbereichen herrschte Aktivität, aber nichts Außergewöhnliches. Mit Ausnahme der normalen Muster, die durch die Wachsamkeit bei Nacht bedingt waren, wirkte sie völlig ausgeglichen.

Ich sollte das besser bleiben lassen, dachte er. Es war zu früh nach seiner Rückkehr, um den nächsten Schritt zur Initiierung einer vollständigen Verschmelzung ihres und seines Bewusstseins einzuleiten. Aber warum eigentlich nicht? Er war gerade ganz mit sich im Reinen, der Flug und die Gelassenheit der Herde hatten auch sein Gemüt beruhigt. Morgen mochte es schon wieder anders sein.

Mit einem subvokalen Befehl rief er ein Bild seines eigenen Gehirns auf und leitete den Übergang ein. Die unteren Prozentbereiche, dann zehn und zwanzig Prozent durchlief er schnell. Bei fünfundzwanzig Prozent verlor sein Selbstbild an Schärfe, sein Bewusstsein löste sich von seinem Körper, seine Größenvorstellungen blähten sich auf wie in einem Traum, bis ihm Matilda nicht mehr größer erschien als einer der phyletischen Zwerge.

Er überschritt die fünfunddreißig, dann die vierzig Prozent.

Der neuronale Schaltplan zeigte Bereiche der Kongruenz, Gehirnregionen, die gemeinsam aufleuchteten. Die anatomischen Einzelheiten waren natürlich verschieden, aber die funktionalen Beziehungen wurden präzise konserviert. Matildas Denkprozesse steuerten seine eigenen, als bewege sich ein Feuer durch seinen Schädel. Er fühlte sich immer noch ruhig und glaubte, alles unter Kontrolle zu haben, wusste zwar, dass sein Denken von außen beeinflusst wurde, wahrte jedoch genügend Abstand, um darüber nicht die Nerven zu verlieren. Er spürte – noch – keine Angst, auch nicht, als er die fünfundvierzig Prozent überschritt und auf die psychologische Barriere von fünfzig Prozent traf. So weit hatte er sich noch nie vorgewagt. Nun fühlte er sich nicht bloß von seinem eigenen Körper getrennt, sondern wie vervielfältigt, als Teil eines größeren Ganzen. Matildas Identität als Matriarchin war so eng mit ihrer Familie verbunden, dass diese Identität auch andere Elefanten einschloss. Geoffrey schwankte, die Wahrnehmungsveränderungen waren schwindelerregend, doch er nahm sich zusammen und setzte den Prozess fort bis fünfundfünfzig und schließlich sechzig Prozent. Jetzt schwamm er ganz weit draußen in den tiefen neuronalen Wassern. Die Welt drängte sich mit der übernatürlichen Schärfe einer Halluzination zu ihm durch, durchbrach die Dämme seiner Sinne, überschwemmte sein Gehirn mit mehr Stimulation, als es auf die Schnelle aufnehmen konnte. Die Hintergrundgeräusche des Wasserlochs und seiner Umgebung wurden aufgedröselt, dekonstruiert wie bei der mathematischen Trennung eines Signals in seine Fourier-Komponenten, entflochten zu eigenen und unverkennbaren Geräuschfäden – jeder Baum, jeder Busch trug sein eigenes Flüstern bei, jeder Atemzug, jeder Schritt war ein selbstständiges Wesen. Elefantengrollen von nahe und fern, er spürte es mehr im Bauch als im Kopf.

Doch diese unendlich komplexen Äußerungen waren nur

ein Teil des sensorischen Teppichs. Matildas Geruchssinn war scharf und unermüdlich, und durch die Verbindung leuchtete auch Geoffreys olfaktorisches Zentrum entsprechend auf. Die Umsetzung war zu roh, um die einzelnen Eindrücke genau zu übertragen, dennoch fühlte sich Geoffrey überwältigt von Gerüchen, die er aus eigener Erfahrung kannte, die aber nun jeweils in einer Geschenkverpackung aus Erinnerungen und Emotionen zu ihm kamen. Der Duft eines frisch verlegten Gen-Tang-Teppichs in einem Zimmer im Familiensitz, das eine neue Einrichtung bekommen hatte, als er acht Jahre alt war. Der Geruch nach Getriebeöl, das aus einem der Jeeps tropfte. Eine Schachtel mit Wachsmalstiften in Papierhüllen, nach Farben geordnet wie ein parfümierter Regenbogen, der nur darauf wartete, seine Pracht auf Papier zu ergießen. Ein Haufen frischer Hyänendung, in den er mit der Hand gefasst hatte, als er gestolpert und hingefallen war – um dann weinend ins Haus zu laufen und die verschmutzte Hand hochzuhalten, als hätte er sich verletzt. Es waren fast ausschließlich Erinnerungen an Vorfälle aus seiner Kinderzeit, sie stiegen aus evolutionär alten Hirnregionen auf, wo sie angelegt worden waren, als die Architektur seines Bewusstseins für alle Veränderungen noch vehement offen gewesen war.

Fünfundsechzig, dann siebzig Prozent. Genug für heute, sagte er sich. Vielleicht sogar für immer. Weitere Verbesserungen konnten folgen – eine Feinsteuerung der Schnittstelle, sodass die Sinneseindrücke präziser wiedergegeben wurden und er Löwen nicht nur witterte, wenn Matilda diese Witterung aufnahm, sondern den Geruch auch zuordnen konnte. Dazu bräuchte man lediglich Daten zu sammeln und Kreuzkorrelationen zwischen neuronalen Zuständen und äußeren Faktoren zu berechnen. Weder in der Theorie noch in der Philosophie gab es einen Grund, warum er ihre Welt mit allen ihren Besonderheiten nicht so erleben sollte wie sie. Und dann, erst dann könnte er eine erste Ahnung von ihren Denkprozessen bekommen, wenn auch nur im Schattenspiel an der Höhlenwand ihres Bewusstseins.

Bei alledem war Matilda überaus ruhig und aufmerksam geblieben, ohne sich um die Maschinen zu kümmern, die ihre Gedanken lasen; ohne sich darum zu kümmern, dass ihr Bewusstsein im Kopf eines anderen Lebewesens widerhallte und gespiegelt wurde. Geoffrey wusste, dass er an diesem Punkt den Kontakt abbrechen sollte, schließlich hatte er bereits mehr erreicht als bei allen früheren Sitzungen. Aber etwas drängte ihn zum Weitermachen, nachdem er seine anfänglichen Ängste überwunden hatte. Es ging nicht darum, noch höhere Prozentzahlen zu erreichen, sondern den Datenverkehr auch in die andere Richtung zuzulassen. Das war schließlich immer sein Endziel gewesen: nicht bloß in ihr Bewusstsein zu schauen, sondern einen Kommunikationskanal zu eröffnen. Wie hatte June Wing sich ausgedrückt – eine kognitive Tür aufstoßen? Die Anwendungsprotokolle für die Neuromaschinerie waren bereits vorhanden; er brauchte lediglich eine Serie von subvokalen Befehlen zu geben, um sein eigenes Bewusstsein allmählich in Matildas Kopf vordringen zu lassen.

War sie dafür bereit? Wie würde ein Tier, das seine instinktiven Reaktionen nicht mithilfe eines rationalen Bezugssystems dämpfen konnte, mit einem solchen Eingriff umgehen? Matilda hatte in ihrer entwicklungsgeschichtlichen Vergangenheit keinerlei Instrumente mitbekommen, um zu begreifen, was er mit ihr vorhatte.

Andererseits hatte er sein Projekt nicht so weit vorangetrieben, um sich nun von solchen Bedenken aufhalten zu lassen. Er musste das Experiment durchführen, um *dann* daraus zu lernen – wenn auch vielleicht nur, dass seine Arbeit in einer Sackgasse gelandet war und keinen weiteren Wert hatte.

Vorsichtshalber fuhr er die bestehende neuronale Schnittstelle auf dreißig Prozent zurück. Das war so niedrig, dass sein Selbstbild wieder halbwegs normal war, aber nicht so niedrig, dass Matildas Sinneswahrnehmungen, dieses ganze bunte Panoptikum von Eindrücken aus verschiedenen Kanälen, nicht zu ihm hätten durchsickern können.

Fünf Prozent in die andere Richtung, dachte er. Das war mehr als genug für den Anfang.

Noch einmal überlegte er, es bleiben zu lassen, die Verbindung zu schließen und zur Cessna zurückzukehren. Doch dann dachte er an Sunday. Sie hätte den Kopf geschüttelt über seinen Mangel an Mut.

Er subvokalisierte den Befehl.

Es gab keine wahrnehmbaren Veränderungen. Er war entmutigt. Matildas Hirnaktivität wechselte von Sekunde zu Sekunde, aber das war schon so, seit er die Verbindung aktiviert hatte. Er sah nur das natürliche Hintergrundgeräusch, das durch ständige Zufallsreize erzeugt wurde, die Bewegungen und die Laute der anderen Elefanten, die Bilder, Geräusche und Gerüche, die aus größerer Entfernung zu ihr drangen. Auch in seinem eigenen Bewusstsein waren die Neuronen unentwegt am Feuern, doch das Signal, das er aussendete, war nicht stark genug für eine messbare Veränderung in Matildas Scan. Er steuerte lediglich ein weiteres Geräusch bei.

Matilda konnte besser sehen als er, deshalb war der überwiegende Teil der Aktivität in seinem Sehzentrum ein Ausfluss dessen, was in ihrem Gehirn vorging. Flüchtige Eindrücke wie die hypnagogischen Bilder vor dem Einschlafen huschten über die Projektionsfläche seines Denkens. Wie beim Geruch war die Umsetzung zu grob, um etwas zu ergeben, was unmittelbar verständlich gewesen wäre. Immerhin bekam er wiederholt eine *Impression* von massigen runden Formen – zerschnitten, neu gemischt und verwirrend amorph wie die Vorstellung eines Kubisten von Elefanten.

Geoffrey schloss die Augen und blendete damit das wenige aus, was noch von außen zu ihm drang. Er konzentrierte sich auf ein bestimmtes mentales Puzzle, eine Escher-Figur, das Dreieck von Meta Presence, ließ es rotieren und versuchte dabei, alle Details scharf im Blick zu behalten. Das erforderte eine ganz bewusste Anstrengung, und da er bei der Übung auf die visuelle Maschinerie seines Geistes zurückgriff, erzeugte er damit eine Reaktion in der neuronalen Karte seines eigenen Gehirns, die immer noch in der oberen linken Ecke seines Sichtfelds schwebte. Sein visueller Kortex leuchtete, Durchblutung und neurochemische Marker signalisierten eine Konzentration der Ressourcen.

Noch anstrengender war es, die Escher-Figur im Bewusstsein zu behalten und zugleich die neuronalen Veränderungen in den beiden nebeneinanderliegenden Scans zu beobachten. Doch dafür hatte er immer und immer wieder trainiert, bis er schließlich fähig war, seine Aufmerksamkeit so schnell von einem Objekt zum anderen wechseln zu lassen, dass er die Konzentrationsübungen nicht bloß ausführen, sondern dabei auch ihre Wirkung überwachen konnte.

Das zahlte sich jetzt aus. Matildas visueller Kortex reagierte und wurde ebenfalls heller. Er hatte keine Ahnung, was sie dabei empfand, aber sie konnte einem Reiz dieser Stärke nicht ausgesetzt sein, ohne irgendetwas zu spüren. Für einen Moment spürte auch er einen Anstieg des Potenzials, als die visuelle Reaktion, die er bei ihr erzeugte, in seinen Kopf zurückschwappte, doch das legte sich gleich wieder. Er hatte genügend Protokolle eingebaut, um diese Art von positivem Feedback abzuschwächen.

Er ließ die Escher-Figur in Gedanken los und schlug die Augen auf. Beide Bewusstseine hatten sich bereits beruhigt, weder ihr noch sein visueller Kortex zeigte sich außergewöhnlich aktiv.

Geoffrey hatte keinen Zweifel, dass die Verbindung wie geplant funktioniert hatte und die Reaktion, die er beobachtet hatte, sich wiederholen ließe. Er hatte nicht gegen die Gesetze der Physik verstoßen, er hatte nur zwei Bewusstseine auf eine bestimmte Weise miteinander verbunden. Seltsam wäre es gewesen, wenn es nicht geklappt hätte.

Zeit für ein neues Experiment.

Geoffrey hatte eine Abneigung gegen Skorpione. Als Kind war er einmal auf ein solches Tier getreten – es war in der Nacht in seinen Schuh gekrochen –, und die Erinnerung an den stechenden Schmerz, der wie ein Stromstoß durch sein Nervensystem gejagt war, als sich das Gift ausbreitete, war auch nach fast dreißig Jahren noch frisch. Er hatte gelernt, seine Angst zu überwinden – andernfalls wäre er in einer Umgebung mit so vielen Lebewesen, die einen stechen oder verletzen konnten, kaum zurechtgekommen –, aber infolge dieses Kindheitserlebnisses hatte er eine tief sitzende Phobie, die ihn bis an sein Lebensende begleiten würde. Oft genug hatte er Grund gehabt, diese Angst zu verfluchen, nun sollte sie ihm zur Abwechslung einmal nützlich sein.

Schon bei dem Gedanken an den Skorpion erwachte das alte Unbehagen, doch er nahm sich zusammen und stellte sich der Erinnerung an den Vorfall nicht bloß, sondern schmückte sie mit möglichst vielen fetischistischen Details aus. Er war alt genug gewesen, um zu wissen, dass er seine Schuhe auf Skorpione untersuchen sollte, alt genug, um zu verstehen, dass es sehr schlimm wäre, gestochen zu werden, doch ein Fünfjähriger war noch nicht reif und diszipliniert genug, um diese lästige Untersuchung konsequent jedes Mal durchzuführen. Als sein Fuß den Skorpion berührte und der Stachel eindrang, hatte es dennoch einen Augenblick wunderbarer geistiger Klarheit gegeben, einen Moment der Gelassenheit, in dem er genau verstanden hatte, was geschehen war und was geschehen *würde*, und dass es im ganzen Universum nichts gab, was es aufhalten konnte. Der Schmerz war wie ein vom Wind angefachtes Feuer durch sein Bein nach oben in die vielfältigen Verzweigungen seines Nervensystems gerast – zum ersten Mal hatte er wirklich begriffen, dass er überhaupt ein Nervensystem *hatte*.

Nun sah er es zuckend aufleuchten wie die von Elmsfeuer umzüngelte Takelage eines Schiffes. In diesem Moment hätte er eine anatomische Karte von sich selbst zeichnen können.

Bisher hatte er es tunlichst vermieden, diese Erinnerung wiederaufleben zu lassen, vielleicht war sie gerade deshalb so frisch und scharf geblieben, mit bunten Farben und klaren Gefühlen. Die Brust wurde ihm eng, sein Herzschlag beschleunigte sich, Schweiß lief ihm über den Rücken. Im neuronalen Scan seines Gehirns leuchtete die Angstreaktion auf.

Nun spürte es auch Matilda. Sie ließ ein warnendes Grollen hören, Geoffrey spürte ihre wachsende Erregung und trat einen Schritt zurück. Seine Augen waren weit aufgerissen. Er ließ die Erinnerung los, drängte sie zurück in den mentalen Kasten, wo er sie all die Jahre über aufbewahrt hatte. Genug für heute; er war weit genug gegangen, um seine Theorie zu beweisen. Es behagte ihm nicht, dass bei der ersten Demonstration Angst im Spiel gewesen war, aber er hatte eine Emotion gebraucht, die ein eindeutiges Signal hervorrufen konnte. Matildas neuronale Muster stabilisierten sich wieder; er konnte nur hoffen, dass das Erlebnis sie nicht weiter verfolgen würde.

Er wollte die Verbindung schließen, als Eunice ohne Vorwarnung rechts von ihm auftauchte. Sie hatte die Hände hinter dem Rücken verschränkt und beobachtete das Geschehen.

Geoffrey wollte der Projektion schon Vorhaltungen machen – Eunice hatte ihm mehr oder weniger versprochen, nur dann zu erscheinen, wenn er sie ausdrücklich dazu aufgefordert hatte –, als ihm einfiel, dass Matilda ja sein Sensorium noch teilte und Eunice folglich ebenfalls wahrnehmen müsste.

Er subvokalisierte den Befehl, die Verbindung zu schließen, aber der Schaden war bereits angerichtet. Matilda hatte etwas gesehen, etwas vollkommen Neues, das ihr noch nie in ihrem Leben begegnet war. Die Projektion wäre allein schon durch ihr plötzliches Auftauchen beängstigend gewesen – Elefanten lebten in einer festen, stabilen Welt aus staubigen Böden, Felsblöcken und windschiefen Bäumen –, doch über die nur fünfprozentige Überlagerung war sie außerdem als durchsichtiges Gespenst erschienen. Elefanten brauchten nicht an Geister zu glauben, um von einer solchen Erscheinung tief erschüttert zu werden.

Matilda gefiel die ganze Sache jedenfalls gar nicht. Geoffrey hatte sie zusätzlich sensibilisiert, indem er die Angstreaktion ausgelöst hatte, aber wahrscheinlich hätte sie die Projektion sowieso nicht gut aufgenommen. Sie trompetete und grollte abwechselnd und wich von der Stelle zurück, wo Eunice aufgetaucht war. Geoffrey mochte die Verbindung unterbrochen haben, aber Matilda vergaß nicht so leicht.

»Bist du verrückt geworden?«, rief er. »Ich hatte dir doch verboten, ohne meine Erlaubnis zu manifestieren.«

»Was haben sie denn? Warum sind sie so aufgeregt?«

»Weil sie in meinem Kopf war, als du aufgetaucht bist. Sie hat dich gesehen, Eunice. Und sie weiß nicht, was sie davon halten soll.«

»Wie kann sie mich *gesehen* haben, Geoffrey?«

»Verschwinde!«, fauchte er. »Weg mit dir. Sofort. Bevor ich einen Stein nehme und dich aus meinem Schädel schlage.«

»Ich habe dir etwas Wichtiges mitzuteilen. Von meiner Doppelgängerin auf dem Mond habe ich soeben die Nachricht erhalten, dass deine Schwester auf dem Weg zum Mars ist.«

»Wie bitte?«

»Zum Mars«, wiederholte das Konstrukt. »Morgen startet

ein Expressschiff von Maersk Intersolar, und die Pans haben ihr einen Platz an Bord reservieren lassen. Das ist alles.«

Die Projektion verschwand und ließ ihn mit den Elefanten allein.

Matilda war zwar der einzige Elefant mit einer neuronalen Verbindung zu Geoffrey, aber ihre Erregung hatte sich in Sekundenschnelle auf die anderen übertragen. Sie hatten zwar selbst nichts gesehen, doch eine Warnung der Matriarchin nahmen sie immer ernst. Geoffrey konnte ihre Augen nicht sehen, doch ihre Haltung verriet ihm, dass alle Elefanten ihre Aufmerksamkeit genau dahin richteten, wo Eunice gestanden hatte. Zwar hatte er keine Ahnung, was Matilda ihrer Meinung nach wahrgenommen hatte, aber dass sie auf Nummer sicher gehen wollten, war völlig klar.

Er überlegte, ob er den Link noch einmal öffnen und möglichst viel beruhigende Zuversicht ausstrahlen sollte … doch das wäre bei seinem derzeitigen Gemütszustand so ziemlich die schlechteste Idee, die er haben konnte.

Mars. Was hatte Sunday vor? Dabei hatte sie ihm doch versprochen …

… sich nicht in ein Abenteuer zu stürzen.

Er hob beide Hände. »Es tut mir leid, Matilda. Es ist alles in Ordnung, aber ich kann nicht erwarten, dass du das jetzt begreifst. Es war meine Schuld.« Er entfernte sich rückwärtsgehend, diesmal ohne einen Gedanken daran zu verschwenden, was im Dunkeln hinter ihm lauern mochte. »Ich glaube, ich lasse euch jetzt am besten allein, damit ihr die Sache unter euch regeln könnt. Es tut mir wirklich sehr leid.«

Nun trompetete sie ihn an, es klang wie eine Antwort. Die Wut darin war unverkennbar, und sie richtete sich gegen ihn, daran gab es für Geoffrey keinen Zweifel. Immerhin war er der einzige Fremde in dieser Umgebung. Und falls sie begriffen haben sollte, dass die Projektion nicht ganz real gewesen war, dann hatte sie sich vor dem Rest ihrer Herde blamiert, indem sie vor etwas zurückschreckte, das gar nicht da war. Sie war die Matriarchin, aber nur so lange, bis das nächste Weibchen aufstand und ihr diese Stellung streitig machte.

Er wagte es, den murrenden Elefanten den Rücken zuzukehren, obwohl er Matildas Verärgerung immer noch spürte. Die ER erleuchtete ihm den Weg zurück zur Cessna. Seine Hände hörten erst zu zittern auf, als er in der Luft war. Erst jetzt bemerkte er, dass er seine Tasche mitsamt den Zeichnungen am Wasserloch zurückgelassen hatte. Er hatte beides vergessen, als die Projektion auftauchte.

Unter anderen Umständen wäre er vielleicht noch einmal gelandet und hätte die Tasche geholt. Aber nicht heute.

Er hatte schon genug Schaden angerichtet.

10

Sunday überlegte gerade, wie spät es wohl in Afrika oder, genauer gesagt, auf dem Familiensitz war, als ihr Bruder eine Ching-Anfrage schickte. Ein solcher Zufall konnte einen schon erschrecken, aber sie hatte schon lange gelernt, dergleichen ganz locker zu sehen.

Sie zog sich in eine schattige Ecke der Abflughalle zurück, während Jitendra weiterschlenderte, um einen der Wartungs-Bots anzustupsen, der in einer pathologischen Verhaltensschleife gefangen war.

»Gerade wollte ich dich anrufen«, erklärte sie ihrem Bruder, als seine Projektion vor ihr auftauchte.

Nach der üblichen, etwas mehr als zwei Sekunden langen Zeitverzögerung antwortete er: »Gut, das freut mich zu hören.«

Sie studierte seine Reaktion. »Du klingst nicht gerade überglücklich, Geoffrey. Habe ich etwas angestellt?«

»Ich weiß nicht, wo ich anfangen soll. Erstens bist auf dem Weg zum Mars, ohne mir etwas zu sagen und trotz allem, was wir besprochen hatten, und zweitens habe ich auf einmal meine Großmutter in meinem Kopf.«

»Ihr beiden habt also bereits Bekanntschaft geschlossen.«

»So kann man es auch ausdrücken.«

»Hör zu, ich hätte dich wahrscheinlich vorwarnen sollen, aber … wozu sind Überraschungen gut, wenn man nicht hin und wieder damit aufwarten kann? Außerdem dachte ich, es wäre nützlich für das Konstrukt. Eunice muss mehr von der Welt sehen, und ich bin ihr in dieser Hinsicht offensichtlich keine große Hilfe. Deshalb habe ich mir die Freiheit genommen.«

»Das hast du wahrhaftig.«

»Ich dachte, du würdest dich freuen. Sie kann dir … sehr nützlich sein.«

»Gut. Und jetzt möchte ich wissen, was dir eigentlich einfällt. Deinen ID-Tags nach zu urteilen, befindest du dich bereits an der Abflugstation.«

»Stimmt. Jitendra und ich werden gleich in das Expressschiff steigen.« Sie waren mit einer regelmäßig verkehrenden Raumfähre heraufgekommen, hatten zwei Stunden im freien Fall und in den rotierenden Bereichen der Station verbracht, eine Mahlzeit eingenommen, zu viel Kaffee getrunken und die letzten medizinischen Tests vor dem Kälteschlaf über sich ergehen lassen. »Man wird uns bald in Tiefschlaf versetzen«, fuhr sie fort. »Dann gehen bis Phobos die Lichter aus.«

»Und wo zum Teufel hast du das Geld dafür her?«

»Von Plexus«, antwortete Sunday. »June Wing bezahlt Jitendra für einen Außeneinsatz im Auftrag der Abteilung Forschung und Entwicklung.«

»Und für deinen Flug kommen die Pans auf, wie ich höre.«

»Richtig. Sie wollen einen Künstler auf ihrer Gehaltsliste haben, jemanden, der ihre hehren Ideen einer breiteren Öffentlichkeit vermitteln kann. Die Stelle habe ich bekommen, weil ich die Zoowärter kenne. Zumindest probeweise, bis man sieht, wie es läuft. Auch auf dem Mars gibt es Pans – sie haben dort ein Start-up-Unternehmen laufen.«

»Und das alles ohne Gegenleistung?«

»Oh, nicht ganz. Aber ich brauche ihnen ihre Ideologie nicht abzukaufen; ich muss sie nur für eine Weile vor mir hertragen.«

»Und wie lange wirst du fort sein?«

»Mindestens zehn Wochen, selbst wenn ich mit dem nächsten Schiff zurückfliege, sobald wir den Mars erreichen. Was natürlich nicht der Sinn der Sache ist. Realistisch betrachtet sind es wahrscheinlich eher vier Monate – der Rückflug dauert ebenfalls länger. Wenn ich schon eine so lange Reise unternehme, will ich nicht bloß ein paar Tage bleiben, und da die Pans für die Kosten aufkommen …« Sie hielt inne. »Du hast doch nichts dagegen?«

»Als ob das irgendetwas ändern würde.«

»Ich fliege nur bis zum Mars. Es ist nicht so, als wollte ich über die Neptunbahn hinaus.«

»Es macht einen Unterschied, ob du auf dem Mond bist oder … was weiß ich, zwanzig Lichtminuten weiter weg.«

»Diese Sache muss ich durchziehen, Geoffrey. Ich bin fünfunddreißig Jahre alt und abgesehen von einer kleinen Gruppe von Bewunderern in der *Zone* so gut wie unbekannt. In zwei Jahren bin ich älter als Van Gogh bei seinem Tod! Ich kann so nicht weitermachen – für mich heißt es jetzt oder nie. Die Gelegenheit hat sich ergeben, und ich muss sie nützen. Das verstehst du doch, nicht wahr? Wenn es mit Elefanten zu tun hätte und dir so viel bedeuten würde …«

»… hätte ich dir wahrscheinlich Bescheid gesagt. Ganz nebenbei.«

Es war ein wahrer Eiertanz, den sie da aufführten. Geoffrey war rechtschaffen empört über ihre eigenmächtige Entscheidung, zum Mars zu fliegen, aber er erkannte ihre wahren Motive sehr klar und wusste, dass sie nichts mit der *Panspermischen Initiative* zu tun hatten. Doch da eine geringe Chance bestand, dass ihr Gespräch abgehört wurde, musste er so tun, als wäre die ganze Sache ein schwerer Schock für ihn und es gäbe keinerlei Verbindung zu den Ereignissen im Pythagoras. Die Fragen nach der Finanzierung waren dagegen vollkommen aufrichtig. Ihre eigenen Mittel hätten dafür niemals ausgereicht.

Aber es war auch nicht nötig gewesen, darauf herumzureiten. Ein Wort zu Chama und Gleb, und schon wenig später war Truro wieder auf der Bildfläche erschienen. Damit hatte sie zwar ihr Ticket, hatte sich aber noch weiter in Abhängigkeit von den Pans begeben. Jitendra hatte seinerseits neue Schulden bei June Wing angehäuft.

»Wenn ich es dir gesagt hätte«, verteidigte sie sich, »dann hätten wir genau das gleiche Gespräch geführt wie jetzt, und du hättest mir die Reise womöglich ausgeredet.«

»Ich bin nicht überängstlich.« Er zögerte. »Nun, ein wenig vielleicht doch. Der Mars ist weit weg. Und dort passiert so manches.«

»Ich reise ja nicht allein, und ich werde auch keinen Unfug anstellen.«

Abgesehen, dachte sie, von dem Unfug, von dem sie und ihr Bruder bereits wussten.

»Ich verstehe ja, dass du es mit dem Konstrukt nur gut gemeint hast«, sagte Geoffrey. »Aber Eunice hat mich ganz schön in Schwierigkeiten gebracht.«

»Wie das?«

»Sie hat mir eine meiner Sitzungen mit Matilda vermasselt und den ganzen Clan erschreckt. Nun kann ich zusehen, wie ich das verloren gegangene Vertrauen wieder aufbaue.«

»Wie …?« Sunday konnte sich nicht vorstellen, inwiefern das Konstrukt Geoffrey bei seinen Elefantenstudien hätte stören können, aber ihr Instinkt riet ihr, das Thema nicht weiterzuverfolgen. »Wenn dem so ist, tut es mir leid. Es ist meine Schuld – ich habe ihr genügend eigenen Willen gegeben, um sich gestützt auf deine Wahrnehmungsreize selbst zu aktivieren. Im Grunde heißt das, wenn sie genügend konzentrierte Aufmerksamkeit spürte, war das ihr Stichwort zu erscheinen.«

»Auch wenn ich ihr das ausdrücklich verboten hatte?«

»Sie kann ziemlich eigensinnig sein. Aber du brauchst dich nicht mit ihr herumzuärgern – ich werde deine Kopie deaktivieren. Das kann ich von hier aus tun.«

»Warte!« Geoffrey stieß einen Seufzer aus. »Im Grunde habe ich nichts dagegen, wenn Eunice in Bereitschaft ist. Ich will bloß nicht, dass sie wie ein Teufel aus der Kiste springt und mich zu Tode erschreckt. Kannst du diesen … eigenen Willen, oder was es war, nicht etwas zurückfahren?«

Sunday lächelte. »Ich werde die notwendigen Änderungen veranlassen, bevor man mich schlafen legt.«

»Danke.«

»Du tust mir einen großen Gefallen, wenn du sie behältst, aber das ist dir sicher bewusst.«

»Solange wir uns über eines im Klaren sind«, sagte Geoffrey. »Ich behalte sie, solange sie mich nicht zum Wahnsinn treibt oder bis du vom Mars zurückkehrst. Was immer als Erstes eintritt.«

»Ich melde mich, sobald ich aufwache. Aber denke an die Zeitverzögerung – wir werden nicht chingen können, es wird dir also … komisch vorkommen. Wie in den Zeiten von Dampfschiffen und Telegrammen.«

»Wenn sonst nichts mehr geht, dann schick mir eine Postkarte.«

»Versprochen. Und grüße bitte Memphis von mir.«

»Morgen besuchen wir die Elefanten. Da haben wir Gelegenheit zu einem ausgiebigen Plausch.«

»Da wäre ich gern dabei.«

Geoffrey lächelte verkrampft. »Ein andermal.«

»Ja«, nickte sie. »Ein andermal. Pass auf dich auf, Bruder.«

Seine Antwort ließ länger auf sich warten, als es mit der Zeitverzögerung zu erklären war. »Pass auf dich auf, Schwester.«

Geoffrey schloss die Verbindung und ersparte ihr damit, es ihrerseits zu tun.

11

Er fiel in einen großen Raum, offensichtlich eine Abflughalle. Alles war hell erleuchtet, überall standen Bäume, Geschäfte und Restaurants waren aus irgendeinem weißen, gesteinsähnlichen Material herausgehauen und hatten unregelmäßige Fenster, halbrunde Türen und abgerundete Dächer. Fußboden und Decke wölbten sich von ihm weg. Die Menschen hatten jenen eigentümlich hüpfenden Gang, der ihm sofort verriet, dass annähernd Mondschwerkraft herrschte.

Er hatte keinen physischen Körper. Alle Stellvertreter und Golems waren vergeben, und das würde auch noch mindestens eine Stunde so bleiben. Der Phantomkörper, den man ihm zugewiesen hatte, genügte für seine Bedürfnisse. Als er sich zum Gehen anschickte, dauerte es drei Sekunden, bevor irgendetwas passierte, dann glitt sein Blickfeld vorwärts, geisterhafte Arme schwangen zielstrebig hin und her, und geisterhafte Füße schwebten berührungslos über den Boden. Der Körper war leicht durchsichtig, aber das war nur eine Gedächtnishilfe, um ihn daran zu erinnern, dass er nicht vollständig verkörpert war und (zum Beispiel) in einem medizinischen Notfall keine Hilfestellung leisten oder einen Unfall oder ein Verbrechen nicht durch physisches Eingreifen verhindern konnte. Die anderen Anwesenden sahen ihn entweder – je nach Blickwinkel – als voll realisierte Projektion, eine Geistererscheinung, eine Art schwebendes Irrlicht oder, abhängig davon, wie sie ihre ER konfiguriert hatten, gar nicht.

Gehen mit Zeitverzögerung war schwierig, aber stehen zu bleiben war noch schlimmer. Geoffrey und seiner Umgebung konnte natürlich nichts geschehen, und das Ching bremste ihn auch immer rechtzeitig ab oder korrigierte seine Richtung, wenn er wie ein ausgemachter Tollpatsch gegen ein Hindernis zu laufen drohte.

Davon abgesehen vergaß er nur allzu leicht, dass es überhaupt eine Zeitverzögerung gab. Den Kopf konnte er ungehindert drehen, das lag allerdings daran, dass seine »Augen« immer nur einen winzigen Streifen des verfügbaren Sichtfelds einfangen konnten.

Er schlenderte durch die Halle und drehte eine Runde durch die ganze Zentrifuge, ohne irgendetwas vom Schiff zu sehen. Endlich fand er doch einen Weg hinaus in einen Teil der Station, der nicht rotierte. Das Ching-Protokoll gestattete ihm, mehr oder weniger in der Luft zu schwimmen, was als Projektion viel effizienter war als mit einem Körper. Er paddelte zu einem nach innen gewölbten Fenster, das auf den Kern der Station hinausging. Da war das Expressschiff seiner Schwester. Es ragte wie ein Spieß von einem Ende des Hohlzylinders zum anderen.

Geoffrey betrachtete es mehrere Minuten lang, bevor er auf die Idee kam, Eunice zu aktivieren.

»Das solltest du sehen«, sagte er leise, als sie neben ihm erschienen war. »Das ist das Schiff, das Sunday zum Mars bringt. Sie ist bereits an Bord und wahrscheinlich ohne Bewusstsein.«

»Sprichst du denn wieder mit mir?«, fragte Eunice. »Nach dem unglücklichen Zwischenfall mit den Elefanten?«

»Sunday sagt, du brauchst mehr Stimulation.« Er deutete

auf die Aussicht. »Da hast du einige Stimuli. Mach etwas daraus.«

Eunice' Geisterhände ruhten auf dem gewölbten Handlauf. Niemand schenkte ihr die geringste Beachtung. Geoffreys Projektion mochte für jeden sichtbar sein, der sie sehen wollte, Eunice war eine ganz und gar private Halluzination.

»Sie sind fast startbereit«, sagte Eunice. »Andockverbindungen und Stromleitungen sind abgekoppelt und eingefahren.« Sie schwieg ein paar Minuten, ohne den Blick von dem Schiff zu wenden.

Das Raumschiff von Maersk Intersolar war im Grunde lediglich ein tausend Meter langes Gerippe mit den Triebwerken an einem Ende, verschiedenen Systemen zur Lagerung von Fracht, zur Navigation und zur Steuerung in der Mitte und den Unterkünften für Fahrgäste und Besatzung an der Vorderseite hinter dem stumpfen schwarzen Kegel der Atmosphärenbremse. Die Triebwerke waren weit entfernt und hinter drei rechteckigen, mit Kühlflügeln besetzten Konstruktionen von der gefühlten Größe von Stadtvierteln kaum zu erkennen. Expressschiffe waren hässlich und asymmetrisch, denn sie sparten sich jedes Kilogramm an Masse, das für die Mission entbehrlich war. Aus Darwin'scher Sicht waren sie dagegen so elegant und rücksichtslos effizient wie ein Schwertfisch.

»Die Geschichte, dass die Pans sie als Künstlerin angestellt haben«, bemerkte Eunice, »ist doch offensichtlich eine Legende, meinst du nicht auch?«

»Ich habe dazu keine Meinung.«

»Nun sei nicht so stur, Geoffrey. Wenn wir wollen, können wir lästig, aber auch nützlich sein, und heute bin ich gekommen, um dir zu helfen. Ich weiß nämlich, warum Sunday zum Mars fliegt – es geht um das, was wir im Pythagoras gefunden haben.«

»Wir«, höhnte er. »Seit wann gehörst du denn auch mit dazu?«

»Sieh dir nur dieses Schiff an«, sagte Eunice mit neuer Begeisterung. »Was hätten wir in meiner Jugend für solche Magnetoplasma-Raketen gegeben. Denen konnten selbst unsere VASIMR-Triebwerke nicht das Wasser reichen. Ausflussgeschwindigkeiten im Bereich von zweihundert Kilometern pro Sekunde, der spezifische Impuls über den Höchstwerten – dafür hätten wir unsere eigenen Mütter ermordet. Unsere besten Fusionsanlagen damals waren selbst mit Mpemba-Kühlung so groß wie Schlachtschiffe – nicht wirklich dafür geeignet, um im Sonnensystem herumgeschleppt zu werden. Heutzutage ist man in vier Wochen auf dem Mars und kann die Reise sogar verschlafen! Das ist das Problem mit euch jungen Leuten – ihr seid noch kaum geboren. Wir hatten gerade die Ära der chemischen Raketentriebwerke hinter uns und haben in fünfzig Jahren dennoch mehr erreicht, als ihr in einem Jahrhundert zustande bringen werdet.«

»Du hast diese ganze Entwicklung miterlebt«, hielt Geoffrey dagegen, »doch anstatt die Zeit zu genießen, hast du dich lieber in deinem Winterpalast verkrochen.«

»Ich hatte meine Sternstunde gehabt.«

»Dann nimm uns anderen nicht übel, dass wir so leben, wie wir wollen. Du hast die Grenzen zum Weltraum hinausgeschoben. Viele von uns tun das Gleiche mit den inneren Räumen, dem Bewusstsein. Das mag nicht so spektakulär und romantisch sein wie die Erkundung des Sonnensystems, aber deshalb ist es nicht weniger wichtig.«

»Ich widerspreche dir ja gar nicht. Trotzdem wäre ich gerne auf diesem Schiff.«

Er schwieg einen Moment, dann sagte er: »Ich weiß, wann du zum letzten Mal auf Phobos warst – 2099, kurz vor deiner letzten Expedition. Ein Jahr später, vielleicht nicht einmal so lange, hast du dem Museum das Buch gespendet. Und wenn wir feststellen könnten, wann du zum Pythagoras zurückgekehrt bist, müsste auch das etwa um diese Zeit gewesen, nicht wahr? Du bist von einem Ort zum anderen gerast, um diese Hinweise zu verstecken. Was wird Sunday auf Phobos finden?«

»Ich weiß es nicht.« Als sie Geoffreys frustrierten Blick bemerkte, fügte sie hinzu: »Du verstehst es immer noch nicht. Ich will dich nicht belügen oder dir Dinge verheimlichen. Wenn ich glaube, etwas zu wissen, was dir nützlich sein kann, wirst du es erfahren.«

»Du weißt ja nicht einmal, was du auf Phobos getan hast.«

»Ich bin zu Jonathans Beisetzung auf den Mars zurückgekehrt. Was ich sonst dort getrieben habe, oder wo, kann ich nicht sagen. Aber Phobos ist kein großer Mond, es gibt nicht viele Möglichkeiten.«

»Sunday hätte mir trotzdem sagen sollen, was sie vorhatte.«

»Sollte sie riskieren, dass ihr die Cousins auf die Schliche kamen? Wir können jetzt relativ sicher sein, nicht abgehört zu werden, aber eine Standard-Ching-Verbindung zwischen Erde und Mond mit minimaler Quantenverschlüsselung? Darauf wollte sich Sunday nicht einlassen, Geoffrey.«

»Hector und Lucas hätten sie nicht aufhalten können.«

»Du begreifst es immer noch nicht. Sunday hat nicht befürchtet, dass die beiden *sie* unter Druck setzen würden. Sie wollte *dich* schützen, deine Elefanten, dein ganzes egozentrisches Leben in der afrikanischen Wildnis. Sie wollte ihrem kleinen Bruder eine gute Schwester sein.«

»Ich bin froh, wenn sie wieder zu Hause ist«, sagte Geoffrey, nachdem er über Eunice' Worte nachgedacht und eingesehen hatte, dass sie wahrscheinlich recht hatte. »Wenn sie bloß auf dem Mond ist und nicht irgendwo.«

»Ich kümmere mich schon um sie. Ihr wird nichts geschehen.«

Obwohl solche Starts inzwischen alltäglich waren, hatte sich eine kleine Gruppe von Zuschauern eingefunden, darunter auch Stellvertreter und Golems. Zwei orangefarbene Schlepper schoben das Schiff langsam aus der Station, bis auch die Triebwerke die Öffnung passiert hatten. Dann zündete das Expressschiff seine eigenen Steuermotoren – leuchtend blaue Funken rasten am Rumpf entlang – und drehte sich langsam um die Längsachse, bis es auf den Mars oder vielmehr auf den Punkt der Ekliptik zeigte, an dem sich der Mars in vier Wochen befinden würde.

Das Schiff trieb langsam davon. Noch hingen die Schlepper daran. Eunice' Geisterhand zupfte an Geoffreys Geisterärmel. »Lass uns ans andere Fenster gehen. Das möchte ich nicht verpassen.«

Die anderen Zuschauer hatten sich an ein Außenfenster begeben, um besser sehen zu können. Geoffrey und Eunice folgten ihnen gemächlich. Eine Stunde lang schwebte das Schiff reglos vor dem langsam rotierenden Mond. Hin und wieder feuerte eine Steuerdüse und nahm eine Mikroanpassung oder einen letzten Systemcheck vor. Einige Zuschauer verloren die Geduld und schlenderten davon. Geoffrey wartete, denn er wollte die Prozedur bis zum Ende miterleben. Er hatte fast vergessen, dass sein Körper immer noch in Afrika auf dem warmen Dach stand, als ihm ein Insekt freundlicherweise seinen Stechrüssel in den Nacken bohrte.

Irgendwann wurden die Triebwerke des Expressschiffs aktiviert. Drei bleistiftdünne, neonrosafarbene Plasmastrahlen schossen aus den Öffnungen und wurden zu grell leuchtenden Lanzen. Die Schlepper hatten sich von den Seiten des größeren Schiffes gelöst und entfernten sich rasch mithilfe von Steuerraketen, bevor sie in Gefahr gerieten, mit irgendeinem Teil des Kolosses zu kollidieren. Geoffrey richtete seine Aufmerksamkeit auf die Sterne im Hintergrund. Das Expressschiff brauchte fast eine Minute, um eine Strecke seiner eigenen Länge zurückzulegen. Doch dann wurde erkennbar, wie es sich bewegte und beschleunigte, wie seine Geschwindigkeit mit jeder Sekunde auf seiner Uhr um einen weiteren Sekundenmeter zunahm. Es sah aus, als rutsche ein riesiges Haus einen Berg hinab und nehme mit schrecklicher Unausweichlichkeit immer mehr Fahrt auf.

Diese Triebwerke würden noch einen weiteren Tag brennen, die Beschleunigung würde stetig steigen, bis sich das Schiff mit hundert Kilometern pro Sekunde bewegte … schneller, als *er* es so ohne Weiteres zu fassen vermochte, aber immer noch – er rechnete es im Kopf aus – ein kümmerliches Dreißigstel von einem Prozent der Lichtgeschwindigkeit. Das konnte doch wohl nicht stimmen? Er musste sich um eine oder gar zwei Dezimalstellen geirrt haben. Nein, er hatte richtig gerechnet. Zweihundert Jahre Raumfahrt, zweihundert Jahre stetigen, systematischen Fortschritts, gepaart mit kühnen intuitiven Sprüngen … und die Menschheit brachte immer noch nicht mehr zustande als eine Geschwindigkeit, die so gering war, dass sie nach kosmischen Maßstäben kaum als Bewegung gelten konnte.

»Ich hätte gedacht, wir würden mehr erreichen«, bemerkte Eunice, als hätte sie seine Gedanken gelesen. »Immerhin hatte man fast mein ganzes Leben lang Zeit dafür.«

»Tut mir leid, dass wir dich enttäuscht haben.«

»Wir?«

»Der Rest der Menschheit«, erklärte Geoffrey. »Er ist deinen hohen Ansprüchen nicht gerecht geworden.«

»Ihr habt euch immerhin bemüht«, sagte Eunice. »Das will ich euch zugestehen.«

Am nächsten Morgen kehrte Geoffrey zu den Elefanten zurück. Memphis begleitete ihn. Sie landeten mit der Cessna auf der mehr oder weniger festen Rollbahn neben Geoffreys Forschungsstation. Dort standen drei Containerhütten um einen quadratischen Platz. An der vierten Seite parkten ein uralter Truck und ein noch älterer Jeep, beide mit Zebrastreifen. Weizengelbe Gräser streiften die Kotflügel und die verstärkten Stoßstangen.

Geoffrey half dem alten Mann aus dem Cockpit. Alle Zweifel, ob seine eigenen Muskeln sich wieder an die Erdschwerkraft gewöhnt hatten, verflogen, als er Memphis beim Aussteigen am Ellbogen fasste, um ihn zu stützen. Der alte Mann war so leicht und trocken wie ein Bündel Reisig.

»Entschuldige bitte«, sagte Geoffrey, als Memphis' blank polierte schwarze Schnürschuhe den Boden berührten. »Ich hätte dir das nicht zumuten sollen. Wir hätten ebenso gut eines von den Pods nehmen können.«

Die drei Hütten, Plastikkästen mit abgerundeten Ecken, die an Seifenstücke erinnerten, standen auf Stelzen. Ein Wohncontainer, ein Forschungsraum und ein Lagergebäude. An sich hätte Geoffrey nur den Forschungsraum gebraucht, denn letztlich schlief und kochte er auch dort. In der Lagerhütte nahmen seine Ausrüstung, die Proben, die Tiermedikamente und die Forschungsaufzeichnungen nicht mehr als ein Drittel des vorhandenen Raumes ein, der Rest war für die Studenten und Doktoranden reserviert, auf die Geoffrey bislang aus Geldmangel hatte verzichten müssen. Das würde sich nun wohl ändern. Mit den neuen Mitteln konnte er sicherlich eine Hilfskraft, wahrscheinlich sogar zwei einstellen und sich einen ganzen Berg von blitzenden neuen Geräten zulegen. Alle häuslichen Belange musste er zurück in den Wohncontainer verlegen, um Platz zu schaffen und dem Forschungsbereich wenigstens einen Anschein von Ordnung zu geben. Die Hütte konnte es wahrhaftig vertragen, ein wenig herausgeputzt zu werden. Allerdings kam ihm jetzt auch zu Bewusstsein, dass die Tage, die er in Ruhe und Frieden in der Einsamkeit verbringen durfte, gezählt sein könnten.

Heute waren sie nur auf Stippvisite hier. Geoffrey kochte Chai für Memphis und brachte ihn in der Forschungshütte unter, während er seine Ausrüstung sortierte und Geräte in Kisten packte, die er dann in der Cessna verstaute. Er ging zu einem der Grenztürme, tauschte ein Modul in einem Sonnenkollektor aus und ersetzte ein Kabel an einem anderen. Die ganze Zeit kreisten seine Gedanken um die Frage, wie er Memphis auf das Thema Eunice ansprechen sollte.

Letztlich machte es ihm der Alte sehr leicht. Sie waren wieder in der Luft und flogen mit Gebrumm hundert Meter über den Baumwipfeln nach Westen.

»Vielleicht täusche ich mich«, sagte er, »aber ich habe den Verdacht, dass ein Besuch bei den Elefanten nicht der einzige Zweck dieses Ausflugs sein könnte.«

Geoffrey lächelte zunächst nur, warf seinem Fahrgast einen kurzen Blick zu und widmete sich wieder den Anzeigen. »Wie kommst du darauf?«

»Du hast dir Arbeiten einfallen lassen, die angeblich dringend erledigt werden müssen, in Wirklichkeit aber leicht noch eine Woche oder auch einen Monat Zeit gehabt hätten. Als ob du nach einem Vorwand gesucht hättest, um heute hier herauszukommen.«

»Man kann die Dinge nicht unbegrenzt verschieben«, sagte Geoffrey. »Du weißt doch, wie das ist.«

»Trotzdem.« Memphis schaute aus dem Fenster, entdeckte in der Ferne ein Rudel Giraffen und beobachtete, wie sie mit großen Scherensprüngen über das Gelände galoppierten. Es sah aus, als marschierten riesige Zirkel über eine Landkarte. Obwohl sie seit zweihundertfünfzig Jahren mit Flugzeugen vertraut waren, taten sie immer noch so, als wäre jede Maschine die erste. Wahre Nervenbündel, randvoll mit Fluchtinstinkten, stets voller Angst vor dem eigenen Schatten.

»Es gibt da tatsächlich etwas.«

»Natürlich«, sagte Memphis. »Man könnte sich denken, dass es mit deiner jüngsten Reise zu tun hat. Und dass es etwas ist, worüber du im Familiensitz nicht sprechen wolltest, um nicht belauscht zu werden.«

»Ich fürchte, du kennst mich zu gut. Hör mal, ich entschuldige mich, dass ich dir etwas vorgemacht habe, aber ich wusste einfach nicht, wie ich es sonst anstellen sollte, unter vier Augen mit dir zu sprechen.«

»Du brauchst dich nicht zu entschuldigen, Geoffrey. Ich denke, wir haben uns verstanden.«

Geoffrey suchte nach seinem letzten Landeplatz und setzte die Cessna wegen seines Fahrgasts besonders vorsichtig auf. Es gab fast keinen Ruck. Diesmal stieg Memphis ohne seine Hilfe aus dem Cockpit. Weit und breit war keine Herde zu sehen, aber das war so beabsichtigt. Geoffrey wollte nicht, dass ihn die Elefanten mit der Arbeit in Verbindung brachten, die er jetzt vorhatte.

Eine der Ausrüstungskisten enthielt ein zartes, durchsichtiges Gebilde, das an eine prähistorische Riesenlibelle erinnerte. Geoffrey fasste den schwarzen Brustkorb aus Karbonfaser vorsichtig mit zwei Fingern, hob die Libelle heraus und drehte sie um. An der Unterseite öffnete er eine Klappe und setzte sechs zielsuchende Pfeile ein, die er einer anderen Kiste entnahm. Die Pfeile glichen winzigen Avataren desselben Wesens, sogar die zu komplexen Origami-Figuren gefalteten Klappflügel waren gleich.

»Weißt du, warum mich die Cousins zum Mond geschickt haben?«

»Eine Familienangelegenheit.« Memphis stellte den linken Fuß auf die Fahrwerkverkleidung und band sich den Schnürsenkel neu. »Hector und Lucas wollten nicht, dass ich mehr darüber erfahre, Geoffrey. Und vielleicht wäre es auch klüger, wenn du es dabei belassen würdest.«

»Weil du glaubst, sie könnten es herausfinden?«

»Weil zumindest die Möglichkeit besteht. Man kann sich auch denken, dass es für diesen Auftrag einen bestimmten Anreiz gab.«

»Ja, und zumindest das kann ich dir bedenkenlos erzählen. Du weißt, mit welchem Etat ich arbeite, deshalb würdest du als Erster merken, wenn auf einmal mehr Geld einginge.«

»Auch wenn du es vielleicht nicht glauben willst …« Memphis widmete sich dem anderen Schuh. »… deine Cousins meinen es gut.«

»Das versuche ich mir letztlich auch immer wieder vor Augen zu halten.« Geoffrey drückte die Klappe zu und drehte die Libelle wieder um. »Sie sind bestechlich, sie sind Meister der Manipulation, Gewinnspannen sind das Einzige, was sie wirklich interessiert, aber sie sind im eigentlichen Sinne nicht schlecht. Ich glaube, ihnen war gar nicht bewusst, in was sie mich hineingezogen haben.« Er schüttelte die Libelle kräftig, worauf sie ihre Flügel voll ausklappte. Bis auf ein Netz von schnurrhaarfeinen Verstrebungen waren sie fast unsichtbar. »Sie hätten mich nie ins Boot geholt, wenn es ihnen klar gewesen wäre.«

»Vielleicht wäre es besser, du würdest alles Weitere für dich behalten«, mahnte Memphis noch einmal.

Geoffrey berührte einen Kontaktpunkt auf dem Kopf der Libelle, die Flügel bewegten sich zunächst gemächlich auf und ab, wurden immer schneller und ratterten schließlich wie ein Uhrwerk. »Memphis, ist Eunice irgendetwas zugestoßen, bevor sie ins Exil ging?«

»Sie hat eine ganze Menge erlebt«, antwortete Memphis.

»Ich meine, außer den Dingen, von denen wir schon wissen.«

Geoffrey ließ die Libelle los. Sie stieg senkrecht nach oben. Etwa einen Meter über seinem Kopf hielt sie an und wartete auf weitere Anweisungen. Er musste die Augen zusammenkneifen, um sie vor dem hellen Himmel noch unterscheiden zu können. Die schwirrenden Flügel erzeugten einen schmetterlingsförmigen Nimbus, und der längliche Körper mit den Pfeilen im Bauch war nur als Schemen zu erkennen.

»Ich rede nicht von all den heldenhaften Abenteuern, die jeder kennt«, fuhr Geoffrey fort.

»Ich bin nicht sicher, ob ich dir helfen kann.«

»Eunice hat etwas hinterlassen«, sagte Geoffrey. »Ich will nicht ins Detail gehen, aber sie hatte offenbar eine Serie von Hinweisen ausgelegt, die erst nach ihrem Tod ans Licht kommen sollten.«

»Sundays Reise zum Mars«, überlegte Memphis. »Könnte sie damit in Zusammenhang stehen?«

»Mach dir selbst einen Reim darauf.«

»Das werde ich tun.«

»Die Cousins haben mich mit dem Auftrag zum Mond geschickt, mir etwas anzusehen. Es war nur eine Kleinigkeit, und sie rechneten nicht damit, dass etwas von Bedeutung dabei herauskommen würde.«

»Ich nehme an, du hast deine Schwester ins Vertrauen gezogen.«

»Was ich da oben gefunden habe … war nicht das, was die Cousins erwartet hatten. Ich konnte es vor Sunday nicht geheim halten.«

»Willst du mir sagen, was es war?«

»Ich möchte nicht, dass du durch mich irgendwie zu Schaden kommst, und das könnte passieren, wenn ich dir zu viel verrate.« Geoffrey hielt inne, um die Libelle in die Richtung zu schicken, wo er die Herde zuletzt gesichtet hatte. Im oberen Teil seines Sichtfelds hatte sich bereits ein ER-Fenster geöffnet, das ihm zeigte, was die Libelle auf ihrem Flug über das Gelände sah. »Ich möchte lediglich eines wissen, Memphis. Sie muss diese Hinweise ausgelegt haben, bevor sie im Jahre 2101 aus dem Weltall zurückkehrte – Tage, Monate oder Jahre vorher, ich weiß es nicht. Ob sie es allein gemacht hat oder ob sie Hilfe hatte, kann ich im Moment nicht sagen. Aber wenn es jemals einen Menschen gegeben hat, an den sie sich um Unterstützung gewandt hätte, dann steht er jetzt neben mir.«

»Du sprichst von Hinweisen. Kannst du denn ganz sicher sein, dass das ihre Absicht war?«

»Wenn nicht, dann sehen wir alle Zusammenhänge, wo keine sind. Aber ich denke mir Folgendes: Der offene Posten, dem ich im Auftrag der Cousins nachgehen sollte, kam nicht durch Zufall ans Licht. Eunice muss das geplant haben. Sie hat natürlich gewusst, dass man nach ihrem Tod eine gründliche Revision ihres Vermögens durchführen und dass das jemand aus dem engsten Familienkreis übernehmen würde.«

»Wenn sie eine Botschaft von jenseits des Grabes übermitteln wollte … warum hat sie das nicht direkt getan?«

Geoffrey hatte die Herde entdeckt, sie war noch etwa einen Kilometer von der Libelle entfernt. »Vielleicht wird alles klarer, wenn Sunday vom Mars zurückkommt.«

»Doch bis dahin wirst du dich fragen, ob ich womöglich Licht in die Sache bringen könnte.«

»Es tut mir leid, dass ich dich damit bedrängen muss, Memphis.«

»Und ich wünschte, ich könnte dir helfen.«

Geoffrey sank der Mut. Es mochte unrealistisch gewesen sein, aber er hatte sich mehr erhofft. Doch nachdem Memphis seiner Großmutter so viele Jahre gedient hatte, war es wohl eher unwahrscheinlich, dass er schon unter den ersten behutsamen Fragen einknicken würde.

Immer vorausgesetzt, er wusste tatsächlich etwas.

»Wenn sie etwas gesagt oder getan hätte … irgendetwas, das von Bedeutung sein könnte … würdest du es mir doch sagen, nicht wahr?«

»Es würde helfen, wenn ich auch nur die leiseste Vorstellung hätte, um welche Art von Hinweisen es sich handelt.« Memphis sah ihn streng an, doch dann schenkte er ihm ein tröstendes Lächeln. »Ich kann deine Zurückhaltung verstehen. Es ist dir schon sehr schwergefallen, das Thema überhaupt anzusprechen.«

»Ich will um jeden Preis vermeiden, dass unsere Freundschaft Schaden nimmt.«

»Dazu müsste schon mehr passieren, Geoffrey.« Memphis klopfte ihm mit knochiger Hand auf die Schulter. »Da besteht keine Gefahr.«

»Danke.«

»Dennoch bist du enttäuscht.«

»Ich hatte gehofft, du wüsstest mehr. Dann könntest du mir nämlich sagen, wo ich stehe und was ich als Nächstes tun soll.«

»Sunday hat sich allem Anschein nach bereits entschieden.«

»Wenn die Elefanten nicht wären, hätte ich sie begleitet. Das soll nicht heißen, dass ich sie dir nicht anvertrauen würde. Du würdest dich sicher gut um sie kümmern, aber …«

»Es ist ein Unterschied, ob man eine Woche fort ist oder mehrere Monate. Schon gut, Geoffrey – du musst mir nichts erklären. Diese Elefanten brauchen dich.«

»Sie brauchen *uns*«, verbesserte Geoffrey sanft. »Menschliche Hüter. Sie sind nicht unser Eigentum, und wir haben kein Recht, uns moralisch überlegen zu fühlen. Aber nach allem, was wir ihnen in der Vergangenheit angetan haben, sind wir verpflichtet, sie so lange zu führen, bis bessere Zeiten anbrechen.« Er schwieg einen Moment und lächelte. »Verdammt, jetzt rede ich schon wie ein Panspermier. Das kommt davon, wenn man sich mit Sundays Freunden einlässt.«

»Es hat dir sicherlich nicht geschadet.« Memphis räusperte sich. »Wie kann ich dir denn nun behilflich sein? Das war doch schließlich der Zweck dieses Ausflugs.«

»Ich bin fast über der Herde«, sagte Geoffrey. »Die ER wird dir die Jungtiere zeigen, die noch implantiert werden müssen. Kennzeichne sie mit der Libelle, dann sollen sich die Pfeile selbst ihren Weg suchen. Das Verfahren ist das gleiche wie beim letzten Mal.«

»Ich werde mich bemühen, mich daran zu erinnern.« Memphis blieb stehen, verschränkte die Hände hinter dem Rücken, schaute zum Himmel auf und versank in tiefe Konzentration. »Bist du sicher, dass du mir das zutrauen kannst?«

»Niemand anderen würde ich auch nur in die Nähe lassen. Ich übergebe die Libelle an dich … jetzt.«

Memphis ließ die Lider sinken, bis seine Augen nahezu geschlossen waren. »Ich habe sie und kreise jetzt über der Herde. Die Aussicht ist grandios. Werden sie mich sehen?«

»Einige schon, aber sie werden die Libelle und die Pfeile nicht mit uns in Zusammenhang bringen. Sie spüren es kaum, wenn die Maschinen eingeschleust werden, trotzdem ist es immer besser, auf Nummer sicher zu gehen und negative Assoziationen zu vermeiden.«

»Ich habe das erste Junge gekennzeichnet. Ich glaube, es ist Melissa.«

»Wenn sie im rechten Ohr zwei Kerben hat, dicht nebeneinander, dann ist sie es.«

Memphis schoss den ersten Pfeil ab. Er klappte die Flügel aus und steuerte auf das Junge zu. Die ER versah es zur Sicherheit mit einem Tag, in einem Kasten mit entsprechenden Untermenüs wurde auf das Vorhandensein potenziell schädlicher Nanomaschinen hingewiesen, außerdem wurde anhand von Seriennummern und Codes festgestellt, dass diese Maschinen nach verschiedenen VLN-Konventionen und regierungsübergreifenden tier- und humanmedizinischen Protokollen legal waren.

Memphis wartete, bis Melissa mindestens eine Körperlänge

von allen anderen Elefanten entfernt war, dann lenkte er den Pfeil ins Ziel. Er landete auf ihrem Hals, dicht unter der Schädelbasis, und krallte sich ein, indem er wie die winzige Kopie eines Roboters im Asteroidenbergbau seine mit Widerhaken besetzten Landestützen in das weiche Gewebe senkte. Als Nächstes stieß er einen Penetrator in die Elefantenhaut und entnahm eine Blutprobe. Nachdem der schnell rotierende Teleskopbohrer die DNA extrahiert und im Schnellverfahren analysiert hatte, konnte er bestätigen, dass der Pfeil wirklich auf einem Elefanten gelandet war und nicht versehentlich einen anderen Organismus ausgewählt hatte. Das dauerte weitere dreihundert Millisekunden. Seit der Pfeil sein Ziel getroffen hatte, war knapp eine halbe Sekunde vergangen. Inzwischen hatte ein biomedizinisches Überwachungssystem der VLN irgendwo in der Welt die Ergebnisse der DNA-Analyse erhalten und erteilte nun die endgültige Genehmigung für die Injektion der Nanomaschinen.

Obwohl die Sonde Betäubungsmittel abgab, während sie sich durch das Fleisch des Tieres bohrte, spürte Melissa, dass etwas mit ihr geschah. Nach zwei Sekunden trompetete sie und wölbte den Rüssel nach hinten, um das lästige Objekt zu entfernen.

Inzwischen hatte bereits der Quecksilberfluss der Nanomaschinen eingesetzt, eine Armee von submikroskopisch kleinen medizinischen Maschinen marschierte in das fremde Territorium ein. Die Maschinen fanden sich in jedem Gehirn zurecht, sogar in dem eines Elefanten. Alsbald fingen sie an, sich zu replizieren und ein glänzendes Netz von Verbindungen zu spinnen.

All das brauchte seine Zeit. Die Saatpopulation war zwar innerhalb von Sekunden ausgebracht worden, aber bis die neuronale Integration vollständig abgeschlossen war, würden Wochen vergehen. Auch dann würde nur ein Tausendstel von Melissas Hirnvolumen in das neue Netz eingebunden sein.

Mehr war auch nicht nötig, um Geoffrey ein Fenster – und eine Tür – in ihren Geist zu öffnen.

Weniger als fünf Sekunden nach seiner Landung hatte der Pfeil seine Arbeit getan. Er zog die selbstkauterisierenden Sonden heraus, löste sich aus der Elefantenhaut und flog in den Himmel zurück. Melissa stellte ihr Trompeten ein und senkte etwas ratlos ihren Rüssel, als wüsste sie nicht mehr so recht, was sie eigentlich gestört hatte. Die anderen Elefanten waren kurz unruhig geworden und wandten sich nun wieder ihrer Beschäftigung zu. Melissa schlenderte zu ihrer Mutter, einem der höherrangigen Weibchen. Memphis schickte dem Pfeil einen Befehl, der ihm erlaubte, sich zu demontieren.

Vier weitere Elefanten mussten auf diese Weise geimpft werden, aber Geoffrey hatte keine Zweifel, dass Memphis der Aufgabe gewachsen war. Er hatte zumindest den Eindruck, dass ihm der Freund seine Fragen nicht übel genommen hatte, und war erleichtert.

Außerdem hatte ihm Memphis die Wahrheit gesagt. Davon war Geoffrey völlig überzeugt.

Als der letzte Elefant seine Nano-Injektion erhalten und die ER bestätigt hatte, dass die Saatpopulationen sich zufriedenstellend einnisteten, steuerten Geoffrey und Memphis die Cessna nach Norden und überflogen in weiten Bögen, sodass Geoffrey die Elefanten von allen Seiten sehen konnte, langsam einige der anderen Amboseli-Herden.

»Ein paar Hundert von diesen Tieren kenne ich vom Sehen«, erklärte er Memphis. »Vielleicht zweihundert erkenne ich auf Anhieb, ohne nachdenken zu müssen. Etwa fünfhundert kann ich nach den Ohrkennzeichen identifizieren.«

»Ich kann mir nicht vorstellen, dass das sonst noch jemand von sich behaupten kann«, sagte Memphis.

»Das ist noch gar nichts. Verglichen mit einigen der Forscher, die vor hundert oder zweihundert Jahren hier draußen waren, bin ich ein blutiger Anfänger.«

»Ich bin nicht sicher, ob ich fünfhundert Menschen auseinanderhalten könnte. Von Elefanten ganz zu schweigen.«

»Wenn du den ganzen Tag hier draußen arbeiten würdest, wärst du sicher so gut wie ich.«

»Als junger Mann vielleicht. Inzwischen bin ich viel zu alt, um noch so etwas lernen zu können.«

»Du bist nicht alt, Memphis. Du bist nur überarbeitet, und jeder nimmt dich ganz selbstverständlich in Anspruch. Es gibt keinen Grund, warum du nicht so lange leben solltest wie Eunice oder noch länger. Hundertfünfzig Jahre sind heute kein Problem mehr. Du müsstest besser auf dich achten und nicht zulassen, dass die Familie dein Leben beherrscht.«

»Die Familie *ist* mein Leben, Geoffrey. Sie ist alles, was ich habe.«

»Aber du bist ihr nichts schuldig, jetzt nicht mehr. Die Cousins brauchen dich nicht, Memphis. Sie behandeln die Stellvertreter besser als dich.«

»Ich habe Eunice mein Wort gegeben, dass ich für die Akinyas da sein würde, wenn sie es nicht mehr könnte. Komme, was da wolle.«

Geoffrey schwieg einen Moment, dann fragte er: »Wann hast du ihr das versprochen, Memphis? Und warum hat sie es von dir verlangt? Auch wenn sie nicht physisch anwesend war, sie hat immer von ihrem *Winterpalast* herabgeschaut und war für uns da.«

»Ich habe ihr mein Wort gegeben«, wiederholte Memphis. »Das genügt.«

Am nächsten Tag bekam Geoffrey Besuch von seinem Vater. Kenneth Chos Golem lief autonom, und das war auch gut so. Schließlich hielt sich Kenneths organische Erscheinungsform derzeit auf Titan auf und überwachte die Kohlenwasserstoff-förderung von *Akinya Space* am Ufer des Kraken-Sees. Es war im Übrigen ein sehr guter Golem – kein Claybot, aber das Beste, was für Geld zu haben war. Obwohl die Ching-Markierung daran erinnerte, dass der Stellvertreter mit einer Zeitdifferenz von mehreren Stunden über das halbe Sonnensystem hinweg gesteuert wurde, fiel es Geoffrey schwer, das Gefühl abzuschütteln, dass sein Vater in seiner ganzen lebenden, atmenden, überwältigenden Persönlichkeit vor ihm stand.

»Deine Mutter und ich«, erklärte Kenneth, als sie zusammen durch den Familiensitz gingen, »machen uns große Sorgen wegen dieser unerwarteten Wendung, Geoffrey. Du und deine Schwester, ihr wart von jeher sehr eigenwillig, aber wir haben uns damit abgefunden, wie man sich mit jeder bedauerlichen Situation abfindet, auf die man keinen Einfluss hat. Doch zugleich haben wir immer darauf vertraut, dass du mäßigend auf Sunday einwirken und sie von ihren verrückteren Ideen abhalten würdest.«

Geoffrey setzte zum Protest an. »Ich bin aber nicht Sundays …«

»Schon vor Jahren hat sie jeglicher Verantwortung den Rücken gekehrt«, fiel ihm Kenneth ungeduldig ins Wort. Er war ein schlanker, eleganter Mann mit präzise symmetrischen Zügen. Mit seiner gedämpften Stimme und der säuerlichen Miene erinnerte er an einen gestandenen Bibliotheksrat. »Sie zieht ein Leben in zügellosem Hedonismus vor, anstatt ihre familiären Verpflichtungen wahrzunehmen. Du bist nicht viel besser, aber bei dir sehen wir immerhin noch das eine oder andere Fünkchen Anstand. Du vergeudest deine Zeit mit Elefanten, obwohl du deinen Verstand nutzbringender einsetzen könntest. Wenigstens stellst du die Tiere über dein eigenes Wohl, so wie wir übrigen unsere eigenen Interessen dem Wohl der Familie unterordnen.«

»Du lebst im Luxus, Vater, und reist andauernd mir nichts, dir nichts irgendwo im Sonnensystem herum. In welcher Beziehung stellst du irgendetwas über dein eigenes Wohl?« Geoffrey war schlecht gelaunt und auf Widerspruch gebürstet. Eben war eine andere Forschergruppe an ihn herangetreten und hatte sich darüber beklagt, dass er die M-Gruppe nahezu ausschließlich für sich beanspruchte. Dass noch jemand in Matildas Kopf oder in den Köpfen der anderen Herdenmitglieder herumstocherte, wäre wirklich das Letzte, was er wollte. Er konnte die Leute abwimmeln, wenn es nötig werden sollte, aber es ärgerte ihn, dass er seine Forschungsnische überhaupt verteidigen musste.

Der Golem verarbeitete seine Antwort. »Du warst vor Kurzem bei ihr auf dem Mond – das wissen wir von Hector und Lucas. Dabei musst du irgendetwas zu ihr gesagt haben, was sie zu dieser bizarren Aktion angestachelt hat.«

»Ich kann mir nicht vorstellen, was das sein sollte.« Er zuckte die Achseln. »Wenn du mir nicht glaubst, kannst du ja mein letztes Ching-Gespräch mit Sunday noch einmal abspielen. Du hast es ja sicherlich mitgehört. Hattest du den Eindruck, ich würde diese Reise zum Mars billigen oder hätte im Voraus davon gewusst?«

Kenneth antwortete in dem gedämpften, gleichmütigen Tonfall, der für ihn typisch war. »Von diesem Gespräch ist mir nichts bekannt.«

»Natürlich. Und gerade fliegen Schweine um den Kilimandscharo. Warum sprichst du nicht selbst mit meiner Schwester? Selbst wenn ich so viel auf deine Meinung gäbe, dass ich versuchen würde, ihr die Reise auszureden, sie würde nicht auf mich hören.«

»Du weißt genau, dass Sunday im Kälteschlaf liegt. Ihr Schiff ist unterwegs zum Mars. Sie ist nicht mehr aufzuhalten.«

»Dann hast du Zeit, dir zu überlegen, was du nach ihrer Ankunft tun willst.«

»Wir sind beunruhigt, Geoffrey. Ganz abgesehen vom *Warum, wo* hat Sunday auf einmal die Mittel für einen Flug zum Mars aufgetrieben?«

Geoffrey stellte sich seine Eltern Kenneth und Miriam auf dem fernen Titan vor und überlegte, was in diesem Moment wohl in ihren Köpfen vorgehen mochte. Er hatte gravierende Zweifel, dass das Ergebnis dieser Unterhaltung für Kenneth oberste Priorität hatte. Kenneth projizierte Versionen von sich, wo immer sie gebraucht wurden, manchmal auch mehrere zugleich. Die Tatsache, dass diese Version den Eindruck vermittelte, sich um Sunday zu sorgen, bedeutete nicht, dass der echte Kenneth seiner Tochter mehr als einen flüchtigen Gedanken widmete.

»Auch wenn du es kaum glauben kannst, es wäre möglich, dass sie mit ihrer Kunst etwas Geld verdient hat«, sagte Geoffrey.

Kenneth sah ihn so mitfühlend an, als hätte er eine unerfreuliche oder gar schlimme Nachricht zu verkünden. »In den letzten zwei Jahren hat Sunday genau zwei Mal eine größere Summe eingenommen, in beiden Fällen waren die Käufer anonym und kamen von außerhalb. Ansonsten hat sie sich mit demütigenden Auftragsarbeiten durchgeschlagen. Ein Job hier, ein Job da. Ihr Verdienst reichte kaum aus, um ihr ein Dach über dem Kopf zu sichern. Willst du die ganze Wahrheit hören?«

»Nein, danke.«

»Sunday ist als Künstlerin fähig, aber mehr auch nicht. Sie hat ihre Momente, ihre Geistesblitze. Doch damit wird sie sich weder einen Namen machen noch ein Vermögen verdienen, und ganz sicher wird sie sich keinen Nachruhm erwerben.«

»Du hast keine Ahnung von ihr«, erklärte Geoffrey dem

Golem. »Im Leben meiner Schwester gibt es nichts, aber auch gar nichts, was du auch nur annähernd verstehen könntest.« Dass Kenneth über Sundays Finanzen informiert war, glaubte er ihm allerdings aufs Wort.

»Hör mir gut zu, Geoffrey. Wenn Sunday an ihrem Ziel eintrifft, wird es deine Aufgabe sein, sie zur Vernunft zu bringen. Was immer sie für unsinnige Pläne hat, du musst sie ihr ausreden. Sie mag sich einbilden, frei und unabhängig zu sein und tun zu können, was sie will, doch das ist ein trauriger Irrtum. Ich werde nicht tatenlos zusehen, wie sie unseren Namen in den Schmutz zieht.«

»Sie ist deine Tochter. Warum versuchst du nicht einmal, sie nicht wie einen Teil des Firmenvermögens zu behandeln, der keine Rendite bringt?«

»Sie ist meine Tochter, das ist richtig«, bestätigte der Golem. »Aber vor allem ist sie eine Akinya, und an diesen Namen knüpfen sich bestimmte Erwartungen.«

»Grüße Mutter von mir«, sagte Geoffrey und wandte sich ab.

Am späteren Nachmittag lag er in seiner Hängematte in der Forschungsstation und überflog eine Abhandlung, die er begutachten sollte – sie war langatmig und brachte auf den ersten Blick keine neuen Erkenntnisse –, als die Alarmanlage anschlug. Geoffrey wälzte sich aus der Hängematte und schlüpfte in seine Schuhe. Manchmal kamen Massai vorbei, um mit ihm Tee zu trinken und den neuesten Klatsch zu erzählen, aber gewöhnlich nicht zu dieser Tageszeit. Auch hatte die ER bei seinem Anflug im näheren Umkreis keine Menschen entdeckt.

Er ging zur Tür und nahm die Pistole aus dem Metallschrank, der rechts davon gleich unter dem Erste-Hilfe-Kasten hing. Der Rahmen aus Leichtmetall war mit verschiedenen Aufsätzen für Laser- und Akustikprojektoren sowie einem

Auswerfer für schnell wirkende elektrische Betäubungspfeile bestückt.

Geoffrey entsicherte die Waffe und öffnete die Tür. Mit der anderen Hand schützte er seine Augen vor der grellen Nachmittagssonne. Er ließ den Blick über die Umgebung wandern und suchte nach etwas – irgendetwas –, das den Alarm ausgelöst haben könnte.

Dann sah er es. Neben dem Truck mit den Zebrastreifen waren die beiden Cousins erschienen und kamen auf ihn zu. In einer Entfernung, wo er es nicht hatte hören können, stand ein glänzend chromgrünes Airpod im trockenen Gestrüpp.

»… zum Teufel«, setzte Geoffrey an.

»Nimm das Ding weg«, rief Hector. »Wir wollen doch nicht, dass es versehentlich losgeht.«

Geoffrey stieg mit der Pistole in der Hand die Stufen vor der Forschungshütte herab. »Du hast hier nichts zu suchen, Hector.« Er richtete den Blick auf den zweiten Cousin. »Das gilt auch für dich, Lucas. Das ist mein Arbeitsplatz, und ihr habt nichts damit zu tun.«

»Ich muss schon sagen«, bemerkte Lucas, »deine Art, Gäste zu begrüßen, ist durchaus noch verbesserungsfähig.«

Beide Cousins trugen leichte Freizeithosen, Businessschuhe und gemusterte Hemden. Hector hatte eine Sonnenbrille auf, die so eng anlag, dass der beunruhigende Eindruck entstand, man hätte ihm das Gesicht quer aufgeschlitzt und ein schwarzes Plastikoval eingesetzt. Lucas hielt einen blau-gelben Sonnenschirm in der Hand; der Tausendfüßler hing immer noch an seinem Bein und beulte seine Hose aus. Auch er trug eine Sonnenbrille; bei ihm war sie verspiegelt, reflektierte aber seltsamerweise nicht das, was Lucas gerade ansah.

»Die Pistole«, sagte Hector. »Bitte leg sie weg, Geoffrey.«

Geoffrey wollte der Aufforderung schon nachkommen, doch dann änderte er seine Meinung, nahm die Waffe stattdessen am Lauf und umschloss mit den Fingern die Zylinder mit den verschiedenen Betäubungsaufsätzen. »Ihr habt nicht hierherzukommen«, sagte er. »Nicht ohne mein Einverständnis.«

»Defensive Feindseligkeit hat im modernen Geschäftsleben durchaus ihren Platz.« Lucas klappte den Sonnenschirm zu. »Aber wenn man als Angehöriger nicht mehr vorbeischauen kann, wenn man gerade möchte, wer darf das dann noch?«

»Tu nicht so, als hättest du dich jemals für meine Arbeit interessiert, Lucas.«

»Auf deinem Konto steht eine ansehnliche Summe«, erinnerte ihn Hector. »Du hast doch nicht wirklich geglaubt, dass wir uns nicht um die Verwendung kümmern würden?«

»Wir wollen Einblick«, erklärte Lucas. »Kontrolle. Wir haben eine Sorgfaltspflicht bei der Zuweisung von Geldern.«

Geoffrey richtete den Schaft der Pistole auf Hector. »Von einem weitergehenden Engagement eurerseits war nie die Rede.«

»In solchen Fällen …« Lucas setzte den Sonnenschirm jetzt als Spazierstock ein. »… empfiehlt es sich immer, das Kleingedruckte zu lesen.«

»Wir hatten eine Vereinbarung«, empörte sich Geoffrey. Hector und Lucas standen jetzt fast in der Tür. »Ich habe euren albernen Auftrag erfüllt, und ihr habt mir das Geld gegeben. Ohne Bedingungen.«

»Kannst du mir erklären, warum deine Schwester auf einem Raumschiff von Maersk Intersolar auf dem Weg zum Mars ist?«, wollte Hector wissen.

»Sie ist meine Schwester, nicht meine Untergebene. Was sie tut, ist ihre Sache.«

»Wenn es nur so einfach wäre«, seufzte Lucas. Seine Sonnenbrille zeigte eine nächtliche Szene, einen feudalen neonbeleuchteten Klub oder eine glamouröse Veranstaltung mit lauter schönen Menschen. »Normalerweise fliegt deine Schwester nicht so mir nichts …« Er stockte.

»… dir nichts auf den Mars«, ergänzte Hector. »Nun fragen wir uns, was sie zu dieser Entscheidung veranlasst haben könnte.«

»Fragt sie doch selbst«, sagte Geoffrey.

»Sie liegt im Kälteschlaf«, gab Lucas zurück. »Das schränkt den freien und effizienten Austausch von Informationen doch etwas ein.«

»Und Sunday ist und bleibt Sunday«, fügte Hector hinzu. »Selbst wenn wir zu ihr durchdrängen, sie würde uns nicht einmal die Uhrzeit verraten. Du dagegen … nun, du wirst mit uns reden, ob du willst oder nicht. Denke an das Geld auf deinem Konto. Die Überweisung lässt sich auch wieder rückgängig machen.«

»Das Erstattungsverfahren kann jederzeit in Gang gesetzt werden«, erläuterte Lucas.

»Zum Teufel mit deinen Verfahren, Lucas.«

Ohne Geoffrey aus den Augen zu lassen, streckte Hector langsam die Hand nach der Pistole aus. »So sollten wir nicht miteinander umgehen, Cousin. Nach deiner Rückkehr vom Mond waren wir einen Abend lang alle gute Freunde. Für diese Feindseligkeit besteht kein Anlass.«

Geoffrey brachte die Pistole außer Reichweite. »Wir waren *niemals* Freunde. Damit das ganz klar ist. Und was Sunday tut, ist ganz allein ihre Sache.«

»Geoffrey«, mahnte Hector. »Sieh die Dinge doch bitte einmal aus unserer Warte. Du musst irgendetwas gesagt oder getan haben, was sie zu dieser Reise veranlasst hat. Wir möchten nur gerne wissen, was genau es war.« Er lächelte, aber es war ein Lächeln ohne jede Wärme, so frostig wie eine Kälteschlaftruhe. »Also. Können wir uns jetzt wie erwachsene Menschen unterhalten, oder willst du weiterhin unsere Intelligenz beleidigen?«

»Das wäre gar nicht möglich«, schoss Geoffrey zurück.

»Dann sollten wir den Grundstein für weitere Verhandlungen legen.« Lucas stand immer noch zwei Meter von Geoffrey entfernt hinter seinem Bruder, doch nun schwang er mit einer einzigen schnellen Bewegung seinen Sonnenschirm nach oben und schlug mit der Spitze gegen den Schaft der Pistole. Die Waffe flog in hohem Bogen davon und landete auf der Erde. Geoffrey riss erschrocken die Hand zurück. Er fürchtete, der Schlag hätte ihm die Finger gebrochen.

Hector kniete nieder und hob die Pistole auf. »Mein Bruder hat sehr schnelle Reflexe«, erklärte er. »Er hat sich Nerven-Shunts aus Tintenfisch-Axonen einsetzen lassen – der letzte Schrei. Außerdem wurden seine langen Muskelfasern verstärkt – er könnte einen Schimpansen im Ringkampf besiegen. Eigentlich ist das alles ziemlich unsportlich.«

»Mein Chirurg bietet für Familienangehörige sehr günstige Bedingungen an.« Lucas zog seinen Hemdärmel herunter. »Ich müsste dich einmal mit ihm bekannt machen, Geoffrey. Warum solltest du dein ganzes Leben lang ein armseliger Versager bleiben?«

Hector hielt immer noch die Pistole in der Hand. Er sah sie voll Abscheu an, betätigte den Modusschalter und jagte einen der Betäubungspfeile in die Erde. Anschließend reichte er Geoffrey die Waffe zurück, wie um ihm zu zeigen, dass er für dieses Spielzeug jetzt groß genug war.

»Du räumst sie am besten wieder weg«, riet er ihm in väterlichem Ton.

Geoffrey zitterte immer noch. Er war bisher nur sehr selten mit Gewalt in Berührung gekommen, und schon gar nicht als Opfer.

»Denk nach«, verlangte Lucas. »Was hast du zu Sunday gesagt? Und überlege dir auch, was dir deine Arbeit wert ist. Dafür kannst du doch sicher etwas Zeit erübrigen, nicht wahr?«

»Natürlich kann er das«, sagte Hector. »Geoffrey steht seiner Schwester sehr nahe, dagegen ist ja auch nichts einzuwenden. Aber letztlich weiß er doch, was für ihn und seine Elefanten am besten ist. Nicht wahr, alter Junge?«

»Grüß die Herde von uns«, bat Lucas.

Die beiden wandten sich ab und marschierten zu ihrem Airpod zurück. Geoffrey blieb an der Tür stehen, die Pistole in der zitternden Hand. Das Herz klopfte ihm bis zum Halse, und er rang keuchend nach Luft. Sein Rücken war immer noch schweißnass, als sich das Airpod in den Himmel erhob, sich wie ein Ei einmal um sich selbst drehte und dem Familiensitz zustrebte.

ZWEITER
TEIL

12

Als Sunday ins Bewusstsein zurückkehrte, fühlte sie sich unbeschwert und vollkommen zufrieden. Alle Alltagssorgen befanden sich in der Warteschleife. Trotz alledem war sie nüchtern genug, um zu erkennen, dass diese Euphorie auf tiefgreifende biochemische und transkranielle Eingriffe zurückzuführen war. Diese Einsicht konnte das Glücksgefühl jedoch in keiner Weise untergraben, sie war sogar ein weiterer Grund zur Freude, denn die Maschinen hätten sie nicht geweckt, wenn die Reise nicht erfolgreich verlaufen wäre. Sie würde nicht aufwachen, hätte das Expressschiff nicht den Weltraum durchquert und sein Ziel, den Mars, erreicht.

Sie hatte den Mars erreicht – oder war ihm zumindest so nahe gekommen, dass es keinen Unterschied mehr machte. Das allein war unglaublich. Es grenzte an ein Wunder, dass sie in der Mondumlaufbahn eingeschlafen war und jetzt … *hier* aufwachte, im Orbit um diesen goldenen Lichtfunken, der manchmal so böse am Himmel geglitzert hatte. Mit einem Schlag sah sie sich selbst als das, was sie war: ein ausnehmend intelligenter Affe. Sie war ein intelligenter Affe, der den interplanetaren Raum in einem Ding überquert hatte, das andere intelligente Affen gebaut hatten. Bei dieser Erkenntnis musste sie laut lachen, so als hätte sie plötzlich und mit einiger Verspätung die Pointe eines sehr komplexen Witzes begriffen.

Ich bin die Pointe, dachte Sunday. *Ich bin der Schlusspunkt am Ende eines unendlich langen und verwickelten Arguments, einer schier endlosen Kette von mehr oder weniger wahrscheinlichen Zufälligkeiten, die sich von der Entdeckung des Feuers in den Tiefen der Olduvai-Schlucht über die Erfindungen Sprache, Papier und Rad durch all die vergessenen Jahrhunderte bis …* hierher *spannt. Zu der Situation, in der ich mich befinde. Ich werde an Bord eines Raumschiffs, das um einen anderen Planeten kreist, aus dem Kälteschlaf geholt. Ich lebe im zweiundzwanzigsten Jahrhundert. Mein Zentralnervensystem ist komplex genug, um zu verstehen, was es heißt,* ein Wesen mit einem Zentralnervensystem zu sein. *Ich* bin *einfach.*

Man denke nur an all die unbelebte Materie im Universum, all die dummen Atome, die geistlosen Moleküle, die selbstvergessenen Staubkörner, Kieselsteine und Felsblöcke, die Eiskugeln, Welten und Sterne, die Galaxien und Sternenhaufen, die sich ohne einen eigenen Gedanken von der Zeit durch die Megaparsecs der unendlichen kosmischen Leere hetzen lassen. In all dieser Unermesslichkeit hatte sie es irgendwie geschafft, ein Mensch zu *sein*, ein mikroskopisch kleines, kosmisch bedeutungsloses Bündel von informationsverarbeitenden Systemen, verbunden mit einem Bewusstsein, das noch komplexer strukturiert war als selbst die Milchstraße, noch komplexer vielleicht als der Rest *des ganzen verdammten Universums.*

Sie hatte die Nadel der Schöpfung eingefädelt und sie ins kosmische Zentrum gestochen.

Und das, dachte sie, war verdammt noch mal eine Riesenleistung.

»Guten Morgen, Sunday Akinya«, ertönte eine beruhigende Automatenstimme. »Ich freue mich, Ihnen mitteilen zu können, dass Ihre Kälteschlafphase ohne Zwischenfälle zu Ende gegangen ist. Sie haben den Luftraum der Verwaltungsregion Mars erreicht und stehen nun in der Aufwacheinrichtung von Maersk International auf Phobos unter Beobachtung. Aus praktischen Gründen und zu Ihrem Wohlbefinden ist die bewusste Steuerung der Muskulatur außer Kraft gesetzt, bis die letzten medizinischen Untersuchungen abgeschlossen sind. Es handelt sich dabei um einen notwendigen Schritt im Aufwachprozess, der keinen Anlass zur Beunruhigung gibt. Bitte nehmen Sie auch zur Kenntnis, dass es zu Veränderungen im Gemütszustand kommen kann, solange sich die neurochemischen Vorgänge noch nicht vollends stabilisiert haben. Diese Veränderungen könnten sich als religiöse oder spirituelle Erkenntnisse bemerkbar machen, das Gefühl übersteigerter Bedeutung eingeschlossen. Auch das ist kein Grund zur Sorge.«

Sie konnte keinen einzigen Körperteil bewegen, auch ihre Augen nicht, aber die ER war aktiv und lieferte ihr kohärente visuelle Daten aus allen Richtungen, in die sie schauen wollte. Sie lag auf einer Liege und spürte eine Schwerkraft, die stärker war als auf dem Mond, wenn auch bei Weitem nicht so stark wie auf der Erde.

Die Liege war zugleich ein medizinischer Scanner, was daran zu erkennen war, dass ein Ring in Längsrichtung über ihr auf und ab glitt und ein komplizierteres halbkugelförmiges Gebilde ihren Kopf umschloss. Das Ganze stand in einem schmalen Raum mit weißen Möbeln. Eine Wand bestand aus gewölbtem Glas und ging nahtlos in eine transparente Decke über. Hinter dem Glas waren unter einem wolkenlos blauen Himmel eine Wiese, ein Teich und einige dicht belaubte Bäume zu sehen. Vogelgezwitscher und das Rascheln von Zweigen im Wind drangen durch das Glas. Das alles sah nicht nach Afrika aus, aber es war nicht zu leugnen, dass die kalkulierte Manipulation eine therapeutische Wirkung erzielte.

Angesichts der intensiven Tiefenstimulation, die auf ihr Gehirn einwirkte, gab es kaum etwas, das nicht therapeutisch gewesen wäre. Sunday beschloss, einfach liegen zu bleiben und alles über sich ergehen zu lassen. Da sie nichts Besseres zu tun hatte, überflog sie die systemweiten Newsfeeds und stellte ein wenig enttäuscht fest, dass während ihrer Bewusstlosigkeit keine epochalen Ereignisse stattgefunden hatten. Keine berühmte Persönlichkeit war gestorben, kein Land hatte einem anderen den Krieg erklärt, und das Ausbleiben von Naturkatastrophen war geradezu bestürzend. Der Yuan hatte gegenüber dem Euro nachgegeben, aber nicht so bedrohlich, dass sich jemand von einem Wolkenkratzer gestürzt hätte. In Uttar Pradesh war ein ausgewachsener Tiger gefangen worden, und als man feststellte, dass er nicht implantiert war, hatte das zu einer Panik geführt. Man fürchtete, auch andere große Raubtiere könnten noch durch die Wildnis streifen, ohne vom *Mechanismus* kontrolliert zu werden. Im Kaspischen Meer waren zwei Menschen ums Leben gekommen, als ein Touristenboot kenterte. In Riga behaupteten die noch lebenden Nachkommen einer stolzen Künstlerdynastie, die *Obligatorischen Implantate* hätten sie der kreativen Fähigkeiten beraubt, auf die sie kraft ihrer Geburt Anspruch hätten. In der Nähe von Guadalajara hatte man im Rahmen einer feierlichen Zeremonie die letzte Strafanstalt der Welt, ein früheres Hochsicherheitsgefängnis, dem Erdboden gleichgemacht. Bei einem tragischen Schiffsunglück war eine Stradivari aus der »Goldenen Periode« zerstört worden. Auf einem Speicher in Neapel war ein verschollener Vermeer aufgetaucht. Auf dem Mond hatte es im Umfeld des jüngsten Kricketturniers einen Betrugsskandal gegeben. In den *Synchronen Siedlungen* war eine Erkältungswelle ausgebrochen, aber rasch eingedämmt und unter Kontrolle gebracht worden. Ein Popstar war schwanger. Ein anderer hatte sich von seinem Klon getrennt.

Ein Kribbeln und Stechen in verschiedenen Körperteilen kündigte an, dass die Empfindungen zurückkehrten, und schließlich teilte ihr das System mit, sie dürfe nun mit vorsichtigen Bewegungen beginnen.

Sunday stand auf.

Sie musste ihre trägen Muskeln zum Gehorsam zwingen wie unwillige Arbeitskräfte. Noch trug sie den kurzen Kittel aus silbrigem Stoff mit dem aufgestickten Logo von Maersk Intersolar, den man ihr angezogen hatte, bevor man sie in Tiefschlaf versetzte. So konnte sie sich nicht sehen lassen. Hoffentlich hatten auch ihre Kleider den Mars erreicht.

Sie subvokalisierte einen Anruf zu Jitendra. Er meldete sich nicht.

Endlich öffnete sich eine Tür in der Lichtung. Ein chinesischer Mediziner kam mit einem Rollwagen herein und führte ein paar letzte Tests durch, dazu gehörte ein sehr simples Verfahren, bei dem er ihr mit einem Metallhämmerchen auf das Knie klopfte. Dann nickte er ihr aufmunternd zu.

»Sie sind so weit, dass Sie gehen können«, erklärte er ihr. »Sollten Sie Abweichungen vom normalen Befinden beobachten, so wenden Sie sich bitte an einen Vertreter von Maersk. Sie müssten die Reise zum Mars ohne Schwierigkeiten beenden können.«

»Ich bin mit einem Freund gekommen«, antwortete Sunday auf Suaheli. »Aber ich kann ihn nicht erreichen.«

»Noch sind nicht alle Fahrgäste wieder wach. Wir haben nicht die Kapazitäten, um sämtliche Passagiere auf einmal wecken zu können, nicht mehr jedenfalls, seit Schiffe mit tausend Schlafplätzen in Dienst gestellt wurden. Auf der anderen Seite von Phobos wird eine größere Anlage gebaut, doch die geht erst in etwa einem Jahr in Betrieb.«

»Es ist aber alles in Ordnung?«

Der Arzt packte seine Instrumente ein. »Alles bestens. Bei

den letzten zehn Flügen haben wir keinen einzigen Fahrgast verloren.«

Das war nicht ganz die pauschale Garantie, die sie sich erhofft hatte. Sunday entschied jedoch, dass die Aussage ehrlich gemeint war und sie sich damit zufriedengeben sollte.

Etwas später wurde sie in einen Raum geführt, wo man ihr Gepäck deponiert hatte, und sie war erleichtert, den Kittel ablegen und ihre eigenen Sachen anziehen zu können. Sie entschied sich für einen knöchellangen Rock und ein ärmelloses Top. Für den Rock wählte sie ein Muster in Limonengrün, das Top ließ sie wie vorgegeben schwarz. Nachdem sie ihr Haar mit einem weißen Tuch zurückgebunden hatte, machte sie sich auf die Suche nach Jitendra.

Er lag tatsächlich noch im Kälteschlaf. Wie sich herausstellte, hatte man ihn in einem anderen Bereich des Schiffes untergebracht – die einzige Erklärung lautete, das sei Routine –, und er wurde eben erst ausgeladen und ärztlich versorgt. Erst in etwa sechs Stunden würde er wieder bei Bewusstsein sein und sich frei bewegen können.

Sie rief Geoffrey an, ohne nachzusehen, wie viel Uhr es gerade in Afrika war. Ein Echtzeit-Ching war ohnehin nicht möglich, wenn Geoffrey also den Anruf nicht gleich entgegennehmen wollte, konnte er ihre Nachricht auch später abspielen.

»Hier ist Sunday«, sagte sie. »Ich bin wohlbehalten auf Phobos gelandet; jetzt warte ich noch, bis Jitendra geweckt wird, dann machen wir uns auf den Weg. Den Mars habe ich noch nicht gesehen, aber bald gehe ich hinaus – ich zwinkere ein paar Schnappschüsse von der Phobos-Oberfläche und schicke sie dir. Im Moment kommt mir alles noch ziemlich unwirklich vor, Bruder. Ich habe nicht das Gefühl, einen Monat lang geschlafen zu haben. Dein Besuch auf dem Mond, unser Gespräch am Tag unseres Abflugs … das alles scheint mir erst ein paar Tage zurückzuliegen. Ich bin einen Monat älter, meinem nächsten Geburtstag einen Monat näher, und ich spüre nicht das Geringste davon.«

Sie hielt inne, weil ihr auffiel, dass sie nur von sich gesprochen hatte. »Hoffentlich ist zu Hause alles in Ordnung – die Cousins werden inzwischen von meiner kleinen Reise erfahren haben. Ich hoffe, sie haben dir das Leben nicht allzu schwer gemacht, und du kannst auch einige Zeit mit den Elefanten verbringen. Und ich hoffe auch, dass Eunice … sich anständig benimmt. Gerade jetzt könnte sie uns wahrscheinlich nützlich sein. Eine Kopie von ihr habe ich bei mir, eine zweite Kopie ist bei dir … und es ist bis auf ein paar kleine Unterschiede, die durch die Zeitverzögerung bedingt sind, die gleiche Eunice. Auch wenn wir nicht in Kontakt stehen, kann sie sich immer wieder synchronisieren, ihren internen Speicher aktualisieren und dabei weiter lernen. Das könnte uns helfen, Bruder. Sie ist das beste Fenster in Eunice' wirkliches Leben, das wir haben, und wie ich dir bereits auf dem Mond sagte, wird das Konstrukt stets mehr über Eunice' dokumentierte Vergangenheit wissen, als ich jemals im Gedächtnis behalten könnte. Und das könnte für uns beide von Bedeutung sein.«

Sie musste Luft holen. »Okay, ich mache jetzt Schluss. Antworte, wenn du kannst, aber lass dir Zeit, wenn du gerade beschäftigt bist. Ich lasse wieder von mir hören, wenn ich auf dem Mars bin.«

»Auf dem Mars«, wiederholte sie leise, als die Ching-Verbindung zusammengebrochen war.

Auf dem Mars. Und falls ich das irgendwann nicht mehr umwerfend finden sollte, dann könnt ihr mich getrost erschießen.

Sunday bekam bereits eine erste Kostprobe der Marsschwerkraft. Sie war in einem von mehreren konzentrischen Zentrifugenrädern, die sich wie in einem Uhrwerk im Stickney, dem acht Kilometer breiten Krater an einem Ende des kleinen kartoffelförmigen Mondes, zusammendrängten. Geschäfte, Boutiquen und Restaurants waren in die roh behauenen rötlichen Steinwände eingelassen. Mit schwarzem und weißem Mosaik gepflasterte Bürgersteige und Straßen führten vorbei an Springbrunnen, Schildern und abstrakten öffentlichen Kunstwerken, Installationen in grellem Neonrosa, die sich zumeist um die Themen Staubhosen und Sanddünen drehten.

Einfallsloser Kitsch, aber Sunday konnte sich in dieser Hinsicht kein Urteil erlauben; sie hatte selbst genug davon verbrochen.

Überall waren Reisende zu sehen, einige gingen selbstbewusst zu Fuß, andere steckten in Exoskeletten, wieder andere wurden von Exos begleitet, die sich nie mehr als ein paar Schritte von ihren Besitzern entfernten. Manche waren selbst für Exos zu gebrechlich oder hatten die Kunst des Gehens womöglich ganz und gar verlernt. Sie glitten auf fahrbaren Liegen in Form von Autoscootern herum wie Todeskandidaten auf einem letzten Einkaufsbummel. Diese Menschen waren von Ceres, den anderen Siedlungen im Asteroidengürtel, den galileischen Satelliten, den Saturnmonden oder von noch weiter draußen gekommen. Auf all diesen Welten war die Schwerkraft so niedrig, dass Sunday dort der Tollpatsch gewesen wäre, der verdientermaßen mitleidige Blicke auf sich zog.

Mit dem Geld der Panspermier konnte sie es sich erlauben, einen Anzug zu mieten, um sich auf die Oberfläche von Phobos zu begeben. Durch einen Tunnel gelangte sie an den Rand des Stickney in einen unterirdischen abgeschlossenen Bereich, wo gelangweilte, durch nichts mehr zu erschütternde Angestellte der Verleihfirma die Prozedur des Anlegens beaufsichtigten.

Die technisch hoch entwickelten Phobos-Anzüge waren risikolos zu bedienen. Sie kamen wie Seilbahngondeln über eine Schiene an der Decke hereingeschwankt. Jeder Anzug bestand aus einer eiförmigen Lebenserhaltungskapsel, deren obere Hälfte vollkommen durchsichtig war. Um die Mitte lag ein dicker Maschinengürtel, an dem vier unglaublich flexible segmentierte Beine verankert waren. Eines dieser Beine war in die Deckenschiene eingehängt, die drei anderen wölbten sich um das Ei herum nach oben wie die Arme eines Kronleuchters. Instrumente, um etwas aufzuheben oder wegzustoßen, gab es nicht.

Sunday wurde in den nächsten verfügbaren Anzug verfrachtet. Im Inneren befanden sich ein Sitz und eine einfache Steuerung. Die durchsichtige Kanzel klappte herunter und dichtete sich ab, dann fuhr sie durch eine Reihe von immer größeren Druckschleusen und gelangte schließlich durch einen bunkerähnlichen, von grün pulsierenden Stangen eingerahmten Ausgang ins Freie. Die Beine schwenkten nach unten und wühlten sich mit Greifhaken in die alles Licht absorbierende, asphaltschwarze Oberfläche des Mondes. Nun löste sich das vierte Bein von der Deckenschiene. Sie war frei und konnte den Roveranzug in jede gewünschte Richtung lenken, indem sie auf Pfeile tippte oder einen primitiven Steuerknüppel bediente. Der Anzug krabbelte selbsttätig über die Oberfläche wie eine Tarantel, die sich in der niedrigen Schwerkraft bei jedem Schritt in der Oberfläche verankern musste.

Sunday sah sich um. Überall huschten Spinnen in Primärfarben mit fließenden Bewegungen über den pechschwarzen, welligen Untergrund. So sehr sich die Beine auch verrenken mussten, um Krater und Rillen in allen Größen zu überwinden, die Druckkapseln zogen ungerührt ihre Bahnen. Je weiter sich die Spinnen entfernten, desto spitzer wurde ihr Blickwinkel. Sie sah ihnen nach, bis sie hinter der Wölbung verschwunden waren.

»Phobos scheint unendlich weit von der Erde entfernt zu sein«, bemerkte Eunice, die in einem Raumanzug neben Sundays Rover herging. »Aber wenn man die Orbitalmechanik mit einbezieht sieht das ganz anders aus.«

»Aha. Ich hatte mich schon gefragt, wann du auftauchen würdest.«

»Ich lasse mir doch die Gelegenheit nicht entgehen, diese Ecke wiederzusehen, schließlich habe ich so viel Zeit hier verbracht.« Eunice' zielstrebige, elastische Schritte täuschten über die niedrige Schwerkraft hinweg.

»Ich kann mir nicht denken, wieso dieser Mond nicht sehr weit von zu Hause weg sein soll«, sagte Sunday.

»Energetik, liebes Kind. Delta v. Wenn du von der Erde startest, brauchst du mehr Treibstoff, um auf dem Mond zu landen, als um Phobos zu erreichen. Nicht unmittelbar einleuchtend – es sei denn, man verfügt über ein solides physikalisches Grundwissen.«

»Damit kann ich nicht dienen.«

»Die Natur hat uns dieses Sprungbrett geschenkt. Es kreiste schon die ganze Zeit um den Mars und hat nur darauf gewartet, dass jemand es sich zunutze machte. Und wir kamen, sahen und siegten.« Eunice drehte Sunday ihren Helm zu. »Wo willst du eigentlich hin?«

»Zu deinem alten Basislager. Wo hättest du wohl sonst einen Hinweis versteckt?«

»Zuerst möchte ich einen Blick auf den Mars werfen«, erklärte Eunice. »Danach gehen wir zum Basislager. Das bist du mir schuldig.«

Sunday hatte nicht das Gefühl, dem Konstrukt etwas schuldig zu sein, aber das behielt sie für sich. Jede Bemerkung, die sie nicht auch ihrer lebenden Großmutter gegenüber geäußert hätte, war bestenfalls sinnlos, schlimmstenfalls konnte sie Schaden anrichten.

»Du bekommst deinen Willen.«

Die Gliedmaßen des Roveranzugs wirbelten mit wilder Präzision wie Schneebesen über das schwierige Terrain und legten die erforderlichen Kilometer rasch zurück. Bald stieg der Mars über den scharf gezeichneten schwarzen Horizont.

Sunday hielt erst an, als die Uhr zwei Stunden anzeigte, die Hälfte der vereinbarten Verleihdauer, bevor sie sich die Zeit nahm, die Pracht dieser neuen Welt auf sich wirken zu lassen.

Der Mars beherrschte den Himmel. Er war zur Hälfte beleuchtet, die Hemisphäre, die im Schatten lag, machte noch deutlicher, dass dies ein dreidimensionaler Körper war, eine Kugel, die sich ihr entgegenwölbte. Ohne Luft zwischen ihr und der Atmosphäre des Mars – die ohnehin nur sehr wenig Luft enthielt – hoben sich die Geländemerkmale so unnatürlich scharf ab wie von einem peniblen Kartografen gezeichnet. Die helle Hemisphäre war von einem warmen Lachsrosa, hier und dort von Staubschwaden in Ockergelb und Sienabraun durchzogen. Der sichtbare Pol trug eine weiße Schneekappe. Ein gewaltiges Schluchtensystem zerkratzte das Gesicht der Welt, als hätten sich scharfe Klauen tief ins Fleisch gegraben. *Valles Marineris*, dachte Sunday; der Name war ihr immerhin bekannt. Und diese Bruchzone, wo die Schluchten sich in einen Teppich kleinster Risse auflösten, hieß Noctis Labyrinthus, das Labyrinth der Nacht. Die drei Schildvulkane dahinter: Ascraeus Mons, Pavonis Mons und Arsia Mons.

Sie wollte gerade mit einem subvokalen Befehl die ER aktivieren, um ein genaues topografisches Overlay anzufordern, als ihr wieder einfiel, dass sie bereits den kundigsten Führer bei sich hatte.

»Schwelgst du in Erinnerungen?«, fragte sie das Konstrukt.

»Als Jonathan und ich auf Phobos landeten, war alles anders«, antwortete Eunice. »Während wir noch unterwegs waren, hatte sich ein planetenweiter Staubsturm zusammengebraut, und als wir ankamen, konnten wir kaum etwas sehen. Uns blieb nichts anderes übrig, als abzuwarten, bis der Sturm vorbei war.«

»Aber es gab da unten doch bereits Menschen?«

Eunice hielt sich eine behandschuhte Hand vor das Helmvisier, um das grelle Licht abzuschirmen. »Sie hatten genügend Proviant und andere Vorräte, um einen Sturm zu überstehen, wenn er nicht gerade monatelang anhielt. Sie konnten jedoch nicht weit herumlaufen, und es war viel zu gefährlich, zwischen Phobos und dem Mars etwas hin und her zu schicken. Den Aufzug gab es natürlich noch nicht.«

»Das dachte ich mir schon.«

»Es war nicht wie auf der Erde. Wenn du dort die Landestelle verfehlst, dauert es nicht lange, bis Hilfe kommt. Auf dem Mars war das nicht so, jedenfalls nicht in diesen Tagen.«

Eunice war einunddreißig Jahre alt gewesen, als sie 2062 mit ihrem Mann nach Phobos kam, nicht viel jünger als Sunday heute. Sie war der achtundneunzigste Mensch gewesen, der den Fuß auf diesen rostigen Boden setzte, wenig später war aus dem Rinnsal von Besuchern eine Flut geworden.

»Können wir uns jetzt das Lager ansehen?«, fragte Sunday. »Die Verleihdauer ist begrenzt, und die Uhr tickt.«

»Dann komm«, seufzte Eunice. »Es ist nicht weit. Auf Phobos liegt alles nahe beieinander.«

Staubstürme waren nicht das Schlimmste gewesen, was hätte passieren können. Dennoch waren die frühen Abenteurer nicht begeistert, wenn ihre Reise zum Mars vom Wetter auf der Oberfläche unterbrochen wurde. Phobos hatte jedoch davon profitiert. Der Mond hatte schon lange vorher als geeignetes Etappenziel für die Marserkundung gegolten, doch 2062 war auf dem kleinen Mond spontan eine transnationale Barackensiedlung entstanden, eine ziemlich planlose Ansammlung von klapprigen Kuppeln, Hütten und Bunkern, die einer wechselnden, aber bereits mehrere Dutzend Mitglieder umfassenden Bevölkerung Zuflucht bot.

Bereits in jenen frühen Tagen gab es Menschen, die lieber in der Umlaufbahn als im Gravitationstrichter des Mars, auf dem Mond oder gar auf der Erde leben wollten. Wenn sie aus dem Fenster schauten oder sich auf die Oberfläche des Mondes hinauswagten, hatten sie die schönste Aussicht, die man sich vorstellen konnte, und eine nicht abreißende Folge von ankommenden und abfliegenden Schiffen sorgte stets für Abwechslung. Außerdem gab es eine hohe Nachfrage nach Dienstleistungen von der Raumschiffwartung über den Drogenhandel bis hin zum käuflichen Sex.

Von dieser ursprünglichen Barackensiedlung war nicht viel geblieben, bei der Erschließung des Stickney waren die Unternehmen geschluckt worden. Auf Phobos hatten sich dennoch einige vereinzelte Außenposten erhalten, darunter auch der Stützpunkt, auf dem Eunice die längste Zeit verbracht hatte.

Als sich etwas über den Horizont schob, nahm Sunday an, dass sie sich dem Lager näherten. Doch dafür war das Objekt zu hoch.

Es war womöglich noch dunkler als der Rest von Phobos, und es überragte die Oberfläche um gut neunzig Meter. Sunday und Eunice näherten sich langsam dem zerklüfteten Gelände um seinen Fuß, der sich vor ewigen Zeiten in Phobos' Kruste gebohrt hatte. Außer ihnen umrundeten zwei weitere Roveranzüge das Gebilde und richteten ihre Scheinwerfer auf die obere Hälfte. Wo das Licht hinfiel, wurden filigrane Ornamente sichtbar: Flansche, Rohre, immer neue Wiederholungen von Elementen wie Rückenwirbeln oder Rippen. Knochenstücke verschmolzen mit uralten versteinerten Maschinenteilen. Raketenauslässe wurden zu Augenhöhlen, Andockports zu weit geöffneten Kiefern oder Geschlechtsorganen. Rumpfpanzerungen zu Schädeldecken mit spinnwebfeinen Fontanellenspalten.

»Man nannte es den Monolithen«, erklärte Eunice. »Entdeckt hatte man es erstmals zu Beginn des einundzwanzigsten

Jahrhunderts auf Fotografien von Phobos. Das Ding selbst war nicht zu erkennen, aber sein Schatten verriet, dass es riesig sein musste. Dass es die ersten Raumfahrer, die hier landeten, sofort aufs Korn nahmen, um es genauer zu untersuchen, versteht sich von selbst.«

Sunday ließ den Blick über die faszinierend morbiden Einzelteile schweifen. Das asymmetrische Objekt war trotz seiner ungleichmäßigen Oberfläche eindeutig als Schiff zu erkennen, das mit dem Bug voran in der Kruste steckte. »Hätte ich nicht inzwischen davon hören müssen, wenn auf Phobos ein Alien-Raumschiff abgestürzt wäre?«

»Einige der ersten Forscher langweilten sich. Sie saßen hier fest, hatten alle Zeit der Welt und nicht genug zu tun. Unter ihnen war eine Frau namens Chakrabarty. Eine Inderin, glaube ich. Vielleicht auch Pakistanerin. Eines Tages zeichnete sie nur so zum Spaß einen sehr detaillierten, bis ins Kleinste präzisen Plan und fing an, Figuren in den Monolithen zu schneiden. Ihr Team hatte Schneidewerkzeuge und Sprengstoffe, alles, was sie brauchte. Sie fing unten an und arbeitete sich nach oben. Es war nicht allzu schwer. Man kann ohne Sicherheitsleine bis an die Spitze klettern, und selbst wenn man abstürzt, ist es nicht schlimmer, als würde man auf der Erde von einer Gartenmauer springen.«

»Das hat alles … diese eine Frau gemacht?«

»Chakrabarty hat damit angefangen. Irgendwann reiste sie weiter zum Mars, und nach einer Weile kam die Nachricht, dass sie ums Leben gekommen war – ich glaube, durch einen Defekt in ihrem Raumanzug. Ihre Pläne waren jedoch noch hier im Lager. Mit der Zeit entwickelte sich eine Tradition. Jeder, der mehr als ein paar Tage hier festsaß, legte einen Anzug an und ging hinaus zum Monolithen, um einen Beitrag zu *Chakras Märchenschloss* zu leisten. Auf diese Weise ehrte man ihr Andenken – und tat kund: *Wir waren hier, das ist unser*

Werk. Der Monolith wird auch in Millionen Jahren noch da sein. Bis Phobos in den Mars stürzt.«

»Ist er denn jetzt fertig?«

»Man war schon vor Jahrzehnten oben angekommen. Danach wurde das ganze Ding sogar mit Plastik besprüht, um es vor Vandalismus und Einschlägen von Mikrometeoriten zu schützen.«

Sunday entdeckte mehrere faustgroße Krater, wo winzige Partikel nach Abschluss der Arbeiten *Chakras Märchenschloss* getroffen und einzelne Motive abgeschlagen hatten. Diese Schäden waren vermutlich entstanden, bevor man die Schutzschicht aufgebracht hatte.

»Hast du auch etwas beigetragen?«, fragte sie.

»Ich nehme es an.«

»Du nimmst es an?«

»Ich kann mich nicht daran erinnern. Reicht dir das?«

Sunday unterdrückte ihre Enttäuschung. Sie konnte dem Konstrukt nicht übel nehmen, wenn es Dinge nicht wusste, die man ihm nie gesagt hatte. »Irgendwo wurde doch sicher aufgezeichnet, wer was gemacht hat.«

»Darauf würde ich mich nicht verlassen. Vielleicht habe ich auch gar keinen Beitrag geleistet. Das lässt sich heute möglicherweise nicht mehr feststellen.« Eunice bückte sich, um einen Gesteinsbrocken vom Boden aufzuheben – vielleicht ein abgeschlagenes Stück des Monolithen –, aber ihre Finger gingen einfach hindurch. Sie zischte gereizt und richtete sich wieder auf. »Du hättest nicht so weit zu reisen brauchen, um dir das *Märchenschloss* anzusehen«, sagte sie. »Du hättest dir auch auf dem Mond eine Projektion aufrufen und es genauestens untersuchen können. Überhaupt kann das wohl kaum der Grund sein, warum ich dich hier haben wollte. Alles, was das *Märchenschloss* betrifft, ist öffentlich. Wo hätte ich da eine Botschaft verstecken sollen?«

»Vielleicht irgendwo im Muster?«

»Wohl kaum. Es war nicht erwünscht, von Chakrabartys Plan abzuweichen. Angeblich brachte das Unglück.«

»Als ob du jemals abergläubisch gewesen wärst.«

»Ich hätte mich nicht absichtlich in Schwierigkeiten gebracht.« Eunice legte den Kopf in den Nacken und hielt eine Hand über ihr Helmvisier. »Jedenfalls ist es großartig. Nein, wirklich, findest du nicht?«

»Ein Jammer, dass Chakra es nicht mehr sehen konnte, als es fertig war.«

»Wir sehen es für sie«, sagte Eunice.

Sunday wollte protestieren – für sie gab es kein »wir«, nur ihre eigenen zwei Augen, ihren eigenen Verstand und ihre eigenen Gefühle. Doch sie brachte es nicht übers Herz, Eunice zu widersprechen. Auch wenn es lächerlich war, sie wollte das Konstrukt in dem Glauben lassen, dass es imstande war, das Andenken einer Toten zu ehren.

Vom Monolithen zum indischen Lager war es nicht weit. Wie eine Galeone überragte es den Horizont, die Gittermasten und Spiegelantennen eines längst aufgegebenen Kommunikationsknotens ersetzten Masten und Segel. Um diesen Kern drängten sich etliche kleinere Gebäude. Das Ganze war eine längst verlassene Geisterstadt.

»Mitte der Fünfzigerjahre gab es böses Blut zwischen den Indern und den Chinesen«, erklärte Eunice. Sunday musste sich erst vergegenwärtigen, dass sie die Zweitausendfünfziger- und nicht die Zweitausend*einhundert*fünfzigerjahre meinte. »Die Spannungen haben sich nie so verschärft, dass Panzer aufmarschiert oder Bomben abgeworfen worden wären, aber die Abneigung war doch so stark, dass die Inder nichts mehr mit dem chinesischen Lager zu tun haben wollten. Also kamen sie nach Phobos und errichteten, praktisch in Fußreichweite von der ursprünglichen Barackensiedlung, diesen Außenposten.«

»Hätten sie uns nicht allen den Gefallen tun und die politischen Querelen der Alten Welt hinter sich lassen können?«

»Wir waren jung, und die Welt war noch jung.«

Sunday konnte nicht erkennen, ob irgendjemand in letzter Zeit in der Nähe dieses Außenpostens gewesen war. Fußspuren gab es auf Phobos nicht, und die Abdrücke der Roveranzüge waren von den Dellen und Rissen, die sich über Milliarden von Jahren in die Oberfläche gegraben hatten, nicht zu unterscheiden. Wer sollte sich auch die Mühe machen, die Siedlung eines zweiten Blickes zu würdigen?

Vielleicht würden in hundert Jahren die Historiker an diesen gottvergessenen Ort zurückkehren und sich darüber empören, dass man ihn hatte verfallen lassen. Doch im Moment war der Stützpunkt nur Abfall, den die Menschen am Straßenrand zurückgelassen hatten, als sie weiterzogen.

An einer Seite befand sich ein sonderbares Gestell, das in die obere Schicht von Phobos eingegraben worden war. Es sah so krumm und schief aus, als hätte man es nach einer durchzechten Nacht in einem Anfall fehlgeleiteter Kreativität hastig zusammengeklopft. Eunice ging daran vorbei und strich mit der Hand über die Walzen, die auf senkrechten Spindeln so in den Rahmen eingesetzt waren, dass man sie leicht drehen konnte. »Tibeter und Mongolen«, erklärte sie. »Ob sie mit der ersten indischen Mission gekommen oder erst später hier hängen geblieben sind, weiß ich nicht mehr.«

»Was zum Teufel ist das?«

»Gebetsmühlen. Die Tibeter nannten sie ›*Khor*‹. Hier hat man Keramik-Gyroskope und Scheiben zur Reaktionskontrolle aus den Stabilisierungssystemen von Raumschiffen verwendet. Die Zeichnungen am Rand sind zumeist buddhistische Gebetsformeln – die acht Glückssymbole des Ashtamangala.

Angeblich konnte man sein gutes Karma vermehren, wenn man jedes Mal beim Betreten oder Verlassen des Lagers an den Walzen drehte.«

Eunice' Geisterhand ging durch die Gebetsmühlen hindurch, ohne dass sie sich bewegt hätten.

»Erzähle mir nicht, dass du an so etwas geglaubt hast.«

»Wenn man auf gute Beziehungen zu seinen Nachbarn Wert legt, braucht man ihren Glauben nicht zu teilen. Das Essen war fantastisch, und mich hat es nichts gekostet, ihre albernen Walzen zu drehen. Ich habe sogar vorgeschlagen, sie zur Energieerzeugung an Generatoren anzuschließen.« Sie schnalzte mit der Zunge. »Wurde nicht gut aufgenommen.«

»Und warum berührst du die Walzen jetzt?«

»Alte Gewohnheit.« Eunice zögerte. »Respekt für die Menschen, die einst hier lebten. Es gab da einen … jungen Tibeter. Ich glaube, er war schon weltraumgeschädigt, als er Phobos erreichte. Hier eingepfercht zu sein, das hat den Ärmsten vollends aus der Bahn geworfen. Meistens hockte er bloß da, schaukelte hin und her und sang vor sich hin. Dann hat er sich an mich gehängt. Eigentlich war es meine Schuld. Mein Helm … ich hatte ein Löwengesicht um das Visier gemalt. Wir hatten alle unsere Anzüge individuell gestaltet, deshalb dachte ich mir nichts weiter dabei.«

»Und?«

»Der arme Junge … Die Tibeter haben eine Figur, die sie *Dakini* nennen. *Khandroma* auf Tibetisch – ›die Himmelswandlerin‹. Eine ihrer Manifestationen ist Senge Dongma, die Löwenköpfige. Auf einigen dieser Gebetsmühlen ist sie abgebildet. Als ich mit meinem Helm auftauchte … sagen wir, er hatte gewisse Realitätsprobleme.«

Sunday konnte sich nicht erinnern, diese Geschichte jemals gehört zu haben. Aber sie musste irgendwo in den Dokumentationen von Eunice' Leben zu finden sein – entweder in den öffentlichen Archiven oder in einer Privataufzeichnung, die den Nachweltsuchprogrammen der Familie ins Netz gegangen war. Anders hätte das Konstrukt nichts davon erfahren können.

Ein Leben war doch voller Wunder, von einer unglaublichen Vielschichtigkeit, die einen immer wieder in Erstaunen versetzte.

»Du hast ihn endgültig um den Verstand gebracht«, sagte Sunday. »Ihn in den Wahnsinn getrieben.«

»Was konnte ich dafür, dass er bereits darauf gepolt war, an diesen Unsinn zu glauben?«, verteidigte sich Eunice. »Vergiss nicht, das war noch vor den *Obligatorischen Implantaten*. Dabei war er ein entzückendes Kerlchen. Ich habe mein Möglichstes getan, um meine karmische Bedeutung herunterzuspielen, aber ich wollte ihm auch nicht sein gesamtes Glaubenssystem zerstören.«

»Sehr rücksichtsvoll von dir.«

»Ich fand das auch.«

Am Fuß des Sendemasts befand sich eine niedrige Kuppel in einem Gesteinsmantel – man hatte die Hülle mit Luft gefüllt, abgedichtet und zur Isolierung mit einer Geröllschicht umgeben, die dann zu einer schwarz glänzenden Kruste verschmolzen wurde. Drei halbrunde Tunnel führten strahlenförmig davon weg zu drei kleinen Hügeln, die durch eine igluähnliche Luftschleuse zu betreten waren. Ganz oben war jeweils ein dickes Glasfenster in Form eines Wagenrads eingelassen.

Der gesamte indische Komplex war kleiner als ein Flügel des Familiensitzes, dennoch hatte Eunice mit einem Dutzend Mitreisenden für mehrere Monate hier gehaust und darauf gewartet, dass der Sturm sich legte.

»Wie habt ihr euch … die Zeit vertrieben?«, fragte Sunday. »Ich nehme an, ihr konntet euch nicht einfach nach draußen chingen.«

»Wir hatten eine andere Form des Chingens«, sagte Eunice. »Eine Frühform der virtuellen Realität, die viel robuster und von Zeitverzögerungen vollkommen unberührt war. Du hast vielleicht davon gehört. Wir nannten es ›Lesen‹.«

»Ich weiß durchaus, was Bücher sind«, verteidigte sich Sunday. »Eines von deinen dummen Büchern hat mich schließlich hierhergeführt.«

»Jedenfalls haben wir gelesen, uns Filme angesehen, Musik gehört und uns einer exotischen Beschäftigung hingegeben, die man ›selbst für Unterhaltung sorgen‹ nannte.« Sie hielt inne. »Wir haben nicht bloß tatenlos herumgesessen und gewartet, dass die Tage vergingen. Es gab Arbeit, der Stützpunkt musste in Gang gehalten werden, Löcher mussten gebohrt werden, und gelegentlich trafen wir uns sogar mit den Chinesen und anderen Siedlern im Stickney-Krater. Nur weil die Regierung auf getrennten Basislagern bestand, mussten wir uns ja nicht voneinander fernhalten.«

Mittlerweile hatte Sunday den Rover um die ganze Hauptkuppel samt ihren drei Satelliten herumgesteuert.

»Ich sehe keinen Eingang. Die kleineren Kuppeln haben zwar Luftschleusen, aber die sind alle versiegelt. Und selbst wenn man sie öffnen könnte, weiß ich nicht, ob dieser Anzug durch die Öffnung passen würde.«

»Gegen Ende des Jahrhunderts wurde das Lager aufgegeben, etwa zu der Zeit, als ich hierher zurückkommen musste. Aber diese Sprühversiegelung muss neueren Datums sein.«

»Hast du, als du vor sechzig Jahren so eifrig nach raffinierten Möglichkeiten gesucht hast, meine Zeit zu verschwenden, auch daran gedacht, dass ich heute vielleicht nicht einmal mehr hineinkommen könnte?«

Eunice bückte sich, wischte mit ihren Geisterhänden über das Sichtfenster der nächsten Luftschleuse und spähte ins Innere. »Du gehst von einer Voraussetzung aus, die nicht gerechtfertigt ist. Vielleicht ist es gar nicht nötig, die Kuppeln physisch zu betreten. Hier gibt es ER-Empfang. Wenn er bis in die Kuppeln reicht, können wir hineinchingen.«

»Das habe ich bereits versucht. Es gibt keinen Weg, weder aktiv noch passiv.«

Eunice stolzierte zur nächsten Luftschleuse. »Das möchte ich doch ganz genau wissen.«

Sunday hatte das Konstrukt mit einer Reihe von Programmen ausgestattet, die es ihm erlaubten, die Funktion der Simulation auch dann zu maximieren, wenn der ER-Empfang schwach war oder die lokalen Datenleitungen überlastet waren. Dieselben Programme sorgten dafür, dass Gespräche mit Eunice selbst bei niedriger Quantenverschlüsselung nahezu abhörsicher waren. Wenn Eunice in diese Trickkiste griff, könnte sie tatsächlich einen Weg in die Kuppel finden.

Allzu viel Hoffnung hatte Sunday nicht. Wenn sich im Inneren nicht irgendein Überwachungsinstrument – eine Kamera, ein Roboter, ein verteiltes Sensornetz – befand, standen sie wieder am Anfang. Und warum sollte es in einem verlassenen Lager so etwas geben?

»Heureka, ich habe einen Weg gefunden. Beeindruckt, Enkelin? Grund genug hättest du. Ich bin immer noch in Hochform.«

»Ja, ich …« Sunday verstummte. Wieso sollte sie beeindruckt sein, weil die Software getan hatte, wozu sie entwickelt worden war? War sie nicht genau dafür da? »Sag mir einfach, was wir haben.«

»Aktives Ching, meine Liebe. Es gibt einen … Roboter. Jemand hat ihn da drin zurückgelassen, und er ist immer noch frei beweglich.«

»Jemand hat einen Roboter *zurückgelassen*?«

»Willst du das Ching oder nicht? Du brauchst keine Koordinaten – ich kann dich von mir aus durchstellen.«

»Wo werde ich landen?«

Eunice deutete vage in eine Richtung. »In der Kuppel links von uns, glaube ich. Es kommt eigentlich nicht darauf an, denn ich werde bei dir bleiben, und ich kenne die Anlage. Wenn wir erst drin sind, können wir uns in meine Unterkunft durchschlagen.«

»Stell die Verbindung her«, befahl Sunday.

Es war bei Weitem der primitivste Ching, den sie je erlebt hatte – noch primitiver sogar als der Stellvertreter, den sie auf dem Mond bei Chamas Flug durch die *Geistermauer* gesteuert hatte. Sie konnte das Ziel zwar sehen, hatte aber nicht wirklich das Gefühl, sich dort zu befinden – für alle anderen Sinne steckte ihr Körper immer noch im Roveranzug. Wenn sie sich umschauen wollte, ruckelte das Bild wie bei einer Kamera auf einem schwergängigen Stativ.

»Bist du hier?«, fragte Eunice. Sie stand neben Sunday und hielt ihren Helm unter einem Arm. Der hatte, Sunday registrierte es mit Verwunderung, in den Sekunden, seit sie Eunice zum letzten Mal gesehen hatte, eine individuelle Bemalung bekommen.

Um das Visier herum prangte das Gesicht eines brüllenden Löwen, in Gold- und Ockertönen, mit auffallend blauen Augen und einem weit aufgerissenen Maul mit roten Lefzen und vielen Zähnen.

»Sehr hübsch«, sagte Sunday.

»Deine Sensoren melden, dass es keine Luft gibt, aber es kommt mir komisch vor, hier drin einen Anzug zu tragen.«

Ein kreisrundes Fenster krönte die Kuppel, viel Licht drang allerdings nicht herein. Sundays Roboter hatte einen eingebauten Scheinwerfer im Kopf, der sich wohl aktiviert hatte, sobald die Ching-Verbindung stand. Sie ließ den mattgelben Strahl durch den luftlosen Raum gleiten. Es sah schlimm aus, überall lagen Schutt und Abfälle herum wie nach einem Erdbeben oder einer Plünderung. Das Licht fiel auf Betten, Geräteschränke, uralte defekte Computer. An den gewölbten Wänden hingen Kinderzeichnungen und ausgedruckte Fotografien von Angehörigen.

Ihr Roboter hockte, die Knie bis zur Brust hochgezogen, mit dem Rücken an der Wand. Sie versuchte aufzustehen. Der Roboter zögerte, dann schlurfte er mit ruckartigen Bewegungen los. Außerdem hinkte er, und seine Feinmotorik war völlig hinüber. Er war offensichtlich stark beschädigt, vielleicht hatte man ihn deshalb im Lager verschimmeln lassen. An seiner Brust hing eine mechanische Spinne mit flexiblen weißen Beinen und einem flachen Krabbenkörper. Sunday hielt das Ding für einen Wartungs-Bot, der bei der Reparatur der größeren Maschine den Dienst quittiert hatte.

Sie streifte ihn mit einer unbeholfenen Bewegung ihres Unterarms und ihres Handschuhs ab. Die Finger waren so steif, als wären sie eingefroren.

»Hier entlang.« Eunice suchte sich einen Weg zwischen den Schrotthaufen.

Sie durchquerten den Verbindungskorridor zwischen den Kuppeln. Eunice sah sich ungeduldig um, denn Sunday hatte Mühe, mit ihr Schritt zu halten. Die Dekompression musste plötzlich erfolgt sein. An den Korridorwänden klebten noch die Ranken schockgefrosteter Pflanzen. Als Sunday sie berührte, zerfielen sie wie sprödes Zuckerkonfekt zu grünen Scherben.

»Mir ist es hier nicht geheuer. Hoffentlich war niemand mehr da, als der Druck ausfiel.«

»Siehst du irgendwo Leichen?«

»Nein.«

»Die Anlage ist sicher erst so weit heruntergekommen, nachdem sie längst aufgegeben worden war. Diese Räume hat schon sehr lange niemand mehr betreten.«

»Wozu auch? Die Vergangenheit ist tot. Jeder vernünftige Mensch weiß mit seiner Zeit Besseres anzufangen.«

Eunice lächelte verschmitzt. »Und wie würdest du dich dann selbst bezeichnen?«

»Such dein Zimmer, und danach nichts wie raus hier.«

Die Hauptkuppel war innen unterteilt, und die Trennwände hatten einstmals druckdichte Türen, die aber jetzt alle offen standen. Die Luft war längst entwichen. Im Wohn- und Gemeinschaftsraum stand ein runder Tisch mit schwarzer Platte, auf der die Tierkreiszeichen eingraviert waren. Die bunten Sitzmöbel sahen bis auf die Sitzgurte und die Fußschlaufen wie ganz gewöhnliche Stühle aus. Auf dem Tisch stand noch ein Becher mit einem Schnappdeckel aus Plastik und einem Trinknippel. Sunday wollte den Becher genauer untersuchen, konnte aber die verklemmten Finger nicht weit genug spreizen, um ihn zu fassen, und stieß ihn vom Tisch. Er schwebte zu Boden, ohne zu zerbrechen. An der Seite standen die Worte *Reykjavik 2088*, und darunter waren die fünf olympischen Ringe zu sehen.

»Hier entlang«, sagte Eunice wieder. Sie trat durch eine der Türen, und Sunday folgte ihr in den dahinterliegenden Raum.

Sie ließ den Lichtstrahl umherschweifen. »Bist du sicher, dass es dieses Zimmer ist?«

»Vollkommen sicher.« Eunice brauchte keine Erklärungen abzugeben. Wenn sie sicher war, hieß das, es gab Informationen, wonach sie in diesem Teil des indischen Stützpunkts gewohnt hatte. Bilder oder Filme, die das Konstrukt mit unersättlicher Neugier verschlungen hatte. »Aber ich war nicht unbedingt die letzte Bewohnerin, und es gibt keinen Grund, warum man den Raum als Denkmal meiner Größe bewahrt haben sollte.«

»Dann verschwenden wir hier unsere Zeit.«

»Mein älteres Ich war offensichtlich anderer Meinung, sonst hätte sie diese Papiere nicht im Pythagoras vergraben.«

»Das war ja eine wahre Erfolgsgeschichte, nicht wahr? Wenn dein älteres Ich nicht vorhersehen konnte, dass ein Teil des Mondes von China geschluckt werden würde, sind ihre Pläne vielleicht auch hier nicht aufgegangen.«

»Ich bitte mir etwas mehr Vertrauen aus, mein Kind.«

Der Raum hatte die Form eines Kreissegments. In einer Ecke stand ein Zwischending aus Koje und Hängematte, eine Spezialkonstruktion für das Schlafen bei Mikroschwerkraft. Daneben gab es einen Klapptisch mit einem Bildschirm. Darüber hing ein Spiegel. Geräteschränke und Regale mit Kisten, Kartons, Sanitätsartikeln und unspezifischem Raumfahrerkrempel vervollständigten die Einrichtung.

Sunday wollte mit der Hand über eines der Regalborde fahren und musste sich durch eine klebrige Kruste wühlen. Nach dem Druckausfall hatte der Staub jahrzehntelang Zeit gehabt, sich wieder zu setzen, nun bedeckte er als dicke graue Schicht sämtliche Flächen.

Auf der Koje lag ein Gegenstand. Sie hinkte hinüber und wollte ihn aufheben, doch ihre Hände wollten ihr nicht gehorchen.

»Es ist dein Handschuh«, sagte sie. »Der zweite. Er sieht genauso aus wie der, den Geoffrey in Copetown gefunden hat. Aber ich bekomme ihn nicht zu fassen.« Dann kam ihr ein Gedanke. »Selbst wenn ich ihn fassen *könnte*, wie in aller Welt kriege ich ihn nach draußen?«

»Schlag das Fenster in der Decke ein und wirf ihn hinaus – aber pass auf, dass er nicht in eine Umlaufbahn gerät.«

»Und wenn? Wer weiß, wo auf Phobos er landet, wenn er wieder auf die Oberfläche zurückfindet?«

Eunice hatte sich den Helm unter den Arm geklemmt und kratzte sich mit der anderen Hand am Hinterkopf. »Es ist nicht der Handschuh«, sagte sie leise. »Der Handschuh ist ein Geschenk, er soll dir zeigen, dass du der Lösung nahe bist. Aber der Handschuh *ist* nicht die Lösung. Das entspräche nicht meiner Art zu denken.«

Sunday ging weiter. Der Spiegel war ihr gleich aufgefallen, doch erst jetzt stand sie direkt davor und konnte sich selbst sehen. Sie brauchte einen Moment, um zu begreifen, was ihr das Spiegelbild zeigte. Wie nicht anders erwartet, hatte sie in einen androformen Roboter gechingt: hart gepanzert und mit gelenkigen Gliedmaßen wie ein Mensch. Dann reflektierte der Spiegel den Lichtstrahl des Scheinwerfers, und sie war geblendet.

Das war kein androformer Roboter. Das war ein Raumanzug mit Helm.

Und der Helm war hinter dem Visier nicht leer.

Aus dem Spiegel schaute ihr der Tod entgegen. Im Inneren des Helms befand sich ein Totenschädel, über den sich die Haut wie dünnes Reispapier spannte.

»Eunice, das ist kein Roboter.« Das Entsetzen veränderte ihre Stimme bis zur Unkenntlichkeit.

»Wie bitte?«

»Ich laufe mit einem Raumanzug herum, in dem ein toter Körper steckt. Bitte sag mir, dass du das nicht gewusst hast.«

Eunice sah sie an. Ihr Gesichtsausdruck blieb unverändert, verriet keine aufdämmernde Erkenntnis. »Woher hätte ich es wissen sollen, Sunday?«

»Du hast es gewusst. Du hast etwas zum Chingen gesucht, einen Weg in die Kuppel, und du hast … das gefunden. Aber dabei musst du bemerkt haben, dass die Ching-Koordinaten auf einen Raumanzug und nicht auf einen Roboter hinwiesen.«

»Ich … musste improvisieren, meine Liebe. Es ist ein Raumanzug mit Servosteuerung und einer Kamera im Helm. Er kann sich bewegen, und er kann sehen. Was ist das in der Praxis anderes als ein Roboter?«

»Ein Roboter hat keine Leiche in sich!« Sunday war zu wütend, um zu fluchen, zu wütend sogar, um ihre Wut zu zeigen.

»Das Schicksal hat uns eine Chance gegeben, ich habe sie genutzt.«

»Wie kannst du so herzlos sein? Das ist … das war einmal ein Mensch, und du benutzt ihn wie …« Sunday suchte nach Worten. »… wie ein billiges Werkzeug, ein Stück Ausrüstung, das man nach Gebrauch wegwirft. Und ich bin darin eingesperrt, ich stecke in einem … einem *Sarg.*«

»Nun beruhige dich wieder. Glaubst du, den Toten kümmert das noch, Sunday? Was immer er ist, was immer er war, er hat niemandem viel bedeutet. Niemand ist gekommen, um nach ihm zu suchen. Man hat hier alles dichtgemacht, ohne zu bemerken, dass eine Leiche in der Kuppel war. So sehr hat man diesen Menschen vermisst.«

»Du machst es mir nicht leichter.«

»Immerhin haben wir ihn jetzt gefunden. Wenn wir zum Stickney zurückkehren, werden wir die Behörden benachrichtigen, dann können sie kommen und die Kuppeln öffnen. Wahrscheinlich lässt sich die Identität des Toten ermitteln, indem man den Anzug zurückverfolgt. Aber was ist in der Zwischenzeit? Soll ich darauf verzichten, einen Raumanzug zu benutzen, nur weil vor einer Ewigkeit jemand darin gestorben ist? Was wir hier tun, ist wichtig, Sunday.«

Sunday drängte ihren Abscheu zurück. »Bringen wir es hinter uns. Aber wenn du mir noch einmal einen solchen Streich spielst …«

»Was machst du dann? Willst du mich löschen, weil ich so verwegen war, eine Entscheidung zu treffen? Ich hätte dich für intelligenter gehalten, liebe Enkelin. Übrigens – während wir hier diskutieren, ist mir aufgefallen, dass dieser Schrank nicht da steht, wo er hingehört.«

»Was?« Sunday witterte ein Ablenkungsmanöver.

»Sieh dir die Spuren im Staub auf dem Boden an. Der Schrank wurde weggerückt. Die Fußabdrücke könnten sogar von mir stammen.«

Sunday bekam den Schrank ebenso wenig zu fassen wie den Becher oder den Handschuh, aber bei der geringen Schwerkraft auf Phobos war es ein Leichtes, sich seitlich dagegen zu lehnen, bis er in Zeitlupe umfiel. Sunday richtete die Helmlampe auf den Teil der Wand, der dahinter verborgen gewesen war.

Eunices Intuition erwies sich als richtig. Sunday entdeckte ein Gemälde, genauer gesagt ein Wandbild, das direkt auf die gewölbte Kuppelwand gepinselt worden war.

Sie betrachtete es staunend und vergaß für einen Moment sogar die Leiche im Raumanzug.

»Das kenne ich.«

»Natürlich kennst du es. Es ist eine Kopie des Bildes, das auf dem Familiensitz in meinem Zimmer hängt. Für das Original bin ich nicht verantwortlich, aber ich weiß genau, dass ich diese Kopie angefertigt habe.«

»Das hast du gemalt?«

»Ich habe nur das Original an die Wand projiziert und nachgemalt. Das macht mich nicht zur Künstlerin.«

Sunday wünschte, das Konstrukt hätte ihr wenigstens ein paar Atemzüge Zeit gelassen, um die Erregung über das wiedererkannte Bild auszukosten, bevor es den Bann brach. Natürlich hatte Eunice recht. Sunday hatte das verlassene Schlafzimmer ihrer Großmutter mehrmals zu feierlichen Anlässen betreten – und dabei immer das Gefühl gehabt, die Bewohnerin sei nicht bloß abwesend, sondern tot. Von diesen Besuchen her war ihr das Gemälde bekannt.

»Wer hätte das gedacht?«

Das Konstrukt warf ihr einen scharfen Blick zu. »Wer hätte was gedacht, Kind?«

»Dass die berühmte Eunice Akinya, diese harte Frau, jemals

Heimweh haben könnte. Warum sonst hättest du diesen Teil deiner Vergangenheit mit hierhergebracht?«

Das Bild stellte in kräftigen Farben den Kilimandscharo dar. Die Technik war von kindlicher Unbefangenheit. Die steilen Hänge waren überzeichnet, der schneebedeckte Gipfel funkelte in Diamantfacetten vor dem tiefblauen Himmel. Quer über die Mitte zog sich ein Baumstreifen, der mit naiver Genauigkeit vollkommen symmetrisch ausgeführt war. In den Bäumen saßen wie Edelsteine und Laternen viele bunte Vögel mit langen Schwänzen und breiten Hornschnäbeln. Im Vordergrund wogten ockergelbe Gräser und smaragdgrüne Sträucher. In die Gräser waren kreuz und quer gestreift wie unvollständige Balkencodes viele Tierarten verwoben, von Löwen über Zebras, Giraffen und Nashörnern bis hin zu Schlangen und Skorpionen. Sogar Massai waren zu sehen, hochgewachsene Gestalten mit roten Speeren in den Händen, die einzigen mehrfach wiederkehrenden senkrechten Elemente in der Komposition.

»Ich hatte kein Heimweh«, sagte Eunice nach langem Schweigen. »Ich war stolz auf meine Heimat. Das ist nicht dasselbe.«

Sunday zwinkerte das Wandgemälde. »Ich habe eine Aufnahme gemacht. Aber ich bin nicht sicher, dass es das ist, was wir finden sollten.«

»Ich bin davon überzeugt. Als ich zum zweiten Mal hierherkam, muss ich das Bild verändert haben. Es ist gut gelungen, findest du nicht? Vielleicht habe ich sogar alles neu gemalt, damit man die Übergänge nicht sah.«

»Was redest du da?«

»Die beiden stimmen nicht überein. Ich verfüge über eine Erinnerung an das Original, und … etwas ist anders.«

»Sag es mir.«

»Wir sollten ganz sichergehen. Ich kann nicht sagen, ob meine Erinnerung an das Original ausreichend präzise ist.

Aber dein Bruder ist noch in Afrika. Sag ihm, er soll in mein Zimmer gehen und uns das Bild heraufzwinkern. Dann können wir weiterreden.«

Jitendra war noch nicht bei vollem Bewusstsein. Der Raum, in dem er lag, war dem, wo man Sunday vor einigen Stunden wiederbelebt hatte, zum Verwechseln ähnlich. Sie setzte sich auf den Stuhl neben dem Bett und beobachtete lächelnd, wie er zu sich kam, verschlafen ins Licht blinzelte und sich die trockenen Lippen leckte. »Willkommen zurück, Liebster. Wir sind auf dem Mars. Beinahe.«

Jitendra hatte die Kontrolle über seine Muskulatur bereits zurückbekommen, deshalb konnte er den Kopf drehen und das Lächeln erwidern. Seine Züge waren noch schlaff, würden sich aber schon bald wieder straffen.

»Wir haben es geschafft«, brachte er endlich undeutlich und stockend heraus. »Ich hatte zwar niemals Zweifel … aber trotzdem.«

»Trotzdem ist es ein Wunder.« Der Techniker hatte Sunday ein Kästchen mit sechs würfelförmigen Schwämmchen gegeben, die wie Dauerlutscher an Stielen steckten. Sie waren mit einer süßen Flüssigkeit getränkt, deren chemische Zusammensetzung auf Jitendras persönlichen Geschmack abgestimmt war. Sunday beugte sich vor und betupfte mit einem dieser Schwämme seine Lippen.

»Danke«, sagte er.

»Wie fühlst du dich?«

»Als wäre ich einen Monat lang tot gewesen.«

»Das warst du auch, Jitendra Gupta. Ein anderes Wort dafür ist Weltraumreise.«

Er kämpfte sich mühsam zum Sitzen hoch und stützte sich mit einem Ellbogen ab. Sein Pyjama glänzte silbrig. Man hatte ihn sogar rasiert. Sunday küsste ihn auf die Wange. Seine Haut war pfirsichweich und duftete nach Veilchen. Jitendra sah sich um und studierte den weißen Raum und das falsche Fenster mit der ewigen Brandung. »Alles ist gut gegangen, nicht wahr?«, fragte er.

Wieder benetzte ihm Sunday die Lippen. »Es lief wie am Schnürchen. Ich wurde früher geweckt, aber das ist offenbar öfter so. Die Zeit reichte gerade für einen kleinen Spaziergang nach draußen, um die Aussicht zu genießen.«

»Sag jetzt bitte nicht, dass du den Mars noch vor mir gesehen hast.«

»Nein!«, beteuerte sie etwas zu hastig. »Noch nicht. Er stand auf der anderen Seite. Wir werden ihn uns gemeinsam ansehen.«

»Das wäre schön.« Jitendra rieb sich den Kopf mit den kurzen Stoppeln. »Ich muss mir die Haare schneiden lassen.«

»Wir haben etwas gefunden«, platzte sie heraus.

»Wir?«

»Eunice und ich. Ich muss mit meinem Bruder sprechen, aber … ich glaube, ich weiß schon jetzt, wo unser nächstes Ziel liegt.«

Jitendra wartete schweigend auf eine Erklärung. »Darf ich das große Geheimnis auch erfahren?«, fragte er endlich.

»Es ist der Mars«, sagte Sunday. »Natürlich wollten wir da sowieso hin. Es gibt dabei nur eine Komplikation.«

Jitendra rang sich ein Lächeln ab. »Wieso überrascht mich das nicht?«

Als der Mars diesmal über den Horizont stieg, zeigte er sich von einer anderen Seite, doch das behielt Sunday für sich. Einerseits war es gut so. Dieses Gesicht der Welt hatte sie noch nicht gesehen, und so konnte sie es wie zum ersten Mal bestaunen, ohne schauspielern zu müssen. Trotzdem bedauerte sie ihre kleine Lüge.

Sie standen Seite an Seite, weit genug von den anderen Touristen entfernt, um sich vorstellen zu können, sie seien allein auf diesem Berggrat, die einzigen Menschen, die auf dem luftlosen Mond lebten. Sunday nahm sich vor, diese Erinnerung bewusst festzuhalten und die andere verschwinden zu lassen. Mit der Zeit würde sie vielleicht sogar selbst glauben, dass sie den Mars bei dieser Gelegenheit in der Tat zum ersten Mal hatte aufgehen sehen, uralt, riesengroß und voller Narben.

»Wundervoll«, seufzte Jitendra.

»Es ist eine Welt. Alle Welten sind wundervoll.«

Lange standen sie reglos und schweigend da, bis ein leises Signal von der Konsole sie daran erinnerte, dass es bald Zeit war, die gemieteten Anzüge zurückzubringen und sich für die nächste Etappe der Reise bereit zu machen.

»Bevor wir ins Innere zurückkehren«, sagte Sunday, »möchte ich dir *Chakras Märchenschloss* zeigen. Ich denke, dafür reicht die Zeit. Auf dem Weg dorthin kannst du mir alles über das Evolvarium erzählen.«

»Warum interessierst du dich auf einmal dafür? Ich dachte, das wäre eher mein Spezialgebiet.«

»Weil das unser nächstes Ziel ist.«

13

Es war ein passiver Ching, doch für seine Zwecke war die Auflösung mehr als ausreichend. Er verließ seinen stehenden Körper, stieg in die Lüfte und schwebte zunehmend schneller und höher über den Baumwipfeln. Manchmal war es gut, weder die Cessna noch eine der anderen Maschinen zu nehmen, sondern nur zum körperlosen Beobachter zu werden, der sein Bild aus den Aufnahmen verschiedener Kameraaugen zusammensetzte. Die Szene wurde mit äußerster Gründlichkeit bis zum letzten Blatt, dem letzten Hufabdruck, der letzten Elefantenfährte im Staub wiedergegeben. Jede Unsicherheit im Bilderstrom wurde nahtlos interpoliert, lange bevor das Gehirn irgendwelche Lücken zu füllen gehabt hätte.

Er hatte die Herde bald gefunden. Was Matilda an Ansehen bei den anderen Weibchen verloren hatte, als sie vor Eunices Projektion erschrak, hatte sie über die folgenden Wochen wieder wettgemacht. Ihre Stellung und ihre Körperhaltung waren gebieterisch wie eh und je. Sie führte ihre Familie über einen schmalen, von Akazien und Kohlpalmen gesäumten Pfad.

Geoffrey schwelgte in dieser Freiheit. So gern er die Cessna flog – keinen Körper mit seiner Massenträgheit zu haben, wie ein Dämon durch den Himmel schweben zu können, wie und wo man wollte, war herrlich. Er suchte auch die anderen Herden und nutzte die Gelegenheit, um seine Erinnerung an ihre Strukturen und Hierarchien aufzufrischen. Außerdem lokalisierte er die Einzelgänger, die allein oder in kleinen streitlustigen Grüppchen die Gegend durchstreiften. Das Bewusstsein dieser von Testosteron triefenden und ausschließlich mit ihren Rang- und Paarungskämpfen beschäftigten Elefantenbullen war ihm unendlich viel fremder als das der Matriarchinnen und ihrer Herden. Und doch hatte er viele dieser Bullen als ebenso übermütige und unbeschwerte Jungtiere gekannt wie alle anderen.

Mit dem Bewusstsein hatte es schon eine ganz eigene Bewandtnis. Als diese Elefanten jung gewesen waren, hatte er in ihrer Neugier und ihrer Verspieltheit ohne große Anstrengung den Funken des Menschlichen gesehen. Man konnte sich sogar vorstellen, dass ihr Bewusstsein noch menschlicher war, doch dann kam die Pubertät über sie und sperrte diese Eigenschaften hinter den eisernen Mauern des Dominanz- und Aggressionsverhaltens ein.

Die Elefantengesellschaft hatte sich aus der Not heraus entwickelt und war über unzählige Jahrmillionen von Umweltfaktoren geprägt worden. Doch was bedeutete das im Hier und Jetzt? Die Welt veränderte sich für die Elefanten, und das schon seit Jahrhunderten. Die Menschen waren gekommen und hatten dem Klima Dinge angetan, mit denen sie die Welt in Krämpfe versetzten. Der Wandel vom Dampfschiff zum Weltraumaufzug hatte sich aus Darwin'scher Sicht binnen eines Lidschlags vollzogen, zusammengedrängt in einen einzigen Stroboskopblitz. Die Elefanten waren noch nicht darüber hinweg, dass die Affen nun Feuer und Speere hatten; sie hatten noch nicht einmal *angefangen*, die industrielle Revolution zu verarbeiten, geschweige denn das Raumfahrtzeitalter oder das Anthropozän.

Noch drastischere Veränderungen standen bevor, Veränderungen, die selbst für Menschen schwer zu bewältigen waren. Die *Panspermische Initiative*, der *Grüne Frühling*.

Elefanten zu beobachten, sie zu überwachen – sogar in ihren Kopf hineinzukriechen –, damit konnte Geoffrey leben. Aber sie zu etwas anderem zu machen, ihre Gesellschaft neu zu verkabeln, als wäre sie nur ein fehlerhafter Mechanismus, sie in etwas zu verwandeln, das bessere Überlebenschancen hatte …? Wie er sich dazu stellen sollte, wusste er noch nicht. Die Menschen hatten selbst in bester Absicht schon genügend Schaden angerichtet.

Als er in seinen Körper zurückchingte, wartete jemand auf seine Erlaubnis, manifestieren zu dürfen. Der ID-Tag war ihm unbekannt, deshalb ging er zunächst davon aus, dass es Sunday war, die eine ungewöhnliche und hochgradig quantenverschlüsselte Verbindung benutzte.

Er nahm den Anruf in der Forschungshütte entgegen. Vor dem Chingen hatte er Kaffee gekocht, und während die Projektion Gestalt annahm, trank er den letzten bitteren Rest, der noch in der Tasse war.

»Ich störe Sie hoffentlich nicht in einem ungünstigen Moment, Mister Akinya. Ich hatte Ihnen ja versprochen, mich wieder zu melden.«

Geoffrey musterte den Mann im meergrünen Anzug, die leeren Augen, den zahnlosen Mundschlitz und die Haut, die so fahl war, als wäre sie von einem Reptilienbauch verpflanzt worden.

»Ich hatte wohl gehofft, Sie hätten es vergessen, Truro.«

»Ihre Aufrichtigkeit ehrt Sie. Aber nein, wir vergessen unsere Schulden nicht. Schon gar nicht, wenn sie ausgeweitet werden. Durch Anschlussfinanzierung.«

»Wenn Sunday mit Ihnen Geschäfte gemacht hat, ist das nicht meine Sache.«

»Aber so läuft das nicht mehr. Falls es jemals so war. Wir haben Ihnen jetzt zweimal einen Gefallen erwiesen, Mister Akinya. Es wäre mir sehr recht, wenn wir zumindest anfangen könnten, uns über eine Gegenleistung zu unterhalten.«

»Dann erzählen Sie mir doch als Erstes, von wo Sie chingen.«

»Oh, ich bin gar nicht so weit von Ihnen entfernt. Ihre Schwester hatte ganz richtig vermutet, dass ich mich auf oder in der Nähe der Erde befinde. Wie es der Zufall will, bin ich sogar in unmittelbarer Nähe von Ihnen. Ich rufe aus Tiamaat an, das liegt nicht allzu weit vor Ihrer somalischen Küste. Sie haben natürlich davon gehört.«

»Ich bin ja kein Idiot. Warum treten Sie erst jetzt an mich heran?«

»Wir wollten Ihnen Zeit lassen, um nachzudenken und sich über Ihre familiären Verpflichtungen klar zu werden. Sunday ist an ihrem Zielort eingetroffen. Wir haben ihr den Besuch ermöglicht und ihr eine quantenverschlüsselte Verbindung von Phobos hierher zur Verfügung gestellt. Sie ist wach. Die Geschichte kann weitergehen. Wir hielten die Zeit für gekommen, die Verhandlungen wiederaufzunehmen.«

Geoffrey wusste bereits, dass Sunday in Sicherheit war. Er hatte ihre Nachricht erhalten und ihr anstelle einer Antwort einen Blick auf den Kilimandscharo gezwinkert.

»Ich wüsste nicht, worüber wir zu verhandeln hätten.«

»Chama Akbulut … hat etwas gefunden, nicht wahr? Auf dem Mond, im chinesischen Sektor.«

Geoffrey fischte eine Fliege aus dem kalten Kaffeesatz. »Wenn Sie es sagen.«

»Ich muss gestehen, dass wir aus zwei Gründen persönlich und einigermaßen zeitnah zusammenkommen sollten. Der eine ist die Sache mit Chama, Gleb und den phyletischen Zwergen. Dieses wundervolle kleine Projekt hat meine volle

Unterstützung. Aber es gibt noch etwas. Sie sind jemandem aufgefallen … Genaueres will ich im Moment nicht sagen. Jedenfalls hat ein Kollege von mir um ein Treffen gebeten.«

»Leider ist mein Terminkalender ziemlich voll.«

»Aber Sie sind Wissenschaftler, Mister Akinya. Was immer Sie vorhaben mögen, ist sicher nicht so eilig, dass es sich nicht ein paar Tage verschieben lässt.«

Geoffrey wollte schon widersprechen, doch außer der üblichen vagen Ausrede, er müsse Verwaltungsarbeiten erledigen, hatte er keine detaillierten Pläne vorzuweisen. »Sie lassen wohl nicht so leicht locker?«

»Sie werden feststellen, dass ich bemerkenswert hartnäckig bin.«

»Wenn Sie mich ohnehin nicht in Ruhe lassen, kann ich es auch gleich hinter mich bringen.«

»Großartig«, strahlte Truro, als hätte er keine andere Antwort erwartet. »Es wird mir ein Vergnügen sein, Sie in Tiamaat zu begrüßen. Ihre Ching-Koordinaten habe ich. Sagen wir … morgen früh an diesem Ort? Zehn Uhr? Sehr schön.«

Der Drehknopf klickte, die Tür quiekte beim Öffnen wie eine empörte Maus. Eunices Zimmer war kühl, die Fensterläden blieben ständig geschlossen. Ein Deckenventilator wirbelte ohne erkennbare Wirkung die Luft durcheinander. Geoffrey hatte als Kind verschiedentlich in diesen Raum geschaut, aber seit den späten Teenagerjahren nur noch selten. Manchmal hatte sich Eunice' Projektion hier manifestiert, doch ebenso oft war sie anderswo auf dem Familiensitz oder im Garten erschienen. Wie auch immer, Geoffrey hatte dieses Zimmer nach Möglichkeit gemieden.

Es war eine Zeitkapsel, ein Stück einundzwanzigstes Jahrhundert in der Gegenwart. Die Tapete mit dem Rosenmuster war nicht aus aktivem Material, sondern aus Papier, sie war auf die Wände geklebt und ließ sich nicht aus einer Laune heraus verändern. Verblichene Rechtecke verrieten, wo alte Bilder gehangen hatten, Stoßfugen zeigten, wo die Bahnen nicht ganz genau aneinanderpassten, und weiße Spuren, wo etwas dagegen geschrammt war. Der Vorleger auf dem Boden war aus einem textilen Material, nicht aus selbstreinigendem Gen-Tang. Wenn er darauf trat, kroch nichts über seine Schuhe, um eventuell vorhandene Nährstoffpartikel aufzunehmen. Das Mobiliar war aus Holz: nicht von der Art, die bereits in Möbelform gezüchtet wurde, sondern aus Bäumen, die später abgehackt, weggerollt und mit Säge und Dampf in Form gebracht worden waren. In diesem Raum gab es Dinge, die älter waren als die Cessna.

Eine Wand war nicht tapeziert, oder sie war einmal tapeziert gewesen und dann übermalt worden. Das Gemälde füllte nicht die ganze Fläche aus – es hatte einen weißen Rand und war kleiner, als Geoffrey es in Erinnerung hatte. Es war die Ostwand, die zum echten Kilimandscharo hin lag.

»Ich hatte recht«, sagte Eunice. »Du kannst es für Sunday zwinkern, aber ich habe es jetzt durch deine Augen gesehen, und das ist fast das Gleiche.«

»Ich habe das andere nicht gesehen. Wo unterscheiden sie sich?«

»Direkt unter dem Berg, hier.« Sie zeigte auf einen langbeinigen Vogel, ein Kranich vielleicht oder ein Ibis. »Die Etymologie des Wortes Kilimandscharo ist nicht ganz eindeutig, aber es könnte ›weißer Berg‹ oder ›weißer Hügel‹ bedeuten. Der Vogel ist weiß, siehst du das?«

»Ja.«

»Das Bild auf Phobos zeigt einen anderen Vogel. Ich habe es sofort bemerkt, aber ich musste mich vergewissern. Sunday wäre es nicht aufgefallen, und …«

»Komm zur Sache, Eunice.« Truros Besuch zerrte an seinen Nerven. »Einige von uns haben noch ein Leben zu führen.«

»Es ist ein Pfau«, sagte sie, »genau an der gleichen Stelle. Das ist der einzige Unterschied zwischen den beiden Gemälden. Wir haben Bilder vom indischen Lager, die etwa um 2062 aufgenommen wurden, und auf einigen davon ist das Fresko zu sehen. Zu dieser Zeit war der Unterschied noch nicht vorhanden, ich muss die Veränderung also vorgenommen haben, als ich 2099 nach Phobos zurückkehrte.«

»Schön. Und was soll ich nun damit anfangen?«

»Vom weißen Berg zum Pfauenberg, Geoffrey. Muss ich dich mit der Nase darauf stoßen? Das ursprüngliche Bild bezieht sich auf den Kilimandscharo, das Gemälde auf Phobos kann sich nur auf den Pavonis Mons beziehen.«

»Pavonis Mons«, wiederholte er.

»Auf dem Mars. Es ist der …«

»… höchste Berg. Oder Vulkan. Was auch immer.«

»Das ist zwar der Olympus Mons, aber immerhin bist du auf der richtigen Spur. Auch der Pavonis Mons ist beeindruckend. Das Wichtigste ist, ich war dort. Wenn es keine dokumentierte Verbindung zu meiner Vergangenheit gäbe, wäre es verzeihlich, das Fresko als unwesentlich abzutun. Aber *ich war dort*. Ich bin auf diesen Berg gestiegen. Es war 2081. Ich war einundfünfzig Jahre alt und mit Miriam schwanger. Wir kennen die genauen Koordinaten.«

»Dann braucht Sunday ja bloß noch …« Geoffrey verstummte. »Sie hat von einer Komplikation gesprochen, Eunice.«

Die Projektion schluckte hörbar. »Es gibt … gewisse Schwierigkeiten.«

»Nämlich?«

»Dieser Teil des Mars … die Tharsis-Region … hat sich seit meiner Zeit ein wenig verändert.«

Memphis bat Geoffrey mit einer Handbewegung, so lange Platz zu nehmen, bis er sein Gespräch beendet hatte. Geoffrey goss sich aus dem Krug, der neben Memphis' Schreibtisch auf einem niedrigen Tischchen stand, ein Glas Wasser ein.

»Was kann ich für dich tun, Geoffrey?«, fragte Memphis freundlich, nachdem er den Ching verlassen hatte.

»Ich muss verreisen, nur für zwei Tage. Morgen früh breche ich auf. Könntest du nach dem Rechten sehen, solange ich weg bin?«

»Das kommt sehr überraschend.«

»Ich weiß, aber ich hatte gehofft, du könntest mir den Gefallen tun.«

In gespielter Verzweiflung schüttelte Memphis den Kopf, doch Geoffrey kannte die Geste von frühester Kindheit an. *Was machen wir nur mit dir, junger Mann?*

»Zwei Tage, sagtest du?«

»Nicht mehr. Und du brauchst dich auch nicht stundenlang da draußen aufzuhalten.«

»Vielleicht könntest du von dort, wo du sein wirst, hinauschingen?«

»Ich bin nicht sicher, ob das möglich ist. Außerdem wäre es mir lieber, jemanden persönlich dort zu wissen. Du weißt, wie es ist.«

»Ja«, seufzte Memphis. »Das weiß man wohl. Nun, ich denke, du würdest mich nicht leichtfertig darum bitten. Ich werde Matildas Herde von einem Airpod aus inspizieren. Bist du damit zufrieden?«

»Noch besser wäre es, wenn du landen und die Überwachungsanlagen an der Grenze der Station kontrollieren und dann auch im Lager vorbeischauen könntest.«

»Würde eine Inspektion pro Tag genügen?«

Geoffrey rutschte unruhig hin und her. »Wenn dir mehr nicht möglich ist …«

»Was wohl heißen soll, dass dir mindestens zwei Kontrollflüge lieber wären?«

Geoffrey lächelte. »Danke, Memphis.«

»Deine geheimnisvolle Reise … nach deiner Rückkehr musst du mir aber erzählen, worum es dabei ging.«

»Das verspreche ich dir. Ich möchte nicht, dass wir Geheimnisse voreinander haben.«

»Ich auch nicht.«

Schweigen trat ein. Memphis schien sich wieder seiner Arbeit widmen zu wollen, also schickte sich Geoffrey zum Gehen an. Doch sein alter Mentor hatte noch etwas auf dem Herzen.

»Nachdem Eunice nicht mehr wiederkommt, sollten wir uns überlegen, was mit ihrem Zimmer geschehen soll. Sie hätte nicht gewollt, dass man es als trauriges Denkmal verstauben lässt.«

»Es stehen doch so viele Räume im Haus leer.«

»Wenn wir viele Gäste haben – wie etwa bei der Trauerfeier –, wird es ziemlich eng. Wenn dir das Thema unangenehm ist, werde ich nicht mehr darauf zu sprechen kommen. Aber ich weiß, dass deine Cousins darauf dringen werden, dass das Leben weitergeht.«

»Du meinst, sie wollen die Vergangenheit begraben …«

»Wenn wir weiterleben wollen, bleibt uns gar nichts anderes übrig«, erklärte Memphis.

Am nächsten Morgen entdeckte Geoffrey einen blitzenden Silberstreifen am Himmel. Dann fegte ein Flugzeug mit senkrechter Heckflosse tief über den Baumwipfeln auf ihn zu, und schließlich hörte er auch ein Surren … Er schüttelte den Kopf und musste fast lachen. Das war nun wahrhaftig absurd. Er kannte nur eine Maschine, die ein solches Geräusch machte, und das war die Cessna. Aber die stand deutlich sichtbar am Boden.

»Eunice«, sagte er leise, »jetzt könnte ich deine Hilfe gebrauchen.«

Sie war so schnell bei ihm, als hätte sie sich nie mehr als ein paar Schritte entfernt. »Was kann ich für dich tun, Geoffrey?«

»Ich brauche einen Realitätscheck. Sag mir, dass ich kein Flugzeug sehe, das noch älter ist als mein eigenes.«

Geoffrey hielt sich die Hand vor die Augen und schaute gegen die Sonne. Eunice hob ebenfalls die Hand, doch zugleich holte sie – er hatte nicht gesehen, woher – ein schmales, heuschreckengrünes Fernglas hervor und hielt es sich so elegant mit einer Hand vor die Augen wie ein Opernglas. Damit folgte sie den Bewegungen des Flugzeugs, das jetzt fast genau vor ihnen war.

»Wenn ich mich nicht sehr irre, ist das eine DC-3. Gibt es einen besonderen Grund, warum mitten in Ostafrika am Äquator, meilenweit von jeder Siedlung entfernt, eine DC-3 zur Landung ansetzen sollte?«

»Es kommt, um mich abzuholen«, antwortete Geoffrey.

Eunice senkte das Fernglas. »Und wohin soll es dich bringen?«

»An einen interessanten Ort, wie ich hoffe.«

Die DC-3 verschwand hinter den Baumwipfeln, ihre Motoren wurden gedrosselt. Geoffrey und Eunice gingen ihr entgegen.

»Von diesem Flugzeugtyp gab es außergewöhnlich viele Exemplare, und sie waren sehr lange in Betrieb«, erklärte Eunice, während sie sich durch das trockene Gestrüpp kämpften. »Sechzehntausend, und dabei sind all die Imitate und Raubkopien nicht mitgerechnet. Selbst wenn sie alt waren, konnte man die Bordelektronik austauschen, neue Triebwerke einbauen und wieder von vorn anfangen. Die Materialermüdung war dann gleich null. Die Dakotas flogen noch, als ich ein Kind war.«

»Mochtest du Flugzeuge?«

»Ich liebte sie.« Eunice stapfte so unbekümmert durch das hüfthohe Gras, als wäre es gar nicht da. »Du muss das mit anderen Augen sehen. Man wird in eine Zeit hineingeboren, in der es möglich ist, *in Maschinen durch die Luft zu fliegen.* Wer wäre von dieser Vorstellung nicht begeistert?«

Die DC-3 stand mit nach unten geneigtem Heck am Ende der Landebahn. Sie war ein unglaublich schönes Flugzeug: herrlich schlank, mit den eleganten, schnittigen Linien eines Delfins.

Doch seltsamerweise war nirgendwo ein Begrüßungskomitee zu sehen. Eine Tür hatte sich geöffnet und eine Treppe hatte sich heruntergesenkt, aber auf der obersten Stufe stand niemand, der ihn an Bord gewinkt hätte.

»Bist du sicher, dass es deinetwegen hier ist?«

»Eigentlich schon«, sagte er. Es klang nicht mehr so überzeugt.

Doch was sollte es anderes sein als das Transportmittel, das Truro ihm versprochen hatte? Dann sah er ein hübsches kleines Logo an der Schwanzflosse, eine grün gefärbte Spiralgalaxis, die einzige Markierung überhaupt auf dem stark reflektierenden silbernen Rumpf.

Damit sollten die letzten Zweifel beseitigt sein.

Sie stiegen ein. Drinnen war es kühl. Sessel und Sofas waren aufgestellt wie in einem Salon, und am hinteren Ende befand sich eine Bar. Der Fahrgastraum reichte bis zum Bug. Es gab kein Cockpit, keine Bedienelemente für die Steuerung und keine Instrumententafel, lediglich zwei zusätzliche Sessel für diejenigen Fluggäste, die auf Sicht nach vorne Wert legten.

Hinter ihnen wurde die Treppe eingezogen, und die Tür schloss sich. Die Motoren kamen wieder auf Touren, und Geoffrey spürte, wie das Flugzeug auf der Landebahn wendete.

»Und du hast keine Ahnung, was das alles soll?«

»Letztlich geht es um dich«, sagte Geoffrey.

Bald holperten sie über die Landebahn, dann hoben sie ab und gingen in einen flachen Steigflug, bei dem sie die Baumwipfel nur um eine Handbreit verfehlten.

»Das macht wirklich Spaß.« Eunice schritt wie ein Feldherr von einem Fenster zum anderen. »Und ich bin noch hier. Wer immer dieses Ding geschickt hat, gewährt dir uneingeschränkten Zugriff auf die ER. Das ist beruhigend, nicht wahr? Du wirst nicht etwa entführt.«

»Das habe ich auch nie befürchtet.«

Eunice hatte bald genug von der Aussicht und nahm auf einem der Sessel Platz. »Wer hat denn nun diese Maschine geschickt?«

»Die *Panspermische Initiative*. Du weißt, wer das ist – du warst doch mit Lin Wei befreundet.«

»Ich kenne niemanden mit Namen Lin Wei.«

»Du müsstest sie kennen, allerdings fehlt noch ein Teil deines Lebens. Sunday hat eine Verbindung zu Lin hergestellt, aber sie hat nicht genügend Informationen, um den Rest der Lücke zu füllen.«

»Dann muss ich dir wohl glauben. Werden wir denn diese Lin Wei zu sehen bekommen?«

»Das bezweifle ich, sie ist nämlich tot. Meine Kontaktperson ist jemand mit Namen Truro.«

»Und du hast so viel Vertrauen zu ihm, dass du in sein Flugzeug steigst?«

»Ich stehe in seiner Schuld. Eigentlich stehen wir alle in seiner Schuld, aber ich bin offenbar derjenige, von dem er erwartet, dass er bezahlt.«

»Die *Panspermische Initiative*.« Eunice dehnte die Worte, als müsste sie sie vom Himmel ablesen. Tatsächlich hatte sie auf die ER zugegriffen und schluckte eimerweise Daten. »Vor solchen Leuten solltest du dich hüten. Das Gerede von der Verpflichtung gegenüber unserer Spezies? Größenwahnsinnige Phrasen.«

»Sie glauben, wir leben in einer kritischen Periode, einem Zeitfenster. Wenn wir die Chance jetzt nicht nutzten, würden wir nie über das System hinaus in die Weiten der Galaxis vordringen.«

»Und das wäre ohne Wenn und Aber wünschenswert?«

»Zu deiner Zeit hattest du auch keinen Mangel an großen Visionen.«

Sie lachte höhnisch. »Ich hatte keine hehren Pläne für den Rest der Menschheit. Mir ging es nur um mich selbst und um all jene, die intelligent genug waren, sich anzuschließen.«

»Nein!« Geoffrey schüttelte den Kopf. »Du warst ein Pionier, und du warst risikofreudig, gewiss, aber du hattest auch ehrgeizige Ziele. Du bist nicht bloß zum Mars geflogen, um dort deine Fußabdrücke zu hinterlassen und danach wieder nach Hause zu kommen. Du wolltest dort leben, wolltest beweisen, dass wir dazu fähig waren.«

»Das wollten tausend andere auch.«

»Spielt keine Rolle – du bist hingeflogen, sobald es möglich war. Aber du hattest eine Schwäche. Du konntest nicht stehen bleiben. Du musstest immer weiter, immer weiter hinaus. Die Vorstellung von einem Leben auf einem Planeten gefiel dir besser als die Realität eines solchen Lebens. Deshalb hast du auch deinen Mann zurückgelassen.«

»Jonathan und ich hatten uns auseinandergelebt. Was spielt das denn für eine Rolle?«

»Wenn du heute leben würdest und genügend Einfluss hättest, wärst du eine der treibenden Kräfte dieser Bewegung.«

»So spricht die Selbstherrlichkeit der Jugend. Es tut mir leid, dass ich deine Illusionen zerstören muss, aber hast du dich jemals gefragt, warum ich in den *Winterpalast* zurückgekehrt bin? Weil mich alles, wofür Eunice Akinya einst stand, inzwischen zu Tode langweilte.«

»Und deshalb wurdest du eine griesgrämige alte Einsiedlerin, die ihre Tage damit zubrachte, ihr Geld zu zählen und sich über ihre Nachkommen zu mokieren.«

»Wenn du es so charmant ausdrücken willst, ja.«

Nach zwei vollen Stunden Flugs ließen sie Afrika hinter sich, überquerten die dicke weiße Linie der sich selbst erneuernden Seemauer und erreichten den Luftraum über dem Indischen Ozean.

Auf dem Meer schwammen Schiffe, Fischer- und Vergnügungsboote, sogar einige von den eleganten Cyberklippern mit den vielen Masten: freundliche *Marie Celestes*, deren Frachträume randvoll waren mit sperrigen, nicht verderblichen Gütern. Weiter südlich zeichnete sich der Rand einer der Schwimmplattformen ab, eine künstliche Insel mit einem eigenen, fiebrig aufgeheizten kleinen Wettersystem. Auf einer zweiten, kleineren Insel wuchs ein dichter Wald von Wolkenkratzern, als ob sich Singapur aus der Verankerung gelöst hätte und um die halbe Welt getrieben wäre. Als die DC-3 näher kam, entpuppten sich die Gebäude als Stapelfarmen, die sich zwei Kilometer weit über den Meeresspiegel erhoben. Die Türme waren mit dichten Pflanzen überzogen, die sich wie Teppiche an die schroffen Flanken legten. Roboterluftschiffe drängten sich wie fette Hummeln aneinander und warteten, bis sie an die Reihe kämen, um die Deckflächen abzuernten. Bis auf eine Handvoll Techniker war die Insel unbewohnt.

Die DC-3 flog weiter. Geoffrey sah auf die Uhr. Es war zwei Uhr Nachmittag, sie waren schon seit vier Stunden in der Luft. Er hatte nicht erwartet, dass die Reise so lange dauern würde.

Gerade als er sich überlegte, ob ihn das Flugzeug wohl bis nach Indien bringen wollte – und wie viele Stunden das dauern würde –, zeichnete sich im Ozeannebel ein festes Gebilde ab. Ein großer Turm mit einer Rundung am oberen Ende erhob sich direkt aus dem Meer. Eine Öffnung wie von einem riesigen Schnorchel gähnte ihm entgegen. Die DC-3 flog geradewegs darauf zu.

Geoffrey war klar, dass er keine Angst zu haben brauchte. Wenn ihn die Pans töten wollten, gäbe es einfachere Methoden als einen Flugzeugabsturz. Das Motorengeräusch veränderte sich, die Maschine kippte ab, legte sich und verlor an Höhe.

»Weißt du, was das ist?«

»Der Transitkanal einer Aqualogie«, antwortete Eunice. »Sie werden im Meeresboden verankert, mit Stützen aus künstlichem Korallenkalk, der wie bei den selbsterneuernden Küstenschutzmauern ohne Zutun von außen immer wieder nachwächst.«

Geoffrey hatte auf einem der vorderen Sessel Platz genommen, wo er die beste Sicht hatte. Ein helles fledermausähnliches Gebilde schoss aus der Schnorchelöffnung und raste nach Süden. Eines der Ernteluftschiffe schwebte vor dem Eingang und wartete auf die Genehmigung zum Einflug. Aus seinen Sammelkörben hingen Klumpen von grüner Biomasse.

Die DC-3 hatte Vorrang. Der Sinkflug wurde steiler, dann waren sie im Inneren des Schnorchels, und es ging in einem geschlossenen Luftkorridor nach unten. Geoffrey versuchte, den Winkel zu schätzen, aber ohne sichtbaren Horizont war das schwierig. Er kam ihm sehr viel steiler vor als bei seinen Landungen mit der Cessna, doch zugleich wirkte alles ruhig und routiniert, die Maschine glitt wie ein Fahrstuhl in die Tiefe. Man hatte ihn nicht einmal aufgefordert, sich hinzusetzen oder anzuschnallen.

Es wurde dunkler, je weiter sie sich von der sonnenbeschienenen Einflugöffnung entfernten. An den roten Lichtern, die zu beiden Seiten vorbeiglitten, konnte er feststellen, dass sie sich bewegten. Einmal raste ein zweites Fledermausschiff in der entgegengesetzten Richtung vorüber: silbrig glänzend, mit der grünen Spirale der *Initiative* auf der Außenhülle.

»Wir sind weit hinuntergeflogen«, bemerkte Geoffrey. »Inzwischen müssen wir unter Wasser sein.«

»Ich werde blockiert.«

»Was?«

»Schwacher ER-Empfang. Die Röhre hält offenbar das Signal ab. Ich vermute, das ist kein Zufall.«

»Kannst du nichts dagegen tun?«

»Du meine Güte – das klingt ja beinahe so, als wärst du um mein Wohlergehen besorgt.«

»Das nicht. Aber ein zweites Paar Augen wäre nicht schlecht.« Er hielt inne. »Eunice?«

Sein Sichtfeld füllte sich mit Fehlermeldungen. Sie war nicht mehr da.

Es knackte in seinen Ohren. Die DC-3 flog über eine längere Strecke geradeaus und setzte schließlich so sanft auf, dass er schon glaubte, er hätte sich getäuscht. Ein kurzes Stück weit glitt die Maschine noch kurz dahin wie auf einer Eisbahn, dann hielt sie schließlich an. Der Tunnel hatte sich geweitet, und sie standen in einem Raum, der von blauen Lichtbändern erhellt wurde.

Die Tür öffnete sich schwirrend, zugleich klappte die Treppe aus. Geoffrey schnappte sich seine Reisetasche und stieg aus der Maschine. Das Motorengeräusch war verstummt. Der harte, schwarze Boden glänzte wie nasser Asphalt. Die Halle war groß genug für ein halbes Dutzend weiterer Flugzeuge, doch die DC-3 war bei Weitem das älteste. Ganz in der Nähe ließ sich eine Erntemaschine ihre Sammelkörbe leeren und säubern.

Ohne Eunice und ohne die ER fühlte sich Geoffrey unerwartet verwundbar. Er versuchte, nicht an die Megatonnen von Meerwasser über seinem Kopf zu denken, noch dazu war offenbar die Decke undicht, und es tropfte herunter.

»Vielen Dank für den freundlichen Empfang«, sagte er leise.

Eine Meerfrau kam aus der Dunkelheit auf ihn zu. Eine Mobilitätsprothese umschloss ihren Körper vom Brustkorb abwärts wie ein Korsett. Aus dem Beckengürtel des Exoskeletts ragten mechanische Beine auf komplizierten Gelenken. Sie standen weit auseinander, und die Kniegelenke waren nach hinten gerichtet, sodass die Meerfrau wie ein riesiger Schreitvogel aussah. Das Exo schwirrte und klapperte, als sei es lange nicht gewartet worden. Der Rahmen war flaschengrün und hatte ein Muster aus fluoreszierenden Tangwedeln.

Sie sagte in makellosem Suaheli: »Guten Tag, Mister Akinya. Ich hoffe, Sie hatten eine angenehme Reise.«

»Wer hatte die Idee mit der Dakota?«

»Truro dachte, Sie würden sich über die Antiquität freuen. Aber seien Sie ganz unbesorgt, nach Hause kommen Sie ganz konventionell. Ich bin Mira Gilbert – Verbindungsstelle der Behörde für Wissenschaft und Technik der VWN. Ich freue mich sehr, Sie in Tiamaat begrüßen zu dürfen. Das Fehlen der ER belastet Sie hoffentlich nicht allzu sehr.«

»Ich komme damit zurecht.«

»Wir haben hier eine eigene lokale ER und etwas ganz Ähnliches wie den *Mechanismus.* Sie werden Zugriff auf die Basisfunktionen erhalten, doch zuvor müssen wir leider alle Aufzeichnungsgeräte deaktivieren, die Sie möglicherweise bei sich tragen.«

»Ich habe nichts.«

»Das schließt auch Ihre Augen ein, Mister Akinya. Die Erfassungs- und Speicherungsfunktion muss deaktiviert werden.« Das klang verbindlich, aber unnachgiebig. »Ich hoffe, das bereitet Ihnen nicht allzu viele Unannehmlichkeiten? Bereits gespeicherte Informationen sollten erhalten bleiben.«

Geoffrey fand das empörend, aber um jetzt eine Szene zu machen, hatte er einen zu weiten Weg zurückgelegt. »Wenn es denn sein muss.«

»Bitte folgen Sie mir.«

Ihr Exo schwirrte, als sie kehrtmachte, und sie entfernte sich mit klirrenden Schritten. Geoffrey folgte ihr durch eine Tür an der Seite der Höhle in einen muffigen Korridor mit nassem Boden.

»Sie sprechen sehr gut Suaheli«, sagte er.

»Das ist in dieser Gegend hilfreich. Soviel ich weiß, waren Sie kürzlich im Weltraum, nicht wahr?«

»Nur auf dem Mond, falls das überhaupt zählt. Verlassen Sie Tiamaat öfter?«

»Ich verlasse *das Wasser* nicht sehr oft, von der Stadt ganz zu schweigen. Wenn ich ehrlich bin, kann ich es kaum erwarten, aus dieser Klapperkiste herauszukommen. Womit ich natürlich nicht sagen will, dass ich Sie nicht gerne in Empfang genommen hätte.« Nach ein paar Schritten fügte sie hinzu: »Aber im Weltraum war ich tatsächlich schon. Ich war Raumschiffpilot, bevor ich nach Tiamaat beordert wurde.«

»Wie lange sind Sie bereits …« Er stockte.

»Wasserbewohner? Seit dreizehn Jahren. Es dauert eine Weile, bis man sich an die Modifikationen gewöhnt – das Gehirn muss neue Bewegungsabläufe lernen und sich an die Hydrodynamik anpassen. Die ersten sechs Monate waren schwierig. Danach habe ich keinen Blick mehr zurückgeworfen.«

»Und das ließe sich … rückgängig machen? Wenn Sie es wollten?«

»Vielleicht«, sagte Gilbert. Es klang, als wäre sie auf diese Idee noch nie gekommen. »Einige von uns sind wieder zu den Landratten übergelaufen. Aber die hatten sich wahrscheinlich aus den falschen Gründen transformieren lassen.« Sie sah sich nach ihm um. »Manche Leute halten die Umwandlung für einen Zauber, der Ordnung in ihr Leben bringt und allen ihren irdischen Sorgen ein Ende bereitet. Heutzutage ist die Psychountersuchung sehr viel strenger. Die Warteliste für neue Operationen ist außerdem endlos lang. Man kann nicht einfach am Morgen aufwachen und beschließen, zum Wasserbewohner zu werden.«

»Haben Sie denn keine Angst vor Übervölkerung?«

»Nicht wirklich. Die Gesamtfläche des Meeresbodens ist größer als alle Festlandmassen zusammengenommen. Die Erde koexistiert mit einem Planeten von der Größe des Mars, und um von einem zum anderen zu gelangen, braucht man lediglich zu schwimmen. Aber es gibt Engpässe. Unsere Kliniken können nicht unbegrenzt viele Transformationen bewältigen, und da unsere Gentherapien immer weitere Fortschritte machen, wird es bald Wasserbewohner der zweiten Generation geben, die niemals durch eine Klinik gehen mussten – Meerkinder von Meermenschen. Dann werden wir viel strengere Quoten einführen müssen. Unser Nachwuchs hat natürlich Priorität. Aber noch ist es nicht zu spät, sich uns anzuschließen.«

»Bürger zu werden? Danke, ich habe andere Pläne für den Rest meines Lebens.«

Sie fuhren mit einem Fahrstuhl nach oben und betraten einen sauberen, weiß gefliesten Raum. Der Fliesenboden endete schließlich an einem rechteckigen Becken mit glitzerndem türkisgrünem Wasser, zu dem an mehreren Stellen Rampen und Treppen hinabführten. Das Ganze glich einem großen Hallenbad. Mattes grünliches Licht fiel durch Deckenfenster mit dicken Sprossen. Da oben war der Ozean, dachte Geoffrey, so viel davon, dass das grelle Licht der Sonne zu diesem breiigen Schein mit den olivgrünen Flecken gedämpft wurde.

»Wenn Sie wollen, können Sie den Rest des Weges auch auf festem Boden zurücklegen«, sagte Gilbert, »aber es wäre sehr viel sinnvoller, sich ins Wasser zu begeben. Können Sie schwimmen?«

Es war eine Ewigkeit her, seit Geoffrey zum letzten Mal einen Fuß ins Wasser gesetzt hatte. »Ein wenig.«

Die Meerfrau deutete auf eine weiße Tür in der gefliesten Wand rechts von Geoffrey. »Da drin finden Sie einen Taucheranzug. Ihre Kleidung und alles andere können Sie hierlassen – die Sachen werden später in Ihre Unterkunft gebracht.«

Etwas beklommen betrat Geoffrey den Umkleideraum, schloss die Tür hinter sich ab, zog sich aus und legte seine Kleider in einen Drahtkorb. Dann sah er sich den Taucheranzug an, der an unsichtbaren Halterungen mit gespreizten Armen und Beinen an der Wand hing. Er leuchtete in einem kräftigen Gelbgrün, die Oberfläche war rau wie feinkörniges Schleifpapier. Während Geoffrey noch überlegte, wie er wohl am besten hineinkäme, kam ihm der Anzug wie ein freundlicher Poltergeist zu Hilfe und klappte an verdeckten Nahtstellen auseinander.

Geoffrey drehte sich um, streckte wie der Anzug Arme und Beine aus, schlurfte rückwärts und wartete, bis sich das Material um seinen Körper legte. Zunächst fand er es erschreckend stramm, es saugte sich an seiner Haut fest wie unter Vakuum. Doch dann stellte er überrascht fest, dass er immer noch mühelos atmen konnte. Im Grunde fühlte er sich splitternackt. Wenn er mit den bloßen Fingerspitzen über seine Brust strich, glaubte er, seine eigene Haut zu berühren. Ein hochauflösendes taktiles Übertragungssystem, dachte er, wie man es heutzutage auch in Raumanzügen fand. Er fühlte sich unwohl, als er den Raum verließ. Der Anzug umschloss ihn zwar von den Knöcheln bis zum Hals, doch das Material lag so eng an, dass kaum der Anstand gewahrt blieb.

Gilbert streifte ihn nur mit einem flüchtigen Blick. »Gut so«, sagte sie. »Und jetzt der Aquamobilisator.«

Sie ging mit ihm zur hinteren Wand. Dort standen in Reih und Glied etwa ein Dutzend glatter weißer Geräte, die mit ihrem segmentierten Rückgrat, der Fluke, den gegliederten Seitenflossen und dem angedeuteten filigranen Schädel an die Skelette von Meeressäugern erinnerten. Der Rippenkorb war in der Mitte auseinandergeklappt.

»Da soll ich hinein?«

»Wenn Sie mit mir mithalten wollen«, sagte Gilbert, »wäre es ratsam. Gehen Sie einfach rückwärts darauf zu, der Mobilisator erledigt den Rest.«

Geoffrey gehorchte und näherte sich dem vordersten Gerüst. Der Brustkorb schnappte zu wie eine Zange und schloss seine Brust fest ein. Die gepolsterten Innenseiten der »Rippen« schmiegten sich an, um möglichst viel Körperkontakt zu bekommen. Der Schädel legte sich wie ein Gitterkäfig mit Sauerstoffgerät und Taucherbrille um seinen Kopf. Der Mobilisator löste sich aus der Halterung, und Geoffrey spürte, wie leicht er war. Die ganze Konstruktion erschien ihm so wenig haltbar wie ein billiges Karnevalskostüm.

»Was mache ich nun damit?«, fragte er verlegen. Er konnte ungehindert sprechen und sehen. Die Atemmaske war beiseite geklappt, und auch die Taucherbrille saß noch nicht auf seinen Augen.

»Steigen Sie ins Wasser. Der Mobilisator wird Ihre Absichten erspüren und sich entsprechend verhalten.« Damit legte Gilbert das Exoskelett ab. Sie schlüpfte aus dem Beckengürtel und glitt wie ein Otter ins Wasser. Ohne das Exo war sie im Grunde nackt, aber ihr Körper war so völlig fremdartig, dass Geoffrey sich ebenso gut einen Tierfilm hätte anschauen können.

Er ging über eine der abschüssigen Rampen in das blutwarme Wasser. Als es ihm bis zur Taille reichte, rastete der Mobilisator ein und drückte seine Beine sanft zusammen.

Dann brachte ihn die Apparatur in eine horizontale Schwimmstellung, ohne dass er bewusst etwas dazu getan hatte. Bevor er Wasser in den Mund bekommen konnte, hatten sich Atemmaske und Taucherbrille über sein Gesicht gelegt. Die Sicht blieb klar wie am hellen Tag, ohne jede Trübung oder optische Verzerrung.

»Folgen Sie mir«, forderte Gilbert ihn auf. Geoffrey konnte sie durch das Wasser deutlich hören. Mit einer geschmeidigen Bewegung schnellte sie an ihm vorbei und schlug einen übermütigen Salto.

Er strampelte mit den Beinen und ruderte mit den Armen. Wie durch ein Wunder schoss er vorwärts. Der Mobilisator beugte seinen ganzen Rücken und nahm die Beine mit. Seine schwächlichen Paddelbewegungen wurden von den eleganten breiten Flossen, die nach beiden Seiten hin gut zwei Meter weit ausgriffen, dutzend- wenn nicht gar hundertfach verstärkt.

Gilbert war immer noch vor ihm, sie war unter Wasser mindestens so schnell wie ein Läufer auf festem Boden, doch Geoffrey hielt sich kaum mehr als eine Körperlänge hinter ihr. Trotz ihres kraftvollen Schwimmstils waren ihre Bewegungen offenbar sehr effizient und erzeugten keine großen Wellen.

»Platzangst haben Sie nicht?«, fragte sie.

»Wenn ja, käme die Frage ein wenig zu spät.«

»Wir nehmen die Expressröhre. Das wird Ihnen gefallen.«

Unter Wasser waren in der Wand des Beckens mehrere Tunnelöffnungen zu erkennen, die jeweils mit einem Leuchtring in unterschiedlichen Farben umgeben waren. »Rot sind die Ausgangsröhren, die nehmen wir nicht«, erklärte Gilbert. »Selbst mit Motorunterstützung kämen wir gegen die Aufwärtsströmung nicht an.«

Sie steuerte die Tunnelmündung mit dem violetten Leuchtring an und beschleunigte unmittelbar davor. Geoffrey folgte ihr. Seine Muskeln signalisierten die Absicht zu steuern, und der Mobilisator reagierte sofort. Tatsächlich schien sich das Gerät genauso schnell an ihn zu gewöhnen wie umgekehrt. Er bewegte sich unter Wasser so mühelos wie ein Delfin.

Unwillkürlich grinste er. Es wäre eine Riesendummheit, das nicht zu genießen.

Mit einem Ruck erfasste ihn die Strömung, und schon raste er an den Glaswänden entlang. Gilbert war nicht weit voraus. In der vielfach gewundenen Röhre floss das Wasser immer wieder aufwärts und wieder hinab, und Geoffrey fragte sich, wie die Strömung wohl in Gang gehalten wurde. Er sah weder Rotoren noch Pumpen, aber vielleicht wurden sie eingefahren, wenn ein Schwimmer vorbeikam. Oder das Wasser wurde durch eine sanfte Peristaltik der Wände selbst in ständiger Bewegung gehalten.

Kaum hatte er den Gedanken gefasst, als sie auf einmal *draußen* waren – zwischen zwei Teilen von Tiamaat. Nur das Glas der Röhre war zwischen ihnen und den Wassermassen ringsum. Sie durchquerten einen Wald von nächtlich erleuchteten Türmen mit Fialen, Spitzen und Kuppeln, unterseeische Wolkenkratzer, die sich, bekränzt mit unzähligen bunten Lichtern, aus den schwarzen Tiefen emporschoben. Die Gebäude waren mit riesigen vielstöckigen Fensterbögen kreuz und quer verbunden und abgestützt, und das ganze Stadtviertel lag, soweit er sehen konnte, in einem Vogelnest aus wassergefüllten Röhren. Weit über und unter sich konnte er sogar die eine oder andere Gestalt erkennen – Schwimmer, die eigene Lichtquellen bei sich trugen und so zu glühenden Teilchen in einem göttlichen Arteriensystem wurden. Auch außerhalb der Röhren tummelten sich Wasserbewohner in den Weiten des Ozeans neben verschiedensten Unterseefahrzeugen von Miniatur-U-Booten mit Platz für eine Person bis hin zu Wartungsschiffen, die mindestens so groß waren wie die Cyberklipper, die er aus der Luft gesehen hatte.

Geoffrey schwirrte der Kopf. Er hatte von Tiamaat gehört; die Vereinigten Wassernationen waren ihm ein Begriff, und er hatte eine vage Ahnung davon, was sich unter den Wellen so tat. Dennoch überraschte ihn das Ausmaß des Ganzen.

Er begriff, dass er sich ganz falsche Vorstellungen gemacht hatte. Wenn man auf dem Festland lebte, hielt man das Leben unter Wasser für ein zum Scheitern verurteiltes Experiment ähnlich den ersten Mondbasen.

Dabei war hier ein ganzes Reich entstanden. Für einen schwindelerregenden Moment fragte er sich, ob nicht *seine* Existenz das gescheiterte Experiment war.

Nach einem kurzen Blick auf Tiamaat war er abermals zurück im Inneren. Wieder wand sich die Röhre dahin, es ging in ausgelassenem Tempo durch eine Reihe von senkrechten S-Kurven, bis die beiden schließlich in einem weiteren Schwimmbecken mit neuen farbcodierten Portalen landeten – eigentlich, wie Geoffrey jetzt begriff, einer Art Umsteigestation zwischen den verschiedenen Röhrensystemen. Es war eine größere Anschlussstelle, und diesmal waren sie nicht allein. Andere Wasserbewohner lungerten im Becken herum, hielten jedoch Abstand von den Ein- und Ausgangspunkten mit ihren starken Strömungen. Sogar etliche Besucher oder Neuankömmlinge waren darunter, die wie er in Aquamobilisatoren steckten. Sie hatten sich zu lachenden, schwatzenden Grüppchen zusammengefunden.

Einige waren wie Gilbert durch Aquaforming vollständig an das Leben im Wasser angepasst, andere hatten noch die Grundzüge der Landratten-Anatomie mit normalen Gliedmaßen beibehalten. Manche dieser Grenzfälle konnten sich offenbar problemlos über längere Zeit unter Wasser aufhalten, andere benutzten leichte Atemgeräte verschiedenster Art. Nach allem, was Geoffrey gehört hatte, war eine vollständige Aqua-Transformation nicht über Nacht zu erreichen; auf dem

Weg dahin gab es viele Stationen, und wenn die elementaren Veränderungen vollzogen waren, wollte sich nicht jeder weiteren Operationen unterziehen.

Gilbert schwamm zu einem orangefarbenen Portal, und schon rasten sie durch eine weitere, diesmal nicht ganz so lange Röhre zum nächsten Knotenpunkt. Dieses Becken war nicht viel größer als das erste und hatte ebenfalls eine Reihe von Portalen, aber es gab auch farbcodierte Ausgänge, die verschlossen waren. Gilbert schwamm zu einem davon und legte ihre Hand mit den Schwimmhäuten zwischen den Fingern auf eine Tafel an der rechten Seite; eine kreisrunde Tür rollte beiseite und gab den Blick frei auf einen beleuchteten, mit Wasser gefüllten Korridor.

Nachdem sie ein kurzes Stück geschwommen waren, erreichten sie ein Becken, das kaum größer war als ein privater Whirlpool. Es befand sich in einem Raum mit gewölbten grünen Wänden und Fenstern an einer Seite. Geoffrey schickte sich zum Aufstehen an. Sobald er den Kopf ins Freie streckte, lösten sich Atemmaske und Taucherbrille mit leichtem Schmatzen und fielen ab. Das Wasser rann in tausend Tröpfchen wie ein Käferschwarm an ihm hinunter.

Durch die Fenster auf der einen Seite konnte er auf einen anderen Teil der weitläufigen Unterwasserlandschaft sehen. Neben unzähligen Türmen breitete sich eine ganze Pilzkolonie von geodätischen Kuppeln voller Pflanzen aus, die von innen heraus leuchteten. Tiamaat setzte sich noch kilometerweit fort.

Ein Kanal oder Graben führte von dem Whirlpool durch einen Bogen in einen Nebenraum. Gilbert schwamm voraus, blieb aber diesmal mit Gesicht und Oberkörper über Wasser. Geoffrey schlurfte hinter ihr her. Das Mobilisator zog die Flossen zurück und klappte sie nach hinten weg wie Engelsflügel. Er war nur für wenige Minuten zum Wasserbewohner geworden, doch der aufrechte Gang kam ihm bereits wie eine groteske evolutionäre Sackgasse vor.

Am Ende des wassergefüllten Grabens wurden sie von Truro erwartet.

»Ich bin sehr erfreut, dass Sie meiner Einladung nachgekommen sind«, erklärte der Meermann großspurig. »Sie waren natürlich nie wirklich verpflichtet, sich weiter mit uns einzulassen.«

»Ich hatte einen ganz anderen Eindruck«, sagte Geoffrey.

»Sehen wir es doch positiv. Sie sind hier, und alles spricht dafür, dass wir zu einer Einigung finden.«

Truro hatte sich verändert. Er war nicht mehr der Mann im meergrünen Anzug.

Nun schwamm er in einem grün gefliesten, nierenförmigen Becken mit sprudelndem parfümiertem Wasser. Sein Kopf saß nahtlos auf einem glatten, eiförmigen Rumpf, das darunterliegende Skelett und die Muskulatur waren unter einer wärmeisolierenden Speckschicht verborgen. Die graue, vollkommen unbehaarte Haut hatte einen wächsernen Perlmuttschimmer. Ohren waren von außen gar nicht zu erkennen, die Nase nur andeutungsweise. Die Nasenlöcher waren zwei Schlitze, die sich, von Muskeln bewegt, mit jedem Atemzug öffneten und schlossen. Die großen, fast kreisrunden Augen waren sehr dunkel und hatten einen durchdringenden Blick. Jedes Blinzeln wurde dank einer Doppelmembran zu einem komplizierten Vorgang.

»Warum hat Ihre Projektion nicht so ausgesehen?«

»Ich denke, das hätte alles noch schwieriger gemacht. Außerdem kehre ich, wenn ich manifestiere, gerne zu meiner früheren Anatomie zurück. Nennen Sie es Nostalgie.« Mit seinen Schwimmhautfingern berührte Truro den Bereich, wo vor der Operation seine Nase gewesen sein musste. »Nicht dass ich etwas bedauern würde. Aber manchmal, nun ja, um der alten Zeiten willen.«

Konsolen und Datenanzeigen mit klobigen wasserfesten Tastenfeldern schaukelten im Wasser wie buntes Badewannenspielzeug. Geoffrey wusste gar nicht mehr, wann er zum letzten Mal außerhalb eines Museums Datenvisualisierungen und Interface-Systeme in greifbarer Form gesehen hatte. Bücher waren häufiger als Bildschirme und Tastaturen.

Truro schob einen Tastaturbügel beiseite, um vor sich Platz zu schaffen. »Kommen Sie, leisten Sie mir Gesellschaft«, forderte er Geoffrey mit einer einladenden Handbewegung auf. »Wir haben eine Menge zu besprechen.«

»Darf ich mich jetzt zurückziehen?«, fragte Gilbert.

»Natürlich. Vielen Dank, Mira.«

Als sie alleine waren, legte Geoffrey den Mobilisator ab und lehnte ihn gegen eine Wand. Dann ließ er sich in das munter sprudelnde Wasser gleiten und setzte sich mit untergeschlagenen Beinen dem Meermann gegenüber.

»Was halten Sie von unserer Stadt?«, fragte Truro und lehnte sich zurück. Die muskelbepackten Arme ruhten auf dem Fliesenrand des Beckens, die Finger mit den Schwimmhäuten hingen ins Wasser.

»Ich habe nur einen kleinen Teil gesehen, aber der beeindruckt mich sehr.«

»Das Leben hier unten ist wunderbar. Im Herzen sind wir doch alle Wasseraffen. Die Rückkehr in den Ozean ist Ausdruck einer tiefen inneren Sehnsucht. Das Meer ruft nach uns, wenn Sie so wollen. Und jedes Jahr folgen mehr Menschen diesem Ruf.«

»Ich dachte, die Pans wollten die Wanderung nach außen, nicht die Rückkehr in den Ozean.«

»Viele Wege führen zu dem einen Ziel. Wir können ins Meer zurückkehren und das Meer mit uns zu den Sternen nehmen.« Truro lächelte verlegen, als hätte er sich mit seinen eigenen Worten verraten. »Manchmal geht meine Begeisterung mit mir durch. Bitte nehmen Sie nicht alles, was ich sage, *allzu* wörtlich. Das wäre gänzlich unangebracht.«

»Ich sitze ganz gern auf dem Trockenen, vielen Dank.« Geoffrey hielt inne, er ahnte, dass er das Treffen am schnellsten hinter sich bringen könnte, wenn er gleich zur Sache kam. »Können wir über die phyletischen Zwerge sprechen? Offensichtlich bin ich deshalb hier.«

Truros ungewöhnliches Gesicht spiegelte tiefes Bedauern ob dieser abrupten Beendigung der Präliminarien. »Unter anderem, gewiss. Tatsächlich stehe ich im Moment mit Chama in Verbindung. Ich versprach, ihm Bescheid zu geben, wenn Sie eingetroffen sind.«

»Ich dachte, Chama darf keinen Kontakt mit der Welt außerhalb der *Überwachungsfreien Zone* haben.«

»Und wofür hätte man private quantenverschlüsselte Kanäle, wenn nicht, um derart lästige gesetzliche Vorschriften zu umgehen?« Truro griff nach der schwimmenden Tastatur und drückte auf eines der schwammigen Felder. »Chama, du kannst jetzt manifestieren. Geoffrey Akinya ist hier.« An Geoffrey gewandt fügte er hinzu: »Ich gebe Ihnen Zugriff auf die lokale ER. Entschuldigen Sie mich, das erfordert einige Vorbereitungen.«

Der Meermann suchte im Wasser nach einer schreiend gelben Schutzbrille und zog sie mit Gummibändern über seine schwarzen Seehundaugen.

»Sie haben keine Retina-Implantate?«, fragte Geoffrey überrascht.

»Bei meinem Aquaforming wurden sie entfernt. Schockiert Sie das?« Truro schaute nach links, wo Chamas Projektion auf dem Fliesenboden erschienen war. »Ah«, sagte er und strahlte ihn gönnerhaft an. »Wie schön, dich zu sehen.«

Chama sah Geoffrey an. »Wie geht es den Elefanten?«

»Alle sind wohlauf. Sie haben kaum mitbekommen, dass ich fort war.«

Chamas Antwort kam durch die Zeitverzögerung erst nach

einer Pause. »Gleb und ich hatten viel Zeit, um alles noch einmal durchzusprechen, und wir sind mehr denn je überzeugt, dass dies der richtige Weg ist.«

»Chama hat mich bereits über die Hintergründe informiert«, schaltete sich Truro ein. »Die technischen Anforderungen sind nicht unüberwindlich. Wir müssten die neuronalen Eingriffe an allen Elefanten Ihrer Probandengruppe vornehmen, vielleicht mit Ausnahme der jüngsten Kälber. Interaktionen mit nicht aufgerüsteten Herdenmitgliedern wären nach Möglichkeit einzuschränken. Aber wie die Dinge liegen, können wir nach meinem derzeitigen Wissensstand sofort mit dem Probebetrieb beginnen.«

»Die quantenverschlüsselten Kanäle wurden zugewiesen?«, fragte Chama, als ginge es bloß noch um die Details.

»Bereits eingerichtet«, antwortete der Meermann. »Die zu erwartende Datenmenge ist nicht übermäßig groß und sollte sich bewältigen lassen, ohne unerwünschte Aufmerksamkeit zu erregen.«

»Es hängt aber sehr viel mehr daran«, wendete Geoffrey ein. Es erschreckte ihn, dass man sein Einverständnis als selbstverständlich voraussetzte. »Zuallererst die ethischen Überlegungen.«

Der Meermann kratzte sich unter seiner schwabbeligen, haarlosen Achsel. »Mein lieber Junge, was könnte denn ethischer sein, als aktiv das Wohl einer Spezies zu fördern?«

Geoffrey lächelte, denn er hatte plötzlich begriffen, welche Rolle man ihm zugedacht hatte. »Das ist also Ihre Methode? Sie gehen immer ein Stück zu weit, in der Absicht, dass die Leute darauf hereinfallen, wenn Sie ihnen sagen, es sei bereits alles beschlossen und sie könnten nichts Besseres tun, als zu kooperieren.«

»Sieh es doch so«, sagte Chama. »Wenn es um die langfristige Finanzierung deiner Forschungen geht, mit wem würdest du wohl besser fahren – mit uns oder mit deiner Familie? Wir denken weit in die Zukunft. Und wir sind mehr als interessiert daran, dich und die Amboseli-Herden vor Eingriffen von außen zu schützen.«

»Ihr macht das sehr gut«, sagte Geoffrey.

»Das müssen wir auch«, antwortete Truro. »Anders erreicht man nichts.«

»Wir können sofort ans Werk gehen«, erklärte Chama lebhaft. »Mit ein paar einfachen Test-Projektionen fangen wir an. Wir schicken Geisterbilder von anderen Elefanten in ihr Sichtfeld, scheinbar so weit entfernt, dass keine olfaktorischen und auditorischen Halluzinationen erforderlich sind. Und genau die gleichen Bewertungsprotokolle wenden wir bei den lunaren Zwergen an.«

»Sie brauchen uns lediglich die Ching-Codes zu geben«, sagte Truro. »Dann schreiten wir zügig voran.«

»Arbeite mit uns zusammen«, flehte Chama. »Du kannst etwas Größeres schaffen als deine Familie. Etwas, das in Jahrhunderten noch Bestand haben wird.«

»Schließe dich den Pans an«, ergänzte Geoffrey. Die eigene Stimme klang ihm hohl und kraftlos in den Ohren.

»Es genügt, wenn Sie mit uns sympathisieren. Niemand verlangt, dass Sie die Ideologie in ihrer Gesamtheit übernehmen.« Truro hatte wieder das Wort ergriffen. »Ich will Sie nicht kränken, indem ich daran erinnere, dass Sie Chama für das, was er auf dem Mond für Sie getan hat, noch einen Gefallen schuldig sind. Das hatte doch alles mit Ihrer Großmutter zu tun, nicht wahr?«

Geoffrey hielt Lügen oder Ausflüchte für zwecklos. »Chama hat Ihnen sicher alles erzählt.«

»In Grundzügen. Wir glaubten, Eunice Akinya in- und auswendig zu kennen … aber sie hat uns alle überrascht. Wussten Sie, dass sie uns einmal nahestand?«

»Ich habe von ihrem Engagement bei den Pans gehört.«

»Dieses Projekt auf dem Merkur … es ist *tragisch*, dass es so zu Ende ging. Gemeinsam hätten wir viel erreichen können, leider konnte es Eunice nicht lassen, Lin zu betrügen.«

Geoffrey sah seine Chance. »Haben Sie Lin Wei gekannt? Meine Schwester hoffte herausfinden zu können, was damals wirklich geschehen ist.«

»Nein, ich hatte nie das Vergnügen, dem ersten Obersten Pan persönlich zu begegnen … Lin Wei ist natürlich ertrunken. Das hat man Ihnen doch gesagt?«

»Ja.« Geoffrey nickte.

»Arethusa kannte sie sehr gut. Als der derzeitige Oberste Pan von Ihrem … Interesse erfuhr, wurden Sie Ihrerseits … sagen wir, für Arethusa interessant.« Truro fiel es offenbar schwer, die richtigen Worte zu finden. »Bei allem Respekt vor Chama oder den Elefanten, das ist der wahre Grund für Ihren Besuch bei uns. Arethusa *hat verlangt*, dass Sie bei ihr zur Audienz erscheinen.«

»Nachdem man mich nun einmal hierher verschleppt hat«, sagte Geoffrey, »kann ich auch mit jedem sprechen, der sich mit mir unterhalten will. Wird der Oberste Pan hierherkommen?«

Truros minimalistische Gesichtszüge drückten Bedauern aus. »Ich fürchte, der Berg muss sich zum Propheten bemühen. Sind Sie bereit, noch ein Stück weit zu schwimmen?«

14

Der ER zufolge befanden sie sich irgendwo in Äquatornähe über der Hochebene Syrtis Major. Der Pavonis Mons lag auf der anderen Seite des Mars.

Von den preisreduzierten Shuttles hatten sie das billigste genommen. Sunday bedauerte nicht, dass sie den schnellsten Weg gewählt hatten, dafür war sie zu aufgeregt. Jitendra teilte ihre Vorfreude, und sein Grinsen vertiefte sich noch, als der Wiedereintritt begann. Sie waren von der Zentrifugalschwerkraft im Stickney in den freien Fall des Shuttles gewechselt, und als das Shuttle nun auf die Atmosphäre traf und sich in einen glühenden Kokon aus neonrosafarbenem Plasma hüllte, kehrte das Gewicht zurück. Auf dem Höhepunkt der Bremsphase formten sich die Sitze so um, dass sie den ganzen Körper stützten. So viel Schwerkraft hatte Sunday seit Jahren nicht mehr erlebt. Sie beobachtete begeistert, wie das Plasma um den Rumpf knisterte und sich kräuselte wie eine Fahne in einer steifen Brise.

Dann ließ der Druck nach, und sie fielen und flogen gleichzeitig. Der Rumpf des Shuttles veränderte unentwegt seine Form, um sich den ständig wechselnden Bedingungen optimal anzupassen und der Schwerkraft bis zum letzten Moment

Widerstand zu leisten. Scharf umrissene Rinnen und Krater glitten unter ihnen vorbei. Sunday glaubte, sie brauche nur die Hand auszustrecken, um die Oberfläche wie den Ledereinband eines alten Buches unter den Fingern zu spüren. Bislang zumindest war da unten nichts, woraus man hätte schließen können, dass sie nicht die allerersten Menschen waren, die diese Welt erreichten. Keine Siedlungen, keine Straßen, nicht einmal das Aufblitzen eines längst vergessenen mechanischen Abgesandten, der seit Jahrhunderten hier im Staub stand. Diese unendliche Leere war überwältigend.

Jitendra entdeckte einen schwarzen, vielfach gewundenen Pfad und deutete aufgeregt darauf. Am vorderen Ende ritzte ein wild kreisender Knoten eine mäandernde Linie in die Oberfläche. »Ich glaube, das ist ein Fahrzeug. Ein Mars-Rover oder vielleicht irgendeine tief fliegende Maschine.«

Sunday hatte bereits maximale Vergrößerung subvokalisiert. »Es wirbelt eine Menge Staub auf. Und es ist auch ziemlich schnell.«

»Das ist eine Staubhose«, unterbrach Eunice ihre Überlegungen. »Nichts als ein Wirbelsturm.«

Sunday wandte sich an Jitendra und wiederholte Eunices Erklärung.

»Oh«, machte er. Es klang enttäuscht.

»Auf dem Mond aufgewachsen«, nörgelte Eunice. »Hat nicht die leiseste Vorstellung von den Wettersystemen auf erdähnlichen Planeten.«

Sunday subvokalisierte: »Ich dachte, du tauchst erst auf, wenn wir unten sind, Eunice.«

»Es gibt hier eine lokale ER, und das Netz ist ausreichend. Während wir miteinander sprechen, synchronisiere ich mich mit meinem Ich auf der Erde. Das wird eine Weile dauern. Hast du von deinem Bruder gehört?«

»Wir haben miteinander gesprochen, bevor ich in das Shuttle

gestiegen bin. Er weiß, dass es mir gut geht.« Sunday beobachtete immer noch mit einem Auge die vorüberziehende Landschaft. »Stehst du in Kontakt mit ihm?«

»Nicht mehr, seit er vom Netz gegangen ist.«

Sunday zuckte zusammen. »Was meinst du mit ›vom Netz‹?«

»Dein Bruder ist derzeit bei den Vereinigten Wasser-Nationen in Tiamaat zu Gast. Truro hat ihn mit einem Flugzeug abholen lassen.«

»Ich hatte nicht erwartet, dass er vergisst, was wir ihm schulden. Schließlich bin ich nur deshalb hier, weil mir die Pans ein Ticket spendiert haben.«

»Aber sie interessieren sich mehr für uns, als ich gedacht hätte. Hier geht es nicht allein um eine Gegenleistung. Ich fürchte, sie haben es eigentlich auf mich abgesehen.«

»Du existierst doch gar nicht. Und selbst auf die Gefahr hin, dein Ego zu verletzen, nicht jeder im bekannten Universum ist versessen auf dich und deine geheime Geschichte.«

»Du musst allerdings zugeben, dass sich doch eine ganze Reihe von Leuten damit beschäftigen.«

»Nur deshalb, weil du durch dein Einsiedlertum wilden Spekulationen Vorschub geleistet hast. Geoffrey hat mir eine Kopie des Wandgemäldes in deinem Schlafzimmer gezwinkert – mit den Änderungen auf Phobos hattest du offenbar recht.«

»Schön, dass sich mein Verdacht bestätigt hat. Ich bin nicht unfehlbar, und ich kann mich auch nicht dafür verbürgen, dass meine Erinnerungen absolut zuverlässig sind.«

»Ich wäre bestimmt nie auf die Idee gekommen, dich für unfehlbar zu halten. Was weißt du über Truro?«

»Er ist nicht der Boss, aber er ist auch nicht weit davon entfernt. Er ist dem Obersten Pan unterstellt, wer immer das sein mag. Doch jetzt kommt der Knüller. Wenn du meine aufgezeichneten Gespräche sichtest – wie ich es selbst getan habe –, wirst du reichlich Beweise dafür finden, dass zwischen mir und Tiamaat gelegentlich Datenverkehr stattgefunden hat. Hochgradig quantenverschlüsselt, sodass man nicht an den Inhalt herankommt, jedenfalls gab es dort eindeutig jemanden, der mich interessiert hat. Über Jahre und Jahrzehnte hinweg. Bis zurück zum Merkur.«

»Du hast eine Theorie.«

»Mein … Tod hat Gespenster geweckt, Sunday. Ich bin mir nicht sicher. Aber es gibt nicht viele Menschen, mit denen ich zu einer lebenslangen Beziehung fähig war, ohne dass der eine oder beide vor Langeweile den Verstand verloren. Worauf ich hinauswill, ist Folgendes: Hat der Oberste Pan mich gekannt? Habe ich den Obersten Pan gekannt?«

»Sag mir, was du denkst.«

»Noch nicht. Ich warte auf weitere Daten, bis ich nicht nur voll synchronisiert, sondern auch wieder mit Geoffrey in Kontakt bin.«

Sunday schäumte vor Wut. »Ich befehle dir, es mir zu sagen.«

»Und ich weigere mich. Das ist ein tiefer erkenntnistheoretischer Konflikt, liebe Enkelin. Du kannst mich nicht zwingen, *mehr wie ich selbst* zu sein und dann einen Wutanfall bekommen, wenn ich mich meinem Charakter entsprechend verhalte. Du hast mich zu diesem eigensinnigen Biest gemacht, nun musst du damit leben, meine Liebe.«

Es dauerte nicht lange, bis in Gestalt einer Pipeline oder Stromleitung, die sich in kühnen Schwüngen über die Oberfläche zog, die Anwesenheit von Menschen erkennbar wurde. Wenig später, sie flogen genau an einem Teil der Leitung entlang, überquerten sie einen Froschlaichklumpen von silbrigen Kuppeln, ein Außenposten oder irgendein Wartungskomplex.

Selbst bei stärkster Vergrößerung entdeckte Sunday keine lebende Seele. Fünf oder sechs Minuten später vereinigte sich die Leitung mit einem anderen Ast, der von Norden kam. Am Knotenpunkt entdeckten sie ein Dorf oder einen Weiler: etliche Kuppeln, quadratische Gebäude, nach Süden hin ein Muster aus kupfergrünen Sechsecken – Sonnenkollektoren, vielleicht auch Gemüsebeete – und ein heller Kratzer, der zielstrebig nach Westen zeigte und für die Bahn einer Staubhose im euklidischen Sinn zu gerade war.

Sunday folgte dieser Spur – auch sie flogen nach Westen –, bis sie ein gedrungenes Gebilde unbeholfen über das Gelände holpern sah. Unverkennbar ein Bodenfahrzeug, ein silberner Käfer, der sich auf sechs riesigen Rädern langsam nach Hause schleppte.

Danach wurden die Spuren der Zivilisation noch zahlreicher. Weitere Dörfer, schließlich eine Kleinstadt, die sich in galaktischen Spiralen um einen Zentralkern rankte. Sunday konnte selbst bei voller Vergrößerung niemanden darin entdecken, und als sie versuchte, auf die Straße hinunterzuchingen, wurde ihre Anfrage höflich abgelehnt.

Die Stadt lag an einer Eisenbahnlinie, die ebenfalls nach Westen führte, einige Krater durchschnitt, andere umging und gelegentlich ohne ersichtlichen Grund unter der Erde verschwand. Aus der Gegenrichtung raste ein Zug über die Schienen – sechs Silberzylinder mit auffallend stumpfen Enden, die an Reagenzgläser erinnerten.

Sie folgten dem Schienenstrang durch eine etwas größere Stadt, und schließlich funkelten am Horizont die Lichter einer Metropole. Crommelin Edge, meldete die ER, und Sunday erinnerte sich, dass sie dort für die letzte Stufe der Mars-Immigration abgefertigt werden sollten. Der Ankerpunkt des Aufzugs lag auf der anderen Seite des Mars, deshalb war Crommelin Edge – dicht am Äquator und am Nullmeridian, im von Kratern durchsetzten Plateau von Arabia Terra gelegen – eine der beiden Anlaufstellen für ankommende Reisende.

Das Shuttle überflog die Stadt und verlor dabei an Höhe und Geschwindigkeit. Die Ansiedlung nahm die Form eines Halbmonds an, der in Teilen der Außenwand des gleichnamigen Kraters folgte. Nach einer Konzeption suchte man hier vergebens. Man sah lediglich einen blasigen Brei aus verschiedenen Kuppeln und anderen Gebäuden, Würfeln, Rhomboiden und Zylindern, Pylonen und Propellerflügeln, der weniger wie eine planvoll angelegte Niederlassung wirkte, sondern eher, als hätte man einen Beutel Murmeln und Bauklötze auf den Boden geschüttet und flüchtig zusammengeschoben. Der Künstlerin in Sunday entsprach mehr die strenge Spiralform, die sie zuvor gesehen hatte, aber dieses Arrangement hatte etwas willkürlich Menschliches an sich, das auch nicht ohne Reiz war. Städte mit solch bizarren, kontraintuitiven Formen gefielen ihr am besten.

Inmitten von Kuppeln und amöbenhaft schwammigen Terminalgebäuden setzte das Shuttle auf einer Landebahn auf. Der Rumpf wurde vollkommen durchsichtig, und die Sitzgurte fielen ab. Schon scharten sich Wartungsfahrzeuge um die Maschine, und eine Andockröhre streckte sich ihr suchend entgegen wie der Rüssel eines neugierigen Elefanten. Der Himmel über dem Raumhafen war von einem tiefen Violett, durchzogen von dünnen, hohen Wolkenschwaden.

»Willkommen auf dem Mars«, ließ sich eine pfeifende Stimme vernehmen. »Das heutige Mars-Sol-Datum ist der 102447. Sol. Nach der lokalen mittleren Sonnenzeit ist es 18:31 Uhr. Für Fahrgäste, die von der Erde kommen, entspricht das nach Koordinierter Universalzeit dem 13. März, 16:35 Uhr.«

Das Raumhafengebäude war eine hell erleuchtete Höhle und sah aus wie irgendein Einkaufszentrum von Mombasa bis zum Mond. Für Fahrgäste, die mit der Schwerkraft zu kämpfen hatten, standen Exos bereit, aber offensichtlich hatte niemand größere Schwierigkeiten. Werbeanzeigen für zumeist spezifisch marsianische Dienstleistungen und Produkte wetteiferten um die Aufmerksamkeit der Besucher.

Sunday war nicht weiter überrascht, als man sie zur genaueren Befragung und für einen Hintergrundcheck beiseitenahm. Auf Phobos hatten sie den Fund der Leiche gemeldet, bevor sie an Bord des Shuttles gegangen waren, und man hatte sie dort so lange festgehalten, bis die bürokratischen Formalitäten erledigt waren. Sie hatte kein Verbrechen begangen, es war ihr gutes Recht, auf dem ganzen Mond herumzuspazieren, und sie hatte auch gegen kein Verbot verstoßen, als sie in das verlassene Camp gechingt war. Natürlich hatten sie warten müssen, bis die Behörden im Stickney ihre eigenen Ermittler in die versiegelte Kuppel geschickt und diese Sundays Geschichte bestätigt hatten, doch danach hatte man sie ziehen lassen.

Doch die Behörden waren alarmiert. Es war schon schwierig genug, inkognito zu reisen, wenn man eine Akinya war, nun kamen auch noch der Fund der Leiche und die Verbindung zu den Panspermiern dazu.

Sie waren noch im Wartebereich, als eine Nachricht von Phobos einging. Die Ermittler hatten den Anzug zurückverfolgt und die DNA der Leiche mit ihren Unterlagen verglichen. Der Tote war ein gewisser Nicolas Escoffery, ein Marsbürger, der seit fast fünfzig Jahren auf Phobos verschollen war. Escoffery hatte gebrauchte Maschinen vermittelt und war häufig in Geschäften, die sich oft am Rand der Legalität bewegten, zwischen dem Mond und der Marsoberfläche unterwegs gewesen. Zur Zeit seines Verschwindens wurde wegen Zollvergehen gegen ihn ermittelt, deshalb hatte er sich offenbar bemüht, seinen Aufenthaltsort geheim zu halten. Man hatte ein Teilgebiet des Mars nach ihm abgesucht, aber niemand hatte vermutet, dass er eigentlich auf Phobos war.

»Inzwischen könnte das nicht mehr passieren«, erklärte man Sunday. »Mit solchem Unfug kommt man heutzutage nicht mehr durch.«

Schwieriger war die Frage, wie Escoffery ums Leben gekommen war. Man hatte ihn in dem Lager nicht gefangen gehalten, die Türen waren erst nach seinem Tod versiegelt worden. Am wahrscheinlichsten war, dass sein Anzug versagt hatte. Wenn sich die Servosysteme so verklemmt hatten, dass er sich nicht mehr bewegen konnte, wäre der Anzug für ihn zum Sarg geworden. Sunday war von dieser Erklärung nicht ganz überzeugt. Sie dachte an die weiße Spinne, die sie von der Vorderseite abgestreift hatte … hielt es aber für ratsam, das für sich zu behalten.

Endlich ließ man sie gehen. Sundays Verbindung zu den Panspermiern mochte den Behörden ein Dorn im Auge sein, doch das allein war kein Grund, ihr die Einreise zu verweigern. Allerdings spürte sie eine gewisse Verärgerung, weil man nichts gefunden hatte, was man ihr oder Jitendra hätte anhängen können.

Sie holten ihr Gepäck, das schon bereitstand, als sie die Einreiseformalitäten hinter sich gebracht hatten. Sunday bemühte sich redlich, die jüngsten Ereignisse hinter sich zu lassen. Noch konnte sie sich nicht auf das freuen, was jetzt kam, denn sie sah immer noch diesen Schädel mit der papierdünnen Haut, der ihr durch ihr eigenes Visier entgegengrinste … Das war nun endgültig vorbei, ermahnte sie sich, und wenn sie sich nicht davon löste, verdarb sie sich am Ende noch ein einmaliges Erlebnis: die ersten Schritte auf einer anderen Welt. Selbst wenn sie noch tausendmal hierher zurückkehrte, so neu würde es niemals wieder sein.

»Wir sind hier«, sagte sie und umarmte Jitendra. »Ich kann es nicht fassen. Da unter meinen Füßen … das ist der Mars.«

Und das war ganz wörtlich zu nehmen. In der Ankunftshalle hatte man einen Streifen des Fußbodenbelags bis auf den rohen Marsboden ausgefräst, der aussah wie ein fusselnder roter Teppich. Man hatte ihn wohl mit einer Polymerschicht von der Dicke eines Atoms versiegelt, um den Staub zu binden, aber wenn man darüberging oder ihn mit der flachen Hand berührte, war davon nichts zu bemerken. Für einen Moment verspürte Sunday sogar den albernen Wunsch, auf die Knie zu fallen und den Boden zu küssen.

Jitendra hatte die Koffer umgepackt, damit man sie leichter tragen konnte. »Das müssen wir feiern. Mit einem Drink, jetzt sofort. Bevor der magische Moment vorbei ist.«

»Du willst also diese umwerfende, absolut einmalige, unschätzbar wertvolle Erfahrung mit toxischen Chemikalien niederknüppeln, bevor sie eine Chance hat, dauerhafte neuronale Vernetzungen auszubilden?«

Jitendra dachte mit gebührendem Ernst über diese Frage nach. »Wenn du es so ausdrücken willst, ja, genau das hatte ich vor.«

»Meinetwegen«, sagte Sunday. Es war viel einfacher, ihm seinen Willen zu lassen, als ihn davon abbringen zu wollen. »Ich bin zu allen Schandtaten bereit.«

Doch zuvor hatten sie noch etwas zu erledigen. Die Pans hatten Sunday eine Ching-Adresse gegeben, bei der sie sich nach ihrer Ankunft melden sollte. So verlockend es war, diesen Anruf zu verschieben, sie würde das Unvermeidliche damit nur hinauszögern. Also suchte sie sich eine ruhige Ecke in der Ankunftshalle und subvokalisierte die Anfrage.

Die Verbindung baute sich mit hoher Quantenverschlüsselung auf. Dann stand sie in einem Raum, der sich dem hohen Sonnenstand nach ein gutes Stück westlich von Crommelin befand. Der Boden unter ihren Füßen war aus Glas, und darunter war leere Luft. Der blank gescheuerte rote Marsboden lag so tief unter ihr, als wäre sie noch im Orbit. Zu beiden Seiten ragten, von Nebelschwaden verhüllt, uralte verwitterte Klippen auf. Eine Handvoll schlanker diskusförmiger Gebäude waren in den Fels hineingebaut oder herausgehauen worden.

»Willkommen, Sunday«, hörte sie. »Wie war die Reise?«

»Keine Klagen, abgesehen von dem freundlichen Empfang in Crommelin.«

»Ich möchte mich für die Beamten unserer Zoll- und Einreisebehörde entschuldigen. Sie predigen Höflichkeit und Respekt und legen genau das Gegenteil an den Tag.«

Sunday traute dem Glasboden nicht und trat nervös einen Schritt zur Seite. Selbst im Ching ließen sich Höhenangst oder ein instinktiver Selbsterhaltungstrieb nur schwer unterdrücken, besonders, wenn der Vertreterkörper ein lebender, atmender, menschlicher Organismus war.

Das Warmblut war eine Frau, die ihr vom Alter und vom Körperbau her glich, lediglich ihre Haut war heller. Sie trug formelle Kleidung: dunkelgrüner Rock mit silbernen Paspeln, eine farblich dazu passende Bluse, schwarze Strümpfe und solide schwarze Schuhe mit flachen Absätzen.

Auf diesem Boden hätte sich Sunday mit Stöckelschuhen auch nicht wohlgefühlt.

Sie bewegte die Finger des Warmbluts. Auf diese Weise hatte sie erst ein paarmal gechingt, doch das hatte genügt, um ihr einen tiefen Abscheu davor einzuflößen.

»Wo bin ich?«

»Auf dem Pan-Außenposten in den Valles Marineris«, antwortete die Stimme. »Wir befinden uns am äußersten Rand der tiefsten Schlucht, im größten Grabenbruch des ganzen Sonnensystems. Ich dachte, Sie würden sich das gerne durch menschliche Augen ansehen. Meine Transform-Chirurgin Magdalena hat sich bereit erklärt, sich steuern zu lassen.«

»Das ist sehr aufmerksam.«

»Und durchaus passend, da Sie beide Bildhauer sind. Sie

arbeiten mit Stein und Ton, Magdalena mit lebendem Fleisch. Nun sind Sie praktisch eins geworden.«

Sunday wandte sich von der Aussicht auf die Valles Marineris ab und sah den Sprecher an. Der ruhte auf einer Art von Bett auf einem ovalen Teppich aus weißem, selbststerilisierendem Gen-Tang. Das Bett war ein plumper Kasten mit komplizierten Bedienungselementen, der an die grausigen Eisernen Lungen oder Computertomografen aus dem finsteren Mittelalter der Medizin erinnerte. Es war an die Wand dahinter angeschlossen und summte und gluckerte wie eine Espressomaschine. Eigentlich glich es eher einer Badewanne, denn der Patient lag hinter hohen Seitenwänden, die das Überschwappen verhinderten, in einer sirupzähen chemischen Lösung von bläulicher Farbe.

»Treten Sie näher«, forderte er sie nun auf. »Ich beiße nicht. Beißen ist eines von den vielen Dingen, die für mich derzeit nicht infrage kommen.«

Neben dem Bett standen zwei Pflegerinnen in grünen Uniformen. Eine hatte einen Rollwagen mit chirurgischen Instrumenten vor sich, die andere hielt einen Clipboard-Computer mit Stylus in Händen, wie er offenbar den Vorstellungen der Pans entsprach. Nun entfernten sie sich ohne ein Wort mit so graziösen Schritten wie Mannequins auf dem Laufsteg. Die eine schob den Rollwagen vor sich her. An der Rückseite des Raumes öffnete sich wie eine Irisblende eine Tür und schloss sich wieder.

Sunday näherte sich dem Bett. Durch die Ching-Verbindung konnte sie nicht riechen, vermutete aber, dass die Flüssigkeit – und vielleicht auch der Patient selbst – einen starken Geruch verströmte.

»Mein Name ist Holroyd«, sagte die Stimme. »Sie brauchen nicht zu erschrecken. Ich leide nicht allzu sehr, und allem Anschein zum Trotz habe ich zumindest bislang noch nicht jegliche Hoffnung auf einen Erfolg des Eingriffs aufgegeben.«

In der Flüssigkeit lag ein Mann, der kaum noch einer war. Sundays erster Gedanke war »Kaktus« gewesen. Was sie von seinem Körper sehen konnte, war mit vielfach zerklüfteten schwarzen Wucherungen bedeckt, die ihm aus allen Poren wuchsen. Sie glichen glänzenden, mit Stacheln und Dornen gespickten scharfrandigen Blättern. Der Oberkörper, die von der Flüssigkeit bedeckten Gliedmaßen, Kopf und Gesicht ... es gab keinen Zoll seines Körpers, der davon frei gewesen wäre. Sogar die Augen waren von Wülsten dieser Biomasse umgeben, die offenbar zurückgestutzt worden waren. Sunday fragte sich, wie viel er wohl von der Welt sehen konnte.

»Wie konnte das geschehen, Mister Holroyd?«

Die direkte Frage schien ihn nicht im Mindesten zu kränken. »Man könnte es wohl Vermessenheit nennen. Oder Ungeduld. Oder eine Kombination von beiden.« Der Mund, der diese Worte formte, war nicht zu erkennen. »Ich habe mich als Testperson für eine Genbehandlung zur Verfügung gestellt. Natürlich bin ich Pan – ein alter Freund von Truro, obwohl wir uns wahrscheinlich niemals wiedersehen werden. Unsere Wege haben uns in sehr verschiedene Richtungen geführt. Er landete im Ozean. Ich ... nun, ich bin hier.«

»Hat Ihnen Magdalena das angetan?«

»Magdalena gehörte zu dem Team, das mit meinem Einverständnis den genetischen Eingriff vorgenommen hat ... nun gehört sie zu dem Team, das sich bemüht, die Auswirkungen dieses Eingriffs wieder rückgängig zu machen.« Eine Hand, so dicht mit Dornen und Spitzen besetzt, dass sie kaum noch zu gebrauchen war, tauchte wie eine Kreuzung zwischen einem Streitkolben und dem Handschuh einer Ritterrüstung aus der klebrigen Flüssigkeit auf. In der Panzerung waren Wunden zu sehen, hellere, halb verheilte Narben und offene Risse, aus denen weißes Sekret sickerte. »Das Ziel war, meinen Körper so zu panzern, dass ich mit nur einem Minimum an zusätzlichen lebenserhaltenden Maßnahmen ohne Raumanzug auf der Oberfläche überleben konnte. Wärmeisolierung, Einschluss von Druck und Feuchtigkeit … alles war zum Greifen nahe. Natürlich hätte ich immer noch mit Luft versorgt werden müssen, und es hätte auch dann noch Teile des Mars gegeben, die selbst für mich nicht zu ertragen gewesen wären, aber den Versuch war es wert. Es sollte eine Absichtserklärung sein. Ein Zeichen, dass wir für immer hier sind. Dass wir tun werden, was wir können, damit die Eroberung dieses Planeten gelingt. Auch wenn wir dazu an die Grundlagen unseres Menschseins gehen müssten.«

»Was ist schiefgegangen?«

»In der Wissenschaft gibt es keine Katastrophen, Sunday, nur Lektionen. Ich möchte viel lieber in einem Universum leben, das Monstren wie mich erzeugen kann, als in einem, in dem wir bis zur letzten kleinen Fußnote alle Regeln verstehen könnten. Ich bin der Beweis dafür, dass uns die Wirklichkeit immer noch ein Bein stellen kann. Wie gesagt, ich habe keine Schmerzen. Und in letzter Zeit machen wir … ich will nicht von ›Fortschritten‹ sprechen, das ist ein zu großes Wort. Aber es gibt Ansätze, erste Anzeichen, dass ein bescheidener therapeutischer Durchbruch möglich sein könnte. Noch ist das Spiel nicht verloren!«

»Ich wünsche Ihnen, dass alles gut für Sie wird, Mister Holroyd.«

»Ich bemühe mich, positiv zu denken. Das ist lebenswichtig, finden Sie nicht?« Arm und Hand versanken wieder in der Lösung. Das Bett ließ ein entschiedenes Klicken hören, und die Flüssigkeit begann kräftig zu sprudeln. »Nun, ich denke, wir sollten zur Sache kommen – Sie werden mir den abrupten Übergang hoffentlich verzeihen. Ich bin hocherfreut, dass Sie den Mars erreicht haben, und ich kann Ihnen versichern, dass die *Initiative* alles in ihrer Macht Stehende tun wird, um Sie bei

Ihren … Nachforschungen zu unterstützen. Sie werden die nächsten beiden Tage in Crommelin Edge verbringen, und ich hoffe, Sie nutzen die Zeit, um sich in der Stadt und im Krater ein wenig umzusehen und sozusagen marstüchtig zu werden. Danach haben wir Ihre Beförderung zum Pavonis Mons organisiert. Jedenfalls wird man Sie so nahe an den Berg heranbringen, wie das zu vertreten ist. Natürlich sind wir gern bereit, Ihnen auch bei künftigen logistischen Problemen behilflich zu sein, falls diese auftauchen sollten, innerhalb gewisser finanzieller und wirtschaftlicher Grenzen, versteht sich. Ich brauche wohl kaum hinzuzufügen, dass wir eine bescheidene Gegenleistung erwarten, auch wenn sich das etwas unfein anhört.«

»Ich verstehe, Mister Holroyd. Ohne die Unterstützung der Pans wäre ich nicht zum Mars gekommen. Ich habe mich bereit erklärt, dafür einige Aufgaben zu erfüllen, und ich bin durchaus bereit, mich an diese Verpflichtung zu halten.«

»Sehr schön, Sunday. Wussten Sie, dass ich mir einige Ihrer Arbeiten angesehen habe?«

»Nein, das wusste ich nicht.«

»Ich bin kein Fachmann, aber was ich gesehen habe, gefällt mir. Es gibt Möglichkeiten, wie Sie die *Initiative* in deutlich sichtbarer Weise bei ihrer Öffentlichkeitsarbeit unterstützen können, doch dazu kommen wir später. Für den Anfang könnten wir vielleicht an ein persönlicheres Projekt denken, zum Aufwärmen, wenn man so will.«

»Ich bin für Anregungen offen.«

»Daran habe ich nie gezweifelt. Aber …« Holroyd zögerte. »Ich begreife, dass Ihnen das womöglich nicht leichtfällt, aber könnten Sie sich vorstellen, sich von … mir zu einem Kunstwerk inspirieren zu lassen?«

»Von Ihnen, wie Sie waren, oder wie Sic werden sollen?«

»Nein«, verbesserte Holroyd sanft. »Wie ich hier und jetzt bin. In meiner ganzen großartigen Hässlichkeit. Ein Dokument der Unwissenheit wie auch der Möglichkeiten, Vermessenheit und Hoffnung. Da haben Sie bereits einen Titel. Dazu können Sie unmöglich Nein sagen.«

Sundays Begeisterung für einen Auftrag war noch nie geringer gewesen, und der Titel war ihr völlig gleichgültig. »Das kann ich wohl nicht.«

Die Tür ging auf, und eine der grün gekleideten Pflegerinnen kam herein. Auf dem Rollwagen, den sie vor sich herschob, lagen chromblitzende Instrumente, darunter ein Gerät, das große Ähnlichkeit mit einer Gartenschere hatte.

»Den Drink brauche ich jetzt dringend«, sagte Sunday, als sie aus dem Ching kam.

»Schwieriger Kunde?«

»Ziemlich stachelig.«

Sie fanden eine Bar mit Namen *Rote Gefahr* am Rand eines verglasten Einkaufszentrums voller Luxusboutiquen und teurer Souvenirläden. Das Markenzeichen von *Rote Gefahr* war geschmackloser Kitsch zum Thema Marsinvasion, von schleimgrünen Cocktails bis hin zu Barkeepern mit Totenkopfmasken. Scheppernde, mit Dampf betriebene dreibeinige Kampfmaschinen, H.G. Wells nachempfunden, brachten die Drinks. Die Gläser hielten sie in ihren Tentakeln, die Barsnacks hatten sie sich in Körben unter den Körper gehängt. In Trockeneiswolken pulsierten Infrarotstrahlen, während aus Basslautsprechern unter dem Fußboden schmissige Militärmusik dröhnte.

Sunday hätte entsetzt sein müssen, doch tatsächlich passte diese Bar genau zu ihrer Stimmung. Sie wischte gerade das Salz vom Rand ihrer zweiten *Silbernen Heuschrecke* – Jitendra war schon bei der dritten –, als ihr auffiel, dass jemand ganz still am Eingang stand und sie durch die Trockeneisfontänen über der Bar hindurch beobachtete.

Beim Anblick des hochgewachsenen schwarzhäutigen Mannes brach eine feuchtkalte Woge der Empörung über diese Ungerechtigkeit über sie herein, als wären auf einen Schlag alle ihre Erwartungen beim Aufwachen zunichte geworden. Der Schock raubte ihr den Atem. Das Universum schien stillzustehen, ein Augenblick dehnte sich zu einem ganzen Leben.

Die Gesichtsform, das Licht auf den Wangenkochen, die gebieterisch breite Stirn. Es war einer von den Cousins.

Sie fasste nach Jitendras Hand und zwang sich zu atmen und dann zu sprechen, obwohl die Anstrengung fast über ihre Kräfte ging. »Schau mal.«

Jitendra sah den Mann an, stellte sein Glas ab und sagte mit einer Gelassenheit, die ihr ganz und gar unangebracht erschien: »Das ist kein Mensch.«

Sie erhöhte ihre eigene ER-Schwelle. Der ID-Tag teilte ihr mit, dass die Gestalt ein Golem war.

Nun kam er an ihren Tisch. »Hallo«, sagte er. »Ich freue mich sehr, dass du wohlbehalten hier eingetroffen bist. Darf ich Platz nehmen?« Er wandte das Gesicht dem dritten Stuhl zu, auf dem niemand saß.

»Was willst du von uns?«, fragte Sunday.

Der Golem ließ sich auf dem Stuhl nieder. »Ich bin der offizielle juristische Vertreter von Lucas Akinya auf dem Mars.«

»Er ist autonom«, flüsterte Jitendra. »Glaubst du, er war die ganze Zeit hier, oder ist er mit uns auf demselben Schiff gekommen?«

»Wer weiß? Lucas und Hector haben wahrscheinlich Tausende von den verdammten Dingern überall im System stationiert, die nur darauf warten, wie eine Scheibe Toast hochzuschießen, wenn sie eine juristische Vertretung brauchen.« Sie sah den Golem böse an. »Ich frage noch einmal: Was willst du von uns?«

»Dein Besuch«, sagte der Golem, »hat gleich an mehreren

Stellen die Alarmglocken schrillen lassen. Wir haben mit Geoffrey gesprochen. Geheimnisse zu wahren ist nicht gerade eine von seinen Stärken.«

Sie sah die Falle. Der Golem wollte sie provozieren, mehr als nötig preiszugeben. »Und was sollen das für Geheimnisse sein?«

Der Golem sprach weiterhin sehr leise und lächelte unentwegt. »Du behauptest, im Auftrag der Panspermier hier zu sein.«

»Ich behaupte gar nichts.«

»Wie würdest du deine aktuelle Geschäftsbeziehung zu diesen Leuten beschreiben?«

»Ich bin Künstlerin. Die Pans brauchen die Kunst, um ihre Ideen zu vermitteln. Das heißt noch lange nicht, dass ich das T-Shirt gekauft hätte.«

Der Golem hielt inne. Seine Intelligenz war hauchdünn, gerade ausreichend für plausibel klingende Aussagen und Antworten. Den raschen Wendungen und Abschweifungen eines normalen Gesprächs zwischen zwei Menschen vermochte er nicht zu folgen. »Deine Reise zum Mars erfolgt sehr kurz nach dem Besuch deines Bruders auf dem Mond. Selbst ein unbeteiligter Beobachter könnte zwischen den beiden Aktivitäten mit Fug und Recht einen Kausalzusammenhang postulieren.«

»Du kannst schlussfolgern, soviel du nur willst. Mich kümmert das nicht.«

»Geoffrey sollte im Auftrag der Familie eine bestimmte Angelegenheit untersuchen. Was immer er dir erzählt haben mag, der Besuch bei dir war nicht der einzige Zweck seiner Reise.«

»In diesem Fall hast du soeben einen verdammt großen Bock geschossen, indem du diesen Zweck erwähnt hast, nicht wahr?«

Das Gesicht des Golems erstarrte zur Totenmaske. »Da ist noch etwas«, fuhr er nach einer Pause fort. »Ein Zwischenfall an der chinesischen Grenze auf dem Mond und eine nachweisbare Verbindung zu den Panspermiern. Dein Helfershelfer Chama wurde festgenommen und unter gewissen Auflagen wieder freigelassen.«

»Das hatte nichts mit mir zu tun.«

»Der Zwischenfall ereignete sich in der Nähe von Eunices Absturzstelle.« Der Golem beugte sich vor und sprach mit besonderem Nachdruck weiter. »Was hat Geoffrey in der Zentralafrikanischen Bank gefunden? Abgesehen von dem bereits bekannten Handschuh.«

»Ich habe keine Ahnung.«

»Etwas mehr Verantwortungsbewusstsein stünde dir gut zu Gesicht, Sunday. In diesen wirtschaftlich unsicheren Zeiten muss es unser vordringliches Anliegen sein, den guten Ruf des Hauses Akinya zu wahren.«

»Den guten Ruf?« Sie dachte daran, wie man sie bei der Einreise behandelt hatte. »Die Menschen hassen diesen Namen, sogar hier. Glaubst du wirklich, ich schere mich einen Dreck um diesen guten Ruf?«

Wieder schien der Golem um eine Antwort verlegen. »*Akinya Space* ist ein wichtiger Baustein der Gesellschaft«, erklärte er dann. »Wir geben Tausenden von Menschen direkt Arbeit und Brot. Millionen sind als Vertrags- und Geschäftspartner indirekt von uns abhängig. Weitere Milliarden profitieren allein dadurch, dass es uns gibt. Unsere Maschinen fördern kostbare Rohstoffe am Rand des Systems, vom Asteroidengürtel bis hinaus zu den transneptunischen Eis-Asteroiden. Ohne diesen zuverlässigen Nachschubstrom würde die gesamte Infrastruktur der menschlichen Siedlungen und Kolonien zusammenbrechen.«

»Ich habe nicht vor, die menschliche Zivilisation zu stürzen, Lucas. Das hieße ja, dass sie mir irgendwas bedeutet.«

»Wir befürchten, dass Eunice selbstzerstörerische Neigungen gehabt haben könnte. Was immer in diesem Schließfach war, könnte sich im metaphorischen Sinn als Zeitbombe erweisen, die der Familie von einer verbitterten, bösartigen alten Frau untergeschoben wurde.«

»Das glaube ich nicht.«

»Du solltest meine Sorgen ernst nehmen. Ich versichere dir, dass Hector und ich vor nichts zurückschrecken werden, um diese Familie zu schützen.«

Sunday schwieg, als denke sie ernsthaft über die Worte des Golems nach. Erst als eine angemessene Zeitspanne verstrichen war, gestattete sie sich eine Antwort. »Cousin, wir sind nicht mehr in Afrika. Dies hier ist nicht der Familiensitz. Wir sind auf dem Mars, weit weg von zu Hause. Ich schulde dir nichts. Dies ist mein Leben, und ich mache damit, was mir gefällt. Ich will nicht mehr mit dir sprechen, solange ich hier bin. Ich will dich nicht einmal mehr sehen. Also geh bitte, bevor ich genau die Szene mache, die du eigentlich vermeiden möchtest.«

»Wir mögen nicht mehr in Afrika sein«, gab der Golem zurück, »aber wir sind auch nicht in der *Überwachungsfreien Zone*. Hier befindest du dich in der *Überwachten Welt*, Sunday.« Er erhob sich mit der Präzision eines gut geschmierten Periskops. »Und die läuft nach unseren Regeln, nicht nach deinen.«

15

Sie arbeitete schnell, aber nicht, weil sie den Auftrag für unter ihrer Würde hielt. Es war einfach ihre Art, an ein Kunstwerk heranzugehen. Vorbereitung, Überlegung, stundenlanges Meditieren und dann, wie eine Explosion, rasches, entschiedenes Handeln, als sause ein Schwert zum Gnadenstoß herab. Eine Exekution in jedem Sinn des Wortes.

Am Morgen nach ihrer Ankunft in Crommelin hatte sie sich wieder in den Pan-Außenposten am Rand der Valles Marineris gechingt, diesmal in einen Stellvertreter anstatt in den warmblütigen Körper von Holroyds Betreuerin. Sie hatte diesen Wunsch geäußert, und die Pans hatten ihn erfüllt. Nun konnte Magdalena ungehindert ihren Pflichten nachgehen, und Sunday steuerte eine schwarze mechanische Gliederpuppe mit Wespentaille. Es war ein neueres Modell, von Weinreben in leuchtenden Pastellfarben umrankt und mit Gänseblümchenketten an Armen und Beinen.

»Ich habe Ihnen einen Führer besorgt«, verkündete Holroyd. »Er kennt sich im Evolvarium aus, und Sie brauchen jemanden mit Erfahrung. Ohne gute Gründe wagt sich kaum jemand in die Nähe dieses Gebiets, und wenn, dann geht es meist um irgendwelche wirtschaftlichen Interessen. Sind Sie immer noch sicher, dass Sie dieses Unternehmen nicht an einen … Spezialisten vergeben wollen?«

»Auch ich bin nicht ohne Grund auf den Mars gekommen, Mister Holroyd.«

»Aber vor Ihrer Reise wussten Sie noch nicht, wo Ihre Großmutter den nächsten Gegenstand vergraben hatte.« Holroyd verstummte, während Magdalena eine daumengroße Wucherung von einem seiner Brustwirbel schnitt. Milchiges Sekret sickerte aus der Wunde. Falls sie ihm Schmerzen bereitete, so verbarg er es gut. »Eine … bedauerliche Entwicklung«, fuhr er fort, »aber wir können ihr wohl nicht vorwerfen, dass sie nicht so weit in die Zukunft gesehen hat.«

»Sie hätte uns allen viele Umstände erspart, wenn sie den ersten und den letzten Hinweis an ein und demselben Ort platziert hätte«, sagte Sunday.

»Das war ganz offensichtlich nicht ihre Absicht.«

Die Skulptur näherte sich wenn nicht der Vollendung, so doch dem Stadium, an dem man abschätzen konnte, wie wahrscheinlich Erfolg oder Scheitern sein würden. Sunday hatte mit einem Zylinder aus einem schimmernden silbergrauen Material begonnen, der aufrecht auf einem Sockel stand. Der Zylinder war fast so groß wie Sunday selbst und bestand aus aktivem Ton. Das an sich träge Medium war in einer Dichte von fünf Prozent seines Gewichts und seines Volumens mit Nanomaschinen durchsetzt. Die waren darauf programmiert, auf Gesten und Berührungen der Hände von Sundays Stellvertreter zu reagieren und dabei nicht bloß sich selbst, sondern auch die innere Matrix zu bewegen, in die sie eingebettet waren.

Sunday konnte die Maschinen selbst nicht sehen, aber mehr als deutlich erkennen, wie sie auf das Material wirkten. Wenn sie mit den Fingern in geringem Abstand über die Arbeitsfläche strich, wich der Ton zurück und bildete, je nachdem, wie präzise Hand und Finger ausgerichtet waren, Kanäle, Rillen oder weite, geschwungene Bögen aus. Wo er sich verformte, begann er zu reflektieren. Er gehorchte einer Pseudo-Strömungsdynamik, die Wirbel und Turbulenzen entstehen ließ, brandungsähnlich gekräuselte Flächen oder verspiegelte kugelförmige Glastropfen wie tausendfach verlangsamtes Quecksilber. Sobald sie die Hand zurückzog, erstarrte der aktive Ton in seiner letzten Konfiguration. Wenn Sunday die andere Hand ins Spiel brachte und in der Gegenrichtung wirkende Abstoßungsvektoren erzeugte, konnte sie die Materie in überraschend komplexe Festkörperformen bewegen.

»Ich weiß nicht, was sie mit uns vorhatte. Ich weiß nur, dass es nicht um uns persönlich ging. Sie konnte nicht wissen, dass mein Bruder derjenige sein würde, der in dieses Bankschließfach schaute.«

»Aber sie wusste, dass es einer von Ihnen sein würde. Ein Akinya, ganz eindeutig. Was immer sie tut, sie scheint fest entschlossen zu sein, dass es in der Familie bleibt, nicht wahr?«

Sunday machte über einem Teil der Skulptur eine Bewegung aus dem Handgelenk, und die Materie teilte sich, wie Moses einst das Meer geteilt hatte. Sie musste zugeben, dass die Statue wenig Ähnlichkeit mit einem Menschen hatte. Sie glich eher einer Lunge oder einem Baum, der in flüssiges Blei getaucht worden war. Aber die Stachligkeit, die dicht gedrängten Spitzen und Dornen stellten den Zusammenhang zu ihrem Modell her.

»Wenn sie uns prüfen will, wird sie vermutlich einen Grund dafür haben.«

»Das Gold am Ende des Regenbogens? Oder nur eine Tote, die boshafte Spielchen mit ihren Nachkommen treibt?«

»Ich weiß es nicht. Doch was immer Eunice geplant hat, umgesetzt hat sie es vor ihrer letzten Mission. Sie mag da oben im *Winterpalast* ein wenig verrückt geworden sein – wem wäre das nicht so ergangen? –, doch als sie mit der *Winterkönigin* zu ihrer letzten Mission aufbrach, war ihr Verstand noch intakt.«

»Aus dieser Zeit gibt es sicher jede Menge Bild- und Filmmaterial.«

Sunday nickte, während sie dem Ton einen Bogen entlockte, ihn auf eine träge Marsparabel schickte und zur Wölbung einer Möwenschwinge erstarren ließ. Sie hatte nicht oft Gelegenheit, mit aktivem Ton zu arbeiten; für die Aufträge, die sie üblicherweise erhielt, war das Material zu teuer, außerdem unterlag der Import von Nanotechnologie in die *Zone* strengen Kontrollen. »Das ist es ja, was mich erschüttert. Seit ihrer Rückkehr, während der ganzen Zeit, in der sie da oben um den Mond kreist … weiß sie über dieses … dieses Komplott Bescheid.«

»Sie reden von ihr, als wäre sie noch am Leben.«

»Das war keine Absicht, aber wenn man sich in die Vergangenheit eines Menschen vertieft und …«

»Ich weiß von dem Konstrukt, Sunday. Eine Datenpersönlichkeit dieser Art, verteilt auf verschiedene Cloud-Speicher – so etwas konnte uns in der Mars-ER kaum entgehen.«

Sie verbarg ihren Schock. Wenn es die Pans schon auf ihre Geheimnisse abgesehen hatten, würde sie ihnen ganz sicher nicht die Freude machen, sich überrascht zu zeigen.

»Natürlich. Es ist bloß so, dass ich manchmal, wenn auch nur für einen Moment, vergesse, dass es nicht meine Großmutter ist.«

»Ein verständlicher Fehler. Den Sie indes, wie ich annehme, nicht allzu oft begehen werden.«

»Ich bemühe mich.«

Holroyd schwieg einen Moment, dann sagte er: »Ihre Großmutter wurde in eine andere Welt hineingeboren, Sunday. In ein anderes Jahrhundert. Sie hat schwere Zeiten erlebt; hat das Beste und das Schlimmste gesehen, wozu die Menschheit fähig ist. Das gilt auch für Milliarden von anderen … Aber sie war in einer privilegierten, vielleicht sogar einmaligen Position. Sie mag nicht unmittelbar einen Krieg erlebt haben, aber sie hat sicher viele Menschen gekannt, die von Kriegen betroffen waren und sehr darunter gelitten haben. In Eunices Jugend gab es auch noch keine *Obligatorischen Implantate*. Sie hätte verstanden, dass es Zeiten gibt, viele Zeiten, zu denen wir nicht immer zuverlässig gut und richtig handeln. Auch wenn der *Mechanismus* unser Verhalten steuert, auch wenn uns die Neuropraktiker die Niedertracht aus den Köpfen geschnitten haben.«

»Ich weiß nicht, worauf Sie hinauswollen, Sir.«

»Ich meine nur … Wer, wenn nicht Ihre Großmutter, wäre imstande gewesen, die Menschheit so zu sehen, wie sie ist? Und wem, wenn nicht ihr, wäre es zuzutrauen, auf gefährliches Wissen zu stoßen, wenn man bedenkt, was sie alles erlebt hat?«

Sunday hielt in ihrer Arbeit inne. »Gefährliches Wissen?«

»Reine Spekulation. Doch wenn Ihre Großmutter mit welchen Mitteln auch immer etwas in Erfahrung gebracht hat … etwas, wovon sie glaubte, dass der Rest von uns noch nicht dafür bereit wäre … Glauben Sie *wirklich*, sie wäre so egoistisch gewesen, dieses Wissen für alle Zeit mit ins Grab zu nehmen?«

16

Es ging in die Tiefe. Endlich weitete sich der Transitkanal zu einem Unterwassersaal, dessen Größe Geoffrey nur erahnen konnte. Auf jeden Fall war er riesig. Groß genug, um beide Flügel des Familiensitzes und ein Gutteil des umliegenden Parks aufzunehmen. Der Raum hatte die Form einer Kugel mit schwarzen Wänden, doch der Äquator der Kugel war in regelmäßigen Abständen von Ein- und Ausgangsröhren unterbrochen, und anhand der roten und grünen Leuchtkreise konnte er eine gewisse Vorstellung von den Dimensionen gewinnen.

Ihm gegenüber – das Wasser war so klar wie optisches Glas – schwebte ein Lichtbild, das an die gewölbte Rückwand der Kugel projiziert wurde. Im ersten Moment hielt er es für ein Bild der Erde vom Weltraum aus gesehen. Es unterschied sich kaum von der Aussicht, die sich ihm bei der Rückreise aus dem Libreville-Aufzug geboten hatte. Doch bei näherer Betrachtung stellte er fest, dass es weder die Erde noch ein anderer Planet im Sonnensystem war. Zwar gab es Ozeane, Kontinente und Wettersysteme, aber sie waren vollkommen fremdartig.

Wie bei einer Mondfinsternis schob sich eine Partnerwelt dieses fremden Planeten als schwarzer Schatten zwischen Geoffrey und das Bild.

Durch die Kopfhörer seines Mobilisators hörte er: »Ihr könnt ihn bei mir lassen, vielen Dank. Wenn wir fertig sind, bringe ich ihn hinaus.«

Die Worte wurden von einer Frauenstimme in nahezu akzentfreiem Suaheli gesprochen, doch zugleich spürte er im Bauch und in seinem Nervensystem, wie Schwingungen so tief wie das Grollen eines Elefanten in der Musth im Infraschallbereich durch das Wasser übertragen wurden.

Als hätte die Erde selbst das tektonische Knirschen ihrer Platten zu Worten geformt.

Er blickte sich um.

Seine Führer waren nicht mehr da.

»Willkommen, Geoffrey Akinya«, sagte die Frauenstimme, und wieder wurde sie von diesem Grollen begleitet. »Ich danke Ihnen, dass Sie bereit waren, mich aufzusuchen. Ihr Treffen mit Truro – war es einigermaßen produktiv?«

Geoffrey starrte ins Wasser. Er versuchte immer noch, Form und Ausmaße des schwarzen Schattens zu erkunden, und hoffte, er sei nicht so weit entfernt – und daher so *riesengroß* –, wie es ihn seine Augen glauben machen wollten.

»Arethusa?«, fragte er.

»Ich bitte um Vergebung. Man hält es gern für selbstverständlich, dass man sich seinen Besuchern nicht vorzustellen braucht, aber das ist eine Unart, die unverzeihlich ist. Ja, ich bin Arethusa.«

Geoffrey entschied sich, vorsichtshalber auf ihre Frage zu antworten. »Truro hatte … interessante Vorschläge.«

»Und Ihre Antwort?«

»Nach allem, was auf dem Mond geschehen ist, bin ich wohl nicht wirklich in der Position, Nein zu sagen.«

»Sie fühlen sich verpflichtet.«

»Man *gab mir das Gefühl*, verpflichtet zu sein. Vermutlich läuft es auf das Gleiche hinaus.«

»Ich habe von Chamas und Glebs Arbeit mit den phyletischen Zwergen erfahren. Es ist nur ein kleiner, aber dennoch sehr wichtiger Bestandteil unserer Bemühungen. Die beiden hätten den Erfolg verdient. Und Sie könnten dabei sicherlich eine Schlüsselrolle spielen.«

»Und Gefahr laufen, mir meine ganze Karriere zu ruinieren.«

»Oder sich eine glanzvolle neue aufzubauen. Warum wollen Sie ein Gefangener Ihrer Vergangenheit bleiben?«

Er nahm das als Aufforderung, das Gespräch vorsichtig auf Eunice zu lenken. »Man sagte mir, Sie hätten Lin Wei gekannt.«

»Wir standen uns nahe. Sie hat oft von Ihrer Großmutter gesprochen.«

»Aber Sie selbst sind Eunice nie persönlich begegnet?«

»Lin hat sie mir sehr lebhaft geschildert. Mit allen Fehlern und Schwächen, wie man so sagt. Kannten Sie Ihre Großmutter gut?«

»Nicht besonders. Sie lebte bereits im *Winterpalast*, als ich geboren wurde, und sie hat nicht oft nach Afrika heruntergechingt. Ehrlich gesagt hatte ich das Gefühl, wir waren für sie nicht mehr von Interesse.«

»Aber jetzt ist sie von Interesse für Sie.«

Arethusa wusste offensichtlich von dem Handschuh, den im Pythagoras vergrabenen Papieren und dem Hinweis auf den Mars. »Ich wurde in eine Sache hineingezogen, mit der ich lieber nichts zu tun gehabt hätte. Aber meine Schwester beschäftigt sich schon sehr viel länger mit Eunices Vergangenheit als ich. Sie hat da ein Projekt …«

»Das Konstrukt, ja, das ist mir bekannt. Ein kühnes Unterfangen.«

»Dass Sie es billigen, erstaunt mich. Zum einen ist es eine denkende Maschine. Und Sunday hat mir erzählt, dass meine Großmutter ihre Seite des Abkommens mit Lin Wei nicht eingehalten hat.«

»Das ist Schnee von gestern. In späteren Jahren hegte Lin Wei keinen Groll mehr gegen sie. Ich sehe keinen Grund, warum man Sundays Projekt nicht gebührend würdigen sollte.«

»Im Wissen des Konstrukts gibt es Lücken. Es kann sich nicht einmal an Lin Wei erinnern.«

»Nein?«

Nach und nach hatten sich Geoffreys Augen an die Dunkelheit gewöhnt. Arethusas Gestalt war länglich, sie lag mit dem Kopf zu ihm schräg im Wasser, der Schwanz war weiter entfernt und etwas tiefer. Er war ziemlich sicher, dass sie ein Wal war. Größe und Form, die Flossen zu beiden Seiten ihres stromlinienförmigen Körpers, die Kommunikation im Infraschallbereich. Die Frage war nur noch, ob sie als Wal zur Welt gekommen war oder diesen Körper erst später durch genetische und chirurgische Eingriffe bekommen hatte.

Etwas wie sie kannte er in der ganzen Schöpfung nicht. Ein Wal mit dem Intellekt eines Menschen, oder ein zum Wal gewordener Mensch. Er wusste nicht, was das größere Wunder wäre.

»Sie wissen, was auf dem Merkur wirklich geschehen ist?«

»Ich weiß, dass ein Betrug begangen wurde«, gab Arethusa mit deutlicher Zurückhaltung zur Antwort. »In letzter Zeit stelle ich mir immer wieder die Frage, wie weit dieser Betrug tatsächlich reichte.« Sie hielt inne und versetzte ihren massigen Körper mit einer lässigen Flossenbewegung in Rotation.

Geoffrey spürte noch in einigen Metern Entfernung die beeindruckende Welle, die sie dabei erzeugte. »Wann haben Sie beide zum letzten Mal miteinander gesprochen?«

»Kurz vor ihrem Tod. Ich chingte zum *Winterpalast* hinauf, um in diesem Irrsinnsdschungel mit ihr zu reden. Vielleicht war ich einer der letzten Menschen, mit denen sie sich unterhalten hat.«

»Es erstaunt mich, dass Sie sich viel zu sagen hatten.«

»Ich fühlte mich zu dem Besuch verpflichtet. Ihre Großmutter hatte bei *Ocular* eine zentrale Rolle gespielt.«

Er erinnerte sich, was Sunday ihm erzählt hatte. »Das war so etwas wie ein Teleskop, richtig?«

»Ein Instrument zur Kartierung von Exoplaneten«, verbesserte Arethusa in schulmeisterlichem Ton. »Der Name steht für *Oort Cloud Ultra-Large Array*: ein ganzer Schwarm von Kameras, die in die Finsternis jenseits des Sonnensystems geschossen wurden. Dank ihrer laserinterferometrischen Kopplung konnten sie wie eine einzige riesige Linse funktionieren, vom Durchmesser her größer als das ganze Sonnensystem. Schon in halb fertigem Zustand war es ein technisches Wunderwerk. Doch was aus ihrem schönen Kind schließlich wurde, brach Lin Wei das Herz.«

»Ich habe eine gewisse Vorstellung, inwiefern Eunice daran beteiligt war.«

»Ihre Familie wurde für die schweren Arbeiten zugezogen. Als Gegenleistung bekam sie das Baurecht auf dem Mars. *Akinya Space* errichtete eine Anlage am Pol, angeblich, um dort physikalische Forschung zu betreiben.«

»Was gelogen war.« Geoffrey fand, es könne nicht schaden, wenn er weitergab, was er erfahren hatte. »Sie haben verbotenerweise an der Entwicklung von Artilekten gearbeitet.«

»Das dachten wir damals. Aber Eunice war viel zu ausgebufft, als dass man ihr so einfach auf die Schliche hätte kommen können. Wenn sie wirklich unbedingt verbotene Artilekt-Studien hätte betreiben wollen, dann hätte sie sicher einen anderen Ort dafür gefunden, der mindestens genauso weit von der Kognitionspolizei entfernt war wie der Merkur. Da draußen gibt es schließlich ein ganzes Planetensystem mit ausreichend vielen dunklen Ecken.«

»Wollen Sie damit sagen … dass abgesehen von den Artilekten noch etwas anderes vorging?«

»Die Anlage bezog Energie vom Stromnetz der Abschussbasis von *Ocular*. Irgendetwas wurde dort gemacht.«

»Eunice hat eine Nebelkerze geworfen, um eine Nebelkerze zu verstecken?«

»Schon einmal davon gehört, dass man etwas ›vor aller Augen versteckt‹? Nicht einmal Lin Wei kam damals dahinter. Sie war so fixiert auf den Verdacht, dass unter dem Deckmantel physikalischer Forschung illegale Artilekt-Forschung betrieben wurde, dass sie gar nicht auf die Idee kam, sich den Deckmantel selbst anzusehen, also das, was Eunice gar nicht zu verbergen versuchte.«

»Dann … ging es die ganze Zeit um Physik?« Geoffrey wusste allerdings nicht, was er mit dieser Erkenntnis anfangen sollte.

»Es ging die ganze Zeit um Physik«, bestätigte Arethusa.

»Das ist doch nur eine Vermutung«, sagte Geoffrey. »Eunice ist tot. Lin Wei ist tot. Wenn die KI-Jäger damals auf dem Merkur nichts finden konnten, wird doch heute, so viele Jahre später, erst recht nichts mehr da sein.«

»Dann suchen Sie anderswo. Sie haben doch sicher den Planeten bemerkt, der an meine Sphäre projiziert wird.«

»Ich hatte mich schon gefragt, wann Sie darauf kommen würden. Ist es eine reale Welt oder eine Simulation?«

»Sie ist durchaus real. Es ist ein Kompositbild aus *Ocular*-Aufnahmen von 61 Virginis f, einem Planeten, den wir Crucible nennen, Keimzelle oder Schmelztiegel. Er ist nur knapp achtundzwanzig Lichtjahre entfernt – für kosmische Verhältnisse ist das nicht mehr als ein kleiner Hüpfer. Ich habe Eunice Crucible gezeigt, weil es dort etwas Bemerkenswertes gab und Lin Wei sicher gewollt hätte, dass sie es sieht.«

»Und Sie kennen Lin Weis Absichten natürlich ganz genau?«

»Ich finde den Unterton dieser Frage ziemlich merkwürdig«, gab der Koloss zurück. Eine unmissverständliche Drohung.

»Wenn Sie meinen …« Geoffrey dachte wieder an das Mädchen bei der Trauerfeier, jene Projektion, die der jüngeren Lin Wei so auffallend ähnlich gesehen hatte. »Diese Entdeckung«, fuhr er fort. »Sollte sie nicht öffentlich gemacht werden?«

»Das wird bald geschehen. Der Planet wurde erst Ende letzten Jahres entdeckt, vor nicht einmal vier Monaten. Wir befinden uns noch in der Embargo-Phase, das heißt, dass … im Moment … wahrscheinlich nicht einmal ein Dutzend Personen im ganzen System von diesen Daten Kenntnis haben. Alle bis auf einen sind eng mit *Ocular* verbunden. Die einzige Ausnahme sind Sie.«

Geoffrey fragte sich, wohin das alles führen sollte. »Was haben Sie denn nun gefunden?«

»Ich kann mir diese Entdeckung nicht an die Fahnen heften. Sie wurde von *Ocular* gemacht oder vielmehr von Arachne, der Kontrollintelligenz im Herzen des Instruments. Arachne ist ein Artilekt – eine sehr fortgeschrittene Form, die mit den Ergebnissen aus Eunices Labor entwickelt wurde. Die Kognitionspolizei wusste von Arachne, und theoretisch ist sie – es – über dem Schwellenwert. Aber das Projekt bekam eine Ausnahmegenehmigung. Arachne ist eine harmlose Waise, die durch das All schwebt und bis auf das, was sie durch die Augen von *Ocular* sehen kann, blind ist für die Welt. Was sie gefunden hat, war umwerfend, welterschütternd. Deshalb legte sie es mir vor.«

Das Bild hatte gewechselt, während Geoffrey abgelenkt war. Es war immer noch der gleiche blaue Planet, doch nun war die Wolkendecke darüber weggezogen worden, und die glänzende blau-grüne Murmel mit ihren Ozeanen, Eisschilden und Landmassen war wieder zu sehen.

»Ich kann …«, begann Geoffrey.

»Zoomen wir«, schlug Arethusa vor, »auf eine effektive Auflösung von etwa dreihundert Metern heran. Das reicht nicht aus, um Feinstrukturen wie Straßen oder Häuser abzubilden, aber geotechnische Veränderungen sind gut zu erfassen, Städte, Rodungsflächen, landwirtschaftliche Nutzung, sogar das Kielwasser großer Hochseeschiffe. Der Bereich, den Sie jetzt sehen, hat einen Durchmesser von etwa tausend Kilometern und konzentriert sich sehr präzise auf den Äquator.«

Geoffrey starrte auf das Gebilde, das ihm Arethusa zeigte. Er erkannte auf den ersten Blick, dass es dort nichts zu suchen hatte.

»Arachne nannte es Maximal-Entropie Anomalie 563/912261. Natürlich brauchte es einen besseren Namen. Ich entschied mich, es Mandala zu nennen.«

»Man-da-la«, wiederholte Geoffrey langsam, jede einzelne Silbe betonend. »Das hört sich gut an.«

»Ja.«

Er bestaunte das Bild. Wenn die Haut von Crucible – die Kruste des Planeten – so geschmeidig gewesen wäre wie warmes Wachs, und wenn jemand in dieses Wachs einen Siegelstempel mit dem fein ziselierten Emblem eines Kaisers gedrückt hätte, dann hätte das Ergebnis so ähnlich ausgesehen wie diese Maximal-Entropie Anomalie, dieses Mandala.

Ganz im Inneren befand sich ein System von konzentrischen Kreisen, Ringwellen, die in der Ausbreitung erstarrt waren, doch diese Grundstruktur wurde verdeckt von verschiedenen geometrischen Objekten in mehreren Schichten. Da gab es Quadrate, Dreiecke, kleinere Kreise – einige in der Mitte der Hauptformation platziert, andere in einigem Abstand vom Zentrum. Es gab Spiralen und Sinuskurven. Es gab Ellipsen, Pferdeschweif- und Kommaformationen. Soweit Geoffrey sehen konnte, war das Ganze von einer wundervollen, geradezu hypnotischen Symmetrie bezüglich der vertikalen wie der horizontalen Ebene.

»Und dieses … Ding – es kann kein Fehler sein, etwas … ich weiß nicht, was den Daten aufgeprägt wurde von … Wie haben Sie sie genannt?«

»Von Arachne? Nein. Sie ist unfehlbar. Ich habe so viele Testmuster in den Datenstrom von *Ocular* eingespeist, dass ich von ihrer unbedingten Zuverlässigkeit überzeugt bin. Natürlich haben wir noch gründlichere Tests durchgeführt, und bis wir damit an die Öffentlichkeit gehen, werden es noch viele mehr werden. Aber schon jetzt besteht kein Zweifel – Mandala ist real.«

»Schön«, sagte er langsam. Er ahnte, dass Arethusas Urteil über seinen Intellekt sehr stark von seiner nächsten Äußerung abhängen würde. »Es ist also real. Und ich sehe, dass es nicht natürlich ist. So etwas bringt die Natur nicht hervor, nicht in zehn Milliarden Jahren. Aber wissen Sie denn, was es ist?«

»Soweit ich das sagen kann … ein System von verspiegelten Kanälen, die in die Planetenoberfläche gegraben wurden. Ausgekleidet mit einem stark reflektierenden Material, das manchmal freiliegt und manchmal mit Wasser bedeckt ist.«

»Manchmal?«

»Crucible hat zwei große Monde. Deren Gezeitenkräfte setzen die Ozeane nach einem bestimmten Muster in Bewegung, was mitunter dazu führt, dass die Kanäle überflutet werden. Wasser ist kein guter Reflektor, deshalb ist der Effekt sehr ausgeprägt. Das Wasser rauscht in die Kanäle und füllt sie in einer komplizierten Reihenfolge. In einer ähnlich komplizierten Reihenfolge fließt es auch wieder ab oder verdunstet, und die Spiegel liegen abermals frei. Das Muster scheint von einem Zyklus zum anderen nicht genau gleich zu sein. Ob es dem Zufall unterworfen ist oder ob das System Iterationen durchläuft … Zustandsübergänge … wissen wir nicht. Dazu müssen wir uns das Ganze erst noch sehr viel genauer ansehen.«

»Gibt es bewegliche Teile?«

»Eine gute Frage, und wieder lautet die Antwort, wir wissen es nicht – die Auflösung reicht nicht aus, um es feststellen zu können. Aber eines ist sicher: Ob ein Teil von Mandala sich nun bewegt oder nicht, das Ganze muss selbsterneuernd sein oder sich ständig selbst reparieren. Ob es zehntausend oder zehn Millionen Jahre alt ist, es muss sich ohne Hilfe von außen instand halten. Wenn wir selbst mit den besten Materialien, die uns derzeit zur Verfügung stehen, solche Kanäle auf unserer Mutter Erde graben würden, glauben Sie, dass sie ohne Wartung mehr als ein paar Jahrtausende Bestand hätten?«

»Vielleicht ist Mandala gar nicht so alt.«

»Ich halte es für sehr unwahrscheinlich, dass es innerhalb der menschlichen Geschichte entstanden ist. Angesichts des Alters der Galaxis, des Alters der anderen Sonnen und Planeten … Wäre es nicht ein unglaublicher Zufall, dass jemand dieses Ding baut und wir einen kosmischen Lidschlag später eine Zivilisation und die nötigen Instrumente entwickeln, um es zu entdecken?«

»Sie halten es für sehr viel älter.«

»Ja, aber ich rede auch nicht gleich von mehreren Hundert Millionen Jahren. Crucible hat eine Plattentektonik wie unsere Erde. Die Landmassen auf seiner Oberfläche sind in Bewegung. Wir suchen nach Übereinstimmungen in den Küstenlinien und leiten daraus ab, wo sie einmal aneinanderstießen wie Afrika und die beiden Amerikas. Jede Landmasse dieser Größe würde bei einer Plattenverschiebung verformt oder bräche auseinander. Mandalas geometrische Symmetrie ist so perfekt, wie wir sie mit unseren derzeitigen Methoden nur messen können. Es kann allenfalls mehrere zehn Millionen Jahre alt sein. Was, zugegeben, immer noch ein kosmischer Lidschlag ist.«

Geoffrey hatte das Gefühl, im Geiste von einer Klippe gesprungen zu sein und immer noch zu fallen. Es mochte unklug sein, aber dass Arethusa log, wies er von sich. Das war Realität – zumindest glaubte sie daran. *Ocular* hatte einen Fund von epochaler Bedeutung gemacht, eine von den zwei oder drei wichtigsten Entdeckungen in der Geschichte der Menschheit, und er war fast von Anfang an eingeweiht. »Umwerfend« und »welterschütternd« hatte Arethusa diese Entdeckung genannt. Und das war, wie er zugeben musste, keine Übertreibung.

Dieses Wissen veränderte alles. Früher oder später würde die Welt davon erfahren, und von dem Moment an würden … jeder Gedanke, jede Handlung, jeder Wunsch und jedes Ziel unwiderruflich davon beeinflusst werden. Wie denn auch nicht? Da draußen war eine andere Intelligenz, zum Greifen nah. Und selbst wenn sie nicht mehr da wäre, allein die bloße Existenz eines ihrer Werke war ein Wunder, das die Menschheit zu einer völlig neuen Sicht auf das Universum zwingen würde.

Vielleicht. Hatte die Welt die schwindelerregenden Lektionen der modernen Naturwissenschaften nicht mühelos geschluckt? Die Realität war nur eine Sinnestäuschung, eine vom Gehirn erzeugte Illusion. Unter der scheinbar festen Haut der Welt brodelte die Irrealität der Quantenmechanik, die in einer verzerrten, surrealen Landschaft wie von Salvador Dalí agierte. Mit jeder Entscheidung schälten sich Geisterwelten von der Gegenwart ab. Eines Tages würde sich das Universum selbst zur absoluten entropischen Stasis herunterköcheln, und das wäre im wahrsten Sinne des Wortes das absolute Ende der Zeit an sich. Keine Tat, keine Erinnerung an eine Tat, keine Spur einer

Erinnerung konnte auf ewig Bestand haben. Alle menschlichen Handlungen, von der kleinsten Gefälligkeit bis zur grandiosesten künstlerischen Leistung waren letztlich sinnlos.

Dennoch dachten die Menschen nicht andauernd an diese Erkenntnisse. Viel wichtiger war es, sich auf ein Rendezvous zu freuen, ein Gericht aus einer Speisekarte auszuwählen und einen Geburtstag nicht zu vergessen. Die alltäglichen Belange des normalen Lebens waren immer noch stärker als jedes Wunder. Eunices Tod war nach sieben Tagen aus den Schlagzeilen verschwunden, und das Gleiche würde mit der *Ocular*-Entdeckung geschehen, wenn sie an die Öffentlichkeit kam. Vielleicht würde sie sich sogar sieben Monate oder sieben Jahre halten, Geoffrey wollte nicht kleinlich sein. Aber früher oder später würde der Alltag wieder einkehren. Der Kreislauf von Aufschwung und Rezession würde sich fortsetzen. Stars würden kommen und gehen. Es würde politische Skandale geben, gelegentlich auch einen Mord. Das Wissen, dass die Menschheit nicht allein war im Universum, würde für die meisten Menschen nicht mehr Bedeutung haben als das Wissen, dass Protonen aus Quarks bestanden.

Dennoch … Das bedeutete ja nicht, dass es *nicht* von Bedeutung war, dass es nicht ein ungeheures Privileg war, unter den Ersten zu sein, die davon erfuhren.

Eine ganz andere Frage war, wie Arethusa zu der Ansicht kam, er hätte dieses Privileg verdient, oder was sie als Gegenleistung dafür von ihm erwartete.

»Verzeihen Sie meine Skepsis …«, begann er zaghaft. »Aber sind Sie wirklich vollkommen sicher, dass es keine Naturerscheinung sein kann? Denken Sie etwa an Ameisenbaue … Bienenstöcke. Sie haben Strukturen, eine Organisation, aus der man auf ein absichtsvolles Bewusstsein schließen könnte. Selbst geologische oder chemische Prozesse können die Illusion vermitteln, geplant zu sein.«

»Es ist gut, dass Sie Zweifel haben, aber ich glaube nicht, dass Sie schon alle Möglichkeiten überblicken. Was uns hier vorliegt, ist eine ... nein, sagen wir, zwei oder drei Größenordnungen komplexer als alles, wozu die Natur fähig ist. Crucible ist ein erdähnlicher Planet, Geoffrey. Sein Wetter und seine Oberflächenchemie folgen vorhersagbaren Regeln. Es gibt nur eine Schlussfolgerung: Mandala wurde gemacht. Es ist künstlich, und es ist dafür bestimmt, gesehen zu werden. Die Leute ... die *Wesen* ... die es gebaut haben. Sie müssen genau gewusst haben, wie gut sichtbar sie waren. Sie müssen gewusst haben, dass Instrumente wie *Ocular* imstande sein würden, sie aus Dutzenden von Lichtjahren Entfernung zu erkennen. Und dennoch haben sie dieses Werk geschaffen, wohl wissend, dass eine andere Zivilisation es entdecken konnte. Das war Absicht. Es sollte gesehen werden.«

»Wie eine Visitenkarte«, sagte Geoffrey.

»Vielleicht auch eine Aufforderung, sich fernzuhalten. Eine Reviermarkierung. Ein Hinweisschild wie die Warnungen vor Strahlung oder biologischen Risiken. Ich weiß es nicht. Seit Monaten denke ich über dieses Bild nach und bin noch keinen Schritt weitergekommen. *Ocular* wird Crucible weiterhin überwachen, und das Signal-Rausch-Verhältnis wird sich verbessern ... aber was wir von hier aus feststellen können, hat seine Grenzen. Wir müssen näher heran.«

»Sie meinen, wir müssen hinfliegen?«

»Auch wenn es tausend Jahre dauert, liegt das im Rahmen unserer Möglichkeiten. Sehen Sie mich nicht so fassungslos an, Geoffrey – ich hätte Ihnen mehr Fantasie zugetraut.«

Er fröstelte, denn das klang bedenklich nach seiner Großmutter.

»Es dauert Monate, um bloß bis zum Jupiter zu fliegen.«

»Aber der *Grüne Frühling* verlangt schon jetzt, dass wir Möglichkeiten entwickeln, um den interstellaren Raum zu durchqueren. Wir haben bereits damit begonnen. Wenn Crucible der Ansporn ist, der uns diesem Ziel näherbringt, soll es mir recht sein.«

»Sie sagten, diese Entdeckung wurde Ende letzten Jahres gemacht.«

»Das ist richtig.«

»Also etwa um die Zeit, als meine Großmutter starb.«

»Und nun fragen Sie sich, ob ihr der … Schock den Rest gegeben hat?«

Geoffrey bezweifelte, dass in diesem Universum viel zu finden wäre, was seine Großmutter schockieren konnte. »So in etwa«, nickte er.

»Sie war natürlich überrascht. Bestürmte mich mit Fragen … fundierten, intelligenten Fragen. Ihre Großmutter war bis zum Schluss hellwach. Aber nachdem sie die Nachricht verarbeitet und mich so lange gelöchert hatte, bis ihre Neugier gestillt war, hatte ich fast den Eindruck, sie wolle sich die ganze Sache aus dem Kopf schlagen, als wäre sie im Grunde nicht so wichtig, als hätten wir bloß zum Zeitvertreib darüber geplaudert. Als wäre die Entdeckung intelligenten Lebens im Universum nicht bedeutsamer als etwa die Nachricht, eine gemeinsame Bekannte sei an einer sehr seltenen Krankheit gestorben. Ich hatte ihr die größte Sensation präsentiert, die man sich denken kann, hatte ihr ein Geheimnis verraten, das bis dahin nur ich allein kannte, und sie war erstaunt, dann mäßig interessiert und schließlich ratlos.« Arethusa hielt inne. »Das weckte in mir Zweifel, ob sie nach all den Jahren in Abgeschiedenheit noch ganz richtig im Kopf war. Hatte sie die Fähigkeit zu aufrichtigem Staunen verloren, weil ihr so lange nichts Staunenswertes begegnet war? Aber wie konnte jemand derart abstumpfen?«

»Nach allem, was ich von ihr wusste, leuchtet mir das, was Sie mir eben erzählten, vollkommen ein. Sie war emotional blockiert, abgeschnitten von allem, was ihr früher wichtig war. Ich bin nicht sicher, ob es gegen Ende noch irgendetwas gab, was ihr am Herzen lag.«

»Es bleibt die Tatsache, dass ihr Tod so kurz nach meinem Besuch eintrat.«

»Das könnte Zufall sein.«

»Ich würde Ihnen zustimmen, wenn es auch nur ein einziges Anzeichen dafür gegeben hätte, dass sie kränkelte oder ihr Leben nicht mehr im Griff hatte.«

»Sie haben dort hinaufgechingt. Das heißt, Sie konnten nur das sehen, was der Stellvertreter Sie sehen ließ. Vielleicht war sie kränker, als sie zugeben wollte.«

»Das mag sein«, räumte Arethusa ein. »Doch selbst wenn sie krank war, beunruhigt mich der zeitliche Zusammenhang. Ich zeige ihr die Bilder von Crucible, und ein paar Wochen später ist sie tot. Nachdem sie einhundertdreißig Jahre lang *nicht* gestorben ist?« Eine Pause. Dann: »Waren Sie seit ihrem Tod dort oben? Im *Winterpalast*?«

»Ich nicht. Nur Memphis – man könnte ihn wohl als unseren Verwalter bezeichnen. Er gehört seit Jahren zur Familie, und er ist der Einzige von uns, der immer noch persönlichen Kontakt zu Eunice unterhielt, obwohl er kein Akinya ist.«

»Mit diesem Memphis würde ich sehr gerne sprechen. Das hört sich so an, als hätte er sie besser gekannt als der Rest Ihrer Familie.«

»Viel Glück. Sie werden nicht viel aus ihm herausbekommen. Memphis ist nicht gerade jemand, der mit Geheimnissen hausieren geht.«

»Weil er etwas zu verbergen hat?«

Geoffrey lachte. »Das bezweifle ich. Aber Memphis war loyal, als sie noch am Leben war, und daran wird sich nicht plötzlich etwas ändern, weil sie tot ist.«

»Haben Sie mit ihm schon über Eunice gesprochen?«

»Ich habe ihn dies und das gefragt, aber er würde nichts verraten, was man ihm im Vertrauen mitgeteilt hat. Was immer zwischen ihnen gesprochen wurde, wird Memphis wohl leider mit ins Grab nehmen.«

»Es sei denn, Sie stellen eigenständig Nachforschungen an.«

»Wohl kaum, denn ich möchte gern in mein altes Leben zurückkehren. Ich bin Wissenschaftler, das Wühlen in privaten Familienangelegenheiten gehört nicht zu meinen Spezialitäten.«

»Sie sehen aber doch sicher ein, dass es hier nicht mehr allein um Ihre Familie geht, Geoffrey? Sie haben recht mit dem Hinweis, dass ich nur per Ching im *Winterpalast* war. In meiner Situation gab es keine andere Möglichkeit. Sie dagegen könnten persönlich hinfliegen, nicht wahr?«

»Dafür ist es etwas zu spät.«

»Ich denke an Dinge, die sie hinterlassen haben könnte. Aufzeichnungen, Dokumente. Eine Erklärung für ihren Tod. Sie sollten danach suchen, solange Sie noch die Chance dazu haben.«

»Der *Winterpalast* kreist seit Jahrzehnten da oben. Er wird nicht so schnell verschwinden.«

»Dazu könnte Ihre Familie andere Vorstellungen haben.«

Rechts von Crucible erschienen Textzeilen. Die Worte hingen für einen Moment auf Chinesisch da, dann lieferten ihm seine Augen das Übersetzungs-Overlay.

Es war ein Antrag auf »Entsorgung einer verlassenen Immobilie«. Die fragliche Immobilie war ein axial stabilisiertes, frei schwebendes Habitat, besser bekannt unter dem Namen *Winterpalast*. Der Antrag kam von *Akinya Space* und war an die Behörde für zirkumlunare Raumfahrt der Vereinigten Orbital-Nationen gerichtet.

Eingereicht am 12. Februar.

Demselben Tag, an dem er vom Mond zurückgekehrt war.

Dem Tag, an dem er den Cousins den Handschuh ausgehändigt hatte.

»An Ihrer Stelle«, sagte Arethusa, »würde ich nicht zu lange warten, bevor ich mich da oben umsehe. Wenn Sie dabei Hilfe brauchen, wissen Sie ja, an wen Sie sich wenden können.«

17

Sunday konnte das andere Ende des Seilbahnkabels nicht sehen, obwohl sie ihre Augen auf maximalen Zoom gestellt hatte. Das Kabel bestand aus geflochtener Spinnenseide und wurde von Masten gestützt. Von Crommelins Kraterrand trudelte ein Staubsturm herein, und im Moment schwebte das Kabel wie bei einem Zaubertrick im Nichts, bevor es in einer wabernden karamellbraunen Wand verschwand.

Die Gondel war so groß wie acht zusammengefügte Containermodule, sie umfasste zwei Etagen, ein großzügiges Promenadendeck und ein kleines Restaurant. Obwohl mindestens hundert Menschen herumschlenderten, gab es genügend Platz. Der Golem war nicht in der Gondel – es sei denn, er trüge ein anderes Gesicht, und das schloss der Nachrichtendienst der Pans aus –, was aber nicht bedeutete, dass Sunday nicht bis in die letzte Pore beobachtet, ausgespäht und überprüft wurde. Natürlich waren Golems und Stellvertreter an Bord und aller Wahrscheinlichkeit nach auch ein oder zwei Warmblüter. In eine solche Umgebung zu chingen erschien Sunday mehr als sinnlos. Man fuhr doch mit einer Seilbahn, um der Landschaft physisch nahe zu sein. Mit einem passiven Ching konnte man zwar so nahe herangehen, wie man wollte, aber das war nicht das Gleiche, wie im eigenen Körper an einem Faden aus Spinnenseide zu hängen. Oder war sie nur sentimental? Sie überlegte, was June Wing wohl dazu zu sagen hätte.

Jitendra kam von der anderen Seite des Aussichtsdecks und brachte auf einem Plastiktablett zwei Becher Kaffee mit. »Wir gehen jetzt viel weiter hinunter«, sagte er aufgeregt. »Die Gondel senkt sich vom Hauptkabel ab – in der Oberleitung sind offenbar Seilwinden eingebaut, sodass man sie je nach Gelände hochziehen und ablassen kann.«

Sunday nahm ihm den Kaffee ab. »Du kannst mir später eine Skizze davon machen. Ich werde völlig fasziniert sein.«

»Gefällt dir die Fahrt denn nicht?«

»Sie würde mir sicher gefallen, wenn ich bloß hier wäre, um die Landschaft zu bestaunen. Aber ich habe noch ein paar andere Dinge im Kopf.«

Jitendra ließ sich die gute Laune nicht so leicht verderben. Während er an seinem Kaffee nippte, studierte er mit lebhaftem Interesse die Mitreisenden. »Und du bist sicher, dass das die richtige Gondel ist?«

»Ich bin in die erste gestiegen, die hereinkam. Das hat mir Holroyd geraten. Er sagte, unser Führer würde sich schon irgendwann zu erkennen geben.«

»Schön. Dann bleibt uns wohl nichts anderes übrig, als abzuwarten.«

Sie musste zugeben, dass die Aussicht spektakulär war. Nein, sie war nicht als Touristin gekommen – aber sie wollte sich als Touristin *ausgeben*, und das war nur ein minimaler Unterschied.

Im Crommelin waren Milliarden Jahre früher verborgener Marsgeschichte freigelegt worden und lagen nun nackt unter dem Himmel. Im Lauf der Zeit hatten Wind und Wasser über viele unvorstellbar öde noachische Ewigkeiten Sedimentgestein zusammengetragen und übereinander deponiert. So waren diese gewaltigen uralten Schichten entstanden, staubig und abweisend wie die Seiten eines lange nicht geöffneten Geschichtsbuchs. Crommelins Inneres – der Krater war so groß, dass ganz Nairobi oder Lagos darin Platz gefunden hätte – war ein aus diesen Sedimentablagerungen zusammengesetztes Mosaik. Doch dann hatte der Zufall eine bemerkenswert glückliche Rolle gespielt. Vor nicht allzu langer Zeit – nach menschlichen Maßstäben waren es Äonen, aber für den Mars nicht mehr als ein Augenzwinkern – war ein Asteroid oder ein Teil eines Kometen aufgeschlagen und hatte sich durch Crommelins verschiedene Schichten nach unten gebohrt.

Der Impaktor hatte die Ablagerungen deutlich sichtbar gemacht, nun lagen sie wie eine prächtige Treppe mit Dutzenden und Aberdutzenden von horizontalen Stufen offen da. Gewaltige Verwitterungsprozesse hatten das Bild geduldig weiterbearbeitet und eine unheimlich exotische Landschaft geschaffen. Tafelberge, Pyramiden und sphinxähnliche Formationen ragten aus dem schwarzen Boden, die Seiten waren so präzise terrassenförmig konturiert, als hätte man die Stufen mit einem Laser aus zwei Kilometer dickem Sperrholz geschnitten. Einige der Formationen erinnerten an Knochen, und Sundays Fantasie gaukelte ihr die versteinerten Wirbel toter Riesenungeheuer vor, die zur Hälfte von der Marskruste verschlungen worden waren.

Außerdem gab es komplexe Spiralen, wie sie entstanden, wenn man Milch im Kaffee oder Karamellsirup in Vanille- oder Pekaneis verrührte. Es war großartig, bewegend, verführerisch. Und zugleich, wie alles auf dem Mars, auch tödlich und tot.

Wieder sank die Gondel tiefer – diesmal spürte Sunday, wie das Seil etwas weiter ausgefahren wurde –, und sie schwebten über die Kante einer gelbbraunen Klippe, die so hoch war wie die Gebäude in der *Zone*. In ihrem Magen flatterten Schmetterlinge. Winzige grün und gelb leuchtende Roboter mit vielen

Gliedmaßen hingen wie Geckos an der Felswand. Sie subvokalisierte ein Größenraster. Die Maschinen waren in Wirklichkeit gar nicht winzig, sondern so groß wie Bulldozer. Wie die ER ihr weiterhin mitteilte, waren es keine Felskletterer und keine Ching-Stellvertreter, sondern wissenschaftliche Maschinen, die immer noch am Probensammeln waren.

Ein langes terrassiertes Felsmassiv tauchte auf. Die Gondel stieg und sank ein weiteres Mal. Von Nordosten kam ein zweites Kabel und kreuzte das ihre. Von dem anderen Kabel sah Sunday eine Gondel auf eine eingefriedete Plattform niedersinken, die seitlich an eine Felsformation angebaut war. Eine Handvoll Gestalten in Raumanzügen wartete bereits, mehrere Fahrgäste verließen die Gondel und betraten einen gewundenen Metallsteg, der an der Felswand verschraubt war. Das Seil wurde hochgezogen, und die Gondel fuhr an und war alsbald im karamellfarbenen Staub verschwunden.

Eine scharfe Stimme fragte: »Sunday Akinya?«

Die Stimme kam aus einem messingfarbenen Robotergehäuse mit einem Gitterkäfig anstelle eines Kopfes. Hinter dem Gitter ratterten und drehten sich viele Zahnräder. Die Augen glotzten wie altertümliche Teleskope aus dem Zifferblattgesicht.

»Ja«, sagte sie. »Nachdem Sie offensichtlich nicht Holroyd sind, können Sie nur unser Führer sein.«

Sunday war allein. Jitendra hatte sich zu einem der schwenkbaren Fernrohre begeben, die überall auf dem Promenadendeck aufgestellt waren.

»Gribelin wird Sie in Vishniac abholen. Er kennt das Evolvarium. Er wurde bereits sehr gut bezahlt, lassen Sie sich also nicht zu einem Extrahonorar überreden. Hier sind Ihre Zugfahrkarten.«

Der Stellvertreter streckte ihr die Hand entgegen, und Sunday schob ihre Hand zwischen die Messingfinger mit den rubinroten Nägeln und spürte einen leichten Druck. An der linken Seite ihres Sichtfelds bestätigte ihr ein Symbol, dass sie nun im Besitz der erforderlichen Dokumente war. Zwei Plätze in einem privaten Abteil des Nachtschnellzugs, der morgen von Crommelin nach Vishniac fuhr.

»Dieser Gribelin scheint nicht gerade vertrauenswürdig zu sein.«

»Gribelin ist ein Söldner, aber er ist zuverlässig. In der Empfangshalle von Vishniac gibt es ein Café – dort wird er Sie erwarten.«

Sunday sah sich den Tag der Verbindung an. Der Stellvertreter wurde von Shalbatana gechingt, aber das hatte nicht viel zu sagen. Die Pans waren Spezialisten, wenn es darum ging, quantenverschlüsselte Kanäle zu bearbeiten.

»Hat Holroyd den Golem erwähnt?«

»Wir sind informiert und werden unser Möglichstes tun, um ihn auszubremsen, aber weitere Garantien können wir nicht übernehmen.«

»Können Sie ihn nicht einfach … festhalten? Jemanden beauftragen, ihm die Beine zu brechen?«

»Damit wäre nichts gewonnen, es würde lediglich an der falschen Stelle Aufmerksamkeit erregen. Ihr Cousin könnte sich leicht einen anderen Körper besorgen, auch wenn der vielleicht nicht wie er aussähe. Wir können verhindern, dass er nach Vishniac vorauschingt, indem wir alle dort verfügbaren Stellvertreter mieten, aber wir können nicht in aller Öffentlichkeit Akinya-Interessen verletzen.« Der Stellvertreter sah sich um, seine Teleskopaugen rotierten und klickten. »Wir haben mit einer Blockbuchung die Hälfte des Zuges reserviert, der Golem kann also nicht so leicht in letzter Minute eine Fahrkarte kaufen. Geben Sie ihm dennoch keine Chance. Von Ihrem Hotel zum Bahnhof ist es nicht weit, also tauchen Sie dort nicht früher auf als nötig.«

»Versprochen«, sagte Sunday.

»Holroyd wird sich melden, wenn Sie zurück sind. Ich soll Ihnen ausrichten, dass er bislang mit Ihrer Arbeit sehr zufrieden ist.«

»Das freut mich zu hören«, sagte Sunday.

Der Roboter nickte und verschwand in der Menge der Touristen.

»Eines musst du ihnen lassen«, sagte Eunice. »Sie haben alles abgesichert, soweit das möglich ist. Die Blockbuchung des Zuges, die Stellvertreter in Vishniac ... und das ist erst die Hälfte. Seit unserer Ankunft habe ich Schwierigkeiten, mich mit meinem Gegenstück auf der Erde zu synchronisieren. Und das kommt nicht bloß daher, dass dein Bruder in Tiamaat ist. Jemand gibt sich sehr viel Mühe, mit allen verfügbaren legalen Mitteln die Kommunikationsverbindungen zwischen Erde und Mars lahmzulegen.«

»Dann stehen sie auf unserer Seite, auch wenn du dadurch behindert wirst.«

»Ich habe den Verdacht«, sagte das Konstrukt, »dass sie immer auf der Seite stehen, die ihnen am meisten nutzt, und dass das von einem Augenblick auf den anderen umschlagen kann.«

Sunday spürte, wie jemand sie am Arm berührte, und dachte, es sei Jitendra, oder der Stellvertreter sei zurückgekommen, weil er ihr noch etwas sagen wollte. Sie drehte sich um. Doch der junge Mann in der schneidigen braunen Uniform mit den silbernen Aufschlägen gehörte zum Personal der Seilbahn. »Sie hatten einen Anzug reservieren lassen, Miss Akinya«, sagte er und lächelte sie unter seiner Kappe an. »Wir hatten Sie schon vor zehn Minuten erwartet.«

Sunday kniff die Augen zusammen. »Ich habe keinen Anzug bestellt.«

»Er wurde eindeutig auf Ihren Namen reserviert, Miss Akinya. Ich kann die Buchung stornieren, aber wenn Sie ihn dennoch haben wollen, unser nächster Halt ist in etwa zehn Minuten.« Sein Lächeln zerfiel an den Rändern. »Sie haben etwa eine Stunde auf der Oberfläche, dann fährt die letzte Bahn für heute.«

»Hat Jitendra die Reservierung vorgenommen?«

»Ich weiß es nicht, bedaure.«

»Nein«, beantwortete Eunice ihre Frage. »Es sei denn, er hätte es ohne mein Wissen getan, und Jitendra ist zwar sehr geschickt, aber *so* clever auch wieder nicht. Den Anzug hat also jemand anderer für dich gebucht, und wenn die Pans davon wüssten, hätte der Stellvertreter es vermutlich erwähnt.«

»Wenn Sie bitte mitkommen wollen«, sagte der junge Mann.

»Ich rate davon ab«, warnte Eunice.

»Lucas kann es nicht sein. Wenn Lucas mit mir sprechen will, kann er doch einfach auf mich zugehen so wie nach unserer Landung.«

»Du weißt also nicht, wer dahintersteckt. Umso mehr Grund, misstrauisch zu sein, wenn du mich fragst.«

»Was ich nicht getan habe.« Sunday schaute durch die Fenster und überlegte, was ihr schlimmstenfalls passieren könnte.

Der Anzug war sicherlich Eigentum der Seilbahngesellschaft. Sie konnte also davon ausgehen, dass er in gutem Zustand war, außerdem wollte sie keinen Ausflug in die Wildnis unternehmen. Die Metallstege, die in den Krater hinabführten, waren eingezäunt, es gab Sicherheitsleinen, und der *Mech* wäre so dicht wie überall im Crommelin. Und schließlich waren die ganze Zeit Besucher unterwegs.

Eigentlich konnte ihr nichts geschehen. Dieser Ort war womöglich noch besser gesichert als die *Überwachungsfreie Zone.*

»Auf deine Verantwortung«, sagte Eunice.

»Tu mir bitte einen Gefallen. Sag Jitendra, wo ich hingegangen bin. Das kannst du doch?«

»Es wird mich nicht überfordern.«

»Er soll an der Endstation der Seilbahn auf mich warten, wo wir eingestiegen sind. Ich komme so bald wie möglich zurück.«

»Warum sagst du ihm das nicht selbst?«

»Weil er nicht einverstanden sein wird.«

»Genau. Weil es nämlich ein Fehler ist.«

»Dann gestatte mir den Luxus, meine Fehler selbst zu machen, Großmutter.« Sie hielt inne. »Das wollte ich jetzt nicht sagen.«

»Aber du hast es gesagt.« Eunice lächelte in stillem Entzücken. »Du hast für einen Moment nicht mehr daran gedacht, dass ich nicht wirklich ich bin.«

Sunday wandte sich ab, bevor ihr das Konstrukt ansehen konnte, wie sehr sie sich schämte.

Auf der Landeplattform standen drei weitere Touristen, die letzten, die an diesem Tag abgesetzt wurden. Der Anzug war ein wenig steif, die Bewegungsfunktionen reagierten gerade so viele Millisekunden zu spät auf ihre Absichten, dass ihr Gehirn den Widerstand registrierte. Ansonsten war er offenbar vollkommen funktionstüchtig, das Visier war sauber, und alle Anzeigen der Lebenserhaltungssysteme waren im grünen Bereich. Die Kälte des Geländers drang durch ihren Handschuh. Sie spürte die rauen Stellen, wo die Farbe vom Metall abgeblättert war.

Ein Angestellter der Seilbahngesellschaft schloss ein Gatter hinter der Gruppe, dann fuhr die Gondel wieder an und stieg zugleich nach oben. Sunday sah ihr nach, bis sie im Staub verschwand, und hoffte, dass Jitendra sich wegen dieser plötzlichen Wende keine Sorgen machen würde.

Drei mit Metallgittern gesicherte Stege führten von der Plattform weg und verschwanden bald hinter Felsen und Klippen. Eine Routenempfehlung gab es nicht, nicht einmal einen

Hinweis, was in der jeweiligen Richtung lag, also wartete Sunday, bis die anderen Touristen sich zerstreut hatten, bevor sie den Weg wählte, von dem sie glaubte, dass er am wenigsten Zuspruch fand.

Die Stege waren an die schroffen Felswände geschraubt, darunter ging es Dutzende, manchmal auch Hunderte von Metern in die Tiefe. Die Lauffläche hatte einen griffigen rutschfesten Belag. An der Felsseite war eine durchgehende Schiene angebracht, dort konnte sie die Sicherheitsleine einklinken, die mit dem anderen Ende an ihrer Taille befestigt war. Eigentlich konnte man nicht abstürzen, aber sie hängte sie trotzdem ein.

Sunday ging so schnell, wie es ihr Anzug zuließ, schließlich musste sie wieder an der Plattform sein, wenn die letzte Seilbahn des Tages kam. Der Anzug hatte zwar mehr als genügend Reserven, um notfalls die Nacht im Freien zu verbringen, aber diese Aussicht fand sie nicht gerade verlockend. Schon Jitendras wegen war sie fest entschlossen, nicht zu spät zu kommen.

Aber – und das war das Wichtigste – die Landschaft im Crommelin war wahrhaftig Ehrfurcht gebietend. Es gab kein anderes Wort dafür. Phobos war großartig in seiner luftlosen Einsamkeit und erhabenen Stille, die den Gedanken Raum gab, doch um diese unglaublichen Formen so präzise herauszuarbeiten, waren Regen und Wind vonnöten gewesen.

Die Natur dürfte dazu nicht fähig sein, dachte Sunday. Sie dürfte nichts hervorbringen, was wie das Werk einer planenden Intelligenz erschien, eine künstlerische Leistung, wenn doch nur gedankenlose Naturgesetze und verschwenderisch lange Zeiträume beteiligt waren. Zeit, um bei einer Überschwemmung nach der anderen die Sedimente anzulegen, ganze Epochen in unvorstellbar ferner Vergangenheit, in denen der Mars warm und feucht gewesen war und davon träumen konnte, eine Zukunft zu haben. Zeit für kosmische Unfälle, bei denen Fäuste vom Himmel herabschossen, diese sorgfältig übereinandergehäuften Schichten durchschlugen und sich durch geologische Kapitel bohrten wie eine Kugel durch ein Buch. Und noch mehr Zeit – unzählige Jahrmillionen –, damit Wind und Staub ihr herzloses Werk verrichten und die freiliegenden Schichten je nach Härte und chemischer Zusammensetzung in leicht unterschiedlichen Geschwindigkeiten blank scheuern, abreiben und abtragen konnten, bis diese scheinbar bewusst angelegten rechteckigen Stufen und Linien ihre großartige, gebieterische Form bekamen und sich wie eine Treppe zu den Göttern aus den Tiefen erhoben.

Ehrfurcht gebietend, jawohl. Manchmal war es vollkommen berechtigt, Ehrfurcht zu empfinden. Obwohl die Physik in diesen Formationen zu erkennen war, das Wirken der Zeit, der Materie und der allem zugrunde liegenden nuklearen Kräfte, tat das diesem Gefühl keinen Abbruch. Was war sie selbst denn letztlich anderes als das Endprodukt des Zusammenwirkens von Physik und Materie? Und was war ihre Kunst anderes als die Arbeit dieses Produkts aus Physik und Materie an sich selbst?

Der Steg machte eine Biegung. Dahinter stand eine Gestalt, ein weiterer Schaulustiger im Raumanzug, der die Arme auf das äußere Geländer stützte und sich vorbeugte. Die Gestalt spürte ihr Kommen – Sundays Schritte versetzten den Steg in Schwingungen – und sah sie ein paar Sekunden lang an, bevor sie den Blick wieder in die Schlucht hinab richtete. Sunday setzte ihren Weg fort. Sie war überzeugt, dass dies die Person war, die den Anzug für sie bestellt hatte.

Der Anzug des Fremden war anders als der ihre. Er war in Gold und Silber gehalten und wirkte älter – keine Antiquität, aber sicherlich kein Modell aus den letzten zwanzig oder dreißig Jahren. Er schien jedoch gut gepflegt worden zu sein und war sicherlich voll funktionsfähig.

Sunday trat zu der Gestalt, legte ihrerseits die Arme auf das Geländer und schaute hinab. Als es allmählich kühler wurde, wirbelte der Wind Staubwolken aus den Nischen und Spalten der Kraterformationen auf. Pantherschwarze Schatten schlichen sich aus den Tiefen empor.

Die Gestalt legte Sunday eine Hand auf den Ärmel und stellte damit eine Verbindung zwischen den Anzügen her. »Ich weiß, wer Sie sind«, hörte sie eine Frauenstimme – sie sprach Suaheli, allerdings mit deutlich marsianischem Akzent. Jedenfalls war auf ihrer Seite kein Übersetzungs-Overlay zugeschaltet.

»Das sagt sich so leicht«, gab Sunday zurück.

»Sunday Akinya.« Die Frau sprach den Namen so langsam aus, dass er nicht misszuverstehen war. »Sie sind auf den Mars gekommen, um nach Spuren Ihrer Großmutter zu suchen.«

»Meinen Namen herauszufinden ist weiter keine Kunst. Obwohl ich mir alle Mühe gebe, reise ich nicht gerade inkognito. Sie hätten ohne Weiteres eine ER-Abfrage eingeben können, bevor ich die Seilbahn verlassen habe oder irgendwann seit meiner Landung.«

»Und das andere?«

»Auch dafür braucht man kein Genie zu sein. Meine Großmutter ist vor Kurzem gestorben. Wenige Tage nachdem man ihre Asche verstreut hatte, bin ich auf dem Weg zum Mars. Wie groß ist wohl die Wahrscheinlichkeit, dass zwischen den beiden Ereignissen kein Zusammenhang besteht?«

»Sie könnten auch bloß eine Auszeit gebraucht haben. Aber das ist nicht wirklich der Fall, nicht wahr? Sie sind auf der Suche.«

»Sind wir das nicht alle?« Sunday wandte sich der Frau zu, aber ihr Visier war verspiegelt, und sie sah nur ihr eigenes Bild und eine verzerrte Reflexion der Landschaft. »Sie kennen meinen Namen. Wollen Sie mir nicht auch den Ihren sagen?«

»Soya«, antwortete die Frau so unbekümmert, als wäre diese Information nicht viel wert.

»Das ist ein afrikanischer Name, wenn ich mich nicht irre. Und Sie sprechen offenbar sehr gut Suaheli.«

»Ich habe nigerianische Vorfahren, wurde aber hier geboren.« Soya überlegte. »Ich glaube, Sie haben die Absicht, nach Westen zu reisen. Wir brauchen nicht ausführlicher zu werden, jedenfalls ist Ihr Ziel eine ziemlich gefährliche Gegend.«

»Wenn Sie es so genau wissen, können Sie es auch aussprechen.«

»Lieber nicht. Wir sind hier *ziemlich* sicher vor neugierigen Ohren, deshalb habe ich mir die Mühe gemacht, den Anzug für Sie zu beschaffen und dafür zu sorgen, dass der ER-Zugang deaktiviert war – ist Ihnen das eigentlich aufgefallen? Aber es ist keine absolute Sicherheit. Die gibt es nirgends.«

»Meinetwegen können Sie auch weiter in Rätseln sprechen.« Sunday musste zugeben, dass sie das Fehlen der ER tatsächlich nicht bemerkt hatte. Im Gegensatz zu manchen Menschen, besonders wenn sie außerhalb der *Zone* lebten, schwamm sie nicht bei jedem Atemzug ihrer Existenz darin. Die ER war da, und sie konnte bei Bedarf darauf zugreifen. Im Moment wäre sie darüber sehr froh gewesen. »Arbeiten Sie für dieselben Leute wie Holroyd?«, fragte sie vorsichtig.

»Ich arbeite für niemanden. Ich bin nur gekommen, um Sie zur Vorsicht zu mahnen.«

»Ist das eine Drohung?«

»Womit könnte ich Ihnen drohen? Gewalt? Seien Sie nicht albern. Nein. Die Leute, vor denen Sie sich in Acht nehmen müssen, sind dieselben, die diese Expedition finanzieren. Holroyds Leute, mit anderen Worten. Sie zeigen sich sehr hilfsbereit, nicht wahr?«

Sunday sah keinen Grund, das abzustreiten. »Wir haben zurzeit eine Beziehung, die für beide Seiten von Nutzen ist.«

Soya musste lachen. »Daran zweifle ich nicht. Aber wir sollten uns nicht vormachen, dass sie sich nur aus reiner Herzensgüte eingeschaltet haben.«

»Das habe ich nie behauptet. Sie helfen mir, und mein Bruder hilft ihnen. Dabei gewinnen alle.«

»Sie mögen das so sehen. Ob das auch für die andere Seite gilt, weiß ich nicht.«

Sunday hatte allmählich genug. »Was immer Sie mir sagen wollen, heraus damit.«

»Lassen Sie mich eines klarstellen: Ich behaupte nicht, das die Pans böse sind. Sie sind fanatisch, das wohl, und wenn sie über ihre langfristigen Ziele sprechen und erklären, wir alle würden mitgerissen, ob wir wollten oder nicht, dann kann einem schon etwas mulmig werden … doch das macht sie noch nicht zu Verbrechern. Aber auf den eigenen Vorteil bedacht, wenn es hart auf hart geht? Ganz sicher.«

»Irgendwo sind wir doch alle auf den eigenen Vorteil bedacht.«

»Durchaus. Warum sind Sie hier, wenn nicht aus intellektueller Neugier? Ist das nicht auch eine grundlegend egoistische Motivation, wenn man es genau betrachtet? Sie wollen diese Antworten, um sich selbst besser zu fühlen, nicht weil Sie glauben, dass Sie damit uns anderen etwas Gutes tun.«

»Das kann ich aber erst wissen, wenn ich die Antworten bekomme, nicht wahr?«

»*Falls* Sie die Antworten bekommen«, verbesserte Soya. »Darum geht es nämlich. Die Pans beobachten auf dieser Reise jeden Ihrer Schritte. Sie sind immer zur Stelle, immer hilfsbereit. Wen sollten Sie denn in der Seilbahn treffen, wenn nicht die Pans?«

»Ich kann das ohne sie nicht durchziehen. Ich bin nicht das verwöhnte Kind reicher Eltern, auch wenn Sie das vielleicht gehört haben.«

»Daran zweifle ich nicht. Eines sollten Sie sich dennoch vor Augen halten: Was immer Sie hier finden, Ihre mächtigen neuen Verbündeten werden wahrscheinlich mindestens ebenso scharf darauf sein wie Sie – und es könnte durchaus dazu kommen, dass man Sie im letzten Moment außen vor lässt.«

»Was ich suche, hat nichts mit den Pans zu tun. Und mit Ihnen übrigens auch nicht.« Sunday trat vom Geländer zurück, ohne jedoch den Kontakt zu der anderen Frau aufzugeben. »Schön, Sie haben mir Ihren Namen genannt. Das bedeutet noch gar nichts. Wer sind Sie, Soya? Was haben Sie vor?«

»Betrachten Sie mich als Freundin«, antwortete Soya. »Mehr brauchen Sie vorerst nicht zu wissen.« Sie hob die Hand, die nicht auf Sundays Ärmel ruhte, und berührte einen Knopf an der Seite ihres Helms. Das Visier wurde sofort durchsichtig. Soya drehte sich um und zeigte Sunday ihr Gesicht hinter dem Glas. Sunday war so erschrocken, dass sie Mühe hatte, das Gleichgewicht nicht zu verlieren.

Das Gesicht unter dem Helm war ihr eigenes.

18

Früh am nächsten Morgen wurde Geoffrey nach Afrika zurückgebracht. Die sichelförmige Maschine flog mit Ultraschallgeschwindigkeit, ein plumper Luxus in einer Zeit, in der nicht einmal die schnellsten Airpods die Schallmauer durchbrachen. Geoffrey war der einzige Insasse, und er stand nahezu ununterbrochen, eine Hand am Geländer, am stark gewölbten vorderen Fenster – ein Cäsar, der sein Rom betrachtete.

Sobald sie wieder über dem offenen Meer und in ER-Reichweite waren und kein anderes Fluggerät auf Kilometer im Umkreis mit ihnen mithalten konnte, kehrte Eunice zurück.

»Ich habe mir Sorgen gemacht. Hoffentlich ist dir während meiner Abwesenheit nichts zugestoßen.«

»Ich kann durchaus selbst auf mich aufpassen, Großmutter.«

»Was für ein Fortschritt, du nennst mich ›Großmutter‹.«

»Das ist mir nur so rausgerutscht.«

»Offensichtlich.« Sie verstummte. Geoffrey hoffte, dass er sie zum Schweigen gebracht hätte, doch nach einer angemessenen Pause fuhr sie fort: »Was ist denn nun da unten passiert? Oder willst du es mir nicht erzählen?«

»Wir haben über deine Freundin Lin Wei gesprochen, die du betrogen hast.«

»Ich weiß nichts von einer … ach so, warte – du hattest sie schon einmal erwähnt, nicht wahr?«

»Was hast du auf dem Merkur tatsächlich *getan*, Eunice?«

»Was jeder dort tut: ein paar Andenken gesammelt und im Lokalkolorit geschwelgt.«

Er verfolgte die Frage nicht weiter, denn er ahnte, dass sie ihn nicht ans Ziel bringen würde. »Lin Wei hat dich kurz vor deinem Tod aufgesucht.«

»Woher willst du das wissen?«

»Weil ich glaube, sie kennengelernt zu haben. Sie ist gar nicht ›ertrunken‹. Oder wenn, dann nur im metaphorischen Sinn. Sie ist eins mit dem Meer geworden. Hat den Namen und die Gestalt gewechselt. Jetzt ist sie ein Wal, hast du das gewusst? Nennt sich Arethusa.«

»Hast du mir vielleicht *irgendetwas* Vernünftiges zu erzählen?«

»*Ocular* hat etwas entdeckt. Du erinnerst dich doch an *Ocular*? Oder ist das ein weiterer Teil deiner Vergangenheit, den du bequemerweise begraben hast?« Er zuckte gleichgültig die Achseln. »Was spielt es schon für eine Rolle? Ich sage es dir trotzdem. Lin hatte Hinweise auf eine fremde Intelligenz entdeckt, die Mandala-Konstruktion, und sie fand, du solltest davon erfahren. Anscheinend war sie trotz allem, was du ihr angetan hast, der Meinung, dir das schuldig zu sein.«

Eunice stand neben ihm am Fenster, die afrikanische Küste raste ihnen entgegen. Die weiße Küstenschutzmauer ragte wie ein schroffer Kreidefelsen aus dem Meer. Fischerboote und Vergnügungsjachten fegten unter ihnen vorbei. Sie flogen nur knapp über Segelhöhe, doch selbst bei Überschallgeschwindigkeit war das Pan-Flugzeug nahezu lautlos.

»Ich hatte lediglich am Rande mit *Ocular* zu tun«, sagte Eunices Projektion.

»So steht es vielleicht in den öffentlichen Unterlagen. Aber

Lin muss gewusst haben, dass mehr dahintersteckte. Deshalb legte sie Wert darauf, ihre Seite des Abkommens einzuhalten und dir diese Nachricht zu überbringen. Kurze Zeit darauf gehst du einfach hin und stirbst.«

»Und diese Aufeinanderfolge der Ereignisse stört dich?«

»Für meinen Geschmack etwas zu viel Zufall. Lin muss das ebenso empfunden haben, sonst hätte sie mir gegenüber nichts davon erwähnt. Weißt du, dass sie bei deiner Trauerfeier war? Das kleine Mädchen im roten Kleid, das niemand von uns kannte? Es war ein Ching-Stellvertreter von Lin Wei, sie manifestierte als Kind. So hatte sie wohl ausgesehen, als ihr beide noch Freunde wart.« Er schwieg einen Moment, dann fuhr er fort: »Ich fliege zum *Winterpalast* hinauf. Wenn es etwas gibt, was ich über das Habitat wissen sollte, wäre jetzt der Zeitpunkt, mir davon zu erzählen.«

»Was sollte ich wissen?«

»Du hast dort gelebt, Eunice. Du hast das Habitat geschaffen.«

»Ich wünschte, ich könnte dir helfen, Geoffrey. Ich würde es tun.« Sie drehte sich um und sah ihn an. »Ich kann dir nur eines raten: Du solltest da oben sehr vorsichtig sein.«

Sobald der Pan-Flieger auf Unterschallgeschwindigkeit herunterging und auf der Suche nach einem Landeplatz über der Forschungsstation kreiste, wusste Geoffrey, dass etwas nicht in Ordnung war. Die Cessna stand noch da, wo er sie zurückgelassen hatte, wie ein Kruzifix an die gelbbraune Erde geheftet. Ein Stück davon entfernt – nicht zu weit von den drei Pfahlhütten der Station – sah er zwei saubere, blitzende Airpods. Einer war bernsteinfarben, der andere von einem zu lebhaften, zu hellen Gelb. Unten zwischen den Hütten liefen Gestalten hin und her. Menschen, Roboter und Golems. Auf dem Boden lag ein in Folie gewickeltes Paket, das an eine Mumie erinnerte, und ein Roboter oder Golem beugte sich darüber.

»Setz mich ab«, befahl er. »Irgendwo.«

Der Flieger landete senkrecht auf der nächsten freien Fläche. Geoffrey warf seine Tasche aus der Luke und sprang hinterher, bevor das Manöver vollends abgeschlossen war. Er schlug hart auf, kam auf die Beine, packte die Tasche und stürmte auf die Hütten zu. Ein Schatten zog über ihn hinweg, der Pan-Flieger kehrte an den Himmel zurück. Geoffrey nahm es kaum wahr.

»Geoffrey«, rief Hector, als er ihn kommen sah. »Wir haben versucht, dich anzurufen … zu chingen. Du warst nicht zu erreichen. Wo zum Teufel bist du gewesen?«

»Ich habe euch gesagt, ihr sollt euch von hier fernhalten.« Geoffrey hustete, der Staub, den der Flieger aufgewirbelt hatte, reizte seine Lungen.

»Es ist Memphis«, sagte Lucas. Er stand neben der Mumiengestalt, die auf dem Boden lag.

»Was?« Geoffrey war wie vor den Kopf geschlagen.

»Memphis kam nicht rechtzeitig zum Familiensitz zurück«, erklärte Hector. »Heute Morgen.« Er war sichtlich verstört, Schweißperlen standen ihm auf der Stirn. »Man hatte ihn zu einer bestimmten Zeit erwartet – wir waren mit ihm verabredet, um die Haushaltsrechnungen zu besprechen.«

»Eine Ching-Verbindung ließ sich nicht herstellen«, fuhr Lucas fort und wiederholte gleich darauf noch einmal. »Eine Ching-Verbindung ließ sich nicht herstellen.« Als würde sich mit dieser Tatsache ein Abgrund auftun, als wäre die ganze Welt aus den Fugen geraten und die natürliche Ordnung außer Kraft gesetzt.

»Wir sind sofort hierhergeflogen«, erklärte Hector. »Sein Airpod … man sah gleich, wo er gelandet war.«

Geoffrey stieß ihn zurück, bis er neben Lucas stand, der mit leerem Blick zu Boden schaute. Er hatte immer noch Staub in der Kehle und musste abermals husten. Der Ozean, das Türkisreich Tiamaat, das nächtliche Spektakel der Meerleute, ein schöner Traum, aus dem er soeben abrupt wachgerüttelt worden war. Dass Memphis tot war, wusste er auch ohne ärztliche Diagnose. Sein blutig zerquetschter Körper war mit einem schützenden Kokon besprüht worden. Unter der smaragdgrünen Hülle wirkte Memphis wie ein Spielzeug, das von einem ungestümen Kind übel misshandelt worden war. Ohne den Anzug, der sein Markenzeichen war, hätte Geoffrey ihn nicht erkannt. Die Schmutz- und Blutflecken konnten die vertrauten Nadelstreifen nicht völlig verdecken. Memphis hatte einen seiner schwarzen Lederschuhe verloren und trug nur noch eine staubige Socke. Der Schuh lag außerhalb des Kokons auf dem Boden.

»Was ist geschehen?«, flüsterte Eunice, die neben ihm erschienen war.

»Nicht jetzt. Nicht ausgerechnet jetzt.«

Sie schaute weiterhin auf den Körper hinab und schwieg. Die Robotgestalt, die sich über den Kokon gebeugt hatte, richtete sich auf ihren zwei Beinen zu voller Höhe auf. Geoffrey sah, dass es sich um einen der Stellvertreter des Familiensitzes handelte – dünn wie eine Figur von Giacometti, mit Löchern und Lücken in Gliedmaßen, Torso und Kopfteil.

»Sie hätten nichts tun können«, erklärte der Stellvertreter mit weichem senegalesischem Akzent. »Bei diesen Verletzungen muss der Tod sehr schnell eingetreten sein. Natürlich wird noch eine gründliche medizinische Untersuchung durchgeführt werden, schließlich ist es ein Tod durch *Unfall*, aber dabei sind keine Überraschungen zu erwarten. Sie sagen, der Leichnam wurde in der Nähe von Elefanten gefunden?«

»Er hatte mit ihnen gearbeitet«, sagte Lucas mit einem Blick auf Geoffrey.

»Das waren keine Elefanten«, erklärte Geoffrey.

Hector legte ihm eine Hand auf die Schulter. »Ich weiß, wie schwer das für dich zu akzeptieren ist …«

Geoffrey stieß die Hand heftig weg. »Das waren nicht die Elefanten.«

»Es sind Quetschungen.« Der Stellvertreter zögerte, er wollte wohl nicht in einen Familienstreit hineingezogen werden. »Und diese Wunde im Unterleib … sie *passt* zu einer Verletzung durch einen Stoßzahn.«

»Sie haben sicher schon Tausende von solchen Verletzungen untersucht«, spottete Geoffrey. »Ich dachte, Unfälle wären heutzutage selten.«

»Solche Wunden habe ich in den Lehrbüchern gesehen«, rechtfertigte sich der Stellvertreter.

»Der Doktor will uns doch nur helfen.« Hector suchte ihn zu beschwichtigen.

»Er hat recht«, murmelte Eunice kaum hörbar. »Der Stellvertreter kann nichts dafür, und der Arzt am anderen Ende auch nicht.«

Doch Geoffrey wollte weder seinen Sinnen noch dem aufrichtigen Gutachten des medizinischen Sachverständigen trauen.

»Das waren keine Elefanten«, wiederholte er, nur diesmal leiser, als wollte er sich selbst überzeugen.

»In seinem Alter hätte er nicht allein hier herauskommen sollen«, sagte Hector.

»Er war doch erst hundert«, wandte Lucas ein.

»In letzter Zeit kam er mir nicht ganz gesund vor. Er hätte dieses Risiko niemals eingehen dürfen. Was hatte er denn hier draußen zu suchen, Geoffrey?« Hector hatte die Hände in die Hüften gestemmt. »Das war doch deine Arbeit.«

Geoffrey sagte mit tonloser Stimme: »Memphis hat mir immer geholfen.«

»Du hättest das nicht von ihm verlangen dürfen«, hielt ihm

Lucas vor. »Er hatte auf dem Familiensitz genug zu tun. Du hast seine Gutmütigkeit ausgenutzt.«

Geoffrey wollte nach ihm schlagen, verfehlte ihn aber. Durch den eigenen Schwung verlor er das Gleichgewicht und wäre gestürzt, hätte Hector nicht die Hand ausgestreckt und ihn aufgehalten.

»Das ist nicht der richtige Zeitpunkt für Schuldzuweisungen«, sagte Hector, an seinen Bruder gewandt. »Wir sind alle tief betroffen.«

»Reiß dich zusammen«, mahnte Eunice missbilligend und verschränkte die Arme vor der Brust. »Wenn der *Mech* hier dichter wäre, wärst du bereits umgefallen wie ein Stein, weil du bloß an Gewalt gedacht hast.«

Geoffrey hustete ein letztes Mal. Der Staub reizte Lungen und Nase und trieb ihm Tränen in die Augen. »Er hat doch nur Routinearbeiten für mich erledigt«, keuchte er, als Hector ihn losließ. »Solange ich weg war.«

»Du hast uns immer noch nicht gesagt, wo du warst.«

»Weil es dich verdammt noch mal nichts angeht, Cousin.«

Der Stellvertreter drehte den Kopf und erinnerte sie daran, dass der Ching immer noch bestand.

»Ich habe einen fliegenden Krankentransport angefordert. Der Leichnam wird nach Mombasa ins Krankenhaus gebracht. Dort werden die Ärzte ihr Möglichstes tun, aber ich kann Ihnen gleich sagen, dass die Aussichten für eine Wiederbelebung nicht gut sind.«

Hector nickte ernst. »Danke für Ihre Aufrichtigkeit, Doktor.«

»Wenn ich ihn früher hätte erreichen können …« Der Stellvertreter schüttelte den Kopf. »Ich kann nicht begreifen, warum er das zugelassen hat.«

»Zugelassen?«, fragte Geoffrey.

»In einer so gefährlichen Umgebung hätte er nicht allein

unterwegs sein sollen.« Lucas sah sich um. »Der *Mechanismus* kann nicht überall gleichzeitig sein – er ist nicht Gott. Er hätte einen Wachhund mitnehmen müssen, für den Fall, dass er in Schwierigkeiten geriet.« Er zeigte auf die Gestalt im Kokon. »Seht nur, er trägt nicht einmal ein Armband. Was wäre gewesen, wenn ihn eine Schlange gebissen hätte, oder wenn er sich den Knöchel verstaucht hätte und nicht mehr zum Airpod zurückgehen konnte?«

»Er hat gewusst, was er tat«, widersprach Geoffrey.

»Er muss erschrocken sein«, überlegte Hector. »Das ist die einzige Erklärung. Der Elefant hat ihn angegriffen, bevor er eine Chance hatte, etwas dagegen zu unternehmen.«

»Ich glaube nicht, dass er leiden musste«, sagte der Arzt. »Wie Sie sagen, wenn er geahnt hätte, dass er in Gefahr war …«

»… hätten wir einen toten Elefanten neben seiner Leiche gefunden«, ergänzte Lucas. »Oder mehrere tote Elefanten.«

Eunice sah Geoffrey fest in die Augen, dann verschwand sie.

19

Es war in der Mitte des Marstags. Sunday und Jitendra saßen im Hochgeschwindigkeitszug und rasten über die Ebene von Chryse nach Westen, als Geoffrey sie anchingte.

Sunday wusste sofort, dass etwas passiert war.

»Wenn es möglich ist«, sagte die Projektion, »dann nimm den Anruf irgendwo entgegen, wo du allein bist. Das heißt, nicht ohne Jitendra. Es wäre gut, wenn Jitendra bei dir sein könnte. Aber du solltest nicht in der Öffentlichkeit sein.« Geoffreys Gesicht verriet ihr alles, was sie wissen musste, bis auf das Schlimmste. »Ich habe schlechte Nachrichten.«

Die Pans hatten für ein privates Abteil im Zug bezahlt, deshalb bestand keine Notwendigkeit, sich einen anderen Ort zu suchen. Sie forderte die Projektion zum Weitersprechen auf. Im Geiste verwünschte sie nicht nur die Entfernung, die verhinderte, dass sie ihm in Echtzeit antworten konnte, sondern gleich die gesamte Physik, das organisatorische Grundgerüst der Realität.

»Hier ist es kurz nach Mittag. Ich bin heute Morgen von Tiamaat zurückgekommen und wollte an der Forschungsstation abgesetzt werden. Doch als wir anflogen, sah ich, dass auf dem Boden etwas vorging. Die Cousins waren da, sie hatten

Memphis gefunden.« Geoffrey schob das Kinn vor und schluckte. »Er war tot, Sunday. Da draußen war etwas passiert, und … er war tot, er lag einfach auf dem Boden.« Geoffrey hielt inne und schaute auf seine Füße nieder. »Ein Arzt war bereits vor Ort, als ich kam, es war jedoch schon zu viel Zeit vergangen. Memphis wurde nach Mombasa gebracht, aber es sieht nicht gut aus … ich glaube nicht, dass man noch viel für ihn tun kann.«

Jitendra hatte bereits nach Sundays Hand gegriffen, doch das spürte sie kaum. Das Zugabteil, das druckfeste Glas, die rote Landschaft, die draußen vorbeiraste, alles zog sich in galaktische Fernen zurück.

»Ich weiß nicht, was passiert ist«, fuhr Geoffrey fort. »Er hatte sich bereiterklärt, in meiner Abwesenheit nach den Elefanten zu sehen. Der Doktor sagt, er sei zermalmt worden … als wäre er von den Elefanten angegriffen worden. Aber das kann nicht sein. Memphis kannte die Herde fast so gut wie ich – sonst hätte ich ihn nicht um Hilfe gebeten, und ich hätte auch niemandem außer ihm zugetraut, die anfallenden Aufgaben korrekt zu erledigen.« Er schloss die Augen. »Das ist im Moment alles, was ich weiß. Ich melde mich wieder, sobald es etwas Neues gibt, aber du musst dich wohl auf das Schlimmste gefasst machen.« Er öffnete die Augen und setzte zum Sprechen an, brach jedoch wieder ab. »Ich sollte wohl sagen, dass ich jetzt gern bei dir wäre, doch das wäre gelogen. Ich wünschte, du wärst hier bei mir in Afrika. Der Mars ist gerade unendlich weit weg.« Er nickte und sah ihr so direkt in die Augen, dass es unheimlich war. »Pass auf dich auf, Schwester. Ich liebe dich.«

Dann war Geoffrey fort. Der Zug raste ungerührt weiter. Er sollte anstandshalber abbremsen, dachte sie, damit ihre Gedanken aufholen könnten.

Sie wusste nicht, was sie tun oder sagen sollte, und als Jitendra sie fester an sich drückte und ihr zuflüsterte, es tue ihm leid, war sie so froh, wie sie in diesem Moment nur sein konnte.

»Ich muss zur Erde zurück.«

»Warte ab, was die Ärzte sagen. Die Neuropraktiker vollbringen heutzutage wahre Wunder.«

»Du hast meinen Bruder gehört – es war zu spät.«

Darauf hatte Jitendra keine Antwort. Sie wusste, dass er es gut gemeint hatte, aber es gab begründete Hoffnungen und falsche Hoffnungen, und an Letztere wollte sie sich nicht klammern.

»Ich muss zurück«, wiederholte sie.

»Du … kannst nichts mehr ändern.« Jitendra wählte jedes Wort mit Bedacht. »Du hast einen Monat gebraucht, um hierherzukommen, und selbst wenn wir sofort in den Orbit zurückkehrten und wie durch ein Wunder einen Platz auf dem nächsten Expressschiff fänden … es würde mindestens fünf Wochen dauern, bis wir nur in die Nähe der Erde kämen.«

»Mit jeder Woche, die ich hier verbringe, entfernt sich die Erde noch weiter.«

»Wenn es eine Trauerfeier gibt, hast du sie entweder bereits versäumt, selbst wenn du jetzt abreist, oder die anderen müssen warten, bis du zurückkommst. Wer hat Memphis am nächsten gestanden? Du und dein Bruder. Und dein Bruder ist zurück in Afrika. Er wird sicher nichts dergleichen stattfinden lassen, bevor du nach Hause kommst.«

»Bitte sprich nicht von einer Trauerfeier«, bat Sunday. »Noch nicht. Warte, bis wir Nachricht aus Mombasa haben.«

Doch er hatte recht. Sie selbst hatte in die gleiche Richtung gedacht.

20

Die Neuropraktikerin chingte von Mombasa, wo Memphis' Leichnam eingehend untersucht worden war, zum Familiensitz und verkündete vor den versammelten Familienmitgliedern ihr Urteil.

Man *könnte* ihn ins Leben zurückholen, erklärte die Projektion, die Möglichkeit bestünde immer, sei allerdings kostspielig. Aber in seinem Fall müssten so große Teile des Gehirns von Grund auf wiederaufgebaut werden, dass am Ende nicht mehr der Mann herauskäme, den sie gekannt hatten. Die Basisstrukturen seiner Persönlichkeit seien in Stücke gerissen worden. »Ich kann es Ihnen nicht schonender beibringen, Sie würden einen Säugling im Körper eines alten Mannes zurückbekommen«, so die Expertin. Geoffrey wurde das Gefühl nicht los, dass die ganze Rede eine Spur zu routiniert klang, so als ob die Neuropraktikerin sie jederzeit für solche Anlässe parat hätte, sich jedoch bemühte, sie möglichst spontan und aufrichtig vorzutragen. Er konnte ihr das nicht einmal übel nehmen. Sie meinte es gut.

»Einen verwirrten, verängstigten Säugling, von dessen Gedächtnis gerade noch so viel vorhanden wäre, dass er wüsste, was ihm fehlt«, fuhr die Spezialistin fort. »Erinnerungen. Sprache. Beziehungen zu Angehörigen und Freunden. Die mühsam erworbenen Fähigkeiten und Kenntnisse eines ganzen Lebens. Und was er an Leben noch vor sich hätte, würde nicht ausreichen, um das Verlorene zurückzugewinnen. Natürlich werden wir uns nach Ihren Wünschen richten, aber ich rate Ihnen, sich sehr gründlich zu überlegen, ob Sie diesen Weg einschlagen wollen.«

Eine Diskussion erübrigte sich. Ausnahmsweise waren sich alle Akinyas einig. Die Entscheidung lag ganz allein in ihren Händen, denn Memphis hatte keine Familie außer der, für die er gearbeitet hatte.

»Das würden wir nicht wollen«, sagte Hector leise. Geoffrey nickte und wusste, dass er damit auch in Sundays Namen entschied.

»Ich denke, Sie tun das Richtige«, sagte die Spezialistin. »Und ich bedauere zutiefst, dass es dazu kommen musste.«

Geoffrey hatte sich noch nicht mit den Geschehnissen des Tages abfinden können. Alles erschien ihm unwirklich, aus dem Lot. Memphis war in einer Weise Teil seines Lebens gewesen, wie Eunice es nie hatte sein können. Sie war eine einsame Gestalt, die manchmal vom *Winterpalast* herunterchingte, die man aber nie persönlich auf dem Familiensitz antraf. Als sie aus seinem Leben verschwand, war es, als hätte man einen Teil seiner Vergangenheit abgetrennt und für die Nachwelt eingepackt. Er war traurig gewesen, doch es hatte ihm nicht das Herz zerrissen.

Bei Memphis war das anders. Er war immer da gewesen, ein Mensch, der lebte und atmete. Sein Geruch, der kratzige Stoff seines Anzugs, das Quietschen seiner Schuhe auf dem gebohnerten Fußboden, wenn er des Nachts, wachsamer als jeder Wachhund, seine Runden durch die Gänge des Familiensitzes drehte. Gütig, wenn es nötig war, streng, wenn die Situation es verlangte. Stets bereit zu vergeben, wenn auch nicht unbedingt zu vergessen. Geoffrey hatte nie einen anständigeren Menschen gekannt.

Er musste an Lucas' Worte denken: *Du hast seine Gutmütigkeit ausgenutzt.*

Der Vorwurf war verletzend, aber er war berechtigt. Genau das hatte er immer getan.

»Danke, dass du mir Bescheid gegeben hast«, sagte Sunday, als sie nach seiner Übertragung zurückchingte. »Mir fehlen im Moment noch die Worte. Ich muss das alles erst verarbeiten. Es tut mir entsetzlich leid, dass du ihn … so sehen musstest. Aber was immer du denkst, es war nicht deine Schuld, klar? Du hast Memphis um einen Gefallen gebeten, doch deshalb bist du nicht dafür verantwortlich, dass er dabei umgekommen ist. Memphis war alt genug, um seine eigenen Entscheidungen zu treffen. Wenn er geglaubt hätte, dass deine Bitte ihn in Gefahr brächte, hätte er dir das gesagt. Also belaste dich nicht noch zusätzlich mit Selbstvorwürfen. Bitte, Bruder, tu es für mich.« Sunday fasste sich wieder; der Projektion war nicht anzusehen, ob sie geweint hatte oder nicht. »Im Moment bin ich auf dem Weg zum Pavonis Mons. Halte mich auf dem Laufenden, und ich melde mich, sobald ich kann.« Sie legte einen Finger an die Lippen. »Ich liebe dich, Bruder. Sei stark, für uns beide.« Er nickte.

Er würde sich bemühen, aber es würde sicher nicht einfach werden.

Geoffrey hielt es im Haus nicht mehr aus, also machte er einen Spaziergang durch den Garten und zwang seine Gedanken so gut er konnte auf eine andere Bahn. Doch er stieß auf Schritt und Schritt auf Spuren von Memphis' Wirken. Entscheidungen über die Neugestaltung des Geländes, die Sanierung der Zierbrunnen, die feinen Arabesken in der Umfriedungsmauer, die Auswahl der Blumen und Stauden in den Beeten – all das hatte letztlich in Memphis' Zuständigkeit gelegen. Selbst wenn er der Familie mehrere Vorschläge unterbreitet hatte, waren sie bereits aus einer viel größeren Palette von Möglichkeiten ausgewählt worden, dass jede endgültige Entscheidung für ihn annehmbar gewesen wäre. Eines seiner größten und subtilsten Geschenke an die Akinyas war die Illusion gewesen, sie hätten einen freien Willen.

Ein paar Stunden später – Geoffrey war ins Haus zurückgekehrt – erreichte ihn ein Ching von Jumai. Sie teilte ihm mit, sie sitze im Zug von Lagos. Geoffrey war zunächst verwirrt, doch dann fiel ihm ein, dass er sie tatsächlich, kurz nachdem der Leichnam weggebracht worden war, angerufen und ihr eine Nachricht hinterlassen hatte. Damals war alles an ihm vorbeigerauscht. Jumai war bei der Arbeit gewesen und hatte den Anruf nicht sofort entgegennehmen können. Nun konnte er kaum fassen, dass sie sich auf den Weg gemacht hatte.

»Steig in Kigali aus«, wies er sie an. »Ich hole dich dort ab.«

»Gut«, antwortete sie. Es klang skeptisch, als hätte sie einen anderen Empfang erwartet.

Eunice tauchte auf. »Ich freue mich darauf, Jumai wiederzusehen«, sagte sie.

»Du hast sie nicht gekannt«, fuhr Geoffrey sie an. »Du hast überhaupt niemanden gekannt.«

Erst später fiel ihm auf, dass sie immerhin so viel Anstand besessen hatte, sich nicht in seinen Kopf zu drängen, während er durch den Garten geschlendert war.

Der Flug dauerte zwei Stunden, und als er in Kigali landete, war es Abend. Ein weicher, warmer Regen ging nieder, nach Honig duftend und von der altmodischen Neonwerbung des Bahnhofs scharlachrot, kobaltblau und golden gefärbt. Geoffrey hatte Jumais Ankunft knapp verpasst. Sie stand unter dem vorspringenden Dach der Bahnhofshalle, wo Taxis und

Airpods sich wichtigmachten und Straßenhändler ihre Ware zusammenpackten. Zwei schwarze Taschen – ihr einziges Gepäck – lagen wie erschöpfte Schoßhunde neben ihr auf dem feuchten Beton.

»Du hättest nicht zu kommen brauchen«, sagte Geoffrey, als sie in der Luft waren und auf dem Weg zum Familiensitz das nächtliche Kigali überflogen.

»Ich habe Memphis ziemlich gut gekannt«, erinnerte sie ihn. Sie waren beide auf dem Weg zum Airpod nass geworden, doch die Kabinenheizung ließ ihre Kleider rasch trocknen. »Schließlich war ich lange genug Teil deines Lebens, vergiss das nicht.«

»Wie könnte ich denn?« Tatsächlich hatte er zwar daran gedacht, Jumai anzurufen – sie wäre sonst gekränkt gewesen –, doch die Erinnerung daran, wie nahe sich die beiden gestanden hatten, kehrte erst jetzt zurück. Sie hatten Wochen und Monate im Amboseli verbracht. Memphis war immer wieder zur Forschungsstation gekommen, während Jumai die Architektur für die Neuro-Verbindung zwischen Mensch und Elefant entwickelte. Oft hatten sie gemeinsam gegessen, spätnachts, unter einer einzigen schwankenden Lampe, umschwirrt von Moskitos, die das Licht umkreisten wie hektische kleine Planeten im tödlichen Griff eines supermassereichen Sterns.

Lange Geschichten, albernes Gelächter, zu viel Wein. Ja, Jumai kannte Memphis. *Hatte ihn gekannt*, verbesserte er sich. *Von heute an ist das alles Vergangenheit.*

Er begann zu weinen. Es war lächerlich – es hatte keinen besonderen Anlass gegeben, nur seine eigenen Gedanken waren mit ihm durchgegangen, doch als er einmal angefangen hatte, konnte er nicht mehr aufhören. Wie töricht zu glauben, er könnte wenigstens so lange an sich halten, bis er unbeobachtet war.

»Es tut mir leid, Geoffrey.« Jumai drückte seine Hand. »Das

muss sehr schwer für dich sein. Ich weiß, wie viel er dir bedeutet hat.«

»Auch für Sunday ist es hart«, sagte er, als er wieder sprechen konnte.

»Kommt sie?«

»Das ist nicht möglich – Sunday ist auf dem Mars, auf dem Weg zum Pavonis Mons.«

Sie überflogen die Südspitze des Viktoriasees. Die Wolkendecke war aufgerissen, das Wasser lag so ruhig und klar wie schwarzer Marmor unter ihnen.

»Was ist bei euch eigentlich los, Geoffrey? Erst stirbt Eunice. Danach stirbt Memphis … Und deine Schwester fliegt zum Mars.«

»Irgendetwas ist in Gang gekommen, aber ich weiß nicht was.« Nach einer Pause fuhr er fort: »Eventuell muss auch ich noch einmal in den Weltraum fliegen. Etwas erledigen …« Er schloss die Augen. »Alles hängt zusammen, viel mehr kann ich dir nicht sagen. Kann sein, dass ich in eine Familienimmobilie einbrechen muss.«

»Hast du mich deshalb angerufen? Weil ich dir *nützlich* sein kann?«

»Du kennst mich besser.«

»Mag sein.« Auch sie schwieg ein paar Sekunden lang. »Nun, wie es der Zufall will, habe ich in Lagos gerade gekündigt. Mieser Tag in der Arbeit.«

»Wirklich?«

»Ja, wirklich. Beinahe hätte es mich erwischt. Da dachte ich mir, ich steige aus, bevor wir auf etwas richtig Übles stoßen. Wozu das Ganze? Für ein Arschloch von einem Chef? Für Bankkonten, die seit hundert Jahren bestehen, um die Reichen und Berühmten mit schmutzigen Geheimnissen erpressen zu können?« Sie schielte so entrüstet nach unten, als hätte sie in der Nase gebohrt und einen widerlichen Fund gemacht.

»Weißt du, wenn ich schon für meinen Beruf sterben soll, dann doch lieber für etwas Interessantes und nicht für hundert Jahre altes Skandalfutter.«

Geoffrey dachte an den *Winterpalast*.

»Leider kann ich dir auch nichts Besseres bieten als hundert Jahre altes Skandalfutter.«

Schweigen trat ein. Das Airpod nahm eine kleine Kurskorrektur vor. Hin und wieder sauste eine Maschine in der Gegenrichtung vorbei, doch davon abgesehen hatten sie den Nachthimmel ganz für sich allein.

»Wenn du darüber reden willst, was geschehen ist«, flüsterte Jumai nach einer Weile, »ich höre zu.« Als Geoffrey nicht sofort darauf einging, fuhr sie fort: »Du hast gesagt, man hat ihn in der Nähe der Elefanten gefunden, es hätte einen Unfall gegeben.«

»Irgendetwas hat ihn da draußen überfallen. Aber es waren nicht die Elefanten.«

»Was sonst?«

»Ich weiß es nicht. Etwas anderes. Memphis wusste mit der Herde umzugehen. Das waren keine Elefanten.«

Nach einer Weile sagte sie: »Es muss sehr schnell gegangen sein.«

»Das dachte auch der Arzt. Es gab offenbar keine Vorwarnung, sonst hätte er sich … schützen können.«

»Ich habe noch nie gesehen, wie man das macht.«

»Ich schon.« Geoffrey dachte zurück an den Tag, an dem sie die Todesmaschine gefunden hatten und Sunday fast ums Leben gekommen wäre. »Einmal, als ich noch klein war.«

Der Gedanke überfiel ihn am nächsten Morgen beim Frühstück mit Jumai. Rückblickend und angesichts seiner ausgeprägten Abneigung gegen die Cousins hätte er bereits früher darauf kommen können. Vielleicht hatte der Verdacht auch irgendwo in den Tiefen seines Unterbewusstseins geschlummert. Aber er war weit davon entfernt gewesen, ihn sich bewusst einzugestehen. Nachdem das nun geschehen war – der Gedanke war in sein Bewusstsein gestürmt wie ein Rhinozeros aus dem Gebüsch –, konnte er nur dasitzen wie vom Donner gerührt und darüber staunen, was sein Gehirn heraufbeschworen hatte.

»Was denkst du?«, fragte Eunice.

»Ich denke, es wäre nicht schlecht, wenn du dich vom Acker machen würdest.«

»Geoffrey?«, fragte Jumai.

Er starrte an ihr vorbei durch das Fenster auf die Bäume hinter der Grundstücksmauer. Eunice war fort.

»Es tut mir leid«, murmelte er zerstreut. »Es ist bloß …«

»Es war keine gute Idee von mir hierherzukommen, nicht wahr?«

»Das ist es nicht«, beteuerte er.

Tatsächlich irritierte es ihn, Jumai abermals auf dem Familiensitz zu haben, aber nicht, mit ihr zu schlafen. Umso mehr, als Memphis nicht mehr da war. Immer wieder tappten seine Gedanken in die gleichen mentalen Fallen. *Das sollte Memphis hören. Memphis wird es wissen. Was wird Memphis dazu sagen?* Jedes Mal, wenn er sich dabei erwischte, schwor er sich, es wäre das letzte Mal, und jedes Mal irrte er sich.

Sie hatten in getrennten Zimmern übernachtet und sich zum Frühstück im Ostflügel getroffen. Das Personal schwankte zwischen dezenter Diskretion und zur Schau getragener Tapferkeit und tat so, als wäre nichts geschehen. Das zerrte an Geoffreys Nerven, bis ihm auffiel, dass er sich genauso verhielt, zu betont lächelte und nervöse Witzchen machte. Alle bemühten sich zu tun, was Memphis gewollt hätte, nämlich genauso weiterzumachen, als wäre nichts geschehen. Und alle übertrieben es damit.

»Du brauchst dich nicht zu entschuldigen«, sagte Jumai. »Natürlich bist du erschüttert. Wenn es dir peinlich ist, dass ich hier bin, kann ich jederzeit wieder abreisen.« Sie senkte die Stimme zu einem dramatischen Flüstern: »Das hindert mich nicht daran, an diesem, äh, Auftrag zu arbeiten.«

»Es hat wirklich nichts mit dir zu tun«, versicherte ihr Geoffrey. »Ich bin froh, Gesellschaft zu haben. Es ist bloß … mir geht eine Menge im Kopf herum.«

Zum Beispiel der Geist seiner toten Großmutter, die ihn noch aus dem Grab heraus schikanierte. Oder die Möglichkeit, dass Memphis von einem oder beiden Cousins getötet worden war.

Jetzt war es heraus, ohne Wenn und Aber. Schluss mit dem Herumgedruckse.

Die Cousins hatten Memphis getötet.

Er hatte gehofft, diesen Verdacht, wenn er ihn erst äußerte, sofort ausräumen zu können. Den Schutt wegschaffen und alles vergessen. Bisher hatte er die Cousins schließlich nicht gehasst. Oder, falls es verschiedene Stufen des Hasses gab, war er an dem Ende des Spektrums geblieben, das mit leiser Antipathie zu beschreiben war. Ihre Machenschaften und Intrigen hatten ihn abgestoßen, ihre Gier hatte ihn angewidert, ihre Art, die Familie über alles andere zu stellen, hatte ihn empört. Aber er hatte sie nicht wirklich verabscheut. Er hatte ihnen nichts Böses gewünscht. Meistens jedenfalls nicht.

Doch der Gedanke, sie hätten Memphis töten oder seinen Tod herbeiführen können … wenn man es so direkt formulierte, warum eigentlich nicht? Dass die Cousins es bereits bitter bereuten, Geoffrey zu Hilfe geholt zu haben, war nicht zu übersehen. Seit seiner Rückkehr vom Mond war ihnen bewusst gewesen, dass er ihnen Informationen vorenthielt und dass auch Sunday an dieser Täuschung beteiligt war. Alles hing mit Eunice zusammen. Wenn man also Schadensbegrenzung betreiben wollte, wäre es da nicht am besten, die eine Person aus dem Spiel zu entfernen, die der alten Frau näher gestanden hatte als sie alle? Memphis' Tod verhinderte, dass Geoffrey in dieser Richtung weiter ermittelte. Und er gewährleistete außerdem, dass alles, was Memphis vielleicht an Abträglichem hätte enthüllen können, nun nicht mehr ans Licht kommen würde.

Sicher, ein *Mord* ... das war in der *Überwachten Welt* nicht so einfach. Da stahl man noch leichter die Chinesische Mauer. Allein das Wort hatte den finsteren alchimistischen Glanz jener Verbrechen wie Königsmord oder Gotteslästerung, die längst in den Verliesen der Geschichte verschwunden waren.

Dennoch. Auch im Jahre 2162 war Mord nicht unmöglich. Selbst außerhalb der *Überwachungsfreien Zone*, unter dem liebevoll panoptischen Blick des *Mechanismus*. Denn der *Mechanismus* war nicht unfehlbar, und selbst dieser unermüdliche technische Gott konnte nicht überall zugleich sein. Die *Obligatorischen Implantate* hatten zwar die Aufgabe, die schlimmsten kriminellen Neigungen noch vor der Pubertät aus den unreifen Gehirnen auszumerzen ... Aber solche Neigungen waren nicht präzise zu fassen, und deshalb war es unvermeidlich, dass hin und wieder jemand durch die Maschen schlüpfte. Jemand mit den mentalen Schaltkreisen für niedere Motive und vorsätzliche Planung.

Und um ein solches Verbrechen zu begehen, war das Amboseli-Becken sicher nicht der schlechteste Ort, der einem einfallen konnte.

Wann war Memphis ums Leben gekommen? Als Geoffrey fort gewesen war und den alten Mann nicht im Auge behalten konnte.

Wo war er ums Leben gekommen? Draußen im Busch, wo die ER eher schwach war und der *Mechanismus* unwirksam. Memphis hatte nicht einmal sein biomedizinisches Armband getragen – wobei man das nach seinem Tod auch leicht hätte abnehmen können.

Wer hatte ihn gefunden? Hector und Lucas. Die Cousins.

Geoffrey schloss die Augen und versuchte, seine Gedanken in eine andere Richtung zu lenken. Es gelang ihm nicht.

Die Cousins hatten Memphis getötet.

»Entschuldige, dass ich dich da hineingezogen habe«, sagte er.

»Wo willst du mich denn hineingezogen haben? Wir haben noch kaum angefangen.«

»Familienkram«, sagte er. »Memphis. Alles.«

»Du hast mir eine Möglichkeit gegeben, aus Lagos rauszukommen, Geoffrey. Wieso sollte ich dir deshalb böse sein?«

»Obwohl dabei auch Eigeninteresse eine Rolle spielte?«

»Wie gesagt, eine rein geschäftliche Beziehung. Solange wir uns darüber im Klaren sind, ist alles gut.« Sie stocherte in ihrem Essen herum wie ein Vogel in den Abfällen am Straßenrand. Auch Geoffrey hatte wenig Appetit. Sogar der Kaffee schwappte in seinem Magen wie eine giftige Brühe. »Hat man darüber gesprochen …«, begann sie und verstummte.

»Worüber?«

Jumai holte tief Luft und reckte das Kinn vor. An diesen Ausdruck erinnerte er sich noch von früher. »Ich gehe davon aus, dass es eine Trauerfeier geben wird. Ich habe es nicht geschafft, zur Feier deiner Großmutter zu kommen, aber wenn ich nun schon einmal hier bin …«

»Bisher liegt nichts vor. Memphis hat sich mir gegenüber nie dazu geäußert, was nach seinem Tod geschehen sollte, und ich kann mir nicht vorstellen, dass er dem Rest der Familie gegenüber offener gewesen sein soll. Nicht einmal Sunday steht ihm so nahe wie ich. Nicht steht – stand.« Er rang sich ein Lächeln ab. »Daran muss ich mich erst noch gewöhnen. Aber es ist gut, dass du das Thema ansprichst, ich hatte nämlich noch keinen Gedanken daran verschwendet.«

»Wirklich?«

»Ich war ausschließlich darauf fixiert, was geschehen war und was es bedeutet … aber du hast recht. Natürlich wird es eine Trauerfeier geben, und ich möchte, dass meine Schwester daran teilnimmt.«

Jumai sah ihn skeptisch an. »Obwohl sie auf dem Mars ist?«

»Früher oder später wird sie zurückkommen. Bei Memphis haben wir es nicht so eilig, ihn einzuäschern und seine Asche zu verstreuen wie bei meiner Großmutter. Damals war die Zeit so knapp, dass nicht alle nach Hause kommen konnten, schließlich waren einige von uns bis auf Titan. Bei Memphis wird es anders sein.«

Jumai nickte kühl. »Und du wirst dafür sorgen.«

»Ja«, bestätigte Geoffrey. »Weil ich das meiner Schwester schuldig bin. Und weil Memphis es so gewollt hätte.«

»Eines habe ich beim Tod deiner Großmutter nicht verstanden«, sagte Jumai. »Natürlich wollte man die Feier meinetwegen nicht verschieben. Aber warum musste der Rest der Familie so schnell hier sein?«

»Weil es Eunices Wunsch war«, sagte Geoffrey. »Sie wollte schnell eingeäschert werden, und sie wollte, dass die Asche schnell verstreut wurde. Bis die ganze Familie nach Afrika zurückkehren konnte, hätte womöglich ein Jahr vergehen können, und so lange wollte sie nicht warten.«

»Hat sie dir das gesagt?«

»Nein«, antwortete er zögernd. »Das weiß ich von Memphis.« Und dann zerbrach er sich den Kopf darüber, was das wohl bedeutete.

Nach dem Frühstück ging Jumai schwimmen. Geoffrey kehrte in sein Zimmer zurück und setzte sich auf das gemachte Bett. Er zog die oberste Schublade des Nachtkästchens heraus, entnahm ihr den Schuh, den er von der Forschungsstation mitgebracht hatte, und wiegte ihn in den Händen. Der feine ockerfarbene Staub heftete sich an seine Finger. Die Schnürsenkel waren noch gebunden. Der Schuh war dem alten Mann vom Fuß gerutscht, ohne dass sie aufgegangen wären. Geoffrey berührte den Knoten und überlegte, welchen Schuh Memphis wohl immer zuerst geschnürt hatte, den rechten Schuh oder den linken. Im Geiste sah er vor sich, wie Memphis einen Fuß auf das Fahrwerk der Cessna stellte und die Schnürsenkel band, aber er wusste nicht mehr, mit welchem Schuh er angefangen hatte. Schon jetzt entglitten ihm solch alltägliche, unbedeutende Kleinigkeiten. Und dabei war erst ein einziger Tag vergangen.

Er legte den Schuh zurück und schob die Schublade wieder zu. Keine Ahnung, warum er ihn aufgehoben hatte, als Memphis' Körper in dem Kokon in den Krankenflieger geladen wurde. Vielleicht hatten ihn Hector und Lucas sogar dabei beobachtet, er wusste es nicht genau.

Er trat an seinen Schreibtisch, setzte sich auf den Stuhl und subvokalisierte eine Anfrage an die Vereinigten Wasser-Nationen über Informationen in Bezug auf den Status der Immobilie GGFX13419/785G, auch als *Winterpalast* bekannt. Die Daten waren öffentlich zugänglich, doch selbst wenn nicht, lief die Anfrage durch die Kanäle der Akinya.

Zeilen erschienen vor ihm in der Luft:

>Datum: 20/2/62 07:14:03:11 KUZ
>Thema: Anfrage wegen Entsorgung von verlassener Immobilie
>Immobilienkennzahl: GGFX13419/785G
>Immobilientyp: axial stabilisiertes frei schwebendes Habitat
>Status: Entsorgung genehmigt
>Art der Entsorgung: beliebig.

»Was beunruhigt dich?«, fragte Eunice.

Er wollte erst nicht antworten, doch dann gab er nach. »Sie wollen den *Winterpalast* demontieren.«

»Lass sie doch.« Sie zuckte vollkommen gleichgültig mit den Achseln. »Ich lebe nicht mehr dort, Geoffrey. Wer braucht schon noch mehr Schrott im Lunaren Orbit?«

»Es ist kein Schrott. Es ist Geschichte, ein Teil von uns, er hat uns mit zu dem gemacht, was wir sind. Die Cousins können ihn nicht einfach auf den Müll werfen.«

»Offenbar doch.« Sie rief dieselben Daten ab und sah sich den Text an.

»Es sei denn, jemand hindert sie daran«, sagte Geoffrey.

»Du hast doch wohl nicht vor, irgendwelche Dummheiten zu machen?«

»Darüber reden wir noch.«

Geoffrey subvokalisierte die Löschung der Zeilen und ging hinaus, um nach den Cousins zu suchen. Hector begegnete er zuerst. Er kam vom Tennisplatz zurück, das schweißnasse Handtuch um den Hals geschlungen. Ein Stellvertreter ging mit einem Schläger in der Hand neben ihm her. Geoffrey versperrte den beiden den Weg.

»Wer immer Sie sind«, erklärte er dem Stellvertreter. »Sie können sofort nach Hause chingen.«

»Das ist gerade sehr ungünstig, Geoffrey«, sagte Hector mit einem vernichtenden Blick. »Ich bin ja an deine Grobheiten gewöhnt, aber du hast nun wirklich keine Veranlassung, meine Gäste zu beleidigen.«

»Ich wollte ohnehin gehen«, sagte der Stellvertreter. »Schönes Spiel, Hector. Das sollten wir bald wiederholen.« Damit wurde die Ching-Verbindung unterbrochen, der Stellvertreter ließ die Schultern hängen und den Kopf sinken. Das Racket drohte ihm aus der schlaffen Hand zu rutschen.

Hector nahm es ihm ab, klappte es mit seinem eigenen zusammen und befahl dem Stellvertreter, ins Depot zurückzukehren.

»Das war nicht nötig, Cousin.«

»Du wirst es überleben.«

Der Stellvertreter huschte davon wie in einem Zeitrafferfilm. Hector rang sich ein gequältes Lächeln ab. »Und gestern dachte ich noch, wie schön, dass wir uns alle so gut verstehen.«

»Das war gestern«, sagte Geoffrey.

»Kann ich dir irgendwie behilflich sein?«

»Am besten erzählst du mir gleich einmal, was da draußen wirklich passiert ist.«

»*Wo* draußen, Cousin?« Hector nahm das Handtuch ab und frottierte sich damit das schweißnasse Haar.

»Memphis' Tod. Der kam euch doch sehr gelegen, nicht wahr? Hat mit einem Schlag alle eure Probleme gelöst. Kein Wunder, dass du in Stimmung für ein Tennismatch bist.«

»Du gehst jetzt ins Haus zurück, atmest einmal tief durch und fängst noch einmal von vorne an. Wir werden beide so tun, als hätte dieses Gespräch nie stattgefunden.«

»Ich sage ja nicht, dass ihr ihn getötet habt«, platzte Geoffrey heraus und erkannte im gleichen Atemzug, dass er zu weit gegangen war. Er hatte die Kontrolle verloren. Eunice hatte von Weitem zugesehen und schüttelte den Kopf.

Hector nickte abschätzig. »Das ist auch gut so. Denn sonst …«

»Aber es passt doch in eure Pläne, nicht wahr? Ihr könnt es gar nicht erwarten, Eunice und alles, was sie getan hat, zu begraben. Ihr wollt möglichst schnell das Kommando übernehmen, ohne befürchten zu müssen, dass euch aus der Vergangenheit irgendwelche bösen Überraschungen anspringen.«

Hector warf sein Handtuch auf den Weg, wohl wissend, dass ein Haushaltsroboter kommen und es aufheben würde. »Ich glaube, wir beide müssen uns einmal ernsthaft unterhalten. Seit deiner Rückkehr vom Mond benimmst du dich sehr sonderbar. Genauer gesagt, noch sonderbarer als sonst. Was wolltest du eigentlich in Tiamaat?«

Geoffrey sah ihn ausdruckslos an.

»Glaubst du etwa, ein Flugzeug lässt sich nicht orten?«, setzte Hector nach. »Wir wussten genau, wo du warst. Willst du dich jetzt bei den Pans einschmeicheln? Nun, zugegeben, sie haben Geld. Aber sie tun nichts umsonst. Ich würde ihnen nicht weiter über den Weg trauen als *uns*, wenn ich nicht selbst ein Akinya wäre.«

»Der Mann hat nicht unrecht«, bemerkte Eunice.

»Vielen Dank, aber ich entscheide schon noch selbst, wem ich meine Loyalität schenke«, sagte Geoffrey.

»Daran hindert dich niemand«, gab Hector zurück. »Aber wenn du glaubst, du könntest die Pans vor deinen Karren spannen, dann machst du einen großen Fehler. Was hast du ihnen denn zu bieten? Geld ist es sicher nicht, und wenn sie es auf Charme und diplomatisches Geschick abgesehen haben …« Hector tippte sich mit den beiden Rackets an die Stirn. »Ach so, warte. Es gibt nur zwei Möglichkeiten: Elefanten oder Elefantendung.« Er ließ die Rackets wieder sinken. »Du glaubst, du bist ihnen voraus, Geoffrey? Bildest dir ein, du könntest sie für dich arbeiten lassen, anstatt umgekehrt? Dann bist du noch naiver, als ich dachte, und das will etwas heißen.« Er hielt inne und wurde ernst. »Wenn ich ganz ehrlich bin, war es Lucas und mir vollkommen egal, ob Memphis da war oder nicht. Er war ein alter Mann, der seine beste Zeit hinter sich hatte. Doch was immer da draußen passiert ist, wir hatten nichts damit zu tun, und das solltest du möglichst schnell in deinen Schädel bekommen. Du dagegen hast einem alten Mann deine Drecksarbeit aufgehalst, weil du etwas Besseres zu tun hattest. Nicht ich bin derjenige, der sein Gewissen gründlich erforschen sollte.«

»Ich werde nicht zulassen, dass ihr den *Winterpalast* abreißt.«

»Soll heißen?«

»Das brauche ich dir nicht zu erklären. Eunice ist tot. Memphis ist tot. Die einzige Verbindung zur Vergangenheit ist jetzt noch … dieses *Ding* da oben. Und das könnt ihr nicht in Ruhe lassen.«

»Lucas hatte recht … er hatte mich gewarnt. Es war ein Fehler, dir eine nützliche Aufgabe zu geben. Ich hätte auf ihn hören sollen.« Hector wischte sich den Schweiß aus den Augenwinkeln. »Du genießt gewisse Vorteile, Cousin. Du glaubst, du wärst uns anderen überlegen, aber wenn Not am Mann ist, kommst du gern zur Familie gelaufen. Ein Zimmer, für das du nichts bezahlst? Freie Mahlzeiten, kostenloser Transport? Den Familiennamen beiläufig erwähnen, um sich gewisse Türen zu öffnen?«

Geoffrey sah ihn empört an. »Das habe ich nie getan.«

»Ich glaube, du hast den Bezug zur Realität verloren. Ich werde dich nicht aus dem Haus jagen, solange du einen Gast hier hast, aber alle deine anderen Privilegien kannst du als aufgehoben betrachten. Für alle Zukunft. Ich werde für Jumai eine Bahnfahrkarte besorgen und sie mit einem Airpod zum Bahnhof bringen lassen, aber das veranlasse ich und nicht du. Du solltest dich schämen, Geoffrey. Hör auf, bevor du noch mehr Schaden anrichtest.«

Geoffrey holte zu einem Fausthieb aus.

Es war ein Impuls, dumm und unüberlegt, keine geplante Handlung. Hätte er auch nur einen Moment länger nachgedacht, als ihn die Wut überkam, er hätte erkannt, wie vollkommen sinnlos eine solche Geste war.

Hector zuckte nicht einmal zusammen; kaum dass er die Rackets hob, um sich zu schützen. Er trat lediglich einen Schritt zurück und überließ es dem *Mechanismus*, Geoffreys

Absicht zu analysieren und die Ausführung des Gewaltaktes zu verhindern. Als Geoffrey draußen an der Forschungsstation mit den Cousins aneinandergeriet, war es anders gewesen. Dort war die ER sehr dünn und die Allwissenheit des *Mechanismus* lückenhaft gewesen.

Hier war das anders. In dieser zivilisierten Umgebung wurde er jeden Augenblick aus einer Million verschiedenster Perspektiven beobachtet, von einem Publikum von stets wachen Sensoren, die an das unermüdliche, friedenstiftende Netz der *Überwachten Welt* angeschlossen waren. In der Erde unter seinen Füßen, im glänzenden Granit einer Mauer, ja sogar in der Luft gab es mehr Kameraaugen, als er sich vorstellen konnte. Seine Bewegungen waren modelliert und hochgerechnet worden. Algorithmen hatten angeschlagen und die Eskalation prognostiziert. Ein winziges Erdbeben an jenem Knotenpunkt im äquatornahen Ostafrika hatte den *Mechanismus* aufgestört. In seinem Epizentrum stand eine verhängnisvolle Erkenntnis: *Ein menschliches Wesen war im Begriff, einem anderen Schaden zuzufügen.*

Die Algorithmen diskutierten. Expertensysteme befragten einander. Entscheidungsbäume verzweigten sich endlos. Fallbeispiele aus früherer Zeit wurden gesichtet, um die beste Interventionspraxis zu finden. Um menschliche Spezialisten zu befragen, war die Zeit zu knapp; sie würden erst hinzugezogen werden, wenn der *Mechanismus* gehandelt hatte.

Geoffrey hatte noch kaum zu dem Hieb angesetzt, als ihm eine Axt in den Schädel fuhr.

Es waren nur Kopfschmerzen, aber sie kamen so plötzlich wie ein Blitzschlag, und der Schmerz war ebenso vernichtend. Geoffrey war auf der Stelle außer Gefecht gesetzt. Er konnte kein Glied mehr rühren, war nicht einmal fähig, seine Qualen hinauszuschreien. Eunice verschwand, brach ab wie ein gestörtes Signal. Der Schwung, mit dem er den Hieb angesetzt hatte, brachte Geoffrey aus dem Gleichgewicht. Er stürzte an Hector vorbei und fiel steif wie eine Statue zu Boden.

Die Lähmung ließ nach. Hilflos und zitternd lag er da. Staub und Steine knirschten zwischen seinen Zähnen, seine Handflächen brannten, und er hatte die Kontrolle über seine Blase verloren und sich eingenässt.

Die Intervention war so schnell vorüber, wie sie gekommen war. Die Kopfschmerzen waren bis auf ein leichtes Pochen wie von einer anhaltenden Migräne verschwunden.

»Das war … dumm.« Hector stieg über ihn hinweg und bückte sich, um ihm mit den Rackets auf den Oberschenkel zu klopfen. »Sehr, sehr dumm. Jetzt wird man eine Untersuchung einleiten, und du weißt, was das bedeutet. Man wird Psychologen zuziehen. Neuropraktiker. Unser Name wird noch weiter durch den Schmutz gezogen werden. Und alles nur, weil du dich nicht wie ein verantwortungsbewusster Erwachsener benehmen konntest.«

Geoffrey stemmte sich hoch. Unter dem Schock über das Geschehene brodelte nach wie vor die Wut. Es war absurd, aber er hatte immer noch den Wunsch, Hector zu schlagen, ihm dieses Lächeln aus dem Gesicht zu prügeln.

Eunice war nicht wieder aufgetaucht.

»Wir sind noch nicht fertig«, sagte er.

Er bot ein trauriges Bild. Hector wandte sich ab. »Geh und mach dich frisch.«

21

Geoffrey zitterte noch immer und bemühte sich nach Kräften, jeden Gedanken an die Folgen des Zwischenfalls zu verdrängen. Er warf seine verschmutzte Kleidung in die Wäsche und zog sich frisch an. Nur zu gern hätte er die Schuld bei Hector gesucht.

Doch selbst wenn sein Cousin ihn dazu provoziert hatte, gewalttätig zu werden, für die Intervention war er nicht verantwortlich. Das war ja das Besondere: Der *Mechanismus* war immun gegen Einflüsse von außen. Und die Sache war auch noch nicht zu Ende. Es mochte Stunden oder auch Tage dauern, aber man würde ihn zur Rechenschaft ziehen. Psychologen und Neuropraktiker würden ihn gründlich durchleuchten. Die menschlichen Berater des *Mechanismus* würden sich nicht nur vergewissern, dass er seine Tat auch hinreichend bereute, sie wollten auch ganz sichergehen, dass der Impuls nur eine momentane Verirrung und nicht Ausdruck einer tieferen psychischen Störung war, die weitere chirurgische Eingriffe erforderlich machte.

Kein Zweifel, er steckte tief in Schwierigkeiten. Doch er hatte immer noch allen Grund, den Cousins zu misstrauen, allen Grund zu der Annahme, dass sie keine Zeit verlieren würden, um Eunices Erbe zu vernichten.

Er schloss die Tür bis auf einen Spalt und initialisierte von seinem Zimmer aus über Truros gesicherten quantenverschlüsselten Kanal einen Ching nach Tiamaat.

»Es gibt eine neue Entwicklung«, sagte Geoffrey, als der Meermann mit dem glatten Gesicht endlich Gestalt angenommen hatte.

»Sie sprechen von den Entsorgungsplänen?« Truro nickte so energisch, dass seine Speckschicht schwabbelte. Sein Körper war zur Hälfte unter pastellblauem Schaum verborgen. »Ich hatte mir schon gedacht, dass das auch Ihrer Aufmerksamkeit nicht entgangen ist. Noch gibt es keinen Termin für die Operation, aber nachdem die Genehmigung erteilt ist, müssen wir davon ausgehen, dass der Abriss eher früher als später durchgeführt wird.«

»Da ist noch etwas. Ich habe mich eben ziemlich … impulsiv verhalten. Es war eine Dummheit.« Geoffrey konnte dem Pan nicht in die Augen schauen und senkte den Blick. »Ich habe mich mit den Cousins angelegt.«

»Unter den gegebenen Umständen nur allzu verständlich.«

»Ich wollte einen von ihnen schlagen.«

»Aha«, sagte Truro nach kurzem Überlegen. »Ich verstehe. Und dieser … *Akt* … wurde …«

»Der *Mechanismus* hat interveniert.«

»Puh.« Die großen schwarzen Seehundaugen zwinkerten mitfühlend. »Das war sicherlich schmerzhaft. Und wahrscheinlich auch demütigend.«

»Ich hatte schon bessere Vormittage.«

»Irgendwelche früheren Vorfälle dieser Art?«

»Ich habe nicht die Angewohnheit, mit den Fäusten auf andere Leute loszugehen, nein.« Aber er musste gründlich überlegen. »Als Teenager bin ich einmal in eine Rauferei geraten. Wegen eines Kartenspiels. Oder eines Mädchens. Vielleicht beides. Das war das letzte Mal. Zuvor nur die üblichen Kindereien, mit denen wir alle ausloten, wo die Grenzen liegen.«

»Dann sind wohl keine nachhaltigen Komplikationen zu befürchten. Im Grunde bleiben wir trotz der *Obligatorischen Implantate* immer noch Tiere. Der *Mechanismus* erwartet nicht, dass wir Heilige sind. Dennoch … gerade *jetzt* wird dadurch alles komplizierter.«

»Das dachte ich mir.«

»Die übliche Vorgehensweise in dieser Situation wäre eine … ich glaube, man nennt es Zwangsbewährung zu verhängen. Aussetzung von ER- und Ching-Rechten, Einschränkung der Bewegungsfreiheit und so weiter – bis ein Team von Sachverständigen zu dem Schluss kommt, dass Sie keine dauerhafte Bedrohung für die Gesellschaft darstellen und Ihr Leben weiterführen können, ohne dass weitere Eingriffe erforderlich sind … ein entsprechender Eintrag in Ihre Verhaltensakte wird natürlich erfolgen. Sollten Sie noch einmal in etwas dergleichen verwickelt werden, wird der *Mechanismus* annehmen, dass die Initiative von Ihnen ausgegangen ist … und dann würde die Strafe entsprechend härter ausfallen.«

Im Klartext: Der *Mechanismus* würde auch töten, um unschuldiges Leben zu schützen. Die Gefahr bestand durchaus, auch wenn nur sehr selten zu diesem Mittel gegriffen wurde. Geoffrey stand mit seiner Tat noch ganz unten auf der Skala der Verbrechen, die für diese drastische Form der Intervention infrage kamen. Dennoch … er war immerhin auf dieser Skala gelandet, und das machte ihn nicht gerade glücklich.

»Was soll ich tun?«

»Wir müssen Sie vor dem offiziellen Beginn der Zwangsbewährung nach Tiamaat holen. Darüber muss ein Mensch mit entscheiden, der wahrscheinlich ein Dutzend anhängiger Fälle auf seinem Tisch liegen hat. Das heißt, uns bleiben schätzungsweise ein bis zwei Stunden.«

»Was nützt es mir, wenn ich in Tiamaat bin?«

»Es gibt Mittel und Wege. Aber Sie müssen zu uns kommen, Geoffrey. Wir können Sie diesmal nicht abholen.«

Er sah sich in dem kleinen, spärlich möblierten Raum um. Er war so unpersönlich wie ein Hotelzimmer. Wenn er ihn nie wiedersah, würde er ihn nicht vermissen. Bis auf ein paar Ziergegenstände würde er nichts von sich zurücklassen.

»Ich werde sehen, was ich tun kann.«

»Beeilen Sie sich«, mahnte Truro. »In dieser Lage ist ›Eile mit Weile‹ keine gute Devise.«

Jumai zog ihre Bahnen durch das Becken und schoss dabei so schnell und elegant durch das Wasser wie ein Schwertfisch. Diese dem Menschen im Grunde fremde Art der Fortbewegung schien für sie die einzig angemessene Möglichkeit des Vorwärtskommens zu sein.

»Hättest du vielleicht Lust zu einem kleinen Rundflug?«, fragte Geoffrey beiläufig, als sie an einem Ende des Pools eine Atempause einlegte und sich mit den Armen auf den Rand stützte.

»Gibt es in Zusammenhang mit Memphis' Tod nicht irgendwelche Dinge zu erledigen?«

»Nichts, was nicht warten könnte.«

»Alles in Ordnung, Geoffrey?« Sie bemerkte seine frische Kleidung. »Warum hast du dich umgezogen?«

Er zuckte die Achseln. »Einfach so.«

Sie zuckte ihrerseits mit den Schultern und schien sich damit zufriedenzugeben. »Kann ich vorher noch ein paar Bahnen schwimmen?«

Er nickte zum Horizont hin. Der Himmel war klar und blau, nicht der leiseste Hauch einer Bewölkung, keine Spur von den Regenfällen, die sie über Kigali durchflogen hatten. »Da ist eine Schlechtwetterfront im Anmarsch. Ich dachte, wir könnten ihr vielleicht zuvorkommen.«

»Eine Front? Tatsächlich?«

»Änderung der Wettervorhersage«, erklärte er etwas lahm.

»Und es kann nicht warten?«

»Nein.« Er konnte nur hoffen, dass sie in seinen Augen las, was er nicht laut aussprechen konnte. »Nein, das kann es nicht.«

»Schön. Dann sollte ich wohl zusehen, dass ich aus dem Wasser komme.«

Sie zog sich rasch um und kam mit zerzaustem, handtuchfeuchtem Haar zurück. Geoffrey war unruhig, er wusste nicht, wann sich die eisernen Fesseln der Zwangsbewährung um ihn schließen würden.

»Was ist passiert?«, fragte sie leise, als sie den parkenden Airpods zustrebten.

»Etwas.«

»Hat es mit mir zu tun?«

»Nicht mit dir.« Er sprach ebenso leise. »Aber du musst mitkommen.«

»Geht es um diesen Job?«

»Könnte sein.«

Er befahl dem nächsten Airpod mit einer Handbewegung, sich zu öffnen. Jumai stieg ohne Bedenken ein, Geoffrey folgte dicht hinter ihr. Erst in der Kühle des Fahrgastraums wurde ihm bewusst, dass ihm der Schweiß auf der Stirn stand. Jetzt trocknete die Feuchtigkeit und ließ ihn frösteln.

Er subvokalisierte »Manuell« und wartete darauf, dass sich die verdeckten Steuerelemente aus ihren Nischen schoben, ausklappten und gezielt in seine wartenden Hände glitten. Ein Augenblick verging, ein zweiter. Seine Hände griffen noch immer ins Leere.

»Manuell«, wiederholte Geoffrey.

»Sie sind leider nicht berechtigt, auf die manuelle Steuerung zuzugreifen«, erklärte das Airpod mit aufreizender Freundlichkeit. »Bitte nennen Sie ein Ziel oder einen Vektor.«

Jumai sah Geoffrey an. »Hat man dich ausgesperrt?«

»Bring mich zur Aqualogie Tiamaat«, befahl er.

»Dieses Ziel ist unbekannt«, antwortete das Airpod. »Bitte formulieren Sie es neu.«

»Bring mich über dem Somalibecken auf das Meer hinaus.«

»Ich bitte um genauere Angaben.«

»Flieg genau nach Osten.«

»Dieser Vektor ist leider nicht zulässig.«

»Du darfst mich nicht nach *Osten* fliegen?«

»Ich darf keine Ziele oder Vektoren annehmen, die einen Flug über offenes Wasser erforderlich machen.«

Geoffrey schüttelte verwirrt den Kopf. »Wer hat diese Einschränkung verhängt?«

»Mir ist leider nicht gestattet ...«

»Schon gut.« Geoffrey ballte die Fäuste. Das Airpod war nicht zu gebrauchen. Er öffnete die Kanzel. Die kühle, parfümierte Luft entwich, die Hitze Afrikas konnte wieder eindringen. »Zur Hölle mit Lucas und Hector.«

Jumai zog sich hinaus. »Wahrscheinlich sind sie alle blockiert, nicht wahr?«

»Die Airpods schon«, sagte Geoffrey. »Aber nicht die Cessna.«

Das kleine Flugzeug stand ganz am Ende der Reihe und war bereits zum Anrollen gewendet. »Maschine starten«, subvokalisierte Geoffrey, noch bevor sie es erreicht hatten. Der Propeller begann sich zu drehen, der Wasserstoff-Elektro-Motor lief bis auf ein anschwellendes Heuschreckensummen, das sich rasch in den Ultraschallbereich emporschraubte, nahezu lautlos. Zumindest das sah gut aus. Er glaubte zwar nicht, dass die Cousins die Möglichkeit hatten, ihm die Kontrolle über die Cessna zu entziehen, aber inzwischen traute er ihnen fast alles zu.

»Wenn du gewusst hast, dass sie die Cessna nicht am Boden

halten können«, sagte Jumai, »warum haben wir sie dann nicht …«

Die Wasserstoffleitung war ausgesteckt worden und lag neben dem Flugzeug am Boden. Geoffrey hatte sie nach seiner Landung angeschlossen, dafür hatte seine Konzentration noch gereicht, wann allerdings die Cousins gekommen waren, um sie abzunehmen, wusste er nicht.

»Nimm dich vor dem Propellerwind in Acht.« Geoffrey öffnete die Tür, Jumai stieg im Schatten des Flügels ein und nahm auf dem Sitz des Kopiloten Platz. Geoffrey entfernte die Bremsschuhe und stieg zu ihr ins Cockpit. Die Funktionskontrollen vor dem Abflug sparte er sich, löste die Bremsen und fuhr den Motor auf Rollgeschwindigkeit hoch. Die Cessna rollte an und holperte über Erdhügel und Räderfurchen zur Startbahn. Erst jetzt kontrollierte er den Treibstoffstand. Niedriger, als ihm lieb war, immerhin war der Tank nicht leer. Die Füllmenge könnte gerade ausreichen, um bis nach Tiamaat zu kommen.

»Wir sind auf der Flucht, nicht wahr?« Jumai kämpfte mit ihrem Anschnallgurt. »Darauf läuft es doch hinaus?«

Geoffrey drehte das Flugzeug in Startrichtung. »Ich habe Mist gebaut. Ich habe Hector geschlagen.«

Sie wiederholte die Worte, als traute sie ihren Ohren nicht. »Du hast Hector ›geschlagen‹?«

»Ich wollte es. Aber der *Mech* hat eingegriffen und mir einen Felsblock auf den Schädel fallen lassen.«

»Mannomann!« Sie grinste, entzückt und entsetzt zugleich. »Was Konfliktlösung angeht, hast du noch einiges zu lernen, Geoffrey.«

»Zwischen mir und meiner Familie herrscht Krieg. Diese Eskalation war der nächste logische Schritt.«

»Hm. Ich glaube, so etwas nennt man präventive Vergeltung.« Sie schüttelte den Kopf. »Und was nun?«

Er drückte den Gashebel nach vorne bis zur Startleistung.

Die Cessna beschleunigte. Zunächst war die Fahrt ziemlich holprig, dann glich die Geschwindigkeit die Unebenheiten des Untergrunds aus. »Nun machen wir uns auf den Weg nach Tiamaat.«

»Sind die zu knausrig, um dir ein Flugzeug zu schicken?«

»Das geht nicht mehr, seit ich Ärger mit dem *Mechanismus* habe. Außerdem wollen sie sich nicht offen mit der Familie anlegen.«

Sie hatten die Startgeschwindigkeit erreicht. Er zog die Maschine hoch.

»Irgendwie hast du dich verändert«, sagte Jumai. »Ich weiß nicht, ob zum Besseren, aber du bist eindeutig nicht mehr der Alte. Früher warst du langweilig.«

»Und jetzt?« Geoffrey zog die Maschine steil nach links und überflog das weiß-blaue ›A‹ des Familiensitzes.

»Nicht mehr so sehr.« Jumai öffnete ihren Sicherheitsgurt. »Also … wie weit bis zur Küste?«

»Etwa fünfhundert Kilometer.« Wieder warf er einen Blick auf die Tankanzeige und überlegte, ob er wohl zu optimistisch war. »Sagen wir zwei Stunden Flugzeit. Danach müssen wir noch nach Tiamaat hinaus.« Er klopfte auf das Armaturenbrett. »Aber wir sind gut dabei.«

»Zu Fuß wären wir schneller.«

»Sie ist eine alte Maschine, aber das ist ein Vorteil – an alte Maschinen kommen die Cousins nicht heran.«

»Könnte es sein, dass die Cousins nicht unsere größte Sorge sind?«, fragte Jumai. »Erst recht, wenn der *Mechanismus* sauer auf dich ist.«

Geoffrey lächelte. Unter ihnen raste der Familiensitz vorbei. An einer der Mauern standen zwei Gestalten, hatten die Hände über die Augen gelegt und schauten zu ihnen empor. Er wackelte mit den Flügeln und steuerte in Richtung Ozean.

Natürlich war es wieder einmal nicht so einfach. Sie waren kaum zehn Minuten in der Luft, als ihn zwei Airpods von beiden Seiten mit nur einer Flügelbreite Abstand in die Zange nahmen. Geoffrey löste den Blick gerade so lange vom Horizont, um sich zu vergewissern, dass es die Cousins waren. Sie flogen in denselben beiden Maschinen, die bei Memphis' Leiche am Boden geparkt gewesen waren. Hector hielt sich steuerbords, Lucas backbords.

»Ich glaube, sie wollen reden«, sagte Jumai. »Jemand versucht immer wieder, eine Projektion durchzukriegen.«

»Sie sollen bloß abhauen. Über vernünftige Gespräche sind wir längst hinaus.« Er musste Projektions-Anfragen abweisen, seit er die Cousins aus der Luft verspottet hatte. Es gab nichts mehr, was sie ihm hätten sagen können.

»Sie kommen uns ziemlich nahe. Ich weiß, dass Airpods nicht miteinander kollidieren können, aber …« Jumai ließ den Satz unvollendet.

»Keine Sorge«, beruhigte sie Geoffrey. »Wenn sie irgendetwas unternehmen, was auch nur so *aussieht*, als wollten sie uns zur Landung zwingen, dann bin ich für den *Mechanismus* ganz schnell nicht mehr das wichtigste Problem.«

»Das wird mich sehr trösten, wenn man mich vom Boden abkratzt.«

»Wir stürzen nicht ab. Außerdem müsste das hier für die Königin der Wiederherstellung hochgefährlicher Daten doch ein Spaziergang sein. Schließlich hast du es lachend mit Sprengstoffen und Nervengas aufgenommen.«

»Geoffrey …« Eine Stimme schob sich wie ein Eisbrecher in seine Gedanken. »Ich benütze diesen Kanal nicht gerne, aber du lässt mir keine andere Wahl.«

»Raus aus meinem Kopf, Lucas.«

Jumai sah ihn bestürzt an. Sie konnte den Cousin nicht hören.

»Sehr gerne«, antwortete Lucas, »wenn du eine konventionellere Verbindung zulassen würdest.«

»Was ist los?«, fragte Jumai.

»Lucas hat einen Weg in meinen Kopf gefunden«, erklärte Geoffrey. Er musste schreien, denn die Stimme zwischen seinen Ohren sprach immer noch weiter. »Ich weiß nicht wie.«

Er wusste es wirklich nicht. Wenn er nicht erreicht werden wollte, hatte bisher nicht einmal Memphis zu ihm durchdringen können, und es gab keinen Grund zu der Annahme, dass die Cousins irgendeinen geheimen Voodoozauber kannten, der ihnen eine Hintertür in Geoffreys Geist öffnete. Sonst hätten sie diese Tür ja bereits benutzen können, um ihm mitzuteilen, dass Memphis ums Leben gekommen war.

»Es ist ganz einfach«, hörte er Lucas sagen. »Du bist vom Schauplatz einer Intervention auf höchster Stufe geflüchtet, bevor ein Team zur Risikobewertung mit dir sprechen konnte. So etwas sieht der *Mechanismus* gar nicht gern. Er würde dich gleich noch einmal ausschalten, wenn er damit nicht dich und deine Geisel in Gefahr brächte.«

»Sie ist nicht meine Geisel«, stellte Geoffrey klar.

»Erzähle das den Behörden, Cousin. Der *Mech* hat mir den direkten Zugang ermöglicht, weil ich mit dir verwandt bin und dich vielleicht davon abbringen könnte, deine Situation noch zu verschlimmern.«

»Dann sag ihm, du hättest es versucht. Und jetzt hau ab.«

»Geoffrey, hör auf mich. Wir verstehen, dass die Situation für dich schwierig ist und dich emotional aufwühlt, aber wenn du jetzt den Kopf verlierst, setzt du noch ein weiteres Verbrechen obendrauf.«

»Gib nicht mir die Schuld, Lucas. Alles hat damit angefangen, dass ihr mich zum Mond geschickt habt.«

»Manchmal lässt man die Vergangenheit am besten ruhen«, sagte Lucas. »Wenn dir an dieser Familie und ihren Verpflichtungen etwas läge, würdest du das verstehen. Millionen von Menschen sind von uns abhängig und verlassen sich auf unsere Stabilität.«

»Unsere Aktien sind kaum gefallen, Lucas. Außer uns interessiert sich kein Mensch für Eunice.«

»Genau deshalb ist das, was du gerade machst, vollkommen sinnlos. Sie ist Geschichte, Geoffrey. Ein Geist.«

»Überlass das dem *Mechanismus*. Es ist nicht mehr dein Problem.«

Er hatte nicht erwartet, dass Lucas ihn beim Wort nehmen würde, doch nach wenigen Minuten zogen die Airpods der Cousins ab und ließen die Cessna allein am Himmel zurück. Geoffrey war überrascht, wie sehr ihn das erschütterte. Er drehte sich auf seinem Sitz um und sah den beiden kleiner werdenden Maschinen nach.

»Lucas ist fort«, sagte er leise.

»Sie waren machtlos«, sagte Jumai. »Du hast es selbst gesagt – sie hatten keine Möglichkeit, uns vom Himmel zu holen.«

Er hatte von vornherein gewusst, dass ihn der *Mechanismus* einholen würde. Inzwischen waren sie über dem Ozean, und die Treibstoffwarnung hatte schon dreimal angeschlagen, als zwei Maschinen der Zivilregierung in den amtlichen Farben Blau und Weiß und mit ER-erzeugten OAF und AU-Insignien auftauchten. Sie kamen von Nairobi oder Mombasa mit Kurs aufs Meer und waren größer und schneller als die Airpods der Cousins. Stumpfer Bug, kurze Flügel, über und über besetzt mit Mantelpropellern, hässlich wie Nashörner mit ihren rauen eckigen Rumpfplatten und den hornförmigen schwarzen Waffensystemen. Eine derart offene Machtdemonstration der Friedenshüter war in diesen Zeiten mehr als ungewohnt. Geoffrey wusste nicht mehr, wann er zumindest auf der Erde zum letzten Mal so etwas erlebt hatte. *Und all das für einen Niemand wie mich?*, hätte er am liebsten gefragt. *Das war doch nun wirklich nicht nötig.*

»Vielleicht war es ein Fehler, meine Stelle zu kündigen«, überlegte Jumai.

»Sie halten dich für meine Geisel«, sagte Geoffrey. »Jedenfalls nehmen sie diese Haltung ein. An deiner Stelle würde ich mir also keine Sorgen machen – sie werden nichts sagen oder tun, was dich in Gefahr bringen könnte.«

»Es sei denn, sie wühlen in meiner Vergangenheit und denken sich, hey, vielleicht ist diese nigerianische Exfreundin ja doch eine Komplizin.«

»Trotzdem werden sie keine Dummheiten machen. Ich habe kein Verbrechen begangen. Ich bin lediglich vom Schauplatz eines verhinderten Verbrechens geflüchtet.«

»Erzähl das dem Richter.« Sie schaute hektisch zwischen Backbord- und Steuerbordfenster, als verfolge sie ein schnelles Tennismatch. »Ich habe in meinem Leben schon so einige fiese Maschinen gesehen, Geoffrey, manche davon sogar selbst gesteuert …«

»Sie wollen uns einschüchtern. Deshalb werden wir uns nicht einschüchtern lassen.«

Um die Polizeiflugzeuge schwebten Hoheitszeichen wie bunte Neonreklamen, die sich in ihrem Sog verfangen hatten. Die Maschinen waren viel größer als die Cessna. Doch auch das war ein Vorteil für Geoffrey. Wenn die Piloten das kleine weiße Spielzeug sahen, würden sie es für eine morsche Antiquität halten, ohne zu ahnen, dass die alte Kiste viel stabiler war, als sie aussah.

»Geoffrey Akinya!« Die Stimme ertönte in seinem Kopf, genau wie zuvor die von Lucas. »Hier spricht die Zivilregierung. Bitte kehren Sie an Ihren Ausgangspunkt zurück.«

»Bedauere, kommt nicht infrage«, lehnte Geoffrey ab.

»Die Intervention war erforderlich, um die Ausführung einer Gewalttat zu verhindern, Geoffrey.« Man sprach mit ihm so nachsichtig wie mit einem Kind. »Unter solchen Umständen ist eine Überprüfung Vorschrift. Wenn Sie sich der Zwangsbewährung unterwerfen, haben Sie nichts zu befürchten. Ich fordere Sie hiermit auf, Ihre Maschine zu wenden.« Eine tiefe Männerstimme mit ausgeprägt tansanischem Akzent.

»Aufhalten können Sie mich nicht, richtig? Sie haben keine Möglichkeit, mich zu einer Kursänderung zu zwingen.«

Die Maschinen kamen näher. Sie waren so groß wie Häuser und so schwer gepanzert wie Bunker. Diese Art von Militärtechnik war mit einem Quastenflosser zu vergleichen. Sie hatte in der Gegenwart nichts mehr zu suchen. Doch jetzt erkannte Geoffrey, dass sie immer da gewesen war, ein Teil dieser Welt, den man so lange schamhaft versteckt hielt, bis der *Mechanismus* jemanden bei einem Verstoß ertappte.

»Das ist die letzte Warnung«, sagte die Stimme. »Kehren Sie auf der Stelle um.«

In diesem Augenblick ging der Treibstoff zu Ende. Geoffrey hatte noch nie eine Notwasserung gemacht, es wäre ihm gar nicht in den Sinn gekommen, dass er eines Tages in diese Lage geraten könnte. Notwassern musste man, wenn etwas schiefging, wenn man sich verschätzt hatte.

Doch nun musste er die Cessna auf dem Meer aufsetzen. Er flog knapp über Überziehgeschwindigkeit bei voll ausgefahrenen Landeklappen an und zog die Maschine im letzten Moment steil nach oben. Die Räder schnitten durch das Wasser. Die Maschine wurde rasch langsamer, der Bug tauchte ins Meer, dann kippte der Rumpf langsam nach steuerbord, bis die Flügelspitze unter Wasser war. Der Motor lief nicht mehr. Die Cessna schaukelte auf den grünen Wellen des Indischen Ozeans, als hätte sie schon immer darauf gewartet, zum Boot zu werden. Bis auf ein gelegentliches Knirschen des Flugwerks war nichts zu hören.

»Die Rettungsweste ist unter dem Sitz«, sagte Geoffrey. Die Seeluft kitzelte ihn in der Nase. »Wir müssen raus. Die Cessna ist kein Wasserflugzeug.«

Jumai zog ihre Rettungsweste heraus. »Soll das heißen, wir müssen um unser Leben schwimmen?«

»Ich fürchte, uns bleibt keine andere Wahl.«

»In diesen Gewässern gibt es Haie.«

Er nickte. »Keine Angst. Der *Mechanismus* ist wahrscheinlich schon dabei, alle großen Raubtiere aus diesem Gebiet zu verscheuchen oder einzuschläfern, wenn sie auf zarte Hinweise nicht reagieren.«

»Das hoffst du.«

»Gefressen zu werden ist im Moment unsere geringste Sorge.«

Die Regierungsmaschinen schwebten weiter über ihnen. Einerseits war das gut, denn es bedeutete, dass sie nicht lange auf Rettung zu warten brauchten – *Mechanismus* hin oder her, Geoffrey fand es nicht gerade verlockend, Stunden im Ozean zu verbringen. Schlecht war es allerdings in anderer Hinsicht, denn wenn Geoffrey und Jumai erst im Wasser waren, würde es nicht lange dauern, bis die Polizei sie herausfischte und in Gewahrsam nahm.

Die Cessna war bereits am Sinken. Nach dem Aufsetzen war durch die Türdichtungen und die Motoröffnungen Wasser eingedrungen. Geoffrey und Jumai kletterten in ihren Rettungswesten auf die schräge Oberfläche eines Flügels, aber das würde ihnen höchstens ein paar Minuten einbringen. Jumai setzte sich auf den schiefen Flügel und ließ die Beine über die Kante hängen. Geoffrey blieb stehen, die Hände in die Hüften gestemmt, die Knie gebeugt, um das Gleichgewicht zu halten, und suchte nervös den Horizont ab. Aus der Luft hatte er Land entdeckt, doch von hier unten war davon nichts mehr zu sehen.

»Was immer auch geschieht«, sagte Jumai, »um dein Flugzeug tut es mir leid.«

»Mir auch.«

Sie spürten einen dumpfen Schlag unter dem Rumpf. Es war, als hätte das Fahrwerk auf festem Boden aufgesetzt und die Federung hätte den Stoß gedämpft. Dann ging ein Ruck durch die Cessna, sie richtete sich auf, der Flügel stand wieder waagerecht. Geoffrey schwankte und hätte fast den Halt verloren. Jumai griff nach seinem Knöchel, drohte dabei aber ihrerseits abzurutschen. Das Wasser lief in breiten Rinnsalen ab.

So ruhig wie ein Fahrstuhl tauchte die Cessna aus dem Meer auf.

»Verdammt, was ist das?«, fragte Jumai.

Geoffrey zuckte verständnislos die Achseln.

Unter den Rädern befand sich eine Straße, die immer höher stieg und ans Tageslicht drängte. Auch von diesem schwarzen Band lief das Wasser über die breiten, gerundeten Flanken ab. Geoffrey drehte sich langsam um, er ahnte schon, was er sehen würde. Hinter ihm mündete die Straße in einen runden, schwarzen Turm, der sich nach oben hin verjüngte. Mit ihm kam eine breite überstehende Aussichtsplattform in Sicht.

»Wir sind auf einem U-Boot«, sagte Geoffrey. Er musste es wiederholen, um sich selbst zu überzeugen. »Wir sind auf einem U-Boot.«

Jumai sprang vom Flügel auf das glatte Deck mit dem Gummibelag. »Ist das nun gut oder schlecht?«

»Ich denke, es ist gut. Vorerst.«

Das Unterwasserfahrzeug kam von Tiamaat; das wusste er, noch bevor sich am Fuß des Turms eine Tür öffnete und ein Meeresbewohner in einem Exoskelett herauskam. Geoffrey bekam einen Schwall Gischt ins Gesicht und kniff die Augen zusammen.

Es war Mira Gilbert, gefolgt von drei weiteren Meeresbewohnern in Exos.

»Hallo, Landratten!«, rief sie und winkte. »Herein mit euch. Wir fahren los, sobald wir das Flugzeug geborgen haben.«

Geoffrey kletterte vom Flügel, legte eine Hand auf die Motorhaube und versicherte der Maschine, dass er bald wiederkommen würde. Dabei hatte er keine rechte Vorstellung, wie es nun weitergehen sollte. Seine wohlgeordneten Pläne, soweit vorhanden, waren zunichtegemacht. Er hatte ein schändliches Verbrechen begangen und war dann vom Tatort geflohen. Er hatte sich geweigert, sich der Autorität des *Mech* zu unterwerfen, und nun lieferte er sich Leuten aus, die er kaum kannte und denen er erst recht nicht vertraute.

Noch war es nicht zu spät. Noch schwebten die Regierungsflugzeuge über ihm. Er brauchte bloß ins Meer zu springen und sich von ihnen auffischen zu lassen. Einen Moment lang war er wie gelähmt und konnte sich nicht entscheiden. Zwei Versionen seines Lebens strebten auseinander wie die Kondensstreifen eines Flugzeugs.

»Wir warten, Mister Akinya«, drängte Mira Gilbert.

»Du brauchst nicht mitzukommen«, erklärte er Jumai. »Du könntest immer noch …«

»Scheiß drauf«, sagte sie mit einem verächtlichen Blick auf die wartenden Maschinen. »Wenn du nichts dagegen hast, setze ich lieber auf die Wasserleute. Und wenn du schlau bist, hältst du es genauso.«

Sie hatte natürlich recht. Er hatte sich in dem Moment festgelegt, als er versucht hatte, das Airpod zu starten. Jetzt Bedenken zu bekommen war zwecklos.

Sie gingen also hinein, und die Regierungsmaschinen warteten, während das U-Boot seine Tanks flutete und unter die

Wellen glitt. Es handelte sich um die *Alexander Newski,* einen Unterseefrachter aus der kleinen Flotte von Tiamaat. Seine Aufgabe war es, Ladungen aufzunehmen oder zu schleppen, die für die eleganten, überaus leistungsfähigen windgetriebenen Cyberklipper, die inzwischen neun Zehntel des globalen Frachtaufkommens dieser Welt beförderten, zu schwer, zu sperrig oder zu gefährlich waren.

Die *Newski* war gut einhundertfünfzig Jahre alt und hatte in einem früheren, düsteren Leben der nuklearen Abschreckung gedient. Nun war ihre Maschine die einzige Nukleartechnologie an Bord. Die Raketenschächte, die einstmals finstere Geheimnisse in sich geborgen hatten, waren geleert und in Laderäume umgewandelt worden. Das Schiff zog eine Kette von plumpen Frachtsäcken hinter sich her, so groß wie das U-Boot selbst und mit Hüllen aus Haihaut-Polymer, um den Widerstand zu verringern.

Nach den ausnehmend knapp bemessenen Mannschaftsräumen zu urteilen, brauchte die *Newski* nur eine sehr kleine Besatzung. Tatsächlich führte sie die meisten ihrer Fahrten wahrscheinlich unbemannt durch, allenfalls mit einigen Passagieren an Bord.

»Wie kommen Sie so schnell hierher?«, fragte Geoffrey, als sie wieder Fahrt aufgenommen hatten. Zuvor hatte ihm Mira Gilbert zum zwanzigsten Mal versichert, dass man sich um die Cessna kümmern würde.

»Die *Newski* war bereits in diesem Gebiet unterwegs«, antwortete die Meerfrau. »Routinemäßiger Frachttransport. Ich bin mit einem Pod eingeflogen, als es so aussah, als wäre ein Rendezvous möglich.«

Geoffrey und Jumai hatten trockene Kleidung und Handtücher bekommen und hielten randvolle Tassen mit salzigem, meergrünem Chai in den Händen. Die *Newski* war vollends untergetaucht und fuhr mit maximaler Reisegeschwindigkeit, doch im Inneren war davon nichts zu spüren. ER-Zugriff war nicht vorhanden, und in der Eisenhaut des Rumpfes gab es auch keine Bullaugen, durch die man schauen konnte.

»Ich weiß nicht, wie viel Ihnen Truro erzählt hat«, sagte Geoffrey, »aber ich habe eine Menge Ärger mit dem *Mechanismus*. Ich glaube nicht, dass man mich so leicht davonkommen lassen wird.«

»Zunächst können wir Ihre Behörden auf Abstand halten«, beruhigte ihn Gilbert. »Formaljuristisch sind Sie nämlich widerrechtlich in das Territorium der *Initiative* eingedrungen.«

»Weil ich mein Flugzeug notgewassert habe?«

Gilbert nickte eifrig. »Über unserem U-Boot.«

»Ich wusste doch nicht, dass es da war«, klagte Geoffrey in gelinder Verzweiflung. »Wie kann man das als widerrechtliches Eindringen werten?«

»Etwas Besseres konnte Ihnen gar nicht passieren. Sie befinden sich damit in unserem unmittelbaren Zuständigkeitsbereich, was bedeutet, dass wir verschiedene mehr oder weniger legale Verzögerungstaktiken anwenden können.«

Geoffrey fröstelte, obwohl man ihnen warme Kleidung gegeben hatte. Im Inneren der *Newski* war es kalt. »Bringt Sie das nicht in Konflikt mit dem *Mechanismus?*«

»Sie sind zu uns gekommen, nicht umgekehrt«, sagte Gilbert. »Das verändert die Situation. Jetzt kann man gewisse Prozeduren einleiten.«

»Nämlich?«, fragte Jumai.

»Wenn Geoffrey in Tiamaat die Staatsbürgerschaft beantragt, muss der *Mech* warten, bis wir unsere eigenen Psychotests abgeschlossen haben. Und wie lange das dauert, können wir in gewissen Grenzen selbst bestimmen.«

»Und was dann? Werden Sie mich trotzdem zurückschicken?«

»Kommt Zeit, kommt Rat. Im Moment beginnen wir mit dem Antrag auf Staatsbürgerschaft.« Sie bemerkte sein Zögern und lächelte. »Lediglich eine Formalität. Niemand verlangt, dass Sie Neptun und seinem wässrigen Gefolge Ihre unsterbliche Seele verkaufen.«

»Was muss ich tun?«

Sie subvokalisierte den Text in die Luft. »Lesen Sie diese Worte, dann kann es auch schon losgehen.«

22

Während der Nacht hatten sie das vielfach verzweigte Grabenbruchsystem der Valles Marineris immer wieder in beiden Richtungen überquert. Wenn sie über unglaublich hohe und schmale Brücken rasten – sie waren kaum breit genug für die blitzende Monoschiene des Zugs, sodass die verwirrende Illusion entstand, über diese gewaltigen Abgründe hinwegzufliegen –, hatte Sunday nach den Gebäuden in den Schluchtwänden Ausschau gehalten, die sie von Holroyds Zimmer aus gesehen hatte. Ein Fenster, eine Pflegerin, ein Mann mit grünen Dornauswüchsen in einem medizinischen Bad. Aber nichts hatte darauf hingewiesen, dass dort Menschen wohnten, kein einziges Licht, keine Pipeline und keine Straße in all den leeren Stunden. Die Valles Marineris waren breit genug, um den afrikanischen Kontinent vom Pazifik bis zum Indischen Ozean aufzunehmen. In diesem Gebiet konnte man ganze Länder verlieren, von Gebäuden und Fenstern ganz zu schweigen.

Das sagte sie sich immer und immer wieder, aber ihr Gehirn war einfach nicht richtig verkabelt, um Landschaften in marsianischen Dimensionen erfassen zu können.

Nachdem sie die Nachricht von der Erde erhalten hatte, war

an Schlaf nicht mehr zu denken gewesen. Geoffrey hatte noch einmal zurückgerufen, aber die Neuigkeiten waren nicht besser als erwartet. Memphis war so lange tot gewesen, dass es keine Aussicht auf Wiederherstellung gab. Sie hatte keinen Anlass, daran zu zweifeln. Das Einzige, woran die Familie nicht sparte, waren medizinische Fachkräfte, und die Ärzte in Mombasa waren nicht schlechter als anderswo.

Memphis war also nicht mehr. Ohne Vorwarnung war ein ganzer Faden aus ihrem Leben gerissen worden, ein goldener Strang, der bis in ihre Kindheit zurückreichte. Sie konnte sich damit nicht auseinandersetzen, nicht gerade jetzt. Sie brauchte keinen Trost, weil sie noch nichts spürte, was als Trauer zu erkennen war. Stattdessen war da ein ganz eigenartiges Vakuum an anderen Emotionen, so als hätte ihr Geist mit einer mentalen Entrümpelungsaktion begonnen und alles Mobiliar entfernt, das nicht mehr benötigt wurde. In den nächsten Monaten oder Jahren würde etwas anderes einziehen. Sunday fragte sich, wie sich die Trauer wohl anfühlen würde, wenn sie kam.

Als Jitendra ins Abteil zurückkehrte, sah er munterer und ausgeruhter aus, als es ihm ihrer Meinung nach zustand. Er war losgezogen, um ein Frühstück zu besorgen. Sunday hatte sich entschuldigt, sie hätte keinen Appetit und hoffe, es mache ihm nichts aus, alleine zu essen. Nun verzehrte er gerade ein in Papier gewickeltes Croissant.

»Wir sind schon fast in Vishniac.« Mit der Hand strich er über sein frisch rasiertes Kinn, um die Krümel abzustreifen. Irgendwie war er verändert, sie konnte nicht sofort sagen, woran es lag. Normalerweise rasierte er sich den Kopf, damit der transkranielle Stimulator ungehindert arbeiten konnte, doch nun wuchs ihm das Haar allmählich nach. »Ich nehme an, unser Führer erwartet uns bereits«, sagte er zwischen zwei Bissen. »Bist du sicher, dass du das durchziehen willst? Noch ist es nicht zu spät, die Sache abzublasen.«

»Es wird mich auf andere Gedanken bringen«, sagte sie.

»Vielleicht prügelt dieses Unglück deinen Cousins etwas Vernunft in den Schädel.« Er bot ihr die zweite Hälfte seines Hörnchens an. Sie schüttelte den Kopf. »Wirklich nicht? Du musst etwas essen.«

»Es geht mir gut«, beteuerte sie.

Doch das stimmte nicht. Ihr war übel und schwindlig, als wäre sie nicht in ihrem eigenen Körper, sondern anderswo, und die Ching-Verbindung sei am Zusammenbrechen. Es war nicht bloß die Nachricht von Memphis' Tod, obwohl das ein wesentlicher Teil davon war. Sie fühlte sich desorientiert, seit diese Soya in Crommelin den Kontakt zu ihr gesucht hatte.

Soya mit dem verspiegelten Visier und dem Gesicht, das ein Echo ihres eigenen war.

Mehr war es nicht gewesen – ein Echo. Sunday hatte hinterher die Retina-Aufnahmen noch einmal abgespielt. Es gab eine große Übereinstimmung mit ihren eigenen Zügen, doch völlig gleich waren die beiden nicht – wobei es verzeihlich war, wenn sie sich zunächst hatte täuschen lassen, das Visier hatte das Bild noch verzerrt. Aber Familienähnlichkeit? Keine Frage.

Eine Feststellung, die wiederum mehr Fragen aufwarf, als sie beantwortete.

Sie hatte nicht geglaubt, dass sie den Namen kannte, doch tatsächlich hatte ihr Gedächtnis sie im Stich gelassen. Ausgerechnet Eunices Mutter hatte Soya geheißen. Doch diese Soya war seit mehr als hundert Jahren tot und, mindestens ebenso wichtig, sie hatte die Erde nie verlassen. In der zweiten Hälfte des zwanzigsten Jahrhunderts geboren, hatte sie für die damalige Zeit ein langes und sehr glückliches Leben geführt. Allerdings hatte sie nur noch die ersten Erfolge ihrer Tochter erlebt. Auf jeden Fall passten die Bilder von Soya Akinya nicht zu dem Gesicht, das Sunday gesehen hatte, auch wenn nur wenige und ziemlich unscharfe Bilder von Soya als junger Frau existierten. Die Akinya-Gene waren in beiden Frauen präsent, aber sie hatten sich ganz unterschiedlich manifestiert.

Es wäre so einfach gewesen, eine ER-Suche laufen zu lassen, wenn sie nicht in diesem Touristen-Anzug gesteckt hätte. Doch das war offenbar der Zweck der Übung gewesen. Dieser Soya ging es nicht nur darum, ihr Gespräch abzuschirmen, sondern möglichst wenig über ihre wahre Identität preiszugeben.

Das allein war beunruhigend genug, doch ebenso erschütternd wie der Anblick ihres eigenen Gesichts war Soyas Warnung gewesen. Sunday war zwar nie davon ausgegangen, dass man den Pans blind vertrauen konnte. Aber was sollte sie mit dieser Information anfangen? Was blieb ihr denn anderes übrig, als sich mit ihnen einzulassen?

Woher wusste Soya überhaupt von den Pans, von Sunday und von den Brotkrumen, die Eunice ausgestreut hatte?

Sunday fühlte sich nicht gern wie ein Rädchen in einer Maschine, schon gar nicht wie ein Rädchen, das bereitwillig seinen Dienst tat. An wen konnte sie sich noch halten?, fragte sie sich. Bei Jitendra fand sie Liebe und Zuneigung, sie konnte sich keinen besseren Partner wünschen. Aber bei den Entscheidungen, die ihr jetzt aufgezwungen wurden, konnte er ihr nicht helfen. Ihr Bruder? Ihm vertraute sie bedingungslos. Aber Geoffrey war auf einem anderen Planeten, und alle Verbindungen zu ihm liefen über die Pans …

Damit blieb Eunice, ein Kunstprojekt, das sie selbst geschaffen und dem sie Leben eingehaucht hatte. Ein Flickwerk, eine Collage, eine aufziehbare Puppe. Eunice war ein praktischer, leicht abzufragender Speicher für alle allgemein bekannten Informationen über ihre verstorbene Namensschwester, und sie mochte ein paar Tricks auf Lager haben, wenn es darum ging, irgendwelche Daten auszuspähen, doch die Vorstellung, sich an das Konstrukt zu wenden, weil sie einen weisen Rat brauchte, *moralische Unterstützung* in dieser kritischen Zeit …

Das war lächerlich.

Ich bin Sunday Akinya, dachte sie. *Ich bin fünfunddreißig Jahre alt. Ich bin gesund und körperlich fit. Ich bin nicht gerade hässlich. Wenn mir kein Unglück zustößt, kann ich wahrscheinlich mindestens noch einhundertzwanzig Jahre weiterleben. Ich bin eine talentierte, wenn auch unbekannte Künstlerin. Ich lebe auf dem Mond, und ich laufe im Moment mit meinem Freund auf dem Mars herum und kann über ein Spesenkonto verfügen, für das manch einer einen Mord begehen würde, wenn das heutzutage noch möglich wäre.*

Warum also amüsiere ich mich nicht?

Der Bahnhof in Vishniac war viel kleiner als der in Crommelin und auch kleiner als die vielen Bahnhöfe, die sie unterwegs passiert hatten. Er war belüftet – der Zug war auf dem Weg unter die Erde durch eine luftdichte Schleuse gefahren –, aber die Luft war kühl und fühlte sich irgendwie dünner an. Das war zweifellos eine Illusion, die gleichermaßen auf ihren Geisteszustand wie darauf zurückzuführen war, dass sie sich hier in größerer Höhe befanden. Ein paar Dutzend Passagiere waren ausgestiegen, und sie konnten sich rasch vergewissern, dass der Golem nicht darunter war. Sunday wartete ängstlich, bis der Zug aus dem Bahnhof fuhr. Er beschleunigte so rasch, dass sie den Sog spürte. Dann war er verschwunden, und es war immer noch kein Golem zu sehen.

Zwischen den verschiedenen Verwaltungssektoren auf dem Mars gab es weder Zoll- noch Einreiseformalitäten, daher gelangten sie schnell in die schäbige Glitzerwelt der Empfangshalle. Die mochte vor dreißig Jahren neu und modern gewesen sein, doch inzwischen war der Glanz verblasst. Sunday fand das Café, wo sie diesen Gribelin treffen sollten, eingezwängt zwischen einem Blumenladen und einem Nagelstudio, das aber geschlossen hatte.

Ihr Führer wartete bereits. Er saß allein an einem abseits

stehenden Tisch, hatte die Beine übereinandergeschlagen und trank aus einer weißen Kaffeetasse, die nicht viel größer war als ein Fingerhut. Die Schutzbrille mit den Insektenaugen schien ihm auf das Gesicht transplantiert worden zu sein. Sein Schädel war kahl, und er war leichenblass.

»Mister Gribelin?«, fragte Sunday vorsichtig.

Er stellte die Kaffeetasse mit einem präzisen, zarten *Klirr* auf die gläserne Tischplatte, stand auf und nahm einen knielangen Ledermantel von seiner Stuhllehne. Er war sehr groß, selbst für lunare Verhältnisse, und überragte nicht nur Sunday, sondern auch Jitendra.

»Wir müssen sofort los«, sagte er ohne ein Wort der Begrüßung. »Ihr Freund hat in Crom gleich den nächsten Zug genommen. Er war Ihnen die ganze Zeit dicht auf den Fersen.«

»Wie viel Vorsprung haben wir?«, fragte Sunday.

»Zwei Stunden, vielleicht weniger. Das heißt, wir haben den größten Teil bereits vergeudet.« Er schlüpfte in den dunkelbraunen Mantel. Der hatte breite Schulterstücke und einen Stehkragen, der bis über die Ohren reichte. Bei genauerer Betrachtung stellte Sunday fest, dass jeder sichtbare Fleck seiner Haut vom Gesicht bis zum Kopf und weiter zum Hinterkopf mit feinen Tätowierungen bedeckt war, seltsam primitivistischen Linien und Schnörkeln, die sich zu tanzenden Strichmännchen zusammenfügten.

Sie hatte nichts gegen Sonderlinge – verdammt, sie lebte schließlich in der *Überwachungsfreien Zone* –, aber sie hatte auf einen Fahrer gehofft, der souveräne Autorität und Selbstbewusstsein ausstrahlte. Der hier schien eher ein Grenzpsychotiker zu sein.

»So viel dazu, dass deine Cousins zur Vernunft gekommen sind«, bemerkte Jitendra düster.

»Vielleicht läuft der Golem auf Autopilot. Wie auch immer, ich habe keine Lust, mit ihm zu reden.«

»Alles klar?«, fragte Gribelin so beiläufig, als wäre ihre Antwort kaum von Interesse.

Ihr Gesicht spiegelte sich in den Insektenaugen seiner Schutzbrille. »Es gibt bessere Wochen. Können wir los?«

»Klar doch, Zuckerpuppe.«

Sie nahmen einen Fahrstuhl. In der engen Kabine verströmte Gribelin einen eigenartig muffigen Geruch wie der Inhalt eines alten Kleiderschranks. Drei oder vier Stockwerke unter der Halle lag eine Garage. Sie war belüftet und mit Scheinwerfern beleuchtet, aber noch kälter als der Empfangsbereich weiter oben. Sunday streifte Gribelins Mantel und seine Stiefel mit neidischen Blicken. Auf dem Fußboden hatte sich eine braune Kruste aus festgebackenem, öligem Staub gebildet, die an ihren Schuhen klebte. Sie kamen an vielen unförmigen Maschinen vorbei, einige davon so groß wie Häuser: Frachtfahrzeuge, Bagger, Touristenbusse, alle mit mehreren Achsen und gefederten Speichenrädern ausgestattet.

»Das ist der Ihre«, sagte Gribelin und blieb vor einem der Lastwagen stehen. »Machen Sie mir bloß keine Kratzer in den Lack.«

Er kurbelte eine Leiter herunter und stieg flink hinauf in die luftdichte Fahrerkabine. Auf halber Höhe hielt er inne, schaute hinab und streckte die Hand aus. Sunday reichte ihm erst ihre und dann Jitendras Tasche und folgte ihm ins Führerhaus, wobei sie versuchte, möglichst viel von dem klebrigen Zeug von ihren Schuhsohlen abzustreifen. Der Lack, soweit vorhanden, war ihr scheißegal.

Der Truck hatte sechs Räder. An der Seite war in primitiver Airbrush-Technik ein Drache dargestellt. Vorne hatte er eine abgerundete Kabine, die als Unterkunft und Steuerkanzel diente, die Motoren und der Frachtraum befanden sich hinten, auf dem Dach waren Kuppeln für die Kommunikationsgeräte und zuschaltbare Solarpropeller angebracht, die wie Schnappmesser eingeklappt waren. Vorne unter dem Führerhaus hing wie eine Trophäe ein androformer Wartungsroboter.

Das Innere war geräumiger, als Sunday erwartet hatte. Es gab zwei kleine Schlafkabinen – eine für Gribelin, die andere für seine Fahrgäste – und eine Mini-Bordküche mit vier Klappsitzen. Sie nahmen zu beiden Seiten ihres Führers in der Steuerkanzel Platz. Der Truck roch ebenso muffig wie sein Besitzer, in den Ecken hatten sich Schmutz und Schimmel gesammelt, und einige der Polster hatten Brandlöcher von ausgedrückten Zigaretten.

Gribelin hatte eine Hand an einem Steuerhorn, mit der anderen bediente er verschiedene Schalthebel. Die Ausfahrtspirale führte steil nach oben; der Laster hatte zunächst Mühe, dann fasste er Tritt. Gribelin ging auf volle Leistung, die Räder drehten kurz durch, und schließlich rasten die gewölbten Wände nur eine Handbreit von den Laufflächen seitlich vorbei. Es ging immer weiter nach oben, auch als die Rampe sich abflachte, wurden sie kaum langsamer, und schließlich schoss der Truck durch drei selbstabdichtende Luftschleusenvorhänge.

Sie waren draußen. Ein paar Minuten lang polterten sie über befestigte Straßen zwischen niedrigen, bunkerähnlichen Gebäuden mit schmalen Fensterschlitzen und verblichenen, verwitterten Plastiklogos auf den Dächern dahin. Die Straßen waren perforierte Fahrbahnen auf Stelzen. Schilder an Masten bewarben die Unternehmen zu beiden Seiten, riesige neonbeleuchtete Pfeile verwiesen auf Luftschleusen und Parkrampen. Darüber verliefen Stromleitungen, die über der Straße und den Kreuzungen tief durchhingen. Es war ein Siedlungsgebiet, die Randzone eines verschlafenen Nests auf einem Planeten, wo selbst die größte Stadt für Erd- oder Mondverhältnisse klein war. Sunday sah eine Reparaturmannschaft mit Schweißbrennern an einem Teil der Straße arbeiten, aber weit und breit keinen einzigen Fußgänger.

Die Gebäude wurden spärlicher, und bald passierten sie in einer Staubschutzwand aus Beton ein Tor, das von blinkenden Leuchtsignalen flankiert wurde. Dahinter verzichtete die Straße auf ihre hohen Ansprüche und begnügte sich damit, als zweispurige Piste weiterzuführen. Felsblöcke und große Steine, die aus dem Weg geräumt und an den Seiten liegen gelassen worden waren, bildeten eine primitive Begrenzung. Alle paar Hundert Meter kamen sie an einem Transponder oder einem Leuchtsignal an einer wackeligen Stange vorbei, das war alles, was an Straßenmarkierungen vorhanden war.

Gribelin schien das nicht weiter zu kümmern, er jagte den Truck nur noch schneller voran. Sunday sah, wie der Tachometer auf einhundertsechzig Stundenkilometer kletterte. Die Räder wirbelten Staubwolken auf, und Staubverwehungen auf der Straße ließen das Fahrzeug auf und ab schwanken wie ein kleines Boot bei hohem Seegang.

»Wie lange ist es bis zum Evolvarium?«, fragte sie.

Gribelin öffnete eine Klappe im Armaturenbrett und drehte sich demonstrativ mit irgendeinem dunkelroten Kraut eine Zigarette, bevor er sich zu einer Antwort herbeiließ.

»Acht bis neun Stunden«, brummte er schließlich. »Genauer kann ich es nicht sagen.«

»Ich wünschte, wir hätten einen größeren Vorsprung vor Lucas.«

Gribelin zog an der Zigarette und untersuchte sie sorgfältig. »Ist das Ihr Kumpel im Zug, der Golem?«, fragte er dann.

»Er ist nicht mein Freund«, widersprach Sunday.

»Nur so 'ne Redensart, Zuckerpuppe. Sieht doch jeder, dass ihr kein Liebespaar seid.« Der Truck erklomm einen Hügel. Gribelin bewegte einen der Schalthebel nach oben. Sie kamen an einem Fahrzeugwrack vorbei, das wie eine Schildkröte im Staub lag. »Der Golem muss erst mal jemanden suchen, der ihn aus der Stadt bringt, es sei denn, er will zu Fuß gehen. Vielleicht haben Sie Glück, und er findet bis morgen früh keine Fahrgelegenheit. Wer sitzt am anderen Ende des Stellvertreters?«

»Mein Cousin auf der Erde.«

Er nickte langsam. »Sie kommen auch daher, richtig?«

»Vom Mond«, sagte Sunday. »Das ist nicht dasselbe.«

»Erde, Mond, von hier aus sind das nichts als kleine Pisslöcher am Himmel. Worum geht's bei der Sache? So 'ne Art von Familienstreit?«

»Könnte man sagen.«

»Vielleicht überlegen Sie sich beim nächsten Mal, ob Sie Ihre Rechnungen nicht zu Hause begleichen.« Er kratzte sich unter seiner Schutzbrille. »Man hat so viel irdische Politik hierher exportiert, dass es für sechs verdammte Leben reicht.«

»Danke für die Info. Sie werden für diesen kleinen Auftrag großzügig bezahlt, nicht wahr?«

Er zuckte die Achseln. »Kann nicht klagen, Zuckerpuppe.«

»Dann halten Sie bitte so lange die Klappe, bis ich Ihnen eine direkte Frage stelle. Ich habe eben jemanden verloren, der mir sehr teuer war. Das Letzte, was ich jetzt brauchen kann, ist eine Portion engstirniger Mars-Chauvinismus.« Sie holte tief Luft. »Und wenn Sie mich noch einmal Zuckerpuppe nennen, reiße ich Ihnen Ihre Schutzbrille ab und stopfe sie Ihnen in den Hals.«

Gribelin grinste, nahm noch einen Zug von seiner Zigarette, beugte sich zu Jitendra und flüsterte ihm ins Ohr: »Sie gefällt mir von Minute zu Minute besser. Ist sie immer so?«

23

Irgendwo hatte die *Newski* soeben angedockt – es hatte einen dumpfen metallischen Schlag gegeben, als sie *etwas* berührte –, aber Geoffrey wusste, dass es nicht die Aqualogie sein konnte. Dazu waren sie noch nicht weit genug gefahren. Doch dieser *Schlag* hatte den Eindruck eines sehr großen, massiven Hindernisses vermittelt. Einer auf dem Meeresgrund verankerten Station vielleicht, oder eines viel größeren Hochseeschiffes.

Meerleute führten sie durch feuchte schwarze Korridore aus gepanzertem Metall mit Abzugsröhren an der Decke. In den Boden waren wassergefüllte Kanäle eingelassen. Hinter offenen Türen sah Geoffrey in grellem Licht weitere Meerleute, Landrattentechniker und Roboter, die sich inmitten von Paletten mit kunstvoll etikettierten Frachtkapseln abschufteten. Eine Meerfrau in einem Exoskelett ging mit langen Schritten hin und her und hakte mit einem Stylus mit Leuchtspitze Positionen auf einem Clipboard-Computer ab.

Geoffrey hatte kaum begriffen, dass sie in der Startanlage für einen von Tiamaats Raumtransportern angekommen waren, als man ihm auch schon die Rakete selbst zeigte.

Blassgrün mit stumpfem Bug hockte sie in ihrem Silo wie eine Patrone im Magazin. Förderbänder durchstießen die

Wände und schwangen sich durch die Luft bis zu den Frachträumen des Transporters. Der untere Teil der dreihundert Meter hohen Rakete befand sich bereits unter Wasser. Während Geoffrey noch zusah, stieg der Wasserspiegel merklich an, und das Wasser schwappte über den aerodynamisch gestalteten Wulst der Triebwerksverkleidung. Der Silo wurde zur Vorbereitung auf den Start geflutet.

»Im Grunde genommen nichts anderes als eine große Flasche mit Sprudel«, sagte Mira Gilbert. Sie beobachteten die Rakete durch eines der Aussichtsfenster des Silos. »Man schüttelt sie ordentlich und wartet dann darauf, dass jemand den Korken knallen lässt.«

Der Raketentreibstoff war metallischer Wasserstoff. Geoffrey wusste darüber gerade so viel, dass ihn die Nähe einer so großen Menge dieses Materials nervös machte. Metallischer Wasserstoff war weder exotisch noch selten. Draußen im Sonnensystem standen große natürliche Vorkommen zur freien Verfügung. Der Haken daran war, dass er nur auf dem Grund der Atmosphäre von Gasriesenplaneten wie Jupiter oder Saturn existieren konnte, unter der gewaltigen Last der darüber liegenden Gasmassen. Erst bei einem unfassbar hohen Druck von vielen Dutzend Gigapascal wurde normaler Wasserstoff in einen ultradichten, elektrisch leitenden Zustand überführt. Interessant wurde der Stoff durch seine Metastabilität. Wenn der Druck weggenommen wurde, kehrte er sich nicht sofort in den molekularen Zustand zurück. Das hieß nun keineswegs, dass er *ungefährlich* gewesen wäre, er war lediglich stabil genug, um transportiert und als energiereicher Raketentreibstoff verwendet zu werden. Sein potenzieller spezifischer Impuls war weit höher als alles, was mit rein chemischen Reaktionen zu erreichen war.

Noch wurde er nicht abgebaut. *Akinya Space* war an einem Programm zur Entwicklung einer Extraktionstechnologie für metallischen Wasserstoff beteiligt. Das Ganze sah so aus, dass man einen piezoelektrisch stabilisierten Eimer an einem Kabel aus Spinnenseide in die Jupiteratmosphäre hinablassen und das Zeug abschöpfen wollte. Es hatte einige vielversprechende Machbarkeitsnachweise gegeben, aber die Technologie für ein kostengünstiges und wiederholbares Abbauverfahren hätte den Weltraumaufzug wie das Werk von Neandertalern erscheinen lassen. Bis zur Realisierung würden noch Jahrzehnte, wenn nicht gar Jahrhunderte vergehen, und die Investition wäre riskant. Schließlich gab es für metallischen Wasserstoff keine klar definierten wirtschaftlichen Einsatzmöglichkeiten in der interplanetaren Raumfahrt, sondern lediglich für Kurzstreckenflüge in den Orbit, bei denen der Gravitationstrichter eines Planeten verlassen werden musste. Deshalb wurde er vorerst zu aberwitzigen Kosten in riesigen Produktionsanlagen in der Umlaufbahn künstlich hergestellt. Dabei wurde die kinetische Energie von ankommenden Raumschiffen genutzt, um die Kolben von Diamant-Ambossen zu betreiben, die ihrerseits so groß und komplex waren wie Raketentriebwerke.

»Die Tanks sind nicht vollständig mit metallischem Wasserstoff gefüllt«, beruhigte ihn Gilbert. »Das wäre *wirklich* beängstigend. Der Wasserstofftank ist winzig, nicht mehr als eine kleine Blase ganz unten am Fuß der Rakete. Das Problem mit dem MW ist, dass er beim Verbrennen heißer wird als die Sonnenoberfläche und dass wir immer noch keine Pumpen oder Düsen herstellen können, die diesen Temperaturen standhalten, ohne zu schmelzen. Deshalb müssen wir ihn verdünnen, um die Verbrennungstemperatur so weit herunterzudrosseln, dass wir die Reaktion *gerade noch* beherrschen können, und dafür verwenden wir flüssigen Wasserstoff.«

»Mit anderen Worten«, sagte Jumai, »MW ist so gefährlich, dass normaler Wasserstoff, der selbst schon unglaublich leicht entzündlich und hochexplosiv ist und Menschen tötet, daneben wie ein harmloses Kuscheltier erscheint.«

»Mit der Zeit wird es besser.« Gilbert lächelte die Gefahren einfach weg. »Sie werden alle beide damit fliegen. Die Transporter befördern normalerweise nur Frachtgut, sie sind jedoch für menschliche Passagiere voll ausgerüstet. Der Flug ist ziemlich unruhig, aber keine Sorge – man wird Sie sedieren.«

»So viel Aufwand, bloß um uns zum *Winterpalast* zu bringen?«, fragte Geoffrey.

»Der Start war ohnehin geplant«, antwortete Gilbert. Geoffrey war ein wenig enttäuscht. »Außerdem sind Sie nicht die einzigen lebenden und atmenden Passagiere.« Sie nickte zu einem der Förderbänder hinab, wo gerade eine torpedoförmige Frachtkapsel in den Transporter geladen wurde. Sie war viel größer als die Behälter, die sie bisher gesehen hatten, und sie wurde begleitet von sechs oder sieben Technikern, Meerleuten und Landratten, die wie Sargträger daneben standen und den Eindruck machten, sich besonders eifrig um diese Kapsel zu bemühen.

»Was ist da drin?«, fragte Jumai.

»Nicht ›was‹«, verbesserte Gilbert freundlich. »Sondern ›wer‹.«

24

Der Anstieg wollte kein Ende nehmen. Seit sie den Vishniac-Krater verlassen hatten, fuhren sie durch den kalten Nachmittag eines Vorfrühlingstags auf dem Mars, und es ging unaufhörlich aufwärts. Inzwischen waren sie bereits weit oben auf dem Tharsis-Plateau, neun Kilometer über der durchschnittlichen Höhe des übrigen Planeten, und schickten sich an, den gewaltigen Lavawulst von der Größe eines Kontinents zu überqueren, der höher war als der Kilimandscharo, höher als der Everest, höher als jeder Punkt auf der Erdoberfläche. Doch zum Kegel des Pavonis Mons hin stieg das Gelände noch weiter an.

Der Pfauenberg. Noch konnten sie ihn nicht sehen – der Gipfel war in Nebel gehüllt, und selbst bei klarer Sicht wäre ihnen der Vulkan nur wie eine kleine Beule erschienen.

Dabei war dies noch nicht einmal der höchste Vulkan auf dem Mars.

Von einer funktionierenden Zivilisation war nichts zu sehen. Eine Handvoll verlassener Fahrzeuge, die Abstiegsstufe einer längst verlassenen oder vergessenen Rakete, der eingeschrumpfte, vom Wind zerzauste Kadaver eines Transportluftschiffs, das vor Jahrzehnten vom Himmel gefallen sein musste.

Einmal waren sie an einem winzigen Weiler vorbeigekommen, einer Gruppe von zinngrauen Kuppeln mit fächerförmigen Staubverwehungen an der windgeschützten Seite. An den Sendemasten über den Kuppeln brannten Lichter, das einzige Zeichen, dass jemand dort lebte. Gribelin gönnte diesen traurigen Landmarken nicht einmal einen kurzen Blick. Er fuhr die Strecke wohl so oft, hatte Sunday nach zwei Stunden gedacht, dass er der Landschaft nichts mehr abgewinnen konnte. Seither hatten sie einen weiten Weg zurückgelegt.

»Da habt ihr den Grenzzaun, Leute«, sagte Gribelin schließlich und bremste ab, um den Truck zwischen einer Reihe von Transpondermasten hindurchzusteuern. Die meisten hatten dem Druck des Windes nachgegeben und standen schief. »Allzu viel nutzt er nicht. Die Maschinen spüren ihn und wissen, dass sie ihn nicht ungestraft überqueren dürfen. Aber das heißt nicht, dass sie es nicht hin und wieder versuchen und wir sofort auf Maschinen treffen, wenn wir die Linie überschreiten.« Er tippte mit dem Finger auf eine zusammengeklappte Karte des Gebiets östlich des Pavonis Mons. Das Display flackerte, und unter der Fingerkuppe breiteten sich Farben aus. Höhenlinien zeigten die Konturen des Geländes an. Rätselhafte Symbole, Pferdeköpfe, Burgen, Ritter und Bauern – sie erinnerten an Schachfiguren, aber es gab auch Skorpione, Schlangen und Totenschädel – waren in Gruppen, einzeln oder paarweise über die annähernd kreisförmige Fläche des Evolvariums verteilt. Bauern gab es zu Hunderten, Skorpione, Schlangen und Pferdeköpfe waren es schon weniger, und lediglich eine Handvoll Ritter, Totenköpfe und Burgen. »Es ist ein großes Gebiet, und man hat verdammt viel Platz, um sich zu verlaufen«, sagte er.

»Sehen Sie an diesen Symbolen, wo die Maschinen sind?«, fragte Sunday.

»Sie zeigen mir, wo ich sie am ehesten vermuten kann, ausgehend davon, wo sie zum letzten Mal zuverlässig gesichtet wurden. Das kann Stunden, aber auch schon Tage her sein. Muss ziemlich ungewohnt für euch sein, nicht zu wissen, wo etwas ist, nicht wahr?«

»Ich komme aus der *Überwachungsfreien Zone*«, erklärte Sunday. »In der *Zone* gibt es keine ER und keinen *Mech* – jedenfalls nicht in der Form, wie es die meisten Leute kennen.«

»Aber das ist so gewollt«, fügte Jitendra hinzu. »In der *Zone* hat man sich bewusst dafür entschieden. Wieso Sie gar nicht wissen wollen, wo diese Maschinen sind, ist mir allerdings ein Rätsel.«

»Es gibt Kameraaugen im Orbit«, sagte Gribelin, »aber wenn der Staub aufgewirbelt ist, sehen sie gar nichts. Die Maschinen sind schlau – sie nutzen den Staub, wo immer sie können, und wenn es keinen Staub gibt, können viele von ihnen welchen aufwirbeln oder sich in die Erde eingraben oder irgendwie tarnen. Als Nächstes werdet ihr mich jetzt fragen, warum man nicht die ganze verdammte Landschaft mit Kameraaugen vollpflastert.«

Sunday war empört. Das wäre tatsächlich ihre nächste Frage gewesen. »Und?«

»Weil die Maschinen sie alle gefressen haben. Man wirft damit nur Futter in eine Wüste. Lecker, lecker, sagen die Maschinen.«

»Man könnte den Maschinen auch Sender anheften«, schlug Jitendra vor.

»Das gleiche Problem. Solche Parasiten, alles, was dem Wirt nicht unmittelbar nützt, wird abgepflückt und aufgegessen wie Maden.« Wieder klopfte er auf die Karte. »Das Ding hier ist ziemlich lahm, aber es ist das Beste, was wir haben. Die Infos werden von den *Überfliegern* zusammengetragen, und wenn sie in menschenfreundlicher Stimmung sind, geben sie sie auch weiter.«

»*Überflieger*?«, fragte Sunday.

Jitendra schaltete sich ein, bevor Gribelin die Frage beantworten konnte. Vielleicht wollte er zeigen, dass er immerhin einige Hausaufgaben gemacht hatte und über die Lage hier nicht vollkommen ahnungslos war. »Das sind die Makler, die das Evolvarium betreiben. Du kannst sie dir vorstellen wie Veranstalter von Hahnenkämpfen, die den idealen Kampfhahn züchten wollen. Sie denken sich immer neue Möglichkeiten aus, um die Maschinen unter Druck zu setzen und sie zu zwingen, sich weiterzuentwickeln. Und jedes Mal, wenn die Maschinen etwas Nützliches ausspucken, eine Neuerung oder einen Zusatz zu einer bereits bestehenden Idee, liefern sich die Makler ein Wettrennen, um die neue Technik abzuschöpfen und an der Technologiebörse Geld damit zu verdienen. Deshalb hat auch June Wing diesen Ort im Visier.«

»June Wing?«, fragte Gribelin.

Jitendra lächelte. »Eine Freundin von mir. Sie interessiert sich für Randgebiete der Robotik. Wie viel wissen Sie über uns?«

»Ich habe einen Auftrag bekommen und weiß, dass die Fischköpfe dahinterstehen und dass ich keine weiteren Fragen stellen soll.«

»Sie wussten von dem Golem«, sagte Sunday.

»Die Pans meinten, wir sollten gleich losfahren, sobald Sie den Zug verlassen hätten. Außerdem hat man mir aufgetragen, die Augen nach einem Claybot offen zu halten, falls Ihr Verfolger Sie überholt haben sollte. Warum Ihnen der Golem im Nacken sitzt, Zuckerpuppe, habe ich nicht gefragt, und niemand hat's mir gesagt.« Er grinste sie an und zeigte dabei einen Mund voll abgeschliffener und mit Metallkappen versehener Zähne, ein unheimlicher Anblick. »Scheiße, jetzt hab ich Sie schon wieder so genannt.«

»Wir sind keine Touristen«, erklärte Sunday ruhig, ohne auf

ihre Drohung zurückzukommen. »Die Pans werden Ihnen bestimmte Koordinaten gegeben und Ihnen gesagt haben, Sie sollen mich so nahe wie möglich an diese Stelle im Evolvarium bringen. Das hat seinen Grund.«

»Und der wäre?«

Sunday und Jitendra wechselten einen Blick, dann sagte sie: »In dieser Gegend ist etwas vergraben, das mir gehört.«

»Gehört?«

»Familieneigentum«, präzisierte sie. »Aber etwas, von dem ich nicht will, dass es der Golem vor mir in die Finger bekommt.«

»Und Sie sind sicher, dass es vergraben wurde?«, fragte Gribelin.

»Wenn nicht, wie groß ist die Chance, dass es noch da ist?«

»Verdammt klein.«

»Ich muss trotzdem sichergehen«, sagte Sunday.

Gribelins Schädel wippte auf und ab, er zuckte die Achseln. »Ihre Sache.«

Wenig später fragte sie: »Was haben Sie da am Kopf?«

»Ohren.«

»Ich meine die Tattoos. Haben sie eine bestimmte Bedeutung? Sie sehen aus wie Felszeichnungen.«

»Felszeichnungen.« Wieder grinste er. »Ja, das könnte hinkommen.«

Eine Stunde nachdem sie die Grenze zum Evolvarium überschritten hatten, kamen sie am ersten Kadaver vorbei.

Wind und Staub und die hingebungsvollen Bemühungen von menschlichen wie mechanischen Plünderern hatten die Maschine in ein rostbraunes Gerippe zurückverwandelt, das von der Spitze bis zum Schwanz hundert Meter maß. Dutzende von Einzelteilen waren durch Gelenke miteinander verbunden. Das Roboterwrack glich dem Rückgrat eines viel größeren Tiers, das übrig geblieben war, nachdem sich die Geier daran gütlich getan hatten. Die Staubschicht auf dem Lavagestein der Tharsis-Region war nur etwa einen Zentimeter dick, deshalb lagen die Metallgebeine der Kriegsmaschine nahezu frei unter dem Himmel. Gribelin bremste ab, umfuhr den Kadaver und beäugte ihn misstrauisch.

»Der liegt schon länger hier als die meisten anderen«, murmelte er. »Töter als tot, völlig harmlos, nichts Brauchbares mehr vorhanden. Aber manchmal benützen ihn aktive Einheiten als Versteck. Lauern Räubern auf. Ich glaube, dass heute alles klar ist, aber …«

»Würden sie uns angreifen?«, fragte Sunday.

»Meistens sind die Maschinen klug genug, uns in Ruhe zu lassen.« Er warf ihr einen Blick zu. Sundays Gesicht spiegelte sich knollig verzerrt in seiner Brille. »Grundregel der Selbsterhaltung: Bekämpft euch untereinander, nehmt, was ihr findet, entwickelt euch weiter, aber legt euch nicht mit den *Überfliegern* an.«

»Sie sagten ›meistens‹«, bemerkte Jitendra.

»Darwinismus in Aktion, mein Freund. Hin und wieder kommt etwas daher und wirft alle Regeln über den Haufen.«

»Sie riskieren eine ganze Menge, indem Sie uns hierherbringen«, stellte Jitendra fest.

»Ich kenne das Gelände.« Wieder warf er einen Blick auf die Karte. »Und ich weiß, wovon ich mich fernhalten muss. Glauben Sie, ich wäre hier, wenn ich die Sache für aussichtslos hielte? Ihre Freunde zahlen gut, aber nicht gut genug für Selbstmord.«

Um vier Uhr nachmittags erschien am Horizont ein Federkiel aus orangerotem Staub und schrieb, von unsichtbarer Hand geführt, einen Text über die Landschaft. Sunday dachte zuerst an eine Staubhose, doch Gribelins Karte zeigte ganz in der Nähe ihres aktuellen Standorts ein Bauernsymbol.

»Sichter«, sagte er. »Die niedrigste Schürferkaste. Sie fressen sich durch den Staub und die oberste Felsschicht und suchen nach allem, was sich wiederverwerten lässt. Was sie als Reparaturmaterial oder Treibstoff für sich verwenden können, behalten sie. Alles andere tauschen sie untereinander oder verkaufen es an jemanden, der in der Nahrungskette weiter oben steht.«

»Was ist das?«, fragte Sunday und deutete nach vorne auf den sanft ansteigenden Hang. Dicht über dem Horizont schwebte ein grauschwarzer Fleck wie eine zerquetschte Fliege an einer Windschutzscheibe. Das Ding zog einen Schwanz von Eingeweiden hinter sich her. Sie hatte versucht, es heranzuzoomen, aber die ER war so gut wie nicht vorhanden.

Gribelin zog ein Fernglas herunter, das mit einem Scherengitter an der Decke befestigt war, und setzte die Augenmuscheln aus Gummi an seine Schutzbrille. »*Die Lady Disdain*«, sagte er leise. »Ist gewöhnlich nicht so weit östlich anzutreffen. Vielleicht folgt sie dem Sichter und sieht sich an, was hinter ihm aus dem Boden kommt.«

»Können wir ihr ausweichen?«, fragte Jitendra.

»Nur, wenn Dorcas guter Laune ist.« Gribelin steuerte nach links, das Schiff der *Überflieger* wanderte im Fenster langsam nach rechts. Er schob Sunday das Fernglas zu. »Bedienen Sie sich.«

Die Augenmuscheln waren schweißnass, winzige Hautschuppen klebten daran. Die Optik brauchte einen Moment, um festzustellen, wofür sie sich interessierte. Dann sprang das Bild um, stabilisierte sich und wurde scharf. Ein Fadenkreuz und Angaben zu Entfernung, Höhe und Horizontalwinkel legten sich darüber.

Die Maschine der *Überflieger* war ein annähernd pfeilförmiges Luftschiff. Unter dem dicken Bauch hing, in das deltaförmige Profil der Gashülle integriert, eine eckige Gondel. Die »Eingeweide« waren zwölf schlangenartige mechanische Tentakel, die wie Peitschenschnüre aus der Unterseite der Gondel baumelten. Das Luftschiff flog so tief über der Oberfläche, dass diese Arme Dinge vom Boden aufsammeln konnten. Und genau damit war die *Lady Disdain* soeben beschäftigt. Sie trödelte herum und suchte den Untergrund ab.

Sunday fühlte sich an einen von Geoffreys Elefanten erinnert, der mit seinem Rüssel den Boden beschnüffelte. Oder eher an eine ganze Elefantenfamilie, die zu einem einzigen futtersuchenden Organismus verschmolzen war.

»Ist Dorcas eine Freundin von Ihnen?«, fragte Sunday.

»Freundin?« Gribelin kaute auf dem Wort herum, als hätte er es noch nie gehört. »Das ist hier so eine Sache. Hier frisst eher jeder jeden von oben nach unten. Maschinen bescheißen sich gegenseitig, *Überflieger* bescheißen die Maschinen, und die *Überflieger* bescheißen sich untereinander, um mehr Gewinn rauszuholen. Ich kämpfe um das, was übrig bleibt. Ich und Dorcas? Wir sind alte Bekannte und hassen uns nicht unbedingt. Was aber nicht heißt, dass wir uns um den Hals fallen, wenn wir uns sehen.«

»Wären Sie nicht lieber selbst an der Spitze des Wolfsrudels?«, fragte Sunday. Inzwischen hatte sie eine gewisse Vorstellung davon, wie das Ganze ablief. Beim ewigen evolutionären Wettstreit der Maschinen entstand gelegentlich etwas Neues, ein Gerät oder ein industrielles Verfahren, das für den Rest des Systems zu gebrauchen war. Wie etwa die Technologie hinter dem Claybot-Prototyp, mit dem sie zur Trauerfeier gechingt war. Das Material, das sich so rasant verändern konnte, war ein Nebenprodukt des Evolvariums gewesen. Nun würde Plexus wohl Billionen damit verdienen. »Dann könnten Sie über allem schweben wie ein Gott und sich verehren lassen. Denn so läuft das doch hier, nicht wahr? Die Götter schweben über den Sterblichen und amüsieren sich über ihre endlosen Kriege und ihr Elend.«

»So weit würde ich nicht gehen«, schränkte Jitendra ein. »Diese Maschinen mögen unglaublich anpassungsfähig sein, aber wirkliche Kognition findet da unten nicht statt. Die Maschinen wissen nicht, dass sie Maschinen sind. Sie kämpfen nur ums Überleben und darum, im Rüstungswettlauf nicht zurückzufallen. Von Religion haben sie nicht mehr Ahnung als ein Hummer.«

»Wäre schön, wenn das so klar wäre«, sagte Gribelin. »Ich bin mir da nicht so sicher. Wenn Sie mal so lange hier draußen waren wie ich, werden Sie so manches erleben, was Ihre Überzeugungen ins Wanken bringen könnte.«

»Tatsächlich?«, fragte Jitendra skeptisch.

»Sie glauben, diese Maschinen begreifen nicht, was sie sind, sie können nicht zwischen Existenz und Nicht-Existenz unterscheiden?« Er hielt inne, schnippte den Deckel von seiner Schnapsflasche, während er mit einer Hand steuerte, und nahm einen Schluck. »Draußen an der Westflanke habe ich mal einen Sichter um sein Leben betteln sehen. Er hat einen Sammler angefleht, ihn nicht zu zerstören.«

»Eine evolvierte Reaktion wie das Winseln eines Hundes«, sagte Jitendra verächtlich. »Kein Beweis dafür, dass in seinem Kopf irgendetwas vorgeht.«

»Wenn Sie dabei gewesen wären, würden Sie anders reden.«

»Zeigen Sie mir die Bilder, dann bilde ich mir selbst eine Meinung.«

»Nicht genügend Kameraaugen, um so was einzufangen«, antwortete Gribelin. »An meine eigenen Augen musste ich die *Überflieger* ranlassen. Sie haben die Beweise gelöscht.«

»Ich könnte mir auch vorstellen, warum«, sagte Sunday.

Die *Lady Disdain* kam jetzt den Hang herunter, drei oder vier ihrer Tentakel schleiften über den Boden. Nun konnte Sunday das Luftschiff besser sehen. Es hatte die Form eines Mantas und war wahrhaft riesig – bei der dünnen Marsatmosphäre war das auch notwendig. Zu beiden Seiten der braungrünen Gondel waren Triebwerke so groß wie Meeresturbinen befestigt.

Eigentlich hätte sie erwartet, dass das Ding Lärm machte, dass es mit ohrenbetäubendem Dröhnen auf sie zukäme, aber sie hörte nichts.

»Können Sie ihm davonfahren?«, fragte Jitendra.

Gribelin schüttelte kurz den Kopf. »Nicht daran zu denken, und selbst wenn, würden wir weiter drinnen nur auf andere *Überflieger* stoßen. Aber keine Sorge – mir wird schon was einfallen, um Dorcas gnädig zu stimmen.«

»Bei Ihrem natürlichen Charme und Ihrem diplomatischen Geschick«, bemerkte Sunday.

»Sie wären überrascht, wie weit ich damit komme.«

Das Luftschiff umkreiste den Truck und drehte dann leicht nach Süden. Sein dreieckiger Schatten legte sich über sie wie ein Mantel. Gribelin fuhr zwar weiter, machte aber keine Anstalten, das Letzte aus dem Fahrzeug herauszuholen. Sunday schaute nach oben, als die Unterseite des Luftschiffs, Hunderte von Metern breit und übersät mit Reparaturflicken, den Himmel verdeckte. Die Gondel war größer als die Seilbahn von Crommelin und mit winzigen, gelb leuchtenden Fenstern besetzt.

Dahinter bewegten sich geheimnisvolle dunkle Schattengestalten.

Etwas prallte gegen den Truck. Sunday zuckte zusammen, Jitendra tastete nach dem nächsten Handgriff. Gribelin fluchte, wirkte jedoch eher resigniert. Der Truck neigte sich zur Seite, als wäre er in ein Sandloch gefahren. Dann entfernte sich der Boden, Sandfontänen rieselten von den Rädern. Die *Lady Disdain* hatte das ganze Fahrzeug mit einem oder mehreren ihrer Tentakel gepackt und zog es zu sich empor.

Es ging erst fünfzig, dann vielleicht hundert Meter in die

Höhe. Über ihnen drehte sich der deltaförmige Baldachin langsam, und der Horizont zog an ihnen vorbei. Als sie auf gleicher Höhe mit der Gondel waren, hielten die Tentakel sie dort fest. Durch die tiefen Schrägfenster konnten sie ins Innere schauen. Dahinter befand sich offenbar die Brücke des Luftschiffs. In dem großen Raum waren mindestens sechs Mann Besatzung zu sehen, darunter offenbar kein einziger Stellvertreter.

Eine Gestalt zog Sundays Aufmerksamkeit auf sich. Eine Frau in einem langen schwarzen Mantel, der ihr bis zu den Stiefeln reichte, schritt von einer Seite der Brücke zur anderen und redete mit vielen scharfen Gesten auf ihre Untergebenen ein. Vor einer Konsole oder einem Podium blieb sie stehen und hielt sich ein sperriges Sprechgerät an den Mund.

Im Truck schwebten plötzlich, leicht lichtdurchlässig, ein Kopf und Schultern über dem Armaturenbrett in der Luft.

»Siehst du nicht, dass wir hier mitten in der Arbeit sind, Gribelin?« Die Frau war bleich wie ein Gespenst, sie hatte ein schmales Gesicht mit spitzem Kinn. Das lange aschgraue Haar war seitlich gescheitelt und verdeckte wie ein Vorhang die Hälfte ihrer Züge. Die Nase war gepierct, und an dem sichtbaren Ohrläppchen hingen viele Ringe.

»Auch wir sind mitten in der Arbeit, Dorcas«, gab Gribelin zurück. »Wahrscheinlich hast du dir das schon gedacht. Würdest du uns freundlicherweise weiterfahren lassen, solange es noch hell ist?«

»Wir bestimmen, wann und wie du das ›varium‹ durchquerst, wenn wir es dir überhaupt gestatten. Wie oft muss ich dich daran noch erinnern?«

»Hör mal, ich plaudere gern mit dir, aber …«

Die Frau strich sich mit den Fingern das Haar zurück und ließ es wieder fallen. »Du hast es doch sonst nicht so eilig. Hat es vielleicht mit dem Fahrzeug zu tun, das dich seit Vishniac verfolgt?«

Sunday warf ihrem Fahrer einen Blick zu. »Fragen Sie sie, wie weit es hinter uns ist.«

»Nicht nötig, ich habe Sie gehört«, sagte Dorcas. »Hattet ihr es vielleicht noch gar nicht bemerkt?«

»Du weißt doch, wie schlecht die Verbindungen hier draußen sind«, sagte Gribelin.

»Besonders, wenn sich jemand so viel Mühe gegeben hat, alle Stellvertreter zu blockieren und die Kameraaugen mit sinnlosen Anfragen zu überschwemmen. Du operierst doch normalerweise allein, Grib. Warum habe ich diesmal das Gefühl, dass jemand hinter deinem Rücken die Fäden zieht?«

»Erzählen Sie mir mehr über das Fahrzeug«, sagte Sunday. »Bitte.«

Offenbar hatte sie damit für einen Moment Dorcas' Herz erweicht. »Ein gemieteter Rover, etwas kleiner als euer Truck. Etwa zweieinhalb Stunden hinter euch, vielleicht etwas weniger.«

»Lucas«, sagte Sunday, als könnte es daran noch Zweifel geben. »Und er hat schnell reagiert. Er muss das Fahrzeug gemietet haben, bevor der Zug ankam.«

»Kein Freund von euch?«, fragte Dorcas.

»Ich bin mit zwei Kunden unterwegs«, erklärte Gribelin. »Die werden von einem Golem verfolgt, seit sie Crommelin verlassen haben.«

»Was ihr vorhabt … wird mir doch hoffentlich bei meinen Geschäften nicht in die Quere kommen?«

»Du weißt, was ich vom Evolvarium halte, Dorcas – wenn ich reinfahre, will ich so bald wie möglich wieder raus.«

»Und deine Kunden?«

Sunday beugte sich vor. »Wir werden verschwinden, so schnell es geht, und was wir vorhaben, hat keinerlei Auswirkungen auf Ihre Tätigkeit.«

»Das soll ich Ihnen so ohne Weiteres abnehmen?«

Sunday schloss die Augen und ordnete ihre Gedanken. »Ich werde Ihnen die Wahrheit sagen. Ob Sie mir glauben oder nicht, ist ganz allein Ihre Sache. Ich heiße Sunday Akinya.«

»Wie in …«

»Vor etwa sechzig Jahren hat meine Großmutter genau in der Mitte des Evolvariums etwas vergraben. Natürlich gab es das Evolvarium damals noch nicht. Es war nur ein Teil des Mars, der ihr etwas bedeutete. Ich möchte nun herausfinden, was ihr wichtig genug war, um es hier zu vergraben, und dazu muss ich die Grabungsstelle finden und nachsehen.«

»Ich habe ihr schon erklärt, dass sie nicht alle Tassen im Schrank hat, wenn sie glaubt, dass es hier noch was auszubuddeln gibt«, sagte Gribelin, »aber sie will das um jeden Preis durchziehen.«

»Sie haben Koordinaten?«

Sunday nickte. »Es gibt gewisse Ungenauigkeiten, aber ich glaube, ich kann ziemlich nahe herankommen. Meine Großmutter hatte für eine Weile hier in der Nähe in einer verlassenen russischen Wetterstation gelebt, bevor sie zurückkam, um diesen unbekannten Gegenstand zu vergraben. Der Standort der Station ist bekannt, und seit ihrem letzten Besuch hat es keine geologischen Veränderungen gegeben.«

»Wir sind etwa zweihundert Kilometer davon entfernt«, ergänzte Gribelin. »In zwei Stunden können wir dort sein, vielleicht brauchen wir auch drei, wenn wir um irgendwelche größeren Kaliber herumfahren müssen.«

»Bis dahin ist es dunkel«, sagte Dorcas. »Dann könnt ihr nicht mehr viel ausrichten.«

»Zumindest wären wir als Erste vor Ort.«

Dorcas dachte lange nach und hörte sich an, was ihre Besatzungsmitglieder ihr zuflüsterten, während sie sich ihre Antwort zurechtlegte. »Wir hatten bisher immer ein gutes Arbeitsverhältnis, nicht wahr, Grib?«

»Es gab Höhen und Tiefen«, sagte Gribelin.

»Wir sind beide keine Menschenfreunde. Aber im Lauf der Jahre ist es uns meistens gelungen, uns gegenseitig nicht auf die Füße zu treten.«

»So kann man's ausdrücken.«

»Man könnte sogar sagen, man hat sich geholfen, wenn es die Situation erforderte.«

»Was im Moment der Fall ist.«

»Ganz recht. Und in diesem Sinne mache ich dir ein Angebot. Ich bringe euch in sehr viel weniger als drei Stunden an euer Ziel. Die *Lady Disdain* sucht mit allen verfügbaren Mitteln nach eurem Objekt, und ich übergebe es euch unversehrt, wenn – falls – wir es finden. Im Gegenzug bekomme ich fünfundzwanzig Prozent von deinem Honorar. Ob wir etwas finden oder nicht.«

»Ich drucke das Geld nicht selbst«, brummte Gribelin.

»Aber jemand anderer hat genug davon. Irgendwie werde ich herauskriegen, wer dahintersteckt und was dir derjenige bezahlt.«

»Es würde mir im Traum nicht einfallen, dich mit Ausreden abzuspeisen, Dorcas.« Gribelin wirkte zunächst zutiefst unschlüssig, dann sah er ein, dass ihm nichts anderes übrig blieb, als aufrichtig zu sein. »Es sind die Pans«, sagte er mit einem kleinen hörbaren Seufzer. »Früher oder später hättest du das über die Tricksereien mit den Kommunikationsverbindungen ohnehin rausgefunden.«

»Warum lässt du dich von den Pans am Nasenring rumführen?«, höhnte Dorcas.

»Sie zahlen gut. Erstaunlich gut. Und meine Kunden …«

»Wir sind keine Pans«, beteuerte Sunday mit Nachdruck. »Wir haben uns nur vorübergehend mit ihnen eingelassen. Was ich will und was sie wollen, stimmt bis zu einem gewissen Punkt überein. Deshalb haben sie mir den Flug hierher bezahlt und helfen mir, den Golem aufzuhalten. Aber wir selbst sind keine Pans.«

»Schön.« Dorcas gestattete sich ein denkbar schmales Lächeln. »Ich glaube, das habe ich schon beim ersten Mal mitbekommen.«

Auf der *Lady Disdain* hielt man Teestunde. Alle knieten um einen Tisch, und einer von Dorcas' Untergebenen füllte die Tassen aus weißem Mars-Porzellan. Taktische Karten, unendlich viel detaillierter als Gribelins einfaches Display, wetteiferten auf der massiven Tischplatte um Aufmerksamkeit. Diese Echtzeit-Übersichten des Evolvariums wurden begleitet vom Dauergemurmel der Besatzung, die unentwegt Umfeldanalysen lieferte. An den Wänden dokumentierten systemweite Börsennachrichten den Handel mit Technologien und Waren vom Merkur bis hinaus zum Kuiper-Gürtel. Histogramme tanzten zu unhörbarer Musik. Kurven von Marktanalysen stiegen und fielen in regelmäßigen Sinusrhythmen wie Fourier-Komponenten eines schweren fremden Herzschlags. Newsfeeds sonderten ständig Aktualisierungen ab. Draußen eilte die Sonne dem Horizont entgegen, als hätte sie dringende Arbeiten zu erledigen.

Der Chai war dünn, aber sehr süß – mit Jasmin aufgegossen, wie Sunday feststellte. Sie kniete neben Jitendra an einer Tischseite, Gribelin und Dorcas an der anderen. Knien war bei Marsschwerkraft beinahe so bequem wie auf dem Mond, und die Knie wurden dabei weit weniger strapaziert als auf der Erde.

Das Gespräch bewegte sich in mindestens zwei, vielleicht sogar in drei Richtungen. Jitendra nutzte die Gelegenheit, so viel wie möglich über Geschichte und Organisation des Evolvariums zu erfahren, und richtete seine Fragen zu gleichen Teilen an Dorcas und Gribelin. Dorcas schien zwar bereit, ihm

Rede und Antwort zu stehen, aber sie hatte auch eigene Fragen und nahm sich hauptsächlich Sunday vor. Sie wollte mehr über dieses vergrabene Geheimnis wissen und warum es nicht nur für eine Partei von Interesse sein könnte.

»Ich kann Ihnen nicht sagen, was sie vergraben hat«, lautete Sundays Antwort. »Wenn ich es wüsste, hätte ich mir den weiten Weg sparen können. Ich kann nicht einmal völlig sicher sein, dass sie mich hierher lotsen wollte.«

»Und die Pans?«, bohrte Dorcas weiter. »Was versprechen sie sich davon?«

Sunday erinnerte sich an Soyas Warnung und überlegte, wie viel sie wohl verraten durfte. »Ihnen geht es um meine Großmutter«, sagte sie zurückhaltend. »Sie kannte Lin Wei, und die ist mehr oder weniger die Gründerin der *Panspermischen Initiative*.«

»Und mehr steckt nicht dahinter – lediglich historisches Interesse?«

»Vermutlich sind sie jetzt unwillkürlich neugierig geworden«, sagte Sunday.

Jemand von der Besatzung trat näher, beugte sich zu Dorcas hinunter und flüsterte ihr etwas ins Ohr. Sie nickte und ließ die Finger über dem Tisch tanzen. Die Positionen einiger Player des Evolvariums veränderten sich. »Neue Informationen«, erklärte sie. »Erhöhte Sichter-Aktivität in Sektor Acht, und zwei neue Unterarten von Jäger-Killern in Drei. Außerdem ist das Aggregat in den letzten Tagen auffallend aktiv.«

»Das Aggregat?« Jitendra strahlte wie ein Kind, das alle Geschenke auf einmal bekommt. »Sind Sie ihm schon einmal begegnet?«

»Grib ist mehrfach damit aneinandergeraten, nicht wahr?«, sagte Dorcas.

»Ich gehe ihm aus dem Weg, wenn ich kann.«

Dorcas nickte verständnisvoll. »Sehr vernünftig.«

»Was ist das Aggregat?«

»Das, was dabei herauskommt, wenn mehrere Maschinen sich zusammentun und beschließen, gemeinsam zu handeln, anstatt sich um die Reste zu balgen«, erklärte Jitendra. »So etwas wie eine aufstrebende Proto-Zivilisation. Ein quasiautonomer, mobiler Stadtstaat, der aus Hunderten von kooperierenden Maschinenelementen besteht.«

»Für die einen eine Landplage«, ergänzte Dorcas. »Für die anderen die Vorstufe zu einem marsianischen Gott. So ist es doch, Grib? Oder ist das ein Thema, über das du zurzeit nicht gerne redest?«

»Alles längst vorbei, wie du genau weißt.«

Dorcas lächelte kurz. »Hat er Ihnen erzählt, woher er seine Tätowierungen hat? Vermutlich nicht.«

»Wenn mich die Tattoos stören würden, hätte ich sie mir entfernen lassen.«

»Aber das würde Geld kosten, und das gibst du lieber für Huren, Drogen oder Ersatzteile für deinen Truck aus.« Jetzt spitzten alle die Ohren. Dorcas räusperte sich kurz. »Vor dreißig oder vierzig Jahren traf Gribelin gleich außerhalb des Evolvariums auf eine kleine Gruppe von Psychos. Die Landschaft mit ihrer Leere und ihrer überwältigenden Trostlosigkeit legt sich bei manchen von uns aufs Gemüt und drückt auf den ›Gott‹-Knopf, den sie immer noch in sich tragen. Wie nannten sich diese Leute noch mal, Grib?«

»Aggregationisten«, antwortete er knapp. »Können wir das Thema wechseln?«

»Inzwischen ist keiner mehr da. Angeblich ist ihr Anführer, der Spinner, der hinter der ganzen Sache stand, eines Morgens aufgewacht und hat festgestellt, dass er von Verrückten umgeben war. Genauer gesagt von verrückten Speichelleckern, die er in ihrem Wahnsinn auch noch bestärkt hatte. Sie nannten ihn den Apostaten. Er hat sich verdrückt und die anderen ihrem Schicksal überlassen. Du hast ihn kennengelernt, Grib, nicht wahr?«

»Unsere Wege haben sich gekreuzt.«

Dorcas goss ihren Gästen Chai nach. »Was immer aus dem Apostaten geworden sein mag, das Aggregat kommt auch ohne ihn gut zurecht. Soweit wir feststellen können, ist es vollkommen autark und braucht sich deshalb nicht mit Sichtern abzugeben. Außerdem ist es stark genug, um die meisten mittelschweren Bedrohungen abzuwehren, und beweglich genug, um allen größeren Gefährdungen aus dem Weg zu gehen. Wenn das ursprüngliche Konstrukt ein Nationalstaat war, so hat es sich zu einer ummauerten Stadt entwickelt.«

»Die nächste Frage lautet wohl: Gibt es eine Möglichkeit, damit Geld zu verdienen?«, fragte Jitendra.

»Wenn ja, dann ist noch keiner darauf gekommen«, antwortete Dorcas. Jitendras direkte Art schien sie nicht weiter zu stören. »Das Aggregat wirft keine Teile von sich ab, und solange es noch lebt, können wir es wohl kaum demontieren und ins Innere schauen. Irgendwann wird das allerdings jemand tun. Unsere Konkurrenten werden nicht aufgeben, und wir auch nicht. Bislang hat es alle unsere Vorstöße zu Handelsgesprächen abgeschmettert. Aber schließlich hat alles seinen Preis, nicht wahr?«

»Passen Sie bloß auf, dass sich nicht etwas entwickelt, was allzu intelligent ist«, warnte Sunday. »Wir wissen alle, wohin das führt.«

Dorcas lächelte verkrampft. »Wir haben allein auf diesem Schiff so viele Sprengkörper, dass wir das gesamte Evolvarium in eine radioaktive Hölle verwandeln könnten, wenn wir wollten. Niemand nimmt diese Gefahr auf die leichte Schulter.« Sie sah Sunday scharf an. »Ihnen wäre es natürlich lieber, wenn es nicht so bald dazu käme, nicht wahr? Zumindest wollen Sie vorher noch Ihr Geheimnis ausgraben.«

»Ich weiß doch noch nicht einmal, ob es ein Geheimnis gibt«, schränkte Sunday ein.

»Wenn Sie so weit gereist sind, dürften Ihre Zweifel nicht allzu groß sein. Und das gilt auch für die Pans, angesichts ihres großen Interesses. Was könnte Ihre Großmutter denn Ihrer Meinung nach hinterlassen haben?«

»Wer weiß, vielleicht nur einen weiteren verschlüsselten Hinweis, der uns an einen anderen Ort führt.«

Dorcas zog eine dünn gezupfte Augenbraue hoch. »Einen Ort auf dem Mars?«

»Irgendwo.«

»Und wenn der Eimer mit Gold am Ende doch nicht da ist, was dann?«

»Dann kehren wir alle nach Hause zurück und nehmen unser altes Leben wieder auf«, antwortete Sunday.

Ein weiterer Untergebener trat an Dorcas heran und flüsterte ihr etwas zu. Sie nickte kurz.

»Das andere Fahrzeug hat die Grenze überquert«, sagte sie. »Der Eintrittspunkt lag nicht weit von der Stelle, die Sie gewählt hatten, und das Fahrzeug verfolgt mehr oder weniger den gleichen Kurs wie Sie, bevor wir Sie aufgesammelt haben. Sie sagen, in dem Ding sitzt ein Golem?«

Sunday nickte. »Das ist ziemlich wahrscheinlich.«

»Dann handelt er inzwischen fast autonom. Weiß er genau, wo die Grabung stattgefunden haben könnte?«

»Die Leute hinter dem Golem …«, Sunday vermied den Namen, um nicht mehr über ihre Familie preiszugeben als unbedingt nötig, »… sind intelligent genug, um die gleichen Schlüsse zu ziehen wie ich.«

»Viel können wir nicht tun.« Dorcas stellte ihre Teetasse ab, erhob sich und strich sich die Falten aus ihrem langen schwarzen Mantel. »Egal. Wir sind dem Rover gut zwei Stunden voraus und haben das Ziel fast erreicht.«

»Aber Sie rechnen nicht damit, etwas zu finden?«, fragte Sunday.

»Die Maschinen sind gründlich, wenn jedoch etwas genügend tief vergraben wurde … nun, dann besteht eine wenn auch entfernte Möglichkeit, dass es noch da ist.«

»Allerdings hätte Eunice keinen Grund gesehen, besonders tief zu graben«, gab Jitendra zu bedenken.

»Lassen Sie uns optimistisch sein«, sagte Dorcas.

25

Von der russischen Wetterstation und den Hinweisen auf Eunices Rückkehr Jahrzehnte später war nichts mehr zu sehen. Der Wind und die Zeit hatten sämtliche Spuren getilgt; alle Artefakte, aller Abfall waren längst von den Maschinen des Evolvariums absorbiert und recycelt worden. Aber der Standort war bis auf wenige Meter genau bekannt, und als die *Lady Disdain* ihre Triebwerke auf Schwebeflug umstellte, konnte kein Zweifel daran bestehen, dass sie sich genau über der richtigen Stelle befand.

»Wenn unter dem Staub ein großes magnetisches Objekt läge, wüssten wir das bereits«, sagte Dorcas. »Ich fürchte, im Moment sieht es nicht allzu gut aus. Das Gleiche gilt für Schwerkraftanomalien. Wenn genau unter uns, nur wenige Meter unter der Oberfläche, überhaupt etwas vergraben ist, muss es für unsere Massensensoren die gleiche Dichte haben wie der Fels.« Sie stand an einer Konsole, die einem Bugkorb glich, und hatte die Hände zu beiden Seiten eines schrägen Displays aufgestützt. »Wir können aber noch ein paar Dinge versuchen, bevor wir daran denken, tiefer einzudringen.«

»Bodenradar?«, fragte Gribelin.

»Wir sind bereits in einer Tiefe von drei Metern, über eine

Fläche von fünfzig mal fünfzig Metern. Natürlich können wir das Suchraster erweitern – aber das kostet Zeit.«

Gribelin hatte die Arme vor der Brust verschränkt. »Was ist mit der Seismik?«

»Ebenfalls in Arbeit – doch auch hier dauert es eine Weile, bis sich die Daten aufbauen.«

Durch die nach unten gerichteten Fenster der Gondel konnte Sunday beobachten, wie die Tentakel lose Felsblöcke aufhoben, sie hoch in die Luft schwenkten und wieder zu Boden warfen. Andere Tentakel streckten sich so weit wie möglich von dem Luftschiff weg und streiften mit ihren Spitzen die Oberfläche, um die Vibrationen einzufangen, die durch den geologischen Unterbau übertragen wurden. Aus den Ankunftszeiten der Impulse konnte Dorcas ein seismografisches Profil des Geländes erstellen, das viel weiter in die Tiefe ging, als es mit Radar möglich war. Das war jedoch ein langsames und unsystematisches Verfahren – das Luftschiff war offenbar nicht mit speziellen seismischen Sonden oder den erforderlichen Programmen zur schnellen Aufbereitung der Daten ausgerüstet –, und Sunday fragte sich, was die ständigen Bewohner des Evolvariums wohl von all dem Gepolter halten würden. Das schien ihr ganz und gar nicht der richtige Weg zu sein, um diskret und ohne Aufmerksamkeit auf ihre Aktivitäten zu lenken auf die Suche zu gehen.

»Eunice, Eunice, Eunice«, sagte sie leise vor sich hin. »Warum musstest du es uns so schwer machen?«

Seit sie das Konstrukt nicht mehr um sich haben konnte, vermisste sie es. Eunice mochte eine Illusion sein, ein Taschenspielertrick, ein Wesen, das nur so aussah und so sprach wie ein denkender Mensch. Aber sie sah die Welt mit anderen Augen als Sunday. Und sie hatte Dinge erlebt, die Sunday nie erleben würde.

»So hatte ich mir das eigentlich nicht vorgestellt«, nörgelte

Gribelin und trat zu ihr, »aber ich glaube, wir können Dorcas vertrauen.« Sein muffiger Geruch war ihr bereits in die Nase gestiegen, bevor er sie ansprach.

Sunday war im Moment allein, die anderen *Überflieger* waren mit ihren Instrumenten und technischen Systemen beschäftigt, und Jitendra hatte sich in Originaldokumente zur Geschichte des Evolvariums vertieft. »Glauben Sie das, oder wissen Sie es?«, fragte sie.

»Wenn es um Dorcas geht, gibt es keine Gewissheit, Kindchen.« Er sprach in heiser-vertraulichem Ton. »Wir müssen es einfach nehmen, wie es kommt, und … flexibel sein. Sie glitscht einem gern durch die Finger, keine Frage. Aber das können wir auch.« Er verschob in seiner Kehle einen lockeren Schleimklumpen, der sich dort offensichtlich zu Hause fühlte. »Mein Verhalten anfangs … als ich Sie abgeholt hatte …« Er verstummte, als warte er auf eine Aufforderung zum Weitersprechen.

»Ja?«, sagte Sunday.

»Bei dieser Arbeit kommt man mit allen möglichen Leuten zusammen. Besonders mit reichen Kids, die auf Abenteuer aus sind. Ich wusste, dass Sie Geld im Rücken haben, aber es geht Ihnen nicht wirklich um den Nervenkitzel, nicht wahr?«

»Auf dem Mond hatte ich ein gutes Leben. Ich wollte das alles nicht. Es hat mich gesucht, nicht umgekehrt.« Sunday schwieg einen Moment. »Das sollte doch nicht etwa eine Entschuldigung sein, Gribelin?«

»Dafür, dass ich Sie hart angepackt habe?« Er zuckte die Achseln, als sei zu diesem Thema alles gesagt. »Aber von jetzt an … Was auch geschieht, wenn ich einen Auftrag übernommen habe, lasse ich meine Kunden nicht hängen.«

»Und wenn unsere Gastgeberin andere Vorstellungen hat?«

»Wir werden spontan entscheiden. Und wenn es spannend wird, dann machen Sie und die Bohnenstange genau das, was ich Ihnen sage, verstanden? Keine Zweifel am alten Gribelin. Denn wenn die Kacke erst mal am Dampfen ist, bleibt keine Zeit mehr, um sich gepflegt über andere Möglichkeiten zu unterhalten.«

»Wir hören auf Sie«, versprach Sunday. »Schließlich finden wir nicht so leicht einen anderen Führer.« Dann fügte sie leise hinzu: »Danke, Gribelin.«

Er wollte sich abwenden – sie glaubte, er wäre mit ihr fertig –, doch etwas ließ ihn innehalten. Nach einer Weile sagte er: »Sie haben auf der Fahrt nach den Zeichen auf meinem Kopf gefragt. Dorcas hat meinen Zusammenstoß mit dem Apostaten erwähnt. Ich dachte, das würde Sie noch neugieriger machen.«

»So wie ich die Sache sehe, geht mich das alles nichts an.«

»Das sehe ich auch so. Aber nicht alle wären meiner Meinung.« Gribelin schlug die Augen nieder, dann fuhr er fort. »Ich bin da draußen ein wenig durchgedreht. Man hatte mir Dinge in den Kopf gesetzt. Tanzende Männchen, in den Fels geritzte Figuren. Der Apostat hatte selbst einmal den Verstand verloren, ich glaube aber, er hat sich wieder gefangen. Ich habe länger gebraucht, und vielleicht steckt immer noch was von dem Wahnsinn in mir. Doch das ist eine Sache zwischen mir und dem Gott, an den ich nicht glaube.«

Die Schatten waren länger geworden, und die Abendwinde kamen heulend vom nördlichen Tiefland herein, als Dorcas den Blick von einem verdeckten Sichtgerät hob. »Ich weiß nicht so recht, was ich davon halten soll.« Sie spielte mit den Knöpfen zur Feinjustierung an der Seite des Geräts herum.

»Wollen Sie mir schonend beibringen, dass nichts da ist?«, fragte Sunday.

»Nein.« Dorcas strich sich das Haar hinter ein Ohr zurück, um die Augen freizubekommen. »Ich will Ihnen beibringen, *dass* wir etwas gefunden haben. Da unten ist ein Objekt. Es ist aus Metall und nicht allzu weit von der Oberfläche entfernt. Was offen gestanden unmöglich ist.«

Mit dem Graben mussten sie bis Tagesanbruch warten. Bei Nacht wurde es kalt, und die Kälte machte alles schwieriger, doch das war nicht der Grund für die Verzögerung. Bei Nacht, wenn Kälte und Dunkelheit das Land im Griff hatten, waren die verschiedenen Sucherkasten, die am Boden zugange waren, viel weniger aktiv. Sie sparten lieber Energie und passten ihre Außenhaut so weit wie möglich den kalten Umgebungstemperaturen an, um schwerer auffindbar zu sein. Im Gegenzug wurden die Räuber lebendig. Zwar blieb es schwierig, Beute zu machen, aber wenn erst einmal eine Verfolgungsjagd eingeleitet war, erhöhten sich die Erfolgschancen beträchtlich. Im Grunde war es zu keiner Zeit ratsam, sich auf der Oberfläche aufzuhalten, erklärte Dorcas, die Nacht war jedoch selbst für *Überflieger* noch ungünstiger als der Tag. Deshalb würden sie sich nicht vor Sonnenaufgang an eine Bohrung wagen.

»Und was ist mit dem Golem? Wir haben einen Vorsprung herausgeholt – was macht es für einen Sinn, jetzt alles wieder wegzuwerfen?«

»Der Golem bewegt sich auf dem Boden«, antwortete Dorcas. »Deshalb wird auch er vor Sonnenaufgang nirgendwohin gehen. Jedenfalls nicht, wenn er auch nur eine leise Ahnung vom Evolvarium hat und bis zum Morgengrauen heil bleiben möchte. Also schlafen Sie ein paar Stunden. Tun Sie sich keinen Zwang an.«

Aber Sunday fand nicht viel Schlaf, solange das Ding da unten im Fels nach ihr rief. Der *Überflieger* schwebte an Ort und Stelle, nur eine Notmannschaft war für die Friedhofswache eingeteilt, und sie stand im Dunkeln in der Gondel und schaute hinab. Radar- und Infrarotsensoren suchten die ausgedörrte, staubbedeckte Hochfläche ab. Hin und wieder kam auf halbem

Weg zum Horizont oder dahinter etwas aus der Deckung und huschte flink über das Gelände. Diese Lauerjäger waren Meister der Tarnung. Die einen versteckten sich in Felslöchern und natürlichen Spalten, um wie aus der Pistole geschossen hervorzuschnellen, während andere ihre Gestalt veränderten, ihren Körper flach an die oberste Staubschicht pressten und dort unbemerkt warteten. Manche sahen aus wie Plattfische, andere wie Schlangen. Regelrechte Ungeheuer streiften lautlos auf der Suche nach schwachen, verletzten oder toten Opfern durch die Nacht. Ein solches schakalähnliches Wesen sah sie über den Horizont traben. Es hatte so viele gegliederte Beine, dass es aussah, als würde es auf einer zänkischen Horde von unabhängigen Gliedmaßen gegen seinen Willen vorwärts getragen. Auch eine Prozession von Skorpionen – oder (wie grauenvoll!) vielleicht auch nur ein einziges Geschöpf – zog vorüber. Eine Kreatur so groß wie ein Haus, mit flacher Oberseite wie eine Haarbürste, die auf unzähligen stacheligen Tausendfüßlerbeinen vorwärtsstrebte, mochte ein harmloser Pflanzenfresser oder auch ein tödliches Raubtier sein.

In gewisser Hinsicht war es großartig, dachte sie. Diese unglaubliche Mannigfaltigkeit im Evolvarium, die überwältigende Bandbreite von Evolutionsstrategien, Körperbauplänen und Überlebensmechanismen. Auf der Erde hatte das Leben dreieinhalb Milliarden Jahre für die adaptive Radiation gebraucht, die diese schnellen, grenzenlos wandlungsfähigen Maschinen in wenigen Jahrzehnten hervorgebracht hatten. Künstlicher Selektionsdruck hatte die Uhr des Lebens in ein kreischendes Schwungrad verwandelt. Das Wettrüsten ums Überleben war in den Dienst der Produktentwicklung gestellt worden und speiste nun den systemweiten Markt mit einem niemals versiegenden Strom von neuen Technologien, neuen Materialien und neuen Verfahren. In diesem Sinne war es fast ein Wunder. Die Welt bekam immer und immer wieder etwas umsonst.

Allerdings war es nicht wirklich umsonst. Das Evolvarium war in einer Endlosschleife aus Tod und Angst, Entsetzen und Hunger gefangen. Die Maschinen mochten nicht genügend kognitives Potenzial besitzen, um die KI-Jäger zu beunruhigen, doch das hieß nicht, dass sie geistlos gewesen wären, auch wenn Jitendra das anders sah. Der Sichter fiel ihr ein, von dem Gribelin erzählt hatte, jene bettelnde Maschine. Vielleicht hatte der Mann übertrieben. Oder er hatte einem fundamental fremden Kommunikationsvorgang jenseits einer unüberbrückbaren konzeptuellen Kluft menschliche Wertvorstellungen übergestülpt.

Sie überlegte lange und erkannte immer deutlicher, dass sie sehr, sehr froh sein würde, von hier wieder wegzukommen.

Jitendra legte ihr den Arm um die Taille. »Es tut mir leid wegen Memphis«, sagte er leise. »Es tut mir leid, dass wir nicht zu Hause bei deinem Bruder sind. Aber ich hätte dies alles um nichts in der Welt verpassen mögen.«

»Wirklich?«

»Es ist großartig«, schwärmte er.

Die nächtlichen Staubwolken erstrahlten in rotem und grünem Licht. Hinter dem Horizont ging etwas in grellen Flammen auf. Sunday erschauerte.

26

Als Geoffrey ins Bewusstsein zurücktaumelte, war er bereits auf halbem Wege zum Mond, und hinter ihm auf der Erde tobte ein kleiner diplomatischer Sturm. Die Apparatschiks des *Mechanismus* fanden es empörend, dass Geoffrey sich der Erstellung eines psychologischen Gutachtens durch Flucht entzogen hatte, und nahmen, was Jumais angebliche Unschuld an der ganzen Affäre betraf, eine zunehmend skeptischere Haltung ein. Die Nigerianerin hatte nicht direkt ein Verbrechen begangen, aber die unmissverständliche Botschaft lautete, man rate ihr dringend, sich in ihrem eigenen Interesse baldmöglichst der Zuständigkeit des *Mech* zu unterstellen. Mit anderen Worten, sie war nur um Haaresbreite davon entfernt, selbst als Flüchtling eingestuft zu werden. Währenddessen wendete Tiamaat – und somit die *Panspermische Initiative* – jede ihr zur Verfügung stehende Verzögerungstaktik an. Man argumentierte, Geoffrey habe in der Aqualogie Antrag auf Staatsbürgerschaft gestellt, und deshalb habe man keine andere Wahl, als den eigenen protokollarischen Verpflichtungen in dieser Sache nachzukommen, andernfalls mache man sich eines schweren Verstoßes gegen die eigene Verfassung schuldig.

Schall und Rauch, Bluff und Gegenbluff, zwei geopolitische

Schwergewichte in einem uralten Spiel. Solange Geoffrey damit Zeit gewann, kümmerte es ihn nicht weiter. Die Reaktion der Cousins belastete ihn viel mehr.

Lucas und Hector hatten immer wieder versucht, ihn anzuchingen, seit er an Bord der *Newski* gegangen war. Ihre Anfragen waren systematisch abgewiesen worden – außerdem war Geoffrey fast die ganze Zeit ohne Bewusstsein gewesen –, aber die Cousins hatten sich nicht entmutigen lassen. Sie hatten die *Newski* ohne Mühe verfolgen können – jedes seetüchtige Schiff, noch dazu ein so großer und schwerer Kahn wie das ehemalige sowjetische Atom-U-Boot – war öffentlich sichtbar –, und es war ihnen nicht schwergefallen, den Zusammenhang zwischen dem Zielhafen der *Newski* und dem Start des Raumtransporters in die Umlaufbahn herzustellen. Geoffrey war vom Radar des *Mechanismus* verschwunden, deshalb konnten sie nicht mit Sicherheit sagen, dass er sich im Weltraum befand. Aber er befand sich auch nirgendwo *sonst* im Zuständigkeitsbereich des *Mechanismus*, und das sprach sehr dafür, dass er an Bord der Rakete war. Hätten sie, was keinen allzu großen Aufwand erfordert hätte, die Rakete bis zu ihrem Rendezvous mit dem Raumschiff *Quaynor* verfolgt, dann hätten sie sich denken können, dass Geoffrey und Jumai sich nun an Bord dieses Schiffs befanden.

Als die beiden endlich aufgegeben hatten, ihn persönlich erreichen zu wollen, hatte Hector eine Erklärung aufgezeichnet, die Geoffrey nun doch guten Gewissens nicht mehr ignorieren konnte.

»Wir wissen, was du vorhast, Cousin. Wir wissen, wofür du die Hilfe deiner neuen Freunde in Anspruch nimmst. Aber du irrst dich. *Das wird nicht funktionieren.* Und du machst einen sehr, sehr großen Fehler. Du hast im *Winterpalast* nichts zu suchen, du bist nicht erwünscht, und du hast kein Recht, unerlaubt dort einzudringen.«

»Ich habe die gleichen Rechte wie ihr«, widersprach Geoffrey lautlos.

»Wenn du dich jemals als Akinya betrachtet hast«, fuhr Hector fort, »dann triff jetzt die richtige Entscheidung. Kehre um. Gib diesen verrückten Plan auf, bevor der gute Name der Familie irreparablen Schaden nimmt.«

»Ich scheiße auf den Ruf der Familie«, sagte Geoffrey. Und leiser: »Ich scheiße auf die ganze Familie, wenn wir schon dabei sind. Ich gehöre nicht mehr dazu.«

Irgendwo im Schiff war ein dumpfes Dröhnen zu hören, und ein Hauch von Schwerkraft setzte ein. Die *Quaynor* korrigierte ihren Kurs. Von diesem Augenblick an zielte sie wie ein Pfeil auf das orbitale Gefängnis, in dem seine Großmutter ihr Leben beendet hatte.

»Macht nicht viel her«, sagte Jumai sechs Stunden später, als sie den *Winterpalast* zum ersten Mal richtig sehen konnten. »Ich weiß nicht, was ich erwartet hatte. Aber doch etwas mehr als das.« Sie unterbrach sich und tippte ihrer medizinischen Manschette die Anweisung ein, die Medikation gegen den Schwindel zu erhöhen. Geoffrey hatte sie einige Stunden nach Beginn des Fluges dabei ertappt, wie sie zusammengerollt wie ein Fötus in dem Modul lag, das man ihnen für die Dauer des Fluges zugewiesen hatte, und sich würgend in eine Spucktüte übergab. Auf seine Frage, warum sie nichts gegen die Übelkeit unternommen hätte, hatte sie gesagt, die Medikamente aus der Manschette schwächten ihre Konzentration, und das sei ihr unerträglicher als ein gelegentlicher Brechreiz.

»Auf der Station musst du hellwach sein«, hatte er ihr erklärt. »Und wenn du dir vor der Ankunft die Seele aus dem Leib kotzt, bist du zu nichts zu gebrauchen.« Dann hatte er behutsam ihr Handgelenk ergriffen und die von ihr eingegebene Dosis erhöht, bis sie seiner eigenen entsprach.

»Jawohl, Doktor«, hatte sie etwas missmutig geseufzt, aber wie er jetzt erleichtert feststellte, war die Botschaft angekommen.

»Sie hatte die Station um ihr altes Schiff, die *Winterkönigin*, herumbauen lassen«, erklärte er, als der graue Zylinder in starker Vergrößerung vor ihnen schwebte. Sie waren noch fünfzigtausend Kilometer davon entfernt, deshalb wurden die Bilder aus vielen im cislunaren Raum verteilten Kameraaugen und nicht aus den eigenen niedrigauflösenden Kameras der *Quaynor* selbst synthetisiert. »Ich war ja nie drin – nicht einmal im Ching. Aber ich weiß, wie es dort aussieht. Die Bilder habe ich oft genug gesehen, wenn sie geruhte, von ihrem Thron zu uns zu sprechen. Es ist ein Dschungel, feucht und schwül wie in einem Treibhaus. Das Schiff selbst ist eine Rostlaube; es war gerade noch imstande, sie am Leben zu erhalten und die Station mit Energie zu versorgen, mehr auch nicht. Deshalb können die Cousins gute Gründe anführen, um es stillzulegen – der Reaktor ist fast so alt wie der in dem U-Boot.«

Der Zylinder sah aus wie zwei oder drei ineinandergesteckte Bierdosen und war an beiden Enden gespickt mit Wartungs- und Andocksystemen. Er rotierte langsam um seine Längsachse, sodass mit der Zeit der größte Teil der Oberfläche in Sicht kam. Zwischen den beiden Endkappen war die Außenhülle glatt, ohne mechanische Teile, Sensoren oder andere Anhängsel, an denen man die Größe des Ganzen hätte abschätzen können. Eunice hatte sich einen eigenen eisernen Mikrokosmos geschaffen und offenbar nie den leisesten Wunsch verspürt zu sehen, was sich außerhalb davon befand.

»Sie hat diese Kiste nie verlassen?«, fragte Jumai. Geoffrey hörte das Entsetzen in ihrer Stimme. »Ich meine, nicht einmal ein paar Schritte in einem Raumanzug? Die ganze Zeit über?«

»Das hätten wir erfahren«, sagte er. »Es gab keinen Moment, in der nicht irgendjemand irgendwo den *Winterpalast* beobachtet hätte. Gelegentlich legten Schiffe an und wieder ab – ferngesteuerte Versorgungsdrohnen, Memphis bei einem seiner Besuche –, sonst kam nie jemand heraus. Ihr Stern mochte verblasst sein, doch selbst in den letzten Jahren wäre sie noch prominent genug gewesen, um in die Nachrichten zu kommen, wenn sie sich gezeigt hätte.«

»Aber sich in dieser Kiste einzuschließen – nach allem, was sie getan und erlebt hatte? Wie konnte sie sich das antun?«

»Sie war wohl ein wenig verrückt«, vermutete Geoffrey.

»Ich nehme an, sie konnte chingen. Mir hätte das allerdings nicht gereicht.«

»Du bist nicht meine Großmutter. Sie hatte da drin alles, was sie brauchte.«

»Das ist doch kein Leben.«

»Habe ich das jemals behauptet?«, gab Geoffrey zurück.

Eine Weile schwiegen beide, dann ergriff Jumai wieder das Wort. »Nun, als Erstes docken wir an. Das ist klar. Danach werden wir sehen, wie schwierig es ist, ins Innere zu kommen. Ich nehme an, du rechnest mit Komplikationen, sonst hättest du mich nicht mitgenommen.«

»Du wirst auch bezahlt, wenn du keinen Finger zu rühren brauchst«, versicherte er ihr.

»Du hältst mich immer noch für einen in der Wolle gefärbten Söldner.«

»Ich halte dich für jemanden, der die Gefahr liebt. Das ist nicht ganz das Gleiche.«

»So siehst du das.« Jumai zuckte unbekümmert die Achseln, ihre Übelkeit war wie weggeblasen. »Mal sehen, was es an Möglichkeiten zum Andocken gibt.« Sie streckte die Hand aus und drehte das Bild des *Winterpalasts* wie ein Spielzeug über einem Kinderbett, bis sie eine der Endkappen im Blickfeld hatte, zoomte sie mit gespreizten Fingern heran und betrachtete sie mit zusammengekniffenen Augen. »Siehst du irgendetwas Außergewöhnliches? Du bist doch der erfahrene Weltraumreisende.«

»Spezialist für Andocksysteme bin ich nicht.«

»Das ist auch nicht nötig«, ließ sich hinter ihnen eine Stimme vernehmen. Es war Mira Gilbert. Sie hatte ihren Mobilisator abgelegt, fühlte sich aber in der Schwerelosigkeit ebenso zu Hause wie unter Wasser. Nun trug sie einen hautengen Anzug mit Reißverschluss in Orange und Grau, der mit Taschen und Haftflicken versehen war. »Wir haben uns die Bedingungen angesehen. Die Schnittstellen und die Kopplungssysteme entsprechen dem Standard. Die *Quaynor* kann ohne Schwierigkeiten hart andocken.«

»Sind Sie nur deshalb gekommen?«, fragte Geoffrey. Seit dem Aufwachen hatte er Gilbert so gut wie nicht gesehen.

»Eigentlich wollte ich Ihnen von einer neuen Entwicklung in der Ostafrikanischen Föderation berichten. Kameraaugen haben die Aktivierung der ballistischen Abschussanlage am Kilimandscharo aufgezeichnet.«

»Scheiße«, sagte Geoffrey.

»Was abgeschossen wurde, ist unklar. Es könnte eine Testladung, eine Frachtkapsel oder etwas anderes sein. Im Moment neigen wir zu Letzterem. Was immer es war, es wurde bis in die Umlaufbahn getragen und dort von einem anderen Fahrzeug aufgenommen.«

»Was für ein Fahrzeug?«, fragte Jumai.

»Die *Kinyeti*, ein Raumschiff für den Asteroidenbergbau und auf *Akinya Space* registriert.« Gilbert sprach langsam, damit er die Information auch aufnehmen konnte. »Von der Reichweite und den technischen Möglichkeiten her mindestens mit der *Quaynor* vergleichbar, wenn nicht noch größer.«

Sie rief ein Bild auf, entweder eine Echtzeitaufnahme aus großer Entfernung oder ein Archivbild desselben Schiffs. Für

Geoffrey sah es nicht anders aus als das Schiff, auf dem er sich befand. Die *Kinyeti* zeigte die gleiche Skelettbauweise für Einsätze im Vakuum, bei denen ein Schiff weder dem Widerstand der Atmosphäre noch starken Beschleunigungs- oder Bremskräften ausgesetzt war. An einem Ende hatte sie Triebwerke und Treibstofftanks, am anderen Ende die Andockvorrichtungen und Fördermaschinen. Am Mittelwulst mit den Unterkünften für die Besatzung waren zwei gegenläufig rotierende Zentrifugenarme angebracht, an deren Ende sich jeweils die Habitatmodule befanden.

Die Arme der *Quaynor* hatte er von innen gesehen. Sie waren festgeschweißt und bewegten sich nicht mehr, denn sie wurden nur noch als Ausleger für die Kommunikationsgeräte und die Systeme zur Präzisionssteuerung genutzt.

»Seit dem Rendezvous mit dem Paket aus der Rohrpostanlage fliegt sie mit hoher Verbrennungsrate«, fuhr Gilbert fort. »Wenn sie die beibehält, erreicht sie den *Winterpalast* etwa neunzig Minuten vor uns.«

»Das muss einer von den Cousins sein, vielleicht auch beide«, vermutete Geoffrey.

»Damit haben sie uns ohne Flossen erwischt«, seufzte Gilbert. »Wir hatten nicht angenommen, dass die Rohrpost schon funktioniert.«

»Das war auch nicht der Fall«, erklärte Geoffrey. »Jedenfalls nicht richtig. Man hatte sie getestet, als die Asche meiner Großmutter verstreut wurde, aber sie war nicht bereit für die Beförderung von *Menschen* – bei Weitem nicht. Nur Lucas und Hector wären so komplett verrückt, bei einem Flug mit der Rohrpost Kopf und Kragen zu riskieren.«

»Wenn sie uns einholen wollten, hatten sie kaum eine andere Wahl«, erwiderte Gilbert. »Nach Libreville zu kommen hätte zu lange gedauert, und eine eigene Rakete hatten sie nicht. Also blieb nur die Rohrpost.«

»Da meint es jemand sehr ernst«, sagte Jumai. »Aber das wussten wir schon vorher. Und was ändert sich nun damit?«

»Gar nichts«, antwortete Geoffrey. »Wir werden nicht umkehren. Können wir dieser Kiste noch etwas mehr Geschwindigkeit entlocken, Mira? Schließlich brauchen wir unsere Absichten nicht mehr zu verbergen.«

»Kommt darauf an, wie schnell Sie sein wollen«, sagte die Meerfrau. »Und wie viele Strafmandate für Raumverkehrsvergehen Sie in Kauf nehmen.«

»So viele wie nötig, um sicherzustellen, dass uns die Cousins nicht zuvorkommen. Wir brauchen sie dann nur auszusperren – das sollte doch nicht allzu schwierig sein, oder? Wir gehen rein, finden heraus, was Eunice dort eventuell hinterlegt hat, und verschwinden wieder. Danach können wir alle in unser altes Leben zurückkehren, falls das überhaupt möglich ist.«

»Ihr Leben ist jetzt *hier*«, erinnerte Gilbert ihn freundlich. »Bürger Akinya.«

Geoffrey berührte das feuchte, warme Glas von Arethusas Becken und versuchte die Gestalt darin auszumachen. So wie die Lichter im Frachtraum angeordnet waren, konnte er in dem trüben, grünfleckigen Wasser kaum mehr als einen dunklen Schemen erkennen.

»Natürlich ist es sehr extravagant«, erklärte Arethusa in vertraulichem Ton. Ihre Stimme wurde von der Bord-ER des Schiffes geradewegs in seinen Kopf geleitet. »Mich herumkutschieren zu lassen. Anders als Sie bestehe ich nicht bloß aus Fleisch und Knochen. Zunächst wiege ich schon einmal fünfzig Tonnen, und außerdem brauche ich mehrere Tausend Liter Wasser, um darin schwimmen zu können. Aber den Gefallen kann man mir schon tun. Treibstoff haben wir im Überfluss – jedenfalls war das so, bevor Ihre Familie anfing, uns ein Wettrennen zu liefern –, und im Notfall kann man meine Schwimmflüssigkeit immer noch als Kühlmittel, Reaktionsmasse oder zur Strahlenabschirmung verwenden.«

»Was würde dann aus Ihnen?«, fragte Geoffrey.

»Wahrscheinlich würde ich sterben. Das ist zwar grundsätzlich ungerecht, aber ich hätte nichts dagegen. Das soll nicht heißen, dass ich lebensmüde oder bereit wäre, mein Leben zu beenden – keineswegs. Ich habe mich nur längst damit abgefunden, dass meine Uhr abgelaufen ist, und bin mir dessen auch ständig bewusst.«

»Ich verstehe immer noch nicht. Warum gerade jetzt?«

»Was meinen Sie mit *gerade jetzt*?« Das klang unerklärlich heftig.

»Erzählen Sie mir nicht, Sie hätten ganz spontan beschlossen, den Planeten zu verlassen, Arethusa. Irgendetwas hat Sie dazu bewogen. Wo wollen Sie überhaupt hin? Im *Winterpalast* können Sie nicht bleiben.«

»Das habe ich auch nicht vor. Aber es ist schon seit Längerem Zeit für mich weiterzuziehen. Ich langweile mich schnell, Geoffrey. Das Leben in der Aqualogie hat seit Jahrzehnten seinen Reiz verloren, allein deshalb brauche ich neue Horizonte. *Ocular* hat mir schließlich den Anstoß gegeben, den Sprung zu wagen.«

»Die Erde zu verlassen.«

»Darüber denke ich schon seit Langem nach. Und diese Nachricht – die Daten von Crucible, Mandala und der Tod meiner alten Freundin Eunice – gibt mir das Gefühl, dass der Zeitpunkt gekommen ist. *Carpe diem* und so weiter. Wenn ich es jetzt nicht wage, was muss dann noch geschehen? Wir Pans predigen aller Welt, unsere Spezies sei moralisch verpflichtet, über das Sonnensystem hinauszugehen und den Weltraum zu erkunden und zu kolonisieren. Da müsste ich den Worten doch mindestens Taten folgen lassen.«

»Sie gedenken also im Weltraum zu bleiben?«

»Ich werde nicht zurückkehren«, bestätigte sie. »Schon gar nicht, nachdem man mich mit so hohem Treibstoffaufwand bis hier herauf gehievt hat. Ich will nicht als Verschwenderin dastehen.« Sie versank in düsteren Grübeleien. Im Becken gluckerte und schwirrte es. »Es gibt ein ganzes System zu erforschen, Geoffrey«, sagte sie endlich. »Planeten und Monde, Städte, neue Perspektiven. Wunderbares und Schreckliches. Mehr, als die gute Lin Wei sich jemals hätte träumen lassen. Und wir reden bloß von dem Häufchen Felsen und Staub, das um diesen kleinen gelben Stern kreist.«

»Sie sind Lin Wei«, sagte er leise. »Sie sind niemals ertrunken. Sie sind lediglich zum Wal geworden.«

Sie schien eher enttäuscht als verärgert zu sein. »Können wir nicht wenigstens anstandshalber den Schein wahren?«

»Warum ist Ihnen das zugestoßen?«

»Weil ich es veranlasst habe. Warum sonst?« Sie schien aufrichtig erstaunt über seine Frage. »Es war nur eine Phase.«

»Ein Wal zu sein?«

»Ein Mensch zu sein.« Sie schwieg eine Weile. »Eunice und ich, wir wurden beide irgendwann ein wenig sonderbar«, fuhr sie dann fort. »Wir kehrten unserem früheren Leben den Rücken. Ich hier drin, Eunice in ihrem Gefängnis. Wir hatten genug gelebt und geliebt, und am Ende genügte es uns doch nicht.«

Er spürte den dringenden Wunsch, seine Großmutter in Schutz zu nehmen, aber er wusste, dass es ein Fehler gewesen wäre. »Immerhin sind Sie nicht zur Einsiedlerin geworden. Sie leben in gewissem Sinne nach wie vor in der Welt. Sie haben noch Pläne.«

»Ja«, räumte Arethusa ein. »Das ist richtig. Auch wenn mir diese Pläne hin und wieder selbst Angst machen.«

»Wissen Sie, warum Eunice sich zurückgezogen hat?«

»Nach der Sache auf dem Merkur war sie nicht mehr dieselbe. Aber wer von uns war das schon?« Arethusa hielt inne. Für ihn war und blieb sie Arethusa, so sehr er sich auch bemühte, er konnte diesen schwimmenden Koloss nicht mit dem Bild von Lin Wei, dem kleinen Chinesenmädchen, in Einklang bringen, das in einer einfacheren Welt mit seiner Großmutter befreundet gewesen war. »Meine Ärzte – die Leute, denen ich diese Gestalt verdanke – sagen mir, ich könnte sehr lange leben, Geoffrey. Eine Möglichkeit, um den Tod zu betrügen, ist nämlich, mit dem Wachsen nicht aufzuhören. Ich bilde immer noch neue neuronale Verbindungen aus. Mein Gehirn staunt über sich selbst.«

»Wie lange?«

»Jahrzehnte, vielleicht sogar ein Jahrhundert, wer weiß? Für Sie ist es eigentlich nicht anders. Sie sind noch ein junger Mann. Glauben Sie denn, dass die Medizin in hundert Jahren keine weiteren Fortschritte erzielt hat?«

»So weit denke ich nicht voraus.«

»Dann wird es Zeit, sich das anzugewöhnen. Ich spreche von allen lebenden, atmenden menschlichen Wesen. Wir sitzen doch alle in einem Boot. Haben wir nicht das Chaos des Klimawandels ertragen, die Kriege zur Zeit der Versorgungs- und Migrationskrise, all die metaphorischen und realen Überschwemmungen und Stürme? Und wenn nicht wir selbst, dann hatten wir zumindest das unvorstellbare Glück, dass unsere Vorfahren all das überlebten und es uns ermöglichten, in diese Zeit der Wunder hineingeboren zu werden, in der sich immer neue Möglichkeiten eröffnen, anstatt sich zu verschließen. Wir alle sind Poseidons Kinder, Geoffrey, ob wir wollen oder nicht.«

»Poseidons Kinder«, wiederholte er. »Hat das eine besondere Bedeutung?«

»Wir sind davongekommen. Das ist alles. Wir haben die

schlimmsten Prüfungen überstanden, vor die uns die Geschichte stellen konnte, und wir sind gestärkt daraus hervorgegangen. Nun wird es Zeit, mit unserem Leben etwas Sinnvolles anzufangen.«

27

Sundays Stiefel knirschten im Tharsis-Staub. Es war, wie sie überrascht feststellte, das erste Mal, dass sie tatsächlich einen Fuß auf den Marsboden setzte. Der plastikbeschichtete Streifen in der Ankunftshalle zählte dabei ebenso wenig wie die spinnwebfeinen Metallstege im Crommelin. Jetzt war sie wirklich draußen, Hunderte von Kilometern von allem entfernt, was man auch nur annähernd als Zivilisation bezeichnen konnte. Nur eine denkbar dünne Membran aus Luft, Metall und Plastik trennte ihren Körper vom Staub und Gestein dieses uralten Planeten. Sie war eine behagliche kleine Enklave der Wärme und des Lebens in einem großen, von Kälte und Tod beherrschten Reich.

Sie war es gewohnt, sich im Vakuum des Mondes bei extremen Temperaturen in einem Anzug im Freien aufzuhalten. Doch auf dem Mars war alles anders. Hier erschien ihr alles vertraut, und das lullte sie ein. Die Landschaft sah nicht luftleer, ja nicht einmal besonders lebensfeindlich aus. Sie hatte lange genug auf der Erde gelebt, um zu erkennen, wo Regen und Verwitterungsprozesse ihr Werk verrichtet hatten. Der Himmel war nicht schwarz, sondern blassrosa wie die Dämmerung an einem Sommermorgen. Es gab Wolken und schraubenförmige Staubhosen. Die Temperatur und die Struktur des Bodens unter ihren Stiefelsohlen fühlten sich nicht abweisend an. Man glaubte fast, die Stiefel ausziehen und wie an einem Strand barfuß durch den Staub laufen zu können.

Das war die Art und Weise, wie der Mars mordete, nicht jäh und aus dem Hinterhalt wie ein Heckenschütze. Die Menschen kamen mit den besten Absichten von der Erde oder von anderswoher. Sie wussten, dass die Umgebung tödlich war, dass nur Anzüge und Mauern sie schützen konnten. Doch immer wieder wurden draußen Männer und Frauen tot aufgefunden, die bloß noch halb in ihren Anzügen steckten. Sie waren nicht direkt dem Wahnsinn verfallen, und die meisten waren auch nicht lebensmüde gewesen. Doch etwas an dieser vertrauten Landschaft hatte sich in ihr Gehirn geschlichen und ihnen fatale Beteuerungen von Sicherheit, ja Freundschaft zugeflüstert. *Vertrau mir. Ich sehe gastfreundlich aus, weil ich es auch bin. Leg diese alberne Rüstung ab. Du brauchst sie hier nicht.*

Sunday rief sich in Erinnerung, dass dies nicht mehr der Mars war, auf den Eunice hundert Jahre zuvor zum ersten Mal den Fuß gesetzt hatte. Sie mochte weit von Vishniac entfernt sein, und Vishniac mochte weit von der nächsten Großstadt entfernt sein, entscheidend war, dass es überhaupt Städte gab. Zu Eunices Zeit hatte es keine gegeben. Auch keine Eisenbahnen, keinen Weltraumaufzug und keine Infrastruktur.

Wenn Sundays Anzug heute versagte, was ungefähr die gleiche mathematische Wahrscheinlichkeit hatte wie ein Treffer durch einen Meteoriten, wären Dorcas und ihre Besatzung nicht weit. Und wenn Dorcas und ihre Besatzung in Schwierigkeiten gerieten, würden ihnen andere *Überflieger* rasch zu Hilfe eilen. Vishniac konnte ein Luftschiff oder ein Flugzeug entsenden, und mit dem Hochgeschwindigkeitszug war jeder

Punkt auf dem Mars in einem Tag zu erreichen. Sie war an ein planetenweites Lebenserhaltungssystem angeschlossen, das nicht weniger leistungsfähig war als das Gerät auf ihrem Rücken.

Sunday mangelte es nicht etwa an Mut; das brauchte ihr niemand vorzuwerfen. Aber der Mut, der Eunice auf diese Welt geführt hatte, war von einer anderen Klasse gewesen, ein solcher Mut wäre auf diesem wohlhabenden, selbstsicheren neuen Mars mit seinen Spielcasinos, Hotels und Verleihfirmen kein gültiges Zahlungsmittel. Selbst hier im Evolvarium war das Risiko, dem Sunday sich aussetzte, kalkuliert und quantifizierbar – und wenn es ihr nicht mehr gefiel, konnte sie ohne größere Umstände wieder gehen. Im schlimmsten Fall würde nicht der Mars selbst sie töten, sondern das, was die Menschen auf den Mars gebracht und von der Leine gelassen hatten.

»Wir fangen hier an«, sagte Gribelin und rückte den Bohrer an die richtige Stelle. »Wenn wir danebenliegen, geht es allenfalls um ein paar Zentimeter, und sobald wir näher herankommen, müssten wir die Bohrung präzisieren können.«

»Wie lange?«, fragte Sunday.

»Bis wir uns durchfressen?« Er zuckte unter den knapp sitzenden Platten seines Anzugs die Achseln. »Zwei bis drei Stunden, wenn wir es mit solider Tharsis-Lava zu tun hätten. Aber das ist nicht der Fall. Dieses Material wurde zerkleinert und danach in den Schacht zurückgeschüttet, wir werden also wesentlich leichter vorankommen. Viel länger als eine Stunde sollten wir nicht brauchen.«

Die *Überflieger* hatten seinen Truck wieder heruntergelassen und behutsam ein paar Meter neben der Bohrstelle abgesetzt. Dann hatte das Fahrzeug Stützbeine ausgeklappt, und Gribelin hatte von der Rückseite der Ladepritsche einen senkrechten Bohrer ausgeschwenkt und das schwere Gerät mit

Gesten, subvokalen Befehlen und einem gelegentlichen Druck seiner Schulter in Position gebracht. Der Bohrer war mit einer fettigen Schicht aus Schmiermittel für tiefe Temperaturen überzogen und auch gegen Staub geschützt. Gribelin dirigierte den Bohrkopf an die gewünschte Stelle und ließ ihn zunächst nur langsam rotieren. Sobald er die oberste Staubschicht durchdrungen und den Fels erreicht hatte, drehte er sich schneller und wirbelte eine gelbbraune Wolke aus Gesteinstrümmern auf. Sunday spürte die Vibrationen durch die Sohlen ihrer Stiefel.

»Verstehen Sie jetzt, warum wir bis Sonnenaufgang gewartet haben?« Dorcas legte den Kopf schief und beobachtete den Weg der Wolke, um sich zu vergewissern, dass sie ihrem kostbaren Luftschiff nicht zu nahe kam. »Maschinen sprechen auf Vibrationen an. Es wäre wirklich nicht ratsam gewesen, bei Nacht hier zu bohren. Damit hätten wir sie praktisch eingeladen, herzukommen und sich umzusehen.«

Sunday nickte. Sie sah ein, dass die Vorsicht berechtigt war, doch zugleich hielt sie es für vernünftig, die Sache so schnell wie möglich hinter sich zu bringen. Der Bohrer kam gut voran, die Spitze war bereits eine Handbreit in der erstarrten Lava verschwunden.

Sie waren zu fünft in Anzügen draußen: Gribelin, Jitendra und Sunday, Dorcas und eines ihrer höherrangigen Besatzungsmitglieder, eine Marsianerin namens Sybil, wenn Sunday richtig gehört hatte. Die *Überflieger* hatten eigene sehr elegante und moderne Anzüge. Sie waren mit Tierdarstellungen in Leuchttinte im Stil von Höhlenmalereien aus der Steinzeit oder von australischen Ureinwohnern geschmückt. Jitendra und Sunday mussten sich mit den Monturen begnügen, die Gribelin für Notfälle auf seinem Truck mitführte. Sie waren klobiger, mit steiferen Gelenken und ohne fantasievolle Verzierungen, aber sie funktionierten, und die Kommunikationsgeräte waren leistungsfähig genug, um die dünne lokale ER zu empfangen. Die anderen Anzugträger waren mit Tags gekennzeichnet, und in der oberen Hälfte von Sundays Blickfeld schwebte eine vereinfachte Ausführung der taktischen Karte, die sich bei Bedarf sofort aufblähen und in die Mitte rutschen würde. Im Laufe der Nacht hatte sich die Karte kaum verändert, am Morgen hatten die *Überflieger* jedoch Informationen von ihren Kollegen eingeholt, und daraufhin waren die Positionen der wichtigsten Protagonisten des Evolvariums aktualisiert worden.

Das Beziehungsgeflecht aus Rivalität und Kooperation, Gefälligkeiten und Verpflichtungen war in ständigem Wandel begriffen. Man konnte nicht davon ausgehen, dass alle diese Informationen auch zuverlässig waren, doch Dorcas verstand es, mit verschiedenen Filtern die Vertrauenswürdigkeit zu überprüfen. Ausgewählte Verbündete hatten gemeldet, dass sich der Golem wieder in Bewegung gesetzt hatte, nachdem er die Nacht über an Ort und Stelle geblieben war, und nun in ihre Richtung strebte. »Aber er geht ein hohes Risiko ein«, hatte Dorcas erklärt, während sie ihre Anzüge anlegten.

»Tun wir das nicht alle?«, fragte Sunday.

Dorcas tippte auf ihre Version der Karte. »Zwei Sammler der C-Klasse sind in diesen Sektor vorgedrungen, seit wir ihn durchquert haben. Zwei Hammerköpfe. Nicht die schlimmste Sorte, aber schlimm genug. Wenn Ihr Golem seinen Kurs beibehält, passiert er ihre derzeitige Position im Abstand von zwei oder drei Kilometern.«

Es ist nicht mein Golem, dachte Sunday verdrossen. »Wird ihn das in Schwierigkeiten bringen?«

Dorcas nickte nachdenklich. »Er wird nicht *zwangsläufig* überfallen werden, nicht am helllichten Tag. Andererseits könnten einer oder auch beide Hammerköpfe durchaus auf die Idee kommen, sich an ihn heranzumachen, wenn sie glauben, das ungestraft tun zu können. Was der Fall wäre – der Golem ist nicht einmal ein Warmblut –, aber das wissen die Hammerköpfe wahrscheinlich nicht.«

»Wahrscheinlich?«

»Diesen Maschinen ist alles zuzutrauen. Den Funkverkehr abzuhören, zwischen einem menschlichen Piloten und einem gechingten Vertreter zu unterscheiden – das liegt genau wie bei uns innerhalb ihrer kognitiven Möglichkeiten.«

Sunday streifte mit einem Handschuhfinger das größte Symbol auf der Karte. »Das Aggregat?«

»Ja«, bestätigte Dorcas.

»Vielleicht irre ich mich, aber mir scheint, es ist seit gestern näher gekommen.«

»Über Nacht hat es eine gewisse Strecke zurückgelegt. Wahrscheinlich hat es nichts zu bedeuten.«

»Wahrscheinlich«, wiederholte Sunday noch einmal.

»Es kann nicht wissen, was wir hier treiben«, sagte Dorcas. »Das ist ausgeschlossen, und selbst wenn, wäre es nicht daran interessiert. Ich habe Ihnen doch erklärt, es ist so etwas wie ein Stadtstaat. Wir sind ihm gleichgültig.«

Sunday beobachtete den Bohrer. Selbst mit bloßem Auge war zu erkennen, dass er Fortschritte machte – inzwischen war er mindestens einen Meter tief, vielleicht auch mehr. Dass da unten etwas lag, stand mittlerweile außer Zweifel. Radar- und Seismikprofile hatten seit der ersten Entdeckung an Genauigkeit gewonnen und ließen nun erkennen, dass es sich um eine Kiste handelte, die gezielt hier vergraben worden war. Von der Größe und den Proportionen her unterschied sie sich nicht allzu sehr von dem Behälter, den Chama auf dem Mond gefunden hatte. Jemand hatte offenbar eine rechteckige Grube ausgehoben, die Kiste der Länge nach hineingestellt, die Grube zugeschüttet und alles wieder festgestampft. Mit besseren Geräten hätten sie vielleicht sogar ins Innere sehen können, ohne die Kiste herausholen zu müssen. Doch das spielte keine Rolle.

Sie würden das Ding ohnehin schon bald in Händen halten. Gribelin bohrte ein rundes Loch mit einem etwas größeren Durchmesser als die ursprüngliche Grube, und er würde kurz vor dem Objekt aufhören, um es nicht zu beschädigen oder irgendeinen Selbstzerstörungsmechanismus oder eine Sprengfalle auszulösen. Sicherheitshalber würden sie den Stellvertreter hinunterschicken, den Gribelin an der Vorderseite seines Trucks mitführte.

»Wie lange noch?«, fragte Sunday.

Gribelin starrte den Bohrer lange an, dann antwortete er: »Sechzig bis siebzig Minuten.«

»Als ich das letzte Mal gefragt habe, sagten Sie, es würde nicht mehr als eine Stunde dauern.«

»Ich sagte, nicht *viel* mehr«, fuhr er sie an.

»Der Golem ist noch fünfzig Kilometer entfernt«, stellte Dorcas sachlich fest. »Wenn die Hammerköpfe aktiv werden wollen, werden wir es bald genug erfahren. Vielleicht hat Ihr Golem auch Glück.«

»Wenn wir hier nicht bohren müssten, könnten wir dem Golem eventuell entgegenfahren.« Jitendra stampfte nervös mit den Füßen, als spürte er allmählich trotz der Isolierschicht seines Anzugs die Kälte.

»Und was dann?«, fragte Dorcas. »Wollen Sie ihm gut zureden?«

»Ich dachte eher an einen ordentlichen Kinnhaken.«

»Hier gibt es keinen *Mech*, der Sie daran hindern würde, aber wenn der Vorfall in der *Überwachten Welt* bekannt würde, bekämen Sie trotzdem größte Schwierigkeiten. Außerdem wissen wir nicht, ob der Golem nicht einen Menschen oder ein Warmblut als Führer bei sich hat.« Dorcas nickte zu dem schwirrenden Bohrer hin. »Wir ziehen das durch bis zum bitteren Ende. Es sieht schließlich nicht so aus, als würde es sich lohnen, um das Ding zu kämpfen.«

»Sie glauben immer noch nicht, dass wir etwas finden?«, fragte Sunday.

»Wenn diese Kiste seit hundert Jahren da unten liegt«, sagte Dorcas, »dann verliert alles, was ich über das Evolvarium weiß, seine Gültigkeit. Und ich fürchte, so geht es in meiner Welt nun mal nicht zu.«

»So ungern ich dem ehrenwerten Kapitän beipflichte«, knurrte Gribelin, »aber damit hat sie recht.«

Manche Tage waren schneller vergangen als diese Stunde. Es war, als warte man darauf, dass das Wasser im Kessel kochte. Sunday gab schließlich auf, den Bohrer zu beobachten, und entfernte sich so weit, wie sie es wagte. Die Vibrationen von Gribelins Geräten waren noch nach zweihundert Metern zu spüren. Abgesehen von der Felsstaubfahne war der Himmel wolkenlos und klar und verdunkelte sich zum Zenit hin zu einem leicht schwärzlichen Violett. Der Pavonis Mons zeigte sich als leichte Wölbung am Horizont – eher enttäuschend, jedenfalls wenn sie so naiv gewesen wäre, etwas Spektakuläreres zu erwarten. Sie befand sich bereits an seinen Ausläufern. Die Berge auf dem Mars waren einfach zu groß, um sie außer vom All aus im Ganzen sehen zu können.

Kein Vergleich mit dem Kilimandscharo. Das war wenigstens ein Berg, auf den man zeigen konnte.

Die Vibrationen hörten auf. Sie schaute zurück und sah gerade noch, wie die Staubwolke dünner würde. Der letzte Rest zog über den Himmel wie der Schwanz eines Kinderdrachens. Gribelin schwenkte den Bohrer beiseite. Nichts an seinen gemächlichen Bewegungen ließ darauf schließen, dass es Probleme mit der Mechanik gegeben hätte.

Sie kehrte zur Bohrstelle zurück. Als sie dort ankam, beugten sich Jitendra und Dorcas, die Hände auf die Knie gestützt, bereits über den Rand des frischen Lochs und spähten in die Tiefe.

»Die gute Nachricht lautet«, sagte Dorcas, »dass einer von den Hammerköpfen den Köder angenommen hat.«

»Und?«

»Er hat ihn nicht sauber erledigt. Das Fahrzeug kommt immer noch auf uns zu, wenn auch nicht so schnell wie zuvor. Aber es ist beschädigt, und das könnte den zweiten Hammerkopf anlocken.«

»Wird das Konsequenzen haben?«

»Ein Vergeltungsschlag? Wahrscheinlich nicht. Ihr Golem hat sich vor Sonnenaufgang wieder in Bewegung gesetzt und damit ganz eindeutig Streit gesucht.«

»Hoffentlich wurde sonst niemand verletzt.«

»Wenn ja, hat es sich derjenige selbst zuzuschreiben«, sagte Dorcas.

Sunday näherte sich vorsichtig dem frischen Loch. Es hatte nur etwa sechzig Zentimeter im Durchmesser, aber wenn sie den Halt verlor, konnte sie dennoch leicht darin stecken bleiben.

»Noch etwa so viel.« Gribelin deutete mit den Händen die Größe eines Fußballs an. »Alles zurücktreten. Den Rest können wir dem Stellvertreter überlassen.«

»Sichter.« Sibyl zeigte auf zwei rosarote Wolken am Horizont. Sie segelten langsam von links nach rechts wie der Rauch aus einem Ozeanriesen der alten Welt. »Wir sollten uns nicht mehr lange hier aufhalten.«

Der Truck und das Luftschiff wichen mehrere Hundert Meter zurück. Gribelins Roboter hatte sich von der Vorderseite des Trucks gelöst und schritt über das offene Gelände. Gribelin hatte eine Ching-Verbindung aufgebaut und steuerte den Stellvertreter an den Rand des Lochs, ohne sich selbst zu bewegen. Der Roboter war ein minimalistisches Gerippe von der gleichen Art wie das metallicblaue Strichmännchen, in das Sunday bei Chamas Mondabenteuer gechingt hatte, eine Konstruktion aus zahlreichen Röhren und Kolben. Er zwängte sich mühelos in das Loch, indem er sich wie eine vertrocknete Spinne zusammenfaltete, und verschwand in der Tiefe. Augenblicke später kamen Schuttbrocken aus der Öffnung geflogen. *Wenn jetzt eine Sprengfalle hochgeht,* dachte Sunday, *dann sollten wir alle beten, dass sie nicht atomar ist.*

Doch bereits wenige Minuten später hatte der Stellvertreter die Kiste freigelegt. Sunday hielt die Gefahr vorerst für gebannt, kehrte an den Schacht zurück und schaute hinunter. Der Stellvertreter war aus dem Loch geklettert, sodass sie freie Sicht auf das Objekt hatte. Etwa zwei Drittel des aufrecht stehenden Behälters ragten heraus. Es handelte sich um einen ganz alltäglichen, unscheinbaren grauen Kasten von der Größe eines Picknickkorbes. Das Metall war zerkratzt und leicht verbeult. Sunday konnte die Fuge eines Deckels erkennen und an der Längsseite zwei einfache Schnappriegel.

Sie nickte Gribelin zu. »Holen Sie die Kiste ganz raus.«

Wieder traten sie zurück und warteten, bis der Stellvertreter die Kiste aus dem Schacht gehievt und so auf den Boden gestellt hatte, dass der Deckel zum Himmel schaute. In der leeren roten Weite des Mars wirkte das Ganze wie ein Gemälde von Salvador Dali: ein Grabstein in der Wüste vielleicht.

Sunday erreichte die Kiste als Erste und schickte den Stellvertreter weg. Niemand außer ihr sollte den Deckel öffnen, dafür hatte sie zu viel auf sich genommen. Auf dem Mond hatte sich Chama dieses Vorrecht verdient. Damals hatte sie noch kaum geahnt, worauf sie sich einließ. Nun war ein zutiefst persönliches Anliegen daraus geworden.

Sunday kniete neben der Kiste nieder. Jitendra stand hinter ihr, die anderen hielten weiterhin Abstand. *Sollen sie doch*, dachte sie, schob die Finger in den Handschuhen unter die Schnappriegel und drückte dagegen. Sie klappten bereitwillig auf, und Sunday spürte den ersten Anflug von Unruhe. Dorcas' Argument, die Kiste hätte nicht so lange unter der Oberfläche liegen können, ohne von den Maschinen gefunden zu werden, hatte sie nie so recht überzeugen können. Aber Riegel, die vor mehr als sechzig Jahren zugedrückt worden und anschließend sechs Jahrzehnte lang der Kälte des Mars ausgesetzt gewesen waren, hätten mehr Widerstand leisten müssen.

Der Deckel schwang ebenso leicht auf. Erst jetzt fiel ihr ein, dass die Kiste möglicherweise unter Normaldruck und nicht in der dünnen Luft auf der Marsoberfläche gepackt und verschlossen worden war.

Zu spät … aber nein; entweder hatte der Deckel von vornherein nicht luftdicht geschlossen, oder die Luft war im Lauf der Jahrzehnte allmählich entwichen.

Sie schaute hinein. In der Kiste stand eine zweite: ein schwarzes Lackkästchen mit einem Blumenmuster im Deckel. Der Abstand zur größeren Kiste war gerade so groß, dass sie mit den Fingern dazwischen fassen konnte. Sie streckte die Hände danach aus.

In diesem Augenblick berührte etwas ihren Hinterkopf.

»Das ist keine Waffe«, sagte Dorcas. »Das möchte ich eindeutig klarstellen. Ich halte keine Waffe an Ihren Helm, denn das würde ich niemals tun. Vielmehr halte ich eine Nicht-Waffe, ein ganz normales Werkzeug aus unseren Beständen, so in der Hand, dass Sie zu Schaden kommen könnten, wenn ich unvorsichtig wäre. Was ich nicht sein werde, vorausgesetzt, Sie tun nichts, was mich … ablenken könnte.«

Sunday war selbst überrascht, wie ruhig ihre Stimme klang. »Was wollen Sie, Dorcas?«

»Ich möchte, dass Sie das kleinere Kästchen loslassen und von der großen Kiste zurücktreten. Ich bin dicht hinter Ihnen, und da werde ich auch bleiben.«

Sunday zog die Finger aus der Lücke zwischen den Behältern. Sie hatte das kleinere Kästchen ein wenig bewegt und gespürt, dass es sehr leicht, wenn nicht gar leer war.

»Ich weiß nicht, was hier vorgeht«, sagte sie, während sie gehorsam aufstand und sich von der Kiste entfernte. »Ich habe nur das Gefühl, dass es kriminell ist.«

»Davon kann nicht die Rede sein«, antwortete Dorcas. »Ganz im Gegenteil. Ich bemühe mich vielmehr, die Ausführung eines Verbrechens zu verhindern. In Abwesenheit eines einsatzfähigen *Mechanismus* ist das meine Pflicht. Knien Sie jetzt wieder nieder.«

»Wenn es einen *Mechanismus* gäbe«, erwiderte Sunday und ging wie befohlen auf die Knie, »glaube ich eher nicht, dass Sie mir etwas gegen meinen Helm halten würden.«

»Das mag schon sein. Aber wie gesagt: Wir wollen kein Verbrechen begehen, sondern nur eines verhindern.«

»Und was für ein Verbrechen soll das sein?«

»Die Entfernung eines Artefakts aus dem Evolvarium ohne die erforderliche Genehmigung. Leider gehört hier alles, was nicht Teil der Geologie ist, dem *Konsortium der Überflieger.* Das hätten Sie sich besser klargemacht, bevor Sie hereingeplatzt sind.«

Sunday sah sich langsam um, ohne sich von den Knien zu erheben oder irgendwelche hastigen Bewegungen zu machen. Sie hatte sich vielleicht zwanzig Schritte von der großen Kiste entfernt, als Dorcas ihr befohlen hatte, abermals niederzuknien. Die Frau stand immer noch hinter ihr. Sibyl, die zweite *Überfliegerin*, hielt eine Art Pressluftbohrer mit beiden Händen wie ein Maschinengewehr aus der Zeit der Bandenkriege. Er war schwer und grün und in ein Netz von Kabeln gewickelt. Gribelin und Jitendra knieten vor ihr auf dem Boden und hatten die Hände so weit gehoben, wie es die Gelenke ihrer Anzüge gestatteten.

»Felshämmer«, erklärte Dorcas. »Wir verwenden sie, um

Anker in den Boden zu versenken, wenn wir das Schiff während eines Sturms vertäuen müssen. Sie treiben mit Druckluft selbstsichernde Haken fünfzig Zentimeter tief in gewachsenen Fels. Stellen Sie sich vor, was sie mit der Panzerung Ihrer Allerweltsanzüge anstellen würden.«

»Ich bin nicht gekommen, um die *Überflieger* zu bestehlen. Sie wissen, warum ich hier bin. Was immer in dieser Kiste liegt, ist Eigentum meiner Familie, und es wurde hier vergraben, bevor das Evolvarium geschaffen wurde. Mit Ihnen und Ihren Maschinen hat es nichts zu tun. Wenn ich es mitnehme, verändert sich nichts. Niemand wird reicher oder ärmer davon.«

»Wenn das der Fall ist«, sagte Dorcas, »dann macht es Ihnen doch sicher nichts aus, es stattdessen mir zu überlassen?«

»Ich sagte bereits, es gehört mir, meiner Familie.«

»Können Sie das beweisen?«

»Natürlich. Ich bin nicht zufällig auf diesem Planeten gelandet. Ich bin Hinweisen gefolgt, die mich vom Mond hierherführten.«

»Dann können Sie auf dem üblichen Weg einen Antrag auf die Rückgabe beschlagnahmten Eigentums stellen.« Dorcas tat so, als überlege sie kurz. »Natürlich müssten Sie zum Beweis für diese Hinweise den Zwischenfall mit den Chinesen erwähnen, mit dem Ihr Name bisher nicht in Verbindung gebracht wurde.«

»Wer steckt hinter alledem?«, fragte Jitendra.

»Niemand steckt hinter irgendwas«, erwiderte Dorcas. »Ich will lediglich dem Recht Geltung verschaffen.«

»Allerdings könnten Sie über den Zwischenfall auf dem Mond nur Bescheid wissen, wenn Ihnen die Pans davon erzählt hätten«, stellte Jitendra fest.

»Mich wundert das gar nicht«, meinte Sunday. »Erstaunlich ist eher, dass sie so lange dazu gebraucht haben.«

»Was zu tun?«, fragte Gribelin.

»Mir die Kiste vor der Nase wegzuschnappen. Es war zu einfach, nicht wahr? Sie haben sich förmlich überschlagen, um uns behilflich zu sein. Jetzt sind wir hier, und sie haben beschlossen, dass es reicht. Um den restlichen Hinweisen zu folgen, brauchen wir Sunday nicht mehr. Das schaffen wir alleine, vielen Dank, oder wir lassen es einfach bleiben.« Sie schüttelte den Kopf. Sie hätte sich ohrfeigen können, weil sie so blind gewesen war, bis ihr die Wahrheit fast die Augen auskratzte. »Soya hat mich gewarnt«, sagte sie.

»Soya?«, fragte Dorcas. »Wer zum Teufel ist Soya?«

»Jemand, auf den ich hätte hören sollen. Wobei es nicht viel geändert hätte. Wie weit wäre ich ohne die Unterstützung der Pans wohl gekommen?«

»Vielleicht habe ich nicht richtig aufgepasst«, schaltete sich Gribelin ein, »aber wenn die Pans mich bezahlen, warum passiert dann dieser Mist?«

»Wir sollten das nicht zwischen uns kommen lassen, Grib«, fuhr Dorcas in milderem Ton fort. »Dafür sind wir beide zu alt. Du hast ehrliche Arbeit geleistet und bist dafür bezahlt worden. Aber du hattest kein Recht, jemanden bei der Entfernung von Material aus dem Evolvarium zu unterstützen, das heißt, du kannst von Glück reden, dass man dich an die Kandare genommen hat, bevor das Verbrechen vollendet werden konnte.«

»Ich habe dir gesagt, was wir vorhatten. Aber du hast mit keinem Wort erwähnt, dass du mir die verdammte Kiste in der letzten Minute wegnehmen wolltest.«

»Nun ja, zu diesem Zeitpunkt konnte ich die Möglichkeiten noch nicht in vollem Umfang überblicken.«

»Wann hat man Sie kontaktiert?«, fragte Sunday. »Vielleicht gestern, nachdem Sie uns an Bord geholt hatten? Haben Sie deshalb die Grabung verschoben, obwohl es noch eine Weile hell war? Damit Sie mit den Pans über die Bedingungen feilschen konnten?«

»Sie wird nicht zugeben, dass sie dahinterstecken«, warnte Jitendra.

»Nein«, sagte Sunday. »Du hast recht. Ich dachte doch tatsächlich, man könnte ihnen vertrauen – jedenfalls bis zu einem gewissen Punkt. Ich habe Chama und Gleb vertraut. Ich habe sogar Holroyd vertraut. Und wenn sie *mich* schon bescheißen, was machen sie dann erst mit meinem Bruder?«

»Ich kann mir nicht vorstellen, dass Chama und Gleb irgendetwas damit zu tun hatten«, sagte Jitendra.

Dorcas sprach über eine offene Leitung, ohne sich darum zu kümmern, dass alle Anwesenden jedes Wort mithören konnten. »Wir haben die Kiste. Schickt zwei Leute herunter, um uns aufzunehmen, und macht euch zum Abflug bereit. Ich will weg sein, bevor der Golem die Hammerköpfe zu uns führt.«

»Das könnte schon zu spät sein.« Gribelin neigte den Helm zur Seite und deutete mit dem Kopf nach Osten. Sunday drehte sich, ohne aufzustehen, langsam und ruhig um und schaute in die gleiche Richtung. Dort stand eine Staubfahne, und wo sie den Boden berührte, bewegte sich ein silberner Punkt.

Dorcas stieß einen marsianischen Fluch aus, mit dem das Übersetzungs-Overlay überfordert war. »Ich sollte doch Bescheid bekommen!«

»Neun Kilometer, und sie kommen näher«, meldete Sibyl. »Wenn wir uns beeilen, reicht die Zeit noch.«

Dorcas stieß Sunday in die Seite. »Aufstehen!«

»Sie sollten sich mal entscheiden. Eben wollten Sie noch, dass ich mich hinknie.«

Diesmal fiel der Stoß so hart aus, dass Sunday mit der Stirn gegen die Innenseite ihres Helms stieß. »Ich sage es nicht noch einmal. Vergessen Sie nicht, hier draußen passieren schlimme Dinge. Niemand wird auch nur mit der Wimper zucken, wenn

Sie in Vishniac nicht wieder auftauchen. Sie sind ohne offizielle Begleitung ins Evolvarium gefahren – was konnten Sie anderes erwarten?«

Sunday stand auf. »Was immer Sie hier vorhaben, eines sollte Ihnen klar sein. Sie stehlen diese Kiste nicht nur mir. Sie stehlen Firmeneigentum von *Akinya Space*. Sind Sie ganz sicher, dass Sie uns zum Feind haben wollen?«

»Erzählen Sie das Lin Wei. Ich glaube mich zu erinnern, dass ihr *Akinya Space* vor vielen Jahren ein Messer in ihr Unternehmen gerammt hat.« Noch ein Stoß, diesmal weniger heftig. »Los jetzt. Alle miteinander. Gehen Sie bis zu diesem Bergrücken und bleiben Sie dicht beieinander.«

Sunday schlug sich alle Gedanken an große Heldentaten aus dem Kopf. Gegen den Felshammer würde sie nicht antreten, nicht, wenn Dorcas nur ein paar Schritte hinter ihr war. Die drei marschierten gehorsam los. Sibyl konnte das kleinere Kästchen ungehindert an sich nehmen. Sunday drehte sich um und sah, wie sie es aus dem größeren Behälter zog, vor ihr Visier hielt und mit einer Handschuhhand den Deckel mit dem Blumenmuster aufklappte.

Sibyl betrachtete den Inhalt ein paar Sekunden lang und betastete ihn mit dem Finger, dann machte sie den Deckel sorgfältig wieder zu. Was sie gesehen hatte, war nicht zu erkennen.

»Weitergehen!«, befahl Dorcas.

Trotzdem blieb Gribelin stehen und streckte die Hand aus. »Hammerkopf!«, brüllte er wie ein Walfänger, der eine Gischtfontäne gesichtet hatte.

»Los jetzt!«, fauchte Dorcas noch einmal.

Der Hammerkopf befand sich ein Stück weit hinter dem Rover des Golems, doch nun richtete er sich zu seiner vollen, furchterregenden Größe auf. Sundays Visier erspürte ihren Fokus und zoomte das Ungetüm mit hoher Auflösung heran. Am oberen Ende eines mechanischen Rückgrats von der Länge eines Zuges war ein abwärts gerichteter, drehbar gelagerter Klauenhammer so groß wie der ganze Rover befestigt. Die Maschine pflügte sich in einer s-förmigen Welle durch das Gelände, jedes der Rückgratmodule war so groß wie ein Haus mit nach außen ragenden Beinen, sodass eine ununterbrochene rasante Schlängelbewegung entstand. Der Golem war schnell unterwegs und wirbelte hinter sich den Staub auf, aber der Hammerkopf schien ihm immer näher zu kommen. Sie sahen, wie er Felsblöcke aufhob und so präzise durch die Luft schleuderte, dass sie genau über dem Golem herunterkamen.

Sunday war vor dem Golem weggelaufen, seit er sie in Crommelin erstmals angesprochen hatte, doch jetzt war sie froh über sein Kommen. Wenn sie die Wahl hatte, zog sie es vor, sich mit Lucas anstatt mit Dorcas und den Pans auseinanderzusetzen. Als sie nun sah, wie der Hammerkopf den Abstand immer weiter verringerte, feuerte sie den Golem im Geist zur Eile an.

Es nutzte nichts. Ein Felsblock von der Größe eines Automobils flog knapp über den Rover hinweg und landete dicht davor. Der Rover krachte in das Hindernis hinein, der Bug senkte sich, das Heck schnellte nach oben. Die Räder drehten sich leer in der Luft. Der Rover fiel mit eingedrückter Motorhaube zur Seite. Der Hammerkopf warf weiterhin mit Steinen, während er näher kam.

Sunday riss sich gerade so lange von dem Schauspiel los, um zu sehen, wie das Luftschiff seine Arme herabsenkte. Dorcas und Sibyl wurden aufgehoben und mit ihren improvisierten Waffen und dem schwarzen Kästchen himmelwärts gezogen.

»Viel Glück!«, sagte Dorcas über den Anzugfunk. »Wir werden uns bemühen, den Hammerkopf abzudrängen, aber an Ihrer Stelle würde ich mich nicht allzu lange hier aufhalten.« Sie ließ den Felshammer in den Staub fallen. »Grib, wenn wir beide das nächste Mal in Vishniac sind, lade ich dich auf einen Drink ein.«

Die Luftschleuse der Gondel stand offen, ein Besatzungsmitglied nahm Dorcas und Sibyl in Empfang. Die drehbar gelagerten Triebwerke des Luftschiffs schwenkten herum, die deltaförmige Gashülle schwenkte behäbig wie eine Wolke ab. Gribelin schien sprachlos. Er eilte so schnell zu seinem Truck zurück, dass der Staub unter seinen Fersen aufstob. Nur einmal blieb er stehen, um den Felshammer aufzuheben und den Staub aus dem Mechanismus zu schütteln.

Sunday und Jitendra folgten ihm.

Sunday konnte es dennoch nicht lassen, sich nach dem Golem umzusehen. Inzwischen hatte der Hammerkopf den verunglückten Rover erreicht und baute sich davor auf. Er schwenkte den Kopf so weit zurück, wie das Scharnier es erlaubte, holte dann mit seinem ganzen Körper Schwung und ließ den Hammer niedersausen. Der Roboter verwandelte sich für einen Moment in eine knallende Peitsche. Der Hammer prallte auf den Rover. Der Kopf schwenkte zurück, wiederholte den Schlag. Der Rover wurde zusammengedrückt und pulverisiert. Sunday malte sich aus, was von dem Golem in seinem Inneren wohl noch übrig war. Hoffentlich war er wenigstens allein gewesen.

Sie hatten den Truck erreicht. Der Hammerkopf hatte indessen sechs- oder siebenmal auf das andere Fahrzeug eingedroschen. Ein paar kleine Stücke waren abgebrochen. Nun durchwühlte die Evolvariums-Maschine mit ihren dünnen Beinchen die Trümmer und machte sich hastig daran, die zerstörte Maschine zu recyceln. Mit geradezu abstoßender Gier schaufelte sie die besten Stücke in eine ringförmige Öffnung unterhalb des Scharniers. Im Inneren des Rachens wurde alles von zwei Zahnkreisen, die sich mit hoher Geschwindigkeit gegeneinander drehten, zermahlen und zerschnitten.

Gribelin zog sich an der Seite seines Trucks hinauf. Die Hammerwaffe hielt er noch in der Hand. Dann schaute er zu dem Hammerkopf zurück. Auch Sunday beobachtete die Maschine. Sie stand immer noch neben dem Wrack, hatte aber zu fressen aufgehört. Der Kopf schwenkte langsam hin und her wie der Geschützturm eines Schlachtschiffs, der das nächste Ziel anvisierte.

»Er weiß, dass wir da sind«, sagte Gribelin.

»Dann sollten wir Dorcas' Rat befolgen«, gab Sunday zurück. »Nichts wie weg hier.«

»Lucas konnte ihm nicht entkommen«, sagte Jitendra mit vor Angst zitternder Stimme. »Haben wir denn überhaupt eine Chance?«

»Vielleicht kann ihn Dorcas verscheuchen«, sagte Sunday. Doch anstatt auf den Hammerkopf zuzusteuern, entschwand das Luftschiff in die andere Richtung.

»Könnte aber auch sein, dass ich Dorcas im Moment nicht weiter traue, als ich pissen kann«, sagte Gribelin. Sein Gesicht hinter dem Visier zeigte einen verbissenen, berechnenden Ausdruck. Er warf noch einen Blick auf den Hammerkopf, dann auf seinen Truck und schließlich auf Sunday und Jitendra.

»Lauft«, befahl er.

Sunday runzelte die Stirn. »Was soll das …?«

»Lauft«, wiederholte Gribelin und richtete die Hammerwaffe auf sie, um auch den letzten Zweifel zu beseitigen. »Lauft, Zuckerpuppe, und bleibt nicht stehen. Hammerköpfe nehmen das größte Ziel aufs Korn, das sie finden können, und sie sind schlau genug, um lieber auf eine Maschine als auf einen Menschen in einem Anzug loszugehen. So lange, bis ihnen die Maschine entkommt oder sie sie fangen. Was immer als Erstes passiert.«

Sunday verstand kein Wort. Sie sah nur einen Mann, der

eine Nicht-Waffe auf sie richtete und ihr den Zugang zu dem einzigen Gegenstand verwehrte, mit dem man eine geringe Chance hatte, der Evolvariums-Kreatur zu entkommen. »Bitte«, flehte sie. »Lassen Sie uns rein.«

Gribelin, der immer noch an der Seite des Trucks hing, trat zu und traf sie mit dem Stiefel an der Brust. Sie fiel nach hinten und prallte gegen Jitendra, der stolperte und mit den Armen ruderte, um das Gleichgewicht wiederzufinden. »Gribelin!«, rief er. »Das können Sie nicht machen!«

»Lauft«, wiederholte Gribelin noch einmal. Er war jetzt im Inneren des Trucks und hatte die Kabinenluft in einer einzigen Wolke entweichen lassen, um sich die Schleusenprozedur zu sparen. Immer noch auf dem Rücken liegend, sah Sunday, wie er sich ans Steuer setzte und die Hebel betätigte. Die Stützbeine wurden eingezogen. Die Räder drehten sich und fanden Halt.

»Er lässt uns im Stich«, sagte Jitendra.

»Ich bin mir nicht sicher«, widersprach Sunday. Der Truck stieß zurück und wendete. Sie rollte sich auf die Seite und stemmte sich hoch. Jetzt fiel ihr ein, dass Gribelin ihr gesagt hatte, wenn es spannend würde, sollten sie genau das tun, was er sagte. Sie entschied, dass die Situation mit diesem Wort angemessen beschrieben sei. »Aber ich glaube, wir sollten wirklich rennen.«

Also rannten sie, so schnell es die Anzüge zuließen. Das war bei Weitem nicht so schnell, wie sie gerne gelaufen wären, und nur etwa ein Fünftel so schnell wie Gribelins Truck, der jetzt von ihnen wegraste und ein riesiges Pfauenrad aus Staub hinter sich aufwirbeln ließ.

»Er nimmt den Köder an«, stieß Jitendra zwischen zwei keuchenden Atemzügen hervor. Sunday bekam selbst kaum noch Luft. Sie verlangten den Anzügen das Letzte ab, und ihre eigenen Lungen und Muskeln leisteten mindestens ebenso viel wie die Servomotoren.

»Weiter«, mahnte sie.

Aber auch sie konnte sich einen Blick zurück nicht verkneifen. Der Hammerkopf hatte von seiner ersten Beute abgelassen. Jetzt wollte er sich Gribelin vornehmen, aber er schien es damit nicht eilig zu haben. Er schonte seine Energiereserven, wusste er doch, dass er ihn über mehrere Kilometer mit viel Geduld schrittweise einholen würde. Sunday zwang sich weiterzulaufen oder zumindest den schlurfenden Trott beizubehalten, den sie bei ihrer Erschöpfung noch zustande brachte. Ihr wurde allmählich schwindlig, und vor ihren Augen tanzten Sterne. Die Anzeigen auf ihrem Helmdisplay waren alle rot und warnten sie, dass sie im Begriff war, die empfohlenen Leistungsparameter des Anzugs zu überschreiten.

Vom Anzug mal ganz abgesehen, dachte sie. *Ich habe meine Leistungsparameter längst überschritten.*

Keiner von ihnen hatte eine bestimmte Richtung vorgeschlagen, es gab auch keine entsprechende Vereinbarung, klar war nur, dass sie sich vom Truck entfernen mussten. Dennoch waren sie sich so weit einig, wie Sunday jetzt erkannte, dass sie beide auf das Wrack des Golems zusteuerten. Sie hatte den Eindruck gehabt, es wäre schrecklich weit weg, aber Entfernungen waren trügerisch auf dem Mars. Kaum hatte sie eine kleine Anhöhe erklommen, als schlagartig wie in einem Traum die Perspektive schrumpfte und das Wrack plötzlich ganz nahe war.

Es sah schlimm aus. Sie hatte nie wirklich damit gerechnet, dass etwas diesen Angriff überleben konnte, doch nun wurden auch die letzten Hoffnungen zunichte. Der Rover lag in Trümmern. Er war entzweigerissen und so lange verformt und platt gehämmert worden, bis die einzelnen Formen kaum noch als Fahrzeugteile zu erkennen waren. Wieder fiel ihr Dali ein: zerfließende Uhren über kahlen Ästen. Die Evolvariums-Kreatur hatte den Rover in ein Kunstwerk verwandelt.

Die Warnungen des Anzugs waren inzwischen nicht mehr

zu ignorieren, und ihr eigenes Herz hämmerte wie eine Maschine, die im Begriff war, ihr die Brust zu sprengen. Ihre Lungen fühlten sich an, als hätte man glühende Sonnenmasse hineingegossen. Sie konnte nicht mehr weiterlaufen.

Lucas' Stellvertreter lag auf dem Boden.

Der Golem brauchte keinen Anzug und war genauso gekleidet wie in der *Roten Gefahr*. Im ersten Moment glaubte sie, eine Hälfte wäre noch im Staub vergraben, doch dann erkannte sie, dass diese Hälfte ganz fehlte. Der Golem bestand nur noch aus Kopf, Oberkörper und dem linken Arm. Lucas' Stellvertreter war von der rechten Schulter bis zur linken Hüfte diagonal durchtrennt worden. Sunday konnte nicht sehen, wo die restlichen Teile geblieben waren. Vielleicht lagen sie im Wrack des Rovers, waren über das Gelände verstreut worden, oder die Evolvariums-Kreatur hatte sie bereits verdaut.

Zum ersten Mal bekam sie das Innenleben eines Golems zu Gesicht. Es bestand aus verschiedenen Gelschichten, Hüllen aus aktivem Polymer, einem Skelett aus durchscheinend weißem Plastik, faserigen Nervenbündeln und Schaltkreisen. Eine blaugraue Wabbelschicht aus künstlichen Muskeln, präzise durchzogen von Flüssigkeitsleitungen. Nicht viel Metall und nur wenige harte mechanische Teile. Violettes Sekret, irgendein Schmiermittel oder eine Kühlflüssigkeit, war auf den Boden der Tharsis-Region geflossen und bereits dabei zu gefrieren. Die rechte Gesichtshälfte war eingedrückt, ein Ohr und ein Stück der Kopfhaut fehlten. Ein Augapfel war aus seiner Höhle getreten und hing lose an einem Strick aus fettigen Lichtleitern. Die Intelligenz des Golems, soweit vorhanden, war über seine gesamte Anatomie verteilt, doch die Augen waren immer noch das wichtigste visuelle Erfassungssystem.

Sunday blieb daneben stehen, stützte die Hände auf die Knie und wartete darauf, dass sich der Nebel der Erschöpfung vor ihren Augen lichtete.

Der Golem sah sie an. Das heile Auge folgte ihr, das andere zuckte wie ein Fisch auf dem Trockenen. Der Mund öffnete und schloss sich klickend, als würde er von einem primitiven Mechanismus bewegt wie die Puppe eines Bauchredners. Im Moment war das Gesicht so leblos wie eine schlaffe Gummimaske, die nicht getragen wurde und an den falschen Stellen durchhing. Dann kam Lucas durch und leitete seine Persönlichkeit in den Golem. Das Gesicht straffte und füllte sich, und der Mund verzog sich zu einem Lächeln.

»Ich bin in Schwierigkeiten«, sagte Sunday über die öffentliche Kommunikationsverbindung ihres Anzugs. »Ich kann die ER nicht erreichen, und außer meinem Bruder und einigen Leuten, denen ich nicht mehr vertraue, weiß niemand, wo ich bin. Damit bleibst nur du, Lucas. Und ich weiß nicht einmal, ob du mich hören kannst oder ob du überhaupt noch eine Ching-Verbindung zur Erde hast.«

Der Golem sprach. Sie hörte ihn in ihrem Kopf. »Mir scheint, wir stecken beide in Schwierigkeiten, Sunday.«

»Wann hast du das letzte Mal ein Update von Lucas empfangen?«

»Ich bin schon seit Stunden autonom. Und ich halte es für höchst unwahrscheinlich, dass die Verbindung wieder aufgenommen wird, jedenfalls nicht vor Ende meiner Betriebsfähigkeit.«

»Weiß Lucas, wo ich bin?«

»Lucas weiß, dass ich dir ins Evolvarium gefolgt bin, und er vermutet, dass Eunices Landeplatz dein Ziel war. Aber das wusste er nicht mit Sicherheit.«

Sunday sah sich um. Gribelin und der Hammerkopf waren inzwischen weit weg. Aus dieser Entfernung war von seinem Truck nur die Staubfahne zu sehen. Sie hoffte, dass er seinen Vorsprung immer noch hielt.

Jitendra kam angestolpert, blieb stehen und stemmte die

Hände in die Hüften. Beim Anblick des Golems erschauerte er unwillkürlich. Es war eine natürliche Reaktion. Der Stellvertreter sah so überzeugend, so lebensecht aus.

»So weit hätte es niemals kommen dürfen, Cousin.« Sunday war aufrichtig bekümmert.

Das heile Auge des Golems funkelte belustigt, wie in bittersüßem Triumph. »Ich war immer bereit, die Familie über meine persönlichen Ambitionen zu stellen. Ein Jammer, dass du nicht genauso gedacht hast. Und was hast du erreicht? Man hat dir weggenommen, wonach du gesucht hast. Nun hast du die weite Reise vergeblich gemacht.« Das Gesicht lächelte. Violettes Sekret tropfte von den Lippen. »Es war alles umsonst, Sunday.«

»Das würde ich so nicht sagen.« Sie setzte einen Fuß auf den Schädel des Golems. »Es gibt immer auch eine Entschädigung.«

Unter ihrem Gewicht zerbrach das Plastik mit einem schmatzenden Geräusch wie ein dünnschaliges rohes Ei. Die kleinliche Geste war ihr zutiefst zuwider. Sie hatte nicht geahnt, dass sie so viel Hass in sich hatte.

Doch gleichzeitig tat es ihr überhaupt nicht leid.

Jitendra durchwühlte nun schon seit Stunden das Wrack des Rovers, soweit es nicht völlig platt gedrückt war. Er suchte nach irgendetwas, mit dem sie ein Notsignal absetzen könnten. Sunday hatte ihm zunächst geholfen, doch dann hatte sie erkannt, dass alle Mühe vergeblich war, und eine Woge schwärzester Verzweiflung war über sie hereingebrochen. Er würde nichts Brauchbares finden, und sie würden auch niemanden erreichen, der ihnen helfen könnte. Wenn sie sich zu Fuß auf den Weg machten, wären sie bei Einbruch der Nacht immer noch innerhalb des Evolvariums, und ihre Anzüge könnten sie mit Sicherheit allenfalls zwei Tage am Leben erhalten. Es war bereits weit nach Mittag, und die Sonne strebte mit geradezu unanständiger Eile dem Horizont entgegen.

»Ich finde nicht, dass wir hierbleiben sollten«, mahnte sie nun schon zum dritten oder vierten Mal. »Wenn der Hammerkopf zurückkommt, um sich das Wrack noch einmal anzusehen …«

Andererseits würden sie so dicht an den Trümmern des Rovers vielleicht weniger auffallen als zwei einsame Gestalten in der Landschaft, fernab von allen mechanischen Objekten. Orientierten sich die Maschinen bei der Jagd nicht in erster Linie an der Körperwärme und am Schall? Und war es nicht sinnvoll, in der Nähe der Bohrstelle zu bleiben, weil eine schwache Hoffnung bestand, dass es dem Golem doch noch gelungen war, einen Bericht nach Hause zu schicken? Sie hatte sich zwar von der Familie losgesagt, aber man würde sie nicht hier draußen sterben lassen. Nicht wissentlich, jedenfalls hoffte sie das.

Gribelin war tot. Davon war sie inzwischen überzeugt. Fast genau an der Stelle, wo die Staubfahne mit dem rosaroten Nebel über dem Horizont verschmolz, hatte es eine lautlose grelle Explosion gegeben. Den Knall hatte sie erst Sekunden später gespürt, ein Poltern im Boden, als redeten Elefanten miteinander. Sie stellte sich vor, dass er den Hammerkopf möglichst nahe an den Truck hatte herankommen lassen, bevor er an Bord irgendetwas gezündet hatte: eine versteckte Sprengladung oder eine verbotene Waffe. Ob die Detonation stark genug gewesen war, um den Hammerkopf zu zerstören, oder ob sie lediglich verhindert hatte, dass die Maschine Gribelin lebend erwischte, war nicht festzustellen. Ein kleiner Rauchpilz war aufgestiegen, ein angeschwollenes Gehirn am Ende eines eigenen Rückgrats, und danach war von dem Hammerkopf nichts mehr zu sehen gewesen.

Aber Hammerköpfe gehörten nicht einmal zu den großen Räubern.

»Ich brauche Eunice«, klagte Sunday. »Sie wüsste, was zu tun ist. Sie wusste immer, was zu tun ist.«

Jitendra stieß mit dem Fuß eine verbeulte Metallplatte beiseite. »Hier gibt es nichts, was wir verwenden können. Und ich bin nicht einmal sicher, ob wir weiterhin auf diese Weise kommunizieren sollten. Vielleicht wäre es besser, Funkstille zu wahren.« Er hielt inne und rang keuchend nach Luft. Die Durchsuchung des Wracks hatte ihn angestrengt. Das war Jitendras Art, mit der Situation umzugehen, dachte Sunday: sich so lange zu beschäftigen, bis selbst er sich eingestehen musste, dass es vergeblich war. »Also, in welche Richtung gehen wir? Seit wir über die Grenze kamen, war der Wind nicht allzu stark. Wenn unsere Luftrecycler durchhalten, können wir wahrscheinlich den Fahrzeugspuren bis Vishniac folgen, selbst wenn die Anzugnavigation ausfällt.«

Wenn die Anzugnavigation ausfiel, dachte Sunday, bräuchten sie sich um den Weg keine Sorgen mehr zu machen. Dann lägen die Anzüge nämlich in den letzten Zügen, und auch die Lebenserhaltung würde zu den versagenden Systemen gehören. »Vielleicht erbarmt sich ein anderer *Überflieger* und nimmt uns auf.«

»Sicher. Sie sind ja alle so freundlich und hilfsbereit. Dorcas ist das beste Beispiel dafür.«

»Ich meine ja bloß. Wenn dich die Realität im Stich lässt, klammerst du dich eben an das Unwahrscheinliche.« Aber Sunday suchte schon seit Stunden den Himmel ab. Da oben waren keine weiteren Luftschiffe unterwegs. »Ich könnte sie umbringen. Besser noch, ich werde sie umbringen, wenn ich jemals die Chance dazu bekomme.«

Was nicht geschehen wird, fügte eine leise Stimme hinzu.

»Ich glaube nicht, dass sie unseren Tod wollte. Eher hat sie die Sache nicht allzu konsequent durchdacht.«

»Tu mir einen Gefallen«, bat Sunday. »Kannst du – nur dies

eine Mal – damit aufhören, *die ganze verdammte Zeit* alles von der positiven Seite sehen zu wollen? Und immer in jedem Menschen das Gute zu suchen? Manchmal ist es nämlich einfach nicht da. Manchmal sind die Menschen schlicht Arschlöcher. Verdammte, gemeine Arschlöcher.«

Jitendra zerrte ein Stück der Rover-Verkleidung heran, das neben Sunday lag, und rammte es als Windschutz in den Boden. »Wir sind auf Kilometer im Umkreis die heißesten Objekte. Je mehr Wärme wir abschirmen können, desto größer sind unsere Chancen.«

»Unsere Chancen sind gleich null, Jitendra. Aber wenn es dir damit besser geht …« Sie blinzelte krampfhaft, dennoch schossen ihr Tränen in die Augen. Dagegen war im Moment nichts zu machen.

»Es ginge mir besser, wenn du mir ein wenig helfen würdest«, sagte er. »Einige von den Teilen sind so groß, dass ich sie alleine nicht schleppen kann.«

Stets zu Diensten, Jitendra. Aber er hatte ja recht. Es war besser, etwas zu tun. Jede noch so dumme und sinnlose Beschäftigung war besser, als untätig zu sein.

Und das Universum sah ihre kümmerlichen Pläne und lachte.

Sie bauten sich einen primitiven Unterstand. Er war nach oben hin offen, bot jedoch ein wenig Deckung gegen alles, was sich auf oder dicht über dem Boden nähern konnte. Sunday bezweifelte zwar, dass es viel nützen würde – etwas Wärme würde immer nach außen dringen –, aber wenn sie nicht ganz so deutlich sichtbar wären, war die Mühe vermutlich nicht völlig umsonst. Sie hatten etwas mehr Energie und Sauerstoff verbraucht, doch sie hatten nicht kapituliert. Und als sie fertig waren und sich den besten Schutz geschaffen hatten, der unter den Umständen möglich war, setzten sie sich Schulter an Schulter nebeneinander, fassten sich an den Händen und drückten die Helme aneinander, um direkt miteinander sprechen zu können.

»Es tut mir leid«, sagte Sunday endlich.

»Es tut dir leid, dass man dich belogen und betrogen hat?«

»Es tut mir leid, dass ich dich hineingezogen habe. Und Gribelin.«

»Um ihn tut es mir auch leid. Aber er war ein alter Mann, und er hatte sich eine riskante Tätigkeit ausgesucht. Nicht du hast ihn umgebracht, sondern sein Job.«

»Vielleicht wären wir besser bei ihm geblieben.«

»Wir leben noch.« Jitendra drückte ihre Hand fester. »Er nicht mehr. Was von beiden ist wohl vorzuziehen?«

»Ich weiß es nicht.« Sunday war überrascht. Die Antwort war ihr wie von selbst über die Lippen gekommen.

»Ich schon«, erklärte Jitendra. »Und solange ich noch eine Sekunde Leben ergattern kann, werde ich gegen den Tod kämpfen. Denn in dieser Sekunde könnte alles passieren.«

»Seit wann glaubst du an Wunder?«, fragte Sunday.

»Das tue ich nicht«, antwortete er. »Aber ich glaube an …« Jitendra verstummte so lange, dass Sunday schon Zweifel bekam, ob die Direktverbindung wohl noch funktionierte. Dann schaute sie wie er durch die schmale senkrechte Spalte zwischen zwei Wrackteilen.

»Jitendra?«

»Ich habe mich nicht bewegt, seit wir uns hingesetzt haben«, sagte er. »Und ich habe auch die Blickrichtung nicht geändert. Aber diesen Hügel habe ich vor einer Stunde ganz sicher noch nicht gesehen.«

Sunday rückte etwas zur Seite und sah, was er meinte. Hätte sie etwas weiter links gesessen, sie hätte es selbst bemerkt. Das war kein Hügel. Die Topografie war klar: Außer den Vulkanen und einigen uralten Kratern gab es in dem Gelände keine größeren Unebenheiten.

Außerdem hatte Jitendra recht. Der Hügel war noch nicht da gewesen, als sie den Unterstand bauten.

»Das Aggregat«, sagte Sunday. Als Jitendra nicht antwortete, wusste sie, dass er keine bessere Erklärung hatte.

Und das Aggregat kam immer näher.

28

Geoffrey prüfte seine Anschnallgurte. Die *Quaynor* verbrannte wieder Treibstoff. Sie setzte den Vorstoß in den Orbit und den Anflug auf den *Winterpalast* fort. Neben ihm in der vorderen Kommandoblase – auf diesem Schiff das Gegenstück zu einer Brücke – hingen Jumai und Mira Gilbert in einem Gewirr von Bungeeseilen und Haltegeschirren. Die Kommandoblase war ein kuppelförmiges Metallgerüst mit Einsätzen aus stoßsicherem Glas. Die Steuerelemente und Displays wirkten anheimelnd altmodisch.

»Ihre Familie ist uns immer noch voraus«, meldete Gilbert und bestätigte damit, was Geoffrey halb und halb erwartet hatte. »Wir konnten noch ein wenig an Delta v zulegen. Die *Kinyeti* leider auch.« Sie tippte auf eine ausklappbare Instrumententafel und murmelte einen finsteren Wasserfluch. Reaktionsmotoren korrigierten knallend und stotternd den Kurs der *Quaynor.* »Das wird wohl eine Zitterpartie. Wir treffen im gleichen Orbit zusammen. Bedauerlicherweise sieht es so aus, als würden sie vor uns andocken.«

»Wie viele Andockstationen?«, wollte Jumai wissen.

»In der Nahaufnahme sieht man eine an jedem Pol. Ob beide in Betrieb sind, ist fraglich.«

»Dass zwei Schiffe gleichzeitig hier andocken mussten, ist schon lange nicht mehr vorgekommen«, sagte Geoffrey. »Wenn überhaupt jemals.«

Die *Quaynor* war kein neues Schiff – das verrieten schon die muffig riechenden Kabinen –, aber Geoffrey glaubte nicht, dass sie lange vor der Jahrhundertwende gebaut worden sein konnte. Man hatte sie wohl eher auf die ideologischen Forderungen der Pans zugeschnitten, zu denen ein striktes Minimum von ER-abhängigen Gerätschaften gehörte. Also Glasfenster, um das Universum Photon für Photon in seiner ganzen lodernden Realität erfassen zu können, anstatt es sich durch die Overlays vermitteln zu lassen, die alles verzerrten. Steuer- und Navigationssysteme, die physische Interaktion verlangten, sodass ein Mensch nicht bloß im Geiste, sondern auch körperlich anwesend zu sein hatte. Und die Übertragung von Entscheidungen an fehlbare, geistig träge menschliche Piloten anstatt an schnelle und niemals ermüdende Expertensysteme.

»Was hoffen Hector und Lucas denn hier zu finden?«, fragte Jumai.

Geoffrey kratzte sich ein kristallhartes Staubkorn aus dem Auge. Die lange Bewusstlosigkeit während des Raketenflugs hatte seine Erschöpfung nicht lindern können.

»Den Cousins ist es sicher scheißegal, was sich im Inneren des *Winterpalasts* befindet. Jedenfalls soweit es sie selbst betrifft. Sie wollen nur nicht, dass ich auf etwas stoße, was Eunices Ruf schaden oder das Unternehmen in Gefahr bringen könnte.« Er rückte einen der Gurte zurecht, der an seiner Haut scheuerte. »Sie wollen das Habitat auf irgendeine Weise demontieren. Die bürokratischen Hürden haben sie schon genommen.«

»Glaubst du, sie haben Bomben mitgebracht?«, fragte Jumai.

»In einem Schiff gibt es vieles, womit man es krachen lassen kann«, sagte Gilbert. »Und dabei ist noch nicht einmal berücksichtigt, dass auch im Inneren des *Winterpalasts* ein ganzes Schiff steckt.«

Geoffrey hielt die Luft an. Eine Ching-Anfrage ging ein. Es war Hector, und den Ching-Koordinaten nach befand er sich in der Nähe des Mondes.

Er bestand auf einer rein akustischen Verbindung. »Ich glaube nicht, dass wir viel zu bereden haben«, begann er.

»Du hast den Anruf angenommen«, stellte Hector fest. Seine Antwort kam fast ohne Verzögerung von der *Kinyeti* zurück. »Daraus schließe ich, dass es für dich doch etwas gibt, worüber sich zu sprechen lohnt.«

»Bist du allein, oder ist Lucas mitgekommen?«

»Hier ist nur für einen von uns Platz, Geoffrey – ich habe mich in einer unbemannten Frachtkapsel heraufschießen lassen. Der Stress wäre Lucas nicht gut bekommen, nachdem er sich das Bein verletzt hatte.« Er stieß ein kurzes, freudloses Lachen aus. »Ein Erlebnis. Du solltest es einmal ausprobieren.«

»Das habe ich schon«, sagte Geoffrey.

»Nicht so, ohne Federung, und alle Sicherheitsspielräume auf null heruntergefahren. Der Rückstoß an der Biegung am Fuß des Berges … ganz beachtlich. Die Aussicht allerdings … als mich die Laser-Pusher erfasst hatten und ich in den Orbit schwebte. Grandios.«

»Wie schön für dich, dass es sich wenigstens gelohnt hat. Du musst sehr mutig oder sehr dumm sein.«

Hector ließ wieder dieses Lachen hören. »Noch ist es nicht zu spät für eine Umkehr, Geoffrey. Was immer du im *Winterpalast* vorhast, du brauchst es nicht auszuführen.«

»Ich soll also tatenlos zusehen, wie ihr ihn zerstört?«

»Wir haben hier ein gutes Leben, Cousin, es fehlt uns an nichts. Warum willst du unbedingt alles verderben?«

»Wenn Eunice der Familie eins reinwürgen wollte, hätte sie ihr ganzes Leben dafür Zeit gehabt.«

»Du hast ein rührendes Vertrauen in die menschliche Natur. Ich würde sagen, sie wäre durchaus imstande, uns noch vom Jenseits eins reinzuwürgen, wenn sie das gewollt hätte.«

»Hector, du kannst meiner Schwester vertrauen. Sunday stand ihrer Großmutter sehr nahe. Eunice neigte nicht zu sinnlosen Gehässigkeiten. Und warum zum Teufel sollte sie überhaupt etwas gegen uns haben?«

»Sie hatte den Verstand verloren, Cousin. Da draußen, am Rand des Sonnensystems. Seitdem konnte sie nicht mehr klar denken.«

»Ich glaube nicht, dass sie den Verstand verloren hat. Ich glaube, sie hat da draußen etwas gesehen oder hatte irgendein Erlebnis … das sie veranlasste, auf alles zurückzublicken, was sie bis zu diesem Zeitpunkt erreicht hatte, und zu erkennen, dass es das Blut und den Schweiß, die sie dafür aufgewendet hatte, nicht wert war. Aber das nennt man nicht verrückt werden. Das nennt man einen Sinn für das rechte Maß entwickeln.«

Hector schwieg eine Weile. »Ich würde dir ja gerne glauben«, sagte er endlich, »aber wir können kein Risiko eingehen. Von uns hängt zu viel ab.«

»Lass mich wenigstens sehen, was sich im Inneren des *Winterpalasts* befindet.«

»Und wenn es etwas ist, was uns schadet? Etwas, wovon wir uns nicht wieder erholen können?«

»Ich will das Unternehmen gar nicht zerstören«, seufzte Geoffrey müde. »Dazu ist es mir viel zu egal.«

»Und wenn wir etwas angestellt hätten? Ein Verbrechen begangen, von dem nur sie allein wusste? Wenn du herausfändest, dass sich dein eigen Fleisch und Blut etwas Schreckliches hat zuschulden kommen lassen? Würde dir dein Gewissen auch dann erlauben, das Geheimnis zu bewahren, Cousin?« Geoffrey glaubte zu sehen, wie Hector den Kopf schüttelte und vorwurfsvoll mit der Zunge schnalzte. »Du könntest mit einem solchen Geheimnis nicht leben.«

Geoffrey fragte leise: »Was für ein Verbrechen?«

»Woher zur Hölle soll ich das wissen? Artilekte, Genetik, Waffen – wer weiß schon, was ihr vor hundert Jahren eingefallen ist? Wer weiß schon, was irgendjemandem damals eingefallen ist?«

»Das ergibt doch keinen Sinn, Hector. Wir reden jetzt fast auf Augenhöhe miteinander. Warum konnten wir dieses Gespräch nicht schon vor Wochen führen?«

Hector seufzte, als langweile es ihn, etwas so Naheliegendes erklären zu müssen. »Vor Wochen warst du noch ein Familienmitglied, Geoffrey. Das ist vorbei. Du bist abtrünnig geworden, du hast uns verraten. Jetzt bist du wie ein Konkurrent. Ein Gleichgestellter. Das ändert alles. Ich glaube, ich könnte dich fast respektieren.«

»Bitte dreh ab.«

»Die *Kinyeti* befindet sich im Zielanflug. An deiner Stelle würde ich in sicherer Entfernung bleiben.«

»Was hast du vor?«

»Wozu ich hergekommen bin«, antwortete Hector. »Ich will das Habitat zerstören.«

Anstatt den Anflug abzuschließen, hielt die *Kinyeti* in fünfzig Kilometern Entfernung an und blieb, fast auf dem gleichen Orbit wie der *Winterpalast*, auf dieser Position. Geoffrey wagte tatsächlich zu hoffen, Hector hätte es sich womöglich anders überlegt. Immerhin war es ihm gelungen, zu seinem Cousin durchzudringen und vernünftig mit ihm zu reden.

Aber nein. Nach zehn Minuten löste sich ein sehr viel kleineres Fahrzeug vom Bug des Bergwerksschiffs und setzte den

Anflug auf dem ursprünglichen Kurs fort. Sie sahen sich das winzige, kugelförmige Ding bei größter Auflösung über die Kameras der *Quaynor* an. Es war eine Schiff-Schiff-Fähre für kurze Distanzen, die auch als Rettungskapsel oder einmalig als Wiedereintrittskörper zu verwenden war.

»Damit hätte ich rechnen müssen«, sagte Geoffrey. »Hector will nicht, dass die Besatzung der *Kinyeti* näher als nötig an den *Winterpalast* herankommt. Er hütet nach wie vor die Familiengeheimnisse.«

»Die *Kinyeti* zieht sich zurück«, konstatierte Arethusa, als das größere Schiff eine Reihe von Steuertriebwerken an seiner Längsachse zündete. »Schätze, sie kommt wieder, um Hector abzuholen, aber im Moment hat sie strikte Anweisung, auf Distanz zu bleiben.«

»Die Leute sind sicher so gut bezahlt, dass sie keine unangenehmen Fragen stellen«, sagte Geoffrey.

Nach dem Start brauchte Hector nicht mehr als zwanzig Minuten, um den *Winterpalast* zu erreichen. Nur mit den Mikrodüsen der Kapsel flog er in Spiralen von einem Ende des Zylinders zum anderen, um die Verhältnisse zu erkunden, dann schickte er sich zum Andocken an. Ob der *Winterpalast* das kleine Schiff nach seiner Anflugerlaubnis gefragt und ihm dann die Freigabe für die letzten Andockmanöver erteilt hatte – es gab keinen gangbaren Weg, um den stark gebündelten Richtfunkverkehr von der *Quaynor* aus abzuhören. Geoffrey konnte nur vermuten, dass sie sich ihrerseits beim Anflug legitimieren müssten.

»Er synchronisiert zum Andocken«, meldete Gilbert, als sich Hectors Schiff langsam um 180° drehte und sich der Zentrifugalgeschwindigkeit der Station anpasste. »Kontakt und Einfang in fünf… vier… drei…«

Die Kapsel dockte an. Kopplungsriegel klappten herunter und machten sie fest. Zwei oder drei Minuten vergingen, dann entwich in einer silbrigen Glitzerwolke die Luft, die seit der letzten Aktivierung in der Schleuse eingeschlossen gewesen war, und die Kammer dichtete sich ab. Die winzige Kapsel war zwischen den vielen Andock- und Wartungskonstruktionen an der Endkappe der Station kaum noch zu erkennen.

»Richte uns für den Anflug auf den anderen Pol aus«, meldete Gilbert und tippte Befehle auf eines der ausklappbaren Tastenfelder. »Glauben Sie, man kann durch die ganze Station durchgehen?«

»Die Station ist nichts als ein hohles Rohr, das die *Winterkönigin* in der Mitte umschließt«, erklärte Geoffrey. »Eigentlich sollten wir keine Schwierigkeiten haben. Außerdem hat sich Arethusa vor nicht allzu langer Zeit an Bord gechingt.«

»Ich habe nur gesehen, was sie mich sehen lassen wollte«, warnte Arethusa. Durch das Umsteigen auf das kleinere Schiff hatte Hector einen Teil seines Vorsprungs vor der *Quaynor* eingebüßt, doch Geoffrey fehlten bis zum Andocken immer noch dreißig Minuten. Er trommelte ungeduldig mit den Fingern, die Sekunden krochen quälend langsam vorbei. Hector würde sich wohl kaum sehr lange in der Station aufhalten, auch wenn es seinen Reiz haben mochte, nach Belieben durch Eunices privates Reich streifen zu können.

Sie waren noch fünfzig Kilometer entfernt, als die erste Aufforderung kam: eine schrille Automatenstimme, ganz im Einklang mit Eunices Prinzip, Besucher nicht allzu freundlich zu empfangen. »Unbekanntes Flugobjekt im Anflug auf Kurs eins-eins-neun, drei-eins-sieben: Sie haben keine Andock- oder Vorbeiflugrechte. Bitte korrigieren Sie Ihren Vektor so, dass eine Verletzung unseres Sperrgebiets vermieden wird.« Die Stimme sprach Suaheli und war der Stimme seiner Großmutter sehr ähnlich. »Sollten Sie dieser Aufforderung nicht nachkommen, so lehnen wir jegliche Verantwortung für Schäden durch unsere Anti-Kollisions-Systeme ab.«

»Kurs beibehalten«, befahl Geoffrey. »Zeigt ihr – ihm –, dass wir es ernst meinen. Eunice, hörst du mich?«

»Ich bin hier«, sagte das Konstrukt, verzichtete aber darauf, in der ohnehin schon drangvollen Enge als Projektion zu erscheinen.

»Ich möchte, dass dich alle Anwesenden hören können, einschließlich Arethusas. Ich wüsste nicht, was wir zu verheimlichen hätten.«

»Sunday würde das nicht gefallen.«

»Tu es trotzdem. Das ist ein Befehl.«

Eine kaum messbare Pause trat ein. »Erledigt. Sie können mich jetzt hören.«

»Gut.« Geoffrey sah sich um. Hoffentlich waren seine Reisegefährten bereit, ihre Fragen auf später zu verschieben. »Ich fürchte, wir haben im Moment nicht die Zeit, um dich auf den neuesten Stand zu bringen, Eunice, aber wir brauchen eine Andockerlaubnis für den *Winterpalast.*«

»Sag, du bist im Auftrag von Akinya hier.«

Es hatte wenig Sinn, das Konstrukt um Rat zu fragen, wenn er nicht bereit war, seinen Empfehlungen Glauben zu schenken. »Mira – bin ich durchgeschaltet?«

»Sprechen Sie«, forderte Gilbert ihn auf.

»Hier spricht Geoffrey Akinya, der Enkel von Eunice. Ich befinde mich an Bord des Raumschiffs *Quaynor* und erbitte die Erlaubnis zum Anflug und zum Andocken.« Er wartete einen Moment und fügte dann ziemlich hochtrabend hinzu: »Ich komme in wichtigen Familienangelegenheiten.«

»Die Anflugerlaubnis wurde bereits an Hector Akinya erteilt. Weitere Andockmöglichkeiten stehen nicht zur Verfügung.«

Geoffrey knirschte mit den Zähnen. »Hector hat an einem Pol angedockt; wir können den anderen anfliegen.«

»Weitere Andockmöglichkeiten stehen nicht zur Verfügung«, wiederholte die Stimme, diesmal mit einem drohenden Unterton.

»Ich habe das Recht, die Station zu betreten«, erklärte Geoffrey. »Deaktiviere deine Anti-Kollisions-Systeme und erteile mir Freigabe für die unbenutzte Andockstation. Du kannst dich der Anweisung eines Familienmitglieds nicht widersetzen.«

»Ihre Identität konnte nicht überprüft werden. Brechen Sie die Annäherung ab und korrigieren Sie Ihren Vektor.«

»Das System glaubt dir nicht, dass du du bist«, erklärte Eunice.

Geoffrey unterdrückte im letzten Moment eine sarkastische Bemerkung. »Warum wurde Hector akzeptiert und ich nicht?«

»Hector kam auf einem Akinya-Schiff mit Akinya-Registrierung – genau wie Memphis es getan hätte. Der *Winterpalast* hatte keine Veranlassung, ihn nicht einzulassen.«

Er verzog das Gesicht. »Mira – können wir eine zivile Registrierung fälschen?«

»Nicht überzeugend, nicht rechtmäßig und ganz bestimmt nicht mehr, nachdem uns das Habitat bereits unter einem anderen Eigentümer erfasst hat.« Gilbert sah ihn Verzeihung heischend an. »Sie werden das System wohl überreden müssen, Geoffrey. Bevor wir angedockt haben, kann uns nicht einmal Jumai helfen.«

»Wir brauchen ein paar gute Ideen, Eunice«, flehte er.

»Wenn das Habitat erkennt, dass Familienangehörige Besuchsrechte haben, wenn es begreift, dass Hector ein Akinya ist und es infolgedessen verpflichtet ist, ihn andocken zu lassen – dann *könnte* es auf einem Programm laufen, das ein klein wenig so ist wie ich. Natürlich sehr viel weniger ausgereift – aber doch ein Modell von Eunice, dem man versuchsweise eine Wissensbasis eingebettet hat.«

»Schön und gut, aber inwiefern bringt uns das irgendwie weiter?«, fragte Geoffrey.

»Sprich mit dem System. Sag, dass du Geoffrey Akinya bist und dass du bereit bist, Fragen zu beantworten, um es zu beweisen.«

»Glaubst du, das wird funktionieren?«, fragte Jumai.

»Keine Ahnung. Fällt dir etwas Besseres ein, außer, uns mit den Anti-Kollisions-Systemen herumzuschlagen? Das sind *Kanonen*, falls du das Briefing verpasst haben solltest.«

»Vielen Dank«, gab sie zurück. »Ich habe schon verstanden, dass wir es hier mit echten Risiken zu tun haben.«

»Es tut mir leid«, sagte Geoffrey. Es war ehrlich gemeint; er konnte sich kaum jemanden aus seinem Bekanntenkreis vorstellen, der weniger risikoscheu gewesen wäre als Jumai.

»Hör zu«, sagte sie mit einem versöhnlichen Blick, »wenn das Konstrukt meint, das sei unsere beste Chance …«

»Steht die Verbindung noch?«, fragte Geoffrey.

»Sie können sprechen«, bestätigte Gilbert.

Er räusperte sich. »Hier ist noch einmal Geoffrey Akinya. Ich kann meine Identität auf diese Entfernung nicht offiziell belegen. Ich bin jedoch gesprächsbereit. Eunice kannte mich. Nicht besonders gut vielleicht, aber doch so gut wie alle anderen in unserer Familie. Wenn es etwas, irgendetwas gibt, womit ich mich kenntlich machen kann … bitte frage mich. Ich werde mein Bestes tun, um zu antworten.«

Es wurde still. Jumai setzte zum Sprechen an, aber sie hatte noch nicht einmal Luft geholt, als sich das Habitat wieder meldete. »Unterbrechen Sie alle Kommunikationsverbindungen nach außen bis auf diesen Richtfunkstrahl. Ein Versuch einer ER-Anfrage wird nicht unentdeckt bleiben.«

»Verbindungen unterbrochen«, meldete Arethusa.

Nach einer kurzen Pause ließ sich die Stimme des *Winterpalasts* wieder vernehmen: »Holzelefanten, ein Geburtstagsgeschenk. Wie viele waren es, und wie alt war Geoffrey Akinya, als er sie bekam?«

Geoffrey sah sich nach seinen Mitreisenden um. »Ich muss fünf oder sechs gewesen sein«, sagte er so leise, dass sie über die Richtfunkverbindung zur Station nicht zu hören waren. »Ich weiß es nicht mehr!«

»Ich habe diese Elefanten gesehen.« Auch Jumai flüsterte jetzt. »Du hast mir erzählt, du hättest nicht einmal geglaubt, dass Eunice selbst sie dir geschickt hätte.«

»Damals wurden Sunday und ich von einem Kindermädchen aus Dschibuti betreut ... ich dachte, vielleicht hätte sie die Elefanten besorgt, oder Memphis.«

»Fragen Sie das Konstrukt«, riet Gilbert.

»Das geht nicht. Die mir zugewiesene Kopie umschwebt mich im Datenraum wie eine Wolke, aber sie ist nicht in meinem Kopf. Ohne die ER kann sie mir nichts sagen.«

»Ich brauche eine Antwort«, erklärte das Habitat. »Wie alt war Geoffrey Akinya?«

»Sechs«, sagte er. »Sechs Elefanten, und ... ich war sechs Jahre alt. Es war mein sechster Geburtstag.«

Wieder trat Stille ein, dann: »Anflugerlaubnis erteilt. Andocken am hinteren Pol.«

Geoffrey atmete hörbar erleichtert auf. »Wir sind drin. Zumindest dürfen wir näher heran.«

»Wie hast du herausgefunden, ob du fünf oder sechs warst?«, fragte Jumai.

»Gar nicht! Ich habe geraten.«

»Das war verdammtes Glück.«

»Sie wusste von den Elefanten«, sagte Geoffrey mehr zu sich selbst. »Mag sein, dass sie sie nicht selbst gekauft hat ... aber ich dachte nicht einmal, dass ich ihr wichtig genug war ...«

»Für die Milliarden-Yuan-Frage hat es gereicht«, sagte Jumai.

»Wir sind in Position«, meldete Mira Gilbert. »Wir haben immer noch keinen ER-Zugang, und dabei wird es vorerst auch bleiben.« Ihr Tonfall veränderte sich. »Moment mal. Auf der *Kinyeti* tut sich etwas. Triebwerksaktivität.«

»Wo steuert sie hin?«, fragte Geoffrey.

»Geben Sie mir ein paar Sekunden, um den Vektor zu bestimmen.« Gilbert wartete kurz, tippte Befehle in ihre Klapptastatur und studierte die komplexen, vielfarbigen Anzeigen für verschiedene Szenarien. »Sie hat den Anflug auf den *Winterpalast* wieder aufgenommen«, sagte sie schließlich. Es klang, als traue sie ihrer eigenen Analyse nicht. »Das kann doch nicht sein, oder? Er ist doch erst seit, wie viel, zwanzig Minuten da drin?«

»Vielleicht braucht er nicht länger«, sagte Jumai.

»Trotzdem würde er die *Kinyeti* nicht rufen wollen«, überlegte Geoffrey. »Schließlich hat er die Möglichkeit, selbstständig zurückzukehren. Also gibt es vielleicht ein Problem mit der Fähre, oder er hat die *Kinyeti* angewiesen, uns beim Anflug auf das andere Dock zu blockieren.«

»Wir haben die Erlaubnis zum Anflug«, sagte Arethusa. »Wenn er uns blockiert, provoziert er damit einen grenzüberschreitenden Zwischenfall.«

»Ich glaube, den haben wir bereits, seitdem ich mich habe einbürgern lassen«, sagte Geoffrey.

»Ich nehme die Geschwindigkeit zurück«, meldete Gilbert. »Mal sehen, was die *Kinyeti* vorhat, bevor wir noch näher herankommen.«

Geoffrey rief sich in Erinnerung, dass er nicht als Ching hier war, während sein Körper aus Fleisch und Blut sich sicher in Afrika befand. Er war physisch anwesend, an Bord einer riesigen, schwerfälligen Maschine, die so leicht zu zerstören war wie ein Spinnennetz und eine Kollision mit einer anderen Maschine ebenso wenig aushielt, wie sie schnelle Kursänderungen durchführen konnte. Wenn gleich zwei so zerbrechliche Schiffe vom *Winterpalast* angezogen wurden wie von einer Kerzenflamme, konnte das die Gefahren bei einem Unfall und erst recht bei einer gezielten Behinderung nur vergrößern.

»Die *Kinyeti* ist noch zehn Kilometer entfernt«, meldete Gilbert einige Minuten später. »Sieht so aus, als würde sie … auf den Andockknoten zusteuern, an dem Hectors Kapsel bereits festgemacht hat. Kann sich jemand vorstellen, was das zu bedeuten hat?«

»Vielleicht ist es der einzige Eingang, den sie für vertrauenswürdig halten«, mutmaßte Jumai.

Geoffrey nickte. »Warten wir ab, wie es weitergeht.«

Nach etwa einer Sekunde sagte Arethusa: »Piraten.«

Sie hatte es als Erste gesehen; an beiden Enden des Habitatzylinders flammten Lichtfünkchen auf. Sie entstanden, wenn magnetische und optische Systeme zur Kollisionsvermeidung allem Masse und Energie entgegenschleuderten, was die autonomen Verteidigungseinrichtungen des *Winterpalasts* als Bedrohung ausgemacht hatten. Nicht als Feind, denn der Begriff Feind unterstellte eine Absicht, ein zielgerichtetes Bewusstsein, gemeint waren vielmehr geistlose, Verhandlungen nicht zugängliche Objekte wie Raumschutt oder ein marodierender uralter Fels- oder Eisbrocken, der ungemütlich nahe an die Station kam.

Geoffrey hatte Arethusas Aussage nicht gleich verstanden. Es gab keine Piraten. Aber es gab *Proximal Impact Ranging and Target Eradication Systems,* Systeme zur Erkennung und Zerstörung von anfliegenden Objekten, und das Akronym der englischen Bezeichnung entsprach genau dem Wort, das Arethusa verwendet hatte. Im Grunde genommen waren es gewöhnliche Kanonen, aber sie waren rigoros gesichert und konnten auf nichts anders gerichtet werden als auf ein echtes Objekt, bei dem unmittelbare Kollisionsgefahr bestand.

Nicht-Waffen.

Bei Hectors Anflug waren sie nicht zum Einsatz gekommen, doch die *Kinyeti* verschonten sie nicht. Bevor Geoffrey noch so recht begriffen hatte, was geschah, leuchteten am Rumpf der *Kinyeti* bereits viele Treffer auf, und grell-silberne Wolken aus verdampfendem Metall und Keramikmaterial breiteten sich aus. Die Abwehrsysteme konnten nicht mehr tun, als weitere Störangriffe mit dem Ziel zu führen, die Masse des Schiffes in kleinere Teile zu zerlegen, um diese dann Stück für Stück mit weiteren Projektilsalven aus der Bahn zu räumen.

Der überwiegende Teil des Schiffes überstand die Attacke. Einer der Zentrifugenarme war abgerissen worden und trudelte auf einem eigenen neuen Orbit davon, und der Rumpf war über die ganze Länge mit Kratern und Löchern übersät. Einer der Treibstofftanks hatte ein Loch und leerte sich nun rasant, außerdem bestand an drei oder vier Rissen im vorderen Modul Verdacht auf Druckverlust. Der Schutt und die Gase, die vom Schiff wegschwebten, trübten den Blick und verbargen die Schäden.

Aber noch war die *Kinyeti* nicht tot. Das zeigte sich, als eine zweite Serie von Wärme- und Lichtexplosionen verriet, dass sie ihrerseits die eigenen Antikollisionssysteme aktiviert hatte und nun einen koordinierten Schlag gegen das Habitat führte. Inwieweit dies rechtens war, konnte Geoffrey lediglich vermuten. Die Anzahl von Vorfällen, bei denen Schiffe von anderen Schiffen oder Stationen von Schiffen oder umgekehrt angegriffen wurden, war sicherlich so gering, dass es in der modernen Rechtsprechung wenige bis gar keine Präzedenzfälle dafür gab. Dass die *Kinyeti* sich selbst schützen wollte, war unstrittig, doch zugleich musste die Besatzung erkannt haben, dass das Habitat keine weitere Annäherung dulden würde und somit ihr Verhalten als Provokation zu werten war.

Auf der *Quaynor* beobachtete man wie gelähmt, wie der Konflikt eskalierte. Der Angriff der *Kinyeti* hatte die sichtbaren

Piratenstellungen um die beiden Enden des *Winterpalasts* zerstört. Doch der *Winterpalast* rotierte, und bei der langsamen Drehung kamen unbeschädigte Geschütze in Sicht. Der *Palast* feuerte wieder, jagte einen weiteren Treibstofftank hoch, hätte beinahe die Hauptachse durchtrennt und fügte dem Kommandomodul an der Vorderseite des Schiffes neue Schäden zu. Die Gaswolke verdichtete sich zu grauweißem Nebel. Die *Kinyeti* schlug zurück, diesmal weniger wirkungsvoll, so als wären Teile ihrer eigenen Verteidigungssysteme inzwischen beschädigt oder unbrauchbar. Der *Winterpalast* war mit Einschlagstellen gepfeffert – einige hatten weit von den Endkappen entfernt Krater in die glatte Außenhaut geschlagen. Nun steckten die Projektile so tief in der Isolierung, dass sie womöglich bis ins Innere von Eunices privatem Treibhaus gedrungen waren. Der *Winterpalast* rotierte weiter, schwer und unbekümmert wie ein Schleifstein. Neue Piratenstellungen tauchten auf und schleuderten einen Höllenregen auf das Akinya-Schiff. Die Antwort war ein kurzes Stottern, dann kam nichts mehr.

Der *Winterpalast* war auch jetzt noch weitgehend unversehrt und behielt seine Rotation bei. Die Wolke aus Schutt und Glas entfernte sich langsam vom Wrack der *Kinyeti* und verteilte sich. Das ramponierte Bergwerksschiff mit dem gebrochenen Rückgrat bewegte sich immer noch auf Anflugkurs auf das Habitat zu.

Doch es fanden keine Angriffe mehr statt.

»Wäre jemand so freundlich, mir zu erklären, was da eben verdammt noch mal passiert ist?«, erkundigte sich Jumai. Die Frage war sicherlich rhetorisch gemeint.

»Hector muss um Hilfe gerufen haben, oder er war nicht zum vereinbarten Zeitpunkt zurück«, mutmaßte Geoffrey. »Irgendwann zwischen seiner Ankunft und dem Moment, in dem das Feuer auf die *Kinyeti* eröffnet wurde, muss der *Winterpalast* wohl seine Meinung geändert haben, und plötzlich war

Hector nicht mehr willkommen.« Er hörte selbst, wie eingeschüchtert und entsetzt seine Stimme klang. Er musste das Erlebnis erst noch verarbeiten.

»Es könnte durchaus Überlebende geben«, sagte Gilbert. »Ich versuche eine Direktverbindung aufzubauen. Der Zugang zur ER wird wiederhergestellt. Wir haben nicht mehr viel zu verlieren, und es könnte sein, dass wir nur auf diesem Weg zur *Kinyeti* durchkommen.« Die Meerfrau hielt inne und lauschte konzentriert. »Oh, Moment mal – da ist etwas. Allgemeines Notrufsignal, ausgehend von der *Kinyeti*. Sie bittet um Hilfe.«

»Können Sie mich durchschalten?«, fragte Geoffrey.

»Keine Ahnung, ob sie uns noch hören, aber einen Versuch ist es wert. Sprechen Sie, wenn Sie so weit sind.«

Er räusperte sich. »Hier spricht Geoffrey Akinya, ich rufe die *Kinyeti*. Wir haben gesehen, was Ihnen zugestoßen ist. Wie ist Ihr Status, und wie können wir behilflich sein?«

Die Antwort kam über eine Sprechverbindung und hörte sich an, als hätte man sie zerhackt, die Teile durcheinandergeworfen und nur unvollständig wieder zusammengefügt. »Hier spricht Kapitän Dos Santos … *Akinya Space* Bergwerksschiff *Kinyeti*. Wir haben ausgedehnte Schäden an kritischen Systemen … Lebenserhaltung … außer Betrieb.« Es war eine Männerstimme, Muttersprache Suaheli. »Wir können nicht steuern und sind nicht Delta v-fähig. Unsere Rettungskapsel ist nicht mehr an Bord.«

»Sie sind erledigt«, erklärte Eunice.

»Wir haben den Abflug beobachtet«, sagte Geoffrey. Er versuchte, das Konstrukt auszublenden, ohne es subvokal abzustellen. »Ich nehme an, Hector hat die Kapsel genommen?«

»Ich …« Kapitän Dos Santos zögerte. Wahrscheinlich überlegte er, wie viel er preisgeben durfte, dachte Geoffrey. »Ja. Natürlich.«

»Ich bin Hectors Cousin, falls Sie das noch nicht wussten.«

Geoffrey warf einen Blick auf eine von Gilberts Anzeigen und hoffte, dass er sie richtig deutete. »Es sieht im Moment nicht so aus, als würden Sie mit dem *Winterpalast* kollidieren – Ihr Vektor weist dicht am Andockknoten vorbei, aber ein Zusammenstoß wird vermieden. Sie haben Glück.«

»Es muss wohl so viel Gas entwichen sein, dass sie vom Kurs abgekommen sind«, sagte Eunice. »Aber meine Kanonen sind immer noch eine Gefahr.«

»Wenn es deine Kanonen sind, dann schalte sie ab«, verlangte Jumai.

»Das kann ich nicht, meine Liebe.«

»Wir wissen nicht, wie viele von den Geschützen des *Winterpalasts* noch einsatzfähig sind«, sagte Geoffrey, ohne auf das Konstrukt einzugehen, »und ich glaube nicht, dass Sie bessere Informationen haben.«

»Nein, wohl nicht.« Der Kapitän gestattete sich ein resigniertes Lachen. »Was schlagen Sie vor, Mister Akinya?«

»Solange Sie sich noch in unmittelbarer Reichweite des *Winterpalastes* befinden, ist unser Schiff gefährdet, und das können wir nicht riskieren«, sagte Geoffrey. »Sobald wir uns vergewissert haben, dass die Geschütze nicht auf uns schießen, fliegen wir die Andockstation an. Bis dahin müssen Sie durchhalten. Wie viele sind Sie noch?«

»Acht«, antwortete Dos Santos. Die Verbindung hatte sich stabilisiert; seine Stimme wurde klarer übertragen, und es gab keine Aussetzer mehr. »Das ist die reguläre Besatzung, mich eingeschlossen.«

»Acht Überlebende können wir leicht aufnehmen«, ließ sich Gilbert vernehmen. »Das wird unsere Lebenserhaltung nicht überfordern, und wir müssen sie höchstens für ein paar Stunden behalten, bevor die VON oder die Lunaren Behörden eintreffen.«

»Da wäre auch noch Hector«, gab der Kapitän zu bedenken.

»Danach wollte ich gerade fragen«, sagte Geoffrey.

»Hector sollte selbstständig zurückkehren – es war nicht vorgesehen, dass wir der Station so nahe kommen. Dann hat er einen Notruf abgesetzt.«

»Brauchte er technische Unterstützung?«

»Er muss gerettet werden. Mehr kann ich Ihnen nicht sagen. Wir halten es für möglich, dass er verletzt ist, aber das ist lediglich eine Vermutung – es war nur eine Sprachverbindung, kein Ching, und es gibt auch keinen Biomed-Feed von seinem Anzug.« Dos Santos ächzte vor Anstrengung oder vor Schmerzen. »Aber er hätte uns sicher nicht gerufen, wenn er nicht in Schwierigkeiten gewesen wäre.«

»Okay.« Geoffrey holte tief Luft und nahm sich einen Moment Zeit, um seine Gedanken zu sammeln. »Haben Sie Anzüge angelegt, Kapitän?«

»Wir sind gerade dabei. Danach verkriechen wir uns in unserem Sturmkeller. Das ist der am besten gepanzerte Teil der *Kinyeti*. Dort sollten wir das Schlimmste überstehen können, selbst einen vollständigen Druckverlust.«

»Was immer auch geschieht, Hilfe ist unterwegs. Es tut mir leid, dass man Sie da hineingezogen hat.«

»Wir haben nur getan, was man von uns verlangt hat«, gab Dos Santos zurück. »Nicht mehr.«

»Viel Glück, Kapitän.«

»Ebenfalls, Mister Akinya.«

Dos Santos beendete die Verbindung. Geoffrey schwieg eine Weile. Er wünschte, nicht aussprechen zu müssen, was sie mit Sicherheit alle dachten. »Wir können ihn nicht im Stich lassen«, sagte er endlich leise. »Aber wir dürfen auch die *Quaynor* nicht in Gefahr bringen. Außerdem müssen wir uns um die Überlebenden auf der *Kinyeti* kümmern.«

»Wenn sie den Vorbeiflug überstehen, haben sie nichts mehr zu befürchten«, sagte Arethusa. »Mira hat es ja bereits festgestellt: Die Behörden wurden wohl inzwischen über den Angriff informiert und werden schon sehr bald auf dem Weg hierher sein. In wenigen Stunden, vielleicht noch früher, wird es in diesem Abschnitt des Weltraums von Polizei- und Rettungsdiensten nur so wimmeln.«

»Ich bin um Ihre Sicherheit nicht weniger besorgt«, sagte Geoffrey.

»Wenn ich gewollt hätte, dass man mich in Watte packt, hätte ich Tiamaat niemals verlassen«, gab die alte Wasserbewohnerin zurück. »Jedenfalls haben wir einen Vorteil gegenüber der *Kinyeti*. Wir haben noch Energie und können steuern. Mira, ich möchte, dass du uns bis an die Luftschleuse bringst, die wir ursprünglich benutzen wollten, aber so, dass wir diesen Piratenstellungen möglichst wenig ausgesetzt sind. Wir müssen davon ausgehen, dass sie noch funktionieren. Kannst du das?«

»Ich …« Gilberts Hände tanzten über die Tasten. »Ich denke schon. Möglicherweise. Ob das Schiff mitmacht, weiß ich nicht. Wir werden es bis an seine Grenzen belasten müssen, um uns an die Rotation des Habitats anzupassen.«

»Man sieht bei diesen Dingen Sicherheitsspielräume vor«, gab Arethusa zurück.

»Und die habe ich bereits mit einbezogen«, konterte Gilbert.

»Ich möchte mir das mal ansehen«, sagte Eunice. »Vielleicht kann ich helfen.«

»Ist das dein Ernst?«, fragte Geoffrey.

»Vollkommen. Subvokalisiere mir aktive Ching-Privilegien. Ich muss deinen Körper steuern.«

»Nein«, sagte er, noch bevor er sich auch nur ansatzweise klargemacht hatte, was dieses Ansinnen bedeutete.

»Du denkst dir nichts dabei, in einen Golem zu chingen, wenn du gerade Lust dazu hast. Und du hättest auch nichts dagegen, wenn ein anderer Mensch dich als Warmblut-Stellvertreter steuern wollte. Warum kränkt dich dann meine Bitte so tief?«

Er wollte sagen: *Weil du tot bist und weil du meine Großmutter warst*, aber er hielt noch rechtzeitig inne. Das Konstrukt war ein Muster von selbstentwickelnden Daten, nichts sonst. Eine Verkörperung von Wissen und bestimmten nützlichen Fertigkeiten. Dass es mit dem Körper und der Stimme seiner verstorbenen Großmutter manifestierte, spielte dabei überhaupt keine Rolle.

Jedenfalls versicherte er sich das selbst.

»Ich weiß nicht, ob Eunice diese Kiste besser fliegen kann als einer von uns«, wandte er sich an die anderen. »Was sie sich zutraut und wozu sie wirklich imstande ist, stimmt nicht immer überein.«

»Ich habe solche Schiffe schon geflogen, als du noch nicht einmal gezeugt warst«, sagte Eunice. »Die Bordelektronik, die Schnittstellen … alles ist so uralt und altmodisch wie ich.«

»Wenn sie es kann …«, begann Jumai.

»Wir sollten alle verfügbaren Möglichkeiten nutzen«, schloss sich auch Arethusa an. »Mira, wenn etwas geschieht, was dir nicht gefällt, kannst du Geoffreys Kommandoprivilegien doch jederzeit widerrufen, nicht wahr?«

Die Meerfrau zuckte auf ihre Art mit den Achseln. »Mehr oder weniger.«

»Ich werde die Folgen tragen. Geoffrey – ich kann Sie nicht dazu zwingen, aber Sie haben meine Erlaubnis, die *Quaynor* zu steuern. Wenn Eunice Ihnen dabei helfen kann, umso besser.«

»Du musst es tun.« Eunice schlug einen spöttischen Ton an. »Du hast *Elefanten* in deinen Kopf gelassen, mein lieber Enkel. Da kannst du doch wohl für mich eine Ausnahme machen.«

»Geben Sie mir die Steuerung!« Geoffrey ließ die Knöchel knacken, spreizte die Finger und lockerte seine Schultermuskulatur wie zur Vorbereitung auf eine Stunde in der Cessna. »Eunice – ich lasse dich jetzt ein. Du weißt, dass ich dich jederzeit wieder rauswerfen kann, also missbrauche meine Gastfreundschaft nicht.«

»Als ob ich das jemals tun würde.«

Er subvokalisierte einen Befehl, den er nur selten gab, und übertrug einer anderen Intelligenz die volle Kontrolle über seinen Körper. Das war keine Zauberei, nur eine Umkehrung der üblichen Ching-Protokolle: Nervenimpulse gingen in eine andere Richtung als sonst, und Sinneseindrücke verließen seinen Kopf, anstatt in ihn einzuströmen.

Dennoch war es ungewohnt. Andere Leute vermieteten sich ständig als Warmblut-Stellvertreter. Er hatte selbst nie Gelegenheit gehabt, in ein Warmblut hineinzuchingen – aber wenn es die Situation erfordert hätte und ihm keine andere Wahl geblieben wäre, hätte er sich wahrscheinlich klaglos darauf eingelassen. Jedoch in die andere Richtung? Selbst das Warmblut zu werden? Nicht in einer Million Jahren.

Und nun ließ er sich von seiner eigenen Großmutter steuern.

Als Erstes stahl sie ihm seine Augen. Mit einem Mal schauten sie nicht mehr dahin, wo *er* wollte, sondern richteten sich auf das, was *sie* sehen musste – und ihre visuelle Informationsaufnahme war so effizient, dass es sich anfühlte wie ein Augenkrampf. Seine Augäpfel zuckten hierhin und dorthin wie im REM-Schlaf. Dann übernahm sie seine Hände, bewegte sie über die Tastenfelder und tippte in rasender Geschwindigkeit Befehle an die Bordelektronik der *Quaynor.* Es war, als steckten seine Hände in Zauberhandschuhen, die seine Finger zum Tanzen zwangen.

Das Nächste war seine Stimme. Sie war immer noch zu erkennen. Eunice konnte ihn zwar sprechen lassen, aber die Beschaffenheit seines Kehlkopfs nicht verändern.

»Ich habe eine Anfluglösung. Sie ist nicht perfekt, und wir werden nach wie vor den Abwehrmaßnahmen des *Winterpalasts* ausgesetzt sein. Bei einem Versuch, uns genau an die Rotation anzupassen, würden wir binnen sechzig Sekunden auseinanderbrechen. Mein Kompromiss bringt uns ans Dock und minimiert die Wahrscheinlichkeit katastrophaler Schäden. Ich werde auf der ganzen Strecke die Kontrolle übernehmen und alle nötigen Korrekturen vornehmen. Bin ich dazu berechtigt?«

»Brauchst du denn eine Berechtigung?«, fragte Gilbert.

»Ich hielt es für besser, vorher zu fragen, Kind.«

»Nur zu«, sagte Arethusa.

Die Beschleunigung kam ohne Vorwarnung, und es gab keinen sanften Übergang aus der Schwerelosigkeit. Geoffrey war erstaunt und entsetzt, als er die Triebwerke sogar im Vakuum hören konnte. Sie waren so weit hochgefahren worden, dass etwas von ihrer Leistung, eine geisterhafte Vibration, sich trotz aller Isolations- und Dämpfungsschichten ungehindert durch das Schiffsgerüst verbreiten konnte. Es hörte sich an wie ein Erdrutsch oder eine Massenflucht, und es machte ihn ungeheuer nervös. Rote Lichter begannen zu blinken, Alarmsirenen schrillten. Die *Quaynor* protestierte empört gegen die Behandlung, die ihr gerade widerfuhr.

Sie hatte ihren menschlichen Herren treu gedient. Warum muteten sie ihr das zu?

»Sie hält stand«, verkündete Eunice mit Geoffreys Kehle. »Aber das war der einfachere Teil.«

Die *Quaynor* musste einen Bogen fliegen, um sich der Rotation des *Winterpalasts* wenigstens annähernd anzupassen. In der Cessna wäre dafür nur eine einfache Bewegung von Steuerknüppel und Seitenruder erforderlich gewesen. Aber Kurvenflug bedeutete Beschleunigung, und im Vakuum war das ausschließlich mit Schub zu erreichen, einem Schub, der im

Winkel zum derzeitigen Vektor des Schiffes wirken musste. Die Magnetplasma-Triebwerke konnten nicht kardanisch aufgehängt werden, daher musste die *Quaynor* ihre zusätzlichen Steuer- und Manövrierraketen bis an ihre Grenzen belasten. Dabei bestand durchaus die Gefahr, dass sie abknickten. Geoffrey wusste das auch ohne Sensoren oder Alarmsirenen. Er merkte es daran, wie seine Knochen gegen die Gurte gedrückt wurden und wie das Schiff ringsum in allen Fugen knirschte und knarrte.

Als etwas klirrend gegen den Rumpf schlug, fürchtete er, der *Winterpalast* hätte seine Angriffe wieder aufgenommen. Aber nein, es war nur ein kleines Bruchstück von der *Kinyeti*. Weitere Trümmersalven prasselten gegen die Hülle, dann hatten sie das Schlimmste überstanden. Beschleunigung und Steuerschub wechselten ruckartig, wenn Eunice wieder eine Feinkorrektur ihrer Anfluglösung vornahm. Sie waren der Station jetzt sehr nahe, keine zehn Kilometer mehr davon entfernt, und das Ausmaß der Schäden wurde viel deutlicher. Ein Bruchteil der Piratengeschütze, etwa jedes fünfte, schien unversehrt zu sein. Sie kamen langsam in Sicht und verschwanden ebenso langsam wieder wie die Kabinen an einem Riesenrad.

»Vielleicht gilt die Anflugerlaubnis immer noch«, sagte Jumai.

Sie spürten einen Schlag. Es hatte keine Warnung gegeben, und sie waren dem *Winterpalast* jetzt so nahe, dass selbst ein kinetisches Projektil praktisch ohne Zeitverlust treffen konnte. Die *Quaynor* erzitterte wieder und wieder, während die Energien wie Peitschenschläge durch ihren Rumpf rasten. Zwei oder drei Sekunden später bekam das Habitat einen weiteren Treffer ab. Trotz seiner neurotisch zuckenden Augäpfel sah Geoffrey, wie Mira Gilbert eine Schemazeichnung studierte: einen Schiffsplan, auf dem die beschädigten Bereiche in zornigem Rot pulsierten. Er wollte sprechen, wollte fragen, wie schwer die Ausfälle seien, aber Eunice hielt ihn weiterhin in ihrem Bann.

Dann wurde es ruhig – der Beschuss hörte auf –, und auf ebenso wundersame Weise ließ auch die Beschleunigung nach und ging allmählich auf null zurück. Sie hatten die Zone des höchsten Risikos hinter sich gebracht.

Noch einmal ging ein Knirschen durch die *Quaynor*, dann war alles still. Selbst die Alarmsirene hatte zu schrillen aufgehört.

»Wir sind durch«, sagte Eunice. »Meine Geschütze können uns nichts mehr anhaben – jeder Pol ist von einer Sicherheitszone umgeben, und darin befinden wir uns jetzt. Normaler Anflug und Andockmanöver in ...« Sie legte eine dramatische Pause ein, obwohl sie die Antwort sicherlich im Voraus kannte. »... dreißig Sekunden. Bitte klappen Sie Ihre Tische nach oben und bringen Sie Ihre Sitzlehnen in aufrechte Position. Wir bedanken uns, dass Sie mit *Akinya Space* geflogen sind.«

»Warum hast du auf uns geschossen?«, fragte Gilbert.

»Das war kein Beschuss. Das war nur eine Mahnung, nichts als selbstverständlich vorauszusetzen.« Sie ließ ihn vor Stolz seufzen. »Nun, lieber Enkel – meine Arbeit hier ist getan. Möchtest du deinen Körper zurückhaben?«

Seine Augen stellten den zuckenden Tanz ein. Er konnte wieder sprechen und seine Hände wie gewohnt bewegen.

»Das hast du gut gemacht«, sagte er.

»Hast du etwa das Bedürfnis, mich zu loben?«

»Sunday hätte es getan«, sagte er in Richtung der jetzt körperlosen Stimme. »Nur deshalb.«

Bald spürten sie einen sanften Stoß, gefolgt vom raschen Trommelwirbel der Kopplungsriegel, die sich wie die Blätter einer fleischfressenden Pflanze um jedes Schiff schlossen, das es bis hierher geschafft hatte.

Geoffrey löste seine Anschnallgurte. Es war nicht einfach gewesen, aber nun waren sie am *Winterpalast* angedockt.

Sie brauchten nur noch einzutreten und nachzusehen, was aus Hector geworden war.

29

Anfangs herrschten nur Dunkelheit und Nichts, dann dämmerte langsam ein bernsteinfarbenes Licht auf, und erste Regungen des Bewusstseins waren zu spüren. Schließlich ein Raum, warm und golden und so prunkvoll geschmückt wie das Zelt eines reichen Kaufmanns einer Wüstenkarawane aus *Tausendundeiner Nacht*.

Sunday war wach und betrachtete sich selbst.

Eine Erinnerung keimte auf – den Fehler würde sie kein zweites Mal machen. Was sie da über sich sah, war nicht ihr eigenes Gesicht, jedoch war die Ähnlichkeit so groß, dass eine Blutsverwandtschaft nicht zu leugnen war. Ein Frauengesicht, das dem ihren glich wie das einer Schwester oder Cousine. Und sie hatte diese Frau schon einmal gesehen, hinter mehreren Glasschichten, in einer Landschaft, die älter war als Afrika.

Ihr Mund war trocken, die Lippen klebten aufeinander. Dennoch brachte sie ein Wort zustande.

»Soya.«

»Schön, dass du dich an mich erinnerst. Ihr wart schon ziemlich ausgekühlt, als wir euch erreichten. Eure Anzüge hätten euch nur noch wenige Stunden lang am Leben erhalten können.« Soya trug eine weiße Bluse und etwa ein Dutzend

Ketten um den Hals, einige mit Edelsteinanhängern, andere mit hölzernen Amuletten. Sie war auffallend mager, eckig und schmal, wo Sunday (wie sie bereitwillig zugab) gut gepolstert war. Soyas Beine in den Lederhosen und den hohen Stiefeln wirkten unglaublich lang und schlank. Sie war größer als Sunday, und das zeigte sich jetzt besonders deutlich, denn Sunday lag auf dem Rücken, auf einer Couch oder einem Bett in einer Ecke des Raums, der keine Wände, sondern nur Vorhänge hatte. In mehreren Kerzenschalen brannte Weihrauch. Es roch nach Honig und Zimt und frisch gebackenem Brot.

»Jitendra?« Sie sprach die drei Silben mit großer Anstrengung und deutlich getrennt aus.

»Es geht ihm gut, keine Sorge.« Soya goss etwas in ein Glas. Ihre Armbänder rieben aneinander und erzeugten bei jeder Bewegung ein metallisches Zischen. »Du erinnerst dich nicht an deine Rettung?«

Sunday verneinte.

»Aber du kennst meinen Namen.«

»Wir sind uns schon einmal begegnet.«

»Das ist richtig.« Eine Spur von Vorwurf lag in dieser Bemerkung. »Trotzdem hast du dich mit diesen Leuten eingelassen und bist prompt in Schwierigkeiten geraten. Sag nicht, ich hätte dich nicht gewarnt.« Soya beugte sich über Sunday und hielt ihr das Glas an die Lippen. »Trink.«

Die zuckersüße Flüssigkeit tat gut. Sie linderte die Trockenheit in Mund und Kehle ein wenig und brachte Sunday einen Schritt weiter ins Leben zurück.

»Ich weiß nicht, wer du bist, Soya.« Sunday grub mühsam eine Erinnerung aus der jüngsten Vergangenheit hervor. »Du hast gesagt, du wärst hier auf dem Mars geboren. Und du hast Nigeria erwähnt. Wir sind doch immer noch *auf* dem Mars?«

»Du warst nur etwa dreizehn Stunden ohne Bewusstsein. Heute ist der nächste Tag.« Soyas Lächeln schnitt Sunday ins

Herz. Sie hatte es Millionen Mal im Spiegel gesehen. In letzter Zeit allerdings seltener, als ihr lieb gewesen wäre.

»Und mehr verrätst du mir nicht? Wir sind verwandt, Soya. Das wusste ich von dem Moment an, als ich zum ersten Mal dein Gesicht gesehen hatte. Warum hättest du Kontakt zu mir suchen sollen, wenn es nicht mit meiner Familie zu tun hatte?«

Soya lächelte, aber jetzt schien ihre Selbstsicherheit etwas erschüttert. »Ich weiß, du hast viele Fragen, aber du hast zwei schwierige Tage hinter dir und solltest dich wahrscheinlich erst einmal ausruhen.«

»Du hast mir eben gesagt, ich hätte seit gestern geschlafen.«

»Nachdem du fast gestorben wärst.«

Sunday wagte den Sprung. Die Frage war in mehrfacher Hinsicht absurd, aber sie musste sie stellen. »Bist du … mit Eunice verwandt? Bist du eine Enkelin oder Großnichte, von der ich nichts wusste?«

»Nein, ich bin nicht mit ihr verwandt. Ich würde dir einen Zellabstrich anbieten, wenn du eine Möglichkeit hättest, ihn zu untersuchen.« Soya spielte zerstreut mit ihren Ketten. »Du und ich, das ist eine andere Geschichte. Wir haben tatsächlich einen gemeinsamen Vorfahren. Aber es ist nicht Eunice.«

Sunday stemmte sich von der Couch hoch. Schwere Decken rutschten zu Boden. Sie trug lindgrüne Fußballshorts und ein billiges gelbes Touristen-T-Shirt, auf dem das Bild eines Weltraumaufzugs aufgedruckt war. Darunter stand *Pontaniak*.

»*Wer, Soya?*« Die andere war einen halben Kopf größer als Sunday, trotzdem wich sie einen Schritt zurück, als hätte sie nicht mit so viel resoluter Entschlossenheit gerechnet.

»Jonathan«, antwortete Soya. Und als wäre das nicht genug – an Sundays Firmament gab es nur einen einzigen Jonathan –, fügte Soya hinzu: »Jonathan Beza. Eunices Ehemann. Der Mann, mit dem sie auf den Mars kam.«

Sunday schüttelte unwillkürlich den Kopf. »Jonathan Beza

starb vor mehr als sechzig Jahren. Eunice und er waren damals schon geschieden. Es gab einen Unfall. Hier auf dem Mars. Einen explosiven Druckverlust.«

»Und deshalb kann ich nicht mit ihm verwandt sein?«

»Er hat vor seinem Tod noch einmal geheiratet. Er hatte weitere Kinder, und einige von ihnen haben selbst wieder Kinder. Nathan war sogar bei seiner Beisetzung, und von allen anderen weiß ich immerhin, dass es sie gibt. In diesem Stammbaum findet sich nirgendwo eine Soya.«

»Dann siehst du dir den falschen Baum an.«

Das hatte nicht Soya gesagt. Diese Stimme war tief und klangvoll, kultiviert und etwas rau. Sie sprach Suaheli, aber mit einer altmodischen Wortwahl, die Sunday frappant an einen ganz bestimmten Menschen aus ihrer Bekanntschaft erinnerte, an Memphis Chibesa.

Sie drehte sich nach dieser Stimme um. In einer Vorhangfalte – wie ein Schauspieler, der zögert, auf die Bühne zu treten – stand der älteste Mann, den sie jemals gesehen hatte.

»Ich bin Jonathan Beza«, sagte der Mann. »Ich bin dein Großvater, Sunday Akinya. Ich war mit Eunice verheiratet. Und, ja, ich bin noch sehr lebendig.«

Jitendra sah sie Rat suchend an. Sie gab ihm mit einem kaum merklichen Nicken zu verstehen, sie glaube diesem Mann, dass er genau der war, als den er sich ausgab. Auch wenn es absurd erschien nach allem, was sie in ihrem Leben als gegeben hingenommen hatte.

»Damals war es einfacher zu sterben«, fuhr Jonathan Beza fort. »Du darfst nicht vergessen, dass wir weder auf dem heutigen Mars noch in der heutigen Zeit lebten. Selbst heute gibt es, wie du selbst erfahren hast, noch Stellen auf dieser Welt, wo ein Mensch auf Nimmerwiedersehen verschwinden kann. Oder wo man ihn verschwinden lassen kann.« Er hielt inne, um seiner Tochter und ihren beiden Gästen Chai einzugießen.

»Du meinst, es hat den Unfall nie gegeben?«, fragte Sunday.

»O doch. Genau die Art von Unfall, die, wenn auch selten, heute noch passieren kann. Der Unfall war real, und ich hatte ihn in keiner Weise manipuliert. Das möchte ich doch hoffen. Immerhin sind dabei gute Leute gestorben.«

»Aber er bot Ihnen die Chance zu verschwinden«, sagte Jitendra.

»Schon seit Längerem hatte ich mit dem Gedanken gespielt. Der *Mech* war damals noch so primitiv, dass wir ihn nicht einmal als *Mech* bezeichneten. Meine wenigen Implantate waren leicht abzuschalten oder zu manipulieren, sodass sie falsche Berichte lieferten. Als sich die Gelegenheit bot, über den Rand der Welt zu fallen, ergriff ich sie.« Er richtete seinen Blick auf Sunday. »Deine Großmutter wusste davon nichts. Sie war nicht beteiligt. Sie kam sogar zu meiner Beisetzung.«

»Bei dieser Gelegenheit war sie noch einmal auf Phobos«, bestätigte Sunday.

»Richtig.«

Sie saßen nun in einem anderen, ebenfalls mit Vorhängen abgeteilten Raum. Sunday hatte immer noch keine Ahnung, wo sie waren, Jonathan hatte ihr nur versichert, sie befänden sich nach wie vor auf dem Mars. ER-Zugang gab es nicht, daher auch keine Eunice. Stattdessen war da ein Geräusch wie von fernen Motoren und gelegentlich ein Stoß oder ein Schwanken, das den Verdacht nahelegte, in einem Fahrzeug zu sein.

Eine mögliche Erklärung hatte sich angeboten, aber die hatte sie sofort verworfen.

»Sie haben uns im Evolvarium gefunden«, sagte Jitendra. »Haben Sie eine Vorstellung, was wir dort gemacht haben?«

»Sterben?«, fragte Jonathan.

»Davon abgesehen«, sagte Sunday.

»Ja, ich kann mir gut vorstellen, was ihr dort gemacht habt. Ich weiß es sogar ziemlich genau.« Er hielt inne, offenbar um sich zu sammeln und seine Energien zu aktivieren. Jonathan war klein und drahtig und offensichtlich uralt, aber keineswegs so gebrechlich, wie Sunday es bei seinem Alter erwartet hätte. Er war sogar noch älter als Eunice. Wenn das Konstrukt erreichbar gewesen wäre, hätte sie es nach seinem Geburtsdatum gefragt. Geboren um 2020 oder noch früher. Damit hätte er mehr als hundertvierzig Jahre auf dem Rücken. Alt, aber nicht unnatürlich alt. Er trug das Innenfutter eines Raumanzugs, einen engen schwarzen Overall mit eingenähten Kühlleitungen, der mit den vergoldeten Scheiben von Biomonitor-Anschlüssen besetzt war. Seine hageren Arme waren durchaus noch muskulös, und seine Finger zeigen keine Spuren von Gelenkverschleiß oder neurodegenerativem Zittern. Sunday hatte ihn beobachtet, als er den Chai einschenkte; er hatte keinen Tropfen verschüttet. Sein Kopf war kahl bis auf einen Kranz aus feinem weißem Flaum, das Gesicht zeigte reichlich Falten, die ohnehin dunkle Haut war von tiefschwarzen Schadstellen gezeichnet, aber die Mimik war immer noch überraschend ausdrucksvoll. Die Augen waren klar und scharf, das Lächeln beunruhigend jugendlich.

»Dann wissen Sie sicherlich auch, dass wir nur unsere Zeit vergeudet haben«, sagte Jitendra.

»Ich weiß, dass Dorcas euch reingelegt hat. Das muss nicht unbedingt das Gleiche sein.«

»Wie viel wisst ihr?«, fragte Sunday und sah dabei Soya an. »Du warst in Crommelin. Du musst als Bürger oder Tourist registriert sein, um dich irgendwo auf dem Mars aufzuhalten, du kannst also nicht von der Landkarte verschwunden sein wie dein Vater.«

Jonathan antwortete an ihrer Stelle. »Soya ist meine Nabelschnur, Sunday. Sie kann sich in der *Überwachten Welt* frei bewegen und Auge und Ohr für mich sein. Wenn ich tatsächlich einmal Medikamente brauchte, hat sie sie für mich besorgt.«

»Ich habe eine falsche Identität.« Soya sah nacheinander Sunday und Jitendra an. »Die Verwandtschaft zu meinem Vater – und damit auch zu deiner Großmutter – kommt in meiner Geschichte nicht vor.«

»Auf der Erde oder irgendwo sonst, wo die *Überwachte Welt* voll entwickelt ist, wäre das niemals möglich. Auf dem heutigen Mars wäre es bestenfalls schwierig. Als Soya geboren wurde, war es noch leichter.«

»Wie alt bist du?«, fragte Sunday.

»Fünfzig«, antwortete Soya. »Überrascht dich das?«

»Was sollte mich noch überraschen?«

»Eunice war nicht ihre Mutter«, erklärte Jonathan und bestätigte damit, was Soya gesagt hatte. »Es gab eine Frau, eine Ermittlerin. Sie hieß Lizbet. Sie hatte Zweifel an meinem Tod und ließ nicht locker, bis sie mich ausfindig gemacht hatte.«

»Ich habe nie von einer Ermittlung gehört«, sagte Sunday.

»Nachdem Lizbet meine Version der Geschichte gehört hatte, beschloss sie, damit nicht an die Öffentlichkeit zu gehen. Sie wurde meine Lebensgefährtin, und wir bekamen eine Tochter. Wir waren glücklich. Lizbet starb vor zwanzig Jahren.«

»Das tut mir leid«, sagten Sunday und Jitendra im Chor. Dann fuhr Sunday alleine fort: »Und wie lautet deine Version der Geschichte, Jonathan? Warum diese Geheimniskrämerei? Was hat Lizbet dazu gebracht, alles für sich zu behalten?«

»Ich weiß, warum deine Großmutter auf den Mars zurückkehrte. Meine Beisetzung bot ihr einen plausiblen Vorwand, aber sie hätte auch eine andere Möglichkeit gefunden. Sie hat sich länger als nötig auf Phobos aufgehalten. Was sie dort getrieben hat, weiß ich nicht, ich nehme jedoch an, es hat euch hierhergeführt, nicht wahr?«

Sunday wechselte einen Blick mit Jitendra, bevor sie antwortete. »Wir verfolgen seit ihrem Tod eine Spur. Es begann mit einer Unregelmäßigkeit in ihren privaten Bankunterlagen. Die führte uns von Afrika auf den Mond. Auf dem Mond fand mein Bruder etwas in einem Schließfach, das uns den Weg zum Pythagoras wies. Was wir im Pythagoras fanden, veranlasste mich, auf Phobos weiterzusuchen. Und von Phobos kam ich zum Evolvarium.«

»Und nun zu mir«, sagte Jonathan.

»Ich habe dich nicht gefunden«, verbesserte Sunday. »Sondern ihr mich. Soya wusste, dass ich auf dem Planeten war; deshalb hat sie mich in Crommelin angesprochen.«

»Es war nicht schwierig, dir zu folgen. Und der Zeitpunkt deiner Ankunft ließ nur einen Schluss zu. Du warst auf den Mars gekommen, um herauszufinden, was deine Großmutter hier vergraben hatte.«

»Das ist mir nicht gelungen«, sagte Sunday.

Jonathan stützte beide Hände auf die Knie und stand auf. »Hast du eine Vorstellung, wo du bist?«

»Irgendwo draußen in der Wildnis, nehme ich an. Ein Lager oder eine vermeintlich verlassene Station. Wahrscheinlich in der Nähe des Evolvariums, ich glaube nämlich nicht, dass wir in der letzten Nacht eine weite Strecke zurückgelegt haben.« Sie hütete sich, ihren Verdacht zu äußern, dass sie sich fortbewegten.

»Nicht in der Nähe«, verbesserte Jonathan und lächelte. »Mittendrin. Wir haben das Evolvarium nie verlassen.«

Erst viel später an diesem Tag kehrte die Erinnerung zurück, in zusammenhanglosen Bildern wie ein Traum, den man vergessen hatte, bis ihn eine zufällige Assoziation wieder ins Bewusstsein rief. Jitendra hatte es zuerst gesehen: ein Hügel, ein Geländemerkmal, das hier nichts zu suchen hatte. Sie hatten es entdeckt, als sie in ihrem provisorischen Unterstand darauf warteten, was die Nacht wohl bringen würde. Ein Hügel, der immer näher kam.

Das Aggregat.

Kein Hügel, sondern eine Maschine so groß wie ein Wolkenkratzer, die sich langsam durch das Evolvarium wühlte. Sunday erinnerte sich daran, was man ihr an Bord des *Überflieger*-Luftschiffs über das Aggregat erzählt hatte. Keine einzelne Maschine, sondern eine Maschinengesellschaft. Von Sichtern bis hinauf zu großen Räubern hatten sich Maschinen zu einer Organisation zusammengeschlossen, die von gegenseitigem Vertrauen und gegenseitiger Abhängigkeit geprägt war. Eine schallende Ohrfeige für die Grundgesetze des Evolvariums. Während die anderen Maschinen sich abmühten, aufeinanderprallten, Entwicklungen durchliefen und als Nebenprodukt ihres Überlebenskampfes neue Erfindungen für die Industrie produzierten, gab das Aggregat nichts zurück. Was immer es an Neuerungen hervorbrachte, behielt es für sich.

Es hatte ihnen einen Abgesandten entgegengeschickt. Die Erinnerung wurde begleitet vom Nachgeschmack der Angst, die sie beide da in ihrem Unterstand empfunden hatten. Der schwarz gepanzerte Abgesandte des Aggregats war groß wie der Rover, dessen Trümmer sie verwendet hatten, und huschte so flink dahin wie eine eiserne Ameise. Selbst wenn ihre Anzüge mit voller Leistung gearbeitet hätten, sie hätten ihm niemals entkommen können. Das augenlose Ungeheuer hatte die Wände ihres Unterstands weggerissen und beiseite geschleudert und sich angriffslustig über sie gebeugt. Sein Kopf war eine glatte Metallkugel, der Rumpf ein eingeschnürter Zylinder. Neben den kolbenförmigen schwarzen Beinen hatte es peitschende Ärmchen. Es hatte die beiden nicht allzu behutsam vom Boden aufgehoben, und dann hatte sich in seinem Unterleib eine rot erleuchtete Öffnung aufgetan.

Danach wusste Sunday nicht mehr viel.

Nun waren sie hier im Innern des Aggregats. Dafür hatten sie nicht allein Jonathan Bezas Aussage. Sunday schaute von weit oben wie eine Königin in ihrer Burg auf genau die Maschine hinab, von der sie angenommen hatte, sie wollte sie zerdrücken, um alles auszuschlachten, was wiederverwertbar war.

Ein kunterbuntes Sammelsurium. Für die Außenhülle des Aggregats waren Hunderte von Basisorganismen verschweißt oder verpresst worden, und das Innere war noch unendlich viel komplexer. Also kein Wolkenkratzer, das Wort hätte zu viel Symmetrie und Einheitlichkeit impliziert. Das Aggregat war eher mit einem Straßenzug mit unzähligen Gebäuden zu vergleichen, die zu verschiedenen Zeiten und Zwecken und nach unterschiedlichen ästhetischen Vorstellungen errichtet worden waren. Von der Form her kam es einer Pyramide nahe, breit und flach am Fuß, und in Stufen, Fialen und Stützpfeilern ansteigend zu einer Art von Spitze, nur völlig unharmonisch und ohne jede erkennbare Geometrie. Einige Maschinen ragten aus dem Hauptkomplex hervor wie Wasserspeier an einer Kathedrale. Andere mussten sich bis zur Unkenntlichkeit verändert haben, sodass es schwer zu unterscheiden war, wo die eine begann und die andere aufhörte, wie sie ursprünglich ausgesehen hatten und womit sie von einem Ort zum anderen gelangt waren. Von hier oben konnte Sunday nicht erkennen, wie das Aggregat seine gewaltigen Massen bewegte. Vermutlich ruhte das flache Fundament auf unzähligen Beinen und Füßen, die so aufeinander abgestimmt agierten, dass eine zumeist ruhige Fahrt entstand. Von unten wogte, aufgewirbelt von den unsichtbaren Mechanismen, unentwegt Staub auf.

»Niemand hat jemals erwähnt, dass dieser Koloss bewohnt ist«, sagte Sunday. Sie befanden sich mehr als hundert Meter über dem Boden in einer Kuppel mit vielen Fenstern.

»Das weiß auch niemand«, antwortete Jonathan. »Außer Soya und mir natürlich. Einige von den *Überfliegern* haben vielleicht einen Verdacht, aber vermuten und wissen sind zweierlei, und es ist sicherlich nichts, worüber man in guter Gesellschaft spricht. Von außen ist es nicht mit Sicherheit zu erkennen. Das Glas ist nur nach einer Richtung durchsichtig, und eine Maschine wie das Aggregat gibt so viel Abwärme und Chemikalien ab, dass sich die Signaturen von zwei menschlichen Bewohnern unmöglich herausfiltern lassen. Schon gar nicht, wenn das Aggregat nicht *will*, dass jemand von uns erfährt.«

»Ihr seid also seine Gefangenen?«, fragte Sunday. Aber das war nicht logisch. Soya konnte sich auf dem Mars frei bewegen und war sicherlich aus freien Stücken zurückgekommen.

»Nein«, sagte Jonathan. »Ich bin ein Client. Das Aggregat profitiert von einem menschlichen Berater. Und mehr bin ich eigentlich auch nicht: eine von vielen modularen Komponenten, auf die es bei Bedarf zurückgreifen kann. Ich kann hier mehr als angenehm leben, und gelegentliche Abwesenheiten werden geduldet.«

»Du kannst nach Belieben kommen und gehen?«

»Wir haben bestimmte Bedingungen vereinbart. Das Aggregat findet sich damit ab, weil es nicht will, dass ich Selbstmord begehe. Es versteht sich von selbst, dass ich mich nicht sehr weit entfernen kann – das ist einer der Nachteile, wenn man tot ist. Aber sein Gefangener bin ich nicht.«

»Das alles ist für mich nicht ganz leicht zu begreifen. Schließlich habe ich dich mein Leben lang für tot gehalten.«

»Leider gab es keine andere Möglichkeit. Soya konnte nicht mehr tun, als dich vor den Pans zu warnen. Für uns lag es auf der Hand, dass sie dich nicht so leicht mit der Beute ziehen lassen würden.«

»Sie wussten, dass sie planten, den Fund zu stehlen?«, fragte Jitendra.

»Nein, aber die Wahrscheinlichkeit war sehr hoch. In der *Überwachten Welt* hätten sie kaum Chancen gehabt, damit durchzukommen. Das Evolvarium lieferte ihnen dagegen das perfekte Umfeld für ein Verbrechen ohne Zeugen.«

»Ich war Zeuge«, sagte Sunday.

Jonathan verzog die Lippen zu einem schmalen Lächeln. »Du zählst nicht.«

»Das werden wir sehen. Wenn ich wieder auf der Erde bin, werden die Pans erfahren, dass ich immer noch eine Akinya bin und dass man sich die Finger verbrennt, wenn man uns betrügen will.«

»Ja …« Jonathan dehnte das Wort in die Länge. Sein Tonfall verriet deutlich, dass er von Sundays Behauptung nicht restlos überzeugt war. »Komisch, wie schnell du in die Herde zurück flüchten willst, wenn dich jemand ungerecht behandelt. Seit Jahren läufst du vor deiner Familie weg, doch sobald dir das Leben einen Knüppel zwischen die Beine wirft … stürzt du dich in die Arme des Familiensitzes und spielst wieder die brave kleine Akinya mit der ganzen Sippe im Rücken.«

Sunday tobte innerlich, aber sie schwieg.

»Ich nehme dir das nicht übel«, sagte Jonathan, wobei er genau den gegenteiligen Eindruck vermittelte, »aber es wäre äußerst unklug, die Pans zu unterschätzen. Sie sind nicht einfach eine Bewegung, die ein paar Schiffe und eine Handvoll Anhänger ihr Eigen nennt. Hinter der *Initiative* steht das ganze geopolitische Arsenal der Vereinigten Wasser-Nationen. Legst du dich mit ihnen an, dann hast du den halben Planeten gegen dich.«

»Du hast die Politik auf der Erde also verfolgt«, stellte Sunday missmutig fest.

»Ich mag tot sein, aber ich bin kein weltfremder Einsiedler.«

»Es war ohnehin alles umsonst«, seufzte Jitendra. »Wir haben keine Ahnung, was in dieser Kiste war, und wir können nicht einmal beweisen, dass die Pans sie uns gestohlen haben. Ohne Bestätigung von außen wird kein Gericht unsere Zeugenschaft anerkennen. Vielleicht können sie mit dem Inhalt dieser Kiste ohne Sundays umfassendes Wissen über Eunice gar nichts anfangen. Immer vorausgesetzt, der Inhalt hat sie überhaupt jemals interessiert. Möglicherweise wollten sie lediglich verhindern, dass wir ihn in die Hände bekommen. Das ist ihnen gelungen. Verlierer auf allen Seiten.«

»Die *Überflieger* waren sicher überrascht«, bemerkte Jonathan.

»Worüber?«, fragte Sunday gereizt. Sie hatte allmählich genug von dem Thema.

»Dass das Objekt nach so vielen Jahren noch unter der Erde lag. Haben sie nicht Zweifel geäußert, ob es noch da sein würde?«

»Dorcas hat sich gewundert, dass die Maschinen es nicht gefunden hatten«, bestätigte Jitendra. »Aber es war noch da.«

»Eigentlich nicht«, sagte Jonathan. »Lasst uns wieder hinuntergehen. Ich möchte euch etwas zeigen, das euch interessieren könnte.«

30

»Und ich dachte«, sagte Jumai, »ich würde vielleicht fürs Nichtstun bezahlt. Wie dumm von mir. Als ob es schon jemals so einfach gewesen wäre.«

»Es war nicht meine Absicht, überzogene Erwartungen zu wecken«, sagte Geoffrey.

Mit den Fingerspitzen zogen sie sich an den rauen Wänden entlang nebeneinander durch die Andockröhre.

»Aber sieh es doch einmal so«, fuhr er fort. »Du hast die Hoffnung, dass sich durch diesen Einsatz dein Ruf auf wundersame Weise vermehrt. Wie sollte das denn funktionieren, wenn alles ein Kinderspiel wäre?«

»Scheiß auf meinen Ruf. Im Moment hätte ich gegen ein Kinderspiel nichts einzuwenden.« Unmittelbar vor dem Andocken hatten sie sich an die Rotation des Habitats angepasst, doch auf dem Weg durch die Verbindungsröhre fühlte Geoffrey sich immer noch schwerelos, allerdings schien sich die Welt langsam um ihn zu drehen. Die Andockröhre war mit der Rotationsachse des *Winterpalasts* verbunden, deshalb musste er noch sehr viel weiter nach draußen, bevor so etwas wie normale Schwerkraft spüren konnte. Doch selbst ohne visuelle Anhaltspunkte war die Drehung nicht zu übersehen.

Sie trugen natürlich Raumanzüge: leichte, hypermoderne, eng anliegende Modelle aus der Bordausrüstung der *Quaynor*. Wie der Aquamobilisator in Tiamaat, so hatte sich auch Geoffreys Anzug selbsttätig angelegt, er hatte sich geöffnet, ihn von Kopf bis Fuß umhüllt und sich dann an einem Dutzend unwahrscheinlichen Stellen wieder geschlossen. Diese Nähte waren jetzt vollkommen unsichtbar und luftdicht. Seit Eunices antiker Mondhandschuh der letzte Schrei gewesen war, hatte die Technik gewaltige Fortschritte gemacht.

Mira Gilberts Mobilisator war nicht auf Schwerelosigkeit optimiert, und da ihnen die Station zunächst den ER-Zugang verweigerte, konnte Arethusa auch nicht in einen Stellvertreter chingen. Irgendjemand musste den *Palast* ohnehin physisch betreten, um Hector ausfindig zu machen, und so war Geoffrey froh, dass sie nur zu zweit waren. Arethusa würde wissen wollen, was sie gefunden hatten, und sie würde an Bord chingen, sobald das möglich wurde, aber im Moment mussten sich die Pans gedulden. Nicht einmal Eunice konnte ihm ins Handwerk pfuschen.

Sie hatten die Luftschleusen der *Quaynor* und des *Winterpalasts* ohne Zwischenfälle passiert, doch nun standen sie vor dem ersten Hindernis. Eine Innentür, gepanzert gegen Druckverlust, versperrte ihnen den Weg. Sie war rund und mit mächtigen schwarz-gelb gestreiften Streben strahlenförmig versteift. Die manuelle Steuerung funktionierte nicht, und um sie gewaltsam aufzubrechen, war die Tür auf jeden Fall zu massiv.

»Ich muss mir immer wieder in Erinnerung rufen, dass Hector nicht hier hereingekommen ist«, sagte Geoffrey. »Soweit wir wissen, wurde diese Tür seit Jahren nicht mehr geöffnet.«

»Gib mir eine Minute Zeit«, bat Jumai. »Ich habe Datenarchive geknackt, die seit einem Jahrhundert nicht mehr geöffnet worden waren. Das ist nur etwas zum Warmwerden.«

Jumai hatte die Zeit auf der *Quaynor* gut genutzt und alles in eine Reisetasche gepackt, was sie für nützlich hielt. Jetzt wühlte sie in den schwerelosen Gegenständen und schob Rollen mit darmähnlichen Datenkabeln und aufklebbare Sensorplättchen beiseite. Schließlich förderte sie ein klobiges schwarzes Plastikrechteck zutage. Sie presste es auf die Schalttafel neben der Tür und verband es über ein graues Kabel mit dem Unterarm ihres Anzugs.

Dann drückte sie auf eine Stelle an ihrem Unterarm, eine Platte sprang auf, und darunter kam eine überraschend große Tastatur mit Bildschirm zum Vorschein. Die Anzüge mochten modern sein, aber sie waren nach den Angaben der Pans hergestellt worden und hatten deshalb physisch zu bedienenende Anzeigen und Geräte zur Dateneingabe.

»Was hat das zu bedeuten?«, fragte Geoffrey vorsichtig, nachdem sie mehrere Minuten lang Tasten gedrückt und mit geschürzten Lippen vorbeiscrollende Zahlenkolonnen studiert hatte.

»Es bedeutet … wir sind drin.«

Sie drückte eine letzte Taste und zog das Klebeplättchen von der Schalttafel. Die Tür glitt beiseite und verschwand in einem Schlitz in der Wand. Die nackten Metallkanten hatten Spitzen wie ein Zahnrad.

»War es so einfach?«

»Noch einfacher, als es aussah. Ich wollte nur völlig sichergehen, dass hinter der Tür keine hässlichen Überraschungen wie Feuer, Vakuum oder Saringas lauerten.«

»Wir tragen doch Anzüge.«

»Ich gehe gern ganz sicher.« Jumai packte ihre Ausrüstung weg und verschloss die Tasche. »Bei dieser Arbeit bekommt man keine zweite Chance. Das habe ich in Lagos gelernt.«

Sie riefen die *Quaynor* an und meldeten, dass sie die Tür passierten. ER-Zugang hatten sie immer noch nicht, aber im

Moment kamen sie auch mit einer einfachen Funkverbindung zurecht.

»Wir haben eine Neunzig-Grad-Biegung erreicht«, berichtete Jumai. »Das ist der einzige Weg nach vorne. Sieht so aus, als führt er bis hinaus zur Hülle.«

»Das leuchtet ein«, sagte Geoffrey. »Die *Winterkönigin* füllt den mittleren Teil des Habitats aus, die Triebwerke und die Atmosphärenbremse würden uns den Weg versperren, wenn wir entlang der Rotationsachse vordringen wollten. Wir müssen nach oben, um vorwärts zu kommen. Hector wäre auf seiner Seite in die gleiche Sackgasse geraten.«

»Falls er überhaupt so weit gekommen ist«, sagte Jumai.

»Er war schon eine ganze Weile hier drin, bevor er um Hilfe rief.«

Sie bewegten sich durch den Radialschacht. Er war breit und mit vielen Griffen für Hände und Füße versehen. Anfangs konnten sie nicht feststellen, ob sie nach oben oder nach unten kletterten. Doch mit jedem Meter entfernten sie sich weiter von der Achse, die zentrifugale Schwerkraft wurde stärker und drängte sie noch weiter nach außen. Zunächst war es angenehm, so schwerelos zu schweben, doch ab einem gewissen Punkt kostete es mehr Anstrengung als erwartet, die Bewegung abzufangen. Genau in diesem Moment erklärte Geoffreys Innenohr mit aller Entschiedenheit, dass es in seinem lokalen Universum nun durchaus ein Oben und ein Unten gab und dass er kopfunter in einem Liftschacht über einem scheinbar bodenlosen Abgrund hing.

Schwindel erfasste ihn. Er hielt den Atem an und schloss die Augen.

»Ganz ruhig«, sagte Jumai.

Er zwang sich, die Augen wieder zu öffnen. »Es muss einen besseren Weg geben.«

»Wahrscheinlich, wenn wir durch die andere Schleuse gekommen wären. Sicher tun sich nicht viele Leute diese Tortur an. Andererseits, hat deine Großmutter viel Besuch empfangen?«

»Nein«, antwortete er und drehte sich ganz vorsichtig um, sodass die Schwerkraft in Richtung seiner Füße und nicht seines Kopfes wirken konnte. »Nur Memphis, und auch der kam nicht sehr oft.«

»Nimm eine Sprosse nach der anderen und schau nicht öfter nach unten als unbedingt nötig.«

»Wenn Hector verletzt ist, kriegen wir ihn niemals diesen Schacht hoch.«

»Wenn das der Fall ist, rufen wir die *Quaynor* zu Hilfe. Die können uns ein Seil herunterlassen oder mit den Schubdüsen des Schiffes die Drehung des Habitats ein wenig abbremsen.«

»Man könnte meinen, du hättest das schon tausendmal gemacht.«

»Es ist doch nichts anderes als ein Einbruch.« Im Geiste sah er, wie Jumai grinste. »Früher habe ich mir immer eingebildet, ich hätte etwas in meinem Gehirn, eine Entwicklungsstörung, die möglicherweise kriminelle Neigungen zur Folge hat. Wäre das nicht zauberhaft? Aber ich habe mich getäuscht. Die Scans wurden ausgewertet, und ich bin geradezu langweilig normal. Kein einziges Gehirnmodul am falschen Platz oder unterentwickelt. Ich habe einfach nur eine überdurchschnittlich stark ausgeprägte Fähigkeit, irgendwo einzubrechen.«

Geoffrey zwang sich seinerseits zu einem Lächeln. Er hatte Jumai vielleicht nicht aus Lagos weggeholt – sie hatte von sich aus gekündigt –, aber er konnte nicht leugnen, dass von seiner Seite eine ordentliche Portion Eigennutz im Spiel gewesen war. Wie auch immer, es war schön, dass sie in sein Leben zurückgekehrt war.

Mit der Zeit fand er trotz seiner Höhenangst beim Abstieg in einen stetigen Rhythmus hinein. Er achtete darauf, immer an drei Punkten mit der Wand in Kontakt zu bleiben. Der Anzug mochte ihn bei einem Sturz schützen, aber er war nicht scharf darauf, das auszuprobieren.

Als sie endlich »unten« angekommen waren, hatten sie – nach Angaben des Anzugs – insgesamt fünfundsiebzig Höhenmeter zurückgelegt. Die Schwerkraft betrug jetzt eine Ge, kleinere Abweichungen waren nicht von Belang, und da der *Winterpalast* lediglich einen Durchmesser von etwas mehr als einhundertfünfzig Metern hatte, mussten sie der Innenseite seiner Isolierung sehr nahe gekommen sein. In der Enge am Fuß des Schachts konnte Geoffrey nicht mehr als ein paar Schritte in jede Richtung gehen, bevor er vor einer Wand oder einer Tür stand. Die Schwerkraft fühlte sich überzeugend an, jedenfalls der Anstrengung und der Last auf seinen Gelenken nach zu urteilen, aber sein Innenohr behauptete immer noch, irgendetwas stimme nicht ganz.

Jumai war bereits mit der Tür beschäftigt, die den einzigen Zugang zum Rest des Habitats verschloss. Sie sah so ähnlich aus wie jene, durch die sie bereits gekommen waren, doch als es Jumai nach einigen Minuten noch immer nicht gelungen war, sie zu öffnen, vermutete Geoffrey, dass hier zusätzliche Sicherungen eingebaut waren.

»Glaubst du, auf der anderen Seite lauert irgendeine Gefahr?«, fragte er. Er wagte kaum, sie in ihrer Konzentration zu stören, konnte sich aber nicht beherrschen.

»Druck ist vorhanden«, sagte sie ruhig. »Und wenn diese Anzeigen nicht lügen, erwarten uns dort weder Nervengas noch eine Feuerwand. Das ist nicht das Problem.«

»Was dann?«

»Diese Tür steht mit der anderen oben im Schacht in Verbindung. Wenn ich einen Tag Zeit und mehr Instrumente hätte, als wir mitgebracht haben, könnte ich den Mechanismus vielleicht umgehen. Aber in diesem Moment und mit dieser

Ausrüstung kann ich uns nicht durch diese Tür bringen, ohne die andere zu schließen.«

»Und damit den Kontakt zur *Quaynor* zu unterbrechen.«

»Der Kandidat hat hundert Punkte.«

Geoffrey dachte lange über seine Antwort nach. Die Sache gefiel ihm nicht, und Jumai war sicher auch nicht angetan davon, aber sie hatten schon zu viel auf sich genommen, um jetzt umzukehren. »Warst du in Lagos oder an einer deiner anderen Arbeitsstellen jemals in einer solchen Situation?«

»Verrückte Frage, wenn sie an jemand anderen ginge, aber … ja. Ein- oder zweimal. Einige dieser Serverfarmen wurden von wahrhaft paranoiden Arschlöchern geplant.«

»Und du bist trotzdem durchgegangen?«

»Ich hatte schließlich einen Auftrag zu erfüllen.«

»Deine Einschätzung war damals also richtig. Du hast eine Entscheidung getroffen … und die hat sich ausgezahlt.«

»Sonst könnten wir dieses Gespräch nicht führen. Ich will nicht unbedingt behaupten, dass ich tot gewesen wäre, aber in diesem Beruf würde ich ganz bestimmt nicht mehr arbeiten.«

»Wenn das so ist, finde ich, solltest du die Tür öffnen.«

Jumais Hand schwebte über der ausklappbaren Tastatur an ihrem Unterarm. »Eines sollte ganz klar sein, mein Goldjunge. Es gibt keine Garantien. Ich weiß nicht, was uns auf der anderen Seite erwartet oder wie der Schließmechanismus von dort aus aussieht. Vielleicht können wir nicht mehr so leicht zurück, wie wir bis hierher gekommen sind.«

»Was sein muss, muss sein.«

Nachdem sie sich mit der *Quaynor* abgestimmt hatten, fragte Jumai: »Sind dir auf einmal Eier aus Stahl gewachsen?«

»Schätze, mir dämmert gerade, dass ich zu viele Brücken abgebrochen habe, um jetzt Bedenken zu bekommen.« Er schlug mit der Faust gegen den Brustpanzer seines Anzugs.

»Scheiß drauf! Ich bin Geoffrey Akinya. Das ist das Haus meiner Großmutter. Und ich habe jedes verdammte Recht, mir anzuschauen, wie es da drin aussieht.«

»Ganz richtig«, sagte Jumai.

Und drückte auf die Tasten.

31

Jonathan Beza zog schwungvoll wie ein Zauberkünstler die Decke weg und strahlte Sunday an, als hätte er seit Jahren auf diesen Augenblick gewartet.

Unter der Decke befand sich eine Kiste. Oberflächlich betrachtet sah sie ganz ähnlich aus wie die, welche Gribelins Stellvertreter am Vortag aus der Erde geholt hatte: die gleichen Abmessungen, die gleiche graue Metallverkleidung. Aber sie schien älter zu sein. Sunday konnte nicht genau sagen, woran das lag, sie wusste lediglich, dass sie etwas vor sich hatte, das vor langer Zeit verschlossen und vergraben worden war. Diese Dellen und Kratzer waren nicht von gestern.

»Ich verstehe nicht«, sagte sie.

»Eunice kam zu meiner Beisetzung«, sagte Jonathan. »Das ist bekannt. Aber sie kam nicht nur deshalb auf den Mars zurück. Ich bin ihr gefolgt.« Er zögerte und wandte den Blick ab, als schäme er sich. »Natürlich in gebührender Entfernung. Ich glaube nicht, dass sie Verdacht geschöpft hat. Es war nicht schwer, ihr auf den Fersen zu bleiben, und damals gab es das Evolvarium noch nicht. Ich spürte ihr bis zu ihrem alten Landeplatz in der Nähe des Pavonis Mons nach – der Fundstelle.«

»Du hast gesehen, wie sie die Kiste vergraben hat?«, fragte Sunday.

Er schüttelte entschieden den Kopf. »Nein – so nahe kam ich nicht heran, jedenfalls nicht, ohne dass sie mich bemerkt hätte. Als sie fort war, konnte mich allerdings nichts daran hindern, an den Landeplatz zurückzukehren. Ich ließ mir ein oder zwei Jahre Zeit, bis sich der Staub gelegt hatte. Im Innersten hatte ich leise Bedenken, das Ganze könnte eine Falle sein, um mich aus der Deckung zu locken.«

»Doch das war nicht so.«

»Nein.« Er schüttelte den Kopf. »So sehr es mich schmerzt, ich glaube, ich war der Letzte, an den sie damals dachte. Sogar meine Beisetzung … Es kam ihr gelegen, daran teilzunehmen, aber womöglich hatte sie schon andere Pläne …« Er brach ab. »Vielleicht solltest du die Kiste öffnen.«

»Wissen Sie, was drin ist?«, fragte Jitendra.

»Ja. Es ist völlig harmlos. Ich kann nur nichts damit anfangen.«

Sunday ließ die Riegel an der Seite der Kiste aufschnappen. »Ich verstehe es immer noch nicht«, sagte sie. »Die Kiste, die Dorcas gestohlen hat – wo kam die denn her?«

»Ach, das?« Jonathan tat so, als hätte er diese Kleinigkeit vergessen. »Die habe ich dort deponiert. Ich wusste, dass die echte Kiste jemand finden sollte, der zur Familie gehörte. Sechzig Jahre lang ist niemand gekommen. Dann wurde Eunices Tod bekannt gegeben, und keine vier Monate später taucht ihre Enkelin auf dem Mars auf.« Er legte die Finger an sein Kinn, als grüble er über ein schwieriges Problem nach. »Hm, da fragt man sich doch, ob zwischen diesen beiden Ereignissen womöglich ein Zusammenhang bestehen könnte.«

»Ich beobachtete für ihn, wie es weiterging«, fuhr Soya fort. »Als sich herausstellte, dass du ins Evolvarium wolltest, gab es keinen Zweifel mehr, dass du wegen der Kiste gekommen warst.«

»Während Soya im Crommelin mit dir Kontakt aufnahm«, fuhr Jonathan fort, »war ich da draußen und vergrub die falsche Kiste. Niemand hat mich dabei gesehen. Bei all den Maschinen, die dort herumschnüffeln, konnte sie allenfalls ein paar Wochen unentdeckt bleiben. Aber wir brauchten nur ein paar Tage, bis du von der anderen Seite des Mars an den Grabungsort kommen würdest.«

»Es war jedenfalls gut, dass ich dich vor den Pans gewarnt hatte«, sagte Soya. »Dadurch wusstest du sofort, was los war, als Dorcas dich bedrohte. Nach allem, was wir wissen, habt ihr eure Rollen ausgezeichnet gespielt. Dorcas schöpfte nie den leisesten Verdacht, dass sie übertölpelt werden könnte.«

»Sie hat die falsche Kiste gestohlen«, staunte Jitendra.

»Und dann hat sie euch im Evolvarium ausgesetzt«, fügte Soya hinzu. »Sie musste viele Zugeständnisse machen, um diesen Fang zu ergattern. Aber niemand wird eine Träne vergießen, wenn die anderen *Überflieger* die *Lady Disdain* in Fetzen reißen.«

Sunday war es endlich gelungen, die Schnappriegel zu öffnen. Sie hob den Deckel an. Die Angeln waren steif, ließen sich aber bewegen. Diesmal war sie nicht sicher, was sie erwartete. In der falschen Kiste war ein kleineres Kästchen gewesen, doch das hatte vielleicht nur den Zweck gehabt, die *Überflieger* aufzuhalten. In dieser Kiste fand sie eine dicke Schicht Verpackungsschaum, und an der Oberseite ragte etwas Rundes hervor.

»Nimm ihn nur heraus«, ermunterte Jonathan sie. »Er beißt nicht.«

Die Bemerkung wurde erst verständlich, als sie den antiken Raumhelm aus der Kiste hob. Selbst bei Marsschwerkraft erschien er ihr so schwer, als wäre er aus Eisen geschmiedet oder aus Marmor gemeißelt. Einen so uralten Helm hatte sie noch nie in Händen gehalten.

Aber gesehen hatte sie ihn schon.

Der Helm war bunt bemalt: gelbe, goldene und schwarze Striche, und um das Visier herum weiße und rote Flecken. Die Farbe war stellenweise abgeblättert, und darunter schaute das blanke Metall hervor, aber man sah dennoch, was das Ganze darstellen sollte: eine wilde Löwin mit blauen Augen, die das Maul um das Visier herum weit aufgerissen hatte.

»Senge Dongma«, sagte Sunday ehrfürchtig. »Die Löwenköpfige. Das ist Eunices echter Helm.«

»Ich wusste, du würdest ihn erkennen«, lächelte Jonathan.

Sunday unterdrückte das Eingeständnis, dass sie ohne das Konstrukt gar nichts erkannt hätte. »Ich habe auf Phobos ein Bild davon gesehen«, sagte sie. »Erst vor Kurzem. Hat er wirklich ihr gehört?«

»Sie hat ihn jedenfalls vergraben. Und seither habe ich ihn in meiner Obhut.«

Sunday drehte den Helm in den Händen hin und her wie einen Globus. Sie hielt die Geschichte zwischen ihren Fingern. Da sie selbst vor ihrer Familie geflüchtet war, hatte sie kaum jemals etwas in der Hand gehabt, was unmittelbar auf ihre Großmutter zurückzuführen war. Im Museum auf dem Familiensitz wäre dieser Helm eines der wertvollsten Stücke gewesen.

»War das alles?«, fragte sie. »War sonst nichts dabei?«

»Hattest du mehr erwartet?«, fragte Jonathan zurück.

»Es *ist* bloß ein Helm. Die anderen Dinge, die wir gefunden haben, waren Hinweise auf einen weiteren Grabungsort. Das ist hier nicht der Fall.«

»Bist du sicher?«, fragte er.

»Er führt mich lediglich bis zum Mars. Ich weiß, dass sie diesen Helm trug, als sie auf Phobos war, also hätte sie ihn mit zum Mars genommen, als sich der Staubsturm gelegt hatte. Aber auf dem Mars sind wir bereits. Von hier geht es nicht weiter.«

»Es sei denn, du übersiehst etwas«, sagte Jonathan.

»Es ist nicht einfach nur ein Helm«, schaltete sich Jitendra ein. »Ich meine, natürlich ist es ein Helm, aber das heißt nicht, dass es bloß ein Klumpen Metall und Plastik wäre. Da steckt Rechenleistung drin. Er muss Dinge gesehen und aufgezeichnet haben, während sie ihn trug.«

Sunday sah Jonathan an. »Hast du das untersucht?«

»Der Helm ist alt«, sagte Jonathan, »aber technisch noch vollkommen in Ordnung. Allerdings hat er keine eigene Energiequelle. Er funktioniert nur, wenn er über einen passenden Halsring mit einem Raumanzug verbunden wird.«

»Sag es ihr«, verlangte Soya.

Jonathan schenkte seiner Tochter ein nachsichtiges Lächeln. »Der dazugehörige Anzug könnte überall sein, falls er überhaupt noch existiert. Eunice hat an dieser Stelle nur den Helm vergraben. Aber man braucht nicht denselben Anzug, um den Helm zu aktivieren. Die beiden müssen lediglich zusammenpassen.«

»Ein alter Anzug müsste sich doch noch auftreiben lassen«, überlegte Jitendra.

»Dafür gibt es Antiquitätenmärkte«, sagte Soya mit leisem Stolz. »Ich habe sehr, sehr lange gesucht, und schließlich bin ich unweit von Lowell fündig geworden. Dieser Anzug ist jünger als der Helm, nicht älter als etwa siebzig Jahre, aber er hat die gleiche Kopplung.« Sie zog einen der Vorhänge beiseite. Ein altmodischer Raumanzug aus Kompositmaterial kam zum Vorschein, olivbraun und grau, voller Schadstellen und Reparaturflicken. Er war vom Halsring abwärts vollständig und hing an einem Ständer, der an das metallene Innengerüst des Aggregats geschraubt war. »Das Ding ist Schrott«, erklärte Soya. »Man würde ihm sein Leben nur anvertrauen, wenn es wirklich keinen anderen Ausweg mehr gäbe. Aber er kann den Helm aufladen.«

Die nächste Frage war naheliegend. »Hat ihn einer von euch anprobiert?«

»Alle beide«, antwortete Jonathan. »Er läuft auf einer einfachen Sphinxware, die ein paar Zugangsfragen stellt, und er spricht weder mit mir noch mit Soya. Aber vielleicht spricht er mit dir.«

Das Anlegen des muffigen alten Raumanzugs war für Sunday in keiner einzigen Phase ein Vergnügen. Der Anzug drückte an allen kritischen Stellen (er schien eher für ein dickes Kind als für eine erwachsene Frau gemacht zu sein), und da er siebzig Jahre alt war, leistete er auch keinerlei Hilfestellung beim Tragen. Ohne Unterstützung von Jitendra, Jonathan und Soya wäre sie in das grässliche alte Ding wohl nie hineingekommen. Außerdem hätte sie ohne die drei wahrscheinlich nicht die Geduld aufgebracht, es weiter zu versuchen. Jedes Mal, wenn ein Teilstück einrastete, verstärkte sich das Gefühl, gefangen und gelähmt zu sein.

Der Anzug funktionierte nicht, jedenfalls nicht so, wie man sich das gewöhnlich vorstellte. Die elektrische Bewegungsunterstützung war tot, deshalb musste Sunday ihre ganze Kraft und Entschlossenheit aufwenden, um ihm wenigstens ein paar Schritte abzutrotzen. Das Beste, was sie zustande brachte, war ein grauenvoll mumienhaftes Schlurfen, und das war so anstrengend, dass sie schnell erschöpft sein würde. Dabei konnte sie ohnehin nicht sehr weit laufen. Die Kühlung und die Luftumwälzung arbeiteten nur sehr eingeschränkt, deshalb war es im Inneren so heiß und stickig wie in einem Schlafsack. Eine integrierte Energieversorgung gab es nicht. Die Verbindung zum Aggregat musste über eine Art Nabelschnur hergestellt werden. Erst dann konnte der Anzug Strom in den Helm leiten, der aber eingerastet sein musste, bevor er starten und seine Aufgabe erfüllen konnte. Sunday fühlte sich reif für ihr eigenes Begräbnis. Der Luftumwälzer keuchte und pustete wie ein asthmatischer Hund. Schon jetzt leuchteten auf dem Head-up-Display an der Innenseite des Visiers rot unterlegte Warnanzeigen. Noch bevor der Helm vollends hochgefahren war, hatte er erkannt, dass er mit einer keineswegs sicheren Schrottkiste verbunden war, und davon war er nicht begeistert.

»Der aktuelle Nutzer wird nicht erkannt«, meldete der Helm auf Suaheli. In Sundays Ohren surrte es wie ein Wespenschwarm. »Bitte identifizieren Sie sich.«

Mit einer Bestimmtheit, die sie selbst überraschte, erklärte sie: »Ich bin Sunday Akinya.«

Der Helm verstummte für Sekunden, als würde er überlegen. »In welcher Beziehung stehen Sie zu Eunice Akinya?«

»Ich bin ihre Enkelin. Wegen dieses Helms bin ich auf den Mars gekommen. Bitte bestätige mir, dass ich das Recht habe, ihn zu tragen.«

»Was hat Sie auf den Mars geführt?«

Sie musste darüber nachdenken, denn sie ahnte, dass der Helm auf eine ganz bestimmte Antwort wartete. »Etwas, was ich auf Phobos gefunden habe«, sagte sie vorsichtig.

»Was haben Sie auf Phobos gefunden?«

»Ein Gemälde.« Sie holte tief Luft und spürte, wie ihr dabei der Schweiß auf die Stirn trat. »Ein Wandbild. Es hatte einen Fehler … eine Veränderung. Ursprünglich war da ein anderer Vogel zu sehen gewesen. Ein Kranich, vielleicht auch ein Ibis.«

»Was hat Sie nach Phobos geführt?«

Hatte sie die erste Prüfung bestanden, oder war sie durchgefallen und einfach zur nächsten Frage weitergesprungen? Der Anzug gab ihr keinen Hinweis. »Seiten aus einem Buch.« Sunday schluckte krampfhaft. »*Gullivers Reisen*. Darin wurde eindeutig auf die beiden Marsmonde verwiesen, und Eunice hatte sich nur auf Phobos jemals aufgehalten, deshalb musste das der richtige Mond sein.« Die Helmscheibe begann bereits zu beschlagen. Dahinter sah sie, wie Jitendra und die anderen sie mit lebhaftem Interesse beobachteten. Sie hielten sich bereit, ihr sofort zu Hilfe zu kommen, sollte das Lebenserhaltungssystem versagen, doch das machte das Gefühl, eingesperrt zu sein, auch nicht erträglicher. »Die Seiten habe ich auf dem Mond gefunden – dem Mond der Erde«, fügte sie hinzu. »Im Krater Pythagoras.«

»Was hat Sie zum Pythagoras geführt?«

»Ein Handschuh, den wir, ebenfalls auf dem Mond, in einem Schließfach fanden. Der Handschuh gehörte Eunice Akinya. In dem Handschuh waren … Edelsteine. Plastiksteine in drei verschiedenen Farben. Die Zahlen ergaben ein pythagoreisches Tripel. Da wir Eunices Geschichte kannten, waren wir imstande, eine bestimmte Absturzstelle im Krater zu ermitteln.« Sie fürchtete, gleich ohnmächtig zu werden. »Das ist alles, was ich weiß. Die Existenz des Schließfachs kam bei einer Überprüfung von Eunices Vermögensverhältnissen nach ihrem Tod zutage.«

»Was hatte die Farbe der Steine für eine Bedeutung?«

»Die Farben hatten … keinerlei Bedeutung.« Aber warum hätte der Helm danach fragen sollen, wenn die Antwort so simpel war? »Es mussten lediglich verschiedene Farben sein, damit wir die Steine auch richtig zählen konnten.«

Das hatte zumindest Jitendra gesagt – und sie war nur allzu bereit gewesen, seine Erklärung zu akzeptieren. Allerdings hatten die Steine in verschiedenen Fingern gesteckt, und sie hätten sie wohl kaum durcheinandergeworfen, nachdem sie bei der Untersuchung so viel Sorgfalt aufgewendet hatten.

»Sie haben nicht alle Sicherheitsfragen richtig beantwortet«, stellte der Helm fest. »Dennoch kann bestätigt werden, dass Sie über die erforderliche Berechtigung verfügen. Bitte warten Sie.«

»Bitte, worauf soll ich warten?«

»Bitte warten Sie.«

Jitendra musste selbst durch das beschlagene Glas die Zweifel in ihren Augen gesehen haben. Er brachte sein Gesicht dicht vor das Visier. »Was geht da drinnen vor?«, fragte er. Seine Stimme klang so dumpf, als wäre er mehrere Zimmer entfernt.

»Der Helm hat mir eine Menge Fragen gestellt!«, rief sie zurück. Davon wurde ihr noch schwindliger. »Mindestens eine davon habe ich falsch beantwortet, aber er akzeptiert mich trotzdem. Könnt ihr die Kühlung in dem Ding hochdrehen? Hier ist es wie in einem türkischen Bad.«

Jitendra und Jonathan sprachen miteinander. Soya nickte und verschwand seitlich aus Sundays Blickfeld. Gleich darauf spürte sie ein Klopfen und Schütteln. Soya machte sich am Rucksack des Anzugs zu schaffen.

Die Helmscheibe beschlug auch weiterhin, aber wenigstens wurde die Luft um eine Winzigkeit kühler. Sunday überlegte, ob sie die Augen schließen sollte, um dieses trübe Glas wenige Zentimeter vor Nase und Mund nicht mehr sehen zu müssen.

Dann lichtete sich der Nebel. Doch die Kondensation war kaum bis an die Ränder der Helmscheibe zurückgewichen, als das Glas schon wieder grau wurde. Sunday wollte gerade nach Jitendra rufen, als sie erkannte, dass dieses Grau nicht von der Feuchtigkeit kam; es war vielmehr das Head-up-Display, das ihr die Sicht nach vorne versperrte. Jetzt veränderte sich das Bild, und was sie vor sich sah, war nicht mehr der Raum im Inneren des Aggregats.

Sondern ein zerstörtes Flugzeug.

Es lag auf dem Rücken, die Flügel waren abgebrochen und lagen kreuzweise über dem Rumpf. Im Windschatten hatte sich Staub angesammelt. Die knochenweiße Maschine lag auf einem sanft abfallenden Bergrücken vor einem karamellfarbenen Horizont. Aus dem geplatzten Auge ihrer Cockpithaube rieselte ebenfalls Staub. Sunday dachte an ihren Bruder. War dies eine Schreckensvision? War die Cessna abgestürzt? Doch das war nicht Geoffreys Flugzeug.

Rechts von dem Wrack, hundert Schritte weiter den flachen Hang hinauf, war ein Komplex aus druckdichten Hütten zu erkennen. Die grauen Wellblechwände waren von den Staubstürmen so blankgescheuert worden, dass sie glänzten. Auch hier türmte sich im Windschatten der Staub. Eine Hammer-und-Sichel-Fahne war bis zur Unkenntlichkeit verblichen. Auf dem Dach der größten Hütte drehte sich ein Windmesser mit Schalen so groß wie Waschschüsseln.

Sundays Blick wanderte auf das Flugzeug zu. Ohne Vorwarnung kippte die Perspektive, als würde sie niederknien, um in die zerbrochene Cockpithaube zu spähen. Der Sitz war umgekippt, die Anschnallgurte waren geöffnet worden und hingen herab. Das Cockpit war leer.

Nun wanderte ihr Blick wieder ohne ihr Zutun weiter zu den Hütten. Die Bedeutung der Wetterstation und des zerschellten Flugzeugs war nicht misszuverstehen. Hier, an den Hängen des Pavonis Mons, war Eunice gelandet und hatte während eines besonders heftigen Sturms Schutz gesucht. Sie hatte das Flugzeug heil heruntergebracht, doch hinterher war es von den Winden aus der Verankerung gerissen, umgestürzt und wie ein Papierschiffchen zerdrückt worden.

Die Station und das Flugzeug waren nicht mehr da, doch die Dokumentation dieser Episode war der einzige Hinweis auf einen bestimmten Bereich im Umkreis des Mars-Vulkans. Das wusste Sunday bereits. Ohne diesen Zusammenhang vorher herzustellen, hätte sie den Helm nicht finden können.

Was also hatte Eunice nun mit ihr vor?

Metallstufen, die untersten im Staub vergraben, führten zur Luftschleuse in der größten der russischen Hütten. Die äußere Tür und ihr inneres Gegenstück standen offen. Sundays Perspektive glitt die Stufen hinauf.

Das Innere war unnatürlich hell erleuchtet. Wie in einem Traum waren die Naturgesetze und der gesunde Menschenverstand vorübergehend außer Kraft gesetzt. Das war nicht das Innere einer russischen Wetterstation auf dem Mars, sondern ein Anbau auf dem Familiensitz. Das Licht fiel schräg durch quadratische Fenster in dicken Mauern auf Möbel, die Sunday erkannte: Stühle und Tische, Teppiche und Gardinen, weiß gekalkte Wände. Auf den Tischen standen Ziergegenstände, Stäubchen hingen zitternd in der Luft. Anstelle einer Wand bauschten sich Seidengardinen. Diese Stoffbahnen hätten Sundays Blick auch angezogen, wenn sie die Perspektive des Anzugs hätte kontrollieren können.

Eine behandschuhte Hand erschien und teilte die Vorhänge. Sie ging hindurch.

Draußen war Afrika.

Es war gegen Abend, zu einer Jahreszeit, in der dicke Wolken am Himmel standen und im Sonnenschein in grellen Farben leuchteten: Lachsrosa, Karminrot, seltene Schattierungen von Rosenrot und Mandarin. Zwischen den Wolken waren unwahrscheinlich kobaltblau leuchtende Himmelsstreifen zu sehen. Die dunklen Schattenrisse der Bäume erinnerten an die Kulissen eines Puppentheaters.

Der Blick ging in die Runde. Der Kilimandscharo kam in Sicht, er war schneelos. Der Familiensitz, blaue Fliesen, weiß gestrichene Wände, die den Himmel in hundert verschiedenen Pastellkombinationen reflektierten. Ein Kranichschwarm wie in einem chinesischen Aquarell.

Eine Baumgruppe, solider und realer als die Silhouetten. Der Blick strebte diesem Unterschlupf zu. Und zu der Frau, die mit dem Rücken an einem der Bäume gesessen und im letzten Licht eines längst vergangenen Tages in einem Buch gelesen hatte. Nun stand sie auf, weder hastig, als hätte man sie gestört, noch so gemächlich, als hätte sie alle Zeit der Welt.

Einfach so, als wäre dies der vom Schicksal bestimmte Moment.

Sie stemmte eine Hand in die Hüfte. Mit der anderen drückte sie das Buch, in dem sie gelesen hatte, gegen den Oberschenkel. Sie trug Reithosen und Stiefel, die Ärmel ihrer weißen Bluse waren bis über die knochigen Ellbogen aufgerollt. Die Bluse hatte große Ähnlichkeit mit der, die Soya getragen hatte.

»Guten Abend, Sunday«, sagte die Frau.

»Woher wissen Sie meinen Namen?«, fragte Sunday. Womit hatte sie es da zu tun?

»Du hast ihn mir eben genannt, als du die Fragen des Helms beantwortet hast. Weißt du, was ich bin?«

»Nicht wirklich.«

»Als ich diesen Helm auf dem Mars vergraben habe, war er bereits vierzig Jahre alt. Ich hatte seine Systeme so weit aufgerüstet, wie es mir möglich war, aber ihre Leistungsfähigkeit blieb eingeschränkt. Du interagierst nicht mit Eunice selbst, sondern nur mit einem sehr einfachen Modell von ihr, das über eine begrenzte Palette von Reaktionen und eine sehr dürftige integrierte Wissensbasis verfügt. Du darfst es nicht mit mir verwechseln.«

»Das heißt … du selbst sprichst jetzt mit mir?«

»Dies ist eine interaktive Aufzeichnung, eine Botschaft an dich, wer immer du sein magst. Die Sphinxware hätte dich nicht eingelassen, wenn du nicht hättest beschreiben können, wie du bis hierher gelangt bist. Daher besteht eine hohe Wahrscheinlichkeit, dass du ein Mitglied der Familie bist oder ihr zumindest sehr nahestehst.«

»Du hast eben selbst festgestellt, dass ich dir gesagt habe, wer ich bin.«

»Richtig, und auf dieser Grundlage werden wir fortfahren.« Eunice – die Aufzeichnung – schaute auf das Buch nieder, in dem sie gelesen hatte. »Erstens hast du deine Sache gut gemacht, wenn du so weit gekommen bist. Das erforderte Findigkeit und Einfallsreichtum. Ich hoffe, es gab unterwegs keine besonders unangenehmen Erlebnisse?«

»Du hättest dir auf dem Mars eine bessere Stelle für deine Grabung aussuchen können.«

Eunices Blick wurde scharf. »Gab es Schwierigkeiten vor Ort?«

»Wir sind hier mitten im verdammten Evolvarium, Großmutter.«

»Ich habe keine Ahnung, wovon du sprichst. Evol … was? Bitte in knappen Worten.«

»Abgesehen von einem Minenfeld war das der schlimmste Ort auf dem Mars, den du finden konntest. Die ganze Gegend ist auf tausend Kilometer in jede Richtung eine Todeszone. Hier lässt man selbstreplizierende Maschinen ungehindert Amok laufen. Sie entwickeln sich über Generationen im Überlebenskampf weiter. Hin und wieder wirft der Evolutionsprozess irgendein Spielzeug ab, eine Idee oder ein Gerät, mit dem jemand von außerhalb Geld verdienen kann. Die Maschinen sind gefährlich, und die Menschen, die hier das Sagen haben, sehen es nicht gerne, wenn Außenstehende herumschnüffeln. Unser Führer wurde da draußen getötet, und Jitendra und ich sind nur um Haaresbreite dem Tod entronnen.«

»Das tut mir … leid.« Die Reue klang aufrichtig. »Ich wollte dich fordern, aber ich wollte nicht, dass du ernsthaft in Gefahr gerätst. Allerdings kann man mich nicht dafür verantwortlich machen, was aus dem Mars wurde, nachdem ich den Helm vergraben hatte.« Wieder dieser scharfe Blick. »Dennoch ist es seltsam. Ist dies der einzige derartige Ort auf dem Planeten?«

»Wie gesagt, du hättest dir keine ungünstigere Stelle aussuchen können.«

»Das ist sonderbar. Ich glaube nicht an Zufälle, Sunday. Nicht von dieser Art. Es muss eine Erklärung geben.«

»Dann heraus damit.«

»Ich weiß nur das, was ich weiß. Aber wie sollte mein kleines Abenteuer auf dem Pavonis dazu geführt haben?« Sie vermittelte sehr überzeugend den Eindruck, darüber nachzudenken, schlug das Buch wieder auf, blätterte darin und kratzte mit dem Fingernagel über das dünne Bibelpapier, obwohl ihre Augen nicht auf dem eng gedruckten Text ruhten. »Nachdem ich das Flugzeug verlor … aber nein.« Ein schnelles Kopfschütteln. »Das kann nicht sein.«

»Was kann nicht sein?«

»Ich musste Unterschlupf suchen, solange der Sturm tobte. Die russische Station war noch luftdicht, es gab Energie und die nötigsten Versorgungseinrichtungen. Aber ich konnte dort nicht ewig bleiben. Der Wind hatte das Flugzeug beschädigt, irgendwie musste ich wieder wegkommen.«

Sunday presste ein knappes »Weiter« heraus.

Als ob Eunice auf ihre Erlaubnis gewartet hätte.

»Die Russen hatten viele von ihren Geräten zurückgelassen, manches war noch teilweise funktionsfähig. Vor der Landung hatte ich eine Reihe von verlassenen Einrichtungen und Anlagen in der Gegend erkundet. Wenn ich etwas von dem Schrott – Batterien, Luftwäscher und dergleichen – bergen konnte, würde ich damit Lebenszeit gewinnen. Vielleicht konnte ich sogar das Flugzeug notdürftig reparieren. Aber ich konnte nicht hinaus. Mein Anzug war nicht sturmsicher, und außerdem war seine Reichweite begrenzt. Ich hätte nicht weit genug laufen können, um etwas zu erreichen.«

»Du stecktest also bis zum Hals in der Scheiße.«

»Bis ich die Roboter fand.« Eunice klappte das Buch wieder zu. »Die Russen hatten sie in einem der Lagerschuppen zurückgelassen. Kein Wunder – sie waren alt und langsam, und ihre Programmierung war hinüber. Aber ich stellte ja keine großen Ansprüche.« Ein rasches Lächeln, als schämte sie sich ihrer eigenen Findigkeit. »Ich habe sie zusammengeflickt und die Programmierung so gut wie möglich in Ordnung gebracht. Es dauerte zwar acht Tage, brachte mich aber auf andere Gedanken. Dann schickte ich sie mit maximaler Autonomie in verschiedene Richtungen los. Ich hatte ihnen befohlen, alles ausfindig zu machen, was potenziell zu gebrauchen wäre, und es zu mir zu bringen.«

»Das hat dann wohl geklappt.«

»Nein – Rettung kam früher, als ich erwartet hatte. Der Sturm legte sich, und meine Leute konnten mich rausholen. Die Roboter … an die dachte ich nicht mehr. Doch sie waren mit meiner zusammengestoppelten Programmierung immer noch da draußen unterwegs. Ich hatte sie befähigt, sich allein durchzuschlagen, im Notfall sollten sie sich kompetitiv verhalten. Glaubst du …?«

»Ob ich glaube, dass du aus Versehen das Evolvarium geschaffen hast? Ich würde sagen, ja, wenn dein Ego nicht jetzt schon kurz davor wäre, zur Supernova zu explodieren.«

Eunice verscheuchte eine Fliege von ihrer Stirn. »Ich habe genug mit Absicht erreicht, ohne mich mit Dingen aufzuhalten, die ich ungewollt ausgelöst habe. Dennoch bedauere ich aufrichtig, wenn die Komplikationen größer waren, als ich es vorhergesehen hatte. Immerhin hat es den Anschein, als hättest du allen Widrigkeiten getrotzt. Glückwunsch, Sunday. Du hast dich sehr gut gehalten.«

»Mein Bruder und ich haben die Last gemeinsam getragen.«

»Heißt das, du hast die volle Autorität der Familie im Rücken?«

»So weit würde ich nicht gehen, nein.«

»Damit hatte ich auch nie gerechnet. Wichtig ist, dass du genügend Verständnis und Entschlossenheit bewiesen hast, um bis hierher zu kommen.« Eunice hob den Kopf und betrachtete die Sonne. »Meine innere Uhr sagt mir, dass mehr als sechzig Jahre vergangen sind, seit ich den Helm vergraben habe. Ist das wirklich der Fall?«

»Ja«, bestätigte Sunday. »Du bist vor Kurzem gestorben, und ich bin hier, weil unmittelbar nach deinem Tod auf dem Familiensitz deine Vermögensverhältnisse überprüft wurden.«

»Das ist eine lange Zeit. Wie lief es, während ich weg war?«

»Mit der Familie?«

»Ich meine insgesamt. Die Welt, das Fleisch und der Teufel. Wir, die Menschheit. Haben wir es vermieden, alles vor die Wand zu fahren?«

»Ich bin hier«, sagte Sunday. »Das müsste deine Frage beantworten.«

»Ich wurde 2030 geboren«, erzählte Eunice. »Man sagte mir, das wäre die beste und zugleich die schlimmste Zeit gewesen. Mir erschien die Welt ganz normal. Ob man mit Hunger im Bauch oder mit dem silbernen Löffel im Mund zur Welt kommt – man nimmt es eben, wie es ist, nicht wahr? Man kennt es nicht anders. Erst später begriff ich, wie unglaublich viel Glück ich gehabt hatte. Zum einen war ich als Afrikanerin geboren worden, am richtigen Ort zur richtigen Zeit. Meine Mutter und mein Vater ermahnten uns immer wieder, aus allem das Beste zu machen, und das taten wir. Die Welt hatte natürlich noch einiges aufzuholen. Während ich heranwuchs, wurden auf der Erde die letzten Kriege geführt. Ich war nie direkt davon betroffen, aber niemand konnte sich ihrem Einfluss vollends entziehen. Bitte bestätige mir, dass es die letzten Kriege waren. Ich könnte es nicht ertragen, wenn wir in die schlechten alten Sitten zurückgefallen wären.«

»Es hat keine weiteren Kriege gegeben, was aber nicht heißt, dass auf der Erde alles perfekt wäre. Ich ärgere meinen Bruder oft genug damit. Es gibt immer noch die Polizei, das Militär und die Friedenstruppen, gelegentlich auch einen Grenzzwischenfall. Aber es ist nicht mehr so wie früher.«

»Die Versorgungs- und Migrationskrise hat uns erwachsen werden lassen«, sagte Eunice. »Fast die ganze Menschheitsgeschichte lang haben wir uns aufgeführt wie ein Haus voll streitender Kinder. Dann brannte das Haus ab. Wenn wir nicht mit ihm verbrennen wollten, mussten wir sehr schnell groß werden.«

»Wir sind es geworden.«

»Wie geht es da draußen jetzt zu? Bist du weit im System herumgekommen?«

»Eigentlich nicht. Ich wurde auf der Erde geboren, aber seit ich erwachsen bin, lebe ich meistens auf dem Mond. Hier befinde ich mich zum ersten Mal auf einer anderen Welt.«

»Du hattest die Mittel nicht?«

»Es ist … kompliziert.« Sunday nickte zu dem Buch hin, das ihre Gesprächspartnerin in Händen hielt. »Ist das *Gullivers Reisen*?«

Eunice warf einen flüchtigen Blick auf den Titel. »*Finnegans Wake*«, sagte sie. »Swift las ich gerne, als ich noch klein war. Vielleicht hat mich *Gulliver* zur Entdeckerin gemacht. Das hier ist … dichter. Ich bin noch nicht bis auf den Grund gekommen.« Sie schlug willkürlich eine Seite auf und sah stirnrunzelnd auf den Text. »Wer war Muster Mark? Was könnte er wohl mit drei Quarks gewollt haben?«

»Ich weiß es nicht.« Sunday hätte den Anzug jetzt gern wieder verlassen. »Was soll das alles, Eunice? Warum hast du den Helm vergraben? Warum stellst du mir diese Fragen?«

»Du hast mich enttäuscht, Sunday. So viel von der Welt ist für dich zum Greifen nahe, und du hast kaum etwas davon gesehen. Ich dachte, die Wanderlust läge uns im Blut. Ich dachte, sie sei das Feuer, das uns zu Akinyas macht.«

»Du hast alles gesehen, und dann bist du als traurige alte Frau zurückgekommen, der nur noch an Geld und Macht gelegen war und die uns alle beherrschen wollte. Könnte man da nicht meinen, alle diese Entdeckungsreisen seien im Grunde Zeitverschwendung gewesen?«

»Das wäre so, wenn sie mich nicht verändert hätten.« Der Ledereinband knarrte vorwurfsvoll, als sie das Buch zuklappte. »Ich habe wunderbare Dinge erlebt, Sunday. Ich habe vom Rand des Systems zurückgeschaut und diesen Planeten, diese Erde, als winzigen hellblauen Punkt gesehen. Ich weiß, wie sich das anfühlt. Sich vorzustellen, dass wir von diesem Punkt kommen, dass wir uns dort aus Chaos und Dreck entwickelt haben … dass Afrika nur ein Teil dieses Punktes ist und dass in dem Punkt nicht bloß Afrika, sondern all die anderen Kontinente, die Ozeane und Polarkappen enthalten sind … unter dem Kuss einer Atmosphäre, die wie Morgentau bald in der Tageshitze verdunsten wird. Ich weiß auch, wie es ist, wenn man davon träumt, noch weiter zu reisen. Diesen unglaublichen, gefährlichen Gedanken wenn auch bloß für einen Moment in seinem Kopf zu haben. Zu denken: Und wenn ich nun nicht mehr nach Hause zurückkehre? Wenn ich einfach weiterreise? Wenn ich zusehe, wie dieser hellblaue Punkt sich immer mehr entfernt, bis ihn die Finsternis verschlingt und es kein Zurück mehr gibt? Bis die Erde nur noch eine blaue Erinnerung ist?«

Sunday spürte eine überwältigende Verachtung. »Den Mut dazu hast du nicht aufgebracht.«

»Mag sein«, gab Eunice nachsichtig zurück. »Aber wenigstens habe ich am Rand dieser Klippe gestanden und überlegt, ob ich springen soll.«

»Ich bin zum Mars gereist. Ist dir das nicht Abenteuer genug?«

»Du hast nur winzige Schrittchen gemacht, mein Kind. Aber an deiner Entschlossenheit habe ich nichts auszusetzen. Immerhin hast du mich gefunden.«

»Richtig. Und wohin hat mich das geführt?«

»Hierher. Und ich bin noch nicht fertig mit dir. Noch lange nicht. Nun gilt es eine Entscheidung zu treffen, eine sehr schwierige Entscheidung, und ich muss ehrlicherweise zugeben, dass meine geistige Kapazität dafür einfach nicht ausreicht.«

»Aus deinem Mund klingt das ungewohnt bescheiden.«

»Oh, ich rede nicht von *mir.* Ich rede von dem, was aus mir geworden ist: ein Bündel lärmender Routinen in einem hundert Jahre alten Raumhelm. Das wird nicht genug sein, wenn so viel auf dem Spiel steht. Deshalb will ich die Sache in deine Hände legen. Kehre zurück in den lunaren Raum und flieg zum *Winterpalast*, falls er noch da ist.«

»Das ist er.«

»Wenn es dir gelungen ist, den Helm zu finden, dann kommst du auch an der Sphinxware vorbei, die den *Palast* bewacht. Und wenn du tatsächlich eine Akinya bist … dann ergibt sich alles Übrige von selbst.« Sie hielt inne. »An einem gewissen Punkt wird dir eine weitere Sphinxware Fragen stellen. Von deiner Antwort wird alles abhängen. Aber ich kann dir nicht sagen, wie sie lauten soll. Ich war schließlich sechzig Jahre lang im Marsboden vergraben.«

»Und das soll hilfreich sein? Inwiefern?«

Die Augen blitzten. »Gefahr erkannt, Gefahr gebannt.«

»Danke.« Sunday tränkte das Wort mit allem Sarkasmus, den sie aufbringen konnte.

»Ich wünschte, ich könnte dir mehr sagen. Tatsache ist jedoch, dass ich nur so viel weiß, wie ich hier und jetzt wissen muss. Aber ich vertraue auf dich, Sunday Akinya, auch wenn ich nicht sicher sein kann, ob das wirklich klug ist.«

»Du hast mir gesagt, du bist nur ein Haufen Routinen, die man in einen Helm gestopft hat. Woher willst du wissen, ob ich der Aufgabe gewachsen bin?«

»Weil du mich an mich selbst erinnerst«, sagte Eunice.

»Du meinst, ich soll mir meine eigene gottgleiche Selbstherrlichkeit in den Hintern stecken?«

»Das wäre ein Schritt in die richtige Richtung.«

Sunday war froh, wieder Luft zu bekommen, und atmete in tiefen Zügen. Ihre Kleider waren von Schweiß durchtränkt und klebten ihr am Körper, als man sie aus dem Anzug schälte.

»Hoffentlich war das nicht zu traumatisch.« Jonathan drückte ihr ein Glas Wasser in die feuchte Hand.

»Du hattest den Helm die ganze Zeit und hast in sechzig Jahren keinen Weg gefunden, die Sphinxware zu knacken?« Sunday leerte das Glas in einem Zug. »Auch wenn du es nicht selbst konntest, hätte sich doch sicher jemand anderer finden lassen.«

»Vielleicht hätte es eine Möglichkeit gegeben«, räumte Jonathan ein, »aber wäre es das Risiko wert gewesen? Wenn der Helm spürte, dass er gehackt wurde, hätte er womöglich seinen Inhalt gelöscht. Außerdem war mein Interesse nicht allzu groß.«

»Das kann ich nicht glauben.«

»Vergiss nicht, ich war der Mann, mit dem sich deine Großmutter langweilte. Sie hatte den Mars satt, während ich gern bereit war, hier Wurzeln zu schlagen. Der Helm stammte aus jenem anderen Teil ihres Lebens, mit dem ich nichts zu tun hatte.«

Soya tupfte Sunday mit einem Tuch die Stirn ab.

»Warum hast du ihn dann ausgegraben?«, fragte Sunday.

»Ich wollte sicherstellen, dass er in die richtigen Hände kam. Wenn ich mich dazu als Kurator betätigen musste, schön. Sonst hätten ihn die Maschinen schon vor Jahrzehnten recycelt.«

»Daran ist nichts auszusetzen«, bemerkte Soya.

»Richtig, ich bin mir nur nicht sicher, was er oder ich erreicht haben. Sicher, in dem Helm war eine Botschaft von Eunice, und ich habe einiges erfahren. Aber Antworten? Sie hat mich mit unverständlichem Gewäsch vollgelabert, wonach irgendetwas Segen oder Fluch sei. Wobei sie sich nicht entscheiden konnte. Davon abgesehen soll ich den *Winterpalast* aufsuchen, also wieder dahin zurückkehren, wo ich angefangen habe.«

»Sie hat dich bis zum Mars gejagt … um dir zu sagen, dass die Antwort vor deiner Haustür liegt?«, fragte Jitendra.

»Ich weiß nicht, was sie mir sagen wollte.« Sunday nahm ein zweites Glas Wasser von Jonathan entgegen. Sie fühlte sich allmählich wieder wie ein Mensch, abgesehen von den diversen schmerzenden Stellen, wo der Anzug gedrückt hatte. »Eine Weile ging es auch darum, wie es ist, von ganz draußen zurückzuschauen auf die Erde.« Sie hielt inne und meinte skeptisch: »Vielleicht kann mir der Helm ja noch mehr erzählen.«

»Du willst noch einmal in dieses Ding hineinkriechen?«, fragte Jitendra. Sie fand seine Sorge um ihr Wohlergehen in diesem Moment besonders rührend.

»Wenn wir wieder ER-Zugang haben, kann das Konstrukt vielleicht einen Weg hineinfinden, ohne dass die Sphinxware eine Selbstlöschung veranlasst. Aber dazu müssen wir das Evolvarium verlassen. Sie hält es übrigens für möglich, dass sie diesen Ort geschaffen hat. Versehentlich!«

»Sie war tatsächlich hier«, nickte Jitendra. »Das kann niemand bestreiten. Und wenn das alles vorüber ist, muss sich wirklich einmal jemand damit beschäftigen, wie das Evolvarium angefangen hat. Vielleicht tue ich das.«

»Damit wirst du einigen Leuten auf die Füße treten«, prophezeite Soya.

»Gut. Dafür wird es auch Zeit.«

»Ich fürchte, das wird noch etwas warten müssen«, bedauerte Sunday. »Ich muss ganz dringend eine Nachricht an

Geoffrey absetzen. Selbst wenn ich den Mars sofort verließe, bräuchte ich immer noch mehr als einen Monat, um nach Hause zu kommen. Das ist zu lange. Einer von uns muss sich im *Winterpalast* umsehen, bevor Hector oder Lucas auf die gleiche Idee kommen.«

»Wir können morgen früh in Vishniac sein«, sagte Soya.

»Du willst das Evolvarium bei Nacht durchqueren?«

»Wenn man an den richtigen Stellen Freunde hat, ist es nicht ganz so gefährlich.« In Jonathans Augen war ein Funkeln, das zu einem Mann seines Alters nicht so recht passte. »Du kannst Soya vertrauen – sie bringt euch wohlbehalten zurück. Aber eines musst du mir versprechen – dies wird nicht das letzte Mal sein, dass wir miteinander reden.«

»Wir haben noch kaum angefangen«, entgegnete Sunday.

»Sie können sich darauf verlassen«, beteuerte Jitendra. »Selbst wenn sie fernbleibt, ich komme wieder. Ich meine es ernst damit, gewissen Leuten auf die Füße zu treten. Und ich habe das Gefühl, dass Sie und ich eine Menge Gesprächsstoff hätten.«

»Das scheint mir auch so«, bestätigte Jonathan. Dann runzelte er die Stirn und wandte sich wieder an Sunday: »Was du da eben sagtest, von wegen Gewäsch und volllabern?«

»Was ist damit?«, fragte Sunday.

»Bitte sei mir nicht böse, aber du hast dich dabei genauso angehört wie deine Großmutter.«

32

Die Akustikübertragung des Raumanzugs ermöglichte es Geoffrey, seine eigenen Schritte zu hören. Der Klang war anders geworden, jedes Mal, wenn sein Fuß den Boden berührte, erzeugte er ein deutlich metallisches Echo. Hinter der offenen Tür war alles dunkel gewesen, und es wurde auch nicht heller, als sie auf der anderen Seite von der *Quaynor* abgeschnitten waren. Er kam sich vor wie im Frachtraum eines Schiffs: ein riesiger fensterloser Hohlraum mit Wänden aus Metall.

»Die Helme haben einen eingebauten Bildverstärker«, sagte Jumai leise, als wollte sie es vermeiden, irgendwelche Gespenster zu wecken. »Subvokalisiere Vergrößerung und sieh es dir selbst an.«

Jumai war nie mehr als eine Armeslänge entfernt, ihre Gestalt war in Umrissen auf dem Helmdisplay zu erkennen. Geoffrey nahm ihren Vorschlag auf und subvokalisierte den Befehl, ein lichtverstärkendes Overlay zuzuschalten. Graugrüne Linien rasten von ihm weg, in einer Richtung gebogen, in der anderen gerade wie ein Pfeil. Er drehte sich ein Stück weit um die eigene Achse. Jumai manifestierte als grell-weißer Fleck. Hinter ihr stieg der Boden in einem weiten, allmählich steiler werdenden Bogen an, der schließlich über ihn hinweg und hinter ihm wieder nach unten führen würde. Im rechten Winkel zur Krümmungsrichtung war der Boden bis zur zweiten Endkappe gerade. So weit sehen konnte er nicht. Dazu war das Licht zu schwach.

»Etwas stimmt hier nicht«, sagte er und schüttelte unter dem Helm den Kopf. »Es müsste anders aussehen.«

»Willst du mir vielleicht verraten, was du erwartet hast?«

»Ich war noch nie hier«, sagte Geoffrey, »aber dieser Bereich ist mir sehr vertraut – von hier hat sie immer mit uns geredet und eine ihrer Predigten vom Stapel gelassen.« Er kämpfte mit den Worten. »Das war nicht nur eine leere Hülle. Hier war alles voller Bäume, grün und hell. Es war ein Dschungel. Es gab Pflanzen, Rabatten, Wege und Treppen. Es hat *geregnet*. Das Ganze müsste funktionieren wie ein geschlossenes Ökosystem.«

»Sieht eher aus wie ein großer Raum mit nichts drin«, entgegnete Jumai.

»Arethusa war hier. Sie hat nicht lange vor Eunices Tod an Bord gechingt. Wenn etwas anders gewesen wäre, hätte sie es bemerkt und es mir gegenüber erwähnt.«

Jumai hatte die Hände in die Hüften gestemmt und schaute in Richtung der Zentralachse nach oben. »Immerhin ist ein Schiff da. Das *ist* doch ein Schiff?«

»Ich denke schon.« Sicher war er nicht. Es war etwa fünfundsiebzig Meter entfernt. Geoffrey sah nur eine strukturierte schwarze Säule, die von einer Seite des Raumes zur anderen reichte. »Wir brauchen mehr Licht«, sagte er kategorisch. »Gibt es in dem Helm irgendwo einen Scheinwerfer? Es wundert mich, dass er sich nicht automatisch zugeschaltet hat.«

»Vielleicht möchte man das in gewissen Situationen lieber nicht. Warte mal.« Jumai tastete an der Oberseite ihres Helmes herum. »Ich glaube, ich habe beim Anlegen der Anzüge etwas dergleichen gesehen. Notfalls habe ich ein paar Leuchtraketen in meinem Werkzeugkasten.«

An ihrem Helm flammte Licht auf. Sie richtete den blauweißen Strahl auf die Zentralachse. Nun wurden Details der *Winterkönigin* sichtbar. Für Geoffrey machte die Welt einen kleinen Ruck in Richtung Normalität, wenn auch nur für wenige klare Momente. Der verschwundene Dschungel erschütterte ihn noch immer. Selbst wenn die Luft in diesem Raum durch reinen Sauerstoff ersetzt worden wäre und der Dschungel sich entzündet hätte, müsste immer noch Asche vorhanden sein. Aber es waren auch keinerlei Brandspuren zu sehen. Der Boden unter seinen Füßen hatte den vollkommen antiseptischen Glanz eines Ausstellungsraums für Airpods.

Immerhin war das Schiff real. Inzwischen hatte er seine eigene Helmlampe eingeschaltet und ließ den Strahl über den Teil der *Winterkönigin* gleiten, der ihm am nächsten war. Das Forschungsraumschiff war einen Kilometer lang, und ein Teil davon war in den Endkappen verborgen, doch von hier aus konnte er allenfalls ein Fünftel des Ganzen sehen. Die Anatomie war jedoch unverkennbar, von den Treibstofftanks über ihm bis zu dem filigranen Rückgrat mit den komplexen Verzweigungen und den fraktal gefalteten Radiatorflügeln.

Dieses Schiff hatte er tausendmal in zahllosen Werken über die Familiengeschichte gesehen. Alles schien an seinem Platz zu sein. Nur war es nicht der modrige, rostige, von Bäumen umschlossene Schrotthaufen, den er erwartet hatte. Die *Winterkönigin* war nicht mit feuchtem Grün bewachsen, und Geoffrey entdeckte weder Solarlampen noch ein Bewässerungssystem. Auch führten keine Wendeltreppen nach oben und durch die Hülle ins Innere. Dieses Schiff sah nicht so aus, als säße es seit Jahrzehnten hier fest.

Es war funkelnagelneu und wunderschön.

»Das reicht mir jetzt«, sagte Jumai. Die leuchtende Gestalt

bückte sich, holte einen Gegenstand aus der Tasche, die sie vor ihre Füße hatte fallen lassen, und stellte etwas damit an. Mit einem Mal wurde es strahlend hell.

Sie warf die kleine Lichtkugel auf den Boden, wo sie ein paarmal aufhüpfte und dann wie von selbst zielstrebig weiterrollte, bis sie nach zwei- oder dreihundert Metern zum Stillstand kam.

Jumai ließ eine zweite Leuchtrakete folgen.

Die beiden Kugeln erhellten den ganzen Raum. Geoffrey kniff die Lider zusammen, bis seine Augen ihre Empfindlichkeit gedämpft hatten. Sein Verdacht bestätigte sich. Das Schiff wirkte so jungfräulich wie seine Umgebung. Die beiden gegenläufigen Zentrifugenarme, einhundertachtzig Meter von einer Spitze zur anderen, drehten sich immer noch mit einem Geräusch wie die Rotoren einer Windturbine. Die kapselförmigen Wohnmodule an den Enden der Arme glitten mit nur etwa einem Meter Abstand am Boden vorbei.

»Warum drehen sie sich?«, fragte Geoffrey. »Hier herrscht doch bereits Schwerkraft.«

Jumai betrachtete die Schwingarme. »Wie schnell rotieren wir?«

Geoffrey rief sich in Erinnerung, was er beim Anflug mitbekommen hatte. »Ungefähr drei Mal pro Minute.«

»Das heißt, sie schwingen nicht schnell genug, um die Rotation des Habitats aufzuheben. Ich dachte, vielleicht hätte sich jemand aus welchem Grund auch immer große Mühe gegeben, wieder für Schwerelosigkeit zu sorgen. Aber das ist es nicht. Diese Arme vollenden in Bezug auf uns höchstens einmal alle zwei Minuten einen Umlauf.«

»Dann muss es ein Systemfehler sein«, sagte Geoffrey. »Irgendwo ist eine Sicherung durchgebrannt, und die Arme haben sich wieder in Bewegung gesetzt. Vielleicht geht es auch nur darum, die Luft umzuwälzen, eine Art von Gottes eigenem Deckenventilator.«

Jumai kratzte sich an der Rückseite ihres Helms, als ob es sie juckte. »Die Luft ist atembar. Dafür hat jemand gesorgt. Aber allmählich frage ich mich, ob das jemals ausprobiert wurde.«

»Memphis hätte sie geatmet.«

»Falls er bis hierher gekommen ist. Und wenn … nun, er hat dich angelogen, nicht wahr? Und wie.«

Geoffrey wollte diesen Gedanken nicht unbedingt zu Ende verfolgen. »Ich sehe etwas«, sagte er. »Hoch über uns, unter der Bahn der Zentrifugenarme.« Er streckte die Hand aus, und nun entdeckte auch Jumai eine undefinierbare Gestalt, die wie eine zerquetschte Fliege an der Decke klebte.

»Das muss Hector sein.«

»Er bewegt sich nicht.« Irgendwo musste es in diesem Anzug eine Möglichkeit geben, das Sichtfeld hinter der Helmscheibe heranzuzoomen, doch Geoffrey war zu ungeduldig, um danach zu suchen. »Weiß er überhaupt, dass wir hier sind? Es gibt keinen ER-Zugang, aber die Verbindung zwischen den Anzügen ist noch gut …« Er wollte nicht aussprechen, dass Hector womöglich tot war, auch wenn es im Moment ganz danach aussah.

Jumai ergriff ihre Tasche und fiel in einen erstaunlich lockeren Laufschritt. Der Anzug setzte ihre Absichten mühelos um. Geoffrey folgte ihr. Er wollte seinen Cousin erreichen, gleichzeitig fürchtete er sich davor, was sie finden würden. Wer oder was Hector verletzt hatte, konnte immer noch da sein. Aber wo sollte sich in dieser riesigen Leere jemand verbergen? Wenn sich Hectors Angreifer nicht hinter die Wand vor der vorderen Endkappe zurückgezogen hatte, wäre das Schiff selbst das einzig mögliche Versteck.

Die Vorstellung behagte ihm gar nicht.

Obwohl er sich entgegen der Rotation des Habitats bewegte, konnte Geoffrey nicht feststellen, dass sich sein Gewicht merklich veränderte. Sie liefen schräg nach oben, Jumai warf unterwegs noch eine weitere Leuchtrakete und wurde langsamer, als sie noch etwa hundert Meter von der Gestalt im Raumanzug entfernt waren. Die Zentrifugenarme drehten sich nach wie vor, und aus der Nähe war jedes Mal, wenn eine der Kapseln an ihnen vorbeifegte, ein deutlicher Luftzug zu spüren. Die Geschwindigkeit in Bezug zum Boden war nicht sonderlich hoch, kaum schneller, als ein Mensch laufen konnte. Dennoch hatte Geoffrey den Eindruck einer gewaltigen und gefährlichen Dynamik.

Hector – Wer sollte es sonst sein? – lag mit gespreizten Armen und Beinen reglos auf dem Rücken und starrte hinauf zur Zentralachse und zur *Winterkönigin*. Neben ihm lag eine rechteckige weiße Kiste, die aussah wie ein großer Erste-Hilfe-Kasten. Blutrot leuchtende Adern durchliefen die mattschwarzen Gliedmaßen des Anzugs und begrenzten Brustpanzer und Helm. Über dem Schultergelenk des ihnen zugewandten Arms glühte das Logo von *Akinya Space*.

Geoffrey näherte sich der Gestalt, ohne die Zentrifugenarme aus den Augen zu lassen. Als eine der Kapseln an ihm vorbeifegte, begriff er, was mit seinem Cousin geschehen sein musste. In der vorderen Hälfte der Kapsel befand sich eine Tür: eine kreisrunde schwarze Öffnung.

»Hector hat versucht, ins Innere zu kommen.«

»Verstehe«, sagte Jumai langsam. »Ich meine, natürlich wollte er das. Er kommt hierher, stellt fest, dass nicht alles so ist, wie es sein soll … Was sollte er sonst tun, als an Bord des Schiffes zu gehen?« Sie trat einen Schritt zurück, als die zweite Kapsel vorbeisauste. »Glaubst du, das hat ihn überrascht?«

Geoffrey war sich nicht sicher, er konnte nur eine Vermutung äußern. »Ich kann Hector nicht leiden«, sagte er. »Und ich traue ihm auch nicht über den Weg. Aber ich glaube nicht, dass er erwartet hat, hier alles leer vorzufinden.« Er ging dicht an Hectors Visier heran und versuchte, das Gesicht hinter dem Glas zu erkennen.

Da war kein Gesicht.

»Der Anzug ist leer.«

Jumai kniete nieder, um sich zu vergewissern, obwohl kein Irrtum möglich war. »Das verstehe ich nicht.«

»Er muss den Anzug abgelegt und ihm befohlen haben, hier auf ihn zu warten. Und das tut er jetzt – er liegt einfach da und wartet.«

»Ich weiß, dass es hier drin Luft gibt, aber warum sollte jemand auf die verrückte Idee kommen, einen funktionsfähigen Raumanzug auszuziehen?«

Geoffrey betrachtete die nächste Zentrifugenkapsel, die an ihnen vorbeikommen würde, und die kleine Tür in der Seite. Eine Gestalt in einem Raumanzug könnte sich durch diese Öffnung zwängen – sonst hätte eine Tür ja wenig Sinn gehabt –, aber es wäre nahezu unmöglich, den Sprung vom Fußboden zu der beweglichen Komponente richtig zu berechnen. Ohne den schweren Anzug allerdings und für einen Mann, der fit genug war, um ein ausgezeichneter Tennis- und Polospieler zu sein … Geoffrey überlegte.

»Ich glaube, er wollte an Bord gehen. Und das war im Anzug nicht möglich: zu träge, zu sperrig. Deshalb hat er ihn abgelegt und ihm befohlen, hier zu warten, bis er das Habitat wieder verlassen wollte.«

»Wir haben ihn nicht gesehen«, sagte Jumai. »Natürlich gibt es noch einen anderen Weg aus dem *Winterpalast*.«

»Aber er wäre doch nicht ohne den Anzug gegangen. Ich glaube, er ist immer noch im Schiff.«

Vorsichtig, als könnte ihm etwas entgegenspringen, öffnete Geoffrey den Deckel des weißen Behälters und sah vier kurze Zylinder, eingepackt wie kleine Bierflaschen, neben vier leeren Fächern. Er zog einen der Zylinder aus dem Polstereinsatz.

Er war schwer und kalt. In der Kappe befand sich ein robuster Kippschalter zum Scharfmachen. Die Aufschrift auf dem Etikett war auf Suaheli und wurde darunter in kleineren Lettern in anderen Sprachen wiederholt. »›Warnung: metastabiler metallischer Wasserstoff‹«, las Geoffrey. »›Dies ist eine Bombe mit variabler Sprengkraft. Nicht berühren, nicht schütteln, keinen Temperaturen über vierhundert Kelvin, keinen Magnetfeldern von mehr als ein Tesla und keinen Drücken über einhundert Atmosphären aussetzen. Finder werden gebeten, unverzüglich *Akinya Space*, Abteilung Materialwirtschaft zu benachrichtigen.‹«

»Du glaubst doch nicht, dass er nur diese vier mitgebracht hat?«, sagte Jumai.

»Nicht auszuschließen. Aber vielleicht hat er die vier anderen mit ins Schiff genommen.«

»Und die Zeitzünder gestellt. Und dann einen Notruf abgesetzt, weil ihm da drin irgendetwas zugestoßen ist.« Jumai sprach sehr langsam, als gingen ihre Gedanken in eine Richtung, die ihr nicht geheuer war. »Etwas, das ihn daran hinderte, aus eigener Kraft wieder herauszukommen.«

»Wir könnten in Schwierigkeiten stecken«, sagte Geoffrey.

»Du glaubst, diese Sprengsätze könnten das ganze Habitat hochjagen?«

»So stark brauchen sie gar nicht zu sein. Das Schiff hat ein Atomtriebwerk.« Er drehte den Treibsatz um und studierte die Elemente zur Feineinstellung, die um den Schalter zum Scharfmachen angeordnet waren. Es gab eine Drehscheibe und einen Sicherheitsriegel. In die Scheibe waren winzige Ziffern eingraviert. »Offenbar gibt es eine Möglichkeit, die Dinger fernzuzünden. Aber es gibt auch eine Zeitschaltuhr. Die Einstellungen sind zehn, zwanzig, dreißig, sechzig und neunzig.«

»Sekunden oder Minuten?«

»Minuten, hoffe ich.« Geoffrey legte die Bombe so behutsam in die Kiste zurück, als wäre es eine Mingvase. »Wir wissen nicht, ob er die Zeitzünder gestellt hat, aber wir können die Möglichkeit nicht außer Acht lassen.«

»Er hat die *Kinyeti* vor mehr als einer Stunde zu Hilfe gerufen«, sagte Jumai. »Wenn er die Zünder scharf gemacht hat und *danach* in Schwierigkeiten geraten ist … die Sechzig-Minuten-Einstellung kann es nicht sein. Trotzdem bleibt uns nicht viel Zeit, um hier rauszukommen. Wir sollten uns sofort auf den Rückweg machen und der *Quaynor* Anweisung geben, sie soll abdocken, sobald wir in der Schleuse sind.«

»Eine ausgezeichnete Idee.« Geoffrey subvokalisierte sich durch die Menüs seines Visiers, bis er die Option zum Ausziehen des Anzugs gefunden hatte. Natürlich waren acht oder neun Hürden zu überwinden, bevor ihm der Anzug abnahm, dass er wirklich allen Ernstes aus ihm herauswollte. »Aber einer von uns muss da hinauf und Hector holen. Ich werde die Zünder entschärfen, wenn ich kann; sonst suche ich ihn und bringe ihn heraus, so schnell es geht. Sollte Hector nicht zu retten sein, dann rette ich mich selbst.«

»Nein«, sagte Jumai. »So wird das nicht laufen. Und wir haben keine Zeit, um darüber zu diskutieren.«

Geoffreys Anzug hatte bereits begonnen, sich wie ein raffiniertes Puzzle zu öffnen und den menschlichen Schatz in seinem Inneren freizugeben. Die Luft des Habitats drang in seine Lungen. Er hatte es nicht für nötig befunden, den Atem anzuhalten, und so atmete er sie in tiefen Zügen ein. Außer einem kurzen Hustenanfall, ausgelöst durch die Kälte, gab es keine schädlichen Nebenwirkungen.

»Hör mir genau zu«, sagte er zu Jumai. »Wenn Hector irgendwie verletzt ist, kann ich in diesem Anzug nicht viel ausrichten. Ich kann ihn notfalls auf dem Weg zurücktragen, auf dem er hereingekommen ist, und er kann mich unterwegs durch alle Türen bringen – schließlich hat er sie auch auf dem Weg hierher passiert. Auf keinen Fall könnte ich ihn durch den

Schacht nach oben hieven, durch den wir heruntergekommen sind.«

»Wie zum Teufel willst du dann rauskommen?«

»Mit Hectors Fähre. An Bord ist Platz für uns beide.«

Er legte eine Hand auf ihr gepanzertes Schultergelenk, bevor sie Widerspruch anmelden konnte. »Ich bin nicht lebensmüde, Jumai. Aber ich kann ihn nicht einfach auf diesem Schiff sterben lassen. Sobald du wieder ER-Zugang hast, sagst du Mira und Arethusa, sie sollen abkoppeln und sich so schnell wie möglich aus dem Staub machen. Die Pans werden auf dich warten, oder sie lassen dir eine der Rettungskapseln der *Quaynor* am Andockknoten zurück. Als letztes Mittel öffnest du die Luftschleuse und lässt dich mit der explosiven Dekompression von der Station wegstoßen. In ein paar Minuten bist du in sicherer Entfernung. Ich verstehe nicht viel von Raumflügen, aber ich weiß, dass es im Vakuum keine Stoßwellen gibt. Die Schuttwolke wird sich sehr schnell verteilen.«

»Und du?«

»Es ist die einzige Möglichkeit.«

»Sie gefällt mir nicht.«

»Zugegeben. Doch je mehr Zeit wir mir Diskussionen vergeuden, desto weniger Zeit bleibt uns, dafür zu sorgen, dass es klappt.« Geoffrey hob die Stimme. »Geh jetzt. Es wird alles gut.«

Jumai zögerte, dann trat sie den Rückweg an. Ein- oder zweimal drehte sie sich noch um, aber Geoffrey wartete, bis sie verschwunden war, bevor er sein Glück mit der Zentrifuge versuchte. Falls es schiefging, wollte er nicht, dass Jumai ihrerseits Kopf und Kragen riskierte, um seinen Hals zu retten.

Er wartete, bis die nächste Kapsel herumschwang, und studierte sie noch genauer als zuvor. Die Öffnung befand sich in der Vorderseite, sie kam direkt auf ihn zu. Wenn er einfach stehen blieb und auf sie wartete, würde sie ihn wie eine lästige

Fliege beiseite schlagen. Besser wäre es, so schnell er konnte daneben herzulaufen und dann aufzuspringen. Er konnte die Geschwindigkeit der Kapsel nicht erreichen, aber er konnte seine eigene Geschwindigkeit relativ dazu so weit annähern, dass es möglich sein müsste, die Kapsel zu fassen, ohne verletzt oder weggeschleudert zu werden. Um die Mitte waren Haltegriffe angebracht. Sie waren an sich für Arbeiten in der Schwerelosigkeit gedacht, nun kämen sie auch ihm zugute.

Als er sicher war, dass Jumai den Raum verlassen hatte und ihn nicht mehr sehen konnte, stellte er sich so nahe, wie er es wagte, neben die Bahn der Kapseln. Ohne seinen Anzug spürte er den Luftzug, wenn sie vorbeifegten. Er pumpte sich die Lungen voll mit kalter Luft, dann begann er im Dauerlauftempo loszutraben. Die nächste Kapsel zischte an seiner rechten Schulter vorbei – sie war schneller, als er gedacht hatte. Er strengte sich an und steigerte sein Tempo bis zur Sprintgeschwindigkeit. Den Blick hielt er fest auf den Boden gerichtet. Eine feine Naht im Belag diente ihm als Orientierung, er achtete darauf, nach keiner Seite mehr als ein paar Zentimeter davon abzuweichen. Die nächste Kapsel kam an. Sie war immer noch schnell, doch er hatte sich ihrer Geschwindigkeit so weit angenähert, dass ein Sprung an Bord nicht länger völlig aussichtslos erschien. Seine Füße hämmerten gegen die Metallplatten. Noch rannte er nicht am Limit, allerdings musste er das Tempo vielleicht für mehrere Minuten aufrechterhalten. Als die nächste Kapsel vorbeikam, steigerte er die Geschwindigkeit noch einmal. Seine Lungen begannen zu schmerzen. Die Relativgeschwindigkeit betrug wohl nur noch schätzungsweise zwei Meter pro Sekunde, aber er konnte dieses Tempo nicht ewig durchhalten. Zuvor hatten die Kapseln für jede Umdrehung etwa zwei Minuten gebraucht, nun mussten sie einen in Bewegung befindlichen Bezugspunkt einholen, sodass der Zeitabstand eher drei Minuten betrug. Wieder dachte er an die

Zeitzünder an den Sprengsätzen. War es Wahnsinn, auch nur den Versuch zu unternehmen, an Bord der *Winterkönigin* zu kommen?

Als die nächste Kapsel kam, schritt er zur Tat. Mehr als diese eine Chance würde er wohl nicht bekommen. Wenn er zu Boden geschleudert wurde oder mit dem Knöchel umknickte, hätte er nicht mehr die Kraft für einen zweiten Versuch. Ein Teil von ihm hoffte, dass so etwas passieren würde. Der Schritt wäre getan, er hätte sich bemüht, Hector zu erreichen … das sollte doch genügen? Er könnte mit reinem Gewissen nach Hause gehen.

Er bekam mit der Rechten den Handgriff zu fassen, und gleich darauf packte auch die Linke zu. Vielleicht für eine Sekunde konnte er noch mit der Kapsel Schritt halten, dann gaben seine Beine nach, und er wurde mitgeschleift. Er legte alle Kraft in seine Arme und zog sich weiter vom Boden weg. Jetzt schaute er wie ein Reiter, der sein Pferd besteigen wollte, in die Richtung, aus der er gekommen war. Nur die Fersen streiften noch den Boden. Ächzend nahm er alle Kräfte zusammen und schaffte es, das rechte Bein wie einen Fuß in einen Steigbügel auf einen der Griffe zu bringen. Das linke Bein folgte. Er war an Bord.

Aber noch nicht im Inneren. Er schaute in die falsche Richtung, klammerte sich an die Außenseite, und wenn er abrutschte, würde er abstürzen. Er drehte sich nach vorne, ohne Hände und Füße von der Stelle zu bewegen. Zu seinen Gunsten sprach lediglich, dass er jetzt etwas leichter war als vorher im Stehen. Die Eigenrotation der Zentrifuge wirkte gegen die Gesamtrotation des *Winterpalastes.*

Geoffrey passte seine Position an. Er brachte die rechte Hand an denselben Griff wie die Linke, dann führte er die Linke so weit über die Schulter, wie er konnte, ohne gefährlich aus dem Gleichgewicht zu geraten. Er hielt den Atem an, wohl wissend, dass er diese Stellung nur wenige Sekunden halten konnte. Um die Position seiner Beine zu verändern, musste er sich, lediglich mit den Händen an den Griffen hängend, noch einmal nach außen schwingen. Er holte tief Luft, berechnete die Bewegung, die er zu machen hatte, prüfte genau, wo er die Füße aufsetzen musste, wenn ihn sein Schwung zurück zur Kapsel trug, und stieß sich ab.

Ein heftiger Schmerz durchzuckte kurz sein Handgelenk, als würde ihm ein Dolch in einen Nerv gestoßen. Er ächzte, zwang sich aber, nicht loszulassen. Sein linker Fuß bekam wieder Kontakt mit der Kapsel, dann auch der rechte. Auf der Suche nach einem besseren Halt rutschte er mit der rechten Ferse an der gewölbten Seitenwand der Kapsel hin und her.

Endlich stand er fest.

Er gönnte sich eine Minute, um seine Kräfte zu sammeln. Die Türöffnung war nicht schwer zu erreichen, aber er musste behutsam vorgehen. Unter anderen Umständen hätte er die Kapsel nur mit äußerster Vorsicht betreten, schließlich wusste er, dass Hector bereits etwas zugestoßen war. Jetzt konnte er sich das nicht mehr leisten. Er schwang sich hinein, und als er den gepolsterten Boden berührte, spürte er nichts als Erleichterung, weil er sich nicht länger an den Griffen festhalten musste. Sein Handgelenk schmerzte, seine Schultermuskeln protestierten, seine Beine brannten von der Anstrengung.

Aber er war an Bord der *Winterkönigin*.

Das Innere der Kapsel hatte die Größe eines Badezimmers. Es gab Klapphocker und einen Tisch sowie zwei Bildschirme. Ausreichend für eine Kartenpartie, doch selbst ohne Raumanzüge würde es für mehr als zwei Personen ungemütlich eng werden. Die Kapseln waren jedoch nicht für längere Aufenthalte gedacht. Vorgesehen war, dass man jeden Tag ein paar Stunden bei normaler oder sogar etwas höherer Schwerkraft hier verbrachte, um dem Kalziumschwund und dem Muskelabbau bei langer Schwerelosigkeit entgegenzuwirken. Da Eunice bei ihrer letzten Reise ins All allein gewesen war, hatte sie sicherlich genügend Bewegungsfreiheit gehabt.

Er blickte nach oben an der Speiche entlang, die die Kapsel mit der Zentralachse des Raumschiffs verband. Neunzig Meter: mehr oder weniger die gleiche Entfernung, die sie bereits nach dem Betreten des Habitats zurückgelegt hatten. Es gab eine Leiter, die gerade genug Platz für eine Person bot. Bevor die Krämpfe einsetzten, begann er mit dem Aufstieg. Seine Arme und Beine protestierten, der Schmerz in seinem Handgelenk wurde heftiger, doch als er höher hinaufkam, nahm sein effektives Gewicht allmählich ab, und die Anstrengung wurde erträglich. Etwa alle zehn Meter erreichte die Leiter eine Plattform und wechselte die Seiten, sodass keine Gefahr bestand, über die ganze Höhe abzustürzen. Er fragte sich, warum man keinen Fahrstuhl eingebaut hatte, doch nach kurzem Überlegen lag der Grund auf der Hand. Sinn und Zweck des Zentrifugenarms war es, Knochen und Muskeln zu belasten. Auf- und abzusteigen gehörte mit zum Training.

Die Luft im Schiff konnte sich ungehindert mit der im umliegenden Raum mischen, doch hier hatte sie eine metallische Beschaffenheit, die ihm vorher nicht aufgefallen war. Es roch antiseptisch, wie in einem Krankenhausflur, der gründlich gescheuert und poliert worden war. Auch war es hier nicht so kalt wie draußen. Neben der Wärme drangen nun auch Schiffsgeräusche zu ihm. Er hörte ein elektrisches Summen, vermutlich der Zentrifugenmotor, und darunter das gedämpfte Pochen der Lebenserhaltungssysteme und der Luftumwälzung. Es klang wie in einem Ausstellungsraum für Kühlschränke.

Drei Minuten nach dem Beginn seines Aufstiegs war Geoffrey wieder schwerelos. Er hatte die Übergangsmanschette erreicht, wo die drehbare Zentrifuge auf den festen Bezugsrahmen des Hauptrumpfs traf. Ein ovales Loch mit Innenpolsterung glitt vorbei. Mindestens bis hierhin war auch Hector gekommen.

Als das Loch das nächste Mal erschien, schob sich Geoffrey hindurch. Er hatte reichlich Zeit für das Manöver, und sicher standen auch Sicherheitseinrichtungen bereit, um die Rotation zu stoppen, falls jemand in Gefahr geraten sollte.

Er schwebte in das beleuchtete Herz der *Winterkönigin* und sah sich um.

Er befand sich mittschiffs. Hinter ihm lagen die Triebwerke und der Atomreaktor, nach vorne ging es zum Kommandodeck. Er hing in einem Korridor mit sechseckigem Querschnitt, Paneele und Spinde waren in Längsstreifen angeordnet. Dazwischen waren Leitern, Griffpolster und Handgriffe versenkt. Die Hauptbeleuchtung war eingeschaltet, und alles sah sehr sauber und ordentlich aus.

Ganz und gar nicht wie ein Schiff, das bis zum Rand des Sonnensystems und wieder zurück geflogen war – und erst recht nicht wie ein Schiff, das mehr als sechzig Jahre lang bewohnt gewesen war. Geoffrey zupfte an einer Ecke eines gestreiften Warnaufklebers neben einer Glasscheibe, hinter der sich laut Aufschrift die Steuerung für ein Notschott befand. Nicht einmal eine Spur von Schmutz am Rand des Aufklebers. Seine eigenen Fingernägel waren weniger sauber.

Nichts konnte so neu bleiben, wenn Menschen mit im Spiel waren.

»Hector!«, rief Geoffrey. »Kannst du mich hören?«

Keine Antwort. Das hatte nicht unbedingt etwas zu bedeuten. Das Schiff war groß, und die verschiedenen Innenbereiche waren sicherlich durch schalldichte Türen voneinander getrennt. Aber welche Richtung hatte sein Cousin eingeschlagen?

Im Geist war Geoffrey eine Münze und entschied, zuerst auf dem Kommandodeck nachzusehen. Er verließ sich auf seinen Orientierungssinn und zog sich an Handgriffen und Zugriemen durch den Korridor. Nur gut, dass er auf der *Quaynor* Zeit gehabt hatte, sich an die Schwerelosigkeit zu gewöhnen.

Der Korridor bog zuerst nach rechts und dann nach links ab – vermutlich zwängte er sich an einem Treibstofftank oder einem externen Ausrüstungsmodul vorbei –, und schließlich versperrte eine Tür den Weg. Durch ein Fensterchen in der oberen Hälfte konnte Geoffrey sehen, dass nach wenigen Schritten eine zweite Tür folgte. Er musste sich überwinden. Schließlich trug er keinen Raumanzug und konnte nicht davon ausgehen, dass das ganze Schiff belüftet war. Endlich legte er doch die Hand auf ein Feld, das offensichtlich der Öffnungsmechanismus war. Ein gelbes Licht wechselte zu Grün, und die zwei verzahnten Türhälften glitten auseinander.

Geoffrey zog sich in den dahinterliegenden Raum. Sofort schloss sich die Tür hinter ihm. Er bremste ab und öffnete mit einem Druck der Handfläche die zweite Tür. Auch dahinter war Luft. Er konnte die Erkundung fortsetzen.

Nach seiner Schätzung hatte er inzwischen etwa die Hälfte der Strecke bis zum vorderen Ende zurückgelegt. Der Korridor, durch den er schwebte, war breiter als die anderen, und seitlich gingen Räume – genauer gesagt Abteile – ab. Er gönnte ihnen im Vorbeischweben nur einen flüchtigen Blick. Die meisten waren groß genug, um als Schlafräume für einzelne Besatzungsmitglieder zu dienen, und tatsächlich waren einer oder zwei mit Klappbetten und anderen ausklappbaren Möbelstücken ausgestattet. Doch auch hier wies nichts darauf hin, dass etwas davon jemals benutzt worden war. Er passierte eine Reihe von größeren Räumen, einen Speiseraum, einen Aufenthaltsraum, ein Lazarett – chromblitzende und erbsengrüne Geräte in Plastikfolie, als wären sie eben erst aus dem Katalog bestellt und gestern eingebaut worden. Ein Gymnastikraum für Übungen in der Schwerelosigkeit, ein Kino- oder Vortragsraum. Weitere Spinde und Geräteschränke. Jede Menge Ausrüstung: Raumanzüge, Werkzeug für Reparaturen im Vakuum, Vorräte an Sanitätsartikeln und Lebensmittel, sogar zwei Stellvertreter, die darauf warteten, ihren Dienst anzutreten. Sie sahen überraschend modern aus für ein Schiff, das seit 2101 keine Reise mehr unternommen hatte.

Gab es damals überhaupt schon Stellvertreter?, überlegte Geoffrey.

Er schwebte weiter. Ringsum pochte, schwirrte und klickte das Schiff. Es war viel wärmer geworden, fast schon zu warm. Geoffrey spürte, wie ihm unter dem Innenfutter seines Raumanzugs der Schweiß ausbrach. Zwei große mattweiße Räume enthielten Kälteschlaftruhen: stromlinienförmige Sarkophage. Es waren Hitachi-Geräte, vollgepflastert mit medizinischen Symbolen, Anweisungen und Warnaufklebern. Insgesamt waren es sechs Behälter.

Das ergab nun gar keinen Sinn.

Die *Winterkönigin* hatte viele Reisen mit einer normalen Betriebsmannschaft gemacht, doch auf ihrer letzten Mission war Eunice allein geflogen. Dafür hatte es gute Gründe gegeben. Automatisierung und Zuverlässigkeit hatten sich so weit verbessert, dass das Schiff seine Subsysteme leicht selbst verwalten und Schäden allein beheben konnte, außerdem hatte Eunice niemand anderen in ein Unternehmen mit hineinziehen wollen, das zweifellos sehr risikobehaftet gewesen war. Dieser Flug hatte sie viel weiter nach draußen geführt und war viel länger gewesen als jede ihrer früheren Weltraummissionen.

Und wie er wusste, hatte sie eine angeborene Abneigung dagegen gehabt, mit anderen das Rampenlicht zu teilen.

Aber Masse kostete Treibstoff, Treibstoff kostete Geschwindigkeit, und Geschwindigkeit kostete Zeit. Eunice hätte niemals das tote Gewicht von fünf zusätzlichen Kälteschlaftruhen und den dazugehörigen Gerätschaften mitgeschleppt – nach

Geoffreys Schätzung ging es dabei um viele Tonnen –, wenn sie nur eine Truhe für sich selbst brauchte. Die *Winterkönigin* war für jede Reise umgebaut und neu ausgerüstet worden. Es gab keinen Grund, so viel Masse an Bord zu lassen.

Geoffrey schlug sich solche Fragen zunächst aus dem Kopf und schwebte weiter an der Schiffsachse entlang. Er passierte zwei weitere druckdichte Türen, dann lag das Kommandodeck vor ihm. Es war fensterlos und glich eher dem Taktikraum auf einem Kriegsschiff als dem Cockpit eines Flugzeugs. Für Fenster bestand bei einem Raumschiff wie diesem wenig Bedarf; es konnte selbsttätig steuern und andocken und alle Außenansichten über Bildschirme oder ER-erzeugte Projektionen an seine Besatzung übermitteln.

Das Schiff träumte von sich selbst. Bildschirme und Anzeigen füllten die Wände, sodass sie aussahen wie das Facettenauge einer Wespe von innen betrachtet. Grüne und blaue technische Daten, die sich schneller aktualisierten, als man lesen konnte, scrollten spaltenweise über die Schirme. Schemazeichnungen von Reaktorquerschnitten und Treibstoffströmen huschten unentwegt in einem hektischen Tanz von Bildschirm zu Bildschirm. Andere Displays zeigten Ansichten des Sonnensystems in verschiedenen Vergrößerungsstufen: Planeten und Monde, ihre Bahnen um die Sonne, diverse Trajektorien und Achsenabschnitte, die im jeweiligen Moment abhängig von Treibstoffeinsatz, Zeit- und Energieaufwand erreichbar wären. Simulationen und Projektionen durchliefen neurotische Schleifen, die sich nur minimal voneinander unterschieden, alles veränderte und mischte sich in fieberhaftem Tempo. Geoffrey konnte das Ganze aufnehmen, aber kein einzelnes Display blieb so lange statisch, dass er mehr als eine skizzenhafte Vorstellung davon bekam. Eines war jedoch klar – das Schiff hielt sich immer noch für ein Schiff.

Auf dem Kommandodeck standen drei Sessel – klobige Beschleunigungsliegen, schwer und mit hoher Lehne –, und obwohl die Displays seine Aufmerksamkeit fesselten, dauerte es höchstens zehn Sekunden, bis Geoffrey gewahr wurde, dass er nicht allein war.

Im mittleren Sessel saß Hector.

»Was machst du denn hier?«, fragte er. »Wo ist Dos Santos?«

»Dos Santos hat auf deinen Notruf geantwortet und ist selbst in Schwierigkeiten geraten. Ich bin deine nächstbeste Hoffnung.«

»Du musst sofort verschwinden«, verlangte Hector.

Geoffrey zog sich durch den Raum. An den Wänden waren zwischen den Schirmen gepolsterte Bahnen mit Griffen und elastischen Reifen angebracht. Er streifte mit dem Fuß eines der Displays. Es gab nach, fing den Druck ab und stieß ihn dann sanft zurück.

»Was ist los?«, fragte er und baute sich vor Hector auf. »Warum bist du noch an Bord?«

»Ich musste es wissen«, sagte Hector. »Ich musste es, verdammt noch mal, wissen. Warum sonst? Was ist mit Dos Santos? Warum bist *du* hier, Cousin?«

Geoffreys Augen verstärkten ihre Leistung, um die schwache Beleuchtung auf dem Kommandodeck zu kompensieren. Hector saß nicht bloß auf dem mittleren Sessel, er war mit schweren x-förmigen Gurten über der Brust und robust aussehenden Fesseln um Handgelenke und Knöchel festgeschnallt. Wie Geoffrey trug er nur das Innenfutter eines Raumanzugs.

»Ich bin hier, weil ich dachte, du bräuchtest vielleicht Hilfe.« Geoffrey hatte immer noch Mühe, sich zu orientieren. »Die Station hat die *Kinyeti* angegriffen – die Mannschaft ist noch am Leben, aber das Schiff ist ein Wrack. Danach kamen Jumai und ich über den zweiten Andockknoten an Bord. Wir fanden die vier Bomben, die du zurückgelassen hattest, und gingen davon aus, dass du die anderen bei dir hättest. Ist das richtig? Hast du sie scharf gemacht?«

»Das ist jetzt nicht wichtig. Die Zündung erfolgt erst in elf Minuten, wenn ich richtig gerechnet habe.«

Geoffrey schüttelte den Kopf. »Wie kann das nicht wichtig sein? Sag mir, wo die Bomben sind – ich werde sie entschärfen.«

»Geh einfach. Noch hast du vier Minuten Zeit.«

»Gerade hast du noch von elf Minuten gesprochen.«

»Anderer Countdown.« Hector nickte, die einzige Bewegung, die ihm die Fesseln erlaubten. »Der Schirm vor mir ist der einzige, der sich nicht verändert hat.«

Geoffrey wurde es mulmig. Er folgte Hectors Blick und sah, was sein Cousin meinte. Drei zweistellige Zahlen: Stunden, Minuten, Sekunden. Übrig waren noch vier Minuten und eine Handvoll rasch vertickender Sekunden.

»Verdammt, was ist das?«

»Es wurde ausgelöst, sobald ich eine bestimmte Schicht des Dateisystems aufrief. Offensichtlich ein Selbstzerstörungsmechanismus.« Hector klang so gefasst, als hätte er Jahre Zeit gehabt, sich mit seinem Schicksal abzufinden. Seine Ruhe grenzte an Wahnsinn. »Ich kann diesen Stuhl nicht verlassen – das Schiff hat mich gefesselt. Aber du hast noch Zeit. Du brauchst keinen Anzug, der Fahrstuhl funktioniert noch und kann dich bis zum Andockknoten bringen. Nimm meine Fähre – ich vermute, sie liegt noch dort.«

Geoffrey war zu verdutzt, um sofort zu antworten. »Die Bomben«, sagte er, als er endlich wieder einen klaren Gedanken fassen konnte. »Sag mir, wo sie sind.«

»Du hörst mir nicht zu. Darauf kommt es jetzt nicht mehr an. Du musst weg von hier.«

»Solange wir nicht wissen, was dieser Countdown zu bedeuten hat, mache ich keinerlei Annahmen. Wo sind die Bomben?«

Hector stöhnte, als fände er das alles unerträglich lästig. »Hinten neben dem letzten Schott vor dem Triebwerksbereich. Näher kam ich nicht heran. Ich dachte, das würde reichen.«

»Vielleicht sollte ich zuerst versuchen, dich von diesem Sitz loszueisen.«

Hector verdrehte die Augen. »Mit dem schweren Gerät, das du zufällig mitgebracht hast?«

»Irgendwo auf dem Schiff muss es doch Werkzeuge geben, die ich verwenden kann.«

»Und die willst du in … weniger als vier Minuten finden? Viel Glück.«

Geoffrey stieß sich ab. Er verließ das Kommandodeck und zog sich, so schnell es seine Arme erlaubten, in den hinteren Teil des Schiffes. Alle Türen öffneten sich bis zu dem Punkt, wo er hereingekommen war. Durch ein kleines Bullauge sah er, dass sich die Zentrifugenarme immer noch drehten. Hector war sehr optimistisch, dachte er. Auch in vier Minuten wäre es kaum möglich gewesen, aus dem Schiff zu gelangen und genügend Abstand zu gewinnen, bevor der Countdown der *Winterkönigin* ablief. Er war nicht einmal sicher, ob die Zeit reichte, um wenigstens den Bomben zu entgehen.

33

Geoffrey arbeitete sich weiter in Richtung Antriebsbereich vor und fand schließlich die Sprengkörper. Es waren vier, und sie waren mit Anschnallgurten dicht vor dem Schott an der Wand befestigt. Er ließ eine der Ladungen aus dem Gurt gleiten und studierte den Zeitzündmechanismus. Er war auf neunzig Minuten gestellt, doch wie viel davon noch übrig war, konnte er nicht erkennen. Geoffrey drehte die Schaltuhr zurück auf die Sicherheitseinstellung, spürte ein Klicken und legte den Scharfschalter um. Das wiederholte er auch bei den drei anderen Ladungen, dann öffnete er den Reißverschluss seines Overalls, steckte die Sprengsätze so hinein, dass er das Metall an seiner Brust spürte, und zog den Reißverschluss so gut es ging wieder zu. Ähnlich musste Hector vorgegangen sein, um die Bomben überhaupt erst an Bord bringen zu können.

Geoffrey kehrte zum Kommandodeck zurück. Er keuchte vor Anstrengung und schwitzte noch immer.

»Wie lange noch?«

»Ich sagte, du sollst gehen!«, rief Hector. »Weniger als eine Minute!«

Die Uhr bestätigte das. Sie zeigte vierzig Sekunden, neununddreißig, achtunddreißig …

»Ich habe die Bomben entschärft.«

»Was willst du dafür? Einen Orden?«

»Ich dachte, du würdest es vielleicht gerne wissen.«

»Du hättest gehen sollen, Cousin.« Hector hatte allen Mut verloren. »Jetzt ist es zu spät.«

Geoffrey zog die Bomben aus seinem Overall und steckte sie in einen Nylonbeutel, der neben dem Eingang an der Wand hing. Dann schloss er den Overall wieder und ließ sich auf den Kommandosessel links von Hector sinken.

»Was hast du vor?«, fragte Hector.

»Das Schiff wollte dich aus einem bestimmten Grund in diesem Sessel haben. Hätte Eunice nichts anderes beabsichtigt, als dich zu töten und das Schiff in die Luft zu sprengen, dann hätte sie sich dieses Melodram sparen können.« Geoffrey schnallte sich an, rückte die Brustgurte zurecht und legte die Hände auf die Armlehnen. Fesselbänder schoben sich schwirrend heraus und fixierten ihn ebenso wie Hector. Er spürte einen kurzen Stich in beiden Handgelenken. Man entnahm ihm eine Blutprobe.

Noch fünfzehn Sekunden auf der Uhr. Zehn. Die letzte Ziffer schwirrte vorbei.

»Meinetwegen hättest du nicht zurückzukommen brauchen«, sagte Hector.

»Was hättest du denn im umgekehrten Fall getan?«

»Ich bin mir nicht sicher.«

Geoffrey hörte einen fernen Trommelwirbel, es klang wie ein Zapfenstreich. Er sah zu seinem Cousin hinüber. »Das hört sich wie Explosionen an.«

»Aber wir sind noch hier. Wenn der Reaktor hochgehen würde – ich denke, das hätten wir bereits gemerkt.« Hector sah Geoffrey Bestätigung heischend an. »Oder nicht?«

»Ich bin Biologe, kein Raumschiffkonstrukteur.« Er überlegte. »Aber ich glaube, du hast recht.«

Die Detonationen hielten an. Geoffrey hörte es nicht nur, er spürte durch den Sitz auch die Stoßwellen, die durch das Schiff übertragen wurden. Dennoch, es fühlte sich nicht so an, als würde das Schiff selbst gesprengt.

Geoffrey sah sich um. Der Tanz der Anzeigen hatte sich beruhigt. Nun schwebte ein Schaltplan des gesamten Schiffes vor ihm, durchbrochen wie eine Blaupause, mit blinkenden Farbblöcken und fließenden Strömungslinien, die den Kreislauf von Treibstoff und Kühlmittel anzeigten. Die meiste Aktivität fand um den Triebwerksbereich herum statt. Auf anderen Schirmen stabilisierten sich die Flugbahnsimulationen um eine einzige Möglichkeit herum. Der Weg führte im Bogen von der Mondumlaufbahn und vom Erde-Mond-System weg und schoss weit über die Ekliptik hinaus.

»Das Schiff macht sich startbereit«, stellte Geoffrey fest. Er wusste nicht, ob ihn diese Erkenntnis mit Ehrfurcht oder mit Schrecken erfüllte. »Die *Winterkönigin* fährt hoch. Diese Explosionen … ich glaube, die Station wird ringsum zerlegt. Das Schiff kommt frei.«

»Ich habe eine Neuigkeit für dich«, sagte Hector. »Das ist nicht die *Winterkönigin.*«

Die Explosionen hatten sich nach Stärke und Häufigkeit verdoppelt und hörten sich nun an wie Kanonenfeuer. Acht massive Schläge erschütterten das Schiff, unmittelbar darauf folgten acht weitere. Eine Salve kam von vorne, die andere von hinten. Auf einem der Schaltpläne konnte Geoffrey beobachten, wie sich die Atmosphärenbremse und der Schutzschild für den Antrieb aus ihren Verankerungen am vorderen und hinteren Ende des Habitats lösten. Das Schiff schwebte jetzt frei inmitten einer Hülle aus den Resten des *Winterpalasts.*

Er spürte, wie er schwerer wurde. Die Lehne drückte gegen seinen Rücken. Mindestens eine halbe Ge, schätzte er, vielleicht auch mehr. Das Schiff klapperte und ächzte. Es bewegte sich vorwärts und begann zu beschleunigen. Der gepanzerte Kolben der Atmosphärenbremse würde alle Kollisionen mit den Trümmern des Habitats abfangen.

»Wenn es nicht die *Winterkönigin* ist …« Geoffrey vollendete den Satz nicht.

»Als ich die Sprengladungen deponiert habe …« Hector verzog das Gesicht, als die Beschleunigung noch stärker wurde. »… hatte ich den Zustand dieses Schiffes und des übrigen Habitats bereits registriert. Glaubst du etwa, das hätte keine Fragen aufgeworfen?« Er ballte die Fäuste unter den Handgelenksfesseln. »Ich musste Bescheid wissen, Geoffrey. Noch war Zeit, mir die Systemdateien anzusehen. Ich dachte mir, wenn ich dabei auf eine Selbstzerstörungsoption stieße, bräuchte ich mir keine Gedanken mehr zu machen, ob meine Sprengsätze auch ihren Zweck erfüllten. Also kam ich hierher und setzte mich auf diesen Sessel. Ich wollte nur ein paar Minuten hierbleiben.«

»Und dann hat dich der Sessel gefangen genommen?«

»Nein … Ich habe mein Einverständnis gegeben.« Er lächelte kläglich. »Ich bekam sofort Zugriff auf die oberste Dateiebene. Es ist ein altes System, aber man findet sich leicht zurecht, und anfangs ließ es mich auch bereitwillig ein.«

»Und später?«

»Gelangte ich an einen Punkt, an dem ich nicht mehr weiterkam. Die Baugeschichte im Detail, das Logbuch … alles war blockiert, und ich hatte keine Zeit, um die Blockaden zu umgehen. Aber das Schiff versprach mir Zugriff auf alles, was ich wollte, wenn ich beweisen könnte, dass ich ein Akinya bin. Ich hatte keine Bedenken. Warum sollte das Schiff nicht wissen wollen, ob ich zur Familie gehörte, bevor es mir seine tiefsten Geheimnisse preisgab?«

»Deshalb hast du die Handfesseln zugelassen.«

»Das System zur Blutentnahme wollte sich nur aktivieren, wenn ich mich anschnallte. Es war töricht, darauf einzugehen, aber um mich hinzusetzen und alle Möglichkeiten abzuwägen, war keine Zeit. Ich wollte unbedingt Bescheid wissen. Und ich ging davon aus, dass mir das Schiff lediglich einen Tropfen abzapfen und mich dann wieder freigeben würde.«

Seit dem Start war die Beschleunigung ständig weiter gestiegen, und Geoffrey hatte schon lange keine Kollision mehr gespürt. Sie mussten die Reste des *Winterpalasts* inzwischen weit hinter sich gelassen haben. Hoffentlich hatte Jumai sich in Sicherheit gebracht, und hoffentlich war es den Pans gelungen, ihr Schiff rechtzeitig abzudocken.

»Wie hast du um Hilfe gerufen?«

»Ich stand noch in Funkverbindung zu meinem Anzug, und der konnte ein Signal an die *Kinyeti* schicken.«

»Du hast Dos Santos nicht viel erzählt.«

»Ich sagte nur, ich brauche Hilfe. Ich wusste, dass er so schnell wie möglich kommen würde. Noch war Zeit, um mich herauszuholen.«

»Nachdem das Schiff die Blutprobe entnommen hatte … hat es Wort gehalten?«

»Ja«, sagte Hector. »So fand ich heraus, dass dies nicht die *Winterkönigin* ist. Es ist … ein anderes Schiff. Ich habe die Baugeschichte gefunden. Dieses Schiff ist zweiundsechzig Jahre alt. Es wurde 2100 gebaut, während Eunice auf ihrer letzten Mission war. Die *Winterkönigin* war gut zwanzig Jahre älter.«

Geoffrey nickte nachdenklich. Er glaubte zu verstehen, wo Hector sich irrte. »Da draußen muss irgendetwas passiert sein. Dabei wurden die Bordbücher der früheren Flüge gelöscht und alles auf null zurückgesetzt.«

Hector seufzte. »Beim Datenabgleich stimmte alles überein. Es war nichts gelöscht worden oder verloren gegangen. Dieses

Schiff hat nur einen einzigen Flug hinter sich. Es wurde im Weltall gebaut. Danach kehrte es in die Mondumlaufbahn zurück und hat sie seither nicht wieder verlassen. Es ist nagelneu.«

»Was heißt ›im Weltall gebaut‹?«

»Wenn die Daten nicht lügen, wurde dieses Schiff in einer unserer Anlagen im Kuiper-Gürtel montiert. Auf einem erloschenen Kometen, der sich auf einem Orbit jenseits des Neptun bewegt.«

»Aus Eis baut man Iglus, Hector, keine Schiffe. So viel weiß sogar ich.«

»Ich begreife, dass es schmerzlich für dich sein muss, Geoffrey, erst jetzt zu erfahren, was deine eigene Familie in den letzten hundert Jahren getrieben hat. *Natürlich* kann man aus Eis und Dreck nichts herstellen; nicht deshalb sind wir zum Kuiper-Gürtel gegangen, und nicht deshalb haben wir ein Vermögen dafür ausgegeben, unsere Fahne auf alles zu stecken, was größer ist als eine Kartoffel. Wir bauen auf diesen Eis-Asteroiden alles ab, was sie uns geben können: Wasser, flüchtige Verbindungen, Kohlenwasserstoffe. Wir schicken Roboter und Rohstoffe hinaus und lassen sie Bergwerks- und Raffinerieanlagen bauen, dann verpacken sie das aufbereitete Material und katapultieren es auf energieeffizienten Flugbahnen zu uns zurück. Die Roboter und die Rohstoffe kommen aus unseren Anlagen auf den M-Klasse-Asteroiden im Hauptgürtel. Dort gibt es die Metalle. Es ist eine Wertschöpfungskette. Kannst du mir folgen?«

»Du hast mir immer noch nicht erklärt, wie auf einem Kometen ein Schiff entstehen kann.«

»Es gibt im Kuiper-Gürtel Metalle und Montageeinrichtungen. Wir haben sie dort hingeschafft, um die flüchtigen Verbindungen abzubauen. Tausende Tonnen komplexer selbstreparierender Technik, gewartet von Plexus-Maschinen – die weitere Tonnen auf die Waage bringen. Diese Infrastruktur hatte schon 2100 bestanden und sich bereits damals amortisiert.«

»Willst du damit sagen, die Anlage könnte zum Bau eines Schiffes umfunktioniert worden sein?«

»Ich sage, dass es möglich ist. Vielleicht illegal – man hätte jede Menge von Patentverletzungen begehen müssen, es sei denn, man hätte auch unsere Subunternehmer eingeweiht –, aber machbar wäre es gewesen. Wenn Eunice eine Kopie ihres Schiffes bauen wollte, die Mittel hatte sie. Sie hätte nur Rohstoffe und Zeit gebraucht.«

Geoffrey schloss die Augen, nicht allein, weil ihm die ständig steigende Schwerkraft zu schaffen machte. Er musste nachdenken. Wenn sie jetzt mit einem VASIMR-Antrieb flogen, dann wurde der Reaktor sicherlich bis an die Grenzen seiner Leistungsfähigkeit beansprucht. Er erinnerte sich, wie gemächlich ihm der Start von Sundays Expressschiff erschienen war.

»Und sie hätte es geheim halten müssen«, sagte er.

»Auch das war kein Problem. Der Kuiper-Gürtel ist weit draußen, und es ist auch nicht so, als würde im näheren Umkreis dieser Anlage jemand wohnen.«

»Willst du mal raten, wohin wir gerade fliegen?«

Hector schaute auf die Flugbahnanzeige, aber er hatte die wichtigsten Fakten offensichtlich bereits aufgenommen. »Wenn ich dem Ding hier glauben kann, geht es weit hinaus.«

»Vielleicht zum Entstehungsort dieses Schiffes?«

»Wenn ich diese Gurte loswürde, könnte ich vielleicht das Schiff befragen.«

Geoffrey zerrte ebenfalls an seinen Handfesseln, aber sie hielten ihn immer noch fest. »Jedenfalls sind wir jetzt in Sicherheit«, sagte er. Er ließ seinen Gedanken freien Lauf. »Das Schiff wollte sich vergewissern, dass einer von uns oder auch beide zur Familie gehörten, deshalb musste es unser Blut testen. Möglicherweise sollten wir auch während der Startphase gesichert werden. Aber die ist inzwischen vorbei – warum sollte es uns auch weiterhin festhalten?«

»Ist das eine rhetorische Frage, Cousin?«

»Gib mich frei«, befahl Geoffrey.

Die Handfesseln lösten sich ebenso wie die Gurte an den Füßen. Er war immer noch angeschnallt, und solange das Schiff beschleunigte, mochte das auch sinnvoll sein, aber er war kein Gefangener mehr.

»Man brauchte nur höflich zu fragen.«

Hector ballte abermals die Fäuste, ein letzter Versuch, die Fesseln mit Gewalt zu zerreißen, dann sagte auch er: »Gib mich frei.«

Das Schiff gehorchte. Hector streckte gegen den Beschleunigungsdruck die Arme seitlich aus. Geoffrey erinnerte sich, dass sein Cousin sehr viel länger an den Sessel gefesselt gewesen war als er und dass er fast die ganze Zeit geglaubt hatte, gleich sterben zu müssen. Zum ersten Mal seit langer Zeit spürte er einen leisen Anflug von Mitgefühl.

Schließlich waren sie blutsverwandt.

»Ich schätze, als Nächstes müssen wir ihm sagen, dass es anhalten und uns aussteigen lassen soll.«

Hector lehnte sich gegen die Gurte. »Ich bin Hector Akinya. Übertrage mir die Befehlsgewalt.«

»Willkommen, Hector Akinya«, sagte das Schiff mit einer Stimme, die Geoffrey als die von Memphis erkannte. Jedenfalls war sie ihr sehr ähnlich. »Willkommen, Geoffrey Akinya.«

»Stoppe die Maschinen«, verlangte Hector im Tonfall eines Mannes, der gewohnt war, seinen Willen durchzusetzen. »Auf der Stelle. Bring uns in die Mondumlaufbahn zurück.«

»Die Kontrolle über Antrieb und Navigation ist derzeit außer Kraft gesetzt, Hector.«

Geoffrey gab den gleichen Befehl und erhielt die gleiche höfliche, aber entschiedene Abfuhr. Es ärgerte ihn, Memphis' Stimme zu hören. Das Schiff schien nicht zu begreifen, wie außerordentlich taktlos es war, die Stimme eines jüngst Verstorbenen nachzuahmen.

»Für wie lange?«, fragte er, und als er spürte, dass das Schiff wohl mehr Informationen brauchte, erläuterte er: »Für wie lange ist die Kontrolle über Antrieb und Navigation außer Kraft?«

»Für die Dauer dieses Fluges, Geoffrey.«

Hector sah ihn an. Offenbar bereitete diese Antwort auch ihm ein tiefes Unbehagen. »Nenne uns das Ziel und die Dauer dieses Fluges«, sagte er.

»Unser Ziel ist KBO 2071 NK Index 789«, antwortete das Schiff. »*Akinya Space* Trans-Neptun-Anlage 116/133, Codename *Löwenherz*. Die Flugzeit beträgt zweiundfünfzig Tage.«

Hector hörte sich das an und schüttelte den Kopf.

»Was?«, fragte Geoffrey ungeduldig. »Ist das nun derselbe Ort oder nicht?«

»Es ist der Eis-Asteroid, wo das Schiff gebaut wurde«, erklärte Hector. »Ich erinnere mich an den Namen, *Löwenherz*. Aber er liegt *jenseits des Neptun*, ich bitte dich! Ich war schon bis auf dem Saturn, Cousin. Ich weiß, wie lange so etwas dauert, und mit zweiundfünfzig Tagen kommen wir nicht einmal annähernd hin.«

Geoffrey konnte nur nicken. Er wusste, wie lange Sundays Expressschiff bis zum Mars gebraucht hatte, und der Mars war im Vergleich zur Umlaufbahn des Neptun lediglich einen Katzensprung entfernt. »Eunice war auf ihrer Mission zum Rand des Systems sehr viel länger als hundert Tage unterwegs, selbst wenn man den Rückflug mit einrechnet.«

»Über ein Jahr. Entweder verarscht uns das Schiff, obwohl es dafür keinen Grund gibt, oder …« Hector schien nicht zu wissen, wie er fortfahren sollte.

»Oder es fliegt sehr schnell.«

»Kein Schiff ist so schnell.«

»Bis jetzt«, schränkte Geoffrey ein.

Hinter ihnen öffneten sich die Türen des Kommandodecks. Geoffrey drehte sich um, ohne sich abzuschnallen, und reckte den Hals, um an der Lehne seines Sessels vorbeischauen zu können. In der Tür stand ein Stellvertreter. Geoffrey blieb fast das Herz stehen. Es war eine der zum Schiff gehörigen Maschinen, die er zuvor gesehen hatte – ein Gestell aus Röhren und Gelenken, das wie ein Mensch gebaut war.

Und es hielt einen Körper in den Armen, einen Körper, den er kannte.

»Die Frau hat eine leichte Gehirnerschütterung erlitten, ist aber ansonsten unverletzt.« Der Stellvertreter sprach mit der Stimme des Schiffes. »Soll ich sie ins Lazarett bringen?«

Geoffrey schnallte sich ab. Das Schiff beschleunigte immer noch, aber der Schub hatte sich offenbar auf etwa eine Ge eingependelt. Wenn er sich vorsah, konnte er gefahrlos herumgehen. »Tu das«, antwortete er.

»Sagtest du nicht, du wärst allein?«

»Das dachte ich auch.«

Hector war dabei, sich ebenfalls abzuschnallen, als eine Ching-Anfrage eintraf. Geoffrey subvokalisierte sein Einverständnis. Mira Gilberts Kopf und ihr Oberkörper erschienen in der Mitte des Kommandodecks. Geoffrey gab den Befehl, auch Hector in den Ching einzubeziehen.

»Wenn nicht jemand das Antwortsignal fälscht, sind Sie am Leben«, stellte Gilberts Projektion fest. »Wir versuchen, Sie zu erreichen, seit … nun, was auch immer passiert ist. Dazu kommen wir gleich. Alles in Ordnung mit Ihnen?«

Geoffrey überlegte kurz, wie er diese Frage wahrheitsgemäß beantworten könnte. »Mir geht es gut … jedenfalls vorerst. Darüber hinaus ist alles etwas ungewiss. Hector ist bei mir – auch er ist wohlauf. Da Sie offenbar am Leben sind, nehme ich an, dass Jumai Sie benachrichtigen konnte?«

»Jumai ist so weit gekommen, dass sie eine Nachricht absetzen konnte. Sie wies uns an, sofort abzudocken und das Schiff in sichere Entfernung zu bringen. Ich sagte ihr, ich wollte warten, bis sie in der Schleuse sei, aber sie bestand darauf, wieder zurückzugehen.«

»Ich weiß. Wir haben sie eben gefunden.«

»Wie geht es ihr?«

»Offenbar konnte sie unmittelbar vor unserem Start ins Schiff zurückkehren. Sie wurde wohl ein wenig herumgestoßen, aber der Stellvertreter sagt, sie hätte keinen größeren Schaden genommen.«

Gilberts Projektion nickte. »Schön – nächste Frage. Das Habitat ist nicht mehr da. Das haben Sie vermutlich auch selbst schon gemerkt. Wie viel Kontrolle haben Sie über die *Winterkönigin*?«

»Nicht die geringste, und außerdem ist das auch nicht die *Winterkönigin*. Es ist ein anderes Schiff, das Eunice stattdessen zurückgeschickt hatte. Und es gibt keinen Hinweis darauf, dass Eunice jemals hier war, weder an Bord dieses Schiffes noch in irgendeinem Teil des *Winterpalasts*.«

Hector warf ihm einen warnenden Blick zu. »Wie viele Familienangelegenheiten möchtest du noch preisgeben, Cousin?«

»Sie wissen bereits mehr, als dir lieb wäre – dann können sie das auch noch erfahren.«

»Wie kann sie nicht im Habitat gewesen sein?«, fragte Gilbert. »Auch Jumai sagte etwas dergleichen, aber wir hatten keine Zeit, die ganze Geschichte aus ihr herauszubekommen, bevor die Verbindung wieder abriss.«

»Ich weiß es nicht«, antwortete Geoffrey. »Offensichtlich

haben wir alle immer nur über Ching mit Eunice kommuniziert – mit Ausnahme unseres Verwalters Memphis.«

»Gut. Das ist zwar wichtig, aber im Moment gibt es dringendere Fragen. Sie sagen, Sie können das Schiff nicht steuern – was haben Sie versucht?«

»Alles«, antwortete Hector. »Der Flugplan ist voreingestellt, und das Schiff lässt nicht zu, dass wir etwas verändern.«

»Wir beobachten Sie, aber noch haben wir Ihre Flugbahn nicht erfasst. Wohin soll es denn gehen?«

»Wenn man dem Schiff glauben kann«, sagte Geoffrey, »auf einen Eis-Asteroiden im Kuiper-Gürtel.«

Gilbert sah ihn bedauernd an. »Mit dieser Geschwindigkeit kommen Sie nicht einmal aus dem Erde-Mond-System heraus. Sie fliegen weit über den Sicherheitsgrenzen für Antriebssysteme dieses Typs.«

Hector machte ein skeptisches Gesicht. »Das wollen Sie in diesen wenigen Minuten herausgefunden haben?«

»Sie leuchten im mondnahen Raum wie eine Feuerwerksrakete. Sie müssen einen Weg finden, ihr Tempo zu drosseln, und zwar schnell. Bestenfalls verbrennen Sie so viel Treibstoff, dass Sie nicht die geringste Chance haben, diesseits der Oort'schen Wolke noch abzubremsen.«

»Das Schiff sieht das anders«, sagte Geoffrey.

»Sie müssen etwas unternehmen. Schon jetzt sind Sie so schnell, dass kein Schiff hier über genügend Delta v verfügt, um Sie einzuholen – leider gilt das auch für die *Quaynor*.«

Geoffrey nickte, obwohl die Situation nicht leichter zu akzeptieren war, wenn man sie besser verstand. »Ich muss nach Jumai sehen. Vielleicht kann sie uns helfen.«

»Wir werden die Lage auch weiterhin im Blick behalten«, versprach die Meerfrau. »Inzwischen wünsche ich Ihnen viel Glück. Ich wollte schon ›gute Reise‹ sagen, aber unter diesen Umständen … besser nicht.«

34

Das Lazarett war schwerer zu erreichen, als Geoffrey erwartet hatte. Der zentrale Korridor war zu einem tiefen senkrechten Schacht geworden, in dem man nur über die versenkten Leitern auf- oder absteigen konnte, die Geoffrey schon bei seiner Ankunft bemerkt hatte. Zuerst hatte er alleine gehen wollen – er hatte Hector empfohlen, auf der Brücke zu bleiben und die Situation zu überwachen –, aber sein Cousin hatte sich nicht abhalten lassen, ihn zu begleiten. Obwohl zur Sicherheit Handgriffe und Griffpolster vorhanden waren, hatte sich der Abstieg als zeitraubend und hoch riskant erwiesen.

Das Vorhandensein der Leitern war an sich schon beunruhigend. Wer immer sie für erforderlich gehalten hatte, musste gewusst haben, dass das Schiff stark beschleunigen würde. Das und die Zuversicht, mit der das Schiff die Flugzeit nach *Löwenherz* geschätzt hatte, machten eine Triebwerksstörung noch unglaubwürdiger.

Das hätte Geoffrey ermutigen sollen, doch er blieb verzagt. Die Vorstellung, auf einem Schiff festzusitzen, das bereits jetzt zu schnell flog, um noch abgefangen zu werden, behagte ihm ganz und gar nicht.

»Ich kann mich an nichts erinnern«, sagte Jumai, als der

Stellvertreter sie ins Bewusstsein zurückgeholt und das Schiff bestätigt hatte, dass ihre Verletzungen geringfügig waren und die Gehirnerschütterung ohne Spätfolgen bleiben würde. »Ich war draußen … und jetzt bin ich hier.«

»Erinnerst du dich an die *Winterkönigin*?«, fragte Geoffrey.

Sie dachte erst nach, bevor sie die Frage beantwortete. »Im Habitat, ja.«

»Jetzt bist du an Bord«, sagte Geoffrey. »Sozusagen«, schränkte er dann ein.

»Wir sind Gefangene«, erklärte Hector ernst. »Das Schiff verweigert uns die Steuerung, und wir beschleunigen, seit wir aus dem *Winterpalast* ausgebrochen sind. Aber das ist nicht Eunices altes Schiff, und wir wissen nicht wirklich, wohin es uns bringt.«

»Wir haben deinen Anzug gefunden«, sagte Jumai.

Hector nickte. »Geoffrey hat mir erzählt, dass ihr beide an Bord gekommen seid, um nach mir zu suchen. Ihr wolltet die Station verlassen und euch in Sicherheit bringen, bevor die Bomben hochgingen. Erinnerst du dich an die Bomben?«

Sie antwortete mit einer Gegenfrage: »Was ist aus ihnen geworden?«

»Ich habe sie entschärft«, antwortete Geoffrey. »Aber sie waren, wie sich inzwischen herausgestellt hat, unser geringstes Problem. Die Station hatte bereits mit dem Countdown für ihren eigenen Abriss begonnen. Das muss schon vor all den Jahren so geplant gewesen sein – sie sollte einfach auseinanderfallen, damit das Schiff ausbrechen konnte, ohne sich selbst zu beschädigen.«

»Sagtest du eben, dieses Schiff ist nicht die *Winterkönigin*?« Eine tiefe Falte hatte sich in ihre Stirn gegraben – ein Stirnrunzeln oder ein Anzeichen für Kopfschmerzen, vielleicht auch beides.

»Es sieht genauso aus«, sagte Geoffrey, »aber es ist neuer, und es wurde am Rand des Sonnensystems gebaut. Außerdem … tut es seltsame Dinge. Dinge, die Schiffe nach meiner begrenzten Erfahrung normalerweise nicht tun.«

»Eure Großmutter war ganz schön ausgekocht, ist euch das klar?«

Geoffrey rang sich ein Friedhofslächeln ab. »Zu dieser Erkenntnis komme ich allmählich auch.«

»Das Schiff beschleunigt zu stark«, erklärte Hector. »Jedenfalls sind die Leute draußen dieser Meinung. Aber wir sind definitiv noch am Leben, und das Schiff sieht ganz so aus, als sei es auf solche Belastungen ausgelegt.«

»Du glaubst, Eunice hat ein paar Besonderheiten eingebaut?«

»Wenn ja, dann hat sie es ordentlich frisiert«, sagte Geoffrey. »Falls uns das Schiff nicht belügt, ist das Ziel ein Eis-Asteroid im Kuiper-Gürtel, eine Akinya-Anlage ganz weit draußen. Das Schiff behauptet, wir sind in zweiundfünfzig Tagen dort, und das ist gar nichts.«

»Für mich klingt das nicht wie gar nichts. Das sind … was … fast zwei Monate?«

»Es müsste sehr viel länger dauern«, sagte Hector. »Unsere besten Expressschiffe – die besten, die irgendjemand bauen kann, mich eingeschlossen – fliegen mit einer Höchstgeschwindigkeit von etwa zweihundert Kilometern pro Sekunde, und die meisten Schiffe bleiben weit darunter. Wir müssten uns etwa fünfmal schneller bewegen.«

»Das ist ausgeschlossen«, erklärte Geoffrey.

»Tausend Kilometer pro Sekunde«, beharrte Hector. »Oder ein Drittel Prozent Lichtgeschwindigkeit. Wenn man es so ausdrückt, klingt es nicht nach sehr viel, und aus der Sicht des Universums ist es das auch nicht. Aber wenn das Schiff diese Beschleunigung beibehält, werden wir drei uns in Kürze schneller fortbewegen als irgendjemand sonst in der ganzen Geschichte der menschlichen Zivilisation.«

»Verdammt«, seufzte Jumai, »das hatte ich heute Morgen beim Aufwachen nun wirklich noch nicht auf der Tagesordnung.«

»Ich glaube, das geht uns allen dreien so«, sagte Hector.

»Du hättest nicht zurückkommen sollen«, hielt ihr Geoffrey vor. »Du hattest noch eine Chance rauszukommen.«

»Das gilt auch für dich«, mahnte Hector. »Warum kritisierst du Jumai dafür, dass sie sich genauso verhalten hat wie du?«

»Ich wollte die Station retten«, verteidigte sich Geoffrey. »Meine Chance, rechtzeitig rauszukommen, war nie sehr groß.«

»Aber versuchen wolltest du es wohl doch. Da schlägt der primitive menschliche Selbsterhaltungstrieb durch, Cousin. Trotzdem bist du zurückgekommen und bei mir geblieben, bis der Countdown des Schiffes bei null war.« Hector wandte den Blick ab, dann zwang er sich, Geoffrey fest in die Augen zu sehen. Sein Kinn zuckte, während er nach den richtigen Worten suchte. »Nach allem, was zwischen uns geschehen war, nachdem du Lucas und mich in Verdacht hattest, Memphis ermordet zu haben, hätte ich das nicht erwartet.«

»Ich wollte doch wissen, wofür dieses Schiff gebaut wurde«, behauptete Geoffrey.

»Mag sein«, sagte Jumai. »Aber du hast es auch nicht über dich gebracht, ihn im Stich zu lassen.«

Hector sagte leise: »Wenn Lucas und ich dir unrecht getan haben, dann nur, weil wir das Beste für die Familie wollten. Hätten wir dich sonst mit ins Boot geholt?«

»Damit habt ihr etwas in Gang gebracht, womit ihr nicht gerechnet hattet«, sagte Geoffrey.

»Das ist wohl wahr.«

»Vielleicht gab es einen Punkt, an dem wir die Wahl hatten, die ganze Sache unter den Tisch zu kehren. Aber nach allem, was wir inzwischen gesehen haben – den *Winterpalast*, dieses

Schiff –, gibt es wohl kein Zurück mehr. Selbst wenn wir das wollten.«

»Die Zerstörung des Habitats wurde sicher von zahllosen Kameraaugen beobachtet«, sagte Hector. »Die Welt wird bald erfahren, was sich im Inneren befand – sofern sie es nicht bereits weiß.«

»Du hast dich also damit abgefunden, dass die Katze aus dem Sack ist?«

Hector stieß ein freudloses Lachen aus. »Was bleibt uns denn jetzt noch anderes übrig?«

Geoffrey wandte sich an Jumai. »Ich will nicht behaupten, dass ich froh bin, weil du auf das Schiff zurückgekommen bist. Andererseits freue ich mich, dich hierzuhaben. Ergibt das irgendeinen Sinn?«

»Vielleicht, wenn ich wieder einen klaren Kopf habe«, sagte sie.

Als Jumai sich so weit erholt hatte, dass man sie verlegen konnte, befahlen sie dem Stellvertreter, sie wieder zum Kommandodeck hinaufzubringen. Geoffrey und Hector nahmen die Leitern. Seit dem Start waren mittlerweile mehr als drei Stunden vergangen, und durch die unablässige Beschleunigung hatten sie den Mond bereits so weit hinter sich gelassen, wie dessen Bahn von der Erde entfernt war. Durch eines der Sichtfenster sah er bereits kleiner aus, als wenn man ihn von Afrika aus betrachtete. Das ging Geoffrey mehr als alles andere unter die Haut.

Er bekam nicht mehr bloß Zahlen präsentiert und brauchte sich nicht darauf zu verlassen, dass jemand anderer ihm sagte, sie würden sich sehr weit entfernen. Jetzt konnte er es mit eigenen Augen sehen und tief im Bauch spüren.

Jumai hatte fast die ganze letzte Stunde im rechten Kommandosessel gesessen und nach einem Weg gesucht, die Sperre der Schiffssteuerung aufzuheben. Sie hatte die Befehle nicht selbst eingegeben, das ließ der Sessel nicht zu, da sie kein Akinya-Blut in den Adern hatte. Doch das hinderte sie nicht, Hector und Geoffrey Anweisungen zu erteilen.

Es war vergeblich. Die Sperre war undurchlässig, und keiner der ihr bekannten Umwege konnte daran etwas ändern.

»Ich sage nicht, dass man nicht durchkommen könnte«, sagte Jumai, als ihr letzter Versuch zurückgewiesen worden war, »aber dafür bräuchte man jemanden, der viel schlauer ist als ich. Zudem müsste derjenige bereits auf diesem Schiff sein.«

»Vielleicht ist es auch gar nicht möglich«, sagte Hector. »Das alles wurde außergewöhnlich gründlich in Szene gesetzt. Unsere Großmutter hinterließ keine losen Enden.«

»Außer denen, die wir finden sollten«, sagte Geoffrey.

»Das Schiff wurde für uns vorbereitet«, fuhr Hector fort. »Es hat darauf gewartet, dass ein Akinya kam, und es hat ein bestimmtes Ziel im Sinn. Ich glaube nicht, dass diese Hibernationsbehälter zufällig vorgehalten wurden.«

»Warum sechs?«, fragte Geoffrey.

»Eunice überließ nichts dem Zufall. Um den Countdown in Gang zu setzen, war nur einer von uns erforderlich, aber es bestand immer die Möglichkeit, dass in diesem Moment noch weitere Personen an Bord waren. Tatsächlich sind wir nun zu dritt. Aber ihr habt die Vorräte gesehen. Selbst bei mehr als sechs Passagieren könnte das Schiff leicht noch ein paar weitere für zweiundfünfzig Tage am Leben erhalten.«

»Und für den Rückflug«, sagte Geoffrey. »Den sollten wir nicht vergessen.«

»Hoffentlich hatte sie überhaupt eingeplant, uns wieder zurückzuschicken«, sagte Hector.

Als Mira Gilbert das nächste Mal chingte, brachte sie Bilder mit, die von Kameraaugen aufgenommen worden waren und das Schiff auf dem Weg aus dem lunaren Raum zeigten. Daraufhin konnte Geoffrey ihre Besorgnis wegen der Triebwerke besser verstehen. Solche Feuerstöße hatte es seit dem Zeitalter der chemischen Raketen nicht mehr gegeben.

Der Unterschied war, dass dieses Schiff seinen Schub nicht bloß minuten–, sondern stundenlang aufrechterhalten konnte. Nichts wies darauf hin, dass die Flamme erlöschen könnte, und selbst skeptische Zeugen hielten es für möglich, dass sich das Triebwerk doch nicht sofort zerstören würde, wie man zunächst vermutet hatte. Die anfänglichen Schwankungen schienen sich eher zu beruhigen.

Das Schiff war nahezu unbeschädigt aus dem *Winterpalast* gekommen. Wie ein Rammbock hatte die Atmosphärenbremse die meisten Trümmer beiseite geschoben. Die Zentrifugenarme waren langsamer geworden und hatten sich schließlich an den Seiten des Rumpfes eingeklappt wie die Beine eines Grashüpfers.

»Es mag kein großer Trost sein«, sagte Gilbert, »aber Sie machen Schlagzeilen im gesamten Inneren System. Sobald das Licht vom Saturn zurückgeworfen wird, sind Sie systemweit bekannt.«

»Was nützt uns das?«, fragte Geoffrey.

»Gar nichts. Ich sagte Ihnen ja, dass Sie für den lokalen Verkehr bereits außer Reichweite waren. Auch wenn wir schnellere Schiffe mit einbeziehen, sieht es nicht besser aus. Zwei im Anflug auf die Erde befindliche Expressschiffe könnten mit Ihrer derzeitigen Geschwindigkeit mithalten, wenn sie sofort ihren Kurs änderten, aber bis sie Sie erreicht hätten, wäre ihnen der Treibstoff ausgegangen, und das würde Ihnen auch nicht weiterhelfen.«

»Niemand soll unseretwegen ein Risiko eingehen«, betonte Geoffrey.

»Ganz meine Meinung«, warf Hector ein. »Und ich spreche in diesem Punkt auch für *Akinya Space*.«

»Sobald wir sicher wissen, welches Ziel Sie anfliegen«, fuhr Gilbert fort, »können wir über eine Rettungsmission sprechen. Sie werden allerdings lange warten müssen, bis jemand Sie holen kommt.«

»Das Schiff hat offenbar alles Nötige an Bord, um uns am Leben zu erhalten«, entgegnete Hector. »Wenn wir den Eis-Asteroiden erreichen, werden wir Näheres erfahren. Es ist eine Bergbauanlage, also müssten Lebenserhaltungsgeräte für Gasttechniker vorhanden sein.« Das klang nicht völlig überzeugt. Geoffrey konnte ihm nicht verdenken, wenn ihm inzwischen Zweifel gekommen waren.

»Wir müssen wohl oder übel dem Schiff vertrauen«, sagte Geoffrey. »Wir werden bald in den Kälteschlaf gehen – wozu wach bleiben, wenn uns ohnehin die Hände gebunden sind? Wir haben alle drei Freunde und Verwandte im System, denen wir gerne ein paar Worte sagen würden, bevor wir in die Truhen steigen. Wir haben immer noch keinen vollen ER-Zugang, und vielleicht bekommen wir den auch nie. Deshalb brauchen wir Ihre Hilfe, um unsere Botschaften zu übermitteln.«

»Ich werde dafür sorgen, dass sie die Empfänger erreichen«, versprach Gilbert. »Mein Wort darauf.«

Als es so weit war, wussten sie nicht viel zu sagen. Jeder zog sich zurück, zeichnete seine Erklärung auf und übergab sie den Pans, dann kehrten alle zum Kommandodeck zurück. Jumai unternahm einen letzten Versuch, die Sperre zu durchbrechen, kam aber auch diesmal nicht weiter.

»Wer immer das System eingerichtet hat«, sagte sie mit einer vagen Handbewegung in Richtung auf die Anzeigen und Bedienungselemente, »hat es nicht in fünf Minuten zusammengeschustert. Dieses Schiff wurde von Grund auf so geplant, dass es Eingaben von außen nur dann akzeptiert, wenn es das selbst will. Wenn nicht gerade mein Leben auf dem Spiel stünde, wäre ich ehrlich beeindruckt. Doch wie die Dinge liegen, würde ich denjenigen, der diese Architektur entworfen hat, mit Freuden erwürgen.«

»Dafür ist es etwas zu spät«, bemerkte Hector.

Geoffrey war in Gedanken bei seiner Botschaft an Sunday und überlegte, ob er noch etwas ändern sollte. Er wollte seine Schwester auf keinen Fall weiter belasten, hatte sie aber dennoch gebeten, jemanden zu suchen, der sich bis zu seiner Rückkehr um die Elefanten kümmern oder zumindest über sie wachen konnte. Seine Angst, dass er nicht zurückkommen würde, hatte er tunlichst für sich behalten. Hoffentlich ging es ihr auf dem Mars gut. Er hätte gern gewusst, dass sie in Sicherheit war, bevor er sich schlafen legte.

»Ich glaube, ich weiß, was du gerade denkst«, sagte Hector wenig später.

»Nämlich?«, fragte Geoffrey.

»Du hättest gerne noch einmal mit Memphis gesprochen, bevor er starb. Auch wenn du es mir vielleicht nicht glaubst, mir geht es ebenso. Ich habe ihn nicht getötet, Geoffrey. Und Lucas war es auch nicht.«

Geoffrey wandte kurz den Blick ab. »Ich weiß. Es war wohl so, wie du immer gesagt hast: ein Unfall.«

Hector war anzusehen, dass er jede andere Antwort erwartet hätte, nur diese nicht. »Du warst so sicher, dass wir es getan hatten. Was hat dich umgestimmt? Hast du dir die Aufzeichnungen der Kameraaugen angesehen und unsere Bewegungen zurückverfolgt?«

»Das war nicht nötig. Ich musste mich entscheiden, als ich an Bord des *Winterpalasts* kam und deinen Anzug fand. Bis dahin wollte ich irgendwo immer noch glauben, dass du und Lucas die Hand im Spiel gehabt hattet.«

»Niemand könnte dir verdenken, dass du wütend warst. Ihr habt euch immer sehr nahegestanden.«

»Doch zugleich wusste ich auch, dass es nicht sein konnte. Immerhin gehören wir zu einer Familie. Wir mögen verschiedener Ansicht darüber sein, wie wir jeweils unser Leben führen, aber das macht uns noch lange nicht zu Todfeinden. Jedenfalls hoffe ich das. Außerdem haben wir alle die Implantate. Warum sollten meine Cousins zu einem geplanten Mord fähig sein, wenn ich es nicht bin?«

»Es gibt immer ein paar Fische, die durch das Netz schlüpfen. Die Idee war nicht völlig abwegig. Als du mir diesen Hieb verpassen wolltest … da wolltest du doch eigentlich auch Blut sehen, nicht wahr?«

Die Erinnerung an jene Szene, seine blinde Wut, den betäubenden Schlag, mit dem ihn der *Mech* außer Gefecht gesetzt hatte, schmerzte noch immer.

»Ich schäme mich dafür.«

»Keiner von uns hat sich in dieser Situation mit Ruhm bedeckt«, tröstete Hector. »Lucas und ich … wir hätten anders mit dir umgehen sollen. Es wäre besser gewesen, dich einfach um Hilfe zu *bitten*, anstatt dir Geld anzubieten. Dich zu bestechen. Damit hätten wir zumindest eine Atmosphäre gegenseitigen Vertrauens geschaffen. Aber wir haben wohl doch ziemlich viel Geschäftssinn in den Adern.«

»Was geschehen ist, ist geschehen.«

»Trotzdem bin ich froh, dass du zurückgekommen bist, um mich zu holen«, sagte Hector. »Vielleicht hätte ich dasselbe auch für dich getan. Die Sache ist die, du wurdest auf die Probe gestellt und hast sie bestanden. Ich habe eine solche Prüfung noch vor mir.« Er schwieg kurz, dann lächelte er. »Ich weiß nicht, ob wir jemals im herkömmlichen Sinn Freunde werden können, aber wenn wir es schaffen, einander nicht zu verabscheuen, wäre das schon ein Fortschritt. Versuchen wir es um des alten Mannes willen. Memphis hat sich immer gewünscht, dass wir alle wie eine glückliche Familie zusammenleben.«

»Ich kann immer noch nicht fassen, dass er nicht mehr ist«, seufzte Geoffrey.

»Wir werden alle lange brauchen, um uns daran zu gewöhnen. Wenn das vorüber ist, müssen wir einen Weg finden, sein Andenken zu ehren. Wir alle, so gut wir können.«

»Einverstanden«, sagte Geoffrey.

Hector streckte ihm die Hand entgegen. Geoffrey sah sie lange schweigend an. Er wollte nicht den Eindruck vermitteln, diese Versöhnung sei leicht oder gar selbstverständlich. Es gab immer noch einen tiefen Abgrund des Misstrauens zu überwinden. Aber Hector hatte recht. Sie mussten irgendwo beginnen, und dies war ein guter Zeitpunkt. Immerhin bekamen sie vielleicht keine zweite Chance mehr.

Also griff er schließlich zu.

35

Es war der Morgen des neunzehnten März. Auf der nördlichen Hemisphäre des Mars dämmerte ein neuer Frühlingstag herauf, der Himmel war so blank und rosa wie eine Flasche voller Plasma. Soya hatte Sunday und Jitendra nach Vishniac zurückgefahren. Sie hatten das Evolvarium bei Nacht in einem kleinen vierrädrigen Buggy mit einer belüfteten Glaskanzel durchquert. Zuvor hatten sie das Aggregat über eine Stahlrampe verlassen, die wieder eingefahren wurde, sobald die Räder den Boden berührten. Jonathan hatte ihnen versichert, die Reise sei ungefährlich. Die anderen Maschinen würden Abstand halten – keiner wolle das Aggregat provozieren. Dennoch spürte Sunday, dass Soya unter einem gewissen Druck stand, während sie über die endlosen Hochebenen der Tharsis-Region holperten und schlingerten. Hin und wieder biss sie sich auf die Unterlippe, umkrampfte die Steuerung, dass ihre Knöchel weiß wurden, warf einen nervösen Blick auf die Radar- und Sonaranzeigen oder suchte den Horizont nach den polarlichtähnlichen Blitzen ab, die verrieten, dass kleinere Maschinen sich in Todesqualen wanden. Längst hatten sie die Transpondergrenze überschritten und viele Kilometer zwischen sich und die technischen Grenzen des Evolvariums gebracht, als

Soya sich endlich entspannte. Selbst dann blieb sie nervös und schreckhaft. Auch wenn sie den Maschinen entkommen waren, Soya wollte möglichst nicht auffallen.

Sie hatten Vishniac erst vor zwei Tagen verlassen, doch Sunday hatte das Gefühl, als seien Wochen vergangen. Die kleine Siedlung, die von der Eisenbahnlinie förmlich aufgespießt wurde und Sunday bei ihrer Ankunft so trübselig und unscheinbar vorgekommen war, erschien ihr jetzt geradezu prächtig.

Soya parkte den Buggy in derselben Tiefgarage, wo auch Gribelin seinen Truck abgestellt hatte. »Ich muss gleich weiter«, sagte sie, während Jitendra und Sunday ihr Gepäck zusammensuchten. »Für meinen Vater habe ich noch einiges zu erledigen.«

»Lass dich wenigstens auf einen Kaffee einladen«, bat Sunday.

Soya sträubte sich, aber Sunday ließ nicht locker, und schließlich fuhren sie doch mit dem Fahrstuhl hinauf in die Empfangshalle. Das gnadenlos grelle Licht des Fahrstuhls ließ Soya älter aussehen. Sunday verstand allmählich, was die Schattenexistenz dieser Frau abverlangte. Doch als sie sich selbst im Spiegel sah, war der Unterschied nicht allzu groß. Vermutlich hatten sie ähnliche Gene. Jedenfalls sahen sie beide so aus, als könnten sie ein paar Tage Urlaub vertragen.

Sie betraten dieselbe Cafeteria, in der Gribelin auf sie gewartet hatte. Während Jitendra an der Bar die Getränke bestellte, griff Sunday nach Soyas Hand. »Ich bin froh, dass wir uns kennengelernt haben. Jetzt ist nichts mehr, wie es war. Ich werde immer wissen, dass du hier draußen bist.«

»Wir sind wohl Cousinen«, sagte Soya.

»So ähnlich. Wie auch immer, ich finde es schön, dass es hier draußen jemanden gibt, von dem ich bisher nichts ahnte. Nicht bloß, weil ich über dich Kontakt zu meinem Großvater bekommen habe, obwohl es damit zu tun hat, sondern einfach, weil …« Sunday zögerte. »Ich glaube, wir könnten beide ein paar Freunde mehr gebrauchen, meinst du nicht auch? Ich sagte, ich würde zurückkommen, und das war ehrlich gemeint. Ich komme wieder.« Leichter gesagt als getan, dachte sie bei sich. Schließlich konnte sie nach alledem nicht mehr erwarten, dass die Pans ihr ein Spesenkonto einrichteten.

»Ich würde gerne reisen. Aber das ist schwierig. Meine Vergangenheit ist eine Legende. Die ist zwar so überzeugend, dass sie mir erlaubt, mich auf dem Mars frei zu bewegen, aber ich könnte diesen Planeten niemals verlassen.«

»Was könnte denn schlimmstenfalls passieren? Selbst wenn herauskommt, wer du wirklich bist – du hast doch schließlich kein Verbrechen begangen, Soya. Du hast nur eine Lüge aufrechterhalten, um Jonathan zu schützen. Wer hätte das nicht getan? Er scheint mir ein guter Mensch zu sein.«

»Wenn die Welt erfährt, wer ich bin, findet sie auch heraus, was mit ihm geschehen ist«, sagte Soya.

»Vielleicht wird das auch Zeit. Wer sagt denn, dass er sich für den Rest seines Lebens verstecken muss?«

»Ich glaube, ihm ist es lieber so. Er möchte aus der Geschichte verschwinden wie ein gelöschtes Kapitel.«

»Das ist sein gutes Recht. Aber du brauchst seinetwegen nicht dein ganzes Leben zu opfern. Du hast schon mehr als genug getan.«

»Ich bin noch nicht so alt«, sagte Soya. »Noch habe ich viel Zeit.« Und damit meinte sie eindeutig viel Zeit ohne ihren Vater, und das war ebenfalls wahr, obwohl Sunday es vermieden hatte, diese Tatsache von sich aus anzusprechen.

»Wie gesagt, ich freue mich, dass wir uns begegnet sind.«

Soya schien einen geheimen Entschluss zu fassen. Sie fasste sich in den Nacken, öffnete einen verborgenen Verschluss und nahm eines der hölzernen Amulette ab. »Das gehört jetzt dir,

Sunday. Mein Vater hat es mir geschenkt. Es hat Eunice gehört. Es war ein Geschenk ihrer Mutter Soya. Soya erzählte ihr, es sei schon damals sehr alt gewesen. Ich glaube, es hat eine lange Geschichte.«

»Das kann ich nicht annehmen.«

»Du musst.« Soya bog Sundays Finger auseinander und drückte ihr das Amulett in die Hand. »Dabei hast du nichts mitzureden. Das ist immer so.«

Sunday sah auf das Geschenk nieder. An einem schlichten Lederband hing ein runder Talisman. Darin eingeschlossen war ein komplexeres Gebilde, das mit feinen geometrischen Mustern graviert und bemalt war. Sie schloss die Finger darum und malte sich aus, wie ihre Großmutter das Gleiche getan hatte und Eunices Mutter vor ihr, eine lange Reihe von sich schließenden Händen, zusammengehalten von diesem Augenblick, als wäre die Zeit selbst nur eine dünne Membran, die leicht zu zerreißen war.

»Danke«, sagte sie leise.

Jitendra kam mit einem Tablett und drei dampfenden Kaffeetassen zurück. Sunday rang mit sich, ob sie ihm das Geschenk zeigen sollte – vielleicht sollte es ein Geheimnis zwischen ihr und Soya bleiben –, als mit einem Mal ein Stellvertreter erschien und seinen Platz einnahm.

Diesmal war es kein Golem, sondern eine mechanische Konstruktion, von der Form her wie eine klapperdürre Rüstung in Silber, Chrom und blitzenden Blautönen. Das Gesicht war auf ein Minimum reduziert: ein Schlitz anstelle eines Mundes, zwei runde, kraterförmige Augen.

»Wir müssen reden«, sagte der Stellvertreter.

Sunday verwahrte den Talisman in ihrer Tasche. Sie hatte die Stimme erkannt, rief aber sicherheitshalber ein ER-Tag ab. »Lucas«, sagte sie mit eisiger Höflichkeit. »Wie kommst du denn hierher? Wenn ich mich recht erinnere, habe ich dich bei unserer letzten Begegnung mit meinem Stiefel ins Gesicht getreten. Hast du es immer noch nicht kapiert?«

»Halt den Mund.«

Sunday hatte endgültig genug. Sie stemmte sich hoch und trat mit dem Fuß nach dem Stellvertreter. Ihre Ferse landete mitten in seinem Unterleib. Sie setzte hart nach, der Stellvertreter kippte nach hinten, fiel krachend zu Boden und warf den Tisch um, als sein eigener Fuß nach oben schnellte. Die leeren Trinkbecher der letzten Gäste flogen durch die Gegend. Auf der anderen Seite der Halle drehten sich die Gesichter wie Radarantennen und schauten zu ihnen herüber.

Jitendra stand wie erstarrt, das Tablett noch in der Hand.

»Wir sind längst über das Stadium hinaus, in dem wir vernünftig miteinander reden können, Lucas. Wann geht es endlich in deinen Schädel? Es ist aus und vorbei. Die Pans haben mich reingelegt. Ich habe die weite Reise ganz um …«

»Halt den Mund.« Der Stellvertreter rappelte sich wieder auf und löste sich von dem Stuhl. »Halt einfach den Mund. Alles hat sich geändert.«

Die Art, wie er ihr den Mund verbot, war zu ruhig. Eher resigniert als aufgebracht.

»Wieso?«, fragte sie.

Der Stellvertreter stellte den Stuhl wieder auf, den Tisch ließ er liegen. »Es geht um deinen Bruder. Ich denke, du solltest mich anhören.«

Das war nicht Lucas selbst, rief sie sich in Erinnerung. Lucas war auf einer anderen Welt; das war nur eine Emulation – klüger und schneller als die Simulation von Eunice in dem Helm, aber wirklicher Intelligenz nicht näher. Trotz alledem war die Illusion frappierend. Die Ungeduld in der Stimme war nicht zu überhören.

»Seit wann interessierst du dich für Geoffrey?«

Jitendra hatte die Tassen auf den nächsten freien Tisch gestellt, hob die selbstreparierenden Gläser auf und brachte sie in Sicherheit. Die Kaffeereste wurden vom Boden aufgesogen, bevor sie sich an irgendwelche Schuhsohlen heften konnten.

»In der Regel nicht allzu sehr. Aber mein Bruder ist ein anderer Fall. Hector steckt in Schwierigkeiten. Geoffrey …« Der Stellvertreter senkte den Kopf. »Geoffrey hat versucht, ihm zu helfen. Jetzt sind sie beide in Not.«

Sunday hätte geschworen, dass ihr nach allem, was im Evolvarium geschehen war, nichts mehr Angst machen konnte. Dennoch berührten die Worte des Stellvertreters eine empfindliche Stelle. »Was soll das heißen?«

Eine nicht ganz natürliche Pause trat ein, während der Stellvertreter seine Antwort formulierte. »Hector hat versucht, in den *Winterpalast* zu gelangen. Geoffrey ist ihm wenige Minuten später gefolgt. Kurz danach ist etwas geschehen. Der *Winterpalast* ist nicht mehr da.«

Sunday war nicht sicher, ob sie richtig verstanden hatte. »Ist nicht mehr da?«

»Er hat sich selbst zerstört. Hector und Geoffrey sind vorerst noch am Leben. Sie sind auf einem Schiff, und Jumai Lule ist bei ihnen.«

»Das kann nicht sein. Mein Bruder würde niemals mit Hector zusammenarbeiten. Das ist ein Trick, um sich mein Vertrauen zu erschleichen.«

»Du brauchst mir nicht zu glauben – frag die ER. Es ist bereits systemweit in den Nachrichten.«

Sunday konnte sich nicht vorstellen, dass ihr der Stellvertreter eine Lüge auftischte, die so leicht zu widerlegen wäre, vielleicht sagte er also doch die Wahrheit. »Ich muss mit meinem Bruder sprechen.«

»Das geht nicht. Sie liegen alle drei im Kälteschlaf, und das Schiff ist auf dem Weg in den transneptunischen Raum. Es fliegt sehr schnell, was an sich schon bemerkenswert ist. Wir machen uns Sorgen, dass es sich selbst beschädigen oder womöglich gar zerstören könnte. Sollte das nicht geschehen, wird es in etwas mehr als sieben Wochen sein Ziel erreichen. Noch verstehen wir nicht wirklich, was das alles zu bedeuten hat. Aber die Landschaft hat sich auf jeden Fall verändert.«

»Nicht aus meiner Sicht.«

»Sunday.« Der Stellvertreter beugte sich vor, um seinen Worten Nachdruck zu verleihen. »Wir brauchen keine große Zuneigung zueinander zu heucheln. Aber *mein* Bruder ist auf diesem Schiff, und *dein* Bruder hat versucht, ihm zu helfen. Kurz bevor er sich in den Kälteschlaf versetzen ließ, sagte mir Hector, wir müssten unsere Position in Bezug auf Eunices Erbe überdenken.«

»Soll das heißen, ihr habt einen Fehler gemacht?«

»Wir haben beide Fehler gemacht.« Der Stellvertreter verschränkte die dürren Arme. Sie waren völlig durchsichtig, sodass sie das Muskelnetz, die Metallknochen und die Servomotoren sehen konnte. »Du hast ja selbst gesagt, die Pans haben dich reingelegt.«

Sie hatte sich schon gefragt, ob der Stellvertreter wohl helle genug war, um auf diese Bemerkung anzuspringen. Es sah ganz danach aus.

»Wie hätte ich sonst auf den Mars kommen sollen? Mit den Flügeln schlagen?«

»Die Frage lautet eher: Wie kommst du jetzt wieder zur Erde zurück, nachdem deine Freunde dich im Stich gelassen haben?« Schneller als sie blinzeln konnte, schoss die Hand des Stellvertreters vor und berührte ihr Handgelenk. Der Kontakt dauerte nur einen Sekundenbruchteil – sie spürte nicht die Berührung selbst, sondern lediglich ihre Folgen – und wurde auch schon wieder unterbrochen.

Dann erschien das Symbol in ihrem Blickfeld. »Ich habe Bedenken, ob die Pans sich noch verpflichtet fühlen, dich nach

Hause zurückzubringen«, erklärte der Stellvertreter. »Jedenfalls wird das nächste Expressschiff mit freien Plätzen erst in einer Woche den Orbit verlassen. Aber wer ist auf eine Schifffahrtslinie angewiesen, wenn er über *Akinya Space* verfügen kann?«

Sie fühlte sich vergewaltigt. Hätte der Stellvertreter sie gefragt, ob sie den Körperkontakt zulassen wolle, sie hätte abgelehnt.

Vielleicht hatte er es deshalb nicht getan.

»Was hast du mir eben gegeben?«

»Die Berechtigung, über ein raumtüchtiges Akinya-Schiff zu verfügen, das sich derzeit im Mars-Orbit befindet. Es ist ein Frachter, allzu viel Luxus darfst du also nicht erwarten, aber es kann dich in fünf Wochen nach Hause bringen, wenn du noch heute aufbrichst. Du wirst wieder in der Erdumlaufbahn sein, bevor Geoffrey und Hector ihr Flugziel erreichen.«

»Vielleicht will ich gar nicht nach Hause. Vielleicht möchte ich lieber meinem Bruder folgen.«

»Sein Ziel liegt jenseits des Neptun-Orbits, Sunday. Von da draußen macht es kaum einen Unterschied, ob du auf der Erde oder auf dem Mars bist. Außerdem – selbst unser schnellstes Schiff würde mehr als acht Wochen brauchen, um dich dorthin zu bringen.« Der Stellvertreter ließ ihr Zeit, diese Information zu verarbeiten, bevor er fortfuhr. »Hier kannst du nichts für Geoffrey tun, und ich kann nichts für Hector tun. Deshalb bin ich noch in Afrika. Und irgendwann müssen wir schließlich alle wieder nach Hause.«

»Ich bin eben erst auf dem Mars angekommen.«

»Der Mars läuft dir nicht weg«, sagte der Stellvertreter. »Er bleibt, wo er ist, und wartet auf dich.«

Also flog sie nach Hause. Vom Vishniac- zum Herschel-Krater, vom Herschel zum Aufzug. Als die Gondel sie nach oben brachte, blieb der Mars unter ihren Füßen zurück und wurde immer kleiner und blasser wie die Erinnerung an einen Traum, der mit dem ersten Tageslicht verflog. Wenn man es so betrachtete, war es ein seltsamer Traum gewesen, unruhig und fiebrig, bevölkert von eisernen Monstern und grinsenden, übel riechenden Irren. Sie wäre darin auch fast gestorben, dennoch war sie jetzt traurig, denn diese Fahrt hatte etwas Endgültiges, sie spürte eine unerklärliche Gewissheit, dass es keine Rückkehr geben würde.

Leb wohl, Mars, dachte sie. *Leb wohl, du kalte, kleine Welt der gebrochenen Versprechungen.* Der Planet mochte nicht weglaufen, aber nichts wies darauf hin, dass ihre Lebensbahn sie jemals wieder dorthin führen würde.

Einmal im Orbit, konnte sie nur einen flüchtigen Blick auf den requirierten Frachter werfen. Hässlich wie die Sünde, nichts als Treibstofftanks und Radiatoren, mit einer Schicht aus Tausenden von luftdichten Frachtcontainern, die willkürlich rings um den Gitterrumpf befestigt waren, klobige 3-D-Pixel, die sich zu einer massiveren, aber noch nicht ganz erkennbaren Silhouette zusammenfügen sollten. Das namenlose Schiff hatte keine feste Besatzung und lediglich ein winziges Habitat-Modul, in dem Menschen überleben konnten. Sunday und Jitendra wurden vor dem Verladen in den Kälteschlaf versetzt, dann folgten fünf Wochen Vergessen und die nebelhafte Benommenheit der Wiederbelebung. Auf Phobos hatte sie sich wie ein Gott gefühlt, wie der Mittelpunkt ihres eigenen persönlichen Universums, als man sie ins Bewusstsein zurückgeholt hatte. Jetzt hatte jemand in ihrem Kopf einen Schalter umgelegt, und sie fühlte sich wie ein Stück Dreck, das vom Universum mit aller Kraft ausgestoßen werden sollte.

Doch das ging allmählich vorbei. Aus dem Orbit sah die Erde wunderschön aus, unglaublich blau wie eine Indigolaterne, die von innen heraus leuchtete. Sunday wollte sie berühren, mit den Fingern durch diese Atmosphäre streichen, dicke weiße Wolken und glitzernde Salzmeere teilen, bis sie die harte Kruste darunter spürte. Sie wollte auf dieser Erde laufen, ihre uralte Luft atmen, das tektonische Murmeln ihres immer noch schlagenden Herzens spüren. Irgendwo sein, wo sie nicht auf Maschinen, Glas und druckfeste Dichtungen angewiesen war, wenn sie am Leben bleiben wollte. Ein absurder Gedanke, schließlich hatte sie einen großen Teil ihres Lebens glücklich und zufrieden in einer überdachten Höhle auf dem Mond verbracht. Doch der Mars hatte sie irgendwie verändert.

»Ich kann nicht in die *Zone* zurück«, erklärte sie Jitendra. »Ich meine, nicht sofort. Nicht in diesem Moment.«

»Einer von uns muss aber dorthin.«

Er hatte natürlich recht, sie konnten nicht einfach alles schleifen lassen. Also trennten sie sich zwei Tage nach der Wiederbelebung. Jitendra kehrte auf den Mond und in die *Überwachungsfreie Zone* zurück, um nach Möglichkeit all die kleineren Probleme zu lösen, die seit ihrer Abreise aufgetreten sein mochten. Sunday fuhr mit dem Aufzug nach Libreville und Afrika. Es fiel ihr schwer, sich von Jitendra zu verabschieden. Bis sie sich persönlich wiedersahen, konnten viele Wochen, sogar Monate vergehen – und Sunday bezweifelte, dass das Chingen in der Zeit der Trennung einen allzu großen Trost bieten würde. Aber sie brauchte diesen Aufenthalt auf der Erde, und Jitendra hatte Verständnis.

Seit Jahren war sie nicht mehr unter terrestrischer Schwerkraft gewesen, und der Übergang war viel schlimmer, als sie erwartet hatte. Medikamente waren ebenso eine Hilfe wie ein Exoskelett – sie hatte ganz und gar nicht das Gefühl, damit aufzufallen, denn diese Probleme waren keineswegs selten –, womit sie allerdings nicht gerechnet hatte, waren der nahezu ständige dumpfe Schmerz in Knochen und Muskeln und die dauernde Angst zu stolpern und sich zu verletzen. Das stets wachsame Exoskelett würde einen Sturz zwar verhindern, und der Schmerz rührte daher, dass ihr Körper dabei war, sich auf die Fortbewegung auf der Erde umzustellen. Doch diese Erkenntnisse änderten nichts daran, dass sie sich ungeschickt fühlte, kopflastig und zerbrechlich wie Porzellan.

Auch das ging vorüber – zumindest traten die Beschwerden in den Hintergrund und reduzierten sich auf ein erträgliches Maß. Sie begab sich nicht sofort zum Familiensitz, denn für eine Begegnung mit Lucas war sie noch nicht bereit. Stattdessen ging sie auf Reisen. Sie konnte dabei auf ein im Grunde unerschöpfliches Finanzpolster zurückgreifen. Von Libreville zum Großraum Brazzaville-Kinshasa, um Freunde und Künstler zu besuchen, mit denen sie einmal zusammengearbeitet hatte. Von B-K nach Luanda, wo sie stundenlang zusah, wie das Meer kam und ging und sich mit dumpfer Beharrlichkeit gegen die mächtigen Seemauern des Cho-Imperiums warf. Ein Bett für die Nacht und Gesellschaft für die Abende zu finden war weiter nicht schwierig. Ihre Freunde wollten wissen, was auf dem Mars geschehen war, wozu sie die weite Reise unternommen hatte, nur um wieder nach Hause zu kommen. Sie wehrte die Fragen höflich ab, und die meisten waren klug genug, sie nicht zu bedrängen.

Aber sie erkundigten sich nach Geoffrey, und das konnte sie ihnen kaum verdenken. Anders als der Tod ihrer Großmutter war sein Flug keine Eintagsfliege im Mediendschungel. Die *Winterkönigin* – oder wie man das Schiff auch nennen sollte – hatte sich allen Erwartungen zum Trotz nicht selbst zerstört, sondern war immer noch da draußen unterwegs, inzwischen weiter von der Sonne entfernt, als sie nach den wenigen Wochen sein konnte. Sie beschleunigte schon lange nicht mehr, würde aber abbremsen müssen, um das Ziel zu treffen, das sie vermutlich ansteuerte. Wenn es so weit war, würde der Abgasstrom allerdings von der Erde wegzeigen und wäre vom Inneren System aus schwerer zu detektieren. Zahllose Augen würden dennoch nach diesen unglaublichen Energien Ausschau halten und versuchen, einen Hinweis auf die noch unbekannten physikalischen Grundlagen aus ihnen herauszukitzeln. Einige dieser Beobachter würden zweifellos insgeheim hoffen, dass sich das Schiff in einem einzigen informationsgesättigten Blitz auslöschte, der sich dann umso leichter analysieren ließe.

Sie selbst machte sich solche Sorgen nicht. Inzwischen hatte sie einiges Vertrauen zu Eunice gefasst. Wenn das Schiff fähig war, Geoffrey, Hector und Jumai auf dem größten Teil der Strecke nach *Löwenherz* zu befördern, würde es auch den letzten Teil der Reise bewältigen. Viel mehr Kopfzerbrechen bereitete ihr, was mit den dreien bei der Ankunft geschehen würde. Was erwartete sie da draußen? Wenn das Schiff auf dem Flug zu dem Eis-Asteroiden allen Treibstoff verbrauchte, könnten sie dann wieder nach Hause zurückkehren – oder lange genug überleben, bis Rettung eintraf? Doch wieder kam sie auf ihr Vertrauen zurück. Diese Reise war vorbereitet, sie war Teil eines Plans, den Eunice mehr als sechzig Jahre zuvor ersonnen hatte. Es musste eine Pointe geben, das war nicht bloß eine ausgeklügelte Strafaktion gegen ihre Nachkommen. Hoffentlich.

Geoffrey war indessen fern von Afrika. Er hatte die Erde nicht gerade unter idealen Umständen verlassen, und er hatte nicht wissen können, wie lange es dauern würde, in den *Winterpalast* einzudringen und seine Geheimnisse ans Tageslicht zu fördern. Sicherlich hatte er jedoch nicht mit einer Abwesenheit über Monate gerechnet. Seit er sich mit den Amboseli-Elefanten beschäftigte, war er ihnen kaum jemals länger als zwei Wochen am Stück ferngeblieben, das wusste Sunday. Schon ein Monat wäre eine Ausnahme gewesen. Er hatte ihr oft geschildert, wie viel Mühe es ihn gekostet hatte, eine Beziehung zu der Probandengruppe aufzubauen, und wie leicht diese Beziehung auch wieder zerfallen konnte.

Letztlich war das der Grund, warum sie nach Afrika zurückgekehrt war, obwohl sie sich das anfangs noch nicht hatte eingestehen wollen. Sie hatte sich nie sehr viel aus den Elefanten gemacht, obwohl sie in der Kindheit ganz ähnliche Erlebnisse gehabt hatte wie Geoffrey. Aber wenn sie unerwartet vom Mond abberufen worden wäre und dort etwas, das sie sorgsam hegte, unter Vernachlässigung zu leiden drohte, wäre Geoffrey sicherlich auch für sie da gewesen.

In Luanda leistete sie sich ein Airpod. Immer noch etwas unbeholfen, zwängte sie sich mit ihrem Exoskelett ins Innere und befahl ihm, zum Amboseli-Becken zu fliegen. Dort wäre sie nur einen Steinwurf vom Familiensitz entfernt, aber der konnte warten. Sobald sie in der Luft war, stellte sie östlich des Großen Grabenbruchs den Autopiloten ein und chingte Gleb Ozerov an. Sie hatte nicht nachgerechnet, wie viel Uhr es in der *Überwachungsfreien Zone* war. Die Zoowärter arbeiteten ohnehin zu jeder Tages- und Nachtzeit, und nach allem, was sie auf dem Mars erlebt hatte, war sie der Meinung, die beiden hätten die verdammte Pflicht, ihren Anruf entgegenzunehmen.

Sunday hatte einen ausgehenden Ching angefordert, und nach einer kurzen Pause wurde sie über die Verbindung körperlos in die Menagerie versetzt. Gleb, der das eingehende Gespräch wohl angenommen hatte, stand neben einem Rollwagen von der Größe eines Tisches und sammelte Pflanzenproben aus den Vivarien ein.

»Schön, dass du von dir hören lässt«, sagte er. Es klang unsicher, als traue er dem Frieden nicht. »Ich hatte gehofft, dass du dich melden würdest …« Er legte seine Instrumente ab und wischte sich die Finger an seinem Laborkittel sauber. »Ich habe versucht, dich zu erreichen, aber du warst noch auf dem Schiff. Alles in Ordnung?«

Sunday ließ ihn nicht ausreden, sondern fragte sofort: »Wie viel weißt du über das, was auf dem Mars passiert ist?«

Die Zeitverzögerung war nicht der einzige Grund, warum seine Antwort auf sich warten ließ. »Ich hatte gehofft, deine Version der Geschichte zu hören, bevor ich mir eine Meinung bilde. Chama hat versucht, so viel wie möglich herauszufinden, aber er steht immer noch unter Zwangsbewährung, und das erschwert die Sache.«

»Ihr habt uns reingelegt. Deine Leute, Gleb. Und ich hatte gedacht, ich könnte ihnen trauen.«

»*Meine* Leute.« Das klang gekränkt, als wäre der Vorwurf unter ihrem Niveau. Als wäre sie seinem bislang makellosen Bild von ihr nicht gerecht geworden.

»Truro, Holroyd, wer auch immer. Es ist mir scheißegal. Man hat mich belogen, hat so getan, als wollte man mir helfen, dabei wollte man nur vor mir an die Kiste heran. Jitendra und ich wären da draußen fast umgekommen, Gleb. Das Evolvarium hätte uns beinahe bei lebendigem Leib aufgefressen, und das wäre nicht geschehen, wenn wir rein und raus gegangen wären, ohne verraten zu werden. Gribelin musste deshalb sterben.«

Gleb wählte ein anderes Instrument und knipste damit eine Blattprobe ab. Dann hielt er sich den schmalen grünen Streifen prüfend vor die Augen und runzelte ein wenig die Stirn.

»Bei der Geschichte sieht niemand gut aus, Sunday. Aber wenn es dir ein Trost ist, Chama und ich hatten mit dem, was auf dem Mars passiert ist, nichts zu tun. Als Chama im Pythagoras Kopf und Kragen riskiert hat, wollte er dir lediglich einen Gefallen tun.«

»Um sich damit einen Gefallen von meinem Bruder zu erkaufen.«

»Mag sein. Aber weitere Hintergedanken hatte er nicht.« Gleb legte die abgeknipste Blattprobe in einen seiner Behälter und klammerte den luftdichten Deckel fest. »Es wird dich vielleicht interessieren, dass Arethusa sich bei uns gemeldet hat –

nicht lange nach den unerfreulichen Ereignissen auf dem Mars.«

»Auch ihr traue ich nicht über den Weg.«

»Das kannst du halten, wie du willst, Sunday – es ist nicht meine Aufgabe, die Entscheidungen für dich zu treffen. Jedenfalls hat sie von Truro gesprochen. Sie sagte, für Chama und mich könnte es in Zukunft schwieriger werden, da wir wegen unserer Fördermittel so sehr auf Truro und seine Verbündeten angewiesen sind.« Er hielt inne, holte einen Stylus hinter seinem Ohr hervor und machte damit eine Notiz auf dem Probenbehälter. »Arethusa meinte, auch für sie könnte es schwierig werden – offenbar ist es durch den ganzen Schlamassel zu einer Spaltung innerhalb der *Initiative* gekommen.«

»Ich dachte, Arethusa sei der Kopf der Bewegung.«

»Sie dachte das auch. Und *wir* ebenfalls. Aber es gibt anscheinend Stimmen, die finden, sie habe sich zumindest in den letzten Jahren nicht energisch genug für die panspermische Bewegung eingesetzt.«

»Mein Bruder und ich hatten bezüglich Arethusas gewisse Theorien entwickelt. Wenn wir recht haben, gäbe es ohne sie keine panspermische Ideologie.« Sunday zögerte, sie wagte das Folgende kaum auszusprechen, denn solche Spekulationen hörten sich in Glebs Gegenwart geradezu gotteslästerlich an. Doch dann entschied sie, dass Taktgefühl inzwischen nicht mehr am Platz war. »Ich glaube, ich bin Lin Wei begegnet, eurer Gründerin. Ich glaube, sie ist noch am Leben. Und ich glaube, ihr alle verdankt Arethusa mehr, als euch bewusst ist.«

Gleb nickte langsam. »Ich will nicht leugnen, dass wir diese Möglichkeit ebenfalls in Betracht gezogen haben. Wenn man die Beziehungen deiner Familie zu Lin Wei …«

»Sie war bei Eunices Trauerfeier. Hinter dem Stellvertreter stand natürlich Arethusa. Und sie kann diese Gestalt eigentlich nur deshalb gewählt haben, weil sie halb und halb wollte, dass einer von uns die Verbindung herstellte.«

Gleb schob den Rollwagen zum nächsten Vivarium. »Sie hat immer noch Einfluss und auch Verbündete. Im Moment bin ich noch guter Hoffnung, dass sie Chama und mich auch weiterhin schützen und sogar für eine Basisfinanzierung und eine gewisse Grundausstattung sorgen kann. Dafür gibt es allerdings keine Garantie, und wir brauchen gerade jetzt alle Freunde, die wir finden können. Aber vergiss uns. Auf uns kommt es überhaupt nicht an. Wichtig sind die Zwerge. Die Zusammenarbeit mit Geoffrey ist von größter Bedeutung, Sunday. Sie darf nicht zerbrechen, bloß weil sich Arethusa mit ihren Gegnern überworfen hat.«

»Komisch, genau wegen der Elefanten rufe ich an.«

Gleb lächelte zum ersten Mal, seit sie eingechingt war. »Deine oder meine? Genauer gesagt, die Zwerge oder die Amboseli-Herde?«

»Letztlich geht es um beide. Im Augenblick brauche ich Hilfe bei den großen. Ich nehme an, du hast gehört, was mit meinem Bruder passiert ist.«

»Das konnte einem kaum entgehen. Ich hoffe, alles wird gut, Sunday. Unsere Gedanken sind bei Geoffrey.« Hastig fügte er hinzu: »Und bei den beiden anderen … deinem Cousin und der Frau.«

»Hector und Jumai. Ja, wir sorgen uns um alle drei. Aber wir können nichts für sie tun, doch bei den Elefanten ist es anders. Geoffrey hatte nicht erwartet, dass er so lange wegbleiben würde, und ich habe Angst um die Herde. Deshalb bin ich in Afrika. Ich habe das Gefühl, ich müsste etwas unternehmen.«

»Im Grunde sind es ganz gewöhnliche Elefanten«, sagte Gleb nachdenklich. »Sie kommen seit Millionen von Jahren allein zurecht. Es wäre überheblich zu glauben, sie könnten nicht auch noch etwas länger ohne uns auskommen.«

»Aber es sind Elefanten mit Maschinen in den Köpfen, Elefanten, mit denen mein Bruder interagiert, seit er erwachsen ist. Sie sind gewohnt, dass er immer wieder kommt und sie beobachtet. Du meine Güte, er *spricht* mit ihnen. Ich weiß nicht, was es für sie bedeutet, wenn er nicht auftaucht. Und ich denke noch nicht einmal an medizinische Probleme, Trächtigkeit oder sonst etwas in der Herde. Mein Bruder hätte gewusst, was zu tun ist. Ich nicht.«

»Hat er genaue Anweisungen hinterlassen?«

Sie dachte an die Botschaft zurück, die Geoffrey aufgezeichnet hatte, bevor er in den Kälteschlaf ging. »Nichts Spezielles. Ich glaube, er wollte mich nicht belasten, und außerdem hatte er in diesem Moment genügend andere Dinge im Kopf.«

»Wenn es etwas Wichtiges gäbe, hätte er es dir gesagt.« Sie nickte, wollte ihm gerne glauben, aber Gleb hörte sich sehr viel überzeugter an, als Sunday es an seiner Stelle gewesen wäre. »Dennoch sind uns nicht völlig die Hände gebunden. Nach deinem Ching-Tag bist du ganz in der Nähe der Herde.«

»Im Augenblick bin ich gerade auf dem Weg dorthin.«

»Chama und ich kennen uns mit der M-Gruppe aus – vergiss nicht, wir verfolgen Geoffreys Arbeit seit Jahren. Wir kennen die Hierarchien, die Blutlinien, und ich kann wahrscheinlich allein vom Ansehen zwei Dutzend Individuen identifizieren, obwohl ich selbst nie in Afrika war. Du hattest nie viel Kontakt zu den Tieren, nicht wahr?«

Es kam ihr vor wie das Eingeständnis einer Schwäche, als hätte sie sich einer Pflicht entzogen. »So gut wie gar keinen.«

»In diesem Fall werden wir keine direkte Begegnung riskieren. Überlass das deinem Bruder für die Zeit nach seiner Heimkehr. Aber wir können die M-Gruppe und alle anderen Gruppen, die uns interessieren, zumindest überwachen. Und – was durchaus von Belang ist – wir können genügend Präsenz zeigen, um andere Forscher abzuschrecken, die vielleicht gerne auf den Zug aufspringen würden. Wobei ich hoffe, dass angesichts der wahrhaft allgemein bekannten Gründe für die Abwesenheit deines Bruders niemand so verantwortungslos wäre.«

»Das hoffe ich auch.«

»Allerdings ist die menschliche Natur nun einmal, wie sie ist, und deshalb sollten wir kein Risiko eingehen. Wirst du physisch in der Gegend bleiben?«

»Vorerst ja.« Das bedeutete: bis sie Nachricht von Geoffrey hatte, ob gut oder schlecht. Wann immer das sein mochte.

»Chama sollte sich lieber nicht einschalten, zumindest nicht vor Ablauf der Hundert-Tage-Frist, und auch für mich besteht keine Notwendigkeit, persönlich anwesend zu sein. Aber ich kann dir alle Unterstützung geben, die du brauchst und solange es erforderlich ist. Das verspreche ich dir, Sunday. Wenn du glaubst, wir hätten dir unrecht getan, dann möchte ich meinen kleinen Beitrag zur Wiedergutmachung leisten. Das mag mir nicht gelingen, aber ich werde mir verdammt viel Mühe geben.«

»Danke«, sagte sie, und das kam von Herzen. Dabei kam ihr erst jetzt zu Bewusstsein, wie sehr sie sich darauf verlassen hatte, dass er ihr helfen würde.

Ein Signalton holte sie ins Sensorium des Airpods zurück. Sie näherte sich ihrer Heimat.

DRITTER TEIL

36

Als die Kälteschlaftruhe Geoffrey ins Bewusstsein zurückholte, war sein erster klarer Gedanke, dass etwas nicht stimmte. Bei dem Verfahren musste etwas schiefgelaufen sein. Die Biosonden hatten doch erst vor wenigen Minuten ihre sterilen Zähne in sein Fleisch geschlagen, um ihn mit Beruhigungsmitteln vollzupumpen. Eine allzu menschliche Reaktion. Er konnte sich nicht erinnern, geträumt zu haben, und hatte nicht das Gefühl, dass Zeit vergangen war. Doch er erkannte schon bald, dass nicht alles so war, wie es beim Betreten dieses Raums gewesen war. Zum einen war er schwerelos. Als er in die Truhe stieg, hatten sie unter Schub gestanden, nun ruhte sein Körper, gegen Bewegungen abgepolstert, aber ansonsten frei schwebend in dem Schrein, und sein Magen vermittelte ihm das beängstigende Gefühl, er würde fallen.

Über ihm schwebte hinter einer verzerrenden Glaswand eine Gestalt. Seine Augen wollten sich scharf stellen. Sein Blick war getrübt, und als nun plötzlich Licht und Farbe über ihn hereinbrachen, schienen sie wie mit tausend Nadeln in seine Netzhaut zu stechen. Er hörte einen dumpfen Schlag, dann strich kühlere Luft über sein Gesicht. Das tat gut. Der Deckel des Schreins glitt weg. Die verschwommene Gestalt kam näher. Sie hatte in etwa die Proportionen einer menschlichen Frau.

»Willkommen zurück, Schlafmütze.«

Er suchte nach ihrem Namen. Die Erinnerungen waren nicht mehr da, wo er sie zurückgelassen hatte. Es war, als hätte man sie vorübergehend in eine Kiste gepackt und auf einen Speicher gestellt: noch in seinem Kopf, aber schlecht organisiert und beschriftet. Allmählich setzte sich die Erkenntnis durch, er könnte vielleicht doch länger in diesem Schrein gelegen haben, als er zunächst geglaubt hatte.

»Jumai?«, brachte er hervor.

»Sieht so aus, als hätten wir immerhin ein funktionierendes Zentralnervensystem.« Sie kam noch näher und machte sich an seinen Gurten zu schaffen. »Hector ist als Erster aufgewacht. Er hat so etwas bereits Dutzende von Malen hinter sich, für ihn war es keine große Sache. Ich bin seit etwa zehn Minuten auf den Beinen. Vorerst ist wohl alles gut. Das Schiff ist noch heil, und wir sind … irgendwo.«

Sie sprach zu schnell, die Worte schossen wie Tennisbälle aus einer Ballwurfmaschine auf ihn zu. Mühsam formulierte Geoffrey eine Frage: »Wie lange?«

»Wie lange wir geschlafen haben? Einundfünfzig Tage, soweit Hector und ich feststellen können, genau so lange, wie wir es beim Start eingegeben hatten. Es ist Anfang Mai. Ist das nicht unglaublich? Ich habe meinen ganzen Geburtstag verschlafen.«

Geoffrey zuckte zusammen, als sich die Biosonden aus seinem Fleisch lösten. Er bewegte probeweise seine Arme. Sie schienen kaum zu ihm zu gehören. Einen Teil der Reise von der Erde zum Mond hatte er in Bewusstlosigkeit verbracht, doch das hatte ihn nicht auf die einundfünfzig Tage vorbereitet, die er weg gewesen war, während das Schiff seinem unbekannten Ziel zustrebte. Immerhin gehorchten ihm seine Arme, wenn auch nur widerwillig.

»Der Muskeltonus ist zerschossen«, stellte Jumai fest. »Das kommt davon, wenn man sieben Wochen in Schwerelosigkeit verbringt. Wenige Stunden nachdem wir weggetreten waren, muss sich das Triebwerk abgeschaltet haben; bis auf die Bremsphase am Ende waren wir die meiste Zeit antriebslos.«

Die Systeme in der Truhe hatten sich sicherlich nach Kräften bemüht, Muskelabbau und Knochenentkalkung zu verhindern, aber Geoffrey wusste, dass es immer noch am wirkungsvollsten war, wenn man sich unter der guten alten Schwerkraft bewegte.

Er befreite sich mühsam aus dem letzten Haltegurt und schwebte aus der Truhe. Jumai hielt ihn mit einem leichten Druck ihrer flachen Hand auf. »Immer mit der Ruhe, Soldat.«

»Wir haben angehalten?«, fragte er. »Es fehlt doch noch ein Tag?«

»Das Schiff hat wohl seine eigene Schätzung leicht unterschritten. Soweit Hector und ich feststellen konnten, haben wir unser Ziel erreicht. Er versucht gerade herauszufinden, ob es der Ort ist, den man uns genannt hatte. Eines kann ich dir jedoch jetzt schon sagen.«

»Nämlich?«

»Was immer uns hier draußen auch erwartet, an einem Sonnenstich werden wir jedenfalls nicht sterben.«

Eine halbe Stunde später hatte sich Geoffrey unter Schmerzen und mit vielen Unsicherheiten nach vorne ins Kommandodeck zu Jumai und Hector durchgekämpft. Alle drei waren in ihre Sitze geschnallt, obwohl das Schiff nun auf der Stelle schwebte. Weitere Blutproben waren nicht verlangt worden, und sie verfügten noch immer über die begrenzte Kontrolle wie vor dem Kälteschlaf. Das Schiff war sogar bereit, Jumai auf einige seiner höheren Dateiebenen zugreifen zu lassen. Auf zwei Displays hatte sie Außenansichten gelegt. Ein Schirm zeigte den Blick zurück auf das Innere System, der andere auf das Objekt, vor dem sie nun in zwanzig Kilometern Entfernung zum Stillstand gekommen waren.

Der Blick zurück in die Heimat erschreckte Geoffrey am meisten. Zu wissen, dass sie sich inzwischen jenseits des Neptun-Orbits befanden, lange Lichtstunden entfernt am Rand des Sonnensystems, war eine Sache. Dazu brauchte man nur lange genug unterwegs zu sein. Aber mit eigenen Augen zu sehen, wie jämmerlich klein und schwach sich die Sonne aus dieser Entfernung zeigte, war doch etwas anderes.

Geoffrey war in seinem Leben nie weiter als bis zum Mond gekommen. Jetzt war die Sonne mehr als dreißig Mal so weit entfernt wie von seinem Heimatplaneten, und ihr Licht war mehr als neunhundert Mal schwächer. Sie war ein Einschussloch im Himmel, durch das ein bleistiftdünner, wässriger Lichtstrahl fiel, zu schwach, um von Sonnenschein zu sprechen. Zum ersten Mal in seinem Leben wurde ihm vollends klar, dass seine Heimat um einen Stern kreiste.

Und er bekam ein Gefühl von der wahren Größe des Universums. Dieses Einschussloch war immer noch der hellste Punkt am Himmel, aber er konnte sich vorstellen, wie es schrumpfte, kleiner wurde, sich wie ein Schließmuskel zusammenzog, während er immer weiter in die äußere Finsternis stürzte. Bis irgendwann auch dieser Bleistift zu einem zittrigen Rinnsal eiskalter Photonen wurde.

Darüber musste er lächeln. Schließlich hatte er noch nicht einmal ein Tausendstel eines Lichtjahres zurückgelegt.

Die Sonne mochte der hellste Punkt am Himmel sein, doch das größte Objekt war sie nicht. Der Eis-Asteroid in der anderen Richtung – seine sichtbare Seite wurde angestrahlt – maß an der breitesten Stelle fünfzig Kilometer. Vom Aussehen her war er eine dunkelrote Kartoffel, die lederartige Oberfläche zeigte nur wenige Krater. Wie alle Objekte im Kuiper-Gürtel umkreiste er seit mehr als vier Milliarden Jahren weitgehend unbehelligt die Sonne. Einmal in einem unvorstellbar langen Zeitraum mochte einer der großen Planeten einen Körper des Kuiper-Gürtels auf die Umlaufbahn eines Kometen stoßen, doch den meisten Objekten blieb dieses ruhmreiche Schicksal versagt. Sie würden ihre ganze Existenz da draußen verbringen und einsam ihrer Wege gehen, bis die Sonne anschwoll. Immer vorausgesetzt, die Maschinen der Menschheit kamen nicht vorher, um ihnen ihre Schätze zu rauben.

»Ist das der unsere?«, fragte Geoffrey.

»Wenn wir da sind, wo das Schiff behauptet, ist dies *Löwenherz*«, bestätigte Hector. »In Kürze sollten wir das überprüfen können, aber im Moment sehe ich keinen Grund, daran zu zweifeln. Wir haben einen weiten Weg zurückgelegt, und dass das ein Eis-Asteroid ist, ist ziemlich offensichtlich.« Er riss sich für eine Sekunde von dem Display los und sah Geoffrey an. »Wie fühlst du dich?«

»Angeblich soll es besser werden.«

»Stimmt. Einundfünfzig Tage sind selbst für einen erfahrenen Raumreisenden eine lange Zeit. Aber die Truhen sind modern. Es sollte keine Dauerschäden geben.« Er nickte zu einer der Schemazeichnungen hin. »Das Schiff hat sogar die Zentrifugenarme wieder ausgefahren. Es will, dass wir uns möglichst wohlfühlen. Wir sollten uns alle vornehmen, uns regelmäßig unter Schwerkraft aufzuhalten, allerdings müssen wir uns dabei abwechseln, weil immer jemand von hier oben alles überwachen sollte.«

»Die Truhen sind also neu?«, erkundigte sich Geoffrey.

»Hitachi stellt sie schon sehr lange her, diejenigen, die wir benutzt haben, sind allerdings noch keine zweiundsechzig Jahre alt.«

»Aber du sagtest doch, das Schiff ist so alt«, wandte Jumai ein.

»Seine Basissysteme sind so alt«, verbesserte Hector. »Triebwerk, Außenhülle, Lebenserhaltung, alles, was es brauchte, um in die Mondumlaufbahn zurückzukehren. Doch seitdem hat man im Inneren offenbar brandneue Geräte installiert. Die Kälteschlaftruhen könnten an Bord hergestellt worden sein, wenn die Reparatursysteme die richtigen Materialien und Baupläne hatten. Viel wahrscheinlicher ist allerdings, dass sie einfach gekauft und zum *Winterpalast* hinaufgeschafft wurden.«

»Ohne dass jemand in der Familie davon wusste?«, fragte Geoffrey.

»Nur eine Person musste darüber informiert werden«, antwortete Hector, »und keiner von uns hätte jemals einen Grund gesehen, an ihm zu zweifeln.«

»Memphis.«

»Wer hätte besser überwachen können, was an Vorkehrungen nötig war? Die ganze Zeit wurden doch Material und Teile zum *Winterpalast* hinaufgeflogen, ohne dass einer von uns mit der Wimper gezuckt hätte. Wie schwierig wäre es gewesen, in einer dieser Lieferungen unbemerkt sechs Hitachi-Hibernationsbehälter unterzubringen? Hitachi hätte keinen Grund gehabt, Fragen zu stellen, und den Einbau hätten Roboter übernommen. Einzig und allein Memphis hätte wirklich damit zu tun gehabt.«

»Memphis wusste Bescheid«, sagte Geoffrey leise. »Er wusste Bescheid. Die ganze Zeit.«

»Seine Loyalität zu Eunice ging viel tiefer, als wir ahnten. Er war bereit, uns anderen eine Lüge aufzutischen, weil sie es von ihm verlangte. Das ging so weit, dass er ihre vermeintliche Asche zurückbrachte und uns das Theater mit der Verstreuung vorspielte.« Hector bemühte sich, wie Geoffrey hörte, mit mäßigem Erfolg seine Empörung zu unterdrücken. Etwas davon empfand er auch selbst. Dass Memphis Dinge gewusst hatte, die dem Rest der Familie verborgen geblieben waren, mochte noch angehen. Doch dass er bereit gewesen war, sie alle dreist zu belügen und ihnen … Was hatte er ihnen eigentlich zugemutet?

Er erinnerte sich, wie Memphis ihn an jenem Morgen empfangen hatte, an dem die Nachricht vom Tod seiner Großmutter gekommen war. Er war aus den kühlen, indigoblauen Schatten des Pförtnerhauses getreten, hatte Geoffrey den Arm um die Schultern gelegt und sich erboten, ihm bei Bedarf mit Rat und Tat zur Seite zu stehen. Dabei hatte er die ganze Zeit gewusst, dass der *Winterpalast* nicht nur keinen Dschungel enthielt, sondern überhaupt nie bewohnt gewesen war. Aber wenn Eunice nicht dort oben gelebt hatte und die Asche, die Memphis mit heruntergebracht hatte, nicht die ihre war, wodurch wurde dann eigentlich belegt, dass sie vergangenes Jahr wirklich gestorben war?

»Damit bleibt eine ganz einfache Frage«, fuhr Hector fort. »Warum?«

»Ich kann mir noch eine andere Frage vorstellen«, sagte Geoffrey, »vielleicht hängen die beiden auch zusammen. Wo und wann ist Eunice gestorben, wenn nicht im *Winterpalast*?«

»Ihr wisst nicht einmal mit Sicherheit, dass sie tot ist«, sagte Jumai ruhig.

Geoffrey wandte sich wieder dem Eis-Asteroiden zu und blendete all die Gedanken aus, mit denen er sich im Moment nicht befassen wollte. »Du meinst also, wir bleiben einfach hier sitzen?«

»Wir können nicht weg«, sagte Hector. »Wir sind nur für kurze Strecken manövrierfähig – lediglich für den letzten Anflug auf *Löwenherz.* Ich kann mir nicht vorstellen, dass das ein Zufall ist.«

»Das Schiff hat uns bis hierher gebracht«, sagte Jumai. »Jetzt liegt der Ball in unserem Feld.«

Hector subvokalisierte eine Vergrößerung und holte den

mittleren Teil des Eis-Asteroiden heran. »Er rotiert sehr langsam«, sagte er, »aber das habe ich berücksichtigt. Wenn wir über einem festen Punkt auf der Oberfläche dieses Eis-Asteroiden verharren würden, könnten wir *das* sehen.«

Das Bild durchlief eine Reihe von Farbverstärkungen, die Oberfläche wurde im Detail sichtbar. Von einem Zentralkern führten strahlenförmige Linien und Rillen zu konzentrischen Strukturen, die an uralte Kraterwände erinnerten. Er subvokalisierte eine weitere Vergrößerung. Das Bild sprang um. Nun waren silbergraue Gitter und Module zu erkennen, die in die Oberfläche eingedrückt waren wie Kinderbausteine in feuchten Lehm. Die konzentrischen Strukturen waren Rohrleitungen und Tunnel, die die Blöcke miteinander verbanden, die strahlenförmigen Arme waren Magnetkatapulte. Der Kern war der tief in den Eis-Asteroiden versenkte Hauptschacht der Produktionsanlage.

»Wir sehen hier mehr oder weniger das, was ich erwartet hatte«, sagte Hector. »Produktionsanlagen dieser Art findet man auf Tausenden von Objekten im Kuiper-Gürtel, sie laufen Tag und Nacht vollautomatisch und das über Jahrzehnte.«

»Ist die Anlage in Betrieb?«, fragte Geoffrey.

»Moment mal.« Hector hob einen Finger und bewegte leicht die Lippen, als zählte er im Kopf mit. Dann deutete er ganz präzise auf eine Stelle. Geoffrey sah am Ende einer Startrampe einen hellen Punkt aufleuchten.

Im nächsten Augenblick raste eine kalte blaue Linie über das Display.

Die blaue Linie wurde unscharf und fiederte aus wie ein Kondensstreifen. Dann wurde sie schwarz und verschwand.

»Paketabschuss vor dem Bug«, sagte Hector. »Alle neunzig Sekunden einmal. Wir verfolgen sie, seit wir Bilder haben.«

»Was für Pakete?«

»Aufbereitetes Eis natürlich. Höchstwahrscheinlich Wasser,

das muss es aber nicht sein. Es wird mit hoher Beschleunigung von einem Magnetgerüst abgeschossen. Sobald es die Startrampe verlassen hat, bekommt es einen Schub von ablativen Laser-Pushern. Die Laser leisten den größten Teil der Arbeit. Sie können das Paket mit exzentrischer Ablation noch eine Weile nach dem Start steuern. Was ihr gesehen habt, war ein Kondensstreifen: das Abgas der paketeigenen Dampfrakete.«

Aus Hectors Stimme sprach der Stolz auf einen komplexen technischen Prozess, der planmäßig ablief. Geoffrey verstand oder glaubte jedenfalls zu verstehen. Hector dachte nicht bloß an diesen einen Abschuss und auch nicht bloß an diesen einen Eis-Asteroiden. Er dachte auch nicht an das einzelne Paket, das gerade seinen langen Sturz in die Heimat antrat. Er dachte an die Tausende von Akinya-Anlagen im Kuiper-Gürtel und die zehntausend weiteren zwischen den Asteroiden und Eis-Asteroiden. An Maschinen, die unermüdlich und mit möglichst geringem Aufwand ihre Arbeit taten und Eis, organische Verbindungen und Metalle ins Vakuum schickten, einen Teilchenstrom, von dessen Existenz die meisten Menschen kaum etwas ahnten. Es spielte keine Rolle, dass dieses eine Paket Jahre oder Jahrzehnte brauchen würde, um seine Abnehmer zu erreichen. Wichtig waren die Tausende oder Millionen anderer Pakete, die bereits vor ihm auf den Weg gebracht worden waren. Das war das größere Ganze: eine einzige industrielle Maschine, die noch über die Umlaufbahn des Neptun hinausging. Ein riesiges Netz von Förderbändern, die ihre Fracht zur Sonne und ihrem kleinen Gelege von warmen, bewohnten Welten brachten.

Und es war nicht irgendeine Maschine. Sie war von seiner Familie geschaffen worden, mit Blut und Schweiß im Lauf von hundert harten Jahren. Akinyas hatten diese Maschine gebaut und dafür gesorgt, dass sie tickte und schwirrte wie eine Breitling-Uhr.

Wieder blitzte es an der Abschussrampe auf. Der Kondensstreifen riss eine tiefblaue Wunde quer über sein Blickfeld.

»Dann haben wir uns geirrt«, sagte Geoffrey. »Oder dieses Schiff ist nicht hier entstanden. Wenn auf dem Eis-Asteroiden noch Bergbau betrieben wird …«

»Das hat nichts zu sagen«, entgegnete Hector. »Ein Kubikmeter aufbereitetes Wassereis alle neunzig Sekunden? Im Verhältnis zur Masse des Asteroiden ist das gar nichts. Selbst wenn wir seit hundert Jahren abbauen würden, hätten wir inzwischen nicht mehr als ein paar Dutzend Megatonnen rausgeholt. Natürlich muss das Eis raffiniert werden, und ein Teil davon wird für die Fusionsgeneratoren verwendet, die Energie für die Abschussrampen und die Bergwerksmaschinen liefern … dennoch reden wir über einen unbedeutenden Bruchteil der Gesamtmasse.«

»Dann gibt es hier also noch genügend Kapazität für andere Aktivitäten«, sagte Jumai.

»Das ist nur Tarnung«, pflichtete Hector ihr bei. »Für neugierige Augen, die nicht allzu genau hinsehen sollen.«

»Bis jetzt«, stellte Geoffrey fest.

Durch seine langsame Rotation standen dem Eis-Asteroiden viele verschiedene Abschusstrajektorien zur Verfügung. Abhängig von der Nachfrage gab es nur wenige Stellen im System, zu denen er kein Paket schleudern konnte. Die meisten flogen sicher geradewegs zum Mars, dem bei Weitem größten Abnehmer von Wassereis und organischen Verbindungen. Ein kleinerer Teil würde wohl, mit einer silbrig reflektierenden Monoschicht isoliert, mondwärts geschossen oder auf den Saturn oder die Jupiter-Siedlungen gezielt werden. Die Gasriesen konnten dazu verwendet werden, mit ihrem Gravitationsimpuls oder mit Einsatz von Lasern Frachtgut auf andere Bahnen zu bringen, falls sich die Nachfragesituation zwischenzeitlich geändert haben sollte.

Natürlich ließ sich alles, womit man auf einen Punkt am Himmel zielen konnte, auch gegen ein anfliegendes Schiff richten.

»Wir sollten uns vorsehen«, warnte Hector. Er war offensichtlich dem gleichen Gedankengang gefolgt und zu einer ähnlichen Schlussfolgerung gelangt.

»Eunice hat dafür gesorgt, dass wir ankommen«, sagte Geoffrey. »Davon können wir ausgehen.« Aber er verstand Hectors Bedenken. Sein Cousin war schon einmal mit Eunices geheimen Vorbereitungen aneinandergeraten, ihre allzu angriffsbereiten Verteidigungsanlagen hatten sein Schiff in Stücke gerissen. Obwohl er den Angriff auf die *Kinycti* nicht mit eigenen Augen gesehen hatte, war er vor möglichen Gefahren auf der Hut.

»Auch wenn ich ihr zutraue, dass sie gewusst hat, was sie tut«, gab Jumai zu bedenken, »sind sechzig Jahre eine lange Zeit. Sie mag dieses Schiff so programmiert haben, dass es nach *Löwenherz* zurückkehrt, und sie mag *Löwenherz* so programmiert haben, dass der Eis-Asteroid es erwartet. Aber wenn nun irgendein anderer Teil ihres Plans diese Jahre nicht unbeschadet überstanden hätte?«

»Haben wir Außenverbindung?«, fragte Geoffrey.

»Wir können Botschaften zur Erde senden und von dort empfangen, wenn du das meinst«, sagte Jumai. »Eine Nachricht wartet sogar schon auf dich. Möchtest du sie ohne Zeugen abrufen?«

Geoffrey sah Hector an, dann antwortete er: »Ich denke, wir haben inzwischen keine Geheimnisse mehr voreinander, oder?«

»Schon möglich«, sagte Hector.

Wie erwartet, war die Nachricht von Sunday.

»Ich fasse mich kurz«, sagte ihre Projektion. »Wenn du da bist, wo wir glauben, beträgt die Umlaufzeit für diese Nachricht nicht viel weniger als zehn Stunden. Erstens hoffe ich, dass ihr alle gesund und in Sicherheit seid. Wir haben euren Abgasstrahl verfolgt, bis das Triebwerk sich abschaltete. An diesem Punkt seid ihr schneller geflogen als jedes bemannte Schiff in der Geschichte. Euer Abbremsmanöver haben wir nicht gesehen, doch das war nicht anders zu erwarten. Die Zündung wäre in die andere Richtung gegangen, und die Strahlung hätte zum größten Teil das System verlassen, anstatt zu uns zurückzukehren. An die telemetrischen Daten des Schiffes kommen wir nicht heran, abgesehen von der Geschwindigkeit schien jedoch alles normal zu funktionieren. Falls du das hörst, können wir davon ausgehen, dass ihr aus dem Kälteschlaf aufgewacht seid. Leider weiß ich auch nicht viel darüber, was ihr auf *Löwenherz* vorfinden werdet. Es gibt eine Menge zu erzählen, Bruder. Ich bin jetzt bei Lucas. Er hat mir berichtet, was im *Winterpalast* geschehen ist. Und ich bin wieder auf der Erde – aber das hast du sicher schon an den Tags der Quantenverschlüsselung gemerkt. Ich bin auf schnellstem Weg hierhergekommen, mit einem unserer eigenen Schiffe. Was wir im Evolvarium erlebt haben, das ist eine komplizierte Geschichte. Ich weiß immer noch nicht, ob ich sie ganz verstehe.«

Nach einer kurzen Pause fuhr Sunday fort: »Die Pans haben uns betrogen, Geoffrey. Truro und Holroyd … das ist der Mann, den ich auf dem Mars kennengelernt habe. Ob das bedeutet, dass wir ihnen überhaupt nicht vertrauen können, oder ob es doch einige Ausnahmen gibt, das weiß ich noch nicht. Ich denke, auf Arethusa können wir immer noch bauen, und an Chama und Gleb zweifle ich nicht. Ob die beiden noch als Pans gelten, ist schon schwieriger festzustellen.« Sie warf ihm ein triumphierendes Lächeln zu. »Die Hauptsache ist, sie haben nicht gewonnen. Ich bin mir ziemlich sicher, dass sie das inzwischen selbst gemerkt haben, deshalb ist es mir vollkommen egal, ob sie diese Übertragung abhören. Haben Sie das mitbekommen, Holroyd, Truro?« Sunday hob einen Stinkefinger. »Wir haben sie reingelegt – sie standen mit dem Köder da, während ich mit der Beute abgezogen bin. Ich habe mit einer Aufzeichnung von Eunice gesprochen. Sie sagte mir, einer von uns müsse zum *Winterpalast* reisen.« Sunday lächelte wieder. »Zu diesem Zeitpunkt warst du bereits auf dem Weg dorthin. Ich wünschte, ich hätte dich warnen können, aber du warst nicht rechtzeitig zu erreichen. Ich weiß immer noch nicht, was ihr auf *Löwenherz* finden werdet. Eunice hat mir einiges erzählt … und mir Fragen gestellt. Um dann wohl zu dem Schluss zu kommen, dass ich ihren Ansprüchen genüge. Die letzten Antworten hat sie mir trotzdem nicht gegeben. Jetzt hoffe ich, sie von dir zu erhalten. Ich wäre gern mit dir da draußen. Immerhin hast du Jumai und Hector, das ist besser als nichts. Noch etwas – du hast keinen ER-Zugang, deshalb kannst du auch nicht auf die übliche Weise auf das Konstrukt zugreifen. Aber ich hatte eine bessere Idee. Ich habe eine Kopie von ihr zu euch hochgeladen – du müsstest eine Speicherdatei in deinem Posteingang auf dem Schiff finden. Die Bandbreite war begrenzt, deshalb musste ich sie etwas abspecken. Alles Wichtige sollte trotzdem vorhanden sein. Mach damit, was du willst, aber wenn auch nur die kleinste Chance besteht, dass Eunice nützlich sein könnte, dann weise die Speicherdatei einem Stellvertreter zu. Ihr habt sicher einen an Bord.«

Sunday holte Luft. »Eine Antwort von dir ist in fünf Stunden bei mir, in zehn Stunden hörst du wieder von mir. Der ganze Familiensitz wartet nur darauf, Geoffrey. Ich bin hier, und den Elefanten geht es gut. Wir wollen euch alle in einem Stück wiederhaben, so schnell wie möglich. Pass auf dich auf, Bruder.«

»Mache ich«, versprach Geoffrey.

»Freut mich, dass sie heil zurückgekommen ist«, sagte Hector. »Auch wenn es sich nicht so anhört, als hätte sie mit dem Ausflug zum Mars etwas erreicht.«

Dieser Verdacht war auch Geoffrey gekommen, aber im Moment wollte er noch keine Schlüsse ziehen. Auch wenn Sunday den Eindruck vermittelt hatte, ganz offen zu sprechen, hieß das noch lange nicht, dass sie ihnen alles erzählt hatte.

»Du hast mich nicht nach dem Konstrukt gefragt.«

»Ich dachte, das ist eine Sache zwischen dir und deiner Schwester«, entgegnete Hector.

Geoffrey beobachtete, wie ein weiteres Eispaket auf die Minute pünktlich vom Eis-Asteroiden abgeschossen wurde.

»Es ist eine lange Geschichte«, sagte er. »Traust du Sunday?«

»Wir sind nicht immer einer Meinung.«

»Ich meine hier und jetzt. Nach allem, was wir erlebt und inzwischen herausgefunden haben.«

»Wohl schon«, sagte Hector.

»Sie hat eine Simulation von Eunice geschaffen, ein Konstrukt. Es weiß nichts, was nicht auch in unseren Archiven ist oder von den Nachweltsuchprogrammen gefunden worden wäre. Wenn es etwas gibt, was die echte Eunice vor dem Rest der Welt verheimlichen wollte, dann weiß auch das Konstrukt nichts davon.«

»Hört sich nicht an, als könnte es uns allzu nützlich sein«, zweifelte Hector.

»Oberflächlich betrachtet wohl nicht. Aber das Konstrukt ist schnell, und es kennt die öffentliche Seite von Eunices Leben in- und auswendig und so gründlich bis ins letzte Detail, wie sie keiner von uns jemals erforschen wird. Es hat sich bereits mehrmals bewährt. Ich sehe durchaus eine Chance, dass wir von seinen Informationen profitieren könnten.«

»Ich habe die Datei.« Jumai tippte auf eines der Displays. »Wenn man die üblichen Filter darüberlaufen lässt, sieht sie wasserdicht aus. Wenn ihr wollt, kann ich sie dem Stellvertreter zuweisen, der mich ins Lazarett gebracht hat.«

»Sind wir sicher, dass sie von Sunday kommt?«, fragte Geoffrey. »Die Projektion hörte sich an wie meine Schwester, und den Tags nach ist sie in Afrika. Aber nachdem die Pans im Spiel sind und ich weiß, was sie mit quantenverschlüsselten Kanälen anstellen können, weiß ich nicht mehr, worauf ich mich überhaupt noch verlassen kann.«

»Ich verstehe«, seufzte Hector. »Wenn sie die Tags gefälscht haben, könnte diese Datei alles enthalten – einschließlich eines Mordprogramms, das man nur noch in den Stellvertreter zu laden braucht.«

»Ich sagte doch, sie sieht wasserdicht aus«, wiederholte Jumai, als hätte man sie beim ersten Mal noch nicht gehört. »Wir können sie zu Sunday zurückschicken, falls du Zweifel hast.«

»Und zehn Stunden auf ihre Antwort warten? Um sich dann mit den gleichen Bedenken herumzuschlagen, dass die Pans das Signal gefälscht haben könnten?« Geoffrey schüttelte den Kopf. »Das war Sunday. Darauf würde ich meinen Kopf verwetten. Wer sonst würde mir erzählen, dass es den Elefanten gut geht?«

»Vielleicht hast du recht.« Hector milderte die Bemerkung mit einem Lächeln ab. »Nur zu, Jumai. Weise das Konstrukt dem Stellvertreter zu. Wenn uns die Pans unbedingt umbringen wollen und so gute Ideen haben, werden sie früher oder später auch einen Weg finden. Warum sollen wir es ihnen nicht einfacher machen?«

Jumai tippte Befehle in die Konsole. »Zuweisung … vollzogen.« Unmittelbar darauf fügte sie hinzu: »Der Stellvertreter hat sich in Bewegung gesetzt. Er kommt zu uns herauf.«

»Viel Zeit lässt er sich ja nicht.« Geoffrey versuchte, das komische Gefühl im Bauch zu ignorieren.

»Es ist nur ein Stellvertreter. Was immer in ihrem Inneren

vorgeht, sie können einem keine tödlichen Verletzungen zufügen«, beruhigte ihn Jumai. »Natürlich habe ich die Theorie nie auf die Probe gestellt …«

»Ich weiß immer noch nicht, wie Arethusa und die anderen Pans in dieses Bild passen«, überlegte Geoffrey. »Holroyd war der Pan, mit dem sich Sunday auf dem Mars getroffen hat. Bei ihm könnte ich mir vorstellen, dass er uns verraten hat. Ich hoffe nur, dass Sunday sich in Chama und Gleb nicht täuscht. Es sind ihre Freunde. Verdammt, sie sind auch mir ans Herz gewachsen. Ich mochte sogar Arethusa, obwohl sie mir eine Heidenangst eingejagt hat.«

»Du hast mir eine ganze Menge zu erzählen«, sagte Hector ruhig.

»Das kommt schon noch«, versprach Geoffrey.

Jumai murmelte vor sich hin. »Nichts zu machen. Ich habe *Löwenherz* auf jedem Kanal angepingt, auf den mich das Schiff zugreifen lässt. Entweder kommt unser Signal nicht durch, oder es antwortet nicht.«

»Wir können nicht in alle Ewigkeit hier herumsitzen«, nörgelte Hector. »Das Schiff hat angehalten, und es wird nicht zulassen, dass wir umkehren und nach Hause fliegen. Es hat genügend Energie und Vorräte, um uns eine Weile am Leben zu erhalten, aber es ist kein geschlossener Kreislauf.« Er nickte zu dem Eis-Asteroiden hin. »Irgendwann müssen wir uns *damit* auseinandersetzen. Wie gesagt, wir haben Zugriff auf die Steuerung. Damit müssten wir die letzte Etappe hinter uns bringen können.«

»Und was dann?«, fragte Geoffrey.

»In der Nähe der Hauptbohrung habe ich bereits eine Andockstation ausfindig gemacht. Wenn sie wie unsere anderen Anlagen funktioniert, müssten sich Anflug und Ankopplungsautomatik zuschalten, sobald wir nahe genug sind. Wir hätten gar nichts zu tun – wir bräuchten nur abzuwarten.«

Es wurde an die Tür geklopft. Der Stellvertreter war eingetroffen. Geoffrey bedeutete Hector mit einer Kopfbewegung, ihn einzulassen. Sie hatten sich in dem Moment festgelegt, als sie Sundays Datei der Maschine zuwiesen; nachträglich Bedenken zu haben war sinnlos.

»Wie sollen wir dich ansprechen?«, fragte Geoffrey die Maschine, die keine Gesichtszüge hatte.

»Ich bin Eunice. Wen hattest du denn erwartet?« Alle waren verblüfft. Der Stellvertreter mochte ganz und gar wie ein Roboter aussehen, aber er war ein sehr fähiger Stimmenimitator.

»Schade, dass er nicht ihr Gesicht hat«, bedauerte Hector.

»Sei froh«, gab Geoffrey zurück. »Womöglich würdest du ihm noch einen Fausthieb verpassen.«

Der Stellvertreter schwebte in den Raum und hielt an. Er mochte sich wie Eunice anhören, aber er bewegte sich mit der Präzision einer Maschine. »Könnte mich jemand freundlicherweise auf den neuesten Stand bringen, oder soll ich vielleicht erraten, was vorgeht?«

»Erkennst du das?«, fragte Geoffrey und deutete auf den Eis-Asteroiden. »Streite es bloß nicht ab. Es ist eine Akinya-Anlage, und du hast ihr einen Namen gegeben. *Löwenherz.*«

»Nach Senge Dongma, der Löwenköpfigen«, antwortete das Konstrukt. »Es war eine unserer Bergwerksanlagen. Bei meiner letzten Reise hatte ich sie als Etappenziel gewählt. Die *Winterkönigin* sollte landen, ihre Tanks auffüllen und in den transneptunischen Raum weiterfliegen.«

»Wir wurden hierher verschleppt«, murrte Hector. »Dieses Schiff ist nicht die *Winterkönigin.* Es sieht ihr zwar sehr ähnlich, aber unter der Außenhülle steckt eine viel neuere und schnellere Technologie. Du musst davon gewusst haben.«

»Ich weiß, dass es einen Plan gab und dass Sunday einigen der Hinweise nachgegangen ist.«

»Und der Zweck dieses Plans war, uns zum Mond zurückzuführen?«, fragte Geoffrey.

»Nicht allein«, widersprach Eunice. »Es steckte noch mehr dahinter. Glaubst du, es war Zufall, dass ich Sunday *Chakras Märchenschloss* gezeigt und sie nach der Farbe der Steine gefragt habe?«

»Ich habe keine Ahnung, wovon du redest«, sagte Geoffrey.

»Um Missverständnissen vorzubeugen, solltest du wissen, was ich bin. Ich bin nämlich mehr als das Konstrukt, das du bereits kennengelernt hast.«

»Sofort löschen«, rief Jumai. »Bei der Übertragung ist offensichtlich etwas schiefgelaufen.«

»Hört mir zu«, befahl Eunice in scharfem Ton. »Ich bin, was ich bin. Sunday hat auf dem Mars meinen alten Helm gefunden. Ich – mein lebendes Ich – hatte in seinem Inneren eine einfache interaktive Persona installiert. Diese Persona war von mir selbst gestaltet worden und konnte daher Wissen enthalten, das dem höher entwickelten Konstrukt nicht zur Verfügung stand. Sunday hat den Helm zur Erde gebracht und konnte unter vorsichtiger Umgehung der Sphinxware die beiden Versionen von mir zu einem einzigen Konstrukt vereinen. Dabei wurden die zusätzlichen, nur der Helmversion bekannten Informationen in die Persönlichkeit des ursprünglichen Konstrukts integriert.«

»Und damit sprechen wir jetzt?«, fragte Jumai.

»Nein«, antwortete Eunice geduldig, »um diese Version ins Schiff hochzuladen, hätte die Zeit nicht gereicht. Sunday hat mich auf das Wesentliche reduziert, soweit ihr das möglich war.«

»Es gab einmal zwei von euch«, sagte Geoffrey. »Das eine hat mich heimgesucht, das andere blieb bei Sunday. Seid ihr nun zu dritt? Oder gar zu viert?«

»Das spielt keine Rolle«, fertigte Eunice ihn ab. »Du kannst nur mit dem einen sprechen, und wenn ich jemals wieder in die ER zurückkehren kann, lassen sich alle meine existierenden Facetten zu einem einzigen funktionsfähigen Modell reintegrieren. Im Moment zählt nur, ob ich euch nützen kann. Also sagt mir jetzt, was ihr unternommen habt, seit ihr vor *Löwenherz* angekommen seid.«

»Wir haben überlegt, wie wir weiter vorgehen sollen«, antwortete Hector. »Den Dateien zufolge wurde das Schiff hier gebaut. Jetzt ist es nach Hause zurückgekehrt. Aber wir stecken in einer Sackgasse. Wir sitzen hier fest, und *Löwenherz* antwortet nicht auf unsere Anfragen. Was weißt du über diesen Ort?«

Das Konstrukt schien die verschiedenen Möglichkeiten abzuwägen. »Alle unsere Anlagen sind imstande, sich bis zu einem gewissen Grad vor Übergriffen durch die Konkurrenz zu schützen. Im Fall von *Löwenherz* habe ich diesen Schutz sicher noch verstärkt. Aber inzwischen müsste es die *Winterkönigin* – oder wie dieses Schiff auch heißt – erkannt haben.«

»Darauf weist nichts hin«, erklärte Geoffrey.

»Habt ihr daran gedacht, langsam anzufliegen und zu hoffen, dass sich die automatischen Andocksysteme aktivieren?«

»Das hatten wir als Nächstes vor«, sagte Geoffrey. »Falls es uns nicht vorher ausgeredet wurde.«

Der Stellvertreter drehte den Kopf und betrachtete die Schemazeichnung auf dem Display, die zeigte, wie das Schiff und der Eis-Asteroid relativ zueinander standen. »Vielleicht hat das Schiff bei der Befreiung aus dem *Winterpalast* Schäden an den Kommunikationseinrichtungen erlitten, die in der Systemübersicht nicht aufscheinen. Es könnte auch zu einem unvorhergesehenen Ausfall in den Wächtersystemen gekommen sein, die ich auf *Löwenherz* installiert habe. Das könnte verhindern, dass das Antwortprotokoll korrekt ausgelöst wird. Solange keine Verbindung hergestellt wird oder die Verteidigungsanlagen abgeschaltet werden, die ein Eindringen verhindern sollen, wäre es nicht ohne Risiko, den Anflug fortzusetzen.«

Hector schien fassungslos. »Das ist dein ganzer Beitrag? ›Nicht ohne Risiko‹? Russisches Roulette ist auch ›nicht ohne Risiko‹!«

Eunice zögerte mit ihrer Antwort. »In der Luftschleuse an der Andockstation an der Oberfläche müsste es einen Hauptschalter geben, mit dem die Sicherheitseinrichtungen überbrückt werden können. Den müsste allerdings erst jemand betätigen.«

»Vor dem Andocken?«, fragte Jumai.

»Nach Möglichkeit.«

»Schickt den Stellvertreter«, schlug Hector vor. »Er hat keine Probleme mit dem Vakuum.«

»Die Luftschleuse könnte die Steuersignale blockieren«, warnte Eunice. »Das System ist darauf ausgelegt, das Eindringen von Maschinen zu verhindern. Es wäre ohnehin möglich, dass der Hauptschalter ausschließlich von einem Menschen, eventuell sogar ausschließlich von einem Akinya betätigt werden kann. Das kommt darauf an, wie ich ihn konfiguriert habe.«

»Und das weißt du nicht mehr?«, fragte Hector.

»Wenn ich es wüsste, würde ich es euch sagen.«

»Wir sind zehn Kilometer von *Löwenherz* entfernt«, überlegte Geoffrey. »Diese Entfernung überwinden zu wollen wäre Wahnsinn. Selbst wenn wir Raumanzüge hätten.«

»Die haben wir«, entgegnete Hector. »Ich habe sie gesehen, als ich nach einem Platz für die Bomben suchte. Es gibt auch abnehmbare Raketenrucksäcke für EVA-Einsätze. Ich habe sie schon früher benutzt – sie sind einigermaßen bedienerfreundlich.«

»Trotzdem ist es Wahnsinn.«

Hector schluckte. »Und was ist die Alternative? Darauf zu hoffen, dass dieses Schiff durchhält, bis wir am Ziel sind?«

»Ihr habt die Atmosphärenbremse«, sagte Eunice. »Sie kann mit Mach fünfzig durch eine Atmosphäre stoßen. Das heißt, sie hält eine Menge aus.«

»Sie hat schon einiges abbekommen, als wir aus dem Habitat ausgebrochen sind«, gab Geoffrey zu bedenken.

»Wenn ihr sie so ausrichtet, dass sie sich zwischen *Löwenherz* und dem Schiff befindet, müsste sie einen gewissen Schutz bieten«, beharrte Eunice.

»Kannst du ausschließen, dass man sie für einen Rammbock halten könnte?«, fragte Hector.

»Das Risiko müsst ihr eingehen. Wenn ihr seitwärts anfliegt, seid ihr weit offen für eine Breitseite. Ich kann euch durch die Wende lotsen. Folgt meinen Anweisungen und leitet dann einen langsamen Anflug ein.«

»Nehmen wir neuerdings Befehle von einem Stellvertreter entgegen?«, fragte Hector.

»Sieht ganz danach aus«, meinte Jumai.

Geoffrey schüttelte den Kopf. »Wir nehmen keine Befehle entgegen. Wir lassen lediglich von einer geeigneten Software eine taktische Analyse durchführen und hören uns die Ergebnisse an.«

»Ich darf daran erinnern, dass ich noch im Raum bin«, ließ sich Eunice vernehmen.

»Wir haben es nicht vergessen.« Geoffrey warf einen Blick auf seinen Cousin und sah in dessen Augen, dass er sich vorerst mit dem Eingreifen des Stellvertreters abfinden würde.

Hectors Hände bewegten sich auf die manuelle Steuerung zu. »Wir haben Zugriff auf die Steuerdüsen. Wir leiten unter Eunices Führung die Wende ein. Jumai – das könnte chaotisch werden.«

»Mit Chaos komme ich klar.«

»Ich meine, es wäre vielleicht zu empfehlen, dass wir alle Raumanzüge anlegen. Geh hinunter zum Spind, such dir einen der Anzüge aus, unterstelle die beiden anderen der Kontrolle des ersten und bring alle drei hierher.«

»Wie bringe ich einen Raumanzug dazu, sich der Kontrolle eines anderen zu unterstellen?«

»Indem du ihn höflich darum bittest«, sagte Hector.

37

Sie brauchten tatsächlich einen Namen für das Schiff, dachte Geoffrey. Er war es leid, es immer nur »das Schiff« zu nennen, aber zum Namen *Winterkönigin* zurückzukehren erschien ihm auch nicht passend. Schließlich war es unübersehbar nicht dasselbe Schiff, mit dem Eunice zum Rand des Systems geflogen war. Um den Grad seiner Zuneigung auszudrücken, wären *Miststück* oder *Mörderin* durchaus infrage gekommen. Vielleicht würden sie Zeit finden, die Frage zu erörtern, wenn sie an *Löwenherz* angedockt hatten.

Die Wende war im Gang. Sie verlief quälend langsam. Anders als Flugzeuge waren Raumschiffe nicht für enge Kurven und akrobatische Manöver geeignet. Sie erinnerten eher an Wolkenkratzer oder Sendemasten mit einem sehr kleinen Spielraum für zulässige Stressbelastung. Zu viel Drehmoment, und ein Schiff dieser Größe würde auseinanderbrechen wie eine Zuckerstange.

»Zwei Kilonewton und halt!«, befahl Eunice. »Dorsal drei, ein Kilonewton für fünf Sekunden.« Sie bellte ihre Kommandos heraus wie eine strenge Ballettmeisterin. »Diese verdammten Zentrifugenarme – sie bringen meine Berechnungen durcheinander, zu viel Drall entlang unserer Längsachse. Warum haben wir sie vorher nicht in Staustellung gebracht?«

»Du hast nichts davon gesagt.«

»Dorsal vier und fünf jeweils ein Kilonewton für drei Sekunden. Heck: ein halbes Kilonewton für eine Sekunde.« Sie hielt inne und studierte die Ergebnisse. Wie bei einem Flugzeug konnte der Abstand zwischen Eingabe und Reaktion zu Fehlern führen. »Das scheint zu funktionieren.«

Eunice mochte über die nötige Erfahrung verfügen, aber die Eingaben konnten nur Hector und Geoffrey machen. Sie saßen nebeneinander und warteten auf Eunices Befehle. Geoffrey spürte Hectors Spannung, sie strahlte wie Dampf von ihm aus. Er hatte sein halbes Leben im Weltall verbracht und Handelsschiffe vieler verschiedener Klassen geflogen. Allerdings war keines so groß und so fremdartig gewesen, und er hatte noch nie unter derart belastenden Umständen agiert.

Als sich das Schiff neu ausgerichtet hatte, kam Jumai vom Spind zurück. Sie hatte alle Teile des Anzugs angelegt, den Helm hatte sie sich am offenen Visier über den Arm gehängt. Die beiden anderen Anzüge trotteten wie Zombies hinter ihr her. Sie befahl ihnen, vor dem Kommandodeck zu warten, und zwängte sich wieder in ihren Sitz.

»Sie sind ebenso neu wie die Hibernationsbehälter«, bemerkte Hector. »Eines muss man dir lassen, Eunice – an den wesentlichen Dingen hast du nicht gespart. Geoffrey – steige in deinen Anzug. Wir sollten auf das Schlimmste vorbereitet sein.«

»Schon eine Reaktion von dem Eis-Asteroiden?«, fragte Jumai.

»Kein Mucks«, antwortete Geoffrey. Er erhob sich aus seinem Sitz, wählte einen der beiden verbliebenen Anzüge und breitete Arme und Beine aus, als wollte er bei einem Schneider Maß nehmen lassen. »Kleide mich an«, befahl er, und der Anzug gehorchte und schloss sich um seinen Körper, bis nur noch der Kopf frei war. Geoffrey verzog das Gesicht – der Anzug hatte an seinem Schenkel ein Stück Haut eingequetscht –, hob den Helm auf und kehrte an seinen Platz zurück, damit Hector die ganze Prozedur mit dem letzten Anzug wiederholen konnte.

»Atmosphärenbremse ist ausgerichtet«, erklärte Eunice, als alle angeschnallt waren. »Wir leiten jetzt die Anflugphase ein. Lateral eins, drei sechs: zwei Kilonewton, zehn Sekunden Schub.«

Geoffrey spürte den Beschleunigungsdruck. Doch kaum hatte er im Kopf bis zehn gezählt, war es auch schon vorüber. Sie waren wieder schwerelos und trieben auf *Löwenherz* zu.

»Die Paketstarts werden planmäßig fortgesetzt«, sagte Jumai. »Ist das nicht ein gutes Zeichen?«

»Solange sie nicht auf uns zielen«, schränkte Hector ein.

Obwohl noch unzählige Milliarden Tonnen Eis auf den Abbau warteten, war das Schwerkraftfeld des Eis-Asteroiden lächerlich schwach. Streng genommen würden sie nicht auf *Löwenherz* landen, sondern mussten andocken. Doch Geoffreys Verstand weigerte sich, das zu akzeptieren. Als der Eis-Asteroid drohend anschwoll und die Displays beherrschte wie ein Eisberg mit Krusten aus dunklem geronnenem Blut, behauptete sein Gehirn hartnäckig, es gebe in dieser Situation eindeutig ein Oben und Unten. Er musste sich beherrschen, um nicht die Armlehnen zu umklammern, als sei er in Gefahr, nach vorne aus dem Schiff zu fallen.

»Noch neun Kilometer bis zum Andocken«, meldete Hector. »Wenn die Anflugkontrolle nicht eingreift, brauchen wir einen Bremsschub. Jumai – weiter Signale geben. Vielleicht dringen wir im letzten Moment doch noch durch.«

»Hast du auch nur die leiseste Vorstellung, was wir in dem Ding finden werden?«, fragte Geoffrey.

»Ich hatte gehofft, du hättest alle Antworten parat, Cousin.«

»Eine ganze Menge Leute werden sehr erpicht darauf sein, sich dieses Schiff näher anzusehen. Vielleicht besteht hier die Verbindung zu *Löwenherz.*«

»Ich möchte dich daran erinnern, dass das Schiff nach wie vor Eigentum des Akinya-Unternehmens ist«, mahnte Hector. »Wir werden bestimmen, ob und wann andere es zu sehen bekommen. Zugegeben, es mag ein Fehler gewesen sein, dass ich Eunices Erbe unter Verschluss halten wollte. Aber daraus folgt nicht, dass ich meine Pflichten gegenüber der Familie in Zukunft zu vernachlässigen gedenke.«

Unter anderen Umständen hätte Geoffrey das als Stichelei aufgefasst. Doch jetzt hörte er nur Müdigkeit und Resignation aus Hectors Worten, die matten Überzeugungen eines Mannes, der sich soeben sein eigenes Grab geschaufelt hatte.

»Die Familie liegt dir ja wirklich am Herzen«, sagte er staunend.

»Aber natürlich.« Hector schien überrascht, dass er das betonen musste. »Das macht mich ebenso wenig zu einem Monster, wie es dich zu einem Monster macht, dass du dich von ihr losgesagt hast.«

»Sieben Kilometer«, meldete Jumai.

Sie hatten immer gewusst, dass *Löwenherz* ohne Vorwarnung zuschlagen konnte, doch als ihnen diese Tatsache nun mit derart spektakulärer Gleichgültigkeit für ihre empfindlichen Gefühle demonstriert wurde, war das doch noch etwas anderes. Das Eispaket erschien planmäßig neunzig Sekunden nach dem letzten, doch als es diesmal von der Startrampe wegschoss, lenkten es die Steuerlaser um fast neunzig Grad zur Seite. Das geschah schneller, als sie es analysieren konnten. Sie bemerkten den Aufprall erst, als das Schiff heftig erbebte und dann weiterhin zitternd rollte und gierte wie auf stürmischer See. Geoffrey war auf Druckverlust oder noch Schlimmeres gefasst, aber die Luft hielt. Mit wild pochendem Herzen suchte er den Schiffsplan nach Anzeichen von Schäden ab. Doch Hector kam ihm zuvor.

»Wir haben einen Zentrifugenarm verloren – er war nicht

durch die Atmosphärenbremse abgeschirmt. Der andere Arm dreht sich noch – er wirkt wie ein Gegengewicht.«

»Wir müssten ihn anhalten können.« Geoffrey sprach ruhiger, als er sich fühlte. »Abbremsen, verriegeln, etwas in der Art.«

Das Rollen und Gieren ließ allmählich nach; sie hatten nichts dazugetan, das Schiff musste den Schaden selbst bemerkt und die entsprechenden Maßnahmen ergriffen haben. Geoffrey warf einen Blick auf das Chronometer an der Konsole und zählte im Kopf rückwärts. Wie viele Sekunden waren vergangen?

Hectors Hände kehrten an die Steuerung zurück. »Bringe Vorwärtsbewegung zum Stillstand.«

»Das wird nicht genügen«, fuhr ihn Eunice an. »Du hast einen Faustschlag eingesteckt. Das Schiff treibt immer noch schräg zur Achse. In etwa dreißig Sekunden verlierst du den Schutz der Atmosphärenbremse. Dorsal drei, zwei Kilonewton, drei Sekunden. Auf mein Zeichen. *Jetzt.*«

»Überkorrigiert«, stellte Hector fest, als die Eingabe umgesetzt worden war.

»Du warst zu langsam. Lateral eins und sechs, zwei Kilonewton, zwei Sekunden. Geoffrey – Dorsal vier, ein Kilonewton, eine Sekunde: *jetzt.*«

»Wir driften immer noch ab«, konstatierte Jumai nach einigen Sekunden.

»Steuerung kommt unter Kontrolle. Umschalten auf Korrekturschub. Lateral eins und drei, dorsal zwei und fünf: fünf Sekunden Mikroschub.«

»Atmosphärenbremse beginnt sich neu auszurichten«, meldete Geoffrey.

»Gut. Halte diesen Kurs für weitere zehn Sekunden. Bereitschaft auf lateral zwei und fünf, Zwei-Sekunden-Schübe. Das müsste die Drift stoppen.«

Als das Schiff wieder zur Ruhe kam und seine Position relativ zu *Löwenherz* beibehielt, sagte Hector: »Der zweite Zentrifugenarm ist statisch und verriegelt. Ich glaube nicht, dass wir viel Luft verloren haben – die Innentüren müssen dicht gemacht haben, sobald die Zentrifuge wegbrach.«

»Glaubst du, wir sollten uns auf zehn Kilometer zurückziehen?«, fragte Geoffrey. »Bevor wir näher herangingen, ist nichts passiert.«

Hector war bereits dabei, sich abzuschnallen. »Das mag schon sein, aber wenn wir das tun, stehen wir wieder am Anfang. Wir driften ohne Steuerung und haben keinen Treibstoff für die Rückreise. Ich sehe noch eine einzige Möglichkeit.« Er stemmte sich hoch und drehte sich in der Luft. »Ich werde diese Luftschleuse ansteuern und das Sicherheitssystem abschalten.«

»Du willst sieben Kilometer freien Raum durchqueren?«, fragte Geoffrey.

»Immer noch besser als zehn.« Hector stabilisierte sich, indem er mit den Fingerspitzen über die Wand streifte, und öffnete die Tür.

Wieder erbebte das Schiff. Diesmal war der Aufprall viel lauter und löste eine ganze Lawine von Schadensmeldungen und Warnungen aus. Die Nachbeben polterten, als führe ein Schnellzug vorbei, und verklangen erst im Lauf von zwanzig bis dreißig Sekunden. »Direkter Treffer an der Atmosphärenbremse«, berichtete Jumai, als die Diagnostiken den Aufschlagspunkt lokalisiert hatten.

»Selbst wenn wir uns jetzt zurückziehen würden, könnte das nichts mehr ändern«, sagte Eunice.

Geoffrey und Jumai verließen ihre Plätze. »Es muss eine Alternative geben«, sagte Geoffrey. »Wenn wir uns weit genug von *Löwenherz* abtreiben lassen, müssten wir doch irgendwann außer Reichweite kommen.«

Hector war schon dabei, seinen Helm aufzusetzen. »So funktioniert das hier draußen nicht, Cousin. Solange *Löwenherz* uns sehen kann, kann es uns auch treffen.«

»Er hat recht«, stimmte Eunice zu. »Wenn ihr keinen zweiten Kometen findet, hinter dem ihr euch verstecken könnt, bleibt euch kaum eine andere Wahl. Die Atmosphärenbremse wird nicht ewig halten.«

Jumai und Hector hatten ihre Anzüge fertig angelegt und die Helme aufgesetzt, Jumai hatte nur das Visier noch nicht geschlossen. Hector hatte auf Anzugluft umgestellt. An der Außenseite seines Visiers war ein verzerrtes, vergrößertes Bild seines Gesichts erschienen. Er war zur Karikatur seiner selbst geworden.

»Es ist unvernünftig, wenn wir alle drei zugleich losziehen«, gab Hector zu bedenken. »Jumai versteht mehr von Sicherheitsmaßnahmen als jeder von uns, aber wenn sie an ein System mit Genverschlüsselung gerät, wird sie es nicht entschärfen können. Außerdem hat sie mit dem ganzen Schlamassel nichts zu tun. Das ist allein unsere Sache, Cousin.«

»Schön«, sagte Geoffrey. »Dann gehen wir zusammen.«

»Es ist besser, wenn ich allein vorausfliege. Sobald ich Entwarnung gebe, kommst du mit dem Schiff nach.«

Wieder ein Einschlag, ebenso brutal wie der letzte.

»Wenn das so weitergeht, haben wir kein Schiff mehr, mit dem ich nachkommen kann«, wandte Geoffrey ein.

Hector setzte zum Widerspruch an, doch dann machte er den Mund wieder zu und nickte. »Komm mit, ich zeige dir, wie die Steuergeräte funktionieren. Eunice, du bleibst bei uns. Vielleicht brauchen wir dich noch.«

Geoffrey hätte mit Komplikationen rechnen müssen, doch erst als sie die Raketenrucksäcke eingeklinkt hatten, ging ihm auf, wo die Schwierigkeiten liegen könnten. Nicht bei den Rucksäcken selbst; als er die Bedienungselemente studierte, die wie Armlehnen unter seinen Armen lagen, verstand er, was Hector gemeint hatte, als er die Bedienung als intuitiv bezeichnete.

Aber sie waren sperrig. Zur Not hätten sich zwei Raumanzugträger in die Luftschleuse in der Schiffsmitte zwängen können. Bei eingeklinkten Rucksäcken konnte die Schleuse dagegen nicht mehr als eine Person auf einmal aufnehmen.

»Wir fliegen trotzdem gemeinsam hinüber«, erklärte Geoffrey. »Du gehst durch die Schleuse und wartest auf der anderen Seite auf mich. Sobald das nächste Paket angekommen ist, machen wir uns auf den Weg.«

Hectors Karikaturengesicht nickte. »Gute Idee. Dann haben wir für mindestens neunzig Sekunden freie Bahn. Wenn wir nahe genug an *Löwenherz* herankommen, ist das System womöglich nicht mehr in der Lage, uns mit einem dieser Pakete zu treffen.« Er streckte die Hand aus und tippte auf den Öffner der Luftschleuse. »Wir sehen uns auf der anderen Seite, Cousin.«

Ein Ruck ging durch das Schiff. Hector schwebte in die Schleuse und schloss die innere Tür. Die Anzeige daneben schaltete auf Rot zum Zeichen, dass die Dekompression im Gange war. »Neunzig Sekunden«, sagte Geoffrey über den voreingestellten Helmfunkkanal. »Das war ein ziemlich übler Treffer.«

Die Innentür erzitterte im Rahmen und presste sich gegen die Dichtungen.

»Er hat soeben die Außentür abgesprengt«, staunte Jumai. »Ohne den Druckabfall abzuwarten!«

»Hector, was fällt dir ein? Du hast gerade eine ganze Kammer voller Luft abgelassen.«

»Sie wird uns nicht fehlen, und es ging verdammt viel schneller, als wenn ich den vorgesehenen Zyklus durchlaufen hätte.« Hectors Stimme klang für die Situation geradezu abartig ruhig. »Keine Sorge. Die äußere Tür wird normal geschlossen, und die Kammer hat noch Luft. Der Standarddruck müsste in etwa einer Minute wiederhergestellt sein.«

»Er zieht alleine los!« Jumai drückte das offene Visier an das Inspektionsfenster neben der Luftschleuse.

»Hector! Wir hatten eine Abmachung!«

»Wozu sollten wir uns beide in diese Gefahr begeben, Geoffrey? Du hast Kopf und Kragen riskiert, als du an Bord gekommen bist, um nach mir zu suchen. Da ist es nicht mehr als recht und billig, wenn ich mich revanchiere.«

Jumai betätigte die Schleuse, um sie erneut in Bereitschaft zu versetzen. »Das wird eine Weile dauern. Es geht viel schneller, die Luft abzulassen, als sie wieder hineinzupumpen, und die inneren Türen öffnen sich erst, wenn auf der anderen Seite atmosphärischer Druck herrscht. Wenn ich eine Stunde Zeit hätte, könnte ich die Sperre vielleicht umgehen, aber …«

»Schon gut.«

Geoffrey nahm sich zusammen und richtete den Blick auf die Bedienungselemente des Raketenrucksacks. Auf den ersten Blick hatten sie ganz einfach ausgesehen, aber da war er noch davon ausgegangen, dass Hector ihn einweisen würde, wenn sie beide draußen waren.

»Ich muss ihm folgen«, sagte er. »Sonst kann ich nie wieder in einen Spiegel schauen. Aber du bleibst hier. Wir brauchen einen lebenden Menschen auf diesem Schiff. Der Stellvertreter zählt nicht.«

Ein weiterer Aufprall erschütterte das Schiff.

Die Anzeige schaltete auf Grün, die Schleuse war in Bereitschaft. Der jähe Druckabfall hatte bis auf die verlorene Luft keinen Schaden angerichtet. Geoffrey zwang sich, langsamer zu atmen, doch sein Herz schlug weiter wie rasend. Er litt Todesängste. Er wollte nicht ins All hinaus. In seinem ganzen Leben war er noch nie außerhalb eines Raumschiffs gewesen, schon gar nicht unter solchen Umständen, die ihn jeden Moment mit einem Schlag ins Jenseits befördern konnten. Aber er hatte Jumai die Wahrheit gesagt. Er musste mit sich im Reinen sein, und wenn er Hector seinem Schicksal überließ, würde ihn das innerlich zerfressen.

Die Luftschleuse ging auf. Geoffrey schob sich mit zu viel Schwung hinein und prallte gegen die äußere Wand. Er konnte Jumais Karikatur noch kurz zunicken, bevor die innere Tür wieder zuglitt.

Der Schalter für die Notentlüftung, den Hector wohl bereits einmal betätigt hatte, war nicht zu übersehen. Es war ein roter Bügel von der Größe eines Schaufelgriffs, in einer Wandnische versenkt, damit man ihn nicht versehentlich aktivieren konnte. Geoffrey packte ihn. Gleich daneben befand sich ein zweiter Bügel zum Festhalten, damit man nicht mit der Luft hinausgerissen wurde. Den umklammerte er mit der anderen Faust.

»Lasse jetzt die Luft ab«, meldete er.

Er spürte den Sog, als die Luft aus der Schleuse zischte, konnte sich aber halten. Das Display auf dem Helmvisier zeigte an, dass er sich im Vakuum befand. Vorsichtig schob er sich aus der Schleuse, um nicht mit dem Raketenrucksack anzuschlagen. Alle seine Instinkte protestierten dagegen, die Verbindung zum Schiff aufzugeben, aber das brachte ihn nicht weiter. Er musste dem Raumanzug vertrauen und sich dem Weltraum ausliefern.

Er stieß sich ab.

»Ich bin draußen«, meldete er.

»Kannst du Hector sehen? Er ist abseits meiner Sichtlinie.«

»Er muss wohl auf der anderen Seite der Atmosphärenbremse sein.« Geoffrey legte die Hände auf die beiden Schalter für die Steuerdüsen und gab einen Rülpser Schub. »Hector, kannst du mich hören?«

»Ich bin bei dir, Geoffrey. Ich nehme an, du hast das Schiff verlassen.«

»Du hast gewusst, dass ich nachkommen würde.«

Hector schnaubte belustigt. »Wahrscheinlich hätte ich es genauso gemacht. Aber das ist für keinen von uns eine Entschuldigung.«

Der Schub hatte Geoffrey vom Rumpf weggetragen. Nun schaute er zurück und sah das Schiff zum ersten Mal in seiner Gesamtheit. Die Atmosphärenbremse war ein Kreis mit Stützen, der einen beachtlichen Teil des Himmels auslöschte, leicht nach innen gewölbt auf der ihm zugewandten Seite, aerodynamisch konvex auf der anderen. Obwohl er seine Sehkraft verstärkt hatte, konnte er nicht alle Einzelheiten erkennen. Die Schatten waren tiefschwarz, und auch die beleuchteten Flächen wirkten trübe.

Wenn er Hector folgen wollte, musste er die Deckung der Atmosphärenbremse verlassen.

Weißes Licht umrahmte den kreisförmigen Schild und verwandelte ihn in eine verfinsterte Sonne mit eigener Korona. Dann wurde das Licht schwächer. Geoffrey hatte nichts gespürt und auch nichts gehört, aber er wusste, dass soeben ein weiteres Paket die Atmosphärenbremse getroffen hatte.

»Hector?«

»Ich bin noch da. Wie geht es Jumai?«

»Alles gut«, antwortete sie.

»Komm bloß nicht auf die Idee, uns zu folgen«, warnte Hector.

Geoffrey stoppte die seitliche Abdrift. Er schwebte allmählich aus dem schützenden Schatten der Atmosphärenbremse, und die Startanlage des Eis-Asteroiden kam wieder in Sicht. Prompt legte sein Visier ein Symbol über einen winzigen Lichtpunkt. Daneben erschienen Angaben zu Geschwindigkeit und Entfernung eines Objekts zwei Kilometer vor ihm.

»Ich sehe dich, Hector.«

»Gut. Du hast deine Absicht kundgetan, jetzt geh wieder ins Schiff zurück.«

Geoffrey drückte auf die pfeilförmigen Steuerelemente und orientierte sich etwa in die Richtung, die Hector eingeschlagen hatte. Ein kurzer Schub, und der Schiffsrumpf glitt an ihm vorbei. Die Atmosphärenbremse kam näher. Er beobachtete sie genau. Hoffentlich hatte er genügend Abstand, um nicht gegen die Unterseite zu prallen oder die Kante zu streifen. Das Symbol zeigte an, dass Hector ihm inzwischen achtzehnhundert Meter voraus war, doch der Cousin zog immer noch davon. Blaue Feuerblitze zeigten die Aktivität seiner Steuerdüsen an. Er gab richtig Gas.

Geoffrey hatte die Atmosphärenbremse fast erreicht. Es war ziemlich knapp – als sie näher kam, sah es so aus, als hätte er sich fatal verrechnet –, doch dann sauste sie völlig lautlos an ihm vorüber, und als er zurückschaute, konnte er endlich die Schäden am Schiff begutachten. Sie waren schlimmer als gedacht. Die Eispakete hatten meterdicke Platten des Hitzeschilds abgesprengt und die darunterliegende Konstruktion aus geodätischen Stützelementen und Stoßdämpfern freigelegt. Achtzig Prozent der Atmosphärenbremse mochten noch intakt sein, ihre eigentliche Funktion konnte sie nicht mehr erfüllen.

Sein Anzug machte einen jähen Satz zur Seite. Ein faustgroßer Brocken raste an ihm vorbei in die Dunkelheit hinein, vermutlich ein Teil der Atmosphärenbremse. Der Anzug hatte das Objekt detektiert und ein Ausweichmanöver eingeleitet.

»Jumai«, sagte er, »lass den Raumanzug an und klinke auch einen Raketenrucksack ein. Das Schiff hält nicht mehr viel aus.«

»Ja. Das ist mir inzwischen auch klar geworden.«

Ihre Stimme klang verändert, und Geoffrey begriff erst mit

Verzögerung, woran das lag. Sie wurde über den Anzug mit Luft versorgt.

Wieder schaute er zurück und sah gerade noch eine winzige Gestalt hinter der Atmosphärenbremse hervorkommen.

Er wusste, dass er nichts tun konnte – er hatte ihr nichts vorzuwerfen, hatte er sich doch genauso verhalten –, und wandte sich abermals Hectors ferner Gestalt zu. Zweitausendeinhundert Meter, und er entfernte sich weiter. Wieder zündete er seinen Raketenrucksack und spürte den Druck an seinem Rücken. Er drückte die Knöpfe so lange, wie er es wagte, und sah zu, wie die relative Geschwindigkeit gegen null ging und dann in positive Bereiche anstieg. Nach seiner Schätzung hatte er etwa eine Schiffslänge, also einen Kilometer zurückgelegt, seit er die Atmosphärenbremse passiert hatte. Hector hatte inzwischen wohl fast die Hälfte der Strecke hinter sich, und er war noch am Leben.

Blaues Feuer raste vorbei, überhitzter Dampf von einem Eispaket, das wie die Zunge eines Chamäleons von *Löwenherz* hervorschoss. Der ganze Kosmos pulsierte in weißem Licht. Geoffrey schaute zurück und sah die Atmosphärenbremse vor dem mattgrauen Nimbus des inneren Sonnensystems aufglühen. Der Schein wurde schwächer, färbte sich dunkelrot, dann schwarz. Das Schiff hatte weiteren Schaden genommen.

»Jumai?«

»Ich bin noch da. Bin ich die Einzige, die sich allmählich Sorgen darüber macht, wie wir ohne Schiff nach Hause kommen sollen?«

»Auf die Atmosphärenbremse können wir verzichten, vorausgesetzt, wir können die Tanks mit geeignetem Treibstoff für das Triebwerk füllen«, sagte Hector. »Ich brauche *Löwenherz* lediglich davon zu überzeugen, dass wir seine neuen besten Freunde sind. So schwierig kann das doch wohl nicht sein.«

»Wenn du es so ausdrückst«, antwortete Geoffrey.

»Ich bin noch etwa zwei Kilometer entfernt. Von hier aus kann ich bereits die Schleuse sehen. Wenn die Protokolle dem üblichen Standard entsprechen, müsste ich die äußere Tür ohne Schwierigkeiten öffnen können. Ich bin nicht ganz auf Kurs, deshalb muss ich …«

Ein weißer Blitz flammte auf.

Geoffrey dachte zunächst, Hector hätte seinen Anflugwinkel korrigiert oder sogar seine Geschwindigkeit verringert, um sich auf die Landung an der Luftschleuse vorzubereiten.

Doch das war nicht der Fall.

»Hector?«, fragte er ängstlich. Seine Sinne hatten ihm die Antwort schon gegeben. Für ein harmloses Korrekturmanöver war der Blitz viel zu grell gewesen.

Hector antwortete nicht.

Da, wo auf Geoffreys Visier der Status der Funkverbindung angezeigt wurde, begann ein rotes Warnsymbol zu pulsieren.

»Hector!«, rief er.

Die Helmanzeige war überflüssig. Er wusste auch so, was geschehen war. Hector meldete sich nicht, weil Hector nicht mehr da war.

»Er ist tot«, sagte Jumai. »Nicht wahr?«

Die beiden stürzten immer noch auf *Löwenherz* zu, genau auf den Punkt, die Fläche im All, wo Hector abgefangen und ausgelöscht worden war.

Um schockiert zu sein, zu trauern oder auch nur in eine Panik zu verfallen, die noch stärker war, als Geoffrey sie ohnehin empfand, war keine Zeit. Jetzt ging es einzig und allein ums unmittelbare Überleben. Bei seiner derzeitigen Geschwindigkeit würde Geoffrey die Stelle, wo Hector ums Leben gekommen war, in etwas mehr als zehn Sekunden passieren.

»Du tust gar nichts«, befahl er Jumai. »Keine Kurskorrektur, keine Anpassung der Geschwindigkeit, nichts, bis wir fast da sind.«

»Was ist passiert?«

»Hector muss einen Schubstoß auf *Löwenherz* gerichtet haben. Ich glaube nicht, dass er bis dahin gesichtet worden war. Ich nehme an, der Eis-Asteroid hatte ihn nicht einmal *bemerkt*. Verglichen mit dem Schiff war er wohl ein zu kleines Ziel, und bei all dem Schutt von der Atmosphärenbremse, der in der Gegend herumfliegt …«

»Das hoffst du.«

»Wenn ich mich irre, werden wir es bald erfahren.«

Von den unzähligen Todesarten, die man sich vorstellen konnte, wäre es vermutlich nicht die schlimmste, von einem Eisbrocken vernichtet zu werden, der so schnell durch das All katapultiert wurde, dass er ohne Vorwarnung zuschlug. Es wäre ein schmerzloser Tod, denn sobald ihn das Eis berührte – sobald sich seine kinetische Energie in Hitze und mechanische Kräfte umwandelte –, würde es *ihn* nicht mehr geben, und er würde auch keinerlei Empfindungen mehr haben. Er wäre kein Organismus mehr, sondern eine Wolke aus rosarotem, rasch abkühlendem Dampf mit einigen beigemischten Verunreinigungen, die sich rasant ausbreitete.

In Bezug auf Hector hatte er wohl richtig getippt, denn *Löwenherz* verzichtete darauf, ihn zu töten. Er wartete so lange, bis die mattrote Welt nur noch einen Atemzug, eine Armlänge entfernt schien. Dann erst wagte er langsamer zu werden. Er wusste zwar, dass der Anzug Kollisionen selbstständig detektieren und vermeiden konnte, wollte es ihm jedoch nicht überlassen, die Vorwärtsbewegung zu stoppen. Er schloss die Augen – um nicht zu sehen, wie ihm der Boden entgegenraste, falls sich herausstellte, dass er nicht anhalten würde – und drückte mit beiden Daumen auf die Knöpfe für den Umkehrschub. Ein paar Sekunden vergingen, bevor ihm einfiel, dass er die Bewegung kontrollieren musste, wenn er sich nicht wieder ins All hinauskatapultieren wollte.

Es war eher Glück als Berechnung, dass er sanft nach unten – oder zur Seite? Er spürte immer noch keine Schwerkraft – auf *Löwenherz* zu sank. Er sah den roten Boden unter sich, ringsum graue Bunkeranlagen, durchzogen von Rohren und mit einem Gitternetz von Radiatoren. Das höchste Gebäude war ein Turm mit Stützpfeilern und einem Ring von Andockhalterungen an der Spitze, die weit geöffnet waren wie eine Hand. Dort hätte das Schiff angelegt, wenn sie planmäßig gelandet wären. Die Luftschleuse konnte nicht weit sein.

Seine Füße berührten den Boden und brachen knirschend wie durch die Kruste eines Kuchens in das schwammige Innere ein. Doch das lag nur an seiner Dynamik, nicht an seinem Gewicht.

»Ich sehe dich«, sagte Jumai.

Sie kam herunter wie ein feuriger Engel, und er fürchtete schon, sie hätte den Bremsvorgang zu weit oben eingeleitet und könnte immer noch wie Hector die Aufmerksamkeit von *Löwenherz* auf sich ziehen. Doch sie hatte ihren Kurs nicht schlechter berechnet als er selbst. Sie landete nur wenige Meter von ihm entfernt, und für einen Moment starrten sie wie gebannt die Karikaturen ihrer verdutzten Gesichter auf den Helmvisieren an.

»Es tut mir so leid wegen …«, begann Jumai.

»Nicht jetzt!«, wehrte Geoffrey ab. Seine Gefühlskälte schockierte ihn, doch er wusste, dass er sich dahinter verschanzen musste, bis sie in Sicherheit waren.

38

Sie fanden ohne große Mühe auf Bodenhöhe eine Schleuse. Geoffrey war ziemlich sicher, dass es für ankommende Schiffe eine zweite in der Nähe der Andocksysteme geben müsse. Jumai legte die flache Hand auf das grün beleuchtete Eingabefeld, und die äußere Tür öffnete sich klaglos. Die Verteidigungsanlagen des Eis-Asteroiden waren auf die Abwehr ankommender Schiffe ausgerichtet, was auf der Oberfläche passierte, beachteten sie nicht.

Die Schleuse war so geräumig, dass sie beide auch mit den Raketenrucksäcken darin Platz fanden. Die äußere Tür schloss sich, durch Lamellen strömte Luft ein.

»Wir haben die Verbindung zum Schiff verloren«, stellte Jumai fest. »Eunice hatte recht – die Luftschleuse blockiert die Signale.«

Als sich der Druck normalisiert hatte, nahm Geoffrey seinen Helm ab und ließ ihn zu Boden schweben.

»Eidetischer Scanner.« Jumai wies auf eine reifenförmige Apparatur dicht unter der Decke. »Und in dem Wandpaneel unterhalb des Scanners steckt ein Gen-Leser. Du wirst Hautkontakt damit aufnehmen müssen.«

Geoffrey befahl dem Anzug, ihn freizugeben. Nur mit dem

Innenfutter bekleidet, stieg er heraus. Nun spürte er zum ersten Mal die kalte Luft und fröstelte. Er stellte sich unter den eidetischen Scanner. In Chamas und Glebs Menagerie hatte es ein ähnliches Gerät gegeben. Der Scanner senkte sich herab und umgab seinen Kopf wie ein Glorienschein. Das Gerät war vermutlich auf visuelle Erinnerungen und spezielle Ereignisse oder Orte eingestellt; es würde leicht zwischen direkt angelegten Erinnerungen und Konfabulationen unterscheiden können, die auf Erlebnisse aus zweiter Hand zurückgingen. Er legte die flache Hand auf das graue Rechteck des Gen-Lesers und spürte ein Kribbeln, als der Leser eine repräsentative Probe seiner Hautzellen entnahm.

»Nennen Sie Ihren Namen«, befahl eine Maschinenstimme auf Suaheli.

Er schluckte. »Geoffrey Akinya«, antwortete er dann.

»Erklären Sie, in welcher Beziehung Sie zu Eunice Akinya stehen.«

»Ich bin ihr Enkel. Bitte stelle die Angriffe auf das anfliegende Schiff ein. Es hat keine feindseligen Absichten. Ich wiederhole, es hat *keine* feindseligen Absichten.«

Ob der Scanner seine Worte verstand oder verstehen wollte, war nicht zu erkennen. Der Reifen fuhr auf und ab, Geistersymbole schwebten über Geoffreys Blickfeld, sonderbare, sinnlose Hieroglyphen in Farben, die das bloße Auge nicht ganz zu erfassen vermochte: gelbliches Blau, rötliches Grün. Der Scanner drang mit neugierigen Fingern tief in sein Gehirn ein und las dessen Architektur so, wie ein Blinder ein menschliches Gesicht abtastete.

»Visualisieren Sie den Familiensitz, Geoffrey Akinya. Sie gehen durch den Westflügel, vom Garten weg. Es ist später Nachmittag.«

Obwohl er dieses Vorgehen für gefährlich hielt, wählte er willkürlich eine Erinnerung aus dem Vorrat von Tausenden und bemühte sich, die Einzelheiten zu beschwören, die besondere, eigentümliche Struktur der verschiedenen Dinge. Die Art, wie die polierten Dielen glänzten und unter seinen Schuhen knarrten, die weiß gekalkten Wände, das Licht, das auf die braunen Schränke und Schaukästen des Privatmuseums fiel. Träge schwebender Staub, in Streifen aus Sonnenlicht gefangen. Der Geruch aus der Küche, der in jedem Winkel des Gebäudes hing.

»Gehen Sie in Ihr Zimmer.«

Er stellte sich den Weg dorthin nicht bloß vor, sondern ging ihn tatsächlich. Beim Aufstoßen der Tür war er bemüht, sich ihre Schwere genau ins Gedächtnis zu rufen. Zumindest nach seinem eigenen Zeitgefühl war er erst vor Kurzem hier gewesen, deshalb gelang es ihm ohne Mühe, sich die Proportionen des Raumes und die einfache Anordnung der wenigen Möbelstücke vor Augen zu führen.

»Setzen Sie sich auf das Bett. Sehen Sie sich um.«

Er tat wie geheißen und leitete bewusst den kontinuierlichen Abruf von Erinnerungen ein – nicht bloß an einzelne Objekte und Eindrücke, sondern an eine ganze Szene, die er wie einen Film mit wechselndem Blickwinkel vor sich ablaufen ließ.

»Konzentrieren Sie sich auf die Elefanten.«

Bisher hatte er sie lediglich als ein Element der Inneneinrichtung vor Augen gehabt. Nun fiel ihm wieder ein, dass auch der *Winterpalast* seinen Fokus auf die Elefanten gelegt hatte, so als wären sie ein Schlüsselelement für die Feststellung seiner Identität.

Damals hatte man ihm nur die Frage gestellt, in welchem Alter er das Geschenk erhalten hatte. Diesmal wurde sehr viel intensiver nachgeforscht. Er ahnte, dass er die ganze Prüfung nicht bestehen würde, falls er keine genaue Rekonstruktion zustande brächte. *Löwenherz* hielt ebenso wie er selbst den Atem an.

Er visualisierte die Elefanten, im Geiste sah er sie als sechs voneinander getrennte Gestalten, spürte ihr Gewicht, die Glätte des geschnitzten Holzes in den Händen, prüfte die Schärfe der Stoßzähne mit den Fingerspitzen und strich über die raue Oberfläche der schwarzen Sockel. Abgesehen von ihrer abnehmenden Größe, wiesen alle Skulpturen weitere kleine Unterschiede auf. Er visualisierte die Merkmale jedes einzelnen Elefanten, die leichten Abweichungen an Köpfen, Ohren und Rüsselstellung, die Haltung der Beine. Er konzentrierte sich, bis die anhaltende Rückschau unerträglich wurde.

Das Bild brach zusammen. Der erinnerte Raum löste sich auf.

»Willkommen, Geoffrey Akinya«, sagte die Stimme. »Sie haben die Genehmigung, Ihren Weg fortzusetzen.«

Der eidetische Scanner glitt an die Decke zurück. Geoffrey nahm die Hand vom Gen-Leser.

»Stelle die Angriffe auf das Schiff ein«, wiederholte er in der Hoffnung, das System sei so hoch entwickelt, dass es den Befehl verstehen und befolgen würde. »Es hat keine feindseligen Absichten.«

»Die Verteidigungsanlagen wurden abgeschaltet. Haben Sie bezüglich des Schiffs weitere Anweisungen?«

»Gib mir die Verbindung zurück.«

Jumai hatte ihren Helm noch auf und meldete: »Verbindung wiederhergestellt. Eunice – kannst du uns hören?« Sie wartete ein wenig, dann lauschte sie der Stimme am anderen Ende. »Gut. Die Bombardierung sollte eingestellt sein. Offenbar konnten wir *Löwenherz* überzeugen, dass wir keine Bedrohung darstellen, aber es ist wohl doch am besten, das Schiff vorerst aus der unmittelbaren Schusslinie zu nehmen. Wenn wir herausgefunden haben, wie wir dich mit automatischer Steuerung herholen können, geben wir Bescheid.«

»Wie schwer sind die Schäden?«, fragte Geoffrey.

»Nichts, was uns daran hindern sollte, nach Hause zu kommen, vorausgesetzt, wir finden Treibstoff und können ein paar einfache Reparaturen vornehmen. Ob wir es wohl riskieren können, die Rucksäcke und die Anzüge hier zu lassen?«

»Behalte deinen Anzug an«, riet er ihr. »Einer von uns sollte die Verbindung zum Schiff aufrechterhalten. Außerdem ist es kalt.«

»Du könntest deinen Anzug wieder anlegen.«

»Oder ich könnte *auf der Stelle* durch diese Tür gehen und herausfinden, warum man uns hierhergebracht hat.« Er schlang die Arme um sich und entschied, dass er die Kälte zunächst ertragen konnte. »Was glaubst du, wofür ich mich entscheide?«

Geoffrey öffnete die Innentür der Schleuse und betrat den Eis-Asteroiden. Hector verdrängte er aus seinen Gedanken, so gut es eben ging.

Die Tür führte in eine Empfangshalle, die zugleich als Vorratsraum diente. Sie war so groß wie ein Lagerhaus und so tief wie der Laderaum eines Frachtschiffs. Vom Eingang aus ging es viele Stockwerke weit in die Tiefe. Alles war vollgepackt mit Maschinenteilen auf Gestellen und übereinandergestapelten Frachtbehältern in grellen Primärfarben, die über und über mit Abzeichen und Warnschildern bedeckt waren. Ein Teil davon war Eigentum von Akinya, aber Geoffrey entdeckte auch Produkte und Materialien von Firmen, die sicher seit Jahrzehnten nicht mehr existierten. Die Decke befand sich etwa ein Stockwerk über ihm. Der ganze Raum ragte damit über die Oberfläche von *Löwenherz* hinaus, vermutlich handelte es sich um einen der Bunker, die er bei der Landung gesehen hatte. Fenster gab es in der Decke nicht, dafür war sie mit einem Netz von Beleuchtungskörpern überzogen. Von einem kleinen Sims am Eingang der Luftschleuse führte in einer Gitterröhre mit zahlreichen Haltegriffen für Hände und Füße ein Steg ins Innere. Alles war hell erleuchtet, und es roch so sauber wie in einem Ausstellungsraum. In der Tiefe dröhnten die Mönchschoräle von Generatoren und schweren Lebenserhaltungsgeräten. Ihr Pochen durchlief auch den Gittersteg und ließ ihn unter Geoffreys Fingern erzittern. An Gehen war bei der so gut wie nicht vorhandenen Schwerkraft des Eis-Asteroiden nicht zu denken. Geoffrey und Jumai machten lange, flache Sprünge und stießen sich von der Wölbung der Gitterröhre ab, wenn sie dabei zu weit nach oben kamen.

Geoffrey war froh um die Bewegung. Auf diese Weise gelangte das Blut allmählich wieder in seine Gliedmaßen und bis in seine Finger.

»Hattest du das erwartet?«, fragte Jumai.

»Hector hätte sicher besser gewusst als ich, was wir hier vorfinden würden«, antwortete Geoffrey zwischen zwei keuchenden Atemzügen. »Aber wenn du mich gefragt hättest, wie ich mir das Innere einer unserer Bergbauanlagen vorstelle, dann wäre wohl etwas Ähnliches herausgekommen. Man braucht Luft und Wärme für die Techniker, die alle heiligen Zeiten mal hierherkommen. Man braucht Maschinenteile und Material für alles, was die Roboter nicht selbst herstellen können oder dürfen. Und wir wissen, dass die Anlage immer noch Eis abbaut.«

»Eunice hat uns doch nicht hierher verschleppt, damit wir die Anlage inspizieren?«

»Nein.«

Am anderen Ende des Stegs befand sich eine zweite Tür, schwer genug, um druckfest zu sein, aber keine Luftschleuse. Sie öffnete sich, als sie nahe genug waren. Dahinter befand sich eine Art Kabine mit Haltegurten und vier Sesseln mit Anschnallvorrichtung. Vermutlich ein Aufzug, dachte Geoffrey, oder das, was man auf einer Welt, auf der praktisch Schwerelosigkeit herrschte, als Aufzug verwendete.

»Wenn wir nun schon so weit gekommen sind …«, sagte er als Antwort auf Jumais unausgesprochene Frage.

Jeder wählte einen Sitz und schnallte sich an – Jumai musste ihren Gurt verlängern, damit er um den klobigen Anzug passte. Erst als sie gesichert waren, schloss sich die Tür. Prompt wurde Geoffrey von einer Woge sanfter Beschleunigung erfasst. Soweit er seinem Orientierungssinn vertrauen konnte, schienen sie nach unten zu fahren, in die Tiefen von *Löwenherz.*

»Eunice?«, fragte Jumai eher hoffnungs- als erwartungsvoll.

Doch sie bekam keine Antwort. Der Aufzug beschleunigte weiter.

Die Fahrt dauerte nicht mehr als zwei bis drei Minuten, lange genug, um bei dieser hohen Geschwindigkeit mindestens zwei Kilometer ins Innere des Eis-Asteroiden vorzudringen. Dann wurde die Kabine rasch langsamer, doch erst als die Tür sich abermals öffnete, konnte Geoffrey sicher sein, dass sie angehalten hatten.

Sie betraten einen weißen Raum, der etwa die Größe einer kleinen Hotelhalle hatte. Mit den abgerundeten Ecken und den glänzenden Handläufen wirkte er so austauschbar und utilitaristisch wie ein Teil eines Raumschiffs, das man tief unter die Erde versetzt hatte. An drei Wänden führten runde Türen in gewundene, rot erleuchtete Korridore. Das Pochen der Generatoren war hier viel deutlicher zu spüren, und über die Wände lief eine nicht abreißende Folge von Textzeilen mit Statusaktualisierungen und komplizierten vielfarbigen Diagrammen. Nichts, was Geoffrey in einer ferngesteuerten Bergbauanlage nicht erwartet hätte. Dieses unterschwellige Pochen mochte die Vibration gigantischer Bohrer sein, die sich immer tiefer in die kalte Schale dieses tot geborenen Kometen fraßen …

Oder auch nicht.

Der Boden erbebte.

»Spürst du das?«, fragte Geoffrey.

»Paketabschuss«, erklärte Jumai. »Ich habe es schon einmal gespürt, vorhin, als wir in diesem Tunnel waren. In diesem Moment musst du wohl gerade in der Luft gewesen sein. Die Pakete starten offenbar nach wie vor planmäßig. Normaler Betrieb.«

Sie hielten beide den Atem an. Was sie gehört hatten, waren nicht gerade Schritte, aber dass sich etwas näherte, das sich in der nahezu schwerelosen Umgebung auf irgendwelchen Gliedmaßen bewegte, war unverkennbar. Es kam durch einen der rot erleuchteten Schächte, und das geschäftige Trippeln eilte ihm voran. Geoffrey war unbewaffnet, seine einzige Reaktion bestand darin, nach einem Handgriff zu suchen und danach zu greifen. Jumai machte Anstalten, ihr Visier zu schließen, zog jedoch die Hand langsam zurück, bevor sie die Bewegung zu Ende geführt hatte.

Das Etwas war ein Golem, das erkannte Geoffrey sofort, als er um die Biegung kam. Er war von humanoider Gestalt, bewegte sich jedoch mit der hektisch quirligen Energie eines Gibbons auf allen vieren. Sein Gang war zu rhythmisch und konstruiert, um natürlich zu wirken. Hals über Kopf purzelte er daher, kam dabei aber erstaunlich schnell voran. Erst als er sich der Tür näherte, wurden seine Bewegungen ruhiger und glichen nun etwas mehr denen eines Lebewesens.

Sundays Konstrukt hatte Eunice zu einer Zeit unmittelbar vor ihrem Verschwinden aus der Öffentlichkeit emuliert. So war sie gewesen, bevor sie sich ins Exil zurückzog. Damals hatte sie sieben Jahrzehnte ihres Lebens hinter sich gehabt und sich nicht allzu sehr bemüht, ihr Alter zu kaschieren. Hier nun sahen sich Geoffrey und Jumai einer viel jüngeren Inkarnation gegenüber – vielleicht halb so alt wie das ursprüngliche Konstrukt.

Der Golem trug ein schlichtes einteiliges schwarzes Gewand, das an den Ärmeln mit verschiedenen Flaggen und Emblemen besetzt war. Eunices Haar war lang und schwarz, sehr dicht und ohne eine Spur von Grau, sie trug es aus der Stirn gekämmt und zu einem glatten Knoten gewunden, den sie mit einem schwarzen Haarnetz zusammenhielt. Eine strenge Frisur, praktisch für die Schwerelosigkeit, wenn auch nicht unbedingt modisch. Dem Golem verlieh sie eine Aura dezenter, schlichter Eleganz. Geoffrey hatte seine Großmutter auf unzähligen Bildern als junge Frau gesehen, wäre aber nie auf die Idee gekommen, sie schön zu finden. Doch das war sie. Eine zierliche Gestalt mit langem Hals, hohen Wangenknochen und großen Augen, die ihm bis auf den Grund der Seele schauten. Und eines war ihm auf all jenen Bildern niemals aufgefallen – ihr ruhiges, wissendes Lächeln.

Was sie Hector angetan hatte, nahm er ihr immer noch übel. Natürlich war das albern. Der Golem war nicht Eunice, auch wenn es sich anbot, ihn dafür zu halten.

Das durfte er nicht vergessen.

»Inständig hatte ich gehofft, dass du es sein würdest, Geoffrey.« Eunice musterte ihn mit einem langen Blick von Kopf bis Fuß. Sie war aufrecht zum Stehen gekommen, mit den Füßen auf dem Boden. »Ich hatte nicht fest damit gerechnet, und es hätte auch nichts ausgemacht, wenn jemand anderer an deiner Stelle gekommen wäre. Alle wären geprüft worden, und wenn sich erwiesen hätte, dass derjenige von Akinya-Geblüt war und starke Bindungen an den Familiensitz hatte, hätte ihn der eidetische Scanner sicher ebenfalls anerkannt.«

Geoffrey hatte so viele Fragen, dass er nicht wusste, wo er beginnen sollte. »Ich bin aus dem einzigen Grund hier, weil Hector und Lucas mich gebeten haben, den Inhalt des Schließfachs zu überprüfen. Hätten sie jemand anderen dazu auserkoren, würdest du jetzt mit ihm sprechen.«

»Hätte auch ein anderer die innere Kraft aufgebracht, sich

bis hierher durchzuschlagen?« Sie legte den Kopf zur Seite. »Während des eidetischen Scans habe ich einige deiner Erinnerungen extrahiert. Du magst das anrüchig finden, aber es musste sein. Daher habe ich eine gewisse Vorstellung, was du durchgemacht hast. Und ich bedauere, dass es nötig war.«

»Sie blufft«, warnte Jumai. »Eidetische Scanner können Erinnerungen nicht so ohne Weiteres extrahieren und verarbeiten. Sie suchen nach Korrelationen mit bekannten Bildmustern; sie können nicht wahllos in deinem Kopf herumkramen wie in einer Sockenschublade. Maschinen sind nicht intelligent genug, um den Rohdaten etwas Sinnvolles zu entnehmen. Dazu ist mindestens die Kognition eines Artilekts erforderlich …«

»Dann ist es ja gut, dass ich von einem Artilekt gesteuert werde«, konterte Eunice. Sie war Jumai grimmig ins Wort gefallen. »Und nicht von einem dieser modernen zahnlosen Schwächlinge, sondern von einem Artilekt auf militärischem Niveau, mehr als achtzig Jahre alt, in vollem Umfang turingmächtig – genau die Art, zu deren Vernichtung die Kognitionspolizei ins Leben gerufen wurde.«

»Durftest du uns das denn verraten?«, fragte Geoffrey. »Oder hast du nicht vor, uns jemals wieder nach Hause zu lassen.«

»Nein, ihr könnt nach Hause. Ich lege euch keine Steine in den Weg. Das wäre ja nicht sehr gastfreundlich von mir. Hier gibt es Treibstoff, und *Löwenherz* verfügt über alles, was ihr benötigt, um die Schäden an eurem Schiff zu beheben.«

»Für ein Artilekt hast du ziemlich lange gebraucht, um zu erkennen, dass wir harmlos waren«, wandte Jumai ein.

»Ich bin nur eine Facette des Artilekts«, stellte Eunice klar. »Und ich wurde erst aktiviert, nachdem du dich zufriedenstellend ausgewiesen hattest. Bis dahin hat *Löwenherz* sich wie seit mehr als sechzig Jahren selbst geschützt. Wenn einige autonome Sicherheitsprotokolle etwas übereifrig waren … bitte ich um Entschuldigung.«

»Wenn du mein Gedächtnis ausgelesen hast, wirst du auch wissen, dass du einen von uns getötet hast«, sagte Geoffrey.

»Das ist mir nicht untergekommen.« Für einen Moment klang so etwas wie Zerknirschung aus Eunices Stimme. »Es muss sehr kurz vor dem Scan geschehen sein, sodass die Erinnerungen noch keine Zeit hatten, durch den Hippocampus zu gehen und im Langzeitgedächtnis gespeichert zu werden. Wenn es Opfer gab …«

»Du hast Hector getötet«, hielt Jumai ihr vor. »Auch er war dein Enkel.« Über sich selbst empört, schüttelte sie den Kopf. »Wie komme ich dazu, einem Artilekt Schuldgefühle einreden zu wollen? Sie ist doch bloß eine Maske. Dahinter ist nur … Datenkram.«

»Bist du fertig?«, fragte Eunice. »Ich habe mich entschuldigt. Es war keine Absicht. Der Einsatz war allerdings immer hoch. Unglaublich hoch. Glaubst du, ich hätte irgendetwas von alledem getan, ohne gute Gründe gehabt zu haben?«

»Ich habe keine Ahnung, was du mit ›alledem‹ meinst, es sei denn, du wolltest damit unsere Zeit verschwenden und unschuldige Menschen töten«, sagte Geoffrey. »Auf diese Liste können wir auch Memphis setzen. Er wäre noch am Leben, wenn du mich nicht in deine Spielchen hineingezogen hättest.«

»Memphis ist tot?« Der Golem drehte den Kopf zur Seite, als wollte er Eunices Gesichtsausdruck verbergen. »Das wusste ich nicht«, fuhr sie mit sehr viel sanfterer Stimme fort. »Wann ist das passiert?«

Geoffrey wollte gerade sagen, es sei erst ein paar Tage her, als ihm wieder einfiel, wie lange die Reise nach *Löwenherz* gedauert hatte. »Vor sieben Wochen. Es gab einen Unfall mit den Elefanten.«

»Wenn sein Tod eine Folge meiner Handlungen war … dann kann ich euch gar nicht sagen, wie ich mich fühle.«

»Du *fühlst* gar nichts«, spottete Jumai.

»Ihr beurteilt mich falsch«, widersprach der Golem. »Es musste getan werden. Begreift ihr das denn nicht?«

»Nein«, sagte Geoffrey.

»Ihr habt den ganzen weiten Weg bis hierher auf euch genommen. Inzwischen müsstet ihr doch eine Ahnung haben, worum es geht.« Sie forschte in ihren Gesichtern nach aufdämmerndem Verständnis. »Ihr wisst gar nichts, wie?«

»Meine Schwester berichtete mir, du hättest von einem Geschenk gesprochen, das Segen und Fluch zugleich sei«, begann Geoffrey.

»Ja.« Eunice nickte eifrig. »Ja, es gab ein Geschenk. Und wenn du so weit gekommen bist, musst du von den Steinen wissen. Auch das Triebwerk, das euch nach *Löwenherz* gebracht hat, kann doch eurer Aufmerksamkeit nicht entgangen sein. Natürlich habt ihr die Verbindung hergestellt!«

»Das Triebwerk ist leistungsfähiger als alles, was da draußen unterwegs ist«, sagte Geoffrey. »Damit haben wir anstatt Monate nur wenige Wochen gebraucht, um den transneptunischen Raum zu erreichen. Ist es das, was du meinst?«

»Nein«, sagte Eunice, verbesserte sich aber sofort. »Doch ja, in einer Hinsicht schon. Allerdings ist … war … das Triebwerk nur ein Mittel, um euch hierherzubringen und euch den Beweis für … wollen wir sagen, für meine Aufrichtigkeit zu liefern?« Sie lächelte ihnen aufmunternd zu. »Einen Beweis, der euch veranlasst, jedes meiner Worte für bare Münze zu nehmen? Was immer ich auch tun oder euch zeigen mag?«

»Jedes Wirtschaftsunternehmen im System wird dieses Ding zerlegen wollen«, sagte Geoffrey, und plötzlich sprach Hector aus ihm. »Das Schiff mag Eigentum von *Akinya Space* sein, aber ein solches Geheimnis wird sich nicht lange bewahren lassen.«

»Das ist auch nicht nötig. Was das Triebwerk angeht, habe ich bereits Vorkehrungen getroffen. Und vergiss nicht, solange ich lebe und atme, habe immer noch ich die Leitung dieses Unternehmens.«

Geoffrey lachte spöttisch. »Ich sage es ungern, aber wir sind nur aus dem einzigen Grund hier – du hast Ende des letzten Jahres den Löffel abgegeben.«

»Wir beide müssen wohl ein paar Worte unter vier Augen sprechen«, entgegnete Eunice.

39

Jumai hatte es aufgegeben, Kontakt zu der Version von Eunice zu suchen, die sich noch an Bord des Schiffes befand. Sie hatte ihren Helm abgenommen und hielt ihn nun auf ihrem Schoß. Ihr Blick war auf Geoffrey gerichtet, während die Fahrstuhlkabine weiter in *Löwenherz'* Tiefen hinabraste. In dem klobigen Raumanzug wirkte sie komisch und monströs zugleich.

»Ihr habt einen weiten Weg zurückgelegt«, sagte der Golem, »und mir ist durchaus klar, dass ihr beide euer eigenes Leben und eure Verpflichtungen vernachlässigt. Leider steht ihr kurz davor, eure Sichtweise radikal korrigieren zu müssen. Selbst die schwierigsten Entscheidungen, die ihr in eurem Leben treffen musstet, spielen in dieser neuen Dimension keine Rolle mehr.« Sie saß mit gesenktem Kopf und gefalteten Händen da und schaute zu Geoffrey und Jumai auf wie eine Bittstellerin. »Das alles war so belanglos wie die Wahl einer Zahnpasta.«

»Wir haben in letzter Zeit alle beide Entscheidungen getroffen, bei denen es um Leben und Tod ging«, protestierte Geoffrey. »Ebenso wie Hector. Und wie meine Schwester.«

»Diese Entscheidungen waren in ihrer Tragweite streng begrenzt. Auch nach deinem Tod würde die Familie fortbestehen. Und der Untergang der Familie wäre zwar eine wirtschaftliche

Katastrophe, aber nicht das Ende der Welt. Verstehst du, was ich meine? Begrenzte Verantwortung. Überschaubare Folgen. Dabei wird es in Zukunft nicht bleiben.« Eunice schaute auf ihre Hände hinab, die sich immer wieder krampfhaft verschränkten. »Vor etwa hundert Jahren bin ich über eine Entdeckung gestolpert, die auf Umwegen zu diesem Augenblick geführt hat. Seither lebe ich mit dem Wissen um diese Entdeckung – dabei habe auch ich ihre volle Tragweite erst Jahrzehnte später erfasst. Immerhin ahnte ich, dass ich sie besser für mich behalten sollte. Und damit hatte ich recht. Andernfalls wären wir heute nicht mehr hier. Wo einst bewohnte Welten und Menschen waren, würden nur noch Staub und Schutt die Sonne umkreisen.« Abrupt hob sie den Kopf. »Ihr haltet das wohl für übertrieben. Aber ich neige nicht zu Übertreibungen.«

Der Aufzug war angekommen. Die Tür ging auf, und Eunice erhob sich. »Was weißt du über den Merkur, Geoffrey?«, fragte sie nun wieder in gewohnt forschem, sachlichem Ton.

»Sprichst du von dem Streit zwischen *Akinya Space* und der *Panspermischen Initiative?*«

»Sehr gut. Wenigstens darüber bist du auf dem Laufenden.«

»Ich aber nicht«, meldete sich Jumai.

»Die Pans haben auf dem Merkur eine Anlage errichtet.« Geoffrey rief sich in Erinnerung, was er bereits von Sunday und Arethusa erfahren hatte. »Für den Bau und den Start von *Ocular*. *Ocular* war ein Teleskop, ein riesiges Instrument aus Zehntausenden von Einzelelementen, und es sollte sich noch viel weiter von der Sonne entfernen, als wir jetzt sind. Dazu benötigten sie die Hilfe von *Akinya Space*. Man schloss ein Abkommen – wir sollten die Bauteile liefern und sie von der Erde und vom Mond zum Merkur transportieren. Als Gegenleistung durften wir uns in der Anlage der Pans eine eigene Forschungsstation einrichten.«

Er sah Eunice an und wartete auf Widerspruch. Doch sie hob nur die Hand, um ihn zum Weitersprechen aufzufordern. »Die Anlage musste auf dem Merkur stationiert sein, denn das war im ganzen System der einzige Ort mit Unmengen von leicht zugänglicher freier Energie. Die Pans hatten bereits ein Netz von Sonnenkollektoren installiert, um ihre eigenen Montagebänder und die Startrampe zu versorgen. Mit einem Bruchteil dieser Energie konnten wir einige Versuche im Bereich der Antriebsphysik betreiben.« Geoffrey legte eine Pause ein, um seine Gedanken zu ordnen. »Aber das war bloß ein Ablenkungsmanöver. Tatsächlich diente die Anlage auf dem Merkur der Entwicklung von Artilekten auf Turing-Niveau. Meine Familie hoffte, der Kognitionspolizei entgehen zu können, wenn sie ihre Drecksarbeit auf den Merkur verlegte.«

»Waren die Pans eingeweiht?«, fragte Jumai.

»Nein, und als sie es herausfanden, waren sie keineswegs erfreut. Sie kündigten die Zusammenarbeit auf und jagten uns vom Merkur. Wir konnten die Beweise vernichten, bevor die KI-Jäger eintrafen. Sie fanden nichts Belastendes und mussten mit leeren Händen abziehen. Das war 2085 – fünfzehn Jahre vor Eunices Reise an den Rand des Sonnensystems.«

»Zumindest wissen wir nun, was aus einem dieser Artilekte geworden ist«, überlegte Jumai. »Aber was hat der Merkur damit zu tun, dass wir jetzt hier sind?«

»*Ocular* hat etwas gefunden«, antwortete Geoffrey. »Kurz vor Eunices Tod. Arethusa – Lin Wei – fühlte sich ihrer alten Freundin so weit verpflichtet, dass sie glaubte, Eunice müsse von der Entdeckung erfahren. Damit scheint sie … etwas ausgelöst zu haben.« Er zuckte bedauernd die Schultern. Mehr hatte er aus den Einzelteilen nicht zusammenfügen können.

»Das war noch nicht alles«, sagte der Golem. Eunice betrat einen Tunnel mit Eiswänden, der in den Asteroiden gebohrt und mit Sprühversiegelung abgedichtet worden war. Über dem

Fußboden befand sich ein Laufsteg, an den Wänden gab es Handläufe und Griffpolster, und an der Decke leuchteten Lampen. Allmählich wurde es wieder kalt. »Wir forschten auf dem Merkur in zwei Richtungen. Die Artilekt-Forschung war echt, aber sie war nicht unser einziges Ziel. Die physikalische Grundlagenforschung war nicht bloß Tarnung. Sie war ebenso ernst gemeint – womöglich sogar noch wichtiger.« Eunice durcheilte den Tunnel mit langen Schritten – diesmal bewegte sie sich wie ein Mensch, anstatt wie anfangs Purzelbäume zu schlagen. Immer wieder sah sie sich mit einem Lächeln um, das aufrichtige Freude verriet. Sie hatte lange Zeit kein Publikum gehabt und genoss nun ihren Auftritt, den kurzen Moment im Rampenlicht. »Wir wollten auf dem Merkur eine Hypothese testen. Dazu hatten wir eine vergleichsweise kleine physikalische Versuchsanlage gebaut, um gewisse obskure Nebeneffekte hochenergetischer Wechselwirkungen zwischen Quarks zu untersuchen. Anderswo – in der Erdumlaufbahn, auf dem Mond – gab es größere Physiklabors, doch wir legten Wert auf Diskretion. Und vor allem gab es dort Energie im Überfluss.«

»Was habt ihr gefunden?«

»Wir folgten einer kleinen Abzweigung, von der wir uns zunächst nicht viel versprachen … die uns aber zu einem erstaunlichen Phänomen führte. Völlig unerwartet, völlig unerforscht. Wir waren in einen ganz neuen physikalischen Garten eingedrungen und konnten plötzlich fast wie von selbst Vereinigungsenergien freisetzen. Als Nebenprodukt fiel exotische Materie an, die eigentlich zum letzten Mal entstanden sein sollte, als der Durchmesser des Universums erst wenige Planck-Längen betrug.« Eunice schüttelte staunend den Kopf. »Es war ein Wunder, dass wir uns auf dem Merkur nicht selbst in tausend Stücke sprengten. In den ersten Tagen waren wir nicht weit davon entfernt. Dann ruderten wir ein wenig zurück und wurden vorsichtig. *Sehr* vorsichtig. Uns war klar, dass wir für diese Art von physikalischer Forschung eine größere Versuchsanlage brauchten.«

»Du sprichst von ›wir‹«, sagte Geoffrey. »Wer war sonst noch eingeweiht? Solche Dinge lassen sich nicht geheim halten, wenn mehr als eine Handvoll Personen beteiligt sind.«

»Mehr waren es auch nicht«, bestätigte Eunice. »Da die komplexen Bau- und Analysearbeiten von Artilekten und Robotern ausgeführt wurden, konnte man die physikalische Anlage mit einer Minimalbesatzung laufen lassen – die meisten Mitarbeiter glaubten, an kleineren Verbesserungen der Triebwerkskonstruktion zu arbeiten. Über die ganze Geschichte wussten nur zwei Physiker Bescheid.«

»Du warst nie Physikerin«, sagte Geoffrey.

»Das habe ich auch nicht behauptet.«

Sie hatten das Ende des Eistunnels erreicht und standen vor einer Tür, die so schwer und solide gepanzert war wie eine Luftschleuse an der Oberfläche. Der Rahmen war offensichtlich fest im umliegenden Eis verankert. Die Tür öffnete sich für den Golem, und Eunice führte Geoffrey und Jumai in einen kleinen Kontrollraum.

Zwei Konsolen und zwei Sessel mit Anschnallgurten befanden sich vor drei großen dreieckigen Fenstern mit stabilen Lamellenjalousien. Hinter ihnen standen zu beiden Seiten der Tür graue Spinde und Regale mit Ausrüstungsgegenständen an der Wand. Rechts von Geoffrey hing eine Skulptur, während die Wand zu seiner Linken von einem einzigen riesigen Display beherrscht wurde, das *Löwenherz* und seine Umgebung in verschiedenen logarithmischen Maßstäben zeigte. Auf einer Darstellung war der gesamte Orbit des Asteroiden um die Sonne zu sehen. Geoffreys Blick wanderte zunächst zu den kleineren Umlaufbahnen der äußeren Gasriesen und weiter nach innen zu den noch kleineren Bahnen von Saturn und Jupiter.

Mars, Erde, Venus und Merkur lagen in einem Bereich, den er leicht mit einer Handfläche hätte bedecken können.

Sie waren sehr weit draußen. Daran wurde er immer wieder erinnert, und dann erfasste ihn so etwas wie Höhenangst. Wie hatte seine Großmutter jemals freiwillig diese Isolation wählen können, wie hatte sie es über sich gebracht, ihre Heimat so unermesslich weit hinter sich zu lassen?

»Ein Jammer, dass deine Schwester nicht hier ist«, bemerkte Eunice. »Das hätte ich ihr gerne gezeigt.«

»›Das‹ war die Skulptur, ein nicht ganz regelmäßiges Rechteck von der Größe eines Perserteppichs, das rechts von ihm senkrecht an der Wand befestigt war. Es war aus kleineren Teilen zusammengesetzt – schwarzen Formen, die meisten nicht größer als seine Hand. Den gezackten Umrissen nach zu urteilen, hatten sie einmal ein einziges Ganzes gebildet. Nun sah man Lücken und Spalten, wo sie nicht mehr genau aufeinanderpassten. An den Rändern und in der Mitte fehlten einige Teile – so ähnlich wie Bisswunden, hinter denen die graue Wand zu sehen war.

So unregelmäßig die Ränder waren, die Oberflächen der Teile – der sichtbaren Teile – waren so glatt, als hätte man sie an Bruchlinien herausgemeißelt. Von gelegentlichen Absplitterungen oder Dellen abgesehen, waren alle Mosaiksteine von gleicher Dicke und schillerten wie eine Elster in Blau- und Grüntönen. Unter dem Glanz war ein Netz von feinen Kratzern zu erahnen. Bei näherer Betrachtung konnte Geoffrey fast so etwas wie Totemfiguren aus der Höhlenmalerei erkennen – ein Tanz von kopflosen Psychopompoi oder Seelenführern mit gespreizten Gliedmaßen, zusammengesetzt aus Strichen, Kringeln und Spiralen.

»Hätte Sunday gewusst, was das ist?« Er überlegte kurz, ob es eine Arbeit seiner Schwester sein könnte, verwarf aber den Gedanken sofort wieder. In der Bildhauerei tendierte sie zum

Figurativen. Bei abstrakten Kompositionen verwendete sie dagegen das gesamte Farbenspektrum.

»Das käme darauf an«, antwortete Eunice. Sie war an eine der Konsolen getreten, um die Jalousien vor den großen Fenstern zu öffnen. Sie verschwanden mit lautem Klirren. Nun war der Kontrollraum nur noch durch Glas von einer offensichtlich sehr großen und luftleeren Höhle im Inneren des Eis-Asteroiden getrennt. »Wenn eine der Reaktionen kritisch geworden wäre, hätten die Rollläden nicht viel genützt«, bemerkte Eunice, »aber zu wissen, dass sie da waren, vermittelte mir ein gewisses Gefühl der Sicherheit.«

Die Höhle glich einem Bohrschacht, der für Besucher mit Scheinwerfern ausgeleuchtet wurde. Sie war beeindruckend groß – mindestens einen Kilometer im Durchmesser – und beschrieb nach rechts und nach links einen weiten Bogen, sodass die äußeren Enden von ihrem Standort aus nicht zu sehen waren. Wenn es überhaupt Enden gab, dachte Geoffrey, denn ebenso gut konnte die Höhle auch ein Torus sein, ein Donutförmiges Loch in der Mitte von *Löwenherz*. Dieser Verdacht erhärtete sich beim Anblick eines Metallrohrs, das um die Biegung kam, an ihrem Fenster vorbeilief und auf der anderen Seite wieder verschwand. Diese Röhre war mit wagenradähnlichen Halterungen an den Innenwänden der Höhle befestigt. Die Speichen hatten die Dicke von Eisenbahnwaggons und dienten als Stoßdämpfer. Die Röhre selbst war so breit wie eine große Straße. Hier und dort wölbte sie sich auf wie ein vollgefressener Python, in verschiedenen Winkeln zweigten kleinere Röhren ab und verschwanden in der Höhlenwand.

»Eine Menge Metall«, stellte Geoffrey fest.

»Zwanzig Millionen Tonnen«, bestätigte Eunice mit leisem Stolz. »Alles unter dem Vorwand, es sei für den normalen Abbaubetrieb bestimmt, aus dem Hauptgürtel heraufgeflogen. Dies wäre nicht möglich gewesen, wenn nicht bereits ein dichtes systemweites Produktions- und Transportnetz bestanden hätte. Ein paar Tausend Tonnen von hier umgeleitet, weitere Mengen von dort … das summierte sich im Lauf der Zeit. Dennoch mussten die Bücher frisiert werden. Ein Betriebsgeheimnis vor unseren Konkurrenten zu bewahren, das war eine Sache; ein geheimes Projekt *innerhalb* der Familie zu leiten war eine andere Liga. Es dauerte zehn Jahre, und oft fehlte nicht viel, und alles wäre herausgekommen. Ohne Hilfe hätte ich es nicht geschafft – ich brauchte jemanden, der meine Spuren verwischte und dafür sorgte, dass es in der Verwaltung keine losen Fäden gab.«

»Das heißt, neben dir gab es noch zwei Mitwisser«, sagte Jumai.

Eunice lächelte schmal. »Ursprünglich hatte ich die Entdeckung gemacht. Aber – wie Geoffrey freundlicherweise festgestellt hat – ich bin keine Physikerin. Das war ich nie. Unter Anleitung konnte ich ein gewisses oberflächliches Verständnis entwickeln, doch in die Tiefe bin ich nie wirklich vorgedrungen.«

»Wie konntest du eine Entdeckung machen, ohne Physikerin zu sein?«, fragte Geoffrey.

»Mit viel Glück und genügend Scharfsinn, um zu erkennen, dass ich möglicherweise etwas Brauchbares gefunden hatte und mit jemandem sprechen sollte, der mehr davon verstand als ich.« Sie berührte einen Schalter, und die Jalousien krachten wieder herunter, als würden ein Dutzend Nietpistolen gleichzeitig abgefeuert. »Das Experiment ist stillgelegt«, sagte sie, »aber wenn ich die Anlage da draußen sehe, wird mir immer noch mulmig.«

»Für das erste Experiment brauchtest du das Solarnetz auf dem Merkur«, überlegte Jumai. »Aber hier draußen ist die Sonne so kalt wie ein Hexenarsch. Woher hast du die Energie genommen?«

Eunice lachte – nicht weil die Frage dumm gewesen wäre, dachte Geoffrey, sondern weil sie ihr gefiel. »Ganz einfach. Ich habe das zweite Experiment mit einem kleinen Reaktor betrieben, den wir beim ersten Experiment entwickelt hatten.«

Sie trat vor das schwarze Tableau an der rechten Wand und nahm eines der faustgroßen Stücke heraus. Es ließ sich leicht ablösen, ohne dass Spuren eines Hakens oder eines Klebstoffs zu sehen gewesen wären.

»Ein Teil von *Chakras Märchenschloss.*« Sie warf Geoffrey das Fragment zu. Dank der niedrigen Schwerkraft von *Löwenherz* hatte er reichlich Zeit, es aufzufangen. »Dem Monolithen auf Phobos. Deine Schwester wird ihn gesehen haben – er liegt auf dem Weg zu der indischen Siedlung, wo ich mich eine Weile aufhielt, bevor ich zum Mars hinunterfuhr.«

Geoffrey strich mit den Fingern über das schwarze Stück und hatte das sichere Gefühl, es schon einmal in der Hand gehalten zu haben. »Das ist ein Teil von Phobos?«

»Etwas, das dort gelandet ist. Seit mindestens hundertfünfzig Jahren wissen die Menschen von der Existenz des Monolithen – seinen Schatten entdeckten sie, lange bevor sie sich das Ding selbst genauer ansehen konnten. Zunächst dachten einige Spinner, es handle sich um ein Alien-Artefakt – ein Schiff vielleicht oder einen Beobachter. Doch als wir hinkamen, stellten wir fest, dass es genau das war, was alle vernünftigen Leute immer erwartet hatten: ein sehr großer Felsblock, der wie ein Splitter in Phobos steckte. Eindrucksvoll, schwer zu übersehen – geeignet als Touristenattraktion. Aber keine Alien-Maschine.«

»Warum halte ich dann dieses Ding in der Hand?«

»Ich war nicht die Erste, die es aus der Nähe sehen durfte. Nicht einmal die Fünfzigste. Als ich ankam, waren fast hundert Menschen auf dem Weg über Phobos zum Mars gereist – ich war die Nummer achtundneunzig. Und zahllose Robot-Augen hatten den Monolithen bereits gescannt und fotografiert. Sie hatten richtig geurteilt. Es war eindeutig ein natürliches Objekt, die Folge einer Kollision in grauer Vorzeit.« Eunice legte eine kurze Atempause ein. »Etwas war ihnen allen jedoch entgangen.«

»Nur dir nicht«, sagte Jumai.

»Ich habe Trümmer gefunden«, fuhr Eunice fort. »Am Fuß des Monolithen. Sie waren lose über dem Oberflächenmaterial von Phobos verstreut, aber infolge der niedrigen Schwerkraft hafteten sie kaum am Boden. Über Millionen von Jahren hatte der Felsblock wie das Zielröhrchen in einer Schießbude aus der Kruste geragt. Irgendwann hatte ihn etwas getroffen, ein kosmisches Staubkorn vielleicht, und ein ganzes Stück abgeschlagen. Die Trümmer, die ich sah, waren bei diesem Einschlag mit hoher Geschwindigkeit entstanden. Was geschehen war, hatten wohl auch andere vor mir erkannt, aber niemand war jemals auf die Idee gekommen, sich die Fragmente genauer anzusehen.«

Geoffrey betrachtete immer noch das Teil in seiner Hand. »Du hast gesehen, dass es nicht einfach nur Bruchstücke waren.«

»Die feinen Markierungen sind dir bestimmt aufgefallen. Auf den ersten Blick könnten sie alles sein: Spallationsspuren von kosmischen Strahlen, Kristalldefekte … aber ich konnte den Blick nicht mehr davon lösen. Ich hob ein anderes Stück auf, das gleich daneben lag. Und noch eines. Irgendwann – inzwischen neigte sich der Luftvorrat in meinem Anzug dem Ende zu – fand ich ein Paar, das zusammenpasste. Ich legte die Teile aneinander und siehe da – die Kratzer verbanden sich zu einem Teil eines größeren … Diagramms.«

»Wenn ich es auch nur im Entferntesten für möglich hielte, dass das ein Scherz sein soll, würde ich lachen«, sagte Geoffrey.

»In den folgenden Wochen ging ich oft dort hinaus. Ich

sammelte so viele von den herumliegenden Trümmern ein, wie ich finden konnte, und brachte sie ins Lager zurück. Es war nicht schwer, die Teile unter meinen persönlichen Sachen zu verstecken, und da wir in ein Schwerkraftfeld eintauchen und nicht aus einem herauskriechen wollten, konnte man auf der Reise zum Mars hinunter an Masse mitführen, so viel man wollte.«

»Wusste Jonathan davon?«, fragte Geoffrey.

»Ich sah keinen Grund, es ihm zu verheimlichen. Immerhin war er mein Ehemann. Und ich hatte ja keine Ahnung, wofür die Kratzer tatsächlich standen. Schon ihre bloße Existenz war überwältigend. Aber darüber hinaus … selbst wenn ich damit an die Öffentlichkeit ginge, wäre es nur eine kurzlebige Sensation, dachte ich damals. Auch wenn die Kratzer ein Hinweis darauf wären, dass Aliens Phobos besucht hatten? Stichhaltig beweisen ließ sich das nicht. Jemand konnte immer behaupten, einer der ersten hundert Marsreisenden hätte die Fragmente gefälscht. Falls Aliens tatsächlich vor einer Million oder einer Milliarde Jahren dort gelandet wären, hatten sie außer diesen Kratzern nichts hinterlassen. Als ob jemand am Straßenrand kurz anhält, um zu pissen, und dann weiterfährt.«

»Graffiti. Auf den Monolithen gekratzt«, überlegte Jumai. »Das würde man vielleicht tun, wenn man irgendwo festsäße, sich langweilte und sonst nicht wüsste, womit man sich beschäftigen sollte.«

»Jonathan hatte Elektrotechnik studiert, bevor er mit Telekommunikation ein Vermögen machte«, sagte Eunice. »Im Verlauf seines Studiums hatte er auch Kurse in moderner Physik belegt. Als ich ihm die Teile zeigte, so gut zusammengefügt, wie es mir möglich war, meinte er, die eingekratzten Formen erinnerten ihn an etwas. Findet ihr nicht, dass sie wie kleine Männchen aussehen, oder wie Dämonen?«

»Genau das dachte ich auch«, bestätigte Geoffrey.

»Jonathan erinnerten sie an Feynman-Diagramme: kleine bildliche Darstellungen der Wechselwirkungen von Elementarteilchen. Natürlich waren es keine Feynman-Diagramme – das wäre ebenso unwahrscheinlich, als hätten wir Inschriften in unseren eigenen Buchstaben- oder Zahlensystemen gefunden. Aber sie waren etwas Vergleichbares. Die Linien repräsentieren die Trajektorien von Teilchen. Die Kringel versinnbildlichen die Kräfte, die die Reaktionen zwischen den Teilchen steuern. Die Spiralen stellen die Nebenprodukte dieser Reaktionen dar – weitere Teilchen und Energiepakete. Aber das war nur so eine Idee. Ich brauchte einen Physiker, wenn ich mehr wissen wollte. Einen Experten auf seinem Gebiet. Und einen, dem ich vertrauen konnte.«

»Und wie es der Zufall wollte, kanntest du auch jemanden«, vermutete Jumai.

»Wir knüpften den Kontakt, während ich auf dem Mars war«, antwortete Eunice. »Er war von den Felszeichnungen fasziniert. Sie symbolisierten bereits das ganze Gebäude der bestehenden Physik und bestätigten die Richtigkeit mehrerer Modelle, die sich noch im Anfangsstadium befänden, meinte er. Aber was noch wichtiger war, die Diagramme verwiesen auf eine Physik, an die wir uns noch nicht einmal herangetastet hatten. Wechselwirkungen zwischen Quarks, die auf der Basis der bekannten Eichsymmetrien ausgeschlossen schienen. Wie viel weißt du über Quarks? Offensichtlich nicht viel, sonst hättest du dich erinnert, dass sie in drei Farben auftreten: Blau, Rot und Grün, wie Schmucksteine aus billigem Plastik. Oder dass es einen *Grund* dafür geben muss, wenn Sunday mich bei der Lektüre von *Finnegans Wake* antrifft.«

»Ganz so unfähig können wir wohl nicht gewesen sein, sonst wären wir nicht so weit gekommen«, verteidigte sich Geoffrey.

»Entscheidend war, wenn die Diagramme richtig waren …«

Eunice schüttelte den Kopf, als hielte die Ehrfurcht von damals sie noch immer in ihrem Bann. »… dann konnten wir Unglaubliches erreichen. Wir konnten Triebwerke bauen, die imstande waren, ein Schiff in wenigen Wochen zum Neptun zu schleudern. Und das war erst der Anfang – der *am wenigsten* dramatische Durchbruch.« Wieder lächelte sie. »Mein Experte hatte recht. Das Triebwerk, das euch nach *Löwenherz* brachte, war die Frucht dieser allerersten Forschungen. Eigentlich ist es nur ein gewöhnlicher VASIMR-Motor, bei dem man ein paar Schwachstellen beseitigt hat. Wahrscheinlich wären wir im Laufe der Zeit auch von allein darüber gestolpert. Bloß sind wir nicht zufällig darauf gestoßen, sondern haben gesehen, was wir verbessern konnten, und es hat funktioniert. Du kannst dir nicht vorstellen, was für ein Gefühl das war. Wir hatten bewiesen, dass die Felszeichnungen physikalische Gesetzmäßigkeiten beschrieben, die einer Überprüfung standhielten. Und wenn uns schon die unspektakulärsten Vorhersagen ein Triebwerk bescherten, das fünfmal schneller war als alles, was da draußen herumflog, was würden wir erst erleben, wenn wir anfingen, die *wirklich* beängstigenden Prognosen auf den Prüfstand zu stellen?«

»Sag du es uns«, bat Geoffrey.

»Selbst mit Instrumenten, wie sie uns auf *Löwenherz* zur Verfügung stehen, konnten wir nur in die Randzonen der neuen Physik vordringen. Doch das war fürs Erste genug. Bereits die einfachen Experimente lassen eine Technologie erwarten, die so leistungsfähig ist, dass das Triebwerk in diesem Schiff daneben wie ein Spielzeug aussieht.« Eunice deutete auf das schwarze Mosaik. »Wir können sehr viel mehr erreichen. Seit einhundertfünfzig Jahren stecken wir in einem Umkreis von ein paar Stunden um einen kleinen Stern fest. Daran ändert es auch nichts, dass wir den Neptun jetzt in wenigen Wochen erreichen können. Doch nun können wir aus dem

Sonnensystem ausbrechen. Wir haben sozusagen einen *Sternenantrieb.* Wenn man der Physik glauben kann, dann ist die interstellare Raumfahrt in greifbare Nähe gerückt. Damit wir uns richtig verstehen: Es wird immer noch sehr lange dauern. Wir reden von ein paar Prozent Lichtgeschwindigkeit. Jämmerlich unzureichend im Vergleich zur Größe des Weltraums. Pferdepisse gegen die kosmische Unendlichkeit. Selbst das nächste Sonnensystem wäre noch Hunderte von Jahren entfernt. Aber immerhin Hunderte und nicht Zehntausende!«

Eunice wurde zunehmend lebhafter, als nähere sich ihre Ansprache einem sorgfältig geplanten Höhepunkt.

»Als Spezies kalkulieren wir schon jetzt mit größeren Zeiträumen. Wir verlängern allmählich unsere Lebensdauer und wagen uns an Jahrhundertprojekte wie die Sanierung des Erdklimas. Deshalb ist es nicht völlig abwegig, auch bei der interstellaren Raumfahrt in solchen Kategorien zu denken. Natürlich hat die Sache einen Haken.«

»Das war zu erwarten«, sagte Geoffrey. »Warum sonst wärst du nicht schon vor sechzig Jahren an die Öffentlichkeit gegangen?«

Sie nickte, und Geoffrey hatte den Eindruck, als wäre ihr ein Stein vom Herzen gefallen, als wäre ihre größte Sorge gewesen, dass er sie nicht verstünde. »Vor sechzig Jahren sagte ich, das sei kein Spielzeug. Damals hielt ich uns als Spezies noch nicht für reif genug, solche Geschenke anzunehmen. Nicht am Ende eines Jahrhunderts, in dem sich Menschen an Kriege nicht nur erinnern konnten, sondern sie selbst erlebt hatten … Wärst du an meiner Stelle zuversichtlicher gewesen?«

Geoffrey verwarf die flapsige Antwort, die ihm auf der Zunge gelegen hatte. »Nein«, gab er zu. »Wahrscheinlich nicht.«

»Die Energie, die in den Felszeichnungen enthalten war, hätte genügt, um uns viele Male auszurotten«, sagte Eunice.

»Im Zeitalter der Atomwaffen konnte dieses Schicksal abgewendet werden. Waren wir als Kollektiv intelligent genug, um das ein zweites Mal zu schaffen? Ich glaubte es nicht – zumindest hatte ich so große Zweifel, dass ich die Sache nicht dem Zufall überlassen konnte. Und deshalb tat ich es nicht. Ich schlug den Weg ein, der mir unter den gegebenen Umständen als der einzig vernünftige erschien. Ich beschloss, darüber zu schlafen und zu sehen, was passierte.«

»Du hast aber nicht geschlafen«, wandte Geoffrey ein. »Du bist für die nächsten sechzig Jahre – beziehungsweise von dem Zeitpunkt an, an dem du das alles herausgefunden hattest – in Klausur gegangen. Und dann bist du gestorben.«

»Ich bin nicht gestorben«, widersprach Eunice. »Ich habe lediglich andere Vorkehrungen getroffen. Lin Wei und ich hatten unsere Differenzen, aber ich hatte immer gehofft, dass *Ocular* eine sensationelle Entdeckung machen würde. Als Lin zu mir kam, um mir die Belege für die Mandala-Konstruktion auf 61 Virginis f zu zeigen, wurde eine ganze Reihe von Prozessen in Gang gesetzt, die nicht mehr rückgängig zu machen waren. Zum ersten Mal hatten wir ein klares Ziel: den Endpunkt einer interstellaren Forschungsreise. Nun erschien es uns richtig, auch die Mittel bereitzustellen, um dieses Ziel zu erreichen, wenn wir das wollten.«

»Du kannst nicht wissen, ob die Zeit wirklich reif ist«, sagte Jumai. »Wir mögen in den letzten hundert Jahren ein bisschen klüger geworden sein, aber ist das genug? Du bist bloß ein Artilekt. Eine solche Entscheidung kannst du unmöglich treffen.«

»Das brauche ich auch nicht«, sagte Eunice. »Ich gebe die Verantwortung lediglich weiter. Sie liegt nun bei euch.«

»Das kann nicht dein Ernst sein!«, rief Geoffrey.

Eunices Lächeln war nicht ohne Mitgefühl. »Ich habe dich gewarnt, dass ich dir eine schwere Last aufbürden würde.« Sie streckte die Hand aus, nicht um sie ihm zu reichen, sondern um mit majestätischer Geste auf den Raum zu deuten. »All das gehört von nun an euch. Das Experiment, die Felszeichnungen … macht damit, was ihr wollt. Wenn ihr glaubt, die Menschheit verdiene dieses Geschenk und sei dafür bereit … dann habt ihr das Recht, es zu verbreiten. Nicht als kommerziellen Besitz, sondern als frei verfügbares Wissen. Findest du nicht auch, dass wir reich genug sind? Wir können es uns leisten, dieses Wissen zu verschenken. Wenn wir als Spezies reif genug sind, um damit umzugehen, sollten wir auch reif genug sein, um es gemeinsam zu nutzen.«

»Und wenn wir uns nicht für reif genug halten?«, fragte Jumai.

»Dann vergesst, was ihr auf *Löwenherz* gesehen habt, oder besser noch, zerstört den Asteroiden. Die Mittel dafür liefert euch das Familienunternehmen, es dürfte nicht allzu schwierig sein.«

»Alle Welt hat mitbekommen, was das Triebwerk leistet«, gab Geoffrey zu bedenken. »Selbst wenn wir alles hier geheim halten würden, werden die Menschen wissen wollen, was es damit auf sich hat.«

»Nehmt das Triebwerk«, sagte Eunice verächtlich. »Ohne das Rahmenkonzept der neuen Physik ist es immer noch ein gewaltiger Sprung bis zum Sternenantrieb.«

»Schon dieser kleine Schritt verändert alles«, widersprach Jumai. »Allein, dass man nicht mehr Monate, sondern nur noch wenige Wochen braucht, um hierherzukommen, wird die Welt aufrütteln. Das äußere Sonnensystem wird sehr viel näher rücken.«

»Dann schiebt die Grenzen ein wenig weiter hinaus«, riet ihnen Eunice. »Genau das habe ich immer getan.« Sie faltete die Hände. »Es ist vielleicht nicht sehr gastfreundlich, nachdem ihr gerade erst angekommen seid, aber wir sollten an die

Vorbereitungen für eure Heimreise denken. Es war mein voller Ernst, dass ich euch hier nicht gefangen halten will. Das war nicht der Zweck dieser Übung.«

»Du lässt uns mit diesem Schiff zurückfliegen?«, fragte Jumai.

»Sobald es aufgetankt und instand gesetzt ist, was – wenn sich ganz *Löwenherz* diese Aufgabe widmet – nicht länger als eine Woche dauern sollte. Dann könnt ihr euch wieder in den Kälteschlaf versetzen lassen. Vielleicht seid ihr eurer Entscheidung näher gekommen, wenn ihr aufwacht.«

»Ich weiß immer noch nicht, was aus dir geworden ist«, sagte Geoffrey. »Ich bin sicher, dass du nicht im *Winterpalast* gestorben bist, denn da oben war niemand, und folglich gab es auch keine Asche, die man nach Hause bringen konnte. Das heißt, das letzte Mal hat dich jemand lebend gesehen – zumindest jemand, dem wir vertrauen können –, bevor du zu deiner letzten Mission aufgebrochen bist.«

»Lin Wei war so freundlich, an mich zu denken«, sagte Eunice. »Dafür muss ich mich doch ein klein wenig revanchieren. Prägt euch diese Zahlen ein und gebt sie Lin weiter. Ich glaube, damit lässt sich wenigstens eine eurer Fragen beantworten.« Sie ratterte eine Reihe von Ziffern herunter und wiederholte sie. »Lin Wei wird wissen, wie sie sie zu verstehen hat.«

»Da ist noch etwas«, sagte Jumai. »Wenn man dich reden hört, bist du die einzige Person … das einzige *Ding* … das über alles Bescheid weiß. Schön, du bist ein Artilekt. Ich will dir ja glauben, dass es auf diesem Eis-Asteroiden keine zweite lebende Seele gibt. Aber dein Ehemann wusste davon, und du hast diesen Physiker erwähnt. Du hast uns auch erzählt, dass du die Hilfe eines Insiders brauchtest, um das alles aufzubauen, ohne dass der Rest der Familie davon erfuhr. Wir sind also doch nicht die Einzigen, nicht wahr?«

»Mein Ehemann ist schon lange tot«, sagte Eunice. »Er starb, bevor die wahre Bedeutung der Felszeichnungen erkennbar wurde. Und überhaupt, selbst wenn er noch lebte und wüsste … ihm würde ich zutrauen, das Geheimnis zu wahren. Die Information wird die Stabilität erschüttern, sobald sie der Öffentlichkeit zugänglich gemacht wird, und Jonathan liebte die Stabilität über alles. Deshalb habe ich ihn auf dem Mars zurückgelassen.«

»Und was ist mit dem Physiker?«, fragte Geoffrey.

»Das war ein brillanter junger Tansanier«, antwortete Eunice. »Ein kühner, mutiger Denker. Die Felszeichnungen haben ihn zerstört. Nicht als Menschen, aber als Wissenschaftler. Er hatte … zu viel gesehen. Zu tief, zu früh und zu schnell ins Innere des Universums geschaut. Er war auf der Suche nach der Wahrheit, und als sie ihm so bereitwillig, ohne Anstrengung offenbart wurde … da hatte das Leben für ihn als Wissenschaftler mit einem Schlag seinen Sinn verloren. Sobald die Planungen für die Experimente standen, zog er sich zurück. Die praktische Durchführung und die Interpretation der Ergebnisse überließ er den Artilekten.«

»Und der Insider?« Geoffrey ließ nicht locker.

»Das war dieselbe Person«, antwortete Eunice. »Als er der Physik den Rücken kehrte, ging er nach Afrika zurück. Er war ein guter Mensch, und ohne ihn hätte ich nichts von alledem erreicht.« Ihre Stimme wurde weich. »Und nun ist er tot, und ihr müsst nach Hause fliegen, um ihn zu begraben.«

40

Wie es der Golem vorhergesagt hatte, verbrachten sie eine Woche in *Löwenherz.* Das Schiff bekam die Erlaubnis zum Anflug und zum Andocken und war wenig später umschwärmt von Robotern, die sich der Schäden annahmen und alles für die Rückreise vorbereiteten.

»Bisher hatten wir keinen Namen dafür«, bemerkte Geoffrey. »Ganz offensichtlich ist es ja nicht dasselbe Schiff, in dem du damals aufgebrochen bist.«

»Ihr könnt es *Sommerkönigin* nennen, wenn ihr wollt«, sagte Eunice.

Da die Reparaturarbeiten und das Auftanken vollkommen automatisiert vonstattengingen, brauchten Geoffrey und Jumai nur zu warten, bis ihr Transportmittel startbereit war. Sie hätten die Möglichkeit gehabt, vorzeitig wieder in den Kälteschlaf zu gehen, hatten sich aber dagegen entschieden. Keiner wollte sich schlafen legen, bevor das Schiff vom Eis-Asteroiden abgelegt hatte und unterwegs war.

Geoffrey konnte nicht für Jumai sprechen, aber er wusste recht gut, was ihn selbst davon abhielt. Sein Vertrauen zu Eunice beziehungsweise zu dem Artilekt, das sie emulierte, war nicht unbegrenzt. Sie hatte bereits einmal bewiesen, dass sie nicht unfehlbar war. Zwar hatte sie nicht allein über Hectors, sondern auch über Memphis' Tod Reue und Trauer geäußert, doch dass diese Beteuerungen auch nur das geringste emotionale Gewicht hatten, war mehr als zweifelhaft. Wie Jumai bereits klargestellt hatte, stand dahinter nichts als Datenkram. Ein Konstrukt. Eine Maschine konnte über eine Folge von Handlungen, die zu einem unbefriedigenden Ergebnis geführt hatten, reflektieren und ihr künftiges Verhalten entsprechend anpassen, aber dabei von Schuldbewusstsein zu sprechen wäre doch sehr weit hergeholt.

Löwenherz war auf die Versorgung menschlicher Besucher eingerichtet, und so verbrachten sie die Woche, während die *Sommerkönigin* – ein Name so gut wie jeder andere – überholt wurde, im Inneren des Eis-Asteroiden, wo es einen Komplex mit mehreren Zimmern und Modulen, einen Erholungsbereich, eine Sporthalle und zwei Zentrifugen gab, eine davon groß genug für einen Gemeinschafts- und Speiseraum. Ein Team von Technikern konnte sich hier über Monate aufhalten. Sie wählten getrennte Schlafräume und veränderten die Möblierung so, wie es ihren Bedürfnissen entsprach. Auch für Unterhaltung war gesorgt, der Dateneingang funktionierte – kein voller ER-Zugriff, aber ausreichend, um sie über Entwicklungen in anderen Teilen des Systems auf dem Laufenden zu halten –, und sie hatten die Möglichkeit, private Mitteilungen zu senden und zu empfangen.

Geoffrey war nur in Maßen bereit, seine Schwester vor dem Wiedersehen ins Bild zu setzen. Er teilte Sunday lediglich mit, dass sie wohlauf seien und die Heimreise antreten wollten, sobald das Schiff startklar sei. Wenn man die Vorbereitungszeit und die etwa fünfzigtägige Reisedauer bis zum Erreichen des erdnahen Raums addierte, würden sie in etwa zwei Monaten eintreffen.

»Wir werden kaum zu übersehen sein«, schloss er.

Dann rief er Lucas an und teilte ihm mit, was mit Hector geschehen war.

Sundays und Lucas' Antworten trafen zehn Stunden später ein. Sie hatten beide nicht viel zu erzählen, drückten nur ihre Erleichterung darüber aus, dass Geoffrey und Jumai am Leben waren und bald nach Hause kommen würden. Lucas dankte Geoffrey für die taktvolle Überbringung der Todesnachricht, aber mit so unergründlicher Miene, als würde er sie nicht ganz ernst nehmen. Auch Sunday hatte sich sehr zurückhaltend dazu geäußert. Geoffrey erfuhr, dass sie in Afrika war. Nach ihrer Rückkehr vom Mars war sie zum Familiensitz gereist, um ein Auge auf die Elefanten zu haben. Nicht als Ching, sondern körperlich und geistig anwesend. Das freute ihn, und als er sich überlegte, dass sie mit ihrem Aufenthalt in Afrika zwangsläufig ihr eigenes Leben auf dem Mond, ihre Arbeit und ihre Aufträge vernachlässigte, kannte seine Dankbarkeit keine Grenzen. Doch nachdem Geoffrey und Jumai ja bald zurück sein würden, war es nicht nötig, dass Sunday auch die restliche Zeit auf der Erde verbrachte. Er nahm ihr das Versprechen ab, dass sie noch vor seiner Ankunft auf den Mond zurückkehren würde.

Als Jumai und Geoffrey später in der Zentrifuge speisten, wo sie von Plexus-Maschinen bedient wurden, sagte sie: »Sie sind nicht sicher, ob sie es wirklich mit uns zu tun haben. Deshalb halten sie sich vermutlich zurück. Und natürlich, weil auch wir ganz offensichtlich manches für uns behalten. Kannst du es ihnen verdenken? Wir wurden von Artilekten getäuscht und manipuliert. Sunday wurde von den Pans betrogen. Im Augenblick weiß niemand, wem oder was er vertrauen kann. Wir könnten inzwischen tot sein, ohne dass sie es wüssten.«

Geoffrey stimmte ihr zu. Es half auch nicht weiter, dass sie keinen glaubwürdigen Bericht über die Geschehnisse in *Löwenherz* geben konnten. Wenn sie erst wieder zu Hause waren und er nicht nur mit Sunday und Jitendra, sondern auch mit Lucas offen sprechen konnte, würde es leichter werden. Dieses Gespräch war unvermeidlich. Er musste Lucas über *Löwenherz* informieren.

»Nicht unbedingt«, widersprach Jumai vorsichtig. »Hector hat schließlich auch nie erfahren, warum Eunice uns hierhaben wollte.«

»Willst du damit sagen, ich brauche Lucas nicht ins Vertrauen zu ziehen, weil Hector nie in das Geheimnis eingeweiht wurde?«

»Ich will lediglich sagen, dass du nicht dazu verpflichtet bist. Nicht du hast Hector in diese Sache hineingezogen – es war eher umgekehrt. Und später hast du ihm den Hals gerettet.«

»Was ihm letztlich nichts genutzt hat. Ich habe die Katastrophe nur hinausgeschoben.«

»Wenn Hector nicht ums Leben gekommen wäre, hätte es wahrscheinlich einen von uns getroffen. Damit wäre das Konto ausgeglichen. Hast du ihn am Ende noch immer gehasst?«

Geoffrey musste tief in sich gehen, um diese Frage ehrlich beantworten zu können. Spontan hätte er Nein gesagt, er habe Hector alles verziehen. Die Wirklichkeit war nicht ganz so einfach. »Wir hatten eine verschiedene Sicht der Dinge«, sagte er und spielte mit seinem Weinglas. »Ich denke, es gibt absolut gültige Werte. Recht und Unrecht, Linien im Sand. Moralische Gewissheiten. In meinen Augen hat Hector die Sache falsch angefangen. Die Cousins hätten mich nicht erpressen dürfen, stattdessen haben sie die Elefanten als Druckmittel verwendet und den Namen der Familie über alle anderen Überlegungen gestellt.« Er musste über sich selbst schmunzeln. »Manche Ängste meiner Cousins kann ich jetzt besser verstehen. Ich ging zwar davon aus, dass wir am Ende ein Geheimnis aufdecken könnten, aber ich hatte keine Ahnung, wie folgenschwer es sein würde. Eunice hat recht. Dieses Wissen ist gefährlich, und wir sollten es nicht weitergeben, solange wir nicht vollkommen sicher sind, dass es die Menschheit nicht zerreißt. Vielleicht sind wir dafür bereit, vielleicht auch nicht – noch nicht. Wie auch immer, wir sind jetzt eingeweiht; vorläufig nur du und ich, bald aber auch Sunday und Lucas. Das heißt, das Geheimnis ist, wenn auch in geringem Umfang, bereits gelüftet. Eunice mag recht behalten, was die Gefährlichkeit angeht, doch in anderer Hinsicht könnte sie sich irren: dass man nämlich nur mit sehr viel Glück über die *Sommerkönigin* zu der Physik gelangen kann, die den Sternenantrieb ermöglicht. Wenn sie das falsch eingeschätzt hat, ist der Geist bereits aus der Flasche.«

Er hielt inne und betrachtete den Wein in seinem Glas. »Das heißt, Hector und Lucas hatten gute Gründe, vorsichtig zu sein, ihre Sorge, etwas aus der Vergangenheit könnte die Gegenwart aus dem Gleichgewicht bringen, war berechtigt. Sie konnten nicht wissen, welche welterschütternden Entdeckungen letztlich dabei zutage kommen würden, aber sie hatten den richtigen Riecher. Und wenn sie den richtigen Riecher hatten, dann waren womöglich auch ihre Methoden richtig. Vielleicht heiligt der Zweck manchmal doch die Mittel.« Er leerte das Glas und wartete, bis Jumai ihm nachgeschenkt hatte. In der Flasche war ein gefälliger patagonischer Rotwein – dem Etikett zufolge war er im Jahr 2129 aus dem Inneren System angeliefert worden.

Dem Jahr seiner Geburt, doch dem maß er keine Bedeutung bei.

»Sie hatten also unrecht«, überlegte Jumai, »aber vielleicht hatten sie auch recht. Und die Linie im Sand könnte nicht ganz so klar definiert sein, wie es scheint.«

»Ich habe Hector nicht gehasst«, sagte Geoffrey endlich. »Früher schon, das will ich gar nicht leugnen. Aber gegen Ende nicht mehr. Ich kann nicht behaupten, er wäre mir jemals sonderlich sympathisch gewesen, aber schließlich und endlich …«

»… war er dein Cousin, und einmal hat er sich auch tapfer verhalten.« Jumai hob ihrerseits das Glas. »In diesem Sinne, auf Hector.«

»Auf Hector.«

»Auch wenn Lucas immer ein Arschloch bleiben wird.«

»Leider werden wir mit diesem Arschloch zusammenarbeiten müssen.« Geoffrey nippte an seinem Glas, stellte es ab und nahm ein paar Bissen. »Mehr Sorgen mache ich mir allerdings um Sunday.«

»Ich glaube nicht, dass du mit Sunday in dieser Situation Schwierigkeiten bekommen wirst – schließlich kennt sie bereits neunzig Prozent der Geschichte.«

»Es ist das Artilekt«, sagte Geoffrey. »Erinnerst du dich, wie Eunice uns erzählte, für Memphis hätte das Leben durch die Felsdiagramme seinen Sinn verloren? So wird es auch Sunday ergehen. Sie hat Jahre damit zugebracht, das Eunice-Konstrukt zu erschaffen, nun werde ich ihr sagen müssen, dass ihre Mühe vergeblich war. Dass es in *Löwenherz* eine Simulation von Eunice gibt, die mindestens ebenso überzeugend ist wie ihr Geschöpf. Wie wird sie das verkraften?«

»Das braucht sie gar nicht.«

Der Satz kam nicht von Jumai, sondern von dem Golem. Eunice war gekommen, ohne dass man sie gerufen hätte, und stand nun in der Tür zum Küchenbereich.

»Was willst du?«, fragte Geoffrey. Er betrachtete dieses unaufgeforderte Eindringen als Eingriff in ihre Privatsphäre.

»Sunday braucht nie von mir zu erfahren. In deinen Mitteilungen nach Hause hast du mich nicht erwähnt. Sonst wüsste ich das, und … nun, sagen wir, es wäre auch nicht möglich gewesen.«

»Weil du unsere Mitteilungen zensiert hast?«

»Immer noch besser, als wenn die Behörden erfahren, dass das Artilektverbot verletzt wurde«, verteidigte sich Eunice. »In den letzten Jahren mag sich die Lage zwar entspannt haben, aber man kann nicht vorsichtig genug sein. Nein. Die Welt braucht nichts von mir zu erfahren, und Sunday auch nicht.«

»Wenn meine Schwester mir eine direkte Frage stellt, werde ich sie nicht belügen«, erklärte Geoffrey.

»Sag ihr, dass *Löwenherz* von Maschinen betrieben wurde und dass diese Maschinen von einer Symbolfigur vertreten wurden. Damit bleibst du bei der Wahrheit.«

Er schüttelte den Kopf. »Deshalb existierst du doch immer noch.«

»Nein.« Der Golem trat an ihren Tisch, zog sich einen Stuhl heraus und setzte sich. »Ich hatte eine sehr begrenzte, spezifische Funktion. Meine Aufgabe war, euch hier in Empfang zu nehmen. Das habe ich getan, nun gibt es keinen Grund mehr, meine Existenz fortzusetzen. Ihr habt erfahren, was ihr wissen müsst. Falls ihr ein weiteres Mal nach *Löwenherz* kommt, werden die anderen Maschinen alles Nötige für euch tun. Sie sind in vollem Umfang imstande, das Experiment durchzuführen, solltet ihr es wieder anfahren wollen. Ich für meinen Teil werde aufhören zu existieren. Die Programme zu meiner Emulation werden gelöscht werden. Ein Artilekt wird es zwar weiterhin geben, aber es wird weder ein menschliches Gesicht haben, noch über meine Erinnerungen verfügen. Es wird nicht einmal mehr wissen, dass es einmal ich war.«

»Das ist Selbstmord«, sagte Jumai.

»Selbstmord wäre es nur, wenn ich jemals gelebt hätte.« Eunice zögerte. »Könnte ich euch dennoch um einen Gefallen bitten? Die *Sommerkönigin* wird startklar gemacht, ohne Rücksicht darauf, was mit mir geschieht, deshalb wäre es für euch ohne praktische Bedeutung, wenn ich das Ende sofort herbeiführen würde. Aber ich würde damit lieber noch so lange warten, wie die Möglichkeit besteht, sich mit jemandem zu unterhalten.«

»Wie können wir wichtig für dich sein?«, fragte Geoffrey. »Du hast doch nicht einmal existiert, bevor wir kamen. Das hast du selbst gesagt.«

»Und es ist wahr.« Eunice hatte ihre Hände auf die Tischkante gelegt und schaute darauf nieder. »Ich wurde erst aktiviert, als du in der Luftschleuse deine Identität nachgewiesen hattest. Davor … war ich ein Potenzial innerhalb des Artilekts, ein Satz von ruhenden Programmen.«

»Du dürftest also nichts empfunden haben, bevor du aktiviert wurdest«, folgerte Jumai.

»Eigentlich nicht, und ich will es auch gar nicht behaupten. Doch das jahrelange Warten …« Sie runzelte die Stirn, als grübele sie über ein Rätsel, ohne eine Lösung zu finden. »Das habe ich gespürt. Jede einzelne Sekunde. Und als ihr kamt, als menschliche Stimmen an diesen Ort zurückkehrten … da war ich froh. Und das bin ich noch immer. Was nun getan werden muss, macht mich nicht glücklich.« Ihre Züge entspannten sich, und sie schenkte den beiden ein trauriges, aber auch trotziges Lächeln. »Es ist doch nicht zu viel verlangt? Ich will doch nur in eurer Gesellschaft sein und mich mit euch unterhalten, bevor ihr geht.«

In diesem Moment hätte Geoffrey ihr alles verziehen.

»Natürlich«, sagte er.

41

Die *Sommerkönigin* brachte sie nach Hause – zurück ins Innere System, zurück in die Mondumlaufbahn. Jumai und Geoffrey verbrachten ein paar Tage bei Sunday und Jitendra in der *Überwachungsfreien Zone* – Sunday war zwei Wochen vor seiner Ankunft nach Hause gekommen –, dann fuhren sie alle mit der Schläfergondel nach Libreville hinunter. Wie beim ersten Mal ließ Geoffrey sich einige Stunden vor der Ankunft an der Endstation wecken, in einer Entfernung, aus der er den blauen Bogen des Erdhorizonts und ganz Afrika in seiner ungeheuren, Planeten umspannenden Weite sehen konnte. Auf dem Mond hatte Sunday ihm erzählt, welche Anziehungskraft die Erde auf sie ausgeübt hatte, als sie vom Mars zurückkam. Etwas davon spürte nun auch er: einen Ruf aus biologischen Tiefen, als wäre er durch eine geisterhafte Nabelschnur mit dieser Welt verbunden, auf der er geboren war, auf der seine Vorfahren über zahllose Generationen gelebt hatten und gestorben waren. Er ahnte, dass dieser Ruf niemals verstummen würde. Der Drang in die Ferne war genauso stark, auch er kam aus tiefstem Herzen, doch er würde nicht unwidersprochen bleiben. So weit die Menschen auch ins All reisen mochten, diese Sehnsucht würde sie nie verlassen. Sie konnten versuchen, sie zu ignorieren, aber diese Welt war ihr Mutterschoß und ihre Wiege gewesen, und das war ein zu altes, zu starkes Band, dem man sich nicht entziehen konnte. Er dachte an den Tag zurück, an dem sie vor *Löwenherz* aufgewacht waren und die Sonne nur noch als einziges weißes Auge gesehen hatten. Die Vorstellung, sich noch weiter zu entfernen, ging wider die Natur, sie war Verrat an den Grundzügen seines Wesens. Er glaubte nicht, dass ihn das schwach machte, es machte ihn lediglich menschlich. Doch offenbar reagierten nicht alle in gleicher Weise. Seine Großmutter hatte die Achseln gezuckt, als sie in diesen Abgrund schaute. *Mehr hast du nicht aufzubieten? Damit kannst du mich nicht beeindrucken.* Aber Eunice war in jeder Hinsicht ein ungewöhnlicher Mensch gewesen.

Geoffrey war überzeugt, dass Jumai ganz ähnlich empfand wie er selbst. Sie war hingerissen und überwältigt von der weiten Reise und den damit verbundenen Aufregungen, doch zugleich überglücklich, wieder auf dem Weg nach Hause zu sein. Als sie zu ihm trat und auf Afrika hinabschaute, suchte sie mit kindlichem Entzücken die Plätze, die sie kannte, Orte und Landmarken entlang der Küste von Lagos. Ihre Begeisterung steckte ihn unwillkürlich an.

Dennoch war es ein seltsames Gefühl, wieder hier zu sein. Als er zum ersten Mal vom Mond heruntergekommen war, hatte er eine Last auf dem Rücken getragen; nun war eine zweite dazugekommen. Noch ungewohnter kam es ihm vor, mit seiner Familie nicht mehr heillos zerstritten zu sein, obwohl es in den kommenden Monaten und Jahren sicher nicht ohne Komplikationen und Spannungen abgehen würde.

»Ich habe mit Lucas gesprochen.« Sunday trat zu ihnen auf das Promenadendeck. »Die Trauerfeier ist für übermorgen angesetzt.«

»Hast du ihm gesagt, wie leid es mir tut, dass wir Hector nicht nach Hause bringen konnten?«

»Das habe ich, aber du kannst es ihm auch persönlich sagen, wenn du ihn siehst.« Sie strich sich mit der Hand über den Bauch, eine Geste, die er bei ihr noch nie gesehen hatte. Sie war sich dessen wohl auch nicht bewusst, denn ihr Blick war immer noch nach unten auf die Erde gerichtet. »Er gibt nicht dir die Schuld an dem Unglück«, fuhr sie fort. »Er ist dir eher dankbar, weil du versucht hast, Hector zu retten. Es hat sich vieles verändert, Bruder. Und das ist gut so. Wir konnten nicht so weitermachen wie bisher, jetzt schon gar nicht mehr.«

In der *Zone* hatten sie nicht viel über *Löwenherz* gesprochen, und im Aufzug noch weniger. Bevor sie nicht auf dem Familiensitz waren, würde sich keiner von ihnen völlig sicher fühlen, und auch dort war Vorsicht geboten. Sie hüteten ein Geheimnis, das nicht ins Wirtschaftsimperium der Akinya und schon gar nicht in die Welt jenseits davon dringen durfte. Jedenfalls nicht, bevor sie sich alle darauf geeinigt hatten, wie man am besten verfahren wollte.

»Ich bin so froh, dass wenigstens einige von uns zurückgekommen sind«, sagte Geoffrey. »Einschließlich dir und Jitendra.«

»Wenn man bedenkt, dass ich das Gesicht von Lucas' Stellvertreter mit meinem Fuß zu Brei getreten habe, war er bemerkenswert friedfertig. Ich glaube, wir werden in Zukunft besser miteinander auskommen.« Entschlossen schob sie das Kinn vor. »Hoffentlich. Wenn die Familie es nicht schafft, die Reihen zu schließen, wie soll es dann dem Rest der Menschheit gelingen?« Sie beugte sich weiter über das Geländer und schaute hinab auf die Kielwasser der riesigen Schiffe vor der Küste von Kamerun: weiße V's, so präzise und ökonomisch wie von einem Meisterkalligrafen mit schnellen Strichen hingetuscht. »Ich weiß allerdings immer noch nicht so recht, wie die Pans in diese Idylle hineinpassen. Sie haben nichts gewonnen, und ich weiß noch nicht einmal, ob das, was sie getan haben, als Verbrechen zu werten ist. Trotzdem hinterlässt es einen schlechten Geschmack im Mund.«

»Wir haben sie gebraucht«, sagte Geoffrey. »Und sie haben uns gebraucht. Wir hatten eine befristete Arbeitsbeziehung, von der alle Seiten profitierten, solange sie bestand.«

»Hast du dir überlegt …« Sunday sah seine Reaktion und hob die Hand, bevor sie ihren Satz beendet hatte. »Schon gut. Du wolltest in der *Zone* nicht darüber sprechen; ich durfte nicht erwarten, dass du deine Meinung so schnell ändern würdest. Wie auch immer, wir schulden Chama und Gleb irgendeine Antwort.«

»Wir schulden ihnen gar nichts. Jede Schuld, die wir den Pans gegenüber hatten, wurde in dem Moment getilgt, als sie dich auf dem Mars aufs Kreuz legen wollten.«

»Die beiden sind meine Freunde«, widersprach Sunday. »Und was auch geschehen ist, sie waren nicht dafür verantwortlich. Außerdem sind sie sicher immer noch erpicht darauf, die Arbeit mit der Amboseli-Herde fortzusetzen.«

»Na schön«, sagte Geoffrey wegwerfend. »Wenn sie Probleme haben, wissen sie ja, wo sie mich finden. Können wir jetzt über etwas anderes als Elefanten reden?«

Von Libreville flogen sie mit zwei Airpods zum Familiensitz zurück – Geoffrey und Jumai saßen in dem einen, Sunday und Jitendra in dem anderen. Sie trafen spät ein, das weitläufige Haus war von düsterer Pracht, in den Fluren hallte jeder Schritt wider, die Zimmer waren leer. Lucas erwartete sie, er war sichtlich tief betrübt, schien aber gefasst – Geoffrey war zunächst überrascht, bis ihm wieder einfiel, dass sein Cousin viele Wochen Zeit gehabt hatte, sich mit dem Tod seines Bruders abzufinden. Sie umarmten sich wie Politiker auf einem Gipfeltreffen und hielten sich verlegen einen Moment fest, bevor sie zurücktraten und einander in die Augen sahen.

Später beim Essen erklärte Lucas: »Ich bin bereit, ein neues Kapitel aufzuschlagen. Wir hatten unsere Differenzen, das will ich nicht leugnen. Aber mein Bruder hätte nicht gewünscht, dass weiterhin Feindschaft zwischen uns herrscht.« Er schob die Lippen vor und ließ die Luft hörbar ausströmen, als hätte ihn diese Äußerung allein schon bis ins Mark erschöpft. »Ich denke, man kann gerechterweise sagen, dass keiner von uns wusste, worauf wir uns einließen.«

»Dem würde ich nicht widersprechen«, sagte Geoffrey.

»Nur zur Klarstellung, du hast mein Wort, dass wir unser Versprechen in Bezug auf deine Forschungsgelder einhalten werden.«

Geoffrey brach sich ein Stück Brot ab. »Vielleicht ist das gar nicht mehr nötig, Lucas. Aber ich weiß die gute Absicht zu schätzen.«

Sunday sah ihn skeptisch an. »Wenn du für deine Forschungen immer noch mit Unterstützung von den Pans rechnest, gehst du eventuell von falschen Voraussetzungen aus. Ich habe mit Chama und Gleb gesprochen …« Sie zögerte kurz. »Es könnte sein, das sie selbst nicht mehr darauf bauen können, durch die *Panspermische Initiative* gefördert zu werden.«

»Sie haben doch nichts verbrochen«, sagte Jitendra.

»Es liegt nicht an ihnen. Es liegt an der Organisation. Nach allem, was sie wissen, haben die Ereignisse auf dem Mars zu einer Spaltung geführt. Es besteht Uneinigkeit auf höchster Ebene – man spricht sogar von Absplitterungen.«

»Und wie sollen wir nun herausfinden, was diese Zahlen bedeuten?«, seufzte Sunday.

»Was für Zahlen?«, fragte Lucas.

Geoffrey fiel wieder ein, dass er Sunday und erst recht seinem Cousin noch keinen vollständigen Bericht über die Geschehnisse geliefert hatte. Immerhin wusste sie von den Zahlen. Er forderte sie zum Weitersprechen auf.

»Mein Bruder und Jumai sind auf *Löwenherz* einem Konstrukt begegnet«, erklärte sie, »einer einfacheren Emulation von Eunice, ähnlich der, die den *Winterpalast* bewachte. Diese Eunice gab ihnen eine Reihe von Zahlen und meinte, Lin Wei wüsste etwas damit anzufangen. Wir haben keine Ahnung, was sie bedeuten.«

»Ihr könntet diese Zahlen mir geben«, sagte Lucas. »Dann könnte ich Erkundigungen einziehen.«

»Sie sind vielleicht nicht das Erste, was du wissen solltest«, sagte Geoffrey. Bevor er weitersprach, füllte er alle Gläser nach, auch das von Lucas. »Wir sind mit zwei schwierigen Entscheidungen konfrontiert, Cousin. Zur zweiten komme ich gleich – sie ist kompliziert, und es könnte eine Weile dauern, um alles zu verdauen.«

Lucas zuckte unbekümmert die Achseln. »Und wie lautet die erste?«

»Ob wir dir von der zweiten überhaupt erzählen sollen«, antwortete Sunday. »Verdammt, selbst ich weiß nur in groben Zügen, was sich da draußen abgespielt hat. Aber mein Bruder findet, du hast ein Recht, es zu erfahren, und ich bin bereit, ihm das abzunehmen.«

Geoffrey beugte sich lächelnd vor. »Erinnere dich an die schwierigste unternehmerische Entscheidung, die du jemals zu treffen hattest, Lucas. Die härteste Alternative in deinem ganzen Leben. Und dann multipliziere sie mit zwanzig.«

»Und du bist noch nicht einmal in der Nähe«, fügte Jumai hinzu.

Lucas schien den Verdacht zu haben, sie wollten ihn auf den Arm nehmen. »Natürlich gibt es kommerzielle Auswirkungen … wir werden das Triebwerk der *Sommerkönigin* analysieren, alle erforderlichen Patente sichern …«

»Das Triebwerk ist nur ein Detail«, unterbrach ihn Geoffrey. »Die Konstruktionspläne befinden sich an Bord des Schiffes.

Sie gehören uns. Aber wir werden keinen einzigen Yuan daran verdienen.«

Um Lucas' Mundwinkel zuckte es. »Wenn sie uns doch gehören …«

»Wir können Kopien des Prototyps bauen«, fuhr Geoffrey fort, »aber wir verzichten auf die exklusive Verwertung. Die Lizenz und alle damit verbundenen technischen Daten gehen in die Obhut und die Verwaltung der Vereinigten Orbital-Nationen oder einer vergleichbaren Organisation außerhalb der Erde über – die Einzelheiten können wir später klären. Diese Organisation vergibt die Baurechte an jede kommerzielle oder transnationale Interessengruppe mit dem nötigen Know-how und ausreichender Erfahrung mit Hochenergie-Antrieben.«

»Diese Technologie wird die Welt verändern. Und du willst sie einfach verschenken?« Lucas kniff die Augen zusammen, als wäre seine Welt mit einem Schlag aus den Fugen geraten.

»Sie ist nur ein Anreiz«, erklärte Geoffrey. »Das neue Triebwerk wird zweifelsohne vieles verändern – zum Beispiel wird es das Sonnensystem über Nacht schrumpfen lassen. Wenn man es nicht richtig einsetzt, könnte es auch großen Schaden anrichten. Wir werden sehr sorgfältig abwägen müssen. Und da kommst du ins Spiel, Lucas. Wir möchten dich mit ins Boot holen.«

»Nach allem, was zwischen uns vorgefallen ist?«

»Hector wäre auf jeden Fall dabei gewesen«, sagte Sunday. »Er hätte Bescheid gewusst. Er hätte seinen Teil der Verantwortung übernehmen müssen, ob er wollte oder nicht. Nun musst du an seine Stelle treten.«

»Ich begreife nicht«, beklagte sich Lucas. »Du sagst, dieses neue Triebwerk sei nur ein Anreiz. Das hört sich so an, als wäre es nicht das wichtigste Ergebnis der jüngsten Ereignisse.«

»So ist es«, bestätigte Geoffrey.

Lucas schaute auf seinen Teller nieder, als könnte er dort

einer Antwort auf die Spur kommen. »Dann solltest du vielleicht ganz von vorne beginnen«, sagte er.

Als Jumai sich nach dem Essen auf ihr Zimmer zurückzog, ging Geoffrey zunächst lustlos und danach mit wachsender Entschlossenheit auf Wanderschaft. Er durchstreifte den Westflügel mit den Glasvitrinen aus dunklem Holz, wo Gegenstände aus dem Leben seiner Großmutter sorgfältig beschildert auf Sockeln standen. Dieser Flügel hatte von jeher das Museum beherbergt, doch nun hatte er mit einem Mal das Gefühl, als hätte sich das Museum auf das ganze Gebäude ausgebreitet, das doch eindeutig viel zu groß war für die wenigen Stücke, die es zu verwalten hatte. Er fragte sich, was das Ganze noch für einen Sinn hatte, seit er wusste, wie viel von Eunices Leben eine Lüge oder zumindest eine unvollständige und irreführende Version der wahren Ereignisse gewesen war. Hier war nichts von dem zu finden, was ihr wirklich wichtig gewesen war. Nichts von Phobos, nichts von ihrer Freundschaft zu Memphis, nichts über Memphis' wahre Identität und nichts von *Löwenherz*.

Geoffrey verspürte jäh den Wunsch, sich aus dem Gartenschuppen einen Spaten zu holen und damit auf die Schränke aus Holz und Glas einzuschlagen, bis diese ganze verlogene Vergangenheit in Scherben lag. Ein paar Schubkarrenladungen voll, mehr würde nicht bleiben.

Doch diesen Impuls überwand er schnell. Viel zu melodramatisch, und außerdem brauchte er sich nur vor Augen zu halten, wie viele Stunden Memphis zwischen diesen Artefakten zugebracht und mit wie viel Geduld, Liebe und Loyalität er sie gepflegt hatte. Obwohl er zumindest einen Teil der Wahrheit kannte.

Er ging weiter und stieß die Tür zu Memphis' Zimmer auf. Fast vier Monate waren vergangen, seit er zum letzten Mal hier gewesen war, aber der Kälteschlaf hatte diese Zeit zu wenig mehr als anderthalb Wochen wachen Erlebens verdichtet. Hier hatte er mit Memphis gesprochen, ihn gebeten, die Herden zu besuchen. Memphis hatte wie immer eingewilligt, ihm den Gefallen zu tun. Und als er den Alten das nächste Mal gesehen hatte, hatte er tot am Boden gelegen.

»Warum musstest du sterben?«, fragte er die Lehne des leeren Bürostuhls, der immer noch vor Memphis' Schreibtisch stand. »Warum konntest du nicht warten, bis alles vorüber war? Der einzige Mensch, den ich gebraucht hätte, der mir mit Rat und Tat hätte zur Seite stehen …«

»Es war keine Absicht«, sagte Eunice.

Er hatte sich schon gefragt, wann sich das Konstrukt wieder bemerkbar machen würde. In der *Zone* hatte sie sich ebenso wenig blicken lassen wie auf der Fahrt nach Libreville. Sunday gegenüber hatte er bisher nichts davon erwähnt – er drückte sich nach wie vor um das Thema herum und hoffte, sie würde ihn nicht zwingen, über das Artilekt auf *Löwenherz* zu sprechen – denn er hatte den schwachen und nicht unwillkommenen Verdacht im Hinterkopf gehabt, seine Schwester könnte ihre Privilegien dazu benutzt haben, das Konstrukt aus seinem Bewusstsein zu entfernen.

Offenbar war das nicht der Fall.

»Woher willst du das wissen?«, fragte er. Der Wein heizte seine Empörung noch an. »Woher, verdammt noch mal, willst du das wissen?«

Sie schien sich an seinem rüden Ton nicht weiter zu stören. »Ich kannte Memphis, Geoffrey, so gut wie niemanden sonst. Was immer da draußen passiert ist … es kann nur ein Unfall gewesen sein.«

»Nachdem er mir so viele Jahre geholfen hatte? Warum gerade zu dieser Zeit und an diesem Ort?«

»Glaubst du etwa immer noch, dass Lucas und Hector dahintersteckten? Jetzt doch wohl nicht mehr, oder?«

»Nein«, sagte er, und es war die Wahrheit; das glaubte er nicht mehr. Auch wenn er mit dieser Erkenntnis eine Tür zuschlug und eine andere öffnete, hinter der eine noch unerfreulichere Möglichkeit lauerte.

»Nach meinem Tod lastete auf Memphis die Verantwortung, mein Vermächtnis zu erfüllen«, fuhr das Konstrukt fort. »Das alles war zu viel für einen einzelnen Mann. Als es kompliziert wurde und du angefangen hast, peinliche Fragen zu stellen ... ich denke, es fiel ihm schwer, sich auf alles gleichermaßen zu konzentrieren. Die Erklärung ist einfach: Der Mann stand unter Druck und hat deshalb nicht die nötige Vorsicht walten lassen.«

»Und wer war schuld daran?«, fragte Geoffrey.

»Ich ganz allein«, bekannte Eunice. »Ich bin bereit, diese Verantwortung zu übernehmen, wenn auch du deinen Teil akzeptierst.«

Er musste sich immer wieder in Erinnerung rufen, dass diese Version von Eunice zumindest in schemenhaften Umrissen mit der wahren Geschichte seiner Großmutter vertraut gewesen war. Noch vor seiner Ankunft auf *Löwenherz* hatte Sunday den Inhalt des Helms mit ihrer eigenen Version des Konstrukts zusammengeführt. Zur *Sommerkönigin* hatte sie nur eine abgespeckte Datei hinaufgeladen, aber er hatte keinen Grund zu der Annahme, dass die Version, die ihn gerade heimsuchte, nicht die bislang komplexeste Kopie war. Immer vorausgesetzt, er ließ das Wissen um das Artilekt außen vor.

»Er hat nie ein Wort über seine Vergangenheit verloren«, bemerkte Geoffrey.

»Das war auch nicht nötig. Er hatte sie hinter sich gelassen, war weitergezogen. Hätte es dein Verhältnis zu ihm geändert, wenn du gewusst hättest, dass Memphis mehr war als ein Verwalter? Hättest du ihn mehr respektiert?« Sie schüttelte den Kopf und nahm ihm die Antwort ab. »Wenn du jetzt Ja sagst, enttäuschst du mich, und das möchte ich nicht. Er war ein gütiger und loyaler Mensch und hat dieser Familie gute Dienste geleistet. Er hat sich um dich und Sunday gekümmert, während sich eure Eltern auf halbem Weg zum Neptun befanden, und das ist *genug*. Niemand könnte mehr verlangen.« Sie legte ihre Geisterhand auf die Rückenlehne seines Stuhls. »Die Trauerfeier ist morgen, nicht wahr? Ich wäre gern dabei. Würde dich das stören?«

»Du brauchst mich nicht um Erlaubnis zu fragen«, seufzte Geoffrey. »Du kannst dabei sein, ob es mir passt oder nicht, ich bräuchte nicht einmal davon zu wissen.«

»Genau deshalb frage ich dich«, sagte Eunice.

42

Am nächsten Tag flog er mit einem Airpod hinaus zum Becken. Er war froh, dass niemand angeboten hatte, ihn zu begleiten. Unter anderen Umständen hätte er das vielleicht als mangelndes Interesse gedeutet und wäre verstimmt gewesen. Inzwischen glaubte er das nicht mehr. Sunday, Jitendra und Jumai wussten, dass es einiges gab, worum er sich kümmern musste, und wollten ihm den dafür nötigen Freiraum lassen.

Er flog tief und schnell und bemühte sich dabei, den Kopf freizubekommen. Das war leichter gesagt als getan. Zwar hatten heftige Regenfälle dafür gesorgt, dass das Land, das im Januar ausgedörrt gewesen war, nun grünte, doch er kannte sich hier so gut aus, dass es ihm nicht wirklich neu vorkam. Er hatte zu viel von seinem Leben dieser Gegend gewidmet, zu viel von seiner Geschichte war mit dieser Savanne verknüpft. Jedes Wasserloch, jede Baumgruppe, jeder Pfad hatte eine wenn auch noch so kleine persönliche Bedeutung für ihn. Er war weit gereist, dennoch waren die Bande zu diesem kleinen Teil Afrikas nicht zerrissen. Oder sie hatten ihn nicht losgelassen.

Er kreiste über den gewohnten Beobachtungsgebieten und suchte nur mit bloßem Auge nach den Herden und den Einzelgängern. Das dichte Laub erschwerte die Sicht, aber er hatte genügend Übung, um sicher sein zu können, dass ihm nicht viel entging. Er wusste, wo die Elefanten zu dieser Jahreszeit unterwegs waren, kannte ihre Sitten und Gewohnheiten, ihre bevorzugten Treffpunkte. Seine Augen und sein Gehirn waren darauf eingestellt, Formen und Verbindungen aufzunehmen, die einem weniger erfahrenen Beobachter womöglich entgangen wären.

Er brauchte nicht lange, um Matilda und ihren Clan zu entdecken – sie waren nicht einmal einen halben Kilometer von der Stelle entfernt, wo er sie vermutet hatte – und bei einer Reihe von schnellen Inspektionsschleifen festzustellen, dass die M-Gruppe seit seiner letzten Zählung keine Verluste erlitten hatte. Während seiner Abwesenheit hatte es sogar zwei neue Kälber gegeben. Bei seiner Abreise waren einige Kühe in der Gruppe trächtig gewesen, deshalb war das keine Überraschung. Aus dem Verhalten der Kälber war nicht zu erkennen, wer die Mütter waren – die Kleinen schlenderten ausgelassen von einem Erwachsenen zum anderen und fühlten sich in der schützenden und fürsorglichen Atmosphäre der M-Gruppe sichtlich geborgen.

Er drehte eine Runde im Tiefflug über der Herde, um seine Ankunft anzukündigen – zumindest sollten die Tiere wissen, dass jemand kam, denn normalerweise brachten sie ihn nicht mit einem Airpod, sondern mit der Cessna in Verbindung –, dann wählte er einen Landeplatz, von dem aus er die Gruppe leicht erreichen konnte. Die Kufen des Airpods versanken im tiefen, saftigen Gras. Er öffnete die Kanzel und kletterte ächzend hinaus. Seine Schultern protestierten gegen die Anstrengung. Nach der langen Schwerelosigkeit an Bord der *Sommerkönigin* und auf *Löwenherz* schmerzten Muskeln und Knochen immer noch, aber nicht so sehr, dass er ein Exoskelett gebraucht hätte.

Es war ein heißer Tag, trocken und windstill. Keine Wolke stand am Himmel, ein günstiges Omen für die Trauerfeier. Man hatte ihm die Pläne vorgelegt, und er hatte sie gebilligt, obwohl im Hinterkopf immer noch ein winziger Zweifel nagte. Es war nicht Memphis' Art gewesen, mit großen Gesten um Aufmerksamkeit zu buhlen, deshalb wäre er mit den Plänen womöglich nicht einverstanden gewesen. Andererseits, wer wollte den Akinyas verwehren, ihm die gebührende Ehre zu erweisen?

Doch das hatte Zeit. Zuvor hatte Geoffrey noch etwas anderes zu erledigen.

Er schloss das Airpod ab und ging mit langen Schritten durch das Unterholz auf die Herde zu. Nach den ersten Metern suchte er sich einen Stock und schlug damit vor sich auf den Boden. Er trug nichts bei sich – keine Überwachungsgeräte und keine Sporttasche mit Papier und Bleistiften. Nur die Kleider, die er am Leibe hatte, und die klebten ihm allmählich auf der Haut. Er musste früh genug zurückkommen, um sich noch umziehen zu können, bevor die Trauergemeinde den Familiensitz verließ. Diesmal sollte ihm Sunday nicht vorhalten können, er rieche nach Elefantendung. Allerdings trieb ihm nicht die Hitze den Schweiß aus allen Poren. Geoffrey war nervös.

»Ich bin es«, rief er wie immer. »Geoffrey. Ich bin wieder da.«

Er drängte sich durch Bäume und Büsche, schlug mit seinem Stock auf den Boden und kündigte auch weiterhin mit lauten Rufen seine Ankunft an. Dicht vor sich hörte er das drohende Grollen einer ausgewachsenen Kuh, dann entdeckte er die grauen Buckel von zwei etwas abseits lagernden Mitgliedern der Herde. Er studierte Formen und Ohrprofile und erkannte, um wen es sich handelte. Immer weiter auf den Boden schlagend und rufend, umging er das Paar im Bogen. Als er einen schmalen Bach übersprang, hätte er sich beim Aufkommen beinahe den Knöchel verstaucht. Der Stock hatte seinen Zweck erfüllt, er warf ihn weg. Jenseits der nächsten Baumreihe stieß er auf eine Gruppe von sechs Elefanten und sah sich Matilda gegenüber. Hinter der Matriarchin der M-Gruppe sah er Molly und Martha, zwei hochrangige Weibchen. Beide hatten Narben auf der Stirn, beiden fehlte ein Stoßzahn, und beide hatten starke Kampfspuren an den Ohren. Melissa, die junge Elefantendame, die Memphis mit Nanomaschinen geimpft hatte, stand zwischen Molly und Martha. Sie hatte den Kopf gesenkt und sah ihn mit hellwachen Augen misstrauisch an. Zwei noch namenlose Kälber liefen zwischen den größeren Elefanten herum.

Geoffrey trat ins Sonnenlicht. Er ging langsam und bemühte sich, möglichst viel Autorität und Selbstbewusstsein auszustrahlen. Natürlich wussten die Elefanten, dass er Angst hatte, sein Schweiß sendete ihnen die entsprechenden chemischen Signale. Aber er konnte wenigstens so tun als ob.

Matilda löste sich aus der Gruppe und ging schwerfällig ein paar Schritte auf ihn zu. Sie ließ ein Grollen hören und wühle mit ihrem Rüssel den Staub auf. Es war keine gezielte Warnung, nur ein allgemeiner Schuss vor den Bug. Die Geste hatte etwas Verächtliches, als sei er ihr mehr Aufwand nicht wert. Geoffrey hob die flachen Hände, wich aber nicht zurück. Ein solches Verhalten war nicht untypisch für Matilda. Es war nicht so sehr ein Zeichen von Feindseligkeit als eine ritualisierte Erinnerung an ihre Stellung, so wie eine Königin verlangte, dass ihre Höflinge sich ihrem Thron in demütig gebückter Haltung näherten.

Die anderen fünf Elefanten wichen allmählich zurück, doch ihre Aufmerksamkeit blieb zu gleichen Teilen auf Matilda und auf den Menschen gerichtet, der sie bei der gemeinschaftlichen Futtersuche gestört hatte.

Matilda blieb zehn Schritte vor Geoffrey stehen und hob

den Rüssel. Ihre Stirn war breit und mächtig wie ein Rammbock. Ihre Augen konnte er kaum sehen.

»Ich weiß, was geschehen ist«, sagte er. Es war absurd, mit einem Elefanten zu sprechen, doch das verdrängte er. Seine Worte waren schließlich nicht für Matilda bestimmt. »Ich habe etwas getan, was ich bis dahin nicht gewagt hatte. An dem Tag, an dem Memphis ums Leben kam, habe ich eure Bewegungen zueinander in Korrelation gesetzt. Daher weiß ich, dass du da warst. Ich weiß, dass du bei ihm warst.«

Er hatte sich vorgenommen, es dabei bewenden zu lassen, sich an diesem Punkt umzudrehen und zum Airpod zurückzukehren. Doch nun war der Augenblick da, und er wusste, dass er es immer bereuen würde, diese letzte Chance nicht wahrgenommen zu haben.

Er subvokalisierte den Befehl zur Öffnung der Neuroverbindung. Ihr Gehirn erschien neben dem seinen, zwei bizarre blutgefüllte Seeschwämme, die unter der Wärme und dem endlosen Geschnatter elektrochemischer Signale pulsierten. Sein eigenes Angstzentrum leuchtete bereits wie ein Fußballstadion bei Nacht.

Er verlor keine Zeit. Zehn, zwanzig, dreißig Prozent. Vierzig, dann fünfzig. Ihr Gemütszustand überlagerte den seinen, drängte seine Angst zurück und ersetzte sie durch eine gewisse Gereiztheit, die nur leicht von Misstrauen durchsetzt war. Weiter hinauf, sechzig, siebzig Prozent. Ihr Körperbild hatte das seine aufgelöst und seine Größenwahrnehmung verzerrt. Nun war er riesig, aber winzig; sie war winzig, aber riesig.

Bei neunzig Prozent stabilisierte er die Verbindung.

Er wusste, was sie getan hatte. Das Bewusstsein, das sich nun in das seine ergoss, als sei ein Damm gebrochen, war das Bewusstsein eines vorsätzlichen, berechnenden Mörders. Memphis war unvorsichtig gewesen, gewiss. Er hatte zu viel im Kopf gehabt, und als er hinausging, um Geoffreys Bitte nachzukommen, hatte er die Vorsichtsmaßnahmen vernachlässigt, die ihm normalerweise zur zweiten Natur geworden waren. Vor allem hatte er den fatalen Fehler begangen, Matilda lediglich deshalb zu vertrauen, weil sie noch nie die leiseste Absicht hatte erkennen lassen, dass sie ihm schaden wollte.

Es musste schnell gegangen sein. Eines Tages würde Geoffrey vielleicht den Mut aufbringen, sich anzusehen, was ihre eigenen Augen und die Augen der Elefanten aufgezeichnet hatten, die in der Nähe gewesen und Zeugen des Mordes geworden waren – davon gab es mehrere. Eigentlich kam es darauf nicht an. Er konnte nachweisen, dass Matilda am Tatort gewesen war, und das genügte.

Das Wie war einfach. Memphis war abgelenkt gewesen, und Matilda war so schnell auf ihn losgegangen, dass er nicht mehr hatte reagieren können. Die ER-Abdeckung war hier nur schwach, der *Mechanismus* zahnlos. Hätte der *Mech* den unmittelbar bevorstehenden Ausbruch tödlicher Gewalt rechtzeitig erkannt, er hätte vielleicht eingegriffen. Aber die Zeit hatte nicht gereicht – der *Mech* hatte nicht handeln und Memphis hatte sich nicht retten können.

Das Warum war eher Spekulation. Aber Geoffrey hatte eine Theorie.

Matilda hatte den Mord begangen, aber sie war nicht wirklich schuldig. Sie hatte einen Groll gegen Memphis entwickelt, und in Anbetracht der Tatsache, dass er jahrelang ohne Zwischenfälle mit der Herde umgegangen war, konnte es dafür nur eine Erklärung geben. Geoffrey hatte ihr in den Kopf gesetzt, dass Memphis ein Elefantenmörder war.

Denn das war er. Und Geoffrey hatte das seit seiner Kindheit gewusst, genauer gesagt seit dem Tag, an dem Memphis Sunday aus dem Loch gerettet hatte, jener Senke im Boden, wo der Regen das Artilekt in der Erde freigelegt hatte. Als sie auf schmalem Pfad durch ein Wäldchen zu ihrem Airpod zurückgegangen waren, hatte ihnen ein Elefantenbulle den Weg versperrt. Memphis hatte Geoffrey befohlen, nicht hinzusehen, und Geoffrey hatte zunächst auch gehorcht. Doch dann hatte er nicht widerstehen können und sich umgedreht, weil er dachte, Memphis würde es nie erfahren. Der Bulle hatte tot am Boden gelegen.

Was bei dieser Konfrontation geschehen war, hatte er erst später vollends verstanden. Memphis war in das Bewusstsein des ausgewachsenen Bullen eingedrungen und hatte mit seinen Privilegien als Mensch einen Tötungsbefehl an die implantierten Neuromaschinen geschickt. Einen geflüsterten Tötungsbefehl, eine subvokale Beschwörung, mehr war nicht nötig gewesen, um den Bullen niederzustrecken. In jeder anderen Situation hätte sich Memphis mit einem weniger drastischen Befehl begnügt und den Elefanten lediglich in Schlaf versetzt.

Doch an diesem Tag war er kein Risiko eingegangen. Das Leben zweier Kinder hatte in seinen Händen gelegen.

Seither hatte Geoffrey diese Erinnerung mit sich herumgetragen, sie war so sehr ein Teil von ihm geworden, dass er sie kaum noch registrierte. Memphis hatte bei dieser Tat keine Freude empfunden; er hatte es nicht getan, weil er den Bullen hasste oder fürchtete, sondern weil es seine heilige Pflicht war, die ihm anvertrauten Kinder zu beschützen und weil diese Pflicht vor allen anderen Überlegungen Vorrang hatte. Er hatte den Tod als letztes Mittel gewählt, und soweit Geoffrey wusste, war dies das einzige Mal, dass Memphis jemals in die Lage gekommen war, ein anderes Lebewesen zu töten. Zu töten anstatt zu betäuben, damit der Bulle nie wieder einen Menschen in Gefahr bringen konnte. Geoffrey zweifelte nicht daran, dass Memphis in den folgenden Tagen unter dieser Tat gelitten hatte.

Immerhin hatte es keine Zeugen gegeben, und der Bulle hatte keiner Herde angehört. Konnte zwischen Matildas Entscheidung, Memphis zu töten, und diesem Vorfall in Geoffreys Kindheit tatsächlich eine Verbindung bestehen?

Schließlich stimmte es nicht ganz, dass es keine Zeugen gegeben hatte. Geoffrey selbst hatte beobachtet, was geschehen war, zumindest hatte er die Folgen gesehen. Und viele Jahre später hatte er Matilda in seinen Kopf gelassen.

Er dachte an jenen Tag zurück, an dem er über die Neuroverbindung seinen Geisteszustand auf sie übertragen und sie an den Schmerzen des Skorpionstichs hatte teilhaben lassen. Er konnte sich nicht bewusst daran erinnern, Memphis mit dem Tod des Bullen in Verbindung gebracht zu haben. Aber hatte er die Assoziation vielleicht ungewollt an Matilda weitergegeben? Hatte er ihr mit der Öffnung seines Geistes die symbolische Vorstellung übermittelt, dass Memphis ein Elefantenmörder war?

Er wollte den Gedanken als absurd verwerfen. Doch je heftiger er ihn von sich wies, desto beharrlicher kehrte er zurück. Nicht Memphis' Unaufmerksamkeit war schuld gewesen. Nicht einmal Matilda war schuld gewesen, sie hatte sich lediglich gegen eine Bedrohung verteidigt, die sie erst zu diesem Zeitpunkt als solche erkannt hatte. Sie musste schließlich an ihre Herde denken. Sie musste tun, was für die Herde richtig war.

Unerbittlich offenbarte sich ihm die ganze Wahrheit: Die Schuld lag bei ihm und bei ihm allein.

Absichtlich oder nicht, Geoffrey selbst hatte Memphis getötet.

Mit einem Mal verließ ihn der Mut. Er hatte vorgehabt, die Verbindung dieses eine Mal bis auf hundert Prozent zu steigern. Aber der Augenblick war vorüber. Wenn das hieß, dass er zu feige war, um seine eigenen Ermittlungen bis zur letzten Konsequenz voranzutreiben, dann mochte es so sein.

»Es tut mir leid«, sagte er. »Ich hätte es wissen müssen.«

Er schloss die Verbindung und kehrte zu seinem Airpod zurück.

Als er den Familiensitz erreichte, waren weitere Besucher eingetroffen, abzulesen an der Zahl der Airpods, die sich auf dem Parkplatz aneinanderreihten. Jumai war bereits für die Trauerfeier gekleidet und wartete auf ihn. Sie trug eine enge schwarze Jacke und einen schmalen schwarzen Rock mit roten Paspeln an der Taille. Als sie sich auf einem der Flure begegneten, strich sie mit der Hand über seinen Arm und flüsterte besorgt: »Wie war es da draußen?«

»Ich hatte noch etwas abzuschließen«, sagte Geoffrey.

Sie nickte langsam. »Und jetzt ist es erledigt?«

»Ja, ich denke schon.«

»Morgen fliege ich nach Lagos zurück. Nicht an meinen alten Arbeitsplatz, aber in Lagos habe ich nach wie vor meine Kontakte. Ich hoffe, dass ich meine neuen Erfahrungen bei einem anderen Arbeitgeber einbringen kann. Es muss nicht auf der Erde sein. Da draußen gibt es noch jede Menge aufzuräumen.«

»Hat dir die Aufregung noch nicht gereicht?«

»Wenn du meinst, ob ich für den Rest meines Lebens Eispaketen ausweichen will, die mit Hochgeschwindigkeit auf mich abgeschossen werden, dann lautet die Antwort nein. Trotzdem bin ich jemand, der Herausforderungen sucht. Und die habe ich auf jeden Fall gefunden, nachdem ich mich bereit erklärt hatte, dir beim Einbruch in den *Winterpalast* zu helfen.«

Er lächelte verkrampft. »Sie waren sicher größer, als du erwartet hattest.«

»Irgendetwas hat sich verändert. Vielleicht du, vielleicht auch ich.« Jumai schaute nach beiden Seiten den Flur entlang und schwieg, als ein Stellvertreter vorbeischritt – keiner der hauseigenen Roboter, wie Geoffrey feststellte. »Hör mal, ich sage das nur dieses eine Mal. Keiner von uns beiden befindet sich hier in seiner gewohnten Umgebung, und Trauerfeiern sind ohnehin nicht mein Fall. Aber willst du mich vielleicht für ein paar Tage besuchen, wenn ich wieder in Lagos bin? Ich meine, wenn es die Arbeit erlaubt.«

»Das würde ich gerne.«

»Ich nehme dich beim Wort, einverstanden?« Erst jetzt ließ sie die Hand von seinem Ärmel sinken. »Und nun geh und mach dich fein, Goldjunge. Wir treffen uns im Innenhof, wenn du fertig bist – Sunday und Jitendra sind bereits dort.«

»Ich beeile mich.«

Er ging in sein Zimmer, zog sich aus und ging unter die Dusche. Er war gerade halb angekleidet, als sein Blick auf die sechs Holzelefanten fiel. Gestern war er zu müde und zu zerstreut gewesen, um sie zu beachten. Wozu auch? Sie waren Teil der Einrichtung, sonst nichts. Daraus, dass beide Konstrukte, das eine, das den *Winterpalast* bewachte, und das andere auf *Löwenherz* ihn danach gefragt hatten, ergab sich nichts weiter, als dass die Elefanten wirklich ein Geschenk von Eunice gewesen waren, wie er als Kind geglaubt hatte. Beziehungsweise ein Geschenk der Intelligenz, die sich zu jener Zeit in all den langen Jahren ihres angeblichen Exils gerade als seine Großmutter ausgab.

Doch nun ging ihm auf, dass das nicht alles sein konnte. Er ließ sich auf sein Bett fallen. Ihm war schwindlig, als hätte er einen Schlag auf den Kopf bekommen. Wie war das möglich? Nachdem sie so lange Zeit in Reichweite gewesen waren. In *seiner* Reichweite.

Er griff nach dem schwersten Elefanten, dem Bullen an der Spitze der Gruppe. Nicht sehr glaubwürdig, wenn man die soziale Dynamik von Elefanten kannte, doch darum ging es hier vermutlich nicht.

Er strich über den Körper der Skulptur, um sich zu vergewissern, dass er wirklich aus dem Material bestand, wie er es immer angenommen und wie man es ihm stets gesagt hatte: einem feinporigen schwarzen Holz.

Es war so. Er war ganz sicher.

Aber der Sockel war anders. Schwer, schwarz und unregelmäßig, oben und unten flach, wie aus einer größeren Kohleader herausgeschnitten. Er drehte die Figur, sodass der Elefant auf dem Kopf stand, und sah sich den Sockel genauer an. Jetzt entdeckte er den leichten Kratzer, der sich von einer Seite zur anderen zog. Er hatte ihn zuvor nie bemerkt, und selbst wenn, er hätte keinen Grund gehabt, ihm irgendeine Bedeutung beizumessen. Doch nun wusste er Bescheid. Augenblicke später hatte er die Bestätigung, dass die anderen fünf Sockel ähnliche Kratzer aufwiesen.

Er wusste genau, woher sie stammten.

Geoffrey dachte daran, was sie verloren und was sie gewonnen hatten und was noch auf dem Spiel stand, und brach in Tränen aus. Der Elefantenbulle lag kalt und schwer wie ein Stein in seiner Hand.

Sunday und ihr Bruder gingen mit dem Rest der Sippe, den nächsten Angehörigen und Freunden in den Abend hinaus. Lucas war bei ihnen, Jitendra und Jumai waren nicht weit. Der Himmel war glasklar und still wie an jenem längst vergangenen Abend, als sie sich versammelt hatten, um Eunices Asche zu verstreuen. Damals war Sunday nicht körperlich anwesend gewesen, jedenfalls nicht in Fleisch und Blut, doch die Erinnerung, dass sie hier auf afrikanischem Boden gegangen war und afrikanische Luft geatmet hatte, ließ sich nur schwer verdrängen.

»Ich habe mir durch den Kopf gehen lassen, worüber wir beim Essen gesprochen hatten.« Lucas sprach so leise, dass er allenfalls ein paar Schritte weit zu hören war. Er ging hoch aufgerichtet und hatte die Hände hinter dem Rücken verschränkt.

»Wenn du Beweise willst«, sagt Sunday, »wird es etwas schwierig. Zumindest im Moment. Gewiss ist da die *Sommerkönigin*, aber für alles Weitere musst du nach *Löwenherz* fliegen und dir die Testmaschinerie selbst ansehen. Das Konstrukt hat meinem Bruder versichert, sie sei voll funktionsfähig.«

»Die *Sommerkönigin* selbst verweist auf eine neue Physik oder zumindest auf einen Bereich der derzeitigen Physik, von dem wir bisher nur glaubten, ihn zu verstehen«, sagte Lucas. »Das allein verleiht dem Rest der Geschichte eine gewisse Glaubwürdigkeit. Aber ihr verzeiht mir hoffentlich, wenn ich skeptisch bin. Selbst wenn ich das alles aus Hectors Mund gehört hätte, würde ich mehr verlangen. Es ist schwer genug zu verkraften, dass unsere Großmutter von dieser neuen Physik und allem, was damit zusammenhängt, gewusst haben soll. Aber ihr verlangt ja, dass ich solche Dinge auch von Memphis glaube. Er soll nicht der Mann gewesen sein, für den wir ihn hielten?«

»Er war alt genug, um eine Vergangenheit zu haben, die nicht vom *Mech* oder von Nachweltsuchprogrammen festgehalten wurde«, gab Geoffrey zu bedenken.

»Ich gebe zu, dass es in seiner Biografie gewisse Lücken gibt. Aber das ist bei einer Million anderer Menschen seines Alters ebenso.« Lucas hielt sich die Hand vor den Mund und räusperte sich. »Allerdings gab es einmal einen Physikstudenten gleichen Namens, der etwa zur fraglichen Zeit in Tansania geboren wurde.«

»Dann hältst du es zumindest für möglich, dass das alles wahr ist?«, fragte Sunday.

»Es würde mir helfen, wenn es etwas mehr gäbe. Ich glaube ja, was Geoffrey und Jumai mir erzählt haben, und ich glaube auch, was du mir von deinen Erlebnissen auf dem Mars berichtet hast. Einiges davon habe ich sogar selbst gesehen, du erinnerst dich sicher, wenn auch nicht mit meinen eigenen Augen.«

Bei dem Gedanken an Lucas' zerstörtes Gesicht mit dem heraushängenden Augapfel und an die hervorquellenden, glitschigen milchig-weißen Eingeweide des Stellvertreters zuckte Sunday zusammen.

»Darf ich stören?«

Sunday hatte das Mädchen, das diese Frage stellte, unter ganz ähnlichen Umständen schon einmal gesehen. Es trug sogar das gleiche rote Kleid und die gleichen weißen Strümpfe und schwarzen Schuhe. Auch die Frisur war wie damals.

Nur aus Neugier rief Sunday eine ER-Kennung ab. Das Mädchen war ein Golem, aber der Ausgangspunkt der Ching-Verbindung war nicht festzustellen.

»Sie sind Lin.«

»Ja«, sagte das Mädchen. »Ich kannte Ihre Großmutter.«

Geoffrey lachte höhnisch. »Nach allem, was auf dem Mars vorgefallen ist, überrascht es mich, dass Sie sich hier blicken lassen.«

»Habe ich Sie persönlich angegriffen?« Die Augen unter den schnurgeraden schwarzen Stirnfransen sahen ihn durchdringend an.

»Sie hatten keine Gelegenheit dazu«, gab Geoffrey zurück.

»Glauben Sie, ich hätte Sie angesprochen, wenn es etwas gäbe, wofür ich mich schämen müsste? Ich hatte nichts mit dem zu tun, was auf dem Mars geschehen ist, und hätte ich davon gewusst, ich hätte es nicht zugelassen. Wie sich herausstellte, war die Aktion erfolglos.«

»Chama und Gleb erwähnten etwas von einer Spaltung«, bemerkte Sunday.

»Die Entdeckung von Mandala hat lediglich Spannungen verschärft, die bereits vorhanden waren«, sagte Lin Wei. »Ich finde, die Welt hat ein Recht zu erfahren, dass wir Beweise für eine fremde Intelligenz auf einer anderen Welt gefunden haben, und ich finde auch, sie sollte nicht zu warten brauchen, bis diese Informationen an die Öffentlichkeit durchsickern. Einige meiner Kollegen sehen das anders. Wenn ich großzügiger Stimmung bin, halte ich ihnen zugute, dass sie glauben, der Rest der Menschheit sei für eine so erschütternde Enthüllung noch nicht reif. Wenn ich missgünstig sein will, unterstelle ich, dass sie ihr Geheimnis mit niemandem teilen wollen.«

»Ich kann Ihnen nicht helfen«, bedauerte Geoffrey.

»Früher oder später werden die Informationen an die Öffentlichkeit gelangen«, sagte Lin Wei so unbekümmert, als sei seine Zustimmung ohne Belang. »Entsprechende Vorkehrungen habe ich getroffen. Natürlich habe ich Kritiker, sogar Feinde. Manche von ihnen wollen in den kommenden Jahren viel Unruhe in mein Leben bringen. Aber das ist nicht weiter schlimm. Wenigstens brauche ich mich nicht mehr zu langweilen. Ich war schon lange bereit, Tiamaat zu verlassen, bevor Sie mir einen Vorwand dazu lieferten, Geoffrey. Dennoch bin ich Ihnen dankbar, dass Sie den letzten Anstoß dazu gegeben haben.« Sie hielt inne. »Ich habe ein Geschenk für Sie, aber Sie müssen es sich abholen. Es wäre viel zu aufwendig, es auf die Erde zurückzubringen.«

Sunday sah ihren Bruder fragend an, aber Geoffrey schien ebenfalls ratlos.

»Sie schulden mir keine Geschenke, Arethusa.«

»Nein? Na schön.« Sie zog pikiert die Nase kraus. »Dann sprechen wir eben von einer Rückgabe. Ihr kleines Flugzeug, Geoffrey. Es wurde aus dem Meer geborgen, als die *Newski* Sie aufgefischt hat.« Was war das anderes, dachte Sunday, als ein deutlicher Hinweis darauf, dass er in ihrer Schuld stand? »Bei all dem Trubel landete es schließlich mit in der Frachtrakete. Ich habe es säubern und instand setzen lassen, und Sie können es zurückhaben, wann immer Sie wollen.«

»Wo ist der Haken?«

»Kein Haken, außer, dass Sie dazu eine unserer orbitalen Niederlassungen aufsuchen müssen. Doch es wird keine diplomatischen Komplikationen geben. Schließlich sind Sie immer noch Bürger der Vereinigten Wasser-Nationen.«

Sunday runzelte die Stirn und fragte sich, was das nun wieder heißen sollte. Sie hatte mit ihrem Bruder noch über eine ganze Menge zu reden. Aber vermutlich würde dafür in den kommenden Tagen genug Zeit sein.

»Ich bin Ihnen sehr dankbar, dass Sie die Cessna geborgen haben«, sagte Geoffrey.

»Das war doch das Mindeste, was ich tun konnte. Nun, fast das Mindeste. Da ist noch ein …«

Er unterbrach sie. »Sie könnten Chama und Gleb eine Nachricht von mir überbringen. Würden Sie das tun?«

»Sicher.«

»Danken Sie ihnen in meinem Namen, dass sie Sunday in meiner Abwesenheit geholfen haben. Und sagen Sie ihnen, dass sie die Arbeit mit den Elefanten fortsetzen können. Ich habe keine Einwände gegen einen Zusammenschluss der beiden Gemeinschaften. Meinetwegen können sich die Amboseli-Herden und die lunaren Zwerge ein Sensorium teilen, wie Chama und Gleb es geplant hatten. Ich werde gerne jede technische Unterstützung leisten.«

»Ich glaube, den beiden geht es um mehr«, wandte Sunday ein. »Umfassende Zusammenarbeit, ein Gemeinschaftsprojekt.«

»Da sind sie an den Falschen geraten.« Er ging noch ein paar Schritte weiter. »Ich arbeite nicht mehr mit Elefanten«, erklärte er dann. »Das ist Vergangenheit.«

Sunday traute ihren Ohren kaum. Aber sie kannte Geoffrey gut genug, um sicher zu sein, dass es ihm nicht um einen dramatischen Paukenschlag ging. Er erwartete nicht, dass alle

Welt ihm nun den Arm um die Schultern legte und ihm versicherte, wie großartig seine Arbeit sei, dass er viel zu wenig Anerkennung dafür bekomme und dass er es den Elefanten schulde, die Studien fortzusetzen. Solche Gespräche hatten sie in der Vergangenheit oft genug geführt.

Diesmal war es anders.

»Du meinst es ernst.«

Er nickte ohne jeden Triumph. »Ich glaube, wir haben beide auch so genug zu tun, findest du nicht?«

Zu Lin Weis Ehre sei gesagt, dass sie Geoffreys Aufrichtigkeit nicht anzweifelte. Vielleicht war es nur ein Anfall von Jähzorn, vielleicht würde er seinen Vorsatz in den kommenden Tagen wieder zurücknehmen, aber seine Haltung sprach dagegen.

»Chama und Gleb werden es bedauern. Ich weiß, dass sie sich auf die Zusammenarbeit mit Ihnen gefreut haben.«

»Sie sind erfahren genug, um auch ohne mich zurechtzukommen. Ihnen ging es immer nur um die Elefanten und nicht um den Forscher.«

Lin Wei wechselte das Thema. »Mir scheint, es dauert nicht mehr lange, bis die Asche verstreut wird«, sagte sie. Sie zeichnete ein Quadrat in die Luft, und die ER füllte es mit Dunkelheit. »Können Sie das alle sehen?«

Sie gingen weiter, und das Quadrat ging mit. Einer nach dem anderen bestätigte, dass er es sehen konnte.

»Sunday hat Chama und Gleb von den Zahlen erzählt, und sie haben sie an mich weitergegeben«, fuhr Lin Wei fort. »Ein Unbeteiligter hätte nicht viel damit anfangen können, aber mir war ihre Bedeutung sofort klar – und bei Eunice wäre das ebenso gewesen.«

»Was bedeuten sie denn nun?«, wollte Sunday wissen.

In dem Rechteck erschienen milchig-trübe Lichtflecken. »Zielkoordinaten von *Ocular*«, antwortete Lin Wei. »Es sind

Angaben für das Instrument. Meine Gegner werden es mir schon bald sehr schwer machen, an *Ocular* heranzukommen, aber im Moment habe ich dieses Privileg noch – und das gehört sich auch so, schließlich ist das Instrument meiner Initiative zu verdanken. Ich brauche wohl nicht zu erwähnen, dass ich mein Privileg ohne Zögern missbraucht und Arachne befohlen habe, *Ocular* auf die von den Koordinaten angegebene Region zu richten.«

»Mandala?«, fragte Geoffrey.

»Nein. Crucible liegt im Sternbild Virgo oder Jungfrau, und hier sind wir in der Richtung von Lyra, der Leier, einem ganz anderen Himmelsabschnitt. Genauer gesagt in der Nähe von Altair – einem der Sterne des Sommerdreiecks. Arachnes Suchalgorithmen haben alle sternenähnlichen Objekte aus dem unmittelbaren Zentrum des Feldes eliminiert, aber Sie werden feststellen, dass immer noch etwas geblieben ist.«

»Und was ist das?«, fragte Sunday.

»Ich dachte, nach allem, was Sie beide von Ihrer Großmutter erfahren haben, könnten Sie mir das eventuell sagen. Der Fleck ist unglaublich schwach und erscheint auf den ersten Blick wie ein Quasar. Aber es ist kein Quasar. Es ist ... nun, ich weiß es nicht. Und Arachne weiß es auch nicht. Sie hat Milliarden von astronomischen Objekten gesichtet, doch keines davon hat auch bloß entfernte Ähnlichkeit mit dieser ... Energiequelle. Das ist es nämlich – eine Energiequelle, stark rotverschoben, wie man am Spektrum erkennt. Sie bewegt sich offenbar auf einer radialen Sichtlinie von uns weg. Falls wir auch eine Seitwärtsbewegung feststellen, können wir das besser bestimmen. Aber damit rechne ich nicht. Nach meiner Einschätzung werden wir feststellen, dass dieses Ding, dieses Objekt vor etwa sechzig Jahren vom Sonnensystem gestartet ist. Und seither rast es von uns weg auf das Sommerdreieck zu.«

»Wie weit ist es inzwischen entfernt?«, fragte Geoffrey.

Lin Wei lächelte verschmitzt. »Ich glaube, ich habe Ihnen vorerst genug Material gegeben. Sagen wir, es ist sehr, sehr weit weg – weiter, als irgendein von Menschen geschaffenes Objekt jemals gekommen ist. Und es fliegt mit einer geradezu absurden Geschwindigkeit.«

»Und es hat kein bestimmtes Ziel?«, bohrte Sunday nach. »Entlang dieser Sichtlinie liegt kein Stern?«

»Es gibt natürlich Sterne. Aber keiner, der uns – Arachne oder mir – wie ein naheliegender Kandidat erscheinen würde.« Lin Wei schnippte mit den Fingern, und das Bild verschwand.

»Mehr wollen Sie uns nicht verraten?«, fragte Sunday.

»Vorerst nicht. Wenn Sie mehr wollen, müssen Sie zu mir kommen. Ich glaube, wir haben alle eine Menge zu besprechen.«

»Sie ist in dem Ding«, sagte Geoffrey. »Das denken Sie doch? Eunice befindet sich in einem *Schiff*, das seit sechzig Jahren von der Erde weg fliegt.«

»Einmal hat sie davon gesprochen«, sagte Sunday, »wie es wohl wäre, einfach immer weiter zu reisen. Nie wieder nach Hause zurückzukehren.« Sie hielt inne, um sich die genauen Worte ihrer Großmutter ins Gedächtnis zu rufen. »Bis die Erde nur noch eine blaue Erinnerung ist. Mir war allerdings nicht klar, das sie das wirklich vorhatte.«

»Sie könnte immer noch …«, begann Geoffrey. Aber er verstummte, ohne den Satz zu beenden.

Sunday nickte. Er brauchte es nicht auszusprechen. Sie dachte ja das Gleiche.

Vermutlich konnte man nur Gewissheit bekommen, wenn man selbst dort hinausflog, dieses unglaublich weit entfernte Ding einholte und nachsah, was sich darin befand.

Vielleicht ein schlafender Löwe. *Senge Dongma.*

»Ich glaube, es ist Zeit«, mahnte Jitendra.

Und er hatte recht. Sunday spürte, wie es unter ihren Füßen

grollte, als die Rohrpost das winzige Päckchen unter der Ebene auf den Weg brachte. Wie von selbst wanderte ihre Hand zu ihrem Hals und umfasste das Amulett, das sie auf dem Mars bekommen hatte. Es war ihre Verbindung zur Vergangenheit wie auch zur Zukunft.

Dann stieg der Funke aus dem Berg auf, ein winziger, heller Stern auf dem Weg zur Himmelskuppel, und ging, getragen von der Dynamik, die er bei der langen Beschleunigung durch das magnetische Katapult aufgebaut hatte, in eine ballistische Kurve. Ein Teil dieser Dynamik verlor er bereits wieder. Das Päckchen traf auf den Widerstand der Atmosphäre, auch wenn die Luft dort nur halb so dicht war wie über dem Boden, und die Schwerkraft forderte ihr Recht. Normalerweise wären in diesem Moment die Laser-Pusher angesprungen und hätten ihre gewaltigen Energien gegen die Unterseite des Päckchens gerichtet, um es mit dem nötigen Zusatzschub in den Orbit zu befördern. Sunday war überzeugt, dass einige der Zuschauer bereits zu dem Schluss gekommen waren, der Abschuss sei fehlerhaft gewesen. Die meisten hatten sicher keine Ahnung, wie der Vorgang üblicherweise ablief.

Der Stern stieg weiter – für die Trauergemeinde sah es so aus, als würde er senkrecht nach oben schießen, doch in Wirklichkeit folgte er einem Bogen nach Osten, der ihn hinaus auf den Indischen Ozean trug. Gerade als es so aussah, als würde er ins Meer stürzen, flammten die Laser auf und gruben grelle Diamantspuren in den Himmel. Vom Gipfel des Kilimandscharo ausgehend, trafen sie sich an einem festen Brennpunkt im All und heizten dort die Luft zu einer kleinen ionisierten Höllenkugel auf. Für gewöhnlich hätte sich dieser Fokus unmittelbar unter dem aufsteigenden Objekt befunden, doch heute war die Einstellung anders. Die Laser konzentrierten ihre Energien genau vor dem Päckchen. Dagegen war es nicht geschützt; normalerweise wurden die Pakete geschoben, anstatt frontal auf das Plasma aufzutreffen. Die Frontalabschirmung war nur so stark wie nötig, um den aerodynamischen Belastungen standzuhalten, und deshalb war der Aufprall von spektakulärer Pracht. Der Stern wurde schlagartig um mehrere Größenordnungen heller, bis es aussah, als dämmerte ein neuer Tag herauf. Als Sunday sich die Hand vor die Augen hielt, konnte sie in dem winzigen Feuerpunkt grüne und rosarote Töne unterscheiden. Das Licht flackerte, die kleine neue Sonne zerfiel so schnell, wie sie entstanden war, und sonderte Schmelztropfen ab. Die Farben schwächten sich ab – von Gold zu Bernstein, von Bernstein zu Orange, von Orange zu einem langsam verblassenden Rot. Sie versuchte, die Funken zu verfolgen, doch sie waren vor dem hellen Himmel bald nicht mehr zu erkennen.

Sie kannte die Wahrheit. Wenn irgendein Teil von Memphis aus dieser Feuersbrunst abregnen sollte, dann würde das weit draußen auf dem Meer geschehen. Vielleicht hatte auch nichts diese Weißglut überstanden. Doch von da, wo Sunday stand, von da, wo jetzt alle standen, musste man fast den Eindruck gewinnen, irgendein Teil ihres Freundes und Mentors würde schließlich den Gipfel jenes Berges berühren und im Schnee auf dem Kilimandscharo zur Ruhe kommen.

Und das war ihr genug.

Am Beginn dieser Geschichte sprachen wir von Anfängen. Nun gilt es zu berichten, wie alles endete. Geoffrey brach jeden Kontakt zu Matilda, zum M-Clan, zu den Amboseli-Herden oder zu Elefanten ganz allgemein ab. Jedenfalls, soweit wir alle das feststellen konnten. Zunächst erfüllte ihn lediglich tiefe Trauer, dann folgten Zorn und Reue, vermischt mit anhaltenden Selbstvorwürfen wegen der Katastrophe, die er ausgelöst hatte. Schließlich blieb lediglich die Trauer übrig, langsam ersterbend wie ein endloses Donnergrollen über den weiten Ebenen. Natürlich hatte er nicht wissen können, was er anrichtete. Es dauerte Jahre, bevor er überhaupt bereit war, uns mitzuteilen, was an jenem schicksalhaften Tag geschehen war, als Matilda zu tief in seinen Kopf geschaut und Memphis als das erkannt hatte, was er war.

Einen Feind ihrer Art. Einen Elefantenmörder.

Zwar hatte Memphis jenen Mord nur begangen, um uns zu beschützen. Aber das konnte sie nicht sehen. Sie war schließlich doch nicht mehr als ein Tier, so hell ihre Intelligenz auch strahlte.

Die phyletischen Zwerge sind immer noch da draußen. Diese Information kann jetzt gefahrlos enthüllt werden. Wir wissen nicht, wo sie sind, und aller Wahrscheinlichkeit nach wissen das auch die orthodoxen Pans nicht. Nach der großen Spaltung, als Truro und Arethusa getrennte Wege gingen, tauchten Chama und Gleb mit ihrer Arbeit noch tiefer in den Untergrund ab als zuvor. Doch irgendwo da draußen in diesem Sonnensystem, das immer noch groß genug ist, um in dunklen Ecken Geheimnisse verstecken zu können, entwickeln sich die Elefanten weiter. Hin und wieder schicken uns die Zoowärter durch ein Labyrinth von quantenverschlüsselten Kanälen eine Nachricht, die sich kaum zurückverfolgen lässt. Sie sind immer noch glücklich verheiratet und setzen ihr großes Werk fort. Den Elefanten geht es gut. Vielleicht können wir eines Tages an ihrem Plan teilhaben.

Die Zwerge sind nach wie vor über Datenpakete, die den so wesentlichen Sozialisationsrahmen herstellen, mit dem M-Clan verbunden, aber diesem Faden nachgehen zu wollen ist müßig; er führt nirgendwohin. Außerdem sind die Bindungen zwischen den beiden Herden längst nicht mehr so stark wie zu Beginn des Projekts. Nach zwanzig Jahren haben die Zwerge eigene Enkel, Söhne und Töchter, es gibt Matriarchinnen und Bullen, Familienbande sind geknüpft, das Fundament für eine komplexe, eigenständige Elefantengesellschaft ist gelegt. Wenn eines Tages die nötigen Ressourcen vorhanden sind, dürfen sie womöglich sogar wachsen und brauchen keine Zwerge mehr zu sein. Aber das kann vielleicht erst in einem anderen Jahrhundert geschehen.

Falls Geoffrey darunter leidet, bei diesem Unternehmen keine Rolle mehr zu spielen, so hütet er sich, das zu zeigen. Es könnte aber auch sein, dass er es nicht mehr vermisst als Sunday ihre frühere Künstlerkarriere oder Lucas seine Funktion als braves Rädchen in der Familienmaschinerie. Wir haben alle andere Beschäftigungen für unsere Hände, unser Herz und unseren Geist gefunden.

Sunday kehrte in die Überwachungsfreie Zone *zurück. Anfangs versuchte sie, ihr altes Leben wiederaufzunehmen und sich den Aufträgen zu widmen, die sie vor ihrer Reise zum Mars unvollendet gelassen hatte. Auch Jitendra bemühte sich, die Trümmer seiner früheren Existenz zu kitten. Doch das war leichter gesagt als getan. Beide hatten zu viel Wissen aufgenommen, das wie eine Lunte in ihren Gedanken brannte. Es ging ihnen wie uns allen.*

Sunday hatte jahrelang daran gearbeitet, das Eunice-Konst-

rukt zur Vollendung zu bringen. Dieses private Projekt war zur Triebfeder ihres Lebens geworden, wichtiger als jeder der leidigen Aufträge, die sie annehmen musste, um die Miete bezahlen zu können. Schließlich hatte sie die Bildhauerei an den Nagel gehängt, um stattdessen ein einzelnes Menschenleben in all seiner schwindelerregenden fraktalen Pracht zu gestalten.

Nicht dass sie daran gescheitert wäre. Das Konstrukt war vielmehr zu klug, zu komplex geworden. Es hatte sich von Sundays Plänen losgelöst und sich zu einer eigenständigen Persönlichkeit entwickelt, die sie zwar beeinflussen, aber nicht mehr kontrollieren konnte. Geoffrey und Jumai hatten sich redlich bemüht, ihr die Wahrheit zu verheimlichen, doch sie hatte die erforderlichen Schlüsse selbst gezogen. Das Artilekt auf Löwenherz *war schon all das, was ihr Konstrukt in ihren kühnsten Träumen hätte werden können. Das Werk, um dessen Vollendung sie so sehr gerungen hatte, war bereits geschaffen.*

Das Konstrukt existiert noch immer. Wie die Zwerge ist es irgendwo da draußen. Es spukt als körperloser Geist durch die ER, und es ausfindig machen zu wollen wäre noch vergeblicher als bei den Elefanten. Wir haben ihm längst die Autonomie übertragen, die es so dringend begehrte. Hin und wieder lässt es von sich hören. Vielleicht denkt es an die Frau, in deren Schatten es wandelt, die Person, die es emulieren, aber zu der es niemals werden kann. Vielleicht begnügt es sich auch damit, etwas ganz anderes zu werden. Manchmal gibt es uns einen guten Rat oder warnt uns davor, wenn andere unsere Pläne zu vereiteln suchen. Dann sind wir froh, es auf unserer Seite zu haben. Gelegentlich flößt es uns ein wenig Angst ein. Und manchmal vergessen wir, dass Eunice keine Sie ist, sondern ein Es.

Bei der echten Eunice, der lebenden Frau, unserer toten Großmutter, liegen die Dinge einfacher. Zumindest wissen wir inzwischen, wo sie ist.

Natürlich wird es Kritiker geben, die uns verübeln, dass wir mit unserer Entscheidung so lange gewartet haben. Aber hatten wir denn eine andere Wahl? Als man uns diese Last aufbürdete, waren wir, offen gestanden, fast noch Kinder. Wir brauchten Zeit zum Nachdenken, Zeit zu überprüfen, ob die Welt schon reif dafür war. Eunice hatte die Entscheidung sechzig Jahre zuvor nicht treffen können; auch wir durften sie nicht überstürzen. Wir wollten sehen, wie die Welt mit den neuen Maschinen und mit dem Wissen um Mandala zurechtkam.

Das hat zwanzig Jahre gedauert. Doch nun sind wir bereit.

Mit diesem Dokument, das wir gemeinsam in aller Aufrichtigkeit verfasst haben, wollen wir versuchen, unser Verhalten zu erklären. Wir haben uns nicht nach dieser Verantwortung gedrängt, aber wir haben uns nach Kräften bemüht, ihr gerecht zu werden. Wenn wir über all die Jahre zurückschauen und uns vergegenwärtigen, wie wir damals waren, erscheinen uns unsere Feindschaften von verschwindend geringer Bedeutung, das Gezänk von Kindern. Dergleichen haben wir hinter uns gelassen. Zumindest Hector und Memphis gegenüber hatten wir die Pflicht, über unser früheres Ich hinauszuwachsen. Denn wenn wir dazu nicht imstande waren, wenn es uns nicht gelang, die Vergangenheit ruhen zu lassen, was konnten wir dann von allen anderen erwarten?

Vor zwanzig Jahren durfte die Welt einen kurzen Blick in die Zukunft werfen. Die verbesserten Triebwerke haben das innere Sonnensystem schrumpfen lassen, sie haben Jupiter und Saturn näher herangeholt und die Entwicklung und Kolonisation des transneptunischen Raums beschleunigt. Es hat Unfälle gegeben, und es wurden dumme Fehler gemacht, aber im Großen und Ganzen wurde die Technologie ohne verheerende Katastrophen integriert. Das ist auch gut so, denn was wir euch damals gaben, war eigentlich nichts. Erst hier und heute wird unsere kollektive Weisheit ernsthaft auf die Probe gestellt.

Wir nennen es das Chibesa-Prinzip. Die verbesserten Trieb-

werke waren nicht mehr als ein kleiner Ausschnitt dessen, was uns die neue Physik eröffnen kann. Gelingt es uns, es zu beherrschen, wird das Chibesa-Prinzip nicht nur das Sonnensystem noch weiter schrumpfen lassen. Es wird die interstellare Raumfahrt in Reichweite der Menschheit bringen.

Aber ihr dürft nicht bloß die Möglichkeiten sehen, sondern müsst auch die Risiken erkennen. Das Chibesa-Prinzip lässt sich ebenso wenig rückgängig machen wie einst die Entdeckung des Feuers. Gerät es in falsche Hände, die in böser oder törichter Absicht Gebrauch davon machen, ist es durchaus imstande, ganze Welten zu vernichten.

Aus diesem Grund fürchtete unsere Großmutter, wir wären nicht reif dafür. Aber das war vor mehr als achtzig Jahren, und seither hat sich vieles getan. Wir glauben, dass heute alles anders und unsere Spezies zu kollektiver Weisheit fähig ist. Wenn wir uns irren, wenn wir nicht weise genug sind, dann lässt uns das Chibesa-Prinzip in Flammen aufgehen. Sollte es dazu kommen und jemand überleben, um über uns und unsere Taten zu richten, dann werden wir das Urteil der Geschichte gerne annehmen. Sind wir aber im Recht, dann wird uns das Prinzip all das schenken, was Soya Akinya ihrer Tochter zeigte, als sie das Kind in der samtenen Wärme einer Serengeti-Nacht zum Himmel emporhielt: all die Sterne, die winzigen Diamantenlichter.

Wir sind klug, und gelegentlich sind wir auch töricht. Für intelligente Affen können wir, wenn es uns überkommt, ausnehmend dumm sein. Aber unsere Klugheit hat uns bis hierher gebracht, und von jetzt an dürfen wir uns nur noch auf diese Klugheit verlassen.

Mit allem anderen verschwenden wir nur unsere Zeit.

Danksagung

Tausend Dank an Tim Kauffman, Louise Kleba, Kotska Wallace und Joan Wamae – und nicht zuletzt an meine Frau – dafür, dass sie bereit waren, eine erste Fassung dieses Romans zu lesen und mir mit ihren Kommentaren und Vorschlägen zur Seite zu stehen. Auch der Nachwuchsschriftsteller Jonathan Dotse war so freundlich, sich während eines Besuchs in London die Zeit zu nehmen, um aus spezifisch ghanaischer Sicht über Afrika und die Science-Fiction mit mir zu sprechen. Für Diskussionen zu den Themen Exoplaneten und bahnbrechende physikalische Entwicklungen danke ich meinen hochbegabten Freunden, den brillanten Naturwissenschaftlern Lisa Kaltenegger und Dave Clements. Ihr alle habt mir eure Zeit geschenkt und mir Erkenntnisse vermittelt, und ich stehe tief in eurer Schuld. Natürlich trage ich für alle Fehler in diesem Buch ganz allein die Verantwortung.

Das erste Jahrzehnt als professioneller Schriftsteller verbrachte ich unter der Obhut der fähigen Lektorin Jo Fletcher. Sie war mir nicht nur eine vertrauenswürdige Kollegin, sondern auch eine gute Freundin. Als Jo wegging, um einen eigenen Verlag zu gründen, hatten wir über dieses Buch bereits seit mehreren Jahren gesprochen. An ihrem Einfluss gibt es nichts zu rütteln, und etwas von diesem Einfluss wird sicher auch in späteren Folgen der Akinya-Saga zu spüren sein. Insbesondere die Tatsache, dass Jo sich sofort für die Elefanten erwärmen konnte, hat meinen Entschluss gefestigt, ihnen weit mehr als nur eine Nebenrolle zuzugestehen. Ich danke dir, Jo!

Ebenso erfreulich gestaltet sich das Verhältnis zu Simon Spanton, meinem neuen Lektor – er ist nicht bloß ein rundum guter Kumpel, sondern hat auch eine große Leidenschaft für die Schlüsseltugenden der Science-Fiction. Es ist nicht einfach, einen eingeführten Schriftsteller in der Mitte seines Schaffens zu übernehmen; ich habe von Simon nichts als Unterstützung und Freundschaft erfahren. Alle Hochachtung!

Abermals war es mir eine große Freude, mit der brillanten und gründlichen Lisa Rogers zu arbeiten, die fast seit Beginn meiner Laufbahn meine Texte lektoriert – es gibt wohl kaum schärfere Augen in diesem Geschäft, und niemand versteht es besser, meinen oftmals wirren Umgang mit der internen Chronologie in geordnete Bahnen zu lenken. Danke, Lisa!

Großen Dank schulde ich auch meinem Agenten Robert Kirby für jahrelange Unterstützung und Ermunterung. Wie Jo hat Robert den Werdegang dieses Buches von Anfang an begleitet. Wenn man tief in einem Projekt steckt, vergisst man leicht, warum man es einmal für eine großartige Idee gehalten hat. Robert ist es immer wieder gelungen, mir diesen Motivationsschub zu geben, wenn meine Energie zu erlahmen drohte. Auch diesmal wieder ein Vergnügen.

Die Entstehung dieses Romans – zumindest eines Handlungsstrangs – geht zurück auf den ersten in einer Reihe von Besuchen im Kennedy Space Center. Meine Frau und ich hatten das Glück, zwei Starts des Space Shuttles Atlantis miterleben zu dürfen – einmalige Erlebnisse im wahrsten Sinne des Worts. Tim Kauffman, Louise Kleba und Piers Sellers – drei großartige Menschen, die sich nach wie vor der Idee der Erforschung des Weltraums durch den Menschen verpflichtet fühlen – haben mir ermöglicht, näher an einem Start sein zu dürfen, als ich es mir jemals hätte träumen lassen. Zu meiner großen Freude hatte ich außerdem die Ehre, einige Zeit mit Steve Agid zu verbringen, der über Vergangenheit, Gegenwart und Zukunft der bemannten und unbemannten Raumfahrt mehr weiß als irgendjemand sonst auf diesem Planeten.

Die Technologie in diesem Buch ist weitgehend spekulativ, basiert aber in hohem Maß auf bereits vorhandenen Ideen und Vorhaben, die nicht im Widerspruch zu den Gesetzen der Physik stehen. Weltraumaufzüge, ballistische Abschussanlagen, VASIMR-Triebwerke und sogar mit metallischem Wasserstoff betriebene Raketen und die Direktabbildung der Oberflächen von Exoplaneten sind Technologien, die in der Fachliteratur behandelt werden – einige dieser Konzepte sind sogar auf dem besten Wege zur Realisierung.

Im Moment fehlt uns eine *Theory of Everything*, eine einzige, alles umfassende physikalische Theorie, die sowohl das Verhalten von Materie im Größten – die Dynamik schwarzer Löcher und galaktischer Supercluster – wie im Kleinsten – den sprudelnden Quantenschaum der subatomaren Prozesse – in einen Zusammenhang zu bringen vermag. Immerhin gibt es einige vielversprechende Ansätze. Außerdem leben wir in einer Ära überaus spannender Experimente. Projekte wie der Large Hadron Collider erschließen Energiebereiche, die es uns ermöglichen könnten, konkurrierende Theorien aneinander zu messen. Es ist noch zu früh, um das Ergebnis dieser Studien vorherzusagen. Ich bin, vielleicht etwas zu konservativ, davon ausgegangen, dass sich die theoretische Physik zu Eunices Zeit nicht radikal von der unseren unterscheiden würde. Doch der Durchbruch auf dem Merkur, der eine Verbindung zu Quark-Quark-Wechselwirkungen und in der Folge deren Einsatz beim Bau einer neuen Form von Raumschifftriebwerken unterstellt, ist reine Fantasie – nichts als »erfundene« Wissenschaft.

Eine Welt wie Crucible gibt es nicht, allerdings soll der Stern 61 Virginis ein Planetensystem haben, und das Vorhandensein einer erdähnlichen Welt wurde bisher nicht ausgeschlossen. Die exoplanetare Forschung schreitet so rasant voran, dass ich durchaus darauf gefasst bin, noch innerhalb der Erscheinungszeit dieses Buches von neuen Beobachtungen überrascht zu werden. Doch darin besteht der Reiz von Spekulationen in einem Fach, das in rascher Entwicklung begriffen ist.

Auf Phobos gibt es tatsächlich einen Monolithen, aber niemand glaubt ernsthaft, dass er mehr ist als eine etwas ungewöhnliche (wenn auch nicht ganz und gar beispiellose) geologische Besonderheit. Nahaufnahmen dieses Objekts, das einen so langen Schatten wirft, sind bei einer künftigen Erforschung der Marsmonde sicherlich ein Ziel. Ich freue mich schon darauf, von ihren Entdeckungen zu erfahren.

Zwei Dinge haben mich dazu bewogen, einen SF-Roman zu schreiben, in dem Afrika als wirtschaftlich und technologisch führende Weltmacht auftritt. Der erste Grund war ein einfacher: warum nicht? Ich war bisher nie in Afrika, aber ich habe keine Veranlassung anzunehmen, dass irgendetwas diesen Kontinent oder einen Teil davon hindern würde, in einem oder mehreren fortgeschrittenen Industriezweigen weltweit führend zu sein. Das zweite, weitaus persönlichere und emotionalere Motiv ist um einiges schwieriger zu formulieren – es hat mit Musik zu tun. In den letzten fünf Jahren habe ich eine Liebe zu afrikanischer Musik entwickelt und während der Konzeption dieses Buches über weite Strecken nichts anderes gehört. Namentlich möchte ich in diesem Zusammenhang den ugandischen Musiker Geoffrey Oryema erwähnen, einen sagenhaften Künstler, der mir den Zugang zu einem Reich voller großartiger und überraschender Entdeckungen eröffnet hat.

Sein wundervolles »Land of Anaka«, ein Lied aus der Sicht eines Exilanten, vermittelte mir genau das Gefühl überwältigender Trauer, von dem ich glaubte, dass es auch Raumfahrer in vielen Hundert Jahren bei dem Gedanken an eine Erde empfinden könnten, auf die sie nie wieder zurückkehren werden.

Deshalb habe ich meinen Protagonisten Geoffrey genannt.